Grandes Clásicos

AF274416

La inquilina de Wildfell Hall

Anne Brontë

TRADUCCIÓN: BENJAMIN BRIGGENT

Plutón
Ediciones

© Plutón Ediciones X, s. l., 2025

Diseño de cubierta: Alejandro Díaz
Maquetación: Saul Rojas Blonval

Edita: Plutón Ediciones X, s. l.,

            E-mail: contacto@plutonediciones.com
            http://www.plutonediciones.com

I.S.B.N: 978-84-10233-85-0
Depósito Legal: B-23382-2024

Impreso en España

Estudio Preliminar

Anne Brontë nació Thornton, localidad perteneciente a la región rústica de Yorkshire en 1820. Su padre, Patrick Brontë, era un pastor anglicano, ilustrado y también escritor, casado con María Branwell. La pareja tuvo seis hijos, cinco chicas y un chico, Branwell.

Fue educada en casa junto a sus hermanos y su padre fue clave en el desarrollo de la imaginación de los niños, que ya jugaban a inventar historias desde pequeños, creando mundos de fantasía que impulsaría después sus obras literarias.

Su madre fallecería en 1821, dejando un vacío en la familia, cuando Anne tenía solo un año. En 1824, Charlotte y Emily serían enviadas al mismo internado en el que ya estudiaban sus dos hermanas mayores, María y Elizabeth. Anne, sin embargo, siempre fue educada en casa debido a que su salud era bastante frágil. En 1825, María y Elizabeth regresan enfermas de tuberculosis y fallecen, por esta razón, Patrick sacó a Charlotte y Emily del colegio, no queriendo que les ocurriera lo mismo.

Anne fue educada por Charlotte desde 1832, y solo estuvo escolarizada durante un breve periodo de tiempo en una escuela en Roe Head, de 1835 a 1837, cuando su hermana Charlotte era profesora ahí.

Tras salir de la escuela se dedicó a trabajar como institutriz mientras compaginaba este empleo con la escritura, que sus hermanas y ella nunca dejaron atrás. Así, se comprometieron a escribir y lograrían publicar, juntas y bajo pseudónimos masculinos un conjunto de poemas. Tras eso, se centrarían en escribir novelas y Anne se inspiró en sus vivencias como institutriz para su primera obra *Agnes Gray*.

Charlotte sería la primera en lograr ser publicada, en 1847, pero ese mismo año, tanto Anne como su hermana Emily conseguirían el mismo objetivo. Tan solo un año después, revelarían al mundo que los hermanos Bell eran, en realidad, ellas tres, y esto les abrió las puertas y la admiración del mundo literario de Inglaterra.

Sin embargo, la vida daría un giro tormentoso a finales de ese mismo año, pues su hermano Branwell, a quien Anne había estado especialmente unida toda su vida, falleció a causa de la tuberculosis y el alcoholismo que sufría. Dos meses después, en noviembre, su hermana Emily le seguiría. Esto afectó gravemente la salud de Anne, ya de por sí bastante delicada y, acabaría muriendo, a causa también de la tuberculosis, en mayo de 1849, a la temprana edad de 29 años.

La inquilina de Wildfell Hall

Fue la segunda y última novela que escribió y vio la luz en 1848, un año antes de fallecer. Esta novela está escrita de forma epistolar, y es considerada una de las primeras obras feministas.

Anne se inspiró en lo ocurrido a su hermano Branwell para esta historia. Él fue profesor de música y se enamoró de la madre viuda de su alumno, las cosas no salieron bien y los rumores pronto se esparcieron y acabaron causando una caída en el alcoholismo en Branwell. Con esto de base, Anne creó una situación similar en su novela, haciendo hincapié también sobre el problema que es el alcoholismo, pues uno de los personajes sufre de esta enfermedad.

La novela levantó críticas entre el público por considerarse que ese tema no era apto para ser tocado por una mujer, incluso su hermana Charlotte fue escéptica al respecto. Sin embargo, el tiempo ha sabido darle su lugar y se ha convertido en una obra de inconmensurable valor que es el vivo retrato de su tiempo y sociedad.

A J. Halford, Esq.

Querido Halford:

Cuando nos encontramos la última vez, me ofrendaste con un relato muy interesante y minucioso de los acontecimientos más relevantes de tu vida, sucedidos antes de nuestro primer encuentro; y seguidamente me pediste a cambio similares revelaciones. Como no me encontraba en ese momento en un estado de ánimo favorable para el relato, decliné hacerlo, con el pretexto de no tener nada extraordinario que contar, y otras excusas parecidas que fueron consideradas absolutamente inadmisibles por tu parte; porque, aunque cambiaste de inmediato la conversación, lo hiciste con el semblante de un hombre que no se queja pero está profundamente afligido, tu expresión se cubrió con una sombra que lo oscureció hasta el final de nuestra charla y, por lo que sé, lo sigue oscureciendo; ya que tus cartas desde ese entonces se han distinguido por una adustez y una cautela y al mismo tiempo son casi melancólicas, lo que me habría afectado sinceramente si mi conciencia me hubiera responsabilizado de merecerlo.

¿No te avergüenza, querido amigo, a tu edad, cuando nos conocemos tan íntimamente y desde hace tanto tiempo y cuando te he dado tantas demostraciones de franqueza y confianza, sin protestar nunca por tu carácter, a la vez, afligido y reservado? Pero, en fin, así es, supongo. No eres naturalmente comunicativo y pensaste que habías hecho una gran cosa y que habías dado en aquella ocasión una prueba incomparable de confianza y amistad —que, sin duda, has jurado, será la última de este género—, y dedujiste que lo menos que yo debía hacer, después de tan inmenso favor, era seguir tu ejemplo sin titubear ni un momento...

¡En fin...! No he cogido la pluma para recriminarte, ni para defenderme, ni para pedir disculpas por afrentas pasadas, sino para, si fuera posible, enmendarlas.

Es un día particularmente lluvioso, diluvia más bien, la familia ha salido de visita, yo estoy solo en mi biblioteca, he estado revisando cartas y papeles antiguos, húmedos, reflexionando sobre tiempos pasados... Por lo que estoy en el estado de ánimo perfecto para deleitarte con una historia del viejo mundo; y después de retirar los pies, bien calientes, de los quemadores, he girado sobre los talones y me he dirigido a la mesa para destinar las líneas que preceden a mi viejo y huraño amigo. En este momento estoy a punto de regalarte un esbozo —no, no un esbozo—, un relato completo y fiel de ciertos eventos relacionados con el hecho más importante de mi vida —al menos de mi vida anterior a mi relación con Jack Halford—, y cuando hayas terminado, acúsame, si puedes, de deslealtad y reserva hostil.

Sé que prefieres las historias largas y con muchos detalles concretos y eventuales, igual que mi abuela, así que no voy a ahorrártelos: mis únicos límites serán mi paciencia y mi propio disfrute.

Entre las cartas y los papeles de los que te hablé, está un viejo y desteñido diario mío, que menciono para asegurarme de que no dispongo solo de la memoria —por muy sólida que esta sea— para fundamentar mi relato, con el fin de no abusar demasiado de tu credulidad cuando me sigas a través de los pequeños detalles de la narración... Empecemos pues, de una vez, con el primer capítulo, ya que esta será una historia con muchos capítulos...

Capítulo Primero
Un descubrimiento

Debes regresar conmigo al otoño de 1827.

Como sabes, mi padre era una especie de caballero granjero en el condado de ...Shire; y yo, por su expreso deseo, lo seguí en la misma tranquila ocupación, no de muy buena voluntad, pues la ambición fomentaba en mí metas más elevadas y la vanidad, desoyendo su voz, me decía que estaba sepultando mi talento en los campos, escondiendo mi inteligencia tras los arbustos. Mi madre había hecho todo lo posible para convencerme de que yo era capaz de grandes logros; pero mi padre, que consideraba a la ambición como el camino más seguro hacia la ruina y el cambio una palabra equivalente a destrucción, no prestó atención a ningún plan para mejorar mi condición o la de mis semejantes. Me aseguró que todo era un disparate y me aconsejó, con su aliento agonizante, a permanecer en el viejo y buen camino, a continuar sus pasos y los de su padre antes que él, olvidándome de mis ambiciones, y pasar honradamente por el mundo, sin mirar a derecha ni izquierda, y a transmitir los acres paternos a mis hijos en una condición, al menos, tan floreciente como él me los dejaba a mí.

"¡En fin...! Un agricultor honesto y trabajador es uno de los miembros más provechosos de la sociedad; y si destino mi ingenio al cultivo de mis tierras y a mejorar la agricultura en general, beneficiaré no solo a mi familia y a mis subordinados, sino, en cierto modo, a toda la humanidad; por tanto, no habré vivido en vano".

Con ese razonamiento trataba de consolarme al atardecer de un día frío, húmedo y gris de finales de octubre, mientras caminaba a través de los campos de regreso a casa. Pero el destello de color rojo intenso que se divisaba a través de la ventana del salón fue más eficaz para estimularme el ánimo y reprocharme mis desagradecidas quejas que todas las sabias reflexiones y buenas resoluciones que había obligado a forjar a mi mente. En ese entonces yo era un joven, recuerda —tenía solo veinticuatro años—, y no había logrado la mitad del dominio que ahora poseo sobre mi espíritu, por irrelevante que pueda parecer.

Sin embargo, no debía entrar en aquel refugio de júbilo hasta haber cambiado mis botas cubiertas de barro por un par de zapatos limpios, mi ordinaria gabardina por un abrigo decente, y haber arreglado mi aspecto en general para estar presentable ante una sociedad decente; mi madre, con toda su amabilidad, era inmensamente rigurosa en ciertos aspectos.

Al subir a mi habitación me encontré en la escalera con una muchacha inteligente, bonita, de diecinueve años, de silueta pulcra y desgarbada, cara redonda, mejillas radiantes, rizos brillantes y recogidos, y pequeños y alegres ojos café. No hace falta decirte que se trataba de mi hermana Rose. Sé que ella sigue siendo una atractiva ama de casa, sin embargo, no menos encantadora —a tus ojos— que aquel día feliz en que la viste por primera vez. Nada me hizo pensar entonces que, unos años más tarde, sería la esposa de alguien totalmente desconocido para mí, pero destinado a convertirse en un amigo más íntimo incluso que ella misma, más entrañable que aquel muchacho descortés de diecisiete años que me tropezó en el pasillo al bajar, y estuvo a punto de hacerme perder el equilibrio, y quien, en escarmiento de su imprudencia, recibió un sonoro golpe en la cabeza con el candelabro de la pared; sin embargo, no sufrió mucho con el castigo, porque, además de ser más dura de lo normal, estaba protegida por una excesiva cabellera de rizos color rojizo, que mi madre llamaba castaño.

Al entrar en el salón encontramos a la distinguida señora sentada en su sillón junto a la chimenea, concentrada en su tejido, como era su costumbre cuando no tenía otra cosa que hacer. Había barrido la casa y hecho un fuego resplandeciente para recibirnos; la criada acababa de traer la bandeja para el té y Rose estaba sacando la jarra del té y la azucarera del armario de roble negro, que brillaba como ébano pulido en la festiva media luz del salón.

—¡Bien, aquí están los dos! —exclamó mi madre, observándonos sin demorar el movimiento de sus ágiles dedos y las brillantes agujas—. Ahora cierren la puerta, y acérquense al fuego mientras Rose prepara el té; estoy segura de que están hambrientos. Díganme dónde han estado durante todo el día, me gusta saber en qué han estado mis hijos.

—He estado domando al potro rucio —lo que no es tarea fácil—, dirigiendo el arado de los últimos rastrojos de trigo —ya que el labrador no sabe dirigirse a sí mismo— y ejecutando un ambicioso y eficiente plan de drenaje para las praderas bajas.

—¡Ese es mi valeroso muchacho! Y tú, Fergus, ¿qué has estado haciendo?

—Poniendo señuelo a los tejones.

Y procedió a relatar minuciosamente su pasatiempo, refiriendo los respectivos grados de destreza del tejón y los perros; mi madre fingió escuchar con gran atención y observó el rostro animado de mi hermano con un nivel de admiración maternal que me pareció completamente desproporcionada a su tarea.

—Ya es hora de que hagas algo provechoso, Fergus —dije, tan pronto como una pausa momentánea en su relato me permitió dar mi opinión.

—¿Qué puedo hacer? —refutó él—. Mi madre no me deja ir al mar ni entrar en el ejército, y estoy decidido a no hacer otra cosa, salvo convertirme en una molestia tal para todos ustedes que agradezcan desembarazarse de mí en cualquier condición.

Nuestra madre acarició dulcemente su corto y rizado cabello. Él gruñó y trató de parecer huraño, y luego todos ocupamos nuestros lugares en la mesa, obedeciendo a la repetida solicitud de Rose.

—Ahora tomen su té —dijo ella—, y les contaré lo que he estado haciendo. He ido a visitar a los Wilson y es una verdadera lástima que no hayas venido conmigo, Gilbert, porque Eliza Millward estaba allí.

—Bueno, ¿y qué pasa con ella?

—¡Oh, nada! No te voy a hablar de ella, solo te diré que es una persona amable y encantadora, cuando está de buen humor, y que no me importaría llamarla...

—¡Cállate, cállate, querida! ¡A tu hermano no se le ha pasado semejante idea por la cabeza! —murmuró con seriedad mi madre, levantando un dedo.

—Bueno —continuó Rose—, iba a contarles un montón de noticias importantes que oí allí, y he estado deseosa de contarlas desde entonces. Como saben, hace un mes se comentó que alguien iba a alquilar Wildfell Hall. Y... ¿qué creen que ha ocurrido? ¡La casa está habitada desde hace más de una semana! ¡Y nosotros no supimos nada!

—¡Imposible! —clamó mi madre.

—¡Absurdo! —chilló Fergus.

—¡Sí que está! ¡Y por una sola dama!

—¡Por Dios, querida! ¡El lugar está en ruinas!

—Ha hecho habitables dos o tres habitaciones; vive allí sola, con una mujer mayor como criada.

—¡Oh, no, querida! Eso lo estropea todo. Yo esperaba que fuera una bruja —observó Fergus, mientras untaba con mantequilla una gruesa rebanada de pan.

—¡No digas tonterías, Fergus!

—¿No es extraño, madre?

—¿Extraño? ¡Apenas puedo creerlo!

—Pues puedes creerlo, porque Jane Wilson la ha visto. Fue hasta allí con su madre, quien, naturalmente, al enterarse de que había una extraña en la vecindad estuvo en ascuas hasta que la miró y consiguió enterarse de todo lo que pudo sobre ella. Se llama la señora Graham y está de luto, aunque no del todo riguroso, y es bastante joven, dicen, no más de veinticinco o veintiséis años, ¡y muy reservada! Hicieron todo lo posible para indagar quién era, de dónde venía, todo; pero ni la señora Wilson, con sus tozudas e impertinentes indiscreciones, ni la señorita Wilson, con sus hábiles artimañas, pudieron obtener una sola respuesta satisfactoria, o por lo menos una alusión casual, una expresión fortuita calculada para aliviar su curiosidad o que arrojara el más débil rayo de luz sobre su historia, sus circunstancias o sus parientes. Además, apenas fue cortés con ellas y evidentemente parecía más deseosa de decir "adiós" que "cómo están ustedes". Pero Eliza Millward dice que su padre tiene intención de visitarla pronto para darle algún consejo pastoral, que teme que necesita, pues, aunque se sabe que está viviendo en la casa desde comienzos de la semana pasada, no se presentó en la iglesia el domingo; y ella, es decir, Eliza, le rogará a su padre que le permita acompañarlo, y estoy segura de que con sus lisonjas será capaz de sonsacarle algo. Ya sabes, Gilbert, que ella puede conseguir lo que se proponga. Y nosotros deberíamos llamar alguna vez, es lo apropiado, ya sabes.

—Naturalmente, querida. ¡Pobrecita! ¡Qué sola debe sentirse!

—Por favor, dense prisa, y no olviden informarme sobre cuánto azúcar echa en el té y qué clase de gorros y delantales usa; no se olviden de nada. No sé cómo podré vivir hasta saberlo —dijo Fergus con una expresión realmente seria.

Pero si lo que pretendía era que su ocurrencia fuera aclamada como un golpe maestro de ingenio, fracasó estrepitosamente, porque nadie se rio. Sin embargo, no pareció muy desconcertado por eso, porque después de haberse tomado un bocado de pan con mantequilla, cuando estaba a punto de tragarse un sorbo de té, le entraron unas irresistibles ganas de reír a consecuencia de lo que había dicho, obligándolo a saltar de su asiento y salir disparado de la habitación, tosiendo y ahogado; un minuto después se le oyó gritar en una terrible agonía en el jardín.

En cuanto a mí, estaba hambriento, y me limité a consumir silenciosamente el té, el jamón y las tostadas, mientras mi madre y mi hermana seguían hablando, discutiendo las circunstancias aparentes y no aparentes y la probable o improbable historia de la misteriosa dama; aunque debo confesar que, después del percance de mi hermano, me llevé una o dos veces la taza a los labios y volví a ponerla sobre el platillo sin probar su contenido, al ver que corría el riesgo de perjudicar mi dignidad con una explosión similar.

Al día siguiente, mi madre y Rose se apresuraron a presentar sus saludos a la bella solitaria. Poco más sabían cuando volvieron; pero mi madre declaró que no lamentaba el viaje, porque si bien no había sido de gran utilidad para ella, se complacía de haber proporcionado alguna, lo cual era mejor todavía: había dado algunos consejos beneficiosos que, creía, no serían del todo inútiles; pues la señora Graham, aunque hablaba poco y parecía ser algo obstinada, no parecía incapaz de reflexionar. Sin embargo, uno se preguntaba dónde había estado toda su vida, pues la pobre había mostrado una lamentable ignorancia sobre algunas cosas y ni siquiera se había avergonzado de ello.

—¿Sobre qué cosas, madre? —pregunté.

—En asuntos domésticos, y en todos esos detalles de la cocina y esas cosas con las que las señoras deberían estar familiarizadas, tanto si necesitan hacer uso de sus conocimientos como si no. Sin embargo, le di algunos consejos útiles y varias recetas excelentes, cuyo valor evidentemente no parecía apreciar, pues me rogó que no me preocupara, que llevaba una vida tan tranquila y sencilla que estaba segura de que no tendría que hacer uso de ellos. "No importa, querida —le dije yo—, es algo que toda mujer respetable debería saber; además, aunque vive usted sola ahora, no siempre será así. Ha estado casada y probablemente —casi podría decir con toda seguridad— volverá a casarse". "Se equivoca usted, señora —dijo ella, casi con arrogancia—, estoy segura de que nunca volveré a casarme". Le contesté que yo sabía más de estas cosas.

—Alguna viuda joven y romántica, supongo —dije yo—, que se dispone a terminar sus días aquí, en soledad, y a llorar en secreto por su querido y difunto esposo; pero no durará mucho.

—No, yo no lo considero así —observó Rose—. Después de todo, no parecía muy desconsolada; y es demasiado hermosa, más bien atractiva, diría. Tienes que verla, Gilbert; te parecerá una absoluta belleza, aunque difícilmente podrás encontrarla parecida a Eliza Millward.

—Bueno, puedo imaginar muchos rostros más hermosos que el de Eliza, aunque no más encantadores. Admito que está lejos de ser perfecta, pero creo que si fuera más perfecta, sería menos interesante.

—¿Así que prefieres sus defectos a la perfección de otras personas?

—Exactamente, salvando la apariencia de mi madre.

—¡Oh, mi querido Gilbert, qué cosas dices! Sé que no hablas en serio, eso no puede ser cierto —dijo mi madre, y con el pretexto de que tenía pendiente asuntos domésticos salió presurosa de la habitación, para escapar a la incongruencia que se estremecía en mi lengua.

Después Rose me suministró más detalles de la señora Graham. Su aspecto, sus modales, su vestido, incluso los muebles de la habitación en la que vivía fueron descritos con una claridad y precisión que superaban mi curiosidad; pero como no fui un oyente muy atento, no podría repetir la descripción, aunque quisiera.

El día siguiente fue sábado, y el domingo todo el mundo indagaba si la bella desconocida sacaría provecho de la amonestación del vicario e iría a la iglesia. Confieso que yo mismo miré con cierto interés hacia el viejo banco familiar perteneciente a Wildfell Hall, donde los cojines de forro carmesí descoloridos no habían sido tocados ni renovados durante años, y las austeras insignias, con sus lúgubres bordes de tela negra amarillenta, fruncían el ceño desde la pared de arriba.

Y allí contemplé una figura alta, parecida a una dama, vestida de negro. Su rostro estaba vuelto hacia mí y había algo en él que, una vez visto, me invitó a mirarlo una vez más. Su cabello era negro como un cuervo y dispuesto en largos y brillantez rizos, un estilo de peinado bastante inusual en aquellos días, pero siempre elegante y apropiado; su tez era clara y pálida; no pude ver sus ojos, pues estaban fijos en el libro de oraciones, ocultos por sus párpados caídos y unas pestañas largas y negras, pero las cejas eran expresivas y bien definidas; la frente era alta y despejada; la nariz, perfectamente aguileña, y los rasgos en general, intachables; solo se observaba un leve hundimiento alrededor de las mejillas y los ojos, y los labios, aunque finamente formados, eran un poco demasiado delgados, un poco demasiado apretados, y sugerían algo que delataba un temperamento no muy dulce y amable; y pensé para mí: "Preferiría admirarla desde esta distancia, bella dama, que ser el compañero de su hogar".

En ese momento levantó la vista y se encontró con la mía, conscientemente no retiré mis ojos de los suyos y ella regresó a su libro, pero con una momentánea e indefinible expresión de sereno desdén, que me resultó inefablemente provocadora.

"Cree que soy un mozalbete indiscreto —pensé—. ¡Hum! Cambiará de opinión dentro de poco. Sí, creo que vale la pena".

Fue entonces cuando caí en cuenta de que aquellos eran pensamientos inapropiados para un lugar religioso y que mi comportamiento, en aquel momento, era cualquier cosa menos el debido. Sin embargo, antes de prestar atención al servicio, eché una mirada alrededor de la iglesia para ver si alguien me había estado observando, pero no: todos los que no estaban pendientes de sus oraciones, lo estaban de la extraña dama, entre ellos mi buena madre y mi hermana, la señora Wilson y su hija; incluso Eliza Millward miraba furtivamente de reojo hacia el centro de atracción general. Luego me miró, sonrió con disimulo y se ruborizó, fijó con humildad la vista en sus oraciones y se esforzó por componer su expresión.

Mi conducta era de nuevo indecorosa, pero esta vez me lo hizo saber un inesperado codazo en las costillas por parte de mi petulante hermano. En ese momento, no pude reaccionar ante la afrenta más que pisándole los dedos con fuerza, demorando mi venganza hasta que hubiéramos salido de la iglesia.

Ahora, Halford, antes de terminar esta carta, te diré quién era Eliza Millward. Era la hija menor del vicario y una criaturita realmente atractiva, por quien yo sentía no poca predilección; y ella lo sabía, aunque yo nunca había llegado a dárselo a conocer claramente y no tenía una intención precisa de hacerlo, pues mi madre, que consideraba que no había mujer adecuada para mí en treinta kilómetros a la redonda, no podía soportar la idea de que me casase con aquella cosita insignificante, quien, además de sus numerosas imperfecciones, no tenía veinte libras que pudiera llamar suyas. La figura de Eliza era al mismo tiempo delicada y regordeta, su cara, pequeña y casi tan redonda como la de mi hermana —la tez algo parecida a la suya, pero más suave y sin duda menos lozana—, nariz respingona, rasgos en general irregulares; en conjunto, era más encantadora que bonita. Pero sus ojos —no debo olvidar esta notable particularidad, pues en ellos residía su atractivo principal, al menos aparentemente—, estos eran largos y pequeños, el iris negro, o marrón muy oscuro, la expresión voluble, siempre cambiante, pero siempre o extraordinariamente —casi diría diabólicamente— maliciosa, o irresistiblemente fascinante; con frecuencia, ambas cosas. Su voz era melosa e infantil; su paso, ligero y silencioso, casi felino; pero sus modales recordaban con frecuencia los de un precioso gatito juguetón, unas veces pícaro y gracioso, y otras, tímido y recatado, conforme a su propia y dulce voluntad.

Su hermana Mary era varios años mayor, varios centímetros más alta, de una complexión más fuerte y tosca, una muchacha sencilla, tranquila y sensata, que había cuidado a su madre con devoción durante su última, larga y tediosa enfermedad, y que había sido el ama de casa y la esclava de la familia desde entonces hasta el presente. Contaba con la admiración y la confianza de su padre, y todos los gatos, perros, niños y pobres la querían y la invitaban, mientras que todos los demás la menospreciaban y la marginaban.

El mismo reverendo Michael Millward era un hombre mayor, alto y corpulento, y llevaba siempre un sombrero de ala sobre su rostro grande y cuadrado, también llevaba un imponente bastón en la mano y se enfundaba sus todavía poderosas piernas en pantalones cortos y polainas, o en medias negras de seda en ceremonias públicas. Era un hombre de convicciones fijas, fuertes prejuicios y rutinas regulares, intolerante con toda clase de disidencia, que actuaba con la firme certeza de que sus opiniones eran siempre acertadas y que todo aquel que discrepara con ellas debía ser un ignorante detestable o intencionalmente ciego.

En mi infancia me había acostumbrado a mirarlo siempre con un temor afectuoso y reverencial, que he superado hace poco, porque, si bien era paternalmente bondadoso con los que eran obedientes, era estricto con la disciplina, e insensible a la hora de censurar nuestros pecadillos y faltas juveniles; además, por aquellos días, siempre que visitaba a nuestros padres teníamos que presentarnos ante él y recitar el catecismo, o repetir "cómo hace la laboriosa abejita" o cualquier otro himno, o —lo peor de todo— ser examinados sobre su última charla y las partes más importantes de esta, que nunca podíamos recordar. A veces el respetable caballero censuraba a mi madre por ser demasiado indulgente con sus hijos, haciendo referencia al viejo Eli, o a David y Absalón, lo cual era especialmente irritante para sus sentimientos; y a pesar de lo mucho que ella estimaba su persona y sus opiniones, una vez la oí exclamar:

—¡Cómo me gustaría que tuviera un hijo él! Así no estaría tan dispuesto a darle consejos a la gente, ya vería lo que cuesta mantener a raya a dos muchachos.

Tenía una admirable preocupación por su salud: se levantaba muy temprano, daba una caminata antes de desayunar, era muy exigente en que la ropa fuera abrigada y estuviera muy seca, nunca se supo que diera un sermón sin antes ingerir un huevo crudo —aunque tenía buenos pulmones y una voz potente—, y era, en general, muy escrupuloso con lo que comía y bebía, aun sin ser en lo absoluto abstemio; tenía una forma muy particular de alimentarse, despreciaba el té y las porquerías parecidas, y era afecto a la cerveza, el tocino, los huevos, el jamón, el tasajo y otras carnes fuertes, que se adaptaban bastante bien a su aparato digestivo, por lo que sostenía que eran buenas y saludables para todo el mundo, y confiadamente se las recomendaba a los más delicados convalecientes de dispepsia, a quienes, si no recibían los prometidos beneficios de sus prescripciones, les decía que era a causa de no haber insistido y, si se quejaban de las molestias provenientes de ellas, les aseguraba que eran puras fantasías.

Mencionaré brevemente a otras dos personas a las que me he referido, para así poner fin a esta larga carta. Son la señora Wilson y su hija. La primera era la viuda de un importante terrateniente, una vieja chismosa de mente estrecha, cuyo carácter no vale la pena describir. Tenía dos hijos, Robert, un ordinario y rudo campesino, y Richard, un joven retraído y aplicado, que estudiaba a los clásicos con la ayuda del vicario, preparándose para la universidad, con la intención de ingresar en la Iglesia.

Su hermana Jane era una muchacha de bastante talento y ambiciosa. Por iniciativa propia había recibido una educación regular en un internado, superior a la de cualquier otro miembro de la familia. Había aprovechado bien el refinamiento y adquirido una considerable elegancia en sus modales, perdió completamente su acento provinciano y podía presumir de más triunfos que las hijas del vicario. Además, era considerada una belleza, aunque en ningún caso pudo contarme entre sus admiradores. Tenía unos veintiséis años, era bastante alta, muy delgada, su cabello no era ni castaño ni castaño rojizo, sino inequívoca, brillante y luminosamente rojo; su tez era bellísima y radiante; la cabeza, pequeña, el cuello, largo; la barbilla, graciosa, aunque muy corta, los labios, delgados y rojos; sus ojos, de color avellana claro, vivaces y penetrantes, pero totalmente desprovistos de poesía o sentimiento. Tuvo o pudo haber tenido muchos pretendientes de su clase, pero los rechazó desdeñosamente a todos porque nadie, salvo un caballero, podía complacer su refinado gusto, y nadie, salvo un hombre rico, podía satisfacer su ambición ilimitada. Hubo un caballero, de quien había recibido últimamente ciertas atenciones bastante significativas, y a cuyo corazón, nombre y fortuna, se rumoraba, había dirigido sus propósitos. Era el señor Lawrence, el joven terrateniente cuya familia había ocupado primero Wildfell Hall, pero la había abandonado hacía unos quince años, para vivir en una mansión más moderna y confortable en el pueblo vecino.

Ahora, Halford, me despido de ti por el momento. Esta es la primera entrega de mi deuda. Si la moneda te complace, házmelo saber, y te mandaré el resto en mis ratos de ocio; si prefirieres seguir siendo mi acreedor en vez de colmar tu monedero con unas piezas tan desgarbadas y pesadas, dímelo igualmente, y perdonaré tu mal gusto, y guardaré gustosamente el tesoro.

Afectuosamente tuyo,

GILBERT MARKHAM.

CAPÍTULO II
UNA ENTREVISTA

Aprecio con alegría, mi apreciado amigo, que la nube de tu descontento se ha desvanecido; la luz de tu consentimiento me bendice nuevamente. Deseas la reanudación de mi historia; así que, sin más preámbulos, la tendrás.

Creo que el día que mencioné por última vez fue un domingo, el último del mes de octubre de 1827. El martes siguiente salí, con mi perro y mi escopeta, a rastrear cualquier pieza de caza que pudiera encontrar dentro del territorio de Linden Car; pero, al no hallar ninguna, dirigí mi arma contra los halcones y las cornejas negras, cuyas rapiñas, como imaginé, me habían privado de mejores presas. Con este fin abandoné los parajes más concurridos —los valles arbolados, los campos de maíz y las praderas—, y comencé a subir la escarpada pendiente de Wildfell, el monte más alto y agreste de los alrededores; conforme se asciende por él, los setos, así como los árboles, se vuelven escasos y débiles, cediendo su sitio, finalmente, los primeros, a toscas vallas de piedras, parcialmente reverdecidas por el musgo y la yedra, y los segundos, a los alerces y los abetos escoceses, o a los solitarios endrinos. Los campos, al ser ásperos y pedregosos, son por completo inadecuados para el arado, y se habían dedicado fundamentalmente al pastoreo de ovejas y ganado; la capa de tierra era delgada y pobre: trozos de roca gris asomaban aquí y allá en las lomas cubiertas de hierba; arándanos y matorrales —restos de una floración más salvaje— crecían bajo los muros; y en muchos de los vallados, ambrosías y juncales usurpaban la supremacía de la escasa hierba; pero nada de eso era de mi propiedad.

Junto a la cima de esta colina, a unos tres kilómetros de Linden Car, se encontraba Wildfell Hall, una mansión de la antigua época isabelina, construida con piedra gris oscura, de apariencia honorable y encantadora, pero, indudablemente fría y lúgubre para ser habitada, con gruesos parteluces de piedra y pequeñas celosías enrejadas, respiraderos deformados por el tiempo, y su condición demasiado solitaria, demasiado desabrigada... solo protegida de los embates del viento y el tiempo por una hilera de abetos escoceses, igualmente marchitos por las tormentas y con un aspecto tan lúgubre y austero como la misma casa. Detrás de esta se extendían campos solitarios y, más allá, la cima yerma, cubierta de matorrales, de la colina; delante de ella —cercado por muros de piedra en los que se insertaba una puerta de hierro con grandes bolas de granito colocadas en la parte superior de los pilares, similares a las que decoraban el tejado y los gabletes— había un jardín, quizás anteriormente poblado por todas las robustas plantas y flores que el suelo y el clima podían permitir y todos los árboles y arbustos capaces de soportar la tortura de la tijera podadora del jardinero, y que más fácilmente adoptaban las formas que él escogía darles; ahora, abandonado durante tanto tiempo, sin cultivar ni arreglar, tragado por la maleza y el hierbajo, por las heladas

y los vientos, la lluvia y la sequía, presentaba un aspecto verdaderamente singular. Los tupidos setos de ligustre que cercaban la vereda
principal estaban en sus dos terceras partes secos, y el resto crecía más
allá de todo límite razonable; el viejo cisne de boj situado junto al
cobertizo de las herramientas había perdido el cuello y la mitad del
cuerpo; las fortificadas torres de laurel que había en medio del jardín,
el enorme guerrero que custodiaba uno de los lados de la puerta de
entrada y el león que resguardaba el otro habían adquirido formas
tan fantásticas que no recordaban a nada que hubiera en la tierra, en
el cielo o en las aguas subterráneas; pero, en mi imaginación juvenil,
tenían todos una apariencia de mágicos duendes que concordaban
con las misteriosas leyendas y las oscuras tradiciones que nos había
contado nuestra niñera respecto a la encantada mansión y sus difun-
tos ocupantes.

Había logrado matar un halcón y dos cornejas cuando llegué a
las cercanías de la casa; entonces, renunciando a la caza, continué
paseando para contemplar el viejo lugar y apreciar los cambios que
había efectuado en ella su nueva ocupante. No quería llegar hasta el
portal para husmear desde allí; así que me detuve junto al muro del
jardín, observé y no vi cambio alguno, salvo en una de las alas, donde
las ventanas rotas y el tejado destruido habían sido claramente repa-
rados, y donde una delgada espiral de humo ascendía sin prisa por los
cañones de la chimenea.

Permanecí de pie, apoyado en mi escopeta, contemplando los oscuros gabletes, y me sumergí en una vaga ensoñación, urdiendo una
serie de caprichosas fantasías en las que se mezclaban a partes iguales
los viejos recuerdos y la joven y bella ermitaña, que ahora habitaba
detrás de aquellos muros. Oí un ligero crujido y jadeos como de alguien intentando trepar, y al mirar en dirección a donde procedían
los ruidos, vi una diminuta mano que se elevaba por encima del
muro: se aferró a la última piedra, y luego la otra pequeña mano se
alzó para cogerse con firmeza; después apareció una pequeña frente
blanca, rematada por unos bucles de pelo castaño claro, con un par
de ojos azul oscuro debajo, y la parte superior de una diminuta nariz
de marfil.

Los ojos no repararon en mi presencia, en cambio destellaron de alegría al descubrir a Sancho, mi hermoso perdiguero blanco y negro correteando por el campo con el hocico pegado al suelo. La pequeña criatura estiró el cuello y llamó a gritos al perro. El bondadoso animal se detuvo, miró hacia arriba y meneó la cola, pero no se acercó. El niño —un niño pequeño que parecía tener unos cinco años— trepó hasta la cima del muro y lo llamó una y otra vez; pero al ver que no lograba su objetivo, pareció tomar la decisión, como Mahoma, de ir a la montaña puesto que la montaña no iba hacia él, e intentó saltar, mas un impertinente cerezo, que crecía vigoroso cerca de allí, lo cogió por el vestido con una de las torcidas y ásperas ramas que se extendían hasta el muro. Al intentar librarse de ella, resbaló uno de sus pies y cayó, aunque no al suelo: el árbol todavía lo mantenía suspendido. Hubo una lucha silenciosa y luego se oyó un chillido, pero yo había dejado caer mi escopeta sobre la hierba y me apresuré a coger al pequeño en mis brazos.

Le froté los ojos con su vestido, le dije que estaba perfectamente y llamé a Sancho para que lo tranquilizara. Acababa de poner su manita sobre el cuello del perro y comenzaba a sonreír entre lágrimas cuando oí, detrás de mí, el chillido de la puerta de hierro al abrirse y el roce de vestidos femeninos; y de pronto vi a la señora Graham abalanzarse sobre mí, con el cuello descubierto y sus negros bucles movidos por el viento.

—¡Deme al niño! —dijo con una voz apenas más fuerte que un murmullo, pero con un tono decididamente impetuoso y, cogiendo al pequeño, me lo arrebató, como si pudiera contaminarse a mi contacto; luego permaneció con una mano firmemente aferrada a la del niño y la otra en su hombro, fijando en mí sus grandes y luminosos ojos oscuros, pálida, sin aliento, temblando de agitación.

—No estaba haciendo daño al niño, señora —aseguré yo, sin saber muy bien si estaba sorprendido o disgustado—. Se cayó del muro y tuve la suerte de cogerlo cuando estaba colgado de cabeza de aquel árbol, previniendo así no sé qué catástrofe.

—Le pido disculpas, señor —balbuceó ella; se calmó de pronto, la luz de la razón pareció iluminar su ensombrecido ánimo y el rubor se extendió sutilmente por sus mejillas—. No lo conocía a usted... y pensé...

Se inclinó para besar al niño y rodeó cariñosamente su cuello con el brazo.

—Supongo que usted creyó que raptaría a su hijo.

Movió la cabeza con una sonrisa confundida y contestó:

—No sabía que había intentado trepar al muro. Tengo el placer de hablar con el señor Markham, ¿no es así? —añadió repentinamente.

Yo hice una reverencia afirmativa y me aventuré a preguntarle cómo lo sabía.

—Su hermana vino aquí hace unos días con la señora Markham.

—¿Nos parecemos tanto? —pregunté sorprendido, no muy halagado por la idea.

—Creo que hay un fuerte parecido en los ojos y en la estampa —replicó ella, con aire dubitativo, examinando mi cara—, además creo que lo vi a usted en la iglesia el domingo.

Sonreí, y al parecer algo en aquella sonrisa, o en los recuerdos que suscitó, fue especialmente molesto para ella, porque su rostro adquirió de pronto la expresión orgullosa y fría que había ocasionado mi aversión de una forma indescriptible en la iglesia: una mirada repulsiva de desprecio, adoptada de una manera tan natural, sin alterar en absoluto un solo rasgo, que en aquel momento me pareció la expresión normal de su rostro, lo que la hacía más provocadora para mí, porque no podía considerarla fingida.

—Buenos días, señor Markham —dijo ella, y sin más palabra o mirada, entró con su hijo al jardín; volví a mi casa malhumorado y descontento. Me sería muy difícil explicarte por qué, y por lo tanto no lo intentaré.

Entré en mi casa solo para dejar la escopeta y el cebador, y dar algunas instrucciones necesarias a uno de los labradores; luego me dirigí a la vicaría, para distraer mi espíritu y calmar mi inquietud con la compañía y la conversación de Eliza Millward.

Como de costumbre, la encontré concentrada en una pieza de bordado —la obsesión por las lanas de Berlín no había empezado todavía—, mientras su hermana estaba sentada junto a una esquina de la chimenea, con el gato en sus rodillas, remendando un montón de medias.

—¡Mary, Mary, guárdalas! —insistía afanada Eliza cuando entré en la habitación.

—¡No me digas! —fue la impasible respuesta, y mi presencia impidió que continuara la discusión.

—¡Es usted muy desafortunado, señor Markham! —advirtió la hermana menor con una de sus maliciosas y oblicuas miradas—. ¡Mi padre se acaba de ir al pueblo y probablemente no volverá hasta dentro de una hora!

—No importa, puedo arreglármelas para pasar unos minutos con sus hijas, si ellas me lo permiten —dije, acercando una silla al fuego y sentándome en ella, sin esperar el ofrecimiento.

—Bueno, si usted se porta bien y es entretenido, no pondremos objeciones.

—Por favor, les ruego que su consentimiento sea incondicional, porque no he venido para proporcionar placer, sino para buscarlo —contesté.

Sin embargo, me pareció razonable hacer un ligero esfuerzo para que mi compañía fuera agradable; y aunque realmente pequeño, fue bastante afortunado, pues la señorita Eliza nunca estuvo de mejor humor. Efectivamente parecíamos muy complacidos, conseguimos mantener una animada y alegre, aunque no muy profunda, conversación. Fue un poco mejor que un *tête-à-tête*, pues la señorita Millward no abrió nunca los labios, salvo para corregir ocasionalmente alguna afirmación casual o expresión exagerada de su hermana, y una vez para pedirle que recogiera la madeja de algodón, que había rodado bajo la mesa. Sin embargo, lo hice yo mismo, como si fuera mi obligación.

—Gracias, señor Markham —dijo ella cuando se la entregué—, la hubiera recogido yo misma, pero no quería molestar al gato.

—Mary, querida, eso no te disculpa a los ojos del señor Markham —dijo Eliza—; me atrevería a decir que él odia a los gatos como odia cordialmente a las viejas solteronas, como todos los caballeros. ¿No es verdad, señor Markham?

—Creo que es algo natural en nuestro inaccesible sexo la aversión por los animalitos —repliqué—, porque ustedes, las mujeres, les prodigan demasiadas caricias.

—¡Benditos sean, pequeños tesoros! —gritó ella en un repentino estallido de entusiasmo, dando la vuelta y abrumando al gato de su hermana con una lluvia de besos.

—¡No, Eliza! —exclamó la señorita Millward, con cierta brusquedad, mientras la apartaba alterada.

Pero ya era tiempo de que me fuera: por mucho que me apresurara llegaría tarde para el té, y mi madre era la puntualidad y el orden hecha persona.

Era notorio que mi bella amiga se resistía a mi partida. Le estreché cariñosamente la delicada mano al partir, y ella me recompensó con una de sus sonrisas más dulces y una de sus miradas más encantadoras. Volví a casa muy feliz, con el corazón repleto de satisfacción y desbordado de amor por Eliza.

Capítulo III
Una discusión

Al cabo de dos días, la señora Graham se presentó en Linden Car, desmontando la sospecha de Rose, quien albergaba la idea de que la misteriosa ocupante de Wildfell Hall desestimaría por completo el habitual cumplimiento de la vida civilizada, opinión sostenida también por los Wilson, quienes aseveraban que ni su visita ni la de los Millward habían sido retornadas todavía, como era de esperarse. Realmente, la causa de aquel descuido fue justificada, pero lamentablemente, no a la entera satisfacción de Rose. La señora Graham había traído consigo a su hijo, y cuando mi madre expresó su sorpresa de que el niño hubiera hecho una caminata tan larga, contestó:

—Es un paseo muy largo para él, pero de no traerlo conmigo debía renunciar a la visita, porque nunca lo dejo solo. Por lo que, señora Markham, le ruego que ofrezca mis disculpas ante los Millward y la señora Wilson cuando los vea, pues me temo que no podré tener el placer de visitarlos hasta que mi pequeño Arthur sea capaz de acompañarme.

—Pero, ¿acaso no tiene usted una criada? —dijo Rose—. ¿No podría dejar al niño con ella?

—Ella tiene otras ocupaciones que atender y, además, es demasiado vieja para correr tras el niño; y él es demasiado inquieto para estar atado a una mujer de edad.

—Pero lo dejó usted para ir a la iglesia.

—Sí, una vez, pero no lo hubiera hecho por ninguna otra razón. Me temo que en adelante tendré que arreglármelas para llevarlo conmigo o quedarme en casa.

—¿Es tan travieso? —preguntó mi madre, bastante sorprendida.

—No —contestó la dama, sonriendo tristemente, al tiempo que acariciaba el ondulado cabello de su hijo, que estaba sentado en un taburete a sus pies—, pero él es mi único tesoro y yo soy su única compañera, así que no nos gusta estar separados.

—Pero, querida, yo llamo a eso una insensatez —dijo mi madre con extrema franqueza—. Debería usted evitar esos absurdos mimos, tanto para evitar perjudicar al niño como para salvarse usted de las burlas.

—¿Perjudicar, señora Markham?

—Sí, es malcriar al niño. Incluso a su edad no tendría que estar siempre pegado a las faldas de su madre, debería darle vergüenza.

—Señora Markham, le ruego que no diga esas cosas, al menos delante de él. ¡Confío en que mi hijo nunca se avergüence de querer a su madre! —exclamó la señora Graham con una vehemencia que sorprendió a los presentes.

Mi madre trató de sosegarla con una explicación, pero ella pareció considerar que ya se había hablado suficiente del tema y cambió bruscamente de conversación.

"Tal como lo había sospechado —me dije—. El temperamento de la dama no es muy dulce, a pesar de su rostro delicado, pálido y su gesto arrogante, donde la reflexión y el sufrimiento parecen haber dejado su huella por igual".

Durante todo ese tiempo yo estuve sentado a la mesa en el otro extremo de la habitación, aparentemente absorto en la lectura de un volumen de la *Farmer's Magazine*, que casualmente estaba leyendo cuando llegó nuestra visitante. Decidí no ser excesivamente cortés, me limité a hacer una inclinación de cabeza cuando ella entró y continué con mi ocupación.

Al poco rato, sin embargo, noté que alguien se acercaba a mí con paso sutil, lento y vacilante. Era el pequeño Arthur, irresistiblemente atraído por mi perro Sancho, que estaba echado a mis pies. Al alzar la vista, lo vi a unos dos metros, con sus claros ojos azules observando con nostalgia al perro, paralizado, no por miedo al animal, sino por la timidez que le impedía acercarse a su dueño. No obstante, un arranque de valor lo indujo a acercarse. El niño, aunque tímido, no era antipático. Al minuto estaba arrodillado en la alfombra, con sus brazos alrededor del cuello de Sancho, y uno o dos minutos más tarde, el pequeño estaba sentado en mis rodillas, contemplando con ávido interés los distintos tipos de caballos, ganado, cerdos y granjas modelo que aparecían en la revista que tenía delante. Miraba a su madre de vez en cuando para ver cómo le sentaba la idea de la recién nacida familiaridad, y comprendí, por la mirada de ella, que por una u otra razón no se sentía cómoda con la actitud del niño.

—Arthur —dijo finalmente—, ven aquí. Estás molestando al señor Markham, está ocupado leyendo.

—En absoluto, señora Graham, le ruego que lo deje aquí. Estoy tan entretenido como él —argumenté yo. Pero, aun así, ella en silencio volvió a llamarlo con la mirada y con un gesto.

—No, madre —dijo el niño—, déjame ver estos dibujos primero; luego te contaré cómo son.

—Vamos a dar una pequeña fiesta el lunes, cinco de noviembre —dijo mi madre—, y espero que no tenga ninguna excusa para no asistir, señora Graham. Puede traer al niño con toda tranquilidad, le aseguro que seremos capaces de entretenerlo. Así podrá usted excusarse con los Millward y los Wilson personalmente. Ellos también vendrán.

—Gracias, pero nunca voy a fiestas.

—¡Oh!, pero esta será completamente familiar. Empezará temprano y no estaremos más que nosotros y los Millward y los Wilson, a la mayoría de los cuales ya conoce, y el señor Lawrence, su casero, a quien seguro ya conoce.

—Lo conozco un poco, pero debe usted excusarme esta vez. Las noches son ahora oscuras y húmedas y Arthur, me temo, es muy delicado para exponerlo, seguro se vería afectado. Debemos dejar para más adelante el placer de su hospitalidad, hasta el retorno de días más largos y noches más cálidas.

Rose, ante una indicación de mi madre, sacó del armario del aparador una garrafa de vino, vasos y un pastel, y el refrigerio fue debidamente ofrecido a nuestros invitados. Estos compartieron el pastel, pero rehusaron con obstinación probar el vino, a pesar de los hospitalarios intentos de su anfitriona por servírselo. Arthur, especialmente, huyó del néctar carmesí con espanto y repugnancia, y estuvo a punto de llorar cuando le insistieron en que lo tomara.

—No te preocupes, Arthur —dijo su madre—, la señora Markham cree que te sentará bien después de esa caminata tan larga, ¡pero ella no va a obligarte a tomarlo! Me atrevería a decir que no te hace falta. Preferiría que no insista, señora. No soporta ni siquiera la vista del vino —añadió—, y el olor casi lo pone enfermo. Acostumbro a darle un poco de vino o de licor suave con agua como medicina cuando está enfermo, y la verdad es que he conseguido que lo deteste.

Todo el mundo se rio, excepto la joven viuda y su hijo.

—Bueno, señora Graham —afirmó mi madre, secándose las lágrimas de alegría de sus brillantes ojos azules—, en fin, ¡me sorprende usted! La creía más sensata. ¡La pobre criatura va a convertirse en un perfecto blandengue como jamás se ha visto! Piense únicamente en la clase de hombre que va usted a hacer de él, si insiste en esa actitud...

—Me parece una idea excelente —la interrumpió la señora Graham con imperturbable seriedad—. De esa manera espero salvarle de un vicio degradante, al menos. Me gustaría poder proporcionarle el estímulo necesario para cualquier otro plan que le resulte más favorable.

—Pero de esa forma —intervine yo— nunca lo convertirá en un hombre íntegro. ¿En qué consiste la virtud, señora Graham? ¿Es la cualidad de ser capaz y estar dispuesto a resistir la tentación, o la de no tener tentaciones que resistir? ¿Es hombre fuerte aquel que supera grandes dificultades y es capaz de logros sorprendentes, aun con grandes esfuerzos musculares y con el riesgo de la subsiguiente fatiga, o aquel que está sentado todo el día sin más ocupación trabajosa que avivar el fuego y llevarse la comida a la boca? Si quiere ver a su hijo caminar honrosamente por el mundo, no debe intentar apartarle las piedras que se encuentre en el camino, sino enseñarle a caminar con firmeza por encima de ellas, no insistiendo en llevarle de la mano, sino dejándole que aprenda a ir solo.

—Lo llevaré de la mano, señor Markham, hasta que tenga la fortaleza necesaria para ir solo. Y le apartaré tantas piedras del camino como pueda, y le enseñaré a evitar las demás, o a caminar firmemente sobre ellas, como usted dice; porque cuando haya hecho todo lo posible por apartarle las piedras, quedarán todavía muchas para ejercitar toda la agilidad, entereza y cautela que pueda llegar a tener. Está muy bien hablar de la resistencia noble y de las pruebas de la virtud, pero por cada cincuenta... o cada quinientos hombres que han sucumbido a la tentación, muéstreme uno que haya tenido la virtud de resistir. ¿Por qué voy a dar por sentado que mi hijo será uno entre mil, en vez de anticiparme contra lo peor y suponer que él será como su... como el resto de la humanidad si no procuro evitarlo?

—Es usted muy zalamera con todos nosotros —observé.

—No sé nada acerca de ustedes, hablo de aquellos a los que sí conozco. Y si veo a toda la raza humana —con algunas raras excepciones— tropezar y equivocarse a lo largo del camino de la vida, hundirse en cada trampa, romperse los huesos en cada obstáculo del camino, ¿he de renunciar a utilizar todos los medios que estén a mi alcance para asegurarle un tránsito más seguro y confiable?

—Sí, pero la forma más eficiente es esforzarse por fortalecerlo contra la tentación, no apartársela del camino.

—Haré ambas cosas, señor Markham. Dios sabe que habrá suficientes tentaciones, dentro y fuera, cuando yo haya hecho todo lo posible para que el vicio le resulte tan poco seductor como abominable en su propia naturaleza. Yo misma he tenido, en realidad, pocos estímulos para lo que el mundo llama vicio, pero he sufrido, sin embargo, tentaciones y pruebas de otra clase, que han requerido, en muchas ocasiones, más vigilancia y firmeza para hacerles frente de las que yo he sido capaz de oponerles hasta ahora. Y creo que esto es lo que reconocería la mayoría de la gente que está acostumbrada a la reflexión y deseosa de luchar contra sus perversiones naturales.

—Sí —dijo mi madre, entendiendo a medias el sentido de sus palabras—, pero no juzgue a un muchacho por usted misma, mi querida señora Graham; permítame que la prevenga a tiempo del error, el fatal error, lo llamaría yo, de asumir la responsabilidad de la educación del niño. El hecho de que usted sea hábil en algunas cosas, y culta, no le confiere la destreza necesaria para la tarea, no está usted en realidad capacitada; y si insiste en su pretensión, créame que se arrepentirá amargamente cuando el daño esté hecho.

—¡Supongo que lo enviaré a la escuela para que aprenda a subestimar la autoridad y el afecto de su madre! —dijo nuestra visitante con una sonrisa más bien rencorosa.

—¡Oh, no! Pero si quiere tener un muchacho que realmente menosprecie a su madre, deje que ella lo resguarde en su casa y se pase la vida mimándole, esclavizada a satisfacer todas sus extravagancias y caprichos.

—Estoy completamente de acuerdo con usted, señora Markham, pero nada está más lejos de mis principios y mis tradiciones que comportarme de una manera tan criminal e irresponsable como la que usted describe.

—Bueno, pero usted lo tratará como a una niña, arruinará su espíritu y hará de él una señorita, estoy segura de ello, señora Graham, sean cuales fueren sus ideas. Le diré al señor Millward que hable con usted: él le explicará las consecuencias, se las expondrá de una manera tan clara como el día y le dirá lo que debe hacer. Estoy segura de que será capaz de convencerla en un minuto.

—No tiene necesidad de molestar al vicario —dijo la señora Graham, mirándome, supongo que yo me sonreía ante la ilimitada confianza de mi madre en aquel noble caballero—. El señor Markham cree que sus poderes de convicción son por lo menos iguales a los del señor Millward. Si no lo escucho, tampoco me convencerá nadie, aunque sea capaz de hacer milagros, él puede decírselo. En fin, señor Markham, usted, que sostiene que un muchacho no debería ser protegido del mal sino enviado a luchar contra él, solo y sin ayuda, que no debería enseñársele a evitar las trampas de la vida, sino a arrojarse con valentía a ellas, o sobre ellas, como él prefiera, para que busque el peligro en vez de esquivarlo, y alimentar su virtud con la tentación, ¿lo haría usted?

—Perdone usted, señora Graham, pero va muy deprisa. Yo no he dicho que haya de enseñar a un niño a precipitarse en las trampas de la vida, o incluso a buscar premeditadamente la tentación con el pretexto de ejercitar la virtud de vencerla; yo solo digo que es mejor armar y fortalecer a su héroe que desarmar y debilitar a su adversario; y si usted cultiva un roble joven en un invernadero, atendiéndolo esmeradamente día y noche, protegiéndolo de cada soplo del viento, no puede esperar que se convierta en un árbol vigoroso, como aquel que ha crecido al borde de la ladera, expuesto a la acción de todos los factores de la naturaleza, ni siquiera protegido del golpe de la tempestad.

—De acuerdo, está bien, pero ¿pensaría usted lo mismo si se tratara de una muchacha?

—Por supuesto que no.

—No. Usted quisiera que fuera cuidada con ternura y delicadeza, como una planta de invernadero, que se le enseñara a recurrir a los demás en busca de orientación y apoyo, y alejada todo lo posible del conocimiento del mal. ¿Sería usted tan amable de decirme por qué hace esta diferencia? ¿Cree usted que una muchacha carece de virtud?

—Por supuesto que no.

—Pero usted afirma que la virtud solo se pone al descubierto con la tentación, y usted piensa que una mujer no debe ser demasiado expuesta a la tentación, ni informada en lo más mínimo sobre el vicio o cualquier cosa relacionada con él. Debe ser, por lo tanto, que usted piensa que es esencialmente tan viciosa, o tan débil mental, que no puede resistir la tentación; y aunque pueda ser pura e inocente siempre que se la mantenga ignorante y limitada, al carecer, sin embargo, de virtud real, enseñarle cómo pecar es al mismo tiempo hacer de ella una pecadora, y cuanto mayor sea su conocimiento, cuanto más amplia su libertad, más profunda será su depravación; por el contrario, el sexo más noble posee una tendencia natural al bien que, protegida por una fortaleza superior, cuanto más se ejercita con las pruebas y peligros más se desarrolla.

—¡Que el Cielo no permita que yo crea algo semejante! —interrumpí finalmente.

—Entonces quizá piense usted que los dos son débiles y propensos a errar, y que el más ligero error, la más mínima mancha de sombra, arruinaría a la una, mientras que el carácter del otro sería fortalecido y embellecido y su educación convenientemente rematada con un pequeño conocimiento práctico de las cosas prohibidas. Esta experiencia —por usar una expresión común— será para él como la tormenta para el roble, que, aunque puede dispersar las hojas y quebrar las ramas más pequeñas, sirve en realidad para apuntalar las raíces y endurecer y consolidar las fibras del árbol. Usted querría que animáramos a nuestros hijos a probar las cosas por su propia experiencia; por el contrario, nuestras hijas ni siquiera deben aprovecharse de la experiencia de los demás. Pero yo querría que ambos se beneficiaran de la experiencia de los demás, y de los preceptos de una autoridad más alta, que deberían conocer de antemano para rechazar el mal y elegir el bien, sin recurrir a pruebas experimentales para enseñarles el mal de la transgresión. Yo no enviaría al mundo a una pobre muchacha desarmada frente a sus enemigos e ignorante de las trampas que acechan a su paso; ni la vigilaría y la protegería hasta que, carente de respeto y seguridad en sí misma, perdiera el poder o la voluntad de cuidarse y protegerse; y en cuanto a mi hijo, si creyera que va a crecer para convertirse en lo que usted llama un hombre de mundo, uno que "sabe lo que es la vida", y jactarse de su experiencia, aunque la hubiera aprovechado de tal manera que finalmente se serenara y se convirtiera en un miembro útil y respetado de la sociedad, ¡preferiría que muriera mañana! ¡Lo preferiría mil veces! —repitió seriamente, apretando al niño contra ella y besando su frente con una intensa devoción. Este, desde hacía algún rato, había abandonado a su nuevo compañero y permanecía de pie junto a las rodillas de su madre, mirando su rostro y escuchando con silencioso asombro su incomprensible discurso.

—¡Bueno! Ustedes las damas siempre tienen la última palabra, supongo —dije yo, al ver que se levantaba y comenzaba a despedirse de mi madre.

—Puede usted tener todos los argumentos que quiera... pero no puedo quedarme a escucharlos.

—No, de eso se trata: solo oyen ustedes de una discusión lo que quieren, el resto podemos decírselo a las paredes.

—Si usted quisiera decir algo más sobre el tema —contestó ella mientras le tendía la mano a Rose—, debe usted llevar a su hermana a visitarme algún día y así escucharé, con toda la paciencia que pueda usted desear, todo lo que quiera decir. Preferiría ser orientada por usted que por el vicario, porque tendría menos inconveniente para decirle al final del discurso que mi opinión sigue siendo la misma que al principio... como sería el caso, estoy convencida, con el respeto debido a los dos, lógico.

—Sí, naturalmente —contesté yo, decidido a mostrarme tan molesto como ella—, porque cuando una dama admite escuchar un argumento que va en contra de sus opiniones, siempre está decidida de antemano a resistirse a él, a escuchar solamente con sus oídos corporales, cerrando a cal y canto sus órganos mentales al razonamiento más poderoso.

—Buenos días, señor Markham —dijo mi bella adversaria con una sonrisa de misericordia.

Sin dignarse rebatir, se inclinó ligeramente y se dispuso a salir; pero su hijo, con infantil impertinencia, la detuvo exclamando:

—¡Madre, no le has dado la mano al señor Markham!

Ella se volvió sonriente y extendió la mano. Se la apreté vigorosamente, estaba molesto por la continua desconsideración a la que me había sometido desde que nos conocimos. Sin conocer nada de mi carácter y mis principios verdaderos, lucía evidentemente predispuesta contra mí y parecía resuelta a mostrar que, en lo que me atañía y sobre cada particular, sus opiniones apuntaban muy por debajo de las que yo tenía de mí mismo. Yo era de naturaleza susceptible, si no, no me hubiera sentido tan humillado. Quizá también estaba un poco mimado por mi madre y mi hermana, y algunas otras damas conocidas mías; y, sin embargo, yo no era de ningún modo un presumido: de eso estoy plenamente convencido, lo creas o no.

CAPÍTULO IV
LA FIESTA

Nuestra fiesta del 5 de noviembre se desarrolló de una manera encantadora, a pesar de que la señora Graham no tuvo la cortesía de asistir a nuestra invitación. A decir verdad, quizás si hubiera asistido el ambiente habría estado menos cordial y no habríamos gozado de la libertad y el jolgorio que tuvimos sin ella. Mi madre, como de costumbre, estuvo muy entusiasta y habladora, servicial y de muy buena disposición; su único error era pretender con demasiada insistencia que sus invitados fueran felices, obligando a varios de ellos a hacer lo que a sus espíritus les fastidiaba: a comer o beber, a sentarse frente a la chimenea, o a hablar cuando les hubiera gustado permanecer en silencio. A pesar de esto, lo soportaron muy bien, ya que todos gozaban de la mejor disposición para pasar una velada muy divertida.

El señor Millward fue generoso en considerables disertaciones religiosas, bromas llenas de prudencia, anécdotas grandiosas y discursos proféticos, pronunciados para la ilustración de la reunión en general y de la maravillada señora Markham, el cortés señor Lawrence, la apacible Mary Millward, el reservado Richard Wilson y el sincero Robert en particular, que fueron los oyentes más considerados.

La señora Wilson estuvo más fabulosa que nunca, con su exhibición de noticias frescas y antiguos escándalos, mezclados con preguntas y reflexiones triviales y observaciones a menudo repetidas, expuestas aparentemente con el único propósito de no dar descanso a sus órganos del habla. Había traído su tejido con ella y parecía como si su lengua hubiera hecho una apuesta con sus dedos para aventajarles en velocidad y movimiento continuo.

Su hija Jane estuvo, naturalmente, tan elegante y refinada, tan ingeniosa y atractiva como podía serlo; había muchas mujeres que aventajar y muchos hombres que seducir, y estaba, además, el señor Lawrence para conquistar y seducir. Sus pequeñas artes de seducción eran demasiado discretas e incomprensibles para atraer mi atención, pero me pareció que había en ella un simulado aire de superioridad y una ingenua timidez poco propicia a su alrededor que anulaba todos sus avances. Cuando se marchó, Rose me interpretó todas sus miradas, palabras y actitudes con una mezcla de agudeza y severidad que me hizo maravillar por igual de los artificios de la dama y la sagacidad de mi hermana, y preguntarme si ella no tendría también un ojo puesto en el hacendado; pero no importa, Halford, no lo tenía.

Richard Wilson, el hermano menor de Jane, se sentó en una esquina, parecía de buen humor, pero silencioso y tímido, deseoso de no llamar la atención, aunque interesado en escuchar y observar; y aunque estaba en cierto modo fuera de su ambiente, habría sido bastante feliz a su manera si mi madre lo hubiera dejado en paz; pero, en su equivocada amabilidad, no dejó de perseguirlo con sus atenciones, acosándolo con toda clase de manjares con el pretexto de que era demasiado tímido para servirse él mismo, y obligándolo a gritar desde el otro extremo del salón sus monosilábicas respuestas a las numerosas preguntas y observaciones con las que ella trataba en vano de entablar una conversación.

Rose me comentó que el joven nunca nos habría honrado con su presencia de no ser por la insistencia de su hermana Jane, que deseaba ansiosamente mostrar al señor Lawrence que tenía un hermano más caballeroso y refinado que Robert. Ese notable individuo, con quien ella había sido igualmente solícita para mantener apartado, pareció no ver razón alguna para no divertirse un rato con Markham y la vieja dama —mi madre no era vieja, realmente—, la preciosa señorita Rose y el clérigo, como el que más; y estaba en su derecho, por otra parte. Así que habló de trivialidades con mi madre y con Rose, disertó con el vicario sobre los asuntos de la vicaría, de cosas del campo conmigo y de política con los dos.

Mary Millward también prefería el silencio, pero no fue tan atormentada por la terrible amabilidad como Dick Wilson, ya que tenía una manera cortante y decidida de contestar y de oponerse, y se le consideraba más antipática que tímida. Sea como fuere, lo cierto es que no parecía complacer a la concurrencia, ni disfrutar mucho de ella. Eliza me dijo que había venido solo porque su padre había insistido, habiéndosele metido en la cabeza que se dedicaba exclusivamente a las faenas caseras, olvidándose de las distracciones y las diversiones inocentes que eran propias de su edad y de su sexo. En general, pareció estar de buen humor. Una o dos veces el ingenio y la alegría de algún privilegiado entre los presentes la hicieron reír, entonces observé que procuraba la mirada de Richard Wilson, que estaba sentado frente a ella. Como Richard estudiaba con el padre de Eliza, ella lo conocía, a pesar de las costumbres retraídas de ambos, y supongo que había entre ellos una especie de camaradería.

Mi Eliza estaba indescriptiblemente hermosa, coqueta y sin excesos, y evidentemente más deseosa de llamar mi atención que la de los demás. Podía leerse claramente en su rostro encendido y en su pecho palpitante el placer que experimentaba al tenerme cerca de ella, sentado o de pie a su lado, al decirle algo al oído o al apretarle la mano al bailar, aunque luego fuera desmentido por palabras y gestos atrevidos. Pero será mejor que contenga mi lengua; si me vanaglorio ahora de estas cosas, tendré que ruborizarme más tarde.

Continuaré, pues, hablando de las distintas personas que asistieron a nuestra fiesta; Rose se mostró sencilla y natural, como siempre, llena de alegría y vivacidad.

Fergus estuvo impertinente y disparatado, pero su insolencia y extravagancia, si bien no elevaron el concepto en que lo tenían los demás, sirvieron para que estos se divirtieran.

Finalmente —pues no me incluyo—, el señor Lawrence fue caballeroso y atento con todo el mundo, cortés con el vicario y las damas, especialmente con la anfitriona y su hija, y la señorita Wilson... ¡hombre equivocado!; no tuvo el gusto de preferir a Eliza Millward. El señor Lawrence y yo manteníamos una relación estrecha. Sustancialmente reservado, rara vez abandonaba el apartado lugar de su nacimiento, donde había llevado una vida solitaria desde la muerte de su padre, no tenía la oportunidad ni la disposición de hacer muchas amistades; de todas las personas que había conocido, yo era —a juzgar por los resultados— la compañía más agradable para su gusto. A mí el hombre me caía bastante bien, pero era demasiado frío, tímido e independiente para ganarse toda mi preferencia. Él admiraba en los demás la franqueza y la sencillez, siempre que no fueran acompañadas por la vulgaridad, pero era incapaz de adoptar estas cualidades. La excesiva reserva sobre sus asuntos personales era realmente muy irritante y fría, pero yo se lo dejaba pasar, pues estaba convencido de que el origen estaba menos en el orgullo y la falta de confianza en sus amigos que en una particular y enfermiza sensibilidad y una desconfianza peculiar, de la que era consciente, aunque le faltaba energía para superarla. Su corazón era como una planta sensible que se abre un instante con la luz del sol, pero que se hace un ovillo y se contrae al menor roce con el dedo o del viento más ligero. Y, sobre todo, nuestra familiaridad era más una predilección mutua que una amistad profunda y sólida, como la que existe entre tú y yo. A pesar de tus arrebatos de mal genio, Halford, con nada puedo compararte mejor que con un viejo abrigo de impecable tejido, pero cómodo y holgado, que se ha adaptado a la forma del que lo lleva, quien puede utilizarlo como le agrade, sin molestarse por el miedo a estropearlo; por el contrario, el señor Lawrence era como un traje nuevo, de corte impecable al mirarlo, pero tan estrecho en los codos que uno temía romper las costuras si movía libremente los brazos, y tan suave y delicado en su superficie que uno no se atrevía a exponerlo a una sola gota de lluvia.

Al rato de la llegada de los invitados, mi madre mencionó a la señora Graham, lamentó su inasistencia a la reunión y explicó a los Millward y los Wilson las razones que había dado por no haber devuelto sus visitas, esperando que ellos la disculparan, pues estaba segura de que no había pretendido ser descortés y que estaría encantada de visitarlos en cualquier momento...

—Pero es una dama muy particular, señor Lawrence —agregó—. No sabemos qué pensar de ella; quizá usted pueda decirnos algo sobre ella, ya que es su inquilina y ella dijo que lo conocía un poco.

Todas las miradas se fijaron en el señor Lawrence. Pensé que estaba innecesariamente desconcertado al ser interrogado de aquella manera.

—¿Yo, señora Markham? —dijo—. Se equivoca... yo no.. es decir, la he visto, desde luego, pero yo soy la última persona a la que debería pedir información sobre la señora Graham.

Inmediatamente se volvió hacia Rose y le pidió que interpretara alguna canción o alguna melodía al piano para alegrar a la concurrencia.

—No —dijo ella—, debe usted pedírselo a la señorita Wilson; ella nos eclipsa a todos en el canto y también en la música.

La señorita Wilson también se negó.

—Cantará con mucho gusto —dijo Fergus— si usted se toma la molestia, señor Lawrence, de ponerse junto a ella y pasar las hojas de la partitura.

—Lo haré con mucho gusto. Señorita Wilson, ¿me permite?

La señorita Wilson alargó el largo cuello y sonrió, y le permitió guiarla hasta su instrumento, en donde tocó y cantó, con su mejor estilo, una pieza tras otra, mientras él permanecía tranquilamente junto a ella, con una mano apoyada en el respaldo de la silla donde estaba sentada, mientras con la otra daba vuelta a las hojas de las partituras. Quizá el señor Lawrence disfrutaba de la interpretación tanto como ella —fue muy buena en su estilo—, pero no podría decir que me conmoviera profundamente. Hubo gran dominio en la ejecución, pero muy poco de los preciados sentimientos.

Pero el tema de la señora Graham no se había acabado.

—No tomo vino, señora Markham —se disculpó el señor Millward cuando le ofrecieron esta bebida—; tomaré un poco de cerveza. Siempre prefiero la cerveza que hace en su casa a cualquier otra cosa.

Halagada por el cumplido, mi madre tocó la campana y le fue servida inmediatamente una jarra de porcelana de nuestra mejor cerveza al notable caballero, quien sabía muy bien cómo apreciar sus distinciones.

—¡Esto sí vale la pena! —dijo, llenando el vaso con un largo chorro hábilmente dirigido desde la jarra al recipiente para producir mucha espuma sin desperdiciar una gota. Después de examinarlo a la luz de una vela, tomó un largo trago. Luego se chupó los labios, respiró profundamente y volvió a llenar el vaso.

Mi madre lo miraba llena de regocijo.

—¡No hay nada como esto, señora Markham! —sentenció él—. Siempre he dicho que no hay nada comparable a su cerveza.

—Me complace mucho que le guste, señor. Siempre me ocupo personalmente de su elaboración, así como de la del queso y la mantequilla. Me gustan las cosas bien hechas.

—¡Eso está muy bien, señora Markham!

—Sin embargo, señor Millward, ¿considera usted mal beber de vez en cuando un poco de vino o incluso de licor? —preguntó mi madre mientras le alargaba un humeante vaso de ginebra con agua a la señora Wilson, la cual afirmaba que el vino le sentaba mal al estómago, y cuyo hijo Robert estaba en aquel momento sirviéndose un vaso rebosante de lo mismo.

—¡De ninguna manera! —respondió el oráculo con una inclinación de cabeza al estilo de Júpiter—. Todas estas cosas son una bendición si sabemos hacer uso de ellas.

—Pero la señora Graham no piensa igual. Va a escuchar ahora lo que nos dijo el otro día. Le dije a ella que se lo contaría a usted.

Y mi madre favoreció a la concurrencia con una particular exposición de las ideas y la conducta equivocada de aquella dama en lo referente al asunto en cuestión, concluyendo con:

—¿No cree usted que es un error?

—¡Un error! —repitió el vicario con una solemnidad mayor de la habitual —. ¡Criminal, criminal diría yo! No solo es hacer del niño un tonto, sino menospreciar los dones de la Providencia y enseñarle a su hijo a pisotearlos.

Seguidamente, desarrolló el tema con más amplitud, extendiéndose en la explicación de la insensatez y el sacrilegio de aquella conducta. Mi madre lo escuchó con la más profunda devoción; e incluso la señora Wilson concedió descanso a su lengua por un momento, escuchando en silencio, mientras sorbía con placer su ginebra con agua. El señor Lawrence permaneció sentado con el codo apoyado en la mesa, jugando distraídamente con su copa de vino medio vacía y sonriendo secretamente para sí.

—Pero ¿no cree usted, señor Millward —sugirió cuando, por fin, el vicario hizo una pausa en su discurso—, que cuando sospechamos que un niño pueda tener una tendencia natural a los excesos, por culpa de sus padres o antecesores, por ejemplo, son aconsejables ciertas precauciones? —Todo el mundo creía que el padre del señor Lawrence había acortado sus días por culpa de los excesos.

—Algunas precauciones, puede ser; pero la templanza es una cosa y la abstinencia otra muy distinta.

—Pero he oído decir que, para algunas personas, la templanza —es decir, la moderación— es casi imposible; y si la abstinencia es un mal —cosa con la que no todo el mundo está de acuerdo—, nadie negará que el exceso es un mal mucho mayor. Algunos padres prohíben terminantemente a sus hijos que prueben las bebidas alcohólicas, pero la autoridad de un padre no puede durar toda la vida. Los niños tienen una tendencia natural a desear las cosas prohibidas, por lo que un niño tendrá probablemente una gran curiosidad por saborear y probar el efecto de lo que ha sido tan elogiado y disfrutado por otros y le ha estado prohibido, curiosidad que por lo general se satisface a la primera oportunidad; y una vez rebasada la prohibición podrían seguirse graves consecuencias. No pretendo ser un juez en estos temas, pero me parece que el objetivo de la señora Graham, tal como usted lo describe, señora Markham, por insólito que parezca, no carece de beneficios; en este caso el niño ya está libre de la tentación, no tiene una encubierta curiosidad, ni el fuerte deseo de satisfacerla; está tan familiarizado con los tentadores licores que se pueda desear, y no le gustan en absoluto, sin haber sufrido sus efectos.

—¿Y le parece eso cierto? ¿No he demostrado lo equivocado, lo contrario a las Escrituras y a la razón que es enseñar a un niño a mirar con desprecio y disgusto las bendiciones de la Providencia, en vez de hacer uso de ellas acertadamente?

—Usted puede considerar el láudano una bendición de la Providencia —replicó el señor Lawrence, sonriendo—, y, sin embargo, admitiría que la mayoría de nosotros nos abstuviéramos de probarlo, incluso con moderación, pero —agregó— no me gustaría que siguiera usted hasta mi analogía al pie de la letra, en virtud de lo cual termino mi copa.

—Y espero que tome otra, señor Lawrence —dijo mi madre, acercándole la botella.

Él rechazó cortésmente el ofrecimiento y, separando la silla un poco de la mesa, se giró hacia mí —yo estaba sentado en el sofá junto a Eliza Millward— y me preguntó con indiferencia si conocía a la señora Graham.

—La he visto una o dos veces —contesté.

—¿Qué piensas de ella?

—No puedo decir que me agrade mucho. Es atractiva, o, mejor dicho, tiene un aspecto distinguido e interesante, pero nada amistosa. Me parece una mujer cargada de prejuicios y aferrada a ellos contra viento y marea, que hace girar todo alrededor de sus opiniones preconcebidas; es demasiado rígida, demasiado mordaz, muy amargada para mi gusto.

Él no contestó, bajó la mirada y se mordió los labios. Enseguida se levantó y se acercó a la señorita Wilson, tan repelido por mí, imagino, como atraído por ella. Apenas me percaté de eso en aquel momento, pero más adelante recordé este y otros hechos igualmente insignificantes, cuando... pero no debo adelantarme.

Finalizó la velada con un baile; a nuestro digno pastor no le pareció escandaloso estar presente en aquella ocasión, a pesar de que uno de los músicos del pueblo había sido requerido para dirigir nuestro desenvolvimiento con su violín. Pero Mary Millward se empeñó obstinadamente en no unirse al grupo, y lo mismo hizo Richard Wilson, a pesar de que mi madre le rogó encarecidamente que lo hiciera, e incluso se ofreció a ser su pareja.

Sin embargo, nos las arreglamos muy bien sin ellos. Con una sola serie de cuadrillas, y varias danzas campesinas, seguimos hasta una hora bastante avanzada; al fin, después de pedirle a nuestro músico que tocara un vals, me disponía a enlazar la cintura de Eliza para girar al son de este baile delicioso, acompañados por Lawrence y Jane Wilson, Fergus y Rose, cuando el señor Millward se interpuso.

—¡No, no, no consiento esto! Vamos, ya es hora de marcharse.

—¡Oh, no, padre! —suplicó Eliza.

—¡Ya es hora, hija mía, ya es hora! ¡Moderación en todas las cosas, recuerda! Esta es la idea... "Deja que tu moderación sea conocida por todos los hombres".

Pero, en represalia, seguí a Eliza al oscuro pasillo, donde, con el pretexto de ayudarla con su chal, me temo que debo considerarme culpable de haberle robado un beso a espaldas de su padre, mientras este se envolvía la garganta y la barbilla en los pliegues de una enorme bufanda. ¡Pero, ay!, por desgracia, al girar vi que mi madre estaba cerca de mí. La consecuencia fue que, apenas se marcharon los invitados, me sometió a una severa reprimenda, que puso fin al curso galopante de mi ánimo y consiguió un desagradable fin a la velada.

—Mi querido Gilbert —dijo ella—, ¡desearía que no hubieras hecho eso! Sabes lo mucho que me importa tu bienestar, cuánto te quiero y te valoro por encima de cualquier otra cosa en el mundo, y cuánto deseo verte bien asentado en la vida, y cuánto me afligiría verte casado con esa muchacha, o con cualquier otra de la vecindad. No sé qué ves en ella. No es solo la falta de dinero en lo que pienso, nada de eso. Pero no tiene belleza, ni inteligencia, ni bondad, ni ninguna otra cosa que sea atractiva. Si conocieras tu propio valor, como yo lo conozco, no pensarías en eso. ¡Espera un poco y verás! Si te comprometes con ella te arrepentirás durante toda tu vida cada vez que mires a tu alrededor y veas cuántas hay que son mejores. Acuérdate de lo que te digo: te arrepentirás.

—¡Bueno, madre, tranquilízate! ¡Detesto que me sermoneen! ¡Todavía no me voy a casar, te lo aseguro! ¡Pero, vaya! ¿No puedo divertirme un poco?

—Sí, querido hijo mío, pero no de esa forma. De verdad, no deberías hacer esas cosas. Podrías perjudicar a la muchacha, si ella fuera como debe ser, pero te aseguro que es una pequeña y sagaz libertina, como todo el mundo sabe, y quedarás atrapado en sus trampas antes de que puedas darte cuenta de dónde estás. ¡Y si te casas con ella, Gilbert, me romperás el corazón! Y ahí se acabará todo.

—Vamos madre, no llores por eso —dije yo, pues las lágrimas

bañaban sus ojos—. ¡Ya está! Deja que la dulzura de este beso borre el
que le he dado a Eliza; no la denigres más, no tienes de qué preocuparte, pues te prometo que nunca... es decir, te prometo que pensaré
dos veces antes de dar un paso importante que tú desapruebes seriamente. Cuenta con eso.

Al terminar de decir esto, encendí mi vela y me fui a la cama con
el espíritu profundamente satisfecho.

CAPÍTULO V
EL ESTUDIO

Fue hacia finales del mes cuando por fin cedí a la insistencia de
Rose de acompañarla a una pequeña visita a Wildfell Hall. Con gran
sorpresa para nosotros, fuimos conducidos a una estancia en la cual
el primer objeto que atrajo mi mirada fue un caballete de pintor; a
su lado una mesa casi cubierta de lienzos, envases con óleo y barniz,
una paleta, pinceles, pinturas, etc. Recostados a la pared había varios
bocetos en diversas etapas de desarrollo y unas cuantas obras termi-
nadas, la mayoría paisajes y retratos.

—Debo recibirlos en mi estudio —dijo la señora Graham—, no
hay fuego en el salón hoy, y hace demasiado frío para que permanez-
can en un sitio con la chimenea apagada.

Y retirando de un par de sillas las artísticas tablas de madera que
las usurpaban, nos rogó que tomáramos asiento, y volvió a ocupar
su lugar junto al caballete. No estaba exactamente frente a él, pero
echaba una mirada a la pintura ocasionalmente mientras conversaba
y la retocaba algunas veces con el pincel, como si le resultara imposible apartar la atención de su ocupación para fijarla en sus visitantes.
Correspondía a una perspectiva de Wildfell Hall, como se observa
por la mañana temprano desde el campo de abajo, elevada en oscuro
relieve contra un cielo de claro azul plateado, con algunos trazos rojos
en el horizonte, dibujada y coloreada con exactitud, y muy elegante
y artísticamente lograda.

—Veo que pone todo su corazón en su trabajo, señora Graham

—observé yo—. Debo rogarle que continúe, porque si consiente usted que nuestra presencia la interrumpa, nos veremos obligados a considerarnos unos intrusos inoportunos.

—¡Oh, no! —contestó ella, arrojando el pincel sobre la mesa como si se hubiera sorprendido por la cortesía—. No estoy tan asediada por las visitas como para no poder compartir unos cuantos minutos con los pocos que me hacen el favor de visitarme.

—Casi ha terminado su pintura —dije, aproximándome para observarla más de cerca y mirándola con mayor grado de admiración y deleite del que puedo transmitir—. Unas cuantas pinceladas más en el primer plano y estará terminada, creo. Pero ¿por qué la ha llamado usted Fernley Manor, Cumberland, en lugar de Wildfell Hall, condado de...? —pregunté, refiriéndome al nombre que había escrito en pequeños caracteres en la parte inferior del lienzo.

Al instante noté que acababa de cometer una impertinencia, porque se sonrojó y dudó; pero, después de una pausa, contestó con una especie de apremiante franqueza:

—Porque tengo amigos, conocidos al menos, en el mundo, a los que deseo ocultar mi actual domicilio; y como podrían ver el cuadro y posiblemente reconocer el estilo, a pesar de las iniciales falsas que he pintado en la esquina, he tomado la previsión de darle un nombre falso al lugar también, con objeto de hacerles seguir un rastro errado, en caso de intentar dar conmigo de esta forma.

—Entonces, ¿no tiene usted la intención de quedarse con el cuadro? —pregunté yo, preocupado por decir cualquier cosa y cambiar de tema.

—No, no puedo permitirme el lujo de pintar como esparcimiento.

—Mi madre envía sus cuadros a Londres —dijo Arthur—, y alguien se los vende allí y nos hace llegar el dinero.

Al contemplar otros cuadros, me fijé en un bonito boceto de Lindenhope visto desde la cima de la colina, otra perspectiva de la casa iluminada por el sol en medio de la resplandeciente bruma de una tranquila tarde de verano, otro sencillo pero llamativo retrato de un niño melancólico, con apariencia de silenciosa pero profunda y desconsolada pena, sobre un manojo de marchitas flores, mientras detrás de él se vislumbraban unas colinas bajas y oscuras y unos campos otoñales, y un cielo melancólico y nublado en lo alto.

—Ya ve usted qué triste escasez de temas —observó la bella artista—. He pintado la casa una vez a la luz de la luna, y supongo que debo volver a pintarla en un día nevado de invierno, y otra vez en un nublado anochecer, porque realmente no tengo otra cosa que pintar. Me han comentado que hay una bonita vista del mar cerca de aquí. ¿Es eso verdad? ¿Es un paseo a corta distancia?

—Sí, si está dispuesta a caminar seis kilómetros, aproximadamente. Un poco menos de doce, entre ida y vuelta, y por un camino un poco accidentado y extenuante.

—¿En qué dirección se encuentra?

Describí la ubicación tan bien como pude, y estaba comenzando la explicación de los distintos caminos, senderos y campos que había que atravesar para llegar allí, las vueltas y revueltas, cuando me detuvo.

—¡Oh, deténgase! No me lo diga ahora: olvidaré cada palabra de sus indicaciones antes de necesitarlas. No pienso ir hasta la próxima primavera, y entonces quizá vuelva a molestarle. Ahora tenemos el invierno por delante...

Repentinamente se detuvo, con una exclamación reprimida, y se levantó de su asiento, diciendo:

—Excúsenme un momento —salió presurosa de la habitación y cerró la puerta tras ella.

Sentí mucha intriga por saber qué era lo que la había sobresaltado tanto, miré por la ventana —pues sus ojos se habían posado descuidadamente en ella un momento antes—, pero solo alcancé a ver los faldones de un abrigo de hombre que desaparecían detrás de un arbusto de acebo ubicado entre la ventana y la entrada.

—Es el amigo de mi madre —dijo Arthur.

Rose y yo nos miramos.

—No sé qué pensar de ella —murmuró Rose.

El niño la miró con profunda sorpresa. Enseguida, ella empezó a hablar con él sobre cuestiones triviales, mientras yo me distraía mirando los cuadros. Había uno en un rincón oscuro que no había observado antes. Era un niño pequeño sentado sobre la hierba con el regazo lleno de flores. Los rasgos serenos y los grandes ojos azules, sonrientes a través de un conjunto de rizos ligeramente castaños, derramados sobre su frente al inclinarse sobre su tesoro, guardaban el suficiente parecido con los del joven caballero que estaba frente a mí como para declararlo un retrato de Arthur Graham en su primera infancia.

Al cogerlo para sacarlo a la luz, descubrí otro detrás de él, que estaba de cara a la pared. Me aventuré a cogerlo también. Era el retrato de un caballero en la flor de su juventud, bastante bien parecido y no mal pintado, pero si la mano que lo había hecho era la misma que había pintado los demás cuadros, lo había hecho evidentemente algunos años antes; porque había en él un mayor interés por la minuciosidad de los detalles, y menor frescura en el colorido y en aquella libertad en la pincelada que me deleitaban y me sorprendían en los otros. Sin embargo, lo contemplé con un interés considerable. Había una cierta peculiaridad en los rasgos y en la expresión que lo transformaban, al instante, en un retrato muy acertado. Los brillantes ojos azules miraban al espectador con una especie de acecho burlón, casi esperabas verlos hacer un guiño; los labios —quizá en exceso voluptuosos— parecían dispuestos a sonreír; las mejillas decididamente coloradas estaban realzadas por unas exuberantes patillas rojizas; mientras que el brillante cabello castaño, amontonado en abundantes y ondulados rizos, caía demasiado sobre la frente y parecía indicar que su dueño estaba más orgulloso de su belleza que de su inteligencia —en lo que, quizá, tenía razón—; no obstante, no parecía un necio.

No había tenido el cuadro en mis manos dos minutos cuando la bella artista regresó.

—Solo era alguien que venía a propósito de los cuadros —dijo para excusarse por su brusca salida—. Le he dicho que espere.

—Me temo que se considerará una impertinencia —dije— el tomarse la libertad de mirar un cuadro que el artista ha puesto contra la pared, pero ¿puedo preguntar...?

—Es realmente un acto de gran impertinencia, señor, por lo que le ruego que no pregunte nada, pues su curiosidad no será satisfecha

—contestó ella con una sonrisa, intentando compensar la aspereza de su reprimenda, pero pude notar, en sus mejillas sonrojadas y el brillo de sus ojos, que se había molestado realmente.

—Solo quería preguntar si lo había pintado usted —dije dejando, disgustado, el cuadro entre sus manos. Sin pizca de protocolo lo cogió, volvió a ponerlo rápidamente en el oscuro rincón vuelto contra la pared, colocó el otro contra él como antes y luego se volvió hacia mí y sonrió.

Pero yo no estaba de humor para devolverle la sonrisa. Me volví con indiferencia hacia la ventana y permanecí allí mirando el desolado jardín, permitiéndole hablar con Rose durante un minuto o dos; luego, diciéndole a mi hermana que era hora de marcharse, le di la mano al pequeño caballero, me incliné fríamente ante la dama y me encaminé hacia la puerta. Pero después de despedirse de Rose, la señora Graham me tendió su mano con una sonrisa que no era nada malhumorada.

Luego, con voz suave, dijo:

—No permita que el sol se ponga sobre su ira, señor Markham. Siento mucho haberle ofendido con mi aspereza.

Y por supuesto, cuando una dama tiene el beneplácito de pedir disculpas, es imposible permanecer enfadado; así que por una vez nos separamos como buenos amigos y en esta oportunidad, al apretar su mano, lo hice de forma cordial, sin rastro de rencor.

Capítulo VI
Progreso

En los siguientes cuatro meses no visité la casa de la señora Graham, ni ella la mía; pero las señoras siguieron hablando de ella, y nuestra familiaridad continuó avanzando, aunque lentamente. En cuanto a las habladurías, yo no prestaba mucha atención —en lo que se refería a la bella ermitaña, quiero decir—, y la única información que supe de ella fue que un gélido día se había arriesgado a llevar a su hijo hasta la vicaría y, desgraciadamente, no había nadie en la casa excepto la señorita Millward; no obstante, permaneció un largo rato y, según todos comentaban, habían encontrado mucho de qué hablar entre ellas y se habían despedido con el deseo mutuo de volver a encontrarse. Al parecer a Mary le gustaban los niños, y a las afectuosas madres les gustan aquellos que saben apreciar sus tesoros como es debido.

Algunas veces yo la veía, no solo cuando iba a la iglesia, sino cuando salía por las colinas con su hijo, ya fuera en sus largos paseos, ya fuera —en días especialmente agradables— en sus sosegados paseos por las escarpadas estepas o por los solitarios prados que rodeaban la vieja casa; ella con un libro en la mano y su hijo brincando a su alrededor; y en cada una de aquellas ocasiones, cuando la vislumbraba durante mis paseos solitarios a caballo o a pie, o mientras me dedicaba a mis tareas agrícolas, generalmente me las ingeniaba para encontrarme con ella o abordarla, pues me agradaba bastante ver a la señora Graham y conversar con ella, y sin duda también me gustaba hablar con su pequeño compañero, quien, al romper el hielo de su timidez, se descubrió como un pequeño muy amistoso, inteligente y divertido; pronto nos convertimos en excelentes amigos, lo cual no sé hasta qué punto satisfacía a su madre. Al principio sospeché que ella deseaba echar un jarro de agua fría sobre esta creciente familiaridad —apagar, por así decir, la recién inflamada llama de nuestra amistad—, pero al descubrir, finalmente, a pesar de su recelo contra mí, que yo era del todo inofensivo y sincero, y que entre mi perro y yo brindábamos a su hijo una gran cantidad de placer que de otra manera no hubiera conocido, dejó de oponerse e incluso comenzó a celebrar mi llegada con una sonrisa.

En lo concerniente a Arthur, su bienvenida a gritos podía escucharse desde lejos y corría a mi encuentro dejando a su madre muy atrás. Si yo iba a caballo, él estaba seguro de que le invitaría a un galope o medio galope; o si había algún caballo de tiro a una distancia razonable le ofrecía que lo montara, lo que le gustaba aún más; pero su madre seguía el recorrido a su lado, no tanto, creo yo, para vigilar su comportamiento, como para garantizar que yo no metiera ideas censurables en su mente infantil, pues siempre estaba alerta y nunca permitía que el niño estuviera fuera de su vista. Lo que más disfrutaba era verlo jugar y correr con Sancho, mientras yo caminaba a su lado, no, me temo, porque le gustara mi compañía —aunque yo me ilusionaba a veces con la idea—, sino más bien por el placer que le proporcionaba ver a su hijo felizmente entregado al disfrute de aquellas actividades tan estimulantes y beneficiosas para su desarrollo físico, y sin embargo, tan poco frecuentes por falta de compañeros de juego de su edad; y, quizá, su placer fuera no poco mitigado por el hecho de que al estar yo con ella sería incapaz, por tanto, de causarle ningún mal a la criatura directa o indirectamente, con o sin intención, lo cual yo agradezco.

Sin embargo, creo que ella disfrutaba realmente conversando conmigo, y una luminosa mañana de febrero, durante un paseo de veinte minutos por la meseta, olvidó su aspereza y reserva habituales y se entregó enteramente a la conversación, debatiendo con tanta elocuencia y profundidad de pensamiento y sentimiento sobre un tema en el que coincidía felizmente con mis propias ideas, y pareciendo tan hermosa, además, que volví a casa fascinado. En el camino me sorprendí —moralmente— a mí mismo pensando que, después de todo, quizá sería mejor pasar mis días con una mujer como aquella que con Eliza Millward, y luego me avergoncé —figuradamente— por mi inconstancia.

Al entrar al salón encontré a Eliza con Rose solas. La sorpresa no fue en absoluto tan agradable como debería haber sido. Charlamos durante un largo rato, pero la encontré bastante superficial e incluso un poco aburrida, comparada con la más madura y formal señora Graham. ¡Desafortunadamente, la perseverancia humana!

"Sin embargo —pensé—, no debería casarme con Eliza, puesto que mi madre se opone tan firmemente a esa posibilidad, así es que no debería hacer creer a la muchacha que tengo la intención de hacerlo. Ahora bien, si este estado de ánimo continúa, tendré menos dificultad en emancipar mis afectos de su dulce pero ineludible poder, y aunque la señora Graham pueda ser también reprochable, puede permitírseme, como a los doctores, curar un mal mayor con otro menor, pues no me enamoraré perdidamente de la joven viuda, creo, ni ella de mí, estoy convencido, y si encuentro algo de placer en su compañía, con seguridad me será permitido buscarlo; y si la estrella de su divinidad fuera lo suficientemente resplandeciente como para oscurecer el brillo de la de Eliza, mejor aún, pero apenas puedo imaginarlo".

A partir de entonces raras veces dejaba pasar un buen día sin acercarme por Wildfell a la hora en que mi nueva conocida solía abandonar su santuario; pero con tanta frecuencia vi frustradas mis esperanzas de otro encuentro, tan cambiante era ella en sus horas de salida y los lugares a los que asistía, tan ocasionales eran las miradas casuales que era capaz de disfrutar, que me sentí en cierto modo propenso a pensar que ella se tomaba tantas molestias en evitar mi compañía como yo en procurar la suya; pero esta era una conjetura demasiado desagradable para mantenerla más que un momento, si podía ser práctico desestimarla.

Sin embargo, una tranquila y despejada tarde de marzo estaba yo en el valle supervisando cómo rodaban los rollos de pasto por la pradera y la reparación de una valla, cuando vi a la señora Graham al fondo de la cañada, con un cuaderno de dibujo en las manos, absorta en el ejercicio de su arte favorito, mientras Arthur se divertía construyendo diques y embalses en el arroyo poco profundo y pedregoso. Sentía necesidad de distraerme y no estaba dispuesto a dejar pasar una oportunidad tan inusual, así que abandoné los pastos y la valla, y me dirigí rápidamente hacia aquel lugar, aunque no antes que Sancho, que, en cuanto divisó a su joven amigo, recorrió apresurado la distancia que nos separaba y se abalanzó sobre él con una alegría tan impetuosa que hizo caer al chico en medio del riachuelo. Afortunadamente, las piedras lo protegieron de un verdadero baño y su delicadeza impidió que se hiciera demasiado daño como para no reírse por el infortunado accidente.

La señora Graham examinaba los detalles característicos de las distintas variedades de árboles en su desnudez invernal y copiaba, con un trazo vigoroso, aunque delicado, sus diversas ramificaciones. No habló mucho, pero yo me quedé a su lado observando los avances de su lápiz: era un placer contemplarlo tan diestramente guiado por aquellos elegantes y gráciles dedos. Pero al cabo de un momento su habilidad comenzó a mermar, dudaron y temblaron ligeramente, dejaron escapar algún trazo poco proporcionado, y de pronto se detuvieron. Su dueña alzó un rostro sonriente hacia el mío y comentó que su boceto no progresaba bajo mi observación.

—Entonces —dije—, hablaré con Arthur hasta que usted haya terminado.

—Me gustaría dar un paseo a caballo, señor Markham, si mi madre me lo consiente —dijo el niño.

—¿Con cuál caballo, muchacho?

—Me parece ver uno en aquel campo —contestó él, señalando el sitio en que la fuerte yegua negra tiraba del rodillo.

—No, no, Arthur, está demasiado lejos —contradijo su madre.

Pero le aseguré traerlo sano y salvo después de una o dos vueltas por el prado, y al mirar su rostro ansioso, sonrió y lo dejó ir. Era la primera vez que autorizaba que lo apartara de su lado una distancia de medio prado.

Embelesado en su gigante corcel y guiado solemnemente por el ancho y abundante prado, parecía la verdadera encarnación de una tranquila alegría y un gozoso deleite. El paseo, sin embargo, terminó pronto; pero cuando desmonté al galante jinete y lo devolví a su madre, esta parecía bastante disgustada de que lo hubiera entretenido tanto tiempo. Había cerrado su cuaderno de dibujo y, probablemente, llevaba ya algunos minutos esperando su regreso con inquietud.

"Ya es hora de regresar a casa", comentó, y me habría dado las buenas tardes si yo no hubiera estado decidido a no separarme de ella todavía: la acompañé durante parte del camino, colina arriba. Se volvió más amistosa y yo empezaba a sentirme verdaderamente feliz, pero cuando la vieja y fea mansión se hizo visible ante nosotros, se detuvo y se volvió hacia mí mientras hablaba, como si esperara que yo no fuera más lejos, que la conversación concluyera allí y que yo la dejara y partiera; a decir verdad, era hora de hacerlo, porque "la tarde clara y fría" había "oscurecido" rápidamente, el sol se había puesto y la encorvada luna ya brillaba visiblemente en el cielo gris pálido; pero un sentimiento casi de compasión me retenía. Resultaba difícil dejarla en una casa tan solitaria y tan poco acogedora. Alcé la mirada hacia ella. Se levantaba ante nosotros silenciosa y lúgubre. Una débil luz roja brillaba en las ventanas de una de las alas, pero todas las demás permanecían en tinieblas y muchas, completamente desprovistas de cristal o marco, parecían negras y abismales cavernas.

—¿No le parece un lugar muy inhóspito para vivir en él? —comenté, después de un momento de silenciosa contemplación.

—Sí, a veces —contestó ella—. En las noches de invierno, cuando Arthur está en la cama y yo me quedo sentada ahí, sola, oyendo el zumbido helado del viento que atraviesa por las viejas habitaciones ruinosas, no hay libro ni distracción que pueda evitar la embestida de los negros pensamientos y temores... Pero es una insensatez ceder a tales debilidades, lo sé. Si Rachel está satisfecha con esta vida, ¿por qué no iba a estarlo yo? En realidad, nunca agradeceré lo suficiente un refugio como este, mientras lo tenga.

Esa última frase fue dicha en voz baja, más como un recordatorio para sí misma que dirigida a mí. Luego me dio las buenas noches y se fue.

Apenas había avanzado un poco por el camino de vuelta a casa cuando divisé al señor Lawrence, que, en una bonita jaca gris, subía por el difícil sendero que llevaba a la cima de la colina. Me desvié un poco de mi camino para hablar con él, pues hacía algún tiempo que no nos veíamos.

—¿Era la señora Graham con quien hablabas hace un momento? —dijo, después de saludarnos.

—Sí.

—¡Ah! Eso pensé. —Miró pensativamente la crin de su caballo, como si esta, o cualquier otra cosa, le causaran un profundo desagrado.

—¡Bueno! ¿Qué ocurre?

—¡Oh, nada! —contestó—. Simplemente creí que te disgustaba —añadió tranquilamente, curvando sus labios con una sonrisa algo mordaz.

—Si así fuera, ¿no puede un mayor conocimiento hacer cambiar de opinión a un hombre?

—Sí, por supuesto —replicó él, arreglando con cuidado la enmarañada y abundante crin blanca de su jaca. Después, se giró repentinamente, fijó en mí sus tímidos y castaños ojos con una mirada firme y penetrante, y añadió—: Entonces, ¿has cambiado de parecer?

—No puedo decir con exactitud que lo haya hecho. No, creo que mantengo mi opinión sobre ella, aunque ligeramente mejorada.

—¡Oh! —Miró a su alrededor intentando conseguir otra cosa de qué hablar y, dando un vistazo a la luna, hizo alguna observación sobre la belleza de la noche, a la que no contesté por encontrarla superflua.

—Lawrence —dije, mirando con calma su rostro—, ¿estás tú enamorado de la señora Graham?

En lugar de ofenderse por el atrevimiento de mi pregunta, como lo habría hecho cualquiera, el primer sobresalto de sorpresa ante la audaz pregunta fue seguido por una risa nerviosa, como si le divirtiera mucho la idea.

—¡Enamorado de ella! —repitió—. ¿Qué te hace imaginar algo así?

—El interés que te toma el progreso de mi amistad con la dama y mis cambios de opinión con respecto a ella. Pensé que podías estar celoso.

Volvió a reírse.

—¡Celoso! No… pero creía que ibas a casarte con Eliza Millward.

—Pues pensaste mal, entonces. No voy a casarme con ninguna de las dos, que yo sepa.

—Entonces, creo que sería mejor que las dejes en paz.

—¿Vas tú a casarte con Jane Wilson?

Se sonrojó y volvió a jugar con la crin, pero contestó:

—No, creo que no.

—Entonces sería mejor que la dejaras en paz.

Ella no me dejará tranquilo, podría haber dicho; pero solo pareció desconcertado y no dijo nada durante un espacio de medio minuto, luego volvió a intentar cambiar la conversación. Esta vez se lo permití, pues ya había sufrido bastante. Una palabra más sobre el tema hubiera sido la gota necesaria para derramar el vaso.

Era demasiado tarde para el té, pero mi madre había tenido la amabilidad de dejar la tetera y los pasteles sobre el quemador de la chimenea para que se mantuvieran calientes y, aunque me riñó un poco, aceptó mis excusas enseguida; cuando me quejé del sabor del té, demasiado cargado, vertió lo que quedaba en el balde y pidió a Rose que echara té fresco en la tetera y pusiera a hervir la cacerola, servicios que fueron realizados con gran alboroto y ciertos comentarios sorprendentes.

—¡Vaya! Si hubiera sido yo, me habría quedado sin té; si hubiera sido Fergus, habría tenido que conformarse con lo que hubiera quedado y además le dirían que fuera agradecido, pues ya era bastante para él; pero tú... nunca hacemos demasiado por ti. Siempre lo mismo: si hay algo especialmente bueno en la mesa, mi madre me guiña un ojo y me hace indicaciones con la cabeza para que renuncie a tomarlo, y si no la obedezco me dice en voz baja: "No comas demasiado de eso, Rose, a Gilbert le gustará para la cena". Yo no cuento para nada. En el salón es: "Vamos, Rose, recoge tus cosas y arreglemos la habitación para que esté ordenada cuando ellos vengan. Y aviva bien el fuego, a Gilbert le gusta un buen fuego". En la cocina: "Que ese pastel sea grande, Rose, estoy segura de que los muchachos estarán hambrientos. Y no le pongas demasiada pimienta, no les gustará, estoy segura"; o: "Rose, no pongas muchas especias en el pudin, a Gilbert no le gusta muy condimentado". O: "No te olvides de poner muchas pasas en el bizcocho, a Fergus le gusta que haya muchas". Y si yo digo: "Pero, madre, a mí no me gustan", entonces me dice que no debería pensar solo en mí. "Verás, Rose, en todos los quehaceres domésticos hay que tener en cuenta solo dos cosas: primero, lo que es conveniente hacer y, en segundo lugar, lo que sea más placentero para los hombres de la casa... para las mujeres está bien cualquier cosa".

—Y es además muy buen precepto —dijo mi madre—. Estoy segura de que Gilbert está de acuerdo.

—De cualquier forma, es una doctrina muy favorable para nosotros —dije—; pero si quisieras realmente complacerme, madre, deberías tener en cuenta un poco más tu propia conveniencia; en cuanto a Rose, estoy seguro de que sabrá ocuparse de sí misma y cuando haga un sacrificio o lleve a cabo un notable acto de abnegación, tendrá el cuidado de hacerme saber su importancia. Pero en cuanto a ti, podría hundirme en la más desmedida condición de autocompasión y en el olvido de los deseos de los demás, por la mala costumbre de estar constantemente atendido y tener todos mis deseos inmediata o anticipadamente satisfechos, en completa ignorancia de lo que se hace por mí, si Rose no se encargara de aclarármelo de vez en cuando; recibiría toda tu bondad sin darle importancia, sin llegar a saber cuánto te debo.

—¡Ah!, y nunca lo sabrás, Gilbert, hasta que te cases. Entonces, cuando des con una muchacha vanidosa y frívola como Eliza Millward, solo preocupada por satisfacer su propia ambición y sus placeres, o con una mujer desorientada y testaruda, como la señora Graham, ignorante de sus deberes primordiales e inteligente solo para las cosas que no le corresponden lo más mínimo, entonces notarás la diferencia.

—Me hará mucho bien, madre; no he venido a este mundo simplemente para hacer uso de las mejores cualidades y los buenos sentimientos de los demás, ¿no te parece?, sino para manifestar los míos a ellos; y si me caso espero poder encontrar más placer en hacer feliz y darle una vida confortable a mi esposa, en lugar de que ella se pase la vida haciendo agradable la mía: prefiero dar que recibir.

—¡Oh! Eso son tonterías, querido, tontas ideas juveniles. Te cansarás pronto de halagar y complacer a tu mujer, por muy encantadora que sea, y entonces comenzarán los problemas.

—Bueno, entonces debemos soportar cada uno las cargas del otro.

—Entonces tendrán que colocarse cada uno en su debido lugar. Tú te ocuparás de lo que te corresponde y ella, si es digna de ti, cumplirá con sus deberes; pero a ti te compete hacer lo que te guste y a ella complacerte. Estoy segura que su pobre y querido padre fue el mejor marido que haya existido jamás, y después de los primeros seis meses más o menos, hubiera sido capaz de volar si eso me hubiera complacido. Siempre dijo que yo era una buena esposa y que cumplía debidamente con mis obligaciones; por supuesto, él siempre cumplió con las suyas, ¡Dios lo bendiga! Siempre fue sensato y puntual, pocas veces encontraba algo mal sin razón, siempre celebró mis comidas y nunca las arruinó con un retraso. Y eso es más de lo que cualquier mujer puede esperar de un hombre.

¿Es eso cierto, Halford? ¿Es ese el alcance de tus virtudes domésticas? ¿Y tu afortunada esposa, no demanda nada más?

Capítulo VII
La excursión

Algunos días después de esto, una cálida y soleada mañana —el suelo estaba aún blando, pues la última nevada apenas se había extinguido; todavía una fina capa aquí y allá permanecía sobre la fresca hierba bajo los matorrales; pero junto a ellos, las primeras prímulas asomaban ya entre su húmedo y oscuro follaje, y desde lo alto la alondra celebraba el verano, el amor, la esperanza y todas las cosas sublimes—, yo estaba en la ladera de la colina, deleitándome de aquellas maravillas y velando por el bienestar de mis corderos y de sus crías, y al dar un vistazo a mi alrededor, vi a tres personas ascendiendo por el valle. Eran Eliza Millward, Fergus y Rose, entonces crucé el campo para encontrarme con ellos, y al enterarme de que iban a Wildfell Hall, manifesté mi deseo de acompañarlas, ofreciendo mi brazo a Eliza, quien lo aceptó enseguida en lugar del de mi hermano, por lo que le dije a él que podía regresar porque yo acompañaría a las damas.

—¡Perdóname! —exclamó él—, son ellas las que me acompañan, no yo a ellas. Todos ustedes le han echado un vistazo a esa fantástica desconocida menos yo, y no podía resistir más tiempo mi infeliz ignorancia, tenía que satisfacer mi curiosidad cuanto antes, así que le rogué a Rose que viniera conmigo a la casa y me la presentara de una vez. Me aseguró que no lo haría a menos que la señorita Eliza viniera con nosotros, así que fui a buscarla a la vicaría. Hemos venido del brazo todo el camino, tan cariñosos como una pareja de enamorados. Y ahora tú la separas de mi lado y además pretendes dejarme sin mi paseo y mi visita. Vuelve a tus campos y a tu ganado, compañero holgazán; no encajas con damas y caballeros como nosotros, que no tenemos otra cosa que hacer que fisgonear alrededor de las casas de nuestros vecinos, atisbar en sus escondites privados, rastrear sus secretos y encontrar defectos en sus chaquetas cuando no están hechas a nuestra medida. Tú no entiendes esos refinados motivos de diversión.

—¿No pueden venir los dos? —sugirió Eliza, ignorando la última parte del discurso.

—¡Pues claro que sí! —gritó Rose—. Cuantos más sean, mejor, además estoy segura de que necesitaremos toda la alegría que podamos llevar a ese gran salón, oscuro y lúgubre, con sus estrechas ventanas enrejadas y su mobiliario triste y viejo, a no ser que nos conduzca otra vez a su estudio.

Fuimos todos juntos. La enjuta y vieja criada que nos abrió la puerta nos acompañó hasta un aposento semejante al escenario que Rose me había descrito como el de su primera visita a la señora Graham, una estancia considerablemente espaciosa y de techo alto, pero apenas iluminada por la luz que entraba por las antiguas ventanas; el techo, los entrepaños y la repisa de la chimenea eran de madera de roble oscura —esta última minuciosamente tallada pero no con muy buen gusto—, con mesas y sillas que hacían juego, un viejo estante de libros a uno de los lados de la chimenea, ocupado por una variada combinación de libros, y al otro, un viejo piano vertical.

La dama estaba sentada en un sillón rígido de respaldo alto, a un lado tenía una mesa pequeña, redonda, utilizada como escritorio y una cesta de trabajo, y al otro estaba su hijo, que, de pie y apoyando un codo en una de las rodillas de su madre, estaba leyendo en voz alta, con una maravillosa fluidez, un libro que tenía ella en su regazo, mientras ella apoyaba una mano sobre el hombro de él y jugaba abstraída con sus largos y rizados cabellos que caían sobre su cuello de marfil. Me pareció que formaban un agradable contraste con los objetos que estaban a su alrededor, pero naturalmente sus posturas cambiaron inmediatamente cuando entramos nosotros. Solo pude contemplar la imagen durante los breves segundos en que Rachel mantuvo la puerta entreabierta mientras nos anunciaba.

No creo la señora Graham estuviera agradada con nuestra visita: había algo indescriptiblemente frío en su apacible y serena gentileza, pero no hablé mucho con ella. Me senté cerca de la ventana, un poco apartado del resto. Llamé a Arthur y él, Sancho y yo pasamos un agradable rato juntos, mientras las dos jóvenes atormentaban a la madre con su conversación trivial y Fergus, sentado enfrente con las piernas cruzadas y las manos en los bolsillos de sus pantalones, se hundía en su asiento, mientras miraba al techo o a su anfitriona —de una forma tal, que con mucho gusto lo hubiera sacado de un puntapié de la habitación—, silbaba *sotto voce* el fragmento de una de sus tonadas favoritas, interrumpía la conversación o completando una pausa —en cuanto se presentaba— con comentarios y preguntas sumamente impertinentes. En una ocasión dijo:

—Señora Graham, me sorprende que usted haya elegido un lugar tan destartalado y tan ruinoso para vivir. Si no tenía usted los medios para restaurar y ocupar la casa entera, ¿por qué no alquiló una cuidada casita de campo?

—Quizás fui demasiado presuntuosa, señor Fergus —contestó ella sonriendo—, tal vez me gustaba especialmente este lugar romántico y anticuado; aunque, en realidad, son muchas las ventajas que tiene sobre una casa pequeña. En primer lugar, como usted puede ver, las habitaciones son más amplias y aireadas; en segundo lugar, las habitaciones vacías por las que no pago pueden servir de trasteros, en el caso de que tenga algo que guardar en ellas, y son muy útiles para que mi hijo corra los días de lluvia cuando no puede salir; y finalmente hay un jardín en el cual él puede jugar y yo trabajar. Ya ve que he hecho algunas mejoras —continuó, volviéndose hacia la ventana—, como verá, he plantado ya algo. Hay una plantación de verduras tempranas en aquel rincón, y allí algunas campanillas de invierno y primavera que ya están en flor, y allá, también, un azafrán abriéndose al sol.

—Y al mismo tiempo, ¿cómo puede soportar que los vecinos más cercanos estén a tres kilómetros de distancia y sin nadie a quien mirar cuando pase por aquí? Rose se volvería completamente loca en un lugar así. No puede vivir sin ver media docena de sombreros y trajes nuevos cada día, por no hablar de las caras; aquí podría pasarse todo el día sentada mirando por la ventana, sin ver otra cosa que alguna vieja llevando sus huevos al mercado.

—No estoy segura de que la soledad del lugar no me pareciera una de sus cualidades más recomendables. No consigo placer en ver pasar a la gente por las ventanas, y me gusta estar tranquila.

—¡Oh!, eso es como decir que preferiría que nos ocupáramos de nuestros propios asuntos y la dejáramos en paz.

—No. No me gusta conocer a mucha gente; pero si tengo unos pocos amigos, naturalmente me gusta verlos de vez en cuando. Nadie puede ser feliz en una eterna soledad. Por lo tanto, señor Fergus, si usted decide entrar en mi casa como amigo, será bienvenido; si no, debo confesar que preferiría que se mantuviera alejado de ella. —Entonces giró e hizo algunas observaciones a Rose y a Eliza.

—Señora Graham —dijo él nuevamente al cabo de cinco minutos—, mientras veníamos hacia acá discutíamos una cuestión que usted puede aclararnos con facilidad, ya que se refiere a usted particularmente, y es que, a menudo, discutimos sobre usted, porque la mayoría no tiene otra cosa mejor que hacer que hablar de las preocupaciones de nuestros vecinos, ya que los nativos del lugar nos conocemos desde hace tanto tiempo, y hemos hablado entre nosotros tan a menudo, que estamos cansados de este juego; por lo tanto, la llegada de una extraña supone una contribución inapreciable a nuestras agotadas fuentes de diversión. Bueno, la cuestión, o cuestiones, que le pedimos que esclarezca...

—¡Domina tu lengua, Fergus! —gritó Rose, presa de temor y de ira.

—No quiero. Las interrogantes que le pedimos que conteste son estas: primero, sobre su nacimiento, extracción y anterior residencia. Algunos la toman por extranjera y otros, por inglesa; algunos por procedente del norte y otros del sur; algunos dicen...

—Está bien, señor Fergus, le diré que soy inglesa, no veo qué razón podría tener nadie para dudarlo, y que nací en el campo. Ni muy al norte, ni muy al sur de nuestra feliz isla; y que en el campo pasé la mayor parte de mi vida... Y ahora, espero que esté complacido, porque no estoy dispuesta a contestar a ninguna otra pregunta por el momento.

—Excepto esta...

—¡No, ni una más! —dijo ella riéndose, y, a continuación, se levantó de su asiento y buscó refugio en la ventana junto a la cual yo estaba sentado; y, desesperada por escapar a la persecución de mi hermano, inició una conversación conmigo.

—Señor Markham —dijo, al tiempo que su rápida pronunciación y el rubor de su rostro evidenciaban su inquietud—, ¿ha olvidado usted la bonita vista marina de la que hablamos hace algún tiempo? Creo que voy a molestarlo ahora para que me explique cuál es el camino más corto para llegar allí, pues si sigue haciendo buen tiempo, puede que camine hasta allá y haga mi boceto; he agotado todos los demás temas pictóricos y siento verdaderos deseos de ver esa vista.

Estaba a punto de satisfacer su petición, pero Rose no me permitió continuar.

—¡Oh, no se lo digas, Gilbert! —gritó—. Irá con nosotros. Me imagino que se refiere a la bahía de..., ¿no, señora Graham? Es un camino muy largo, demasiado lejos para usted e imposible para Arthur. Pero estábamos pensado organizar un picnic para ir a verlo, un día que estuviera bonito; y si esperan a que el tiempo se estabilice, estoy segura de que todos estaríamos encantados de tenerla entre nosotros.

La pobre señora Graham parecía consternada, intentó excusarse, pero Rose, compadecida de su vida solitaria, o porque estaba deseosa de cultivar su amistad, se mostró decidida a no dejarla escapar, y todas las objeciones fueron desechadas. Le dijo que sería solo un grupo pequeño, todos amigos, y que la mejor vista de todas era la de los acantilados de..., a casi siete kilómetros de distancia.

—Para los caballeros solo es un bonito paseo —continuó diciendo Rose—, pero las señoras irán en coche y a pie, por turnos. Llevaremos nuestro coche de caballos, en el cual habrá sitio de sobra para el pequeño Arthur y tres señoras, además de sus utensilios de pintura y las provisiones.

Así que, finalmente, la propuesta fue aceptada; y, después de discutir la hora y algunos otros detalles del previsto picnic, nos levantamos y nos despedimos.

Pero apenas era marzo: un abril frío y húmedo y dos semanas de mayo transcurrieron antes de que nos atreviéramos a emprender nuestra expedición con la razonable esperanza de obtener ese placer que buscábamos en los agradables paisajes, una entusiasta compañía, el aire fresco, un buen banquete y ejercicio, sin necesidad de caminos intransitables, vientos fríos o nubes inquietantes. Por fin, una espléndida mañana, reunimos nuestras energías y nos pusimos en camino. El grupo estaba compuesto por la señora y el joven Graham, Mary y Eliza Millward, Jane y Richard Wilson, y Rose, Fergus y Gilbert Markham.

El señor Lawrence había sido invitado a venir con nosotros, pero por alguna razón que solo él conocía se negó a acompañarnos. Yo mismo le hice la invitación. Cuando lo hice, dudó y preguntó quiénes iban. Parecía casi decidido a ir después de haberme oído nombrar a la señorita Wilson, pero cuando mencioné a la señora Graham, pensando que el incentivo sería aun mayor, se produjo el efecto contrario: renunció a ello, y, para ser honesto, aquella decisión me agradó, aunque difícilmente podría decirte por qué.

Era cerca del mediodía cuando llegamos a nuestro destino. La señora Graham recorrió a pie todo el camino hasta los acantilados, y el pequeño Arthur también caminó la mayor parte del tiempo; era ahora mucho más fuerte y activo que cuando llegó y no le gustaba ir en el coche con extraños mientras cuatro amigos —su madre, Sancho, el señor Markham y la señorita Millward— iban a pie, quedándose atrás, o atravesando campos y senderos lejanos.

Tengo una remembranza muy agradable de aquel paseo, a lo largo de la firme, blanca y soleada carretera, sobre la que esparcían su sombra árboles de un verde brillante, aquí y allá, mientras las flores y las vallas florecientes de deliciosa fragancia adornaban los bordes; o a través de prados y sendas a los que las flores y la brillante vegetación del delicioso mayo daban un aspecto memorable. Es cierto: Eliza no estaba a mi lado, sino que iba con sus amigas en el coche, tan feliz, creía, como yo me sentía; e incluso cuando los caminantes, habiendo dejado el camino principal para tomar un atajo a través de los campos, contemplamos el pequeño coche desapareciendo entre los verdes árboles que lo cubrían, no odié aquellos árboles por haberme arrebatado la vista del sombrero y el chal queridos, ni sentí que todos aquellos objetos se interpusieran entre mi felicidad y yo; porque, tengo que admitir, me sentía demasiado feliz con la compañía de la señora Graham para lamentar la ausencia de Eliza Millward.

La primera se mostró muy poco sociable al principio —al parecer no estaba dispuesta a hablar con nadie que no fuera Mary Millward o Arthur—. Ella y Mary caminaban juntas, casi siempre con el niño entre las dos; pero cuando el espacio lo permitía, yo siempre caminaba al lado de la señora Graham; Richard Wilson se colocaba junto a la señorita Millward, y Fergus iba de un lado a otro, según su antojo; al cabo de un rato ella se mostró más amable y, finalmente, conseguí atraer su atención casi por completo. Entonces me sentí verdaderamente feliz, pues siempre que accedía a conversar, me gustaba escuchar. Cuando sus opiniones y sus sentimientos coincidían con los míos, me encantaban su extrema sensatez, su sensibilidad y su gusto exquisito; cuando diferían, su intransigente audacia en la declaración o la defensa de la diferencia, su severidad y perspicacia excitaban mi imaginación, e incluso cuando me encolerizaba con sus miradas y palabras duras, y sus poco compasivas conclusiones sobre mí, solo conseguía sentirme más insatisfecho conmigo mismo por haberla impresionado tan desfavorablemente y más deseoso de reivindicar mi carácter y mi disposición ante sus ojos, y, si era posible, ganar su respeto.

Finalmente, llegamos a nuestro destino. Durante un rato, la altura y la audacia creciente de las colinas habían interrumpido la vista del paisaje; pero cuando llegamos a la cima de una abrupta pendiente y miramos hacia abajo, el espacio se abrió ante nosotros ¡y el mar azul irrumpió ante nuestros ojos! De un profundo azul violáceo, no muy tranquilo, sino cubierto de brillantes y grandes olas. Centelleaban en la ensenada diminutas motas blancas, apenas apreciables, incluso para la mirada más aguda, de las pequeñas gaviotas que jugaban en lo alto con sus blancas alas relucientes al sol: solo eran visibles una o dos embarcaciones, y estaban muy lejos.

Miré a mi compañera para ver qué pensaba de aquella espléndida visión. No dijo nada, pero permaneció inmóvil y la contempló de una forma que me aseguró que no estaba defraudada. Por cierto, tenía unos ojos muy bonitos: no sé si te lo he dicho antes, pero estaban llenos de alma, grandes, puros y casi negros, no castaños, sino de un gris muy oscuro. Una brisa fresca y estimulante llegaba del mar, suave, pura, saludable, agitaba sus sueltos tirabuzones y coloreaba vivamente sus labios y sus mejillas, por lo general demasiado pálidas. Ella sintió su estimulante influencia y yo también sentí un cosquilleo en mi cuerpo, pero no me atreví a moverme al ver que ella permanecía tan quieta. Había una expresión de moderada emoción en su rostro, que se iluminó con una sonrisa de alegre y exaltada inteligencia cuando sus ojos se encontraron con los míos. Nunca me había parecido tan adorable: nunca, hasta ese momento, se había sentido mi corazón tan cálidamente unido a ella. No habría podido responder de las consecuencias si nos hubieran permitido quedarnos allí solos dos minutos más. Afortunadamente para mi sensatez, y probablemente para mi disfrute durante el resto del día, fuimos pronto requeridos para la comida, un refrigerio muy respetable que Rose, ayudada por la señorita Wilson y Eliza, que habían compartido el coche de caballos con ella y llegado un poco antes que los demás, había dispuesto sobre una elevada plataforma que miraba al mar, protegida por el saliente de una roca y unos árboles inclinados.

La señora Graham se sentó a cierta distancia de mí. Eliza estaba sentada a mi lado. Se empeñaba en ser agradable, a su manera sutil y discreta, y estuvo, sin duda, tan fascinante y encantadora como siempre, aunque yo no pudiera notarlo. Pero pronto mi corazón latió por ella una vez más, y todos nos sentimos contentos y felices —hasta donde pude notar— a lo largo de nuestra prolongada comida.

Cuando terminamos de comer, Rose le pidió a Fergus que la ayudara a recoger los restos, los cuchillos, platos, etc., y a meterlos de nuevo en las cestas; la señora Graham cogió su taburete y su material de dibujo y, después de pedirle a la señorita Millward que se hiciera cargo de su querido hijo y recomendarle a él insistentemente que no se separase de su nueva niñera, nos dejó y se encaminó por la empinada y pedregosa colina, hacia una saliente más alta y más escarpada, desde donde la vista era aun mejor y desde donde prefería hacer su boceto, a pesar de que algunas de las damas le dijeron que aquel era un lugar muy peligroso y le recomendaron que no lo intentara.

Cuando se marchó me pareció que la diversión había terminado, aunque resultara difícil decir en qué contribuía ella a la alegría de la reunión. Sus labios no habían dejado escapar ni una broma, ni una risa; pero su sonrisa había alentado mi alborozo, sus observaciones perspicaces y sus palabras joviales habían aguzado insensiblemente mi ingenio, y puesto más interés por lo que hacían o decían los demás. Incluso mi conversación con Eliza había sido animada por su presencia, aunque yo no lo supiera; pero cuando se hubo ido, los juguetones disparates de Eliza dejaron de entretenerme, es más, se volvieron tediosos para mi espíritu y me cansé de divertirla; aquel sitio distante donde la bella artista se había sentado y trabajaba con ahínco en su solitaria tarea me atraía de forma irresistible. Pronto dejé de resistirme: mientras mi pequeña compañera intercambiaba unas cuantas palabras con la señorita Wilson, me levanté y me escabullí con disimulo. Después de unas cuantas zancadas y de trepar ligeramente por el camino, me encontré sin dificultad en el lugar en el que estaba sentada: un estrecho saliente de roca al borde del acantilado que descendía en abrupto sesgo, cortado en pico hasta la playa rocosa.

No me oyó llegar, la aparición de mi sombra sobre su papel le produjo una sacudida eléctrica, y rápidamente miró a su alrededor. Cualquiera de las damas que yo conocía hubiera gritado ante semejante aparición.

—¡Oh! No sabía que era usted... ¿Por qué me ha asustado de esa forma? —dijo, ligeramente irritada—. Odio que me tomen por sorpresa.

—¿Por quién me ha tomado? —dije yo—. Si hubiera sabido que era usted tan nerviosa, habría sido más cuidadoso, pero...

—Bueno, no importa. ¿A qué ha venido? ¿Vienen todos?

—No, difícilmente cabrían en este pequeño voladizo.

—Me contenta, porque estoy cansada de hablar.

—Bueno, no hablaré entonces. Solo me sentaré y contemplaré cómo dibuja.

—Pero ya sabe usted que eso me disgusta.

—Entonces me conformaré con admirar este magnífico paisaje.

No puso a esto ningún reparo y durante un rato dibujó en silencio. Pero no pude evitar que mi mirada se apartase de vez en cuando del espléndido panorama que teníamos a nuestros pies para posarla en la grácil mano blanca que sostenía el lápiz, el gallardo cuello y los rizos negros y brillantes que caían sobre el papel.

"Si tuviera un lápiz y un trozo de papel —pensé—, podría hacer un boceto más bonito que el suyo, presumiendo que tuviera la capacidad de dibujar fielmente lo que tengo ante mí".

Pero, aunque esta dicha me era negada, me sentía bastante complacido por estar sentado a su lado, incluso sin decir nada.

—¿Está usted ahí todavía, señor Markham? —dijo, dando una mirada alrededor, pues yo estaba sentado un poco más atrás sobre un musgoso peñasco del acantilado—. ¿Por qué no va a divertirse con sus amigos?

—Porque estoy cansado de ellos, como usted, y tendré que tolerarlos mañana... o en cualquier otro momento; en cambio, es posible que no tenga el placer de volverla a ver durante no sé cuánto tiempo.

—¿Qué estaba haciendo Arthur cuando usted se vino?

—Estaba con la señorita Millward, donde lo dejó, todo bien, pero esperando que su madre no tardaría mucho en regresar. Por cierto, no me lo confió usted a mí —protesté—, a pesar de tener el honor de una amistad más larga; pero la señorita Millward tiene el arte de atraer y divertir a los niños —agregué, sin darle mucha importancia—, si es que no sirve para algo más.

—La señorita Millward tiene cualidades muy valiosas, que usted no puede imaginarse o apreciar. ¿Le dirá a Arthur que estaré allí dentro de unos minutos?

—Si es así, esperaré, con su permiso, por supuesto, a que pasen esos minutos; así podré ayudarla a bajar este difícil camino.

—Gracias, pero en momentos como este siempre me arreglo mejor sin ayuda.

—Pero, al menos, podré llevarle el taburete y el cuaderno de dibujo.

No me negó este favor, pero me sentía ofendido por su evidente deseo de librarse de mí, y empezaba a arrepentirme de mi insistencia cuando me apaciguó un poco requiriendo mi juicio y mi gusto para resolver una duda que le planteaba su dibujo. Mi criterio, afortunadamente, mereció su aprobación, y la solución que le sugerí fue acogida sin vacilaciones.

—Muchas veces he deseado en vano —dijo ella— poder contar con la opinión de otras personas cuando no podía confiar en mis ojos y en mi cabeza, por haber estado estos tanto tiempo ocupados en la consideración de un solo objeto, que ya no eran ya capaces de formarse una idea al respecto.

—Esa —respondí yo— es solo una de las desgracias a las que nos expone la vida solitaria.

—Cierto —dijo ella, y volvimos a sumergirnos en el silencio.

Cerca de dos minutos después, sin embargo, declaró que había completado su boceto y cerró el cuaderno.

Al volver al lugar de nuestro almuerzo, descubrimos que todos habían partido, excepto tres: Mary Millward, Richard Wilson y Arthur Graham. Este yacía dormido con la cabeza apoyada en el regazo de la dama, el otro estaba sentado al lado de ella con la edición de bolsillo de algún autor clásico en sus manos. Nunca iba a ninguna parte sin un compañero como aquel con el que sacar provecho de sus momentos de ocio: toda oportunidad que no fuera dedicada al estudio, o requerida por su naturaleza física para el mantenimiento de la vida, le parecía tiempo perdido. Incluso en aquel momento no era capaz de abandonarse al disfrute del aire puro y de la apacible luz del sol, de aquel espléndido paisaje, de aquellos relajantes sonidos, de la música de las olas y del viento suave en los árboles que lo resguardaban, incluso con una dama a su lado —aunque no muy atractiva, lo admito— había tenido que sacar el libro para aprovechar el tiempo leyendo mientras digería su frugal almuerzo y reposaba sus miembros cansados, poco acostumbrados a tanto ejercicio.

Quizá, sin embargo, interrumpió de vez en cuando su lectura para intercambiar una palabra o una mirada con su compañera. En cualquier caso, esta no parecía molesta en absoluto por su conducta; sus rasgos sencillos mostraban una expresión de alegría y serenidad poco frecuente y, cuando llegamos, estaba examinando con gran complacencia el rostro pálido y pensativo del joven caballero.

El viaje de regreso no fue tan agradable para mí como lo había sido el resto del día. La señora Graham iba ahora en el coche, y Eliza Millward me acompañaba a pie. Esta había notado mi predilección por la joven viuda y evidentemente se sentía ignorada. No manifestó su disgusto con reproches mordaces, sarcasmos amargos o un silencio áspero y enfurruñado —todos o cualquiera de estos los habría soportado fácilmente, o me habría reído con suavidad—, lo manifestó con una especie de gentil melancolía, una dulce tristeza condenatoria, que me llegó al corazón. Traté de animarla y al parecer tuve cierto éxito en mi intento antes de terminar el paseo, pero, al hacerlo, mi conciencia me lo reprochó, pues sabía que, tarde o temprano, el vínculo debía romperse; aquello no era más que alimentar falsas esperanzas y aplazar el día fatal.

Cuando el coche se acercó a Wildfell Hall todo lo que el camino permitía —podía haber intentado subir por el largo y abrupto sendero, pero la señora Graham no lo hubiera permitido—, la joven viuda y su hijo bajaron, cediendo el sitio del conductor a Rose y yo convencí a Eliza de que ocupara el sitio de esta. Después de instalarla cómodamente, sugerirle tener cuidado con el aire de la tarde y desearle las buenas noches cariñosamente, me sentí muy aliviado y me apresuré a ofrecer a la señora Graham mis servicios para llevarle sus utensilios a través de los campos, pero ella ya se había colgado su taburete del brazo y llevaba en la mano su cuaderno de dibujo; e insistió en despedirse de mí allí mismo y en aquel instante, así como del resto del grupo. Pero esta vez rechazó mi propuesta de una manera tan gentil y amistosa que casi la perdoné.

Capítulo VIII
El regalo

Seis semanas habían transcurrido. Era una deslumbrante mañana de finales de junio. La mayor parte del heno estaba cortado, pero la última semana había sido muy desfavorable; y ahora que por fin el buen tiempo había llegado, estaba decidido a aprovecharlo al máximo, por lo que había reunido a todos los trabajadores en el campo de heno, yo mismo entre ellos en mangas de camisa, con un ligero sombrero de paja en la cabeza, levantando brazadas de hierba húmeda y maloliente, agitándola a los cuatro vientos, a la cabeza de una considerable fila de criados y jornaleros, con la intención de trabajar de la mañana a la noche con el mismo esmero y diligencia que podía exigir de cualquiera de ellos y de hacer avanzar el trabajo con mi propio esfuerzo, al mismo tiempo que alentaba a los trabajadores con mi ejemplo. Y he aquí que toda mi determinación se fue al traste en un momento, cuando de pronto apareció mi hermano corriendo hacia mí y puso en mis manos un pequeño paquete recién llegado de Londres, que yo estaba esperando desde hacía algún tiempo. Arranqué el envoltorio y ante mis ojos apareció una elegante edición de *Marmion*.

—Puedo adivinar para quién es eso —dijo Fergus, que permanecía de pie, mirándome, mientras yo examinaba complacido el volumen—. Es para Eliza.

Dijo esto con una mirada y un tono de absoluta complicidad que me encantó contradecirlo.

—Estás equivocado, muchacho —cogiendo mi chaqueta, guardé el libro en uno de sus bolsillos y luego me la puse—. Ahora ven aquí, tú, ocioso, y sé útil por una vez. Quítate la chaqueta y ocupa mi lugar hasta que vuelva.

—¿Hasta que vuelvas?... ¿Y a dónde vas, si puede saberse?

—No te importa a dónde. Lo único que debe importarte es el cuándo, y estaré de vuelta para la hora de la comida, como muy tarde.

—¡Vaya! Y tendré que trabajar hasta entonces, ¿no es verdad? ¿Y conseguir además que estos muchachos sigan trabajando duro? ¡Bien, bien! Lo haré... por una vez. Vamos, muchachos, tienen que estar atentos. Ahora los ayudaré yo, y ¡ay del hombre, o de la mujer, que se detenga un momento, así sea para mirar el paisaje, para rascarse la cabeza o sonarse las narices! Ninguna excusa servirá. Nada excepto trabajar, trabajar y trabajar con el rostro cubierto de sudor....

Le dejé estimulando así a la gente, más para su diversión que para su progreso, y fui a la casa. Después de arreglarme un poco, me dirigí con apremio hacia Wildfell Hall con el libro en el bolsillo, pues este estaba destinado a las repisas de la señora Graham. "¡Vaya! Entonces, ¿tú y ella habían llegado a llevarse tan bien que hasta se hacían regalos?". No exactamente, viejo amigo; era mi primer ensayo en esa dirección y estaba muy ansioso por conocer el resultado.

Nos habíamos encontrado en varias ocasiones después del paseo a la bahía de..., y había comprobado que no despreciaba mi compañía, siempre que la conversación se relacionara con temas abstractos o de interés general; en cuanto rozaba el terreno romántico o galante, o hacía el menor asomo de expresar mi ternura con una mirada o una palabra, no solo me castigaba alterando de inmediato su comportamiento, sino que me condenaba con su frialdad y distancia, o siendo totalmente inaccesible la próxima vez que buscara su compañía. Sin embargo, esta circunstancia no me desconcertaba demasiado, porque la atribuía no tanto a la antipatía que mi persona pudiera causarle como a la firme resolución, tomada antes de que nos conociéramos, de no volver a casarse; debida probablemente bien a un excesivo cariño a su difunto marido, o bien a haber tenido suficiente de él y del estado matrimonial. Al principio, de hecho, parecía complacerse en mortificar mi vanidad y aplastar mi arrogancia, no dejaba escapar una sola ocasión, cuando surgía, de destacar mis defectos; y entonces, lo confieso, me sentía profundamente herido, aunque al mismo tiempo esto estimulaba mis deseos de revancha; pero desde hacía algún tiempo, al descubrir, sin duda, que yo no era el estúpido tarambana que había creído al principio, rechazaba mis modestas indirectas de una manera completamente diferente. Era una especie de disgusto serio, casi doloroso, del que muy pronto aprendí a tomar cuidadosa conciencia.

"Permítame erigir mi posición como amigo —pensé—. El protector y compañero de juegos de su hijo, el amigo sensato, fiable y franco de ella, y entonces, cuando me haya hecho indispensable para el bienestar y la alegría de su vida —como creo que puedo serlo—, veremos qué pasa a continuación".

Así que hablábamos de pintura, poesía y música, de teología y filosofía. Le presté un libro una o dos veces, y otra fue ella quien me lo prestó a mí; la abordaba en sus paseos siempre que podía; iba a verla a su casa siempre que me atrevía. La primera vez que invadí su santuario fue con el pretexto de llevarle a Arthur un pequeño cachorro tambaleante del que Sancho era el padre, que entusiasmó al niño más allá de toda expresión, y que, por lo tanto, no podía dejar de agradar a su madre. La segunda fue la de llevarle a él un libro que, conociendo las particularidades de su madre, había seleccionado con todo cuidado y sometido a su beneplácito antes de regalárselo. Luego, le llevé algunas plantas para su jardín, en nombre de mi hermana —después de haber convencido a Rose de que se las mandara—. En cada una de aquellas ocasiones le pregunté por el cuadro que estaba pintando del boceto que había tomado en el acantilado, fui recibido en el estudio y consideró mi opinión o consejo sobre los progresos realizados.

Mi última visita había sido para devolverle el libro que me había prestado; y fue entonces cuando, hablando casualmente de la poesía de sir Walter Scott, expresó su deseo de leer *Marmion*, y yo ideé la presuntuosa idea de regalárselo. Al volver a casa, encargué inmediatamente el elegante volumen que recibí esa mañana. Pero aún necesitaba una disculpa por introducirme en su santuario; así que me procuré un collar de cuero azul para el perrito de Arthur y, después de ser este entregado y recibido con mucha más alegría y gratitud por parte de quien lo recibía de lo que el regalo valía o de lo que las egoístas razones de quien lo regalaba merecían, me atreví a pedirle a la señora Graham que me consintiera ver la pintura una vez más, si todavía estaba allí.

—¡Oh, sí! Entre —dijo ella, pues los había encontrado en el jardín—. Está terminado y enmarcado, todo listo para enviarlo; pero deme usted su última opinión y, si tiene alguna sugerencia que hacer, será debidamente considerada, por lo menos.

La pintura era extraordinariamente hermosa, era como si la escena real hubiera sido trasladada al lienzo por arte de magia; pero expresé mi admiración en pocas palabras y en términos cuidadosos, por miedo a disgustarla. Ella, sin embargo, observaba atentamente mis miradas y su orgullo de artista quedó sin duda complacido al leer la sincera admiración que mostraban mis ojos. Pero, mientras observaba, pensé en el libro y me pregunté de qué forma se lo entregaría. Mi corazón se desanimó, pero decidí que no podía ser tan tonto como para marcharme sin intentarlo siquiera. Era inútil esperar una oportunidad e intentar improvisar un discurso para la ocasión. "Cuanto más sencilla y naturalmente lo haga, mejor", pensé; así que miré por la ventana procurando reunir fuerzas, luego saqué el libro, me volví y lo puse entre sus manos con esta corta aclaración:

—¿Deseaba usted leer *Marmion*, señora Graham? Aquí está, si es usted tan amable de recibirlo.

Un rubor momentáneo cubrió su rostro —quizá un rubor de compasiva vergüenza ante una forma tan embarazosa de hacer un regalo—. Examinó el volumen seriamente por los dos lados, luego pasó en silencio las páginas, frunciendo el entrecejo al mismo tiempo y reflexionando con gravedad; luego cerró el libro y, devolviéndomelo, preguntó con tranquilidad su precio. Sentí que se me reunía toda la sangre en el rostro.

—Siento ofenderlo, señor Markham —dijo—, pero a menos que lo pague no puedo quedarme con el libro.

—¿Por qué no puede?

—Porque... —Se detuvo y miró la alfombra.

—¿Por qué no puede? —repetí con una voz tan iracunda que ella alzó los ojos y me miró con firmeza.

—Porque no puedo imponerme unas obligaciones a las que nunca podré recompensar... Ya le estoy agradecida por su amabilidad con mi hijo, pero su reconocido afecto y sus propios buenos sentimientos deben recompensarle por ello.

—¡Qué disparate! —exclamé.

Volvió a mirarme nuevamente, con una mirada de sorpresa grave y tranquila, que me hizo el efecto de una bofetada, fuera esa su intención o no.

—Entonces, ¿no va usted a quedarse con el libro? —pregunté, hablando un poco más suavemente que antes.

—Me quedaré con él encantada, si me permite pagarlo.

Le dije el precio exacto y los gastos de transporte suplementarios, con toda la serenidad de la que fui capaz, pues realmente estaba a punto de llorar de desencanto y de humillación.

Sacó su monedero y contó fríamente el dinero, pero vaciló en ponérmelo en la mano. Me miró con atención y, con una voz consoladora y dulce, observó:

—Se siente usted ofendido, señor Markham... Me gustaría hacerle comprender que... que yo...

—La comprendo perfectamente —dije—. Usted cree que si aceptara esta bagatela de mí ahora, yo presumiría de ello en adelante; pero está usted equivocada: si se limitara a hacerme el favor de aceptarlo, créame, no me haría ninguna ilusión y no lo consideraría un precedente de futuros favores, y es estúpido hablar de que contraiga obligaciones respecto a mí cuando debe saber que en un caso semejante la deuda es absolutamente mía, el favor me lo hace usted.

—Bien, entonces le tomaré la palabra —respondió ella con una candorosa sonrisa, volviendo a guardar el odioso dinero en el portamonedas—, pero ¡no lo olvide!

—Recordaré... lo que he dicho; pero no castigue mi atrevimiento negándome su amistad, o espere que la enmiende siendo más distante que antes —le dije, extendiendo la mano para despedirme, pues estaba demasiado agitado para quedarme.

—Bueno, entonces continuemos como antes —replicó ella estrechando mi mano con franqueza; y mientras tuve su mano en la mía tuve que hacer un gran esfuerzo para no llevarla hasta mis labios, pero eso habría sido una locura suicida. Ya había sido bastante imprudente y este precoz ofrecimiento hubiera estado muy cerca de dar el golpe mortal a mis esperanzas.

Con el corazón en llamas y la mente perturbada me apresuré en regresar a casa, indiferente al sol abrasador del mediodía, olvidándome de todo —sin otra cosa en mi pensamiento que la mujer que acababa de dejar—, sin nada más que lamentar salvo su espíritu infranqueable y mi propia impaciencia y falta de delicadeza —no temiendo más que su aborrecible determinación y mi falta de habilidad para superarla—, no esperando nada... Pero hasta aquí, no te atormentaré más con mis esperanzas y temores absurdos y mis imperturbables cavilaciones y resoluciones.

Capítulo IX
Una serpiente en la hierba

Aun cuando en este momento podría asegurar que mi atracción por Eliza Millward se había desvanecido casi por completo, no dejé, sin embargo, de hacer visitas a la vicaría, porque aspiraba, por así decirlo, a que ella se desilusionara lentamente, sin causar mucho dolor o atraer mucho resentimiento, o convertirme en el centro de las habladurías de la parroquia; además, si me hubiera alejado completamente, el párroco, quien consideraba que mis visitas se las hacía principalmente, si no exclusivamente, a él, se habría sentido ofendido por el desinterés. Pero cuando pasé por su casa al día siguiente de mi entrevista con la señora Graham, él no estaba, circunstancia que no me resultaba tan agradable ahora como en ocasiones anteriores. La señorita Millward estaba allí, es verdad, pero ella, naturalmente, no era mucho más que inútil. Sin embargo, decidí reducir mi visita y hablar con Eliza de una manera fraternal y amistosa, actitud que gracias a nuestra larga amistad me daba derecho a suponer que no podía ser de ninguna manera un agravio y aún menos alimentar falsas esperanzas.

No era mi costumbre hablar de la señora Graham con ella ni con ninguna otra persona, pero no hacía tres minutos que me había sentado cuando Eliza mencionó a aquella dama de una manera bastante singular.

—¡Oh, señor Markham! —dijo, con una expresión consternada, suavizando la voz hasta hacerla parecer un murmullo—. ¿Qué piensa usted de esas alarmantes noticias acerca de la señora Graham? ¿Puede usted alentarnos a desacreditarlas?

—¿Qué noticias?

—¡Oh, vamos, tiene que saberlo! —sonrió con disimulo y movió la cabeza.

—No sé nada sobre ellas. ¿A qué te refieres, Eliza?

—¡Oh, no me lo pregunte! No puedo explicárselo.

Cogió su pañuelo de batista, que había estado adornando con un ancho encaje, y retomó su labor.

—¿Qué ocurre, señorita Millward? ¿A qué se refiere? —dije, apelando a su hermana, que parecía estar absorta haciendo el dobladillo de una sábana grande.

—No lo sé —contestó—. Supongo que alguna falacia que ha estado inventando algún ocioso. Yo nunca había oído hablar de eso hasta que Eliza lo comentó el otro día; pero, aunque toda la parroquia lo gritara en mi oído, no creería ni una sola palabra. ¡Conozco a la señora Graham demasiado bien!

—¡Estoy de acuerdo con usted, señorita Millward! Tampoco yo lo creo, sea lo que sea.

—¡Qué bien! —observó Eliza con un suave suspiro—. Es maravilloso tener esa enorme convicción sobre la dignidad de aquellos a los que amamos. Solo deseo que su confianza no se vea traicionada.

Y levantó el rostro y me dirigió una mirada de una ternura tan desconsolada que pudo haberme derretido el corazón. Pero en aquellos ojos avizoraba algo que no me gustaba; me pregunté cómo podían haberme deslumbrado alguna vez, el rostro honesto y los pequeños ojos grises de su hermana me parecieron mucho más agradables. Pero en aquel momento yo estaba molesto con Eliza por sus insinuaciones contra la señora Graham, que eran falsas, estaba seguro, lo supiera ella o no.

No obstante, no dije nada más sobre el asunto durante aquella visita y poco más sobre cualquier otro, ya que al darme cuenta de que no podía recuperar totalmente mi ecuanimidad, me levanté y me despedí, justificándome con la excusa de que tenía algo que hacer en la granja y a la granja me dirigí, sin preocuparme en lo más mínimo de aquellos misteriosos rumores, pero me preguntaba cuáles serían, quién los había originado, en qué se basaban y cuál sería la mejor forma de silenciarlos o desmentirlos.

A los pocos días se celebró otra de nuestras pequeñas reuniones, a la que había sido invitado el grupo habitual de amigos y vecinos, entre los que se contaba la señora Graham. En aquella oportunidad no había podido utilizar la oscuridad del anochecer o la inclemencia del tiempo como disculpa para no asistir y, con gran alivio por mi parte, acudió a la reunión. Sin ella todo aquello me habría parecido insoportablemente aburrido; pero su presencia trajo nueva vida a la casa, y aunque no debía descuidar al resto de los invitados por ella, ni esperar a acaparar la mayor parte de su atención y de su conversación, me esperaba una velada con muy poca diversión.

El señor Lawrence también vino. Llegó un poco después de que todos los invitados estuviéramos reunidos. Yo tenía curiosidad por ver cuál sería su actitud con la señora Graham. Una ligera reverencia fue todo lo que intercambiaron cuando entró, y después de haber saludado cortésmente al resto de los presentes, se sentó bastante retirado de la joven viuda, entre mi madre y Rose.

—¿Había visto usted alguna vez semejante astucia? —murmuró Eliza, que era la persona más cercana a mí—. ¿No pensaría usted que son dos completos desconocidos?

—Prácticamente, ¿y qué?

—¡Y qué! ¿Pretende usted hacerme creer que no sabe nada?

—¿Que no sé nada de qué? —pregunté, tan bruscamente que ella se sobresaltó y contestó:

—¡Por favor! No hable tan alto.

—Bueno, pues entonces explíqueme —contesté en un tono más bajo— qué quiere usted decir. Detesto los misterios.

—Bueno, no puedo garantizarle que sea verdad, al contrario, pero ¿no ha oído usted nada...?

—No he oído nada, excepto lo que usted insinuó.

—Pues entonces debe ser usted deliberadamente sordo, porque cualquiera se lo diría; pero ya veo que solo conseguiré enfadarlo si se lo digo, así que será mejor que cierre la boca.

Apretó los labios y se cruzó de brazos con una expresión de mansedumbre herida.

—Si no deseaba hacerme enfadar, debería haberse callado desde el principio; o si no, contar todo lo que tuviera usted que contar con claridad y sinceridad.

Apartó la cara, sacó su pañuelo, se levantó y se acercó a la ventana, donde permaneció un momento, evidentemente a punto de deshacerse en llanto. Yo estaba sorprendido, molesto, abochornado, no tanto por mi rudeza como por su debilidad infantil. Sin embargo, nadie pareció reparar en ella, y poco después nos llamaron a la mesa; en aquella región era costumbre servir el té en la mesa, en todas las ocasiones, y convertirlo en una comida, ya que acostumbrábamos a cenar temprano. Me senté: tenía a Rose a un lado y una silla vacía al otro.

—¿Puedo sentarme a su lado? —dijo una voz suave cerca de mí.

—Si así lo quiere... —respondí, y Eliza se sentó en la silla vacía; luego, mirándome con una sonrisa medio triste, medio traviesa, murmuró:

—Es usted tan duro, Gilbert...

Le serví el té con una sonrisa algo despectiva y no dije nada, porque no tenía nada que decir.

—¿Cómo lo he ofendido? —dijo en un tono más afligido—. Me gustaría saberlo.

—Vamos, tómese el té, Eliza, y no diga tonterías —contesté, alcanzándole el azúcar y la crema.

Precisamente en aquel momento se produjo un ligero alboroto al otro lado de mi asiento, ocasionada por la señorita Wilson, quien venía a negociar un intercambio de asientos con Rose.

—¿Quisiera usted hacerme el favor de cambiar de lugar conmigo, señorita Markham? —dijo—. Porque no quiero sentarme al lado de la señora Graham. Si a su madre le parece bien invitar a una persona así a su casa, no puede oponerse a que su hija le haga compañía.

Esta última frase fue añadida en una especie de monólogo al marcharse Rose, pero no fui lo suficientemente cortés como para dejarla pasar.

—¿Le importaría explicarme qué quiere usted decir, señorita Wilson? —inquirí.

La pregunta la sorprendió un poco, pero no mucho.

—Señor Markham —dijo con frialdad, recobrándose rápidamente—, me sorprende bastante que la señora Markham haya invitado a una persona como la señora Graham; pero, quizá, no esté informada de la forma poco respetable de proceder de esa señora.

—Ella no lo está, ni yo tampoco; y por lo tanto le agradecería que me explicara usted mejor a qué se refiere.

—No creo que sea el lugar ni el momento oportuno para ese tipo de explicaciones, pero dudo de que sea usted tan ignorante como aparenta, debe conocerla tan bien como yo.

—Eso creo, e incluso un poco mejor; por lo tanto, si me explica lo que ha imaginado u oído en su contra, quizá pueda ayudarla a corregir sus opiniones.

—¿Puede decirme quién era su marido, o si alguna vez tuvo alguno?

La furia me impidió hablar. No podía confiar en mi respuesta en un momento como ese y en aquel lugar.

—¿No ha notado usted nunca —dijo Eliza— en el gran parecido que existe entre ese niño suyo y...?

—¿Y quién? —preguntó la señorita Wilson con una expresión de fría, pero mordaz intransigencia.

Eliza se interrumpió asustada, había pretendido que su tímida sugerencia llegase solo a mis oídos.

—¡Oh, lo siento! —dijo—. Puede ser un error... quizá me equivoque —pero acompañó sus palabras con una mirada maliciosa de burla dirigida a mí.

—No necesita pedirme perdón —contestó su amiga—, pero no veo aquí a nadie a quien el niño se parezca en lo absoluto, excepto a su madre; y cuando oiga usted rumores malintencionados, señorita Eliza, le agradeceré, es decir, creo que lo mejor que puede usted hacer es abstenerse de repetirlos. Supongo que la persona a la que se refiere es el señor Lawrence, pero podría asegurarle que sus sospechas carecen totalmente de fundamento; y si él tiene alguna relación especial con la dama —cosa que nadie tiene derecho a asegurar—, tiene por lo menos —y no puede decirse lo mismo de otros— el suficiente sentido de la dignidad para evitar que se conozca y comportarse en presencia de personas respetables como un conocido distante. Es evidente que la ha sorprendido y contrariado encontrarla aquí.

—¡Adelante! —gritó Fergus, que estaba sentado al otro lado de Eliza y era la única persona que compartía aquel lado de la mesa con nosotros—. ¡Sigan sin desmayar! ¡No dejen piedra sobre piedra!

La señorita Wilson se enderezó con una fría mirada de desprecio, pero no dijo nada. Eliza hubiera respondido, pero la interrumpí diciendo, con toda la calma de la que fui capaz, aunque en un tono que traicionaba, sin duda, algo de lo que sentía en mi interior:

—Creo que hemos tenido bastante de este tema. Si solo somos capaces de hablar para calumniar a aquellos que son mejores que nosotros, es preferible guardar silencio.

—Creo que es lo mejor que pueden hacer —observó Fergus—, y lo mismo piensa nuestro buen párroco; ha estado arengando a los asistentes en su mejor estilo durante todo este rato y observándonos de vez en cuando con miradas de profundo desagrado, mientras estaban sentados aquí, murmurando irrespetuosamente; y una de las veces se ha interrumpido en medio de una historia o de un sermón, no sé cuál de las dos cosas, y ha fijado los ojos sobre ti, Gilbert, como diciendo: "Cuando el señor Markham haya acabado de coquetear con esas dos damas, continuaré".

No sabría decir qué más se dijo en la mesa, ni cómo tuve la paciencia suficiente para seguir sentado hasta que terminamos de cenar. Recuerdo, sin embargo, que tragué con dificultad lo que quedaba del té que había en mi taza y que no comí nada; y que lo primero que hice fue mirar a Arthur Graham, que estaba sentado con su madre al otro lado de la mesa, y a Lawrence, que estaba un poco más cerca. Al principio, me pareció encontrar un parecido, pero después de examinarlos con mayor atención, llegué a la conclusión de que se trataba solo de imaginaciones. Los dos, es verdad, tenían rasgos más delicados y huesos más pequeños de lo que correspondía a individuos del sexo masculino; la tez de Lawrence era pálida y clara, y la de Arthur, delicadamente blanca; pero la nariz diminuta y algo respingona de Arthur nunca sería tan larga y recta como la del señor Lawrence; y aunque la silueta de su rostro no era lo suficientemente curva para ser redonda y convergía con demasiada gracia en aquella pequeña barbilla en la que se formaba un hoyuelo para ser cuadrado, nunca podría convertirse en el largo óvalo del otro. Era evidente que los cabellos del niño tenían un matiz más luminoso y cálido del que hubiera podido tener nunca el caballero mayor, y que sus ojos azules, grandes y claros, aunque a veces prematuramente serios, eran muy distintos de los tímidos ojos castaños del señor Lawrence, desde los que un alma sensible miraba hacia afuera con tanta desconfianza que parecía siempre dispuesta a resguardarse de las ofensas de un mundo demasiado cruel, demasiado poco amistoso. ¡Qué desdichado era por haber albergado aquella idea, aunque fuera solo un momento! ¿No conocía a la señora Graham? ¿No la había visto y conversado con ella, una y otra vez? ¿No estaba seguro de que era, en inteligencia, pureza y grandeza de espíritu, infinitamente superior a cualquiera de sus detractores? ¿Que era, de hecho, la más noble, la más adorable mujer que nunca hubiera conocido, o incluso imaginado que existiera? Sí, y hubiera dicho junto a Mary Millward —una muchacha tan sensata— que, aunque toda la parroquia dijera, o todo el mundo gritara aquellas horribles calumnias en mis oídos, no las creería, porque la conocía mejor que ellos.

Mientras tanto mi cabeza ardía de indignación y el corazón parecía a punto de romperse en su prisión por aquellas pasiones turbulentas. Miré a mis dos bellas vecinas con un sentimiento de odio y de desprecio que apenas me esforcé en disimular. Me distraje ensimismado en mis pensamientos y descuidé descortésmente a las damas, pero esto no me importaba en lo absoluto: lo único que me importaba, además del importante objeto de mis pensamientos, era que se recogieran las tazas en la bandeja del té y no volver a hablar. Pensé que el señor Millward nunca acabaría de explicarnos que él no era un bebedor de té y que era altamente nocivo abarrotar el estómago de aquella manera excluyendo así un sustento más sano, mientras de este modo ganaba tiempo para terminar su cuarta taza.

Finalmente acabamos de cenar. Me levanté y dejé la mesa y a los invitados sin una palabra de disculpa; no podía soportarlos más tiempo. Salí afuera para refrescar las ideas en el balsámico aire del atardecer y para ordenarlas o dar total libertad a mis apasionados pensamientos en la tranquilidad del jardín.

Para evitar que me vieran desde las ventanas, bajé por una corta y tranquila vereda que bordeaba uno de los lados del cercado, al final de la cual se encontraba un asiento protegido por las rosas y las madreselvas. Allí me senté a pensar en las virtudes y los defectos de la dama de Wildfell Hall, pero solo llevaba en esta distracción dos minutos cuando voces y risas, y unas siluetas que vi moverse a través de los árboles, me revelaron que los demás también habían salido a tomar el aire. Sin embargo, me arrinconé en la enramada, esperando retener su posesión a salvo de indiscretos y de intrusos. ¡Pero no, Dios no lo permita! Alguien bajaba por la avenida. ¿Por qué no podían disfrutar de las flores y del sol en la parte abierta del jardín y dejarme a mí en el sombrío escondrijo, con los mosquitos y los jejenes?

Pero, al divisar a través de la olorosa barrera de ramas entretejidas intentando descubrir quiénes eran los intrusos —pues un murmullo de voces indicaba que eran más de uno—, mi fastidio desapareció inmediatamente, dando paso a emociones muy diferentes que agitaron mi alma, ya inquieta; pues era la señora Graham la que recorría lentamente el paseo con Arthur a su lado, y nadie más. ¿Por qué estaban solos? ¿Habría hecho ya su efecto el veneno de las lenguas detractoras? ¿Le habrían dado todos la espalda? Entonces me acordé de que había visto a la señora Wilson, a primera hora de la tarde, acercar su silla a mi madre e inclinarse hacia delante, evidentemente para informarle algún secreto importante y confidencial; y por el incesante meneo de su cabeza, las frecuentes muecas de su arrugado rostro, los guiños y el malicioso parpadeo de sus pequeños y feos ojos, deduje que era un apetitoso escándalo lo que se traía entre manos; y por la cautelosa privacidad de la comunicación supuse que alguna persona en aquel preciso instante era el desgraciado objeto de sus calumnias; y por todos estos indicios, junto con las miradas y los gestos de asombro mezclados con incredulidad de mi madre, llegué entonces a la conclusión de que el objeto no había sido otro que la señora Graham. No salí de mi escondite hasta que ella estuvo a punto de alcanzar el final del sendero, para que mi aparición no la alejara; y cuando me adelanté, se quedó inmóvil y pareció decidida a regresar.

—¡Oh, no permita que lo importunemos, señor Markham! —dijo—.

Veníamos aquí en busca de recogimiento, no a inmiscuirnos en su aislamiento.

—No soy un solitario, señora Graham, aunque reconozco que puedo parecerlo, al abandonar de esta manera tan descortés a mis invitados.

—Temí que se sintiera usted indispuesto —siguió con una mirada de genuina preocupación.

—Fue algo así, pero ya estoy bien. Siéntese aquí y descanse un poco, y no me diga que no le gusta esta enramada —dije, levantando a Arthur por lo hombros y acomodándolo en medio del banco, para asegurar que su madre, reconociendo que era un refugio encantador, se animara a ocupar un extremo mientras yo tomaba posesión del otro.

Pero la palabra "refugio" me inquietó. ¿La había obligado la falta de amabilidad de aquella gente a buscar la paz en la soledad?

—¿Por qué la han dejado sola? —le pregunté.

—He sido yo quien los ha abandonado —fue la risueña respuesta—. Estaba harta de tanta charla, no hay nada que me canse tanto. No comprendo cómo pueden seguir hablando de esa manera.

No pude evitar sonreírme ante la seriedad con que expresaba su desconcierto.

—¿Es que sienten la obligación estar constantemente hablando —prosiguió—, de forma que nunca se detienen a pensar, sino que se contentan con una cháchara sin sentido y vanas repeticiones cuando no se presentan temas de auténtico interés? ¿O es que de verdad les agrada ese tipo de conversación?

—Seguramente sí —dije yo—, sus mentes superficiales no pueden albergar grandes ideas, y sus cabezas huecas son arrebatadas por nimiedades que no conquistarían a un cerebro mejor equipado. La única alternativa para semejante tipo de conversación es zambullirse de cabeza en el pantano del escándalo, que es su placer principal.

—Verdaderamente, no serán todos así, ¿no? —exclamó la dama, sorprendida por la mordacidad de mi observación.

—Por supuesto que no: excluyo a mi hermana de tan denigrantes gustos y a mi madre, si es que las incluía usted en su animadversión.

—No he dado a entender que tuviera animadversión contra nadie, y desde luego no tuve intención de hacer alusiones irrespetuosas a su madre. He conocido a personas sensibles y muy hábiles en ese estilo de conversación cuando las circunstancias lo requieren, pero es un don de cuya posesión no puedo jactarme. En esta oportunidad he prestado atención todo el tiempo que he podido, pero cuando mis fuerzas me abandonaron me escapé para buscar unos minutos de descanso en este tranquilo paseo. Aborrezco hablar cuando no hay intercambio de ideas o sentimientos: ni se proporciona o recibe ningún provecho.

—Entonces —dije—, si alguna vez la molesto con mi locuacidad, dígamelo y prometo no ofenderme; poseo la facultad de disfrutar de la compañía de mis amigos tanto en silencio como con una buena conversación.

—No le creo del todo; pero si fuera así, sería usted exactamente el compañero que me gusta.

—¿Soy yo, entonces, todo lo que usted desea en otros aspectos?

—No, no quiero decir eso. ¡Qué hermosos se ven esos conjuntos de hojas cuando los rayos del sol pasan entre ellas! —añadió, con el propósito de cambiar de tema.

Realmente eran particularmente hermosas cuando, a intervalos, los rayos de sol penetraban la espesura de los árboles y arbustos que estaban al otro lado del camino, pues revelaban su oscuro verdor, mostrando fragmentos de hojas casi transparentes, de un verde dorado resplandeciente.

—Casi desearía no ser pintora —observó mi acompañante.

—¿Por qué no? Uno pensaría en un momento así que estaría usted alegre por el privilegio de poder imitar los diversos, brillantes y deliciosos matices de la naturaleza.

—No, porque en lugar de abandonarme totalmente al disfrute de ellos, como hacen los demás, siempre me torturo pensando en cómo podría producir el mismo efecto sobre un lienzo; y como eso no puede hacerse nunca, todo es mera vanidad y aflicción del espíritu.

—Tal vez no pueda satisfacerse usted, pero puede conseguir, y consigue, que los demás se deleiten con el resultado de sus esfuerzos.

—Bueno, después de todo, no debería quejarme; quizá pocas personas se ganan la vida con tanto placer por el trabajo que realizan como yo. Ahí viene alguien.

Pareció incomodarse por la interrupción.

—Son el señor Lawrence y la señorita Wilson —dije—, que vienen a disfrutar de un tranquilo paseo. No nos molestarán.

No podía descifrar la expresión de su rostro, pero me complació no encontrar celos en ella. ¿En virtud de qué iba yo a buscarlos?

—¿Qué tipo de persona es la señorita Wilson? —me preguntó.

—Es elegante y más distinguida que la mayoría de la gente que goza de una posición social como la suya; algunos dicen que es una dama muy agradable.

—Hoy me ha parecido fría y bastante petulante en sus modales.

—No me extraña que le haya producido esa impresión. Posiblemente tiene prejuicios contra usted, porque la considera una rival.

—¡A mí! ¡Imposible, señor Markham! —dijo, evidentemente asombrada y contrariada.

—Bueno, yo no sé nada de eso —respondí con bastante fastidio, pues me pareció que su disgusto iba, sobre todo, dirigido contra mí.

La pareja estaba en aquel momento a poca distancia de nosotros. Nuestra glorieta estaba acogedoramente situada detrás de una esquina en donde terminaba el sendero, justo allí se convertía en un camino más amplio que llegaba hasta el fondo del jardín. Cuando llegaron a la altura de ese lugar vi, por el aspecto de Jane Wilson, que dirigía la atención de su acompañante hacia nosotros; y tanto por su fría y sarcástica sonrisa, como por algunas palabras aisladas que alcancé a escuchar, supe perfectamente que le estaba inculcando la idea de que estábamos profundamente unidos. Noté que él se sonrojaba hasta las orejas, nos lanzó una cautelosa mirada al pasar y siguió andando con aspecto grave, aunque, al parecer, sin responder a las observaciones de la señorita Wilson.

Era cierto, entonces, que abrigaba algunas intenciones con respecto a la señora Graham; y, de haber sido honorables, no se habría mostrado tan preocupado por ocultarlas. Desde luego ella era intachable, pero él era despreciable sin remedio.

Mientras estos pensamientos surcaban como un relámpago por mi cabeza, mi compañera se levantó repentinamente y, llamando a su hijo, dijo que deseaba ir ya en busca de los demás y desapareció por el sendero. Sin duda había oído o adivinado alguna de las observaciones de la señorita Wilson, y por lo tanto resultaba bastante natural que decidiera no continuar con la charla, sobre todo teniendo en cuenta que en aquel momento mis mejillas ardían de indignación contra mi antigua amiga, cosa que ella pudo mal interpretar como un rubor producido por una estúpida vergüenza. Por lo que consideré a la señorita Wilson merecedora de un rencor aún mayor; y cuanto más pensaba en su conducta, más la detestaba.

Ya era tarde cuando me reuní con el grupo de invitados. La señora Graham ya se había arreglado para marcharse y se estaba despidiendo de los demás, quienes también se disponían a regresar a sus casas. Le ofrecí, es más, le rogué que me permitiera acompañarla. En aquel momento Lawrence estaba de pie hablando con alguien cerca de nosotros. No nos miró, pero, al escuchar mi ferviente súplica, se detuvo en medio de una frase para escuchar la respuesta de la dama y continuó hablando, con una mirada de tranquila satisfacción, al escuchar su rechazo.

El rechazo fue firme, aunque no rudo. Fue imposible convencerla de que atravesar aquellos campos y prados desolados sin compañía podía ser peligroso para ella y para su hijo. Todavía había luz y no se encontraría con nadie; y en el caso de que así fuera, estaba segura de que la gente de aquel lugar era tranquila e inofensiva. De hecho, no quiso ni escuchar hablar de que alguien se desviara de su camino para acompañarla, aunque Fergus ofreció sus servicios por si resultaban más aceptables que los míos y mi madre le suplicara que le permitiera mandar a uno de los trabajadores de la granja para escoltarla.

Cuando se marchó, todo lo demás languideció, o algo peor. Lawrence intentó atraerme a la conversación, pero me marché, desairándolo, al otro lado del salón. Poco después la reunión se terminó y él se despidió. Cuando se acercó a mí, ignoré su mano extendida y fui sordo a sus buenas noches hasta que las repitió por segunda vez; y entonces, para librarme de él, murmuré una respuesta ininteligible acompañada de un seco saludo con la cabeza.

—¿Qué ocurre, Markham? —murmuró.

Le contesté con una mirada de ira y de desprecio.

—¿Está usted enfadado porque la señora Graham no ha aceptado su compañía? —preguntó con una ligera sonrisa que casi me hizo perder el control.

Pero, tragándome todas las respuestas rabiosas, me limité a preguntar:

—¿Es eso asunto suyo?

—¡Oh, no! —contestó con exasperante tranquilidad, luego alzó sus ojos hacia mí y habló con inusual solemnidad—: Permítame decirle, Markham, que si tiene un propósito en ese sentido, con seguridad fracasará; lamento verlo acariciando falsas esperanzas y desperdiciando tiempo en inútiles esfuerzos, por...

—¡Hipócrita! —exclamé. Él contuvo el aliento, se puso pálido, y, girando sobre sus talones, salió sin decir una palabra.

Lo había herido certeramente y me alegraba haberlo hecho.

CAPÍTULO X
UN CONTRATO Y UNA PELEA

Cuando todos se marcharon, supe que la cruel difamación había circulado por la reunión aun en presencia de la víctima. Rose, sin embargo, juró que ni la creía ni la creería, y mi madre hizo la misma declaración, aunque sospecho que no con la misma e inquebrantable convicción. Parecía que el asunto lo tenía siempre en la cabeza, y solía irritarme con expresiones como:

—¡Querido, querido! ¡Quién lo hubiera pensado! ¡Bueno, siempre me pareció que había algo raro en ella!... Ya ves lo que ganan las mujeres que pretenden ser diferentes de las demás.

Un día dijo:

—Recelé de esa apariencia de misterio desde el primer momento, pensé que no podía esconder nada bueno; pero, sin embargo, me resulta triste, muy triste, que sea cierto.

—Pero, madre, dijiste que no creías en esas historias —dijo Fergus.

—Y no las creo, querido; pero, a pesar de todo, deben tener algún fundamento, ¿no crees?

—El fundamento está en la crueldad y la calumnia del mundo —dije—, y en el hecho de que el señor Lawrence ha sido visto por aquel camino una o dos veces al caer la noche. Las habladurías del pueblo dicen que va a cortejar a la extraña señora, y los chismosos se han adueñado codiciosamente del rumor, para convertirlo en la base de sus infernales maquinaciones.

—Bien, Gilbert, algo debe de haber en su conducta para fomentar semejantes rumores.

—¿Has observado tú algo en su conducta?

—No, desde luego, pero ya sabes que siempre dije que había algo extraño en ella.

Creo que fue esa misma noche cuando me aventuré a otra invasión de Wildfell Hall. Había transcurrido una semana desde la reunión. Me había pasado los días esforzándome por encontrarme con su dueña durante sus paseos; y siempre desencantado —ella debía haberlo arreglado así, deliberadamente—, pasaba las noches dándole vueltas a mi cabeza en busca de algún pretexto para otra visita. Finalmente, llegué a la conclusión de que aquella separación no podía prolongarse por más tiempo —a esas alturas, como verás, ya había llegado muy lejos—; y cogiendo de la biblioteca un viejo volumen que pensé que le interesaría —aunque por su estado ruinoso no me había atrevido a ofrecérselo todavía para una lectura—, salí apresuradamente, no sin recelo de cómo sería recibido y cómo conseguiría hacer acopio de valor para presentarme con una excusa tan superficial. Pero quizá pudiera verla en el campo o en el jardín, y entonces el inconveniente no sería muy grande: lo que más me inquietaba era la llamada formal a la puerta, con la probabilidad de ser llevado solemnemente por Rachel a la presencia de una anfitriona sorprendida e irritada.

Mi deseo, sin embargo, no se cumplió. No se veía a la señora Graham por ninguna parte, pero Arthur estaba jugando con su travieso perrito en el jardín. Me asomé por encima de la puerta y le llamé. Él quería que entrara, pero le dije que no podía hacerlo sin permiso de su madre.

—Iré a pedírselo —dijo el niño.

—No, no, Arthur, no debes hacer eso; pero si no está ocupada, ruégale que venga un momento. Dile que quiero hablar con ella.

Corrió a hacer mi encomienda y volvió enseguida con su madre. ¡Qué encantadora estaba con sus rizos oscuros flotando en la suave brisa de verano, sus hermosas mejillas ligeramente sonrosadas y una sonrisa radiante en el rostro! ¡Querido Arthur! ¿Qué no te debo por esto y por todos los otros felices encuentros? Gracias a él, enseguida me sentía libre de toda formalidad, terror y apremio. En las cosas del amor, no hay mediador comparable a un niño alegre y de corazón sencillo siempre dispuesto a unir los corazones separados, a tenderse sobre el abismo hostil de la costumbre, a derretir el hielo de la fría reserva, a saltar por encima de los muros divisorios de la terrible formalidad y el orgullo.

—Bueno, señor Markham, ¿de qué se trata? —dijo la joven madre, acercándose con una agradable sonrisa.

—Quería que viera este libro y, si le gusta, se lo quede para leerlo durante sus ratos de libres. No me excuso por haberla hecho salir en una tarde tan encantadora, aunque sea para un asunto de tan poca importancia.

—Madre, invítalo a entrar —dijo Arthur.

—¿Le gustaría entrar? —preguntó la dama.

—Sí, me gustaría ver los progresos de su jardín.

—Y cómo han prosperado bajo mi cuidado las raíces de su hermana —añadió ella, mientras abría la puerta.

Paseamos por el jardín y hablamos de las flores, los árboles y el libro, y después de otras cosas. La tarde era bondadosa y apacible, y así fue mi acompañante. Poco a poco me fui mostrando más tierno y afectuoso de lo que, quizá, me había mostrado nunca; pero todavía no había dicho nada específico y ella no intentó rechazarme; hasta que, al pasar delante de una rosa de Jericó que yo le había llevado hacía unas semanas, de parte de mi hermana, arrancó un capullo a medio abrir y me rogó que se lo entregara a Rose.

—¿No puedo quedármelo yo? —le pregunté.

—No, pero aquí hay otro para usted.

En vez de limitarme a cogerlo en silencio, cogí también la mano que me lo ofrecía y fijé los ojos en los suyos. Ella no retiró la mano durante unos instantes, y yo vi en el brillo de su mirada un resplandor de éxtasis, un calor de excitación gozosa en su rostro —creí que la hora de mi victoria había llegado—, pero enseguida un recuerdo doloroso pareció interponerse como un relámpago. Una nube de angustia le oscureció la frente, una palidez marmórea palideció sus mejillas y sus labios; parecía vivir un momento de conflicto interior. Con un esfuerzo repentino, retiró la mano y retrocedió uno o dos pasos.

—Ahora, señor Markham —dijo con una especie de apremiante calma—, debo decirle con toda claridad que no puedo permitir esto. Me agrada su compañía, porque estoy sola aquí, y su conversación me complace más que la de cualquier otra persona; pero si no le compensa considerarme una amiga, una simple, distante, fraternal amiga, debo rogarle que se retire ahora y evite verme en adelante; en realidad, en el futuro debemos comportarnos como extraños.

—Entonces, seré su amigo, o su hermano, o lo que usted quiera, solo si me permite seguir viéndola; pero dígame por qué no puedo ser nada más.

Se hizo una pausa confusa y pensativa.

—¿Se debe a una promesa insensata?

—Algo parecido —contestó—. Quizá algún día pueda contárselo, pero de momento sería mejor que se marchara; ¡y nunca, Gilbert, me ponga en el doloroso compromiso de repetir lo que acabo de decirle! —añadió con la mayor seriedad, ofreciéndome su mano con una amabilidad sincera. ¡Qué dulce, qué musical sonaba mi nombre en su boca!

—No lo haré —repliqué yo—. Pero ¿perdona usted esta ofensa?

—Con la condición de que no vuelva a repetirla.

—¿Y puedo venir a verla de vez en cuando?

—Quizá... de tarde en tarde, siempre que no abuse del privilegio.

—No hago inútiles promesas, pero ya verá.

—En el momento en que lo haga, nuestra familiaridad habrá terminado, eso es todo.

—¿Y me llamará usted siempre Gilbert? Suena más fraternal y servirá para recordarme nuestro pacto.

Sonrió y repitió una vez más que me fuera; finalmente, juzgué prudente obedecerla. Ella regresó a la casa y yo bajé por la colina. Cuando bajaba, un ruido de cascos de caballo llegó hasta mis oídos y rompió el silencio de la noche húmeda; al mirar hacia el camino, vi a un solitario jinete que subía. Aunque estaba oscureciendo, lo reconocí inmediatamente: era el señor Lawrence, que montaba su poni gris. Comencé a correr campo a traviesa, salté la valla de piedra y luego bajé por el camino para encontrarme con él. Al verme, frenó al caballo y pareció inclinado a regresar; pero, después de pensarlo, juzgó mejor continuar su camino. Al acercarse me hizo una ligera reverencia con la cabeza, arrimándose a la valla, con la intención de saltarla. Pero yo no tenía la intención de permitírselo, cogí el caballo por la brida y exclamé:

—¡Ahora mismo va a aclarar este misterio, Lawrence! Dígame a dónde va y cuáles son sus intenciones... ¡de una vez y claramente!

—¿Quiere usted soltar la brida? —dijo él tranquilamente—. Le está haciendo daño a mi poni.

—Usted y su caballo son...

—¿Por qué es usted tan chabacano y violento, Markham? Es vergonzoso.

—¡Conteste usted mis preguntas antes de abandonar este lugar! ¡Quiero saber lo que pretende usted con esta desleal simulación!

—No contestaré ninguna pregunta hasta que suelte usted la brida, aunque estemos aquí hasta mañana.

—Está bien —dije, soltando la brida, pero obstruyéndole todavía el paso.

—Pregúnteme en otra ocasión, cuando hable usted como un caballero —dijo, haciendo un esfuerzo para seguir adelante, pero yo volví a coger la brida y detuve al caballo, no menos sorprendido que su dueño ante un comportamiento tan zafio—. ¡Realmente, señor Markham, esto es absurdo! ¿Es que no puedo ir a ver a mi inquilina por asuntos de negocios, sin ser emboscado de esta manera por...?

—¡Esta no es hora para hablar de negocios, señor! Voy a decirle lo que pienso de su conducta.

—Sería mejor que dejara su opinión para una ocasión más oportuna —me interrumpió en voz baja—, por ahí viene el vicario.

Era verdad: el vicario se aproximaba por detrás, volvía con paso cansado a su casa de algún remoto lugar de la parroquia. Yo dejé de inmediato el camino libre al hacendado y él siguió hacia delante, saludando al señor Millward al pasar.

—¿Qué, Markham, un desacuerdo? —gritó este último, dirigiéndose a mí—. Y a causa de esa joven viuda, supongo. Pero déjeme decirle, joven —añadió, meneando la cabeza con aire de reproche, y acercó su rostro al mío, con un aire crucial y confidencial—, ¡ella no merece la pena!

Y confirmó la afirmación con un solemne movimiento de cabeza.

—¡Señor Millward! —exclamé en un tono de iracunda amenaza que obligó al reverendo a volverse horrorizado, atónito ante aquella vehemente insolencia, y a mirarme fijamente con una expresión que expresaba, claramente, un "¿cómo se atreve?". Pero yo estaba demasiado indignado para disculparme o decirle una palabra más, di la vuelta y me apresuré en llegar a casa. Bajé a grandes zancadas el escarpado y accidentado camino, dejando al reverendo continuar a su antojo.

Capítulo XI
El vicario de nuevo

Pasaron al menos unas tres semanas. La señora Graham y yo habíamos desarrollado una amistad; o más bien una hermandad, como preferíamos considerarla. Ella me llamaba Gilbert, por expreso deseo mío, y yo la llamaba Helen, porque había visto este nombre escrito en sus libros. En excepcionales ocasiones intentaba verla más de dos veces por semana; e incluso así, procuraba que nuestros encuentros parecieran el resultado de la casualidad —pues consideraba necesario ser muy prudente— y, en general, me comportaba con una corrección tan extraordinaria que no tuvo oportunidad de reprenderme ni una sola vez. Sin embargo, no pude dejar de notar que se sentía a veces desdichada o desencantada de sí misma o con su situación. A decir verdad, yo mismo no me sentía del todo satisfecho con esto último: esta suposición de fraternal indiferencia era muy difícil de mantener y yo me sentía a menudo como un hipócrita abominable. También me di cuenta, o más bien lo sentí, que, muy a su pesar, "yo no le era indiferente", como dicen modestamente los héroes de las novelas, y aunque disfrutaba con sincero agradecimiento de mi buena fortuna, no podía dejar de aspirar y desear algo mejor en el futuro; pero, evidentemente, mantenía semejantes sueños en completo silencio.

—¿A dónde vas, Gilbert? —preguntó Rose una tarde, poco después de tomar el té, cuando yo había estado todo el día ocupado en la granja.

—A dar un paseo —fue la respuesta.

—¿Cepillas siempre tu sombrero con tanto esmero, te peinas tan cuidadosamente y te pones guantes nuevos y tan bonitos solo para dar un paseo?

—¡No siempre!

—Vas a Wildfell Hall, ¿verdad?

—¿Qué te hace pensar eso?

—Porque parece como si estuvieras... bueno, el asunto es que me gustaría que no fueras con tanta frecuencia.

—¡Tonterías, niña! No voy allí desde hace seis semanas... ¿Qué quieres dar a entender?

—Bueno, pero si yo estuviera en tu lugar no tendría mucho interés en relacionarme con la señora Graham.

—Vaya, Rose, ¿estás tú también de acuerdo con la opinión general?

—No —replicó ella, vacilante—, pero he oído hablar muchas cosas acerca de ella últimamente, tanto en casa de los Wilson como en la vicaría; además, mi madre dice que si fuera una persona idónea no viviría allí sola. ¿No te acuerdas Gilbert, el invierno pasado, la historia aquella del nombre falso para el cuadro? Y cómo lo explicó diciendo que tenía amigos y conocidos a los que no quería dar la dirección de su residencia actual, y que tenía miedo de que ellos la encontraran; y luego, ¿de qué manera tan repentina abandonó el salón cuando llegó aquella persona a quien no nos dejó ver ni de lejos, y a quien Arthur, con aire de misterio, llamó el amigo de su madre?

—Sí, Rose, lo recuerdo todo perfectamente y puedo perdonarte esas conclusiones poco compasivas, porque quizá, si no la conociera, relacionaría todas esas cosas y creería lo mismo que tú; pero, gracias a Dios, la conozco y sería indigno de considerarme un hombre si creyera todo lo que dicen de ella, a no ser que lo oyera de sus propios labios... Creería de ella cosas como esas como las creería de ti, Rose.

—¡Oh, Gilbert!

—Bueno, ¿crees que podría creer en cosas semejantes... si los Wilson y los Millward se atrevieran a chismorrearlas?

—¡Espero que no, desde luego!

—¿Y por qué no lo haría?... Porque te conozco. Bien, pues a ella la conozco tan bien como a ti.

—¡Oh, no! No conoces su vida anterior y el año pasado, por estas fechas, ni siquiera sabías que existía.

—No importa. Se puede saber más en una hora de la grandeza, la amplitud y la profundidad del alma de una persona viendo su corazón a través de sus ojos, de lo que te llevaría toda una vida descubrir, si dicha persona no estuviera dispuesta a revelarlo, o si no se tiene sensibilidad para comprenderlo.

—Entonces, ¿vas a ir a verla esta tarde?

—Puedes estar segura de que voy a ir.

—Pero ¿qué dirá mi madre, Gilbert?

—No hace falta que tu madre se entere.

—Pero tendrá que saberlo en algún momento, si esto sigue adelante.

—¡Seguir adelante!... No se trata de eso. La señora Graham y yo somos simplemente amigos, y lo seguiremos siendo; y nadie en el mundo podrá impedirlo, ni tiene derecho a interponerse entre nosotros.

—Pero si supieras lo que dicen, serías más cuidadoso, por el bien de ella y por el tuyo. Jane Wilson piensa que tus visitas a la vieja mansión son una prueba más de su degradación...

—¡Dios perdone a Jane Wilson!

—Y Eliza Millward está muy dolida contigo.

—Espero que así sea.

—Pues yo no lo haría, si estuviera en tu lugar.

—¿No harías qué? ¿Cómo saben que voy allí?

—Están al tanto de todo, pasan todo el día espiando.

—¡Oh, jamás pensé que algo así pudiera suceder! ¡Se han atrevido a convertir mi amistad en fruto de escándalo contra ella! Eso evidencia la absoluta falsedad de sus otras mentiras, si es que hacía falta alguna prueba. Procura contradecirlas siempre que puedas, Rose.

—Pero es que ellas no me hablan abiertamente de estas cosas, solo sé lo que piensan por insinuaciones e indirectas, y por lo que otros dicen.

—Está bien, no iré hoy, además, ya se hizo tarde. Pero, ¡oh, que el demonio se lleve sus infernales y envenenadas lenguas! —murmuré con toda la amargura de mi alma.

Justo en ese instante el vicario entró en la habitación, habíamos estado tan distraídos en nuestra conversación que no habíamos oído su llamada.

Después de saludar a Rose, que era una favorita del viejo caballero, tan jovial y paternalmente como de costumbre, se dirigió a mí de forma más severa.

—Bien, caballero —dijo—, se ha convertido usted en un extraño. Hace... déjeme pensar —siguió diciendo con lentitud, mientras depositaba su voluminoso fardo en el sillón que Rose le acercó con gran solicitud—, hace exactamente seis semanas, según mis cálculos, que atravesó usted el umbral de mi puerta, habló con vehemencia y golpeó con el bastón en el suelo.

—¿Es así, señor? —dije.

—¡Sí, desde luego! —añadió, moviendo afirmativamente la cabeza mientras me miraba con una especie de iracunda firmeza, mientras sostenía el duro bastón entre las rodillas y cruzaba las manos detrás del cuello.

—He estado ocupado —dije, pues era evidente que esperaba una disculpa.

—Ocupado —repitió burlón.

—Sí, he estado recogiendo el heno, y la cosecha acaba de empezar.

—Está bien.

En aquel momento entró mi madre y distrajo, para mi beneficio, la atención del reverendo con una bienvenida locuaz y jovial. Lamentaba profundamente que no hubiera llegado un poco antes, a la hora del té, pero se ofrecía a prepararle uno inmediatamente, si quería hacerle el favor de compartirlo con ella.

—Para mí no, gracias —contestó—; tengo que estar en casa dentro de unos minutos.

—¡Oh, pero quédese y tome un poco! Estará hecho en cinco minutos.

Pero el reverendo rechazó la oferta con un solemne movimiento de la mano.

—Le diré lo que sí aceptaría, señora Markham —dijo—: un vaso de su excelente cerveza.

—¡Con mucho gusto! —exclamó mi madre, procediendo con presteza a tocar la campana para ordenar el predilecto brebaje.

—Al pasar por aquí —prosiguió—, se me ocurrió acercarme a verla y saborear su cerveza casera. He ido a ver a la señora Graham.

—¿Ha ido usted?

Afirmó gravemente con la cabeza y añadió con severo énfasis:

—Pensé que era a mí a quien le correspondía hacerlo.

—¡Sinceramente! —profirió mi madre.

—¿Por qué, señor Millward? —pregunté. Me miró con severidad y, dirigiéndose nuevamente a mi madre, repitió—: ¡Pensé que era a mí a quien correspondía! —Y dio en el suelo de nuevo con su bastón. Mi madre estaba sentada frente a él, como una oyente reverente y admirada.

—"Señora Graham", dije yo —continuó el reverendo, moviendo la cabeza al mismo tiempo que hablaba—, "¡hay informaciones terribles!". "¿Cómo dice, señor?", preguntó ella, pretendiendo no comprender lo que quería decir. "Es mi deber... como... su pastor", afirmé, "decirles a ambos todo lo que considero reprochable en su conducta y todo lo que tengo razón para sospechar, y lo que los demás me cuentan acerca de ustedes". ¡Así se lo he dicho!

—¿De verdad lo hizo, señor? —grité, saltando de mi asiento y golpeando la mesa con el puño. Él se limitó a mirarme y continuó, dirigiéndose a su anfitriona:

—Era un doloroso deber, señora Markham... ¡pero se lo dije!

—¿Y ella cómo se lo tomó? —preguntó mi madre.

—Se mostró obstinada, me temo... ¡obstinada! —contestó él, sacudiendo la cabeza con desaliento—; y, al mismo tiempo, hubo una clara manifestación de cólera impúdica y mal encaminada. Se le puso la cara blanca y al echar el aliento entre los dientes lo hizo de una manera violenta, pero no intentó defenderse ni rectificar; y con una especie de calma desvergonzada —que resultaba sorprendente en alguien tan joven— no solo me dijo que mi advertencia era inútil, y mi consejo pastoral absolutamente improcedente, sino que mi presencia era completamente desagradable mientras solo se tratara de decir esa clase de cosas. Finalmente me retiré, viendo con toda claridad que nada podía hacerse... y atribulado al comprobar que su caso no tiene remedio. Pero estoy decidido, señora Markham, a que mis hijas no tengan ninguna relación con ella. ¡Tome usted la misma decisión con respecto a los suyos! En bien de sus hijos... y en cuanto a usted, joven... —continuó, dirigiéndose con gravedad hacia mí.

—En cuanto a mí, señor... —comencé a decir, pero, contenido por cierto impedimento en mi expresión, y al darme cuenta de que todo mi cuerpo temblaba de furia, no dije más, sino que decidí sabiamente coger el sombrero, salir disparado de la habitación y cerrar la puerta tras de mí con un golpe que hizo que la casa se estremeciera hasta sus cimientos, que mi madre gritara... y que se aliviara de momento mi alterado estado de ánimo.

A los pocos minutos me vi corriendo apresurado en dirección a Wildfell Hall, sin saber con qué intención ni propósito, apenas podía decirlo, pero algo debía hacer, y ningún otro destino se me ofrecía que no fuera el de ir allí; tenía que verla y hablar con ella, eso era indudable; aunque no tenía una idea concreta sobre qué decir, o cómo actuar. Tantos pensamientos tormentosos, tantas y variadas propuestas se agolpaban en mi cabeza, que mi mente era un completo caos de pasiones en conflicto.

Capítulo XII
Un *tête-à-tête* y un descubrimiento

En poco más de veinte minutos completé la distancia hacia mi destino. Me detuve ante la puerta para secarme el sudor de la frente, recuperar el aliento y algo de serenidad. Ya la velocidad de la carrera había disminuido parte de mi agitación, y con paso decidido y tranquilo recorrí el sendero del jardín. Al pasar por delante del ala habitada del edificio, vi a través de la ventana abierta a la señora Graham, recorriendo lentamente de un lado a otro su solitaria habitación.

Se mostró inquieta, e incluso conmocionada, por mi llegada, como si pensara que yo también había ido para acusarla. Me había presentado ante ella con la intención de ofrecerle mi compasión por la perfidia del mundo y para ofrecerle mi solidaridad frente a los abusos del vicario y sus viles informantes, pero de pronto sentí vergüenza de mencionar el asunto y decidí no referirme a él, a menos que ella me ofreciera la oportunidad.

—Vengo a una hora inoportuna —dije, aparentando una alegría que no sentía, con intención de tranquilizarla—, pero solo voy a estar unos minutos.

Me dirigió una sonrisa, abatida, es verdad, pero muy cariñosa o casi diría que agradecida, pues sus temores desaparecieron totalmente.

—¡Parece usted muy triste, Helen! ¿Por qué no ha encendido la chimenea? —le dije, observando la lúgubre habitación.

—Estamos en verano todavía —replicó.

—Pero nosotros siempre encendemos el fuego por la tarde, si podemos soportarlo; y usted necesita uno, especialmente en esta casa fría y en esta lúgubre habitación.

—Debería usted haber venido un poco antes, lo habría encendido para usted; pero ahora no vale la pena, usted solo se quedará unos minutos y Arthur se ha ido a la cama.

—Sin embargo, creo que es un capricho. ¿Ordenaría que encendieran la chimenea, si llamo?

—¿Por qué, Gilbert? No parece tener frío —dijo ella risueña, mirando mi rostro, que sin lugar a dudas parecía bastante acalorado.

—No —repliqué—, pero quiero verla animada antes de irme.

—¡Animada! —repitió ella con una risa amarga, como si hubiera algo curiosamente absurdo en la idea—. Estoy bien como estoy —añadió en un tono de triste resignación.

Pero, decidido a cumplir mi deseo, toqué la campanilla.

—¡Ya está, Helen! —insistí, cuando se oyeron los pasos apresurados de Rachel al acercarse en contestación a la llamada. No había más que volverse y pedirle a la criada que encendiera la chimenea.

Rachel hizo que la detestara aquel día por la mirada que me dirigió antes de partir en cumplimiento de su misión. Fue una mirada huraña, suspicaz, inquisidora, claramente acusadora: "¿Qué hace usted aquí?, me pregunto yo". Su señora no dejó de notarla, y una sombra de desazón oscureció su frente.

—No debe quedarse mucho tiempo, Gilbert —me dijo al cerrarse la puerta.

—No tengo intención de hacerlo —respondí, un poco impertinente, sin un ápice de disgusto en mi corazón contra nadie salvo la entrometida vieja—. Pero, Helen, tengo algo que decirle antes de irme.

—¿Qué es?

—No, no ahora. No sé todavía con precisión lo que es, o cómo decirlo —dije con más sinceridad que sabiduría; y luego, temiendo que me echara de la casa, comencé a hablar de asuntos triviales para ganar tiempo. Mientras tanto, Rachel entró a encender el fuego, lo que consiguió introduciendo un atizador al rojo vivo por entre las varillas de la parrilla, donde el combustible estaba ya dispuesto para el encendido. Me honró con otra de sus perversas e inhóspitas miradas al marcharse, pero, poco impresionado por ellas, continué hablando; coloqué una silla para la señora Graham a uno de los lados de la hoguera y otra para mí en el otro, y me aventuré a sentarme, no muy seguro de que ella no quisiera verme marchar.

Al cabo de un rato los dos nos sumergimos en el silencio y continuamos varios minutos observando el fuego, abstraídos, ella en sus tristes pensamientos, yo pensando en lo delicioso que sería estar sentado así junto a ella sin ninguna otra presencia que limitara nuestra comunicación —ni siquiera la de Arthur, nuestro mutuo amigo, sin el cual no nos hubiéramos conocido jamás—, si pudiera atreverme a decir lo que pensaba y a descargar mi repleto corazón de los sentimientos que lo agobiaban desde hacía tanto tiempo, y que ahora luchaba por retener con un esfuerzo que parecía imposible que pudiera prolongarse. Evalué los pros y los contras de abrirle mi corazón en ese momento, implorando la correspondencia en el afecto, el permiso para mirarla a partir de aquel momento como mía, y el derecho y el poder de defenderla de las calumnias de lenguas despiadadas. Por un lado, sentía una confianza, recién adquirida, en mi poder de persuasión, la fuerte convicción de que mi fervor espiritual me garantizaría la elocuencia, de que mi determinación, y la absoluta necesidad de salir airoso, debía proporcionarme lo que buscaba; por otro, temía perder el territorio que ya había ganado con tanto trabajo y habilidad, y destruir toda esperanza futura por un esfuerzo precipitado, cuando el tiempo y la paciencia podrían alcanzar el éxito. Era como decidir mi vida echando los dados; y, sin embargo, estaba dispuesto a tomar una decisión. En cualquier caso, le pediría la explicación que ella había prometido a medias darme antes; preguntaría la razón de esta odiosa barrera, de este misterioso impedimento a mi felicidad, y, así lo creía yo, para la suya.

Pero mientras reflexionaba acerca de la mejor manera de exponerle mi petición, mi compañera despertó de su ensoñación con un suspiro apenas audible y, mirando hacia la ventana —donde una luna llena, de un color rojo como la sangre, emergía por encima de una de las austeras y fantásticas siemprevivas y nos envolvía con su luz—, dijo:

—Gilbert, se está haciendo tarde.

—Comprendo —dije—. Supongo que desea que me marche.

—Creo que debería hacerlo. Si mis generosos vecinos llegan a saber de esta visita —como, sin duda, ocurrirá— no la utilizarán en mi beneficio —dijo esto con lo que el vicario hubiera llamado, sin lugar a dudas, una sonrisa casi violenta.

—Déjelos que la utilicen como quieran —dije—. Qué importancia tienen sus pensamientos para usted o para mí, si estamos conformes con nosotros mismos, y el uno con el otro. ¡Dejémoslos que se vayan al diablo con sus artimañas, y sus mentirosas invenciones!

Este arrebato la hizo sonrojar.

—Entonces, ¿ha oído usted lo que dicen de mí?

—He oído algunas detestables calumnias; pero nadie, salvo los tontos, le darían crédito ni un momento, Helen, así que no deje que la inquieten.

—No considero al señor Millward un tonto, y él lo cree todo; pero por poco que puedan valorarse las opiniones de esas personas sobre uno, por poco que se los considere como individuos, no es agradable ser considerada una mentirosa y una hipócrita, ni que se piense que uno practica lo que desprecia, y que fomenta los vicios que desaprueba; no es agradable encontrarse con sus buenas intenciones frustradas y las manos mutiladas por la supuesta indignidad, y atraer la desgracia sobre los principios que uno cultiva.

—Cierto, y si yo, con mi indiscreción y mi egoísta desprecio por las apariencias, he contribuido de alguna manera a exponerla a esos males, déjeme rogarle no solo que me perdone, sino que me permita reparar el daño. Permítame salvar su buen nombre de cada acusación, concédame el derecho a identificar su honor con el mío, ¡y a defender su reputación como algo más valioso que mi vida!

—¿Es usted lo bastante heroico como para unirse a alguien de quien que todo el mundo sospecha y a quien desprecian todos los que la rodean, e identificar sus intereses y su honor con los suyos? ¡Piénselo! Es una cosa muy seria.

—¡Estaría orgulloso de hacerlo, Helen! Sería feliz, más allá de todo lo que pueda decirse. Y si es ese el obstáculo para nuestra unión, está derribado. ¡Y usted debe... usted será mía!

Y levantándome de la silla en un desenfreno de pasión, cogí su mano y se la hubiera besado, pero ella la retiró rápidamente, exclamando en la amargura de una aflicción intensa:

—¡No, no, eso no es todo!

—¿Qué es, entonces? Usted me prometió que yo alguna vez sabría...

—Lo sabrá alguna vez, pero no ahora; me duele la cabeza terriblemente —dijo, poniéndose una mano sobre la frente—, necesito descansar... Indudablemente, ¡ya me han pasado bastantes desgracias hoy! —añadió, casi con locura.

—Pero no puede hacerle daño contarlo —insistí, calmaría sus pensamientos y así sabría cómo consolarla.

Ella movió la cabeza con desánimo.

—Si lo supiera todo, usted también me acusaría... quizá incluso más de lo que me merezco... aunque yo le he hecho daño —añadió en un suave murmullo, como si pensara en voz alta.

—¿Usted, Helen? ¡Imposible!

—Sí, no voluntariamente; yo no conocía la fuerza y la profundidad de su afecto. Creí —o al menos quise creer— que su interés por mí era tan frío y fraternal como afirmó usted que era.

—¿O como el suyo?

—O como era el mío... de una naturaleza tan egoísta, superficial, que...

—Entonces, realmente, me hizo usted daño.

—Sé que lo hice y a veces lo sospeché; pero creí que, después de todo, no podía haber nada malo en dejar que sus fantasías y esperanzas se disiparan o se fijaran en un objeto más adecuado, mientras sus sentimientos amistosos permanecían conmigo. Pero si hubiera sabido la profundidad de su interés, el afecto generoso y desinteresado que parece sentir...

—¿Parece, Helen?

—Que usted siente, entonces, me habría comportado de otra manera.

—¿Cómo? ¡No podría haberme dado menos ánimos, ni haberme tratado con más severidad! Y si usted cree que me ha hecho daño por entregarme su amistad, permitiéndome ocasionalmente que disfrutara de su compañía y su conversación, cuando todas las esperanzas de una intimidad más grande eran inexistentes —como siempre me dio a entender—, si usted cree que me hizo daño por eso, está equivocada; porque semejantes favores, por sí mismos, no son solo placenteros para mi corazón, sino purificadores, enaltecedores, ennoblecedores para mi alma. ¡Y preferiría su amistad antes que el amor de cualquier otra mujer!

Poco reanimada por esto, entrelazó las manos sobre las rodillas y mirando hacia arriba pareció, con una angustia silenciosa, invocar la ayuda divina; luego, volviéndose hacia mí, dijo con tranquilidad:

—Mañana, si se encuentra conmigo en el descampado alrededor del mediodía, le contaré todo lo que desea saber, y quizá vea usted la necesidad de interrumpir nuestra proximidad... si es que no decide alejarse de mí como de alguien que no merece su interés.

—A eso puedo responder con absoluta seguridad que no, no puede usted hacer unas confidencias tan graves... debe estar poniendo a prueba mi confianza, Helen.

—No, no, no —repitió ella con honestidad—. ¡Me gustaría que fuera así! ¡Gracias a Dios no es un gran crimen lo que tengo que confesarle! Pero es más de lo que a usted le gustará escuchar, o quizá, de lo que está dispuesto a perdonar, y más de lo que puedo decirle ahora, ¡así que permítame rogarle que se vaya!

—Lo haré, pero contésteme una sola pregunta: ¿me ama usted?

—¡No la contestaré!

—Entonces concluyo que sí; buenas noches.

Se apartó de mí para ocultar la emoción que no era capaz de dominar; sin embargo, yo cogí su mano y la besé con vehemencia.

—Gilbert, ¡váyase! —gritó con un tono de angustia tan emotivo que sentí que era una crueldad desobedecer.

Pero al mirar atrás antes de cerrar la puerta la vi inclinada sobre la mesa, con las manos apretadas sobre los ojos, sollozando afligidamente; sin embargo, me retiré en silencio. Me di cuenta de que imponerle mi consuelo no serviría más que para empeorar su sufrimiento.

Enumerarte todas las dudas y conjeturas, los temores, esperanzas y frenéticas emociones que se atropellaban y atravesaban por mi mente mientras descendía por la colina... casi llenaría un volumen. Pero antes de llegar a la mitad del camino, un sentimiento muy fuerte de compasión por aquella a la que había dejado había desplazado a todos los demás y parecía tirar de mí imperiosamente, haciéndome aminorar el paso. Empecé a pensar: "¿Por qué voy tan deprisa en esta dirección? ¿Puedo encontrar acaso tranquilidad o consuelo —paz, confianza, satisfacción, todo— o algo de lo que busco en casa? ¿Puedo olvidarme allí de toda la agitación, tristeza, ansiedad que dejo tras de mí?".

Y me volví a mirar la vieja mansión. Apenas se veían las chimeneas por encima de mi restringido horizonte. Retrocedí para tener una vista mejor. Cuando apareció ante mis ojos, me detuve un momento a contemplarla y luego continué moviéndome hacia el sombrío objeto que me atraía. Algo me decía que me acercara, que me acercara más aun... y, por qué no, me lo rogaba. ¿No podía encontrar más satisfacción en la contemplación de aquel distinguido edificio, con la luna llena brillando tan serenamente encima de él en el cielo sin nubes —con aquel brillo amarillento y cálido peculiar de una noche de agosto— y la dueña de mi alma en su interior, que volviendo a mi hogar, donde todo, contrariamente, era luz, vida, alegría, y por tanto hostil al estado de ánimo en el que me encontraba, sobre todo cuando sus habitantes estaban más o menos imbuidos de aquella detestable opinión cuya sola idea hacía que me hirviera la sangre en las venas? ¿Y cómo podía soportar escuchar que lo expresaran abiertamente... o lo insinuaran con cautela, lo que era peor? Ya me había causado bastante preocupación una especie de demonio murmurador que me había estado musitando al oído: "Puede ser cierto", hasta que yo había gritado: "¡Es falso! ¡Te desafío a que me convenzas!".

Podía ver a través de la ventana de su salón el resplandor rojo del fuego que brillaba en la oscuridad. Me acerqué al muro del jardín y permanecí de pie apoyado en él, con los ojos fijos en el enrejado, preguntándome qué estaría haciendo o pensando ella, sufriendo quizás, y deseando poder decirle solo una palabra, o incluso verla un instante, antes de irme.

No estuve mucho tiempo observando, deseando, haciéndome preguntas. Salté por encima del muro, incapaz de resistir la tentación de mirar a través de la ventana para ver si ella estaba más calmada que cuando nos despedimos; si se encontraba todavía profundamente deprimida, quizá pudiera aventurarme a intentar decir una palabra de consuelo, expresar una de las muchas cosas que debiera haberle dicho antes, en lugar de agravar sus sufrimientos con mi estúpido arrebato. Miré. Su silla estaba vacía, también la habitación. Pero en aquel momento alguien abrió la puerta exterior y una voz —su voz— dijo:

—Sal fuera. Quiero ver la luna y respirar el aire de la noche, me hará bien... si es que hay algo que pueda hacerme bien.

Allí estaban, pues, ella y Rachel, dispuestas a dar un paseo por el jardín. Deseé estar al otro lado del muro. Me quedé allí, aprovechando la sombra del espeso acebo, que, situado entre la ventana y el porche, en aquel momento me ocultaba; pero no me impidió ver a dos figuras que avanzaban visibles a la luz de la luna, la señora Graham seguida de otra persona..., no Rachel, sino un hombre joven, delgado y bastante alto. ¡Oh, cielos, cómo me latían las sienes! La agitación oscureció mi vista, pero pensé... sí, y la voz me lo confirmó... era el señor Lawrence.

—No debería angustiarte tanto, Helen —dijo—. Seré más prudente en el futuro, y a tiempo...

No oí el resto de la frase, él caminaba muy cerca de ella y hablaba con una voz tan baja que no pude escuchar las palabras. Mi corazón se desgarraba de odio, pero escuché cuidadosamente, esperando la respuesta de ella. La oí con toda claridad:

—Pero debo irme de aquí, Frederick. Nunca podré ser feliz aquí... ni en ninguna otra parte, en realidad —dijo con una risa descorazonada—. No puedo quedarme en este lugar.

—Pero ¿dónde podrías encontrar un mejor lugar? —replicó él—. Un sitio tan apartado... tan cerca de mí, ten en cuenta todo eso.

—Sí —lo interrumpió ella—, no podría desear nada más, si me dejaran tranquila.

—Pero, dondequiera que vayas, Helen, encontrarás los mismos motivos de disgusto. No puedo permitir que te vayas, debo ir contigo, o ir a donde tú vayas; en todas partes hay testarudos entrometidos, igual que aquí.

Mientras hablaban, llegaron hasta donde yo estaba, luego siguieron hacia abajo por el sendero, y no oí el resto de su conversación; pero vi cómo él ponía su brazo alrededor de la cintura de Helen, al mismo tiempo que ella ponía su mano cariñosamente en su hombro;

luego una agitada oscuridad nubló mi vista, sentí que el corazón me fallaba y que mi cabeza ardía encendida. Salí rápidamente y tambaleándome del lugar donde el horror me había clavado al suelo, y salté o me arrojé al muro —no lo sé muy bien—, pero sé que después, como un niño furioso, me tiré al suelo y permanecí tendido sobre él en un ataque de ira y desesperación durante un tiempo que me sería imposible precisar; pero debió de ser mucho porque, después de mitigar parcialmente con un torrente de lágrimas y mirar la luna, que brillaba sobre mí serena e indolente, tan indiferente a mi desgracia como yo a su apacible resplandor, y después de suplicar la muerte o el olvido, cuando me levanté e hice el camino de regreso a casa —sin fijarme apenas por dónde iba, sino llevado instintivamente por mis pies—, encontré la puerta cerrada con llave y a todo el mundo acostado, excepto a mi madre, quien se apresuró a contestar a mis ansiosos golpes y me recibió con una avalancha de preguntas y reproches.

—Oh, Gilbert, ¿cómo has podido hacer eso? ¿Dónde has estado? Entra, te tengo la cena preparada, aunque no te lo mereces por haberme asustado de esta manera, después de haberte ido de casa esta tarde de un modo tan extraño. El señor Millward estaba... ¡Pobre hijo mío! ¡Pareces enfermo! ¡Oh, Dios mío! ¿Qué está sucediendo?

—Nada, nada... dame una vela.

—Pero ¿no quieres cenar algo?

—No, lo único quiero es irme a la cama —dije, cogiendo una vela y acercándola a la que tenía ella en la mano.

—¡Oh, Gilbert, mira cómo tiemblas! —exclamó mi madre angustiada—. ¡Estás pálido...! ¡Dime qué te ha pasado! ¿Acaso ha ocurrido algo que desconozco?

—¡No es nada! —grité, a punto de maldecir, molesto porque la vela no se encendía—. He caminado demasiado deprisa, eso es todo. Buenas noches —añadí, conteniendo mi indignación, y me dirigí a mi habitación, haciendo oídos sordos al "¡Por qué tanta prisa! ¿Dónde has estado?" que me llamaba desde abajo.

Mi madre me siguió hasta la puerta de mi dormitorio, con sus preguntas y sus consejos referentes a mi salud y mi comportamiento; pero yo le rogué que me dejara solo hasta la mañana siguiente. Al fin se marchó y me sentí aliviado cuando oí que cerraba la puerta de su habitación. Sin embargo, no podía conciliar el sueño y, en lugar de intentar hacerlo, me puse a pasear intranquilo por la estancia, después de haberme quitado las botas para que mi madre no me oyera. Pero las tablas todavía crujían y ella estaba atenta. No había pasado un cuarto de hora dando vueltas cuando vino hasta mi puerta de nuevo.

—Gilbert, ¿por qué no estás en la cama? ¿No dijiste que querías acostarte?

—¡Maldita sea, ya voy! —exclamé.

—Pero ¿por qué tardas tanto? Algo debe estar preocupándote mucho...

—¡Por amor de Dios, déjame en paz y vete a descansar!

—¿Será acaso la señora Graham la que te hace sufrir de esa manera?

—¡No, no, ya te he dicho que no me pasa nada!

—¡Dios quiera que no! —murmuró con un suspiro, al tiempo que volvía a su habitación. Yo me tiré sobre la cama, sintiendo un profundo e irrespetuoso rencor hacia ella por haberme arrebatado la única posibilidad que parecía darme consuelo, encadenándome a aquel miserable lecho de espinas.

Nunca había sufrido una noche tan larga y tan desdichada como aquella. Y, sin embargo, no la pasé completamente en vela: hacia la madrugada mis confusos pensamientos comenzaron a perder toda pretensión de coherencia y se transformaron en sueños oscuros y febriles, y, finalmente, le siguió un intervalo de letargo inconsciente, seguido por un amanecer de amargos recuerdos, para luego despertar y descubrir que la vida era hueca y vacía, y peor que vacía, que rebosaba de angustia y miseria —no un simple desierto estéril, sino repleto de espinos y zarzas—, para sentirme defraudado, engañado, perdido, para encontrar mis sentimientos pisoteados, descubrir que mi ángel no era un ángel, y que mi amigo era la personificación del demonio... todo ello fue peor que si no hubiera dormido en absoluto.

Era una mañana fría y melancólica, el tiempo había cambiado como mis esperanzas y la lluvia se estrellaba con insistencia en los cristales de la ventana. A pesar de ello, me levanté y salí; no para encargarme de los asuntos de la granja, lo que habría sido una excelente excusa, sino para refrescar las ideas y recuperar, si era posible, el grado necesario de compostura para encontrarme con la familia a la hora de la comida matinal sin tener que ser el centro de comentarios provocativos y fastidiosos. Si conseguía empaparme bien y lo acompañaba de un pretendido exceso de trabajo antes del desayuno, podría justificar mi repentina pérdida del apetito; y si a continuación seguía un resfriado —cuanto más fuerte mejor—, conseguiría explicar aun mejor mi malhumor y el desaliento melancólico que seguramente oscurecería mi ánimo durante mucho tiempo.

Capítulo XIII
Vuelta al trabajo

—¡Mi querido Gilbert! Me gustaría que trataras de ser un poco más gentil —dijo mi madre una mañana, después de una injustificada muestra de mal humor de mi parte—. Insistes en que no te pasa nada y además no ha ocurrido nada que te aflija y, sin embargo, no hay una persona tan alterada como tú desde hace varios días. No tienes una palabra amable para nadie: amigos y extraños, iguales y subordinados, todos reciben el mismo trato hosco e irritado. Me gustaría que trates de revisarte.

—¿Revisar qué?

—Qué va a ser, tu extraño proceder. No sabes cuánto te desacredita. Estoy segura de que no hay un carácter de naturaleza más sutil que el tuyo, si lo dejaras manifestarse libremente, así que no tienes excusa.

Mientras me amonestaba de esta manera, cogí un libro y, dejándolo abierto sobre la mesa que había delante de mí, pretendí estar profundamente absorto en su lectura. Me sentía incapaz de justificarme y al mismo tiempo no tenía intención de reconocer mis errores, no quería decir una palabra sobre el asunto. Pero mi admirable madre siguió con su reprimenda, luego pasó a adularme y comenzó a acariciar mi cabello. Yo empezaba a sentirme un buen muchacho, pero mi travieso hermano, que estaba haraganeando por la habitación, provocó mi maldad al gritar repentinamente:

—¡No lo toques, madre! ¡Te morderá! Es un auténtico tigre con forma humana. Por mi parte he renunciado a él, lo he rechazado, he roto con él completamente. Mientras valore en algo mi vida no estaré a menos de seis metros de él. El otro día casi me rompe el cráneo por cantar una inofensiva y bonita canción de amor, con el único propósito de entretenerle.

—¡Oh, Gilbert! ¿Cómo pudiste? —exclamó mi madre.

—Primero te pedí que te callaras, Fergus, tú lo sabes —dije.

—Sí, pero cuando te aseguré que no había ningún problema y me puse a cantar el siguiente verso, pensando en que podría gustarte más, me cogiste por un hombro y me empujaste contra el muro con tanta fuerza que creí que me había mordido la lengua hasta partírmela en dos, y que el lugar donde dio mi cabeza había quedado embadurnado con mis sesos; cuando me llevé la mano a la cabeza y vi que mi cráneo no estaba roto, pensé que era un milagro, no un error. Pero, ¡pobre muchacho! —añadió con un gemido sentimental—. Su corazón está roto, esa es la única verdad, y su cabeza...

—¿Te quieres callar? —grité, levantándome y mirando a mi hermano con tanta furia que mi madre, creyendo que tenía la intención de atacarle brutalmente, puso su mano sobre mi brazo y me suplicó que lo dejara. Mi hermano salió afuera con paso lento y las manos en los bolsillos, cantando desafiante: "Por culpa de una hermosa mujer yo..."

—No voy a ensuciarme las manos con él —dije, en respuesta a la intercesión maternal—. No lo tocaría ni con unas tenazas.

En ese momento recordé de que tenía una entrevista pendiente con Robert Wilson, para tratar la compra de un terreno que lindaba con mi granja, entrevista que había sido postergada día tras día, gracias a mi poco interés por todo en aquellos días; además, era propenso a la melancolía, y, sobre todo, me resistía especialmente a encontrarme con Jane Wilson y su madre. Aunque tenía sobradas razones, entonces, para dar crédito a sus rumores sobre la señora Graham, no me parecían mejores por ello —como tampoco me lo parecía Eliza

Millward—, y el solo pensamiento de encontrarme con ellas me disgustaba, ya que ahora no podía hacer frente a sus falsas calumnias y mantenerme en mis convicciones como antes. Pero aquel día decidí hacer un esfuerzo y reincorporarme a mis ocupaciones. Aunque no encontrara ningún placer en hacerlo, sería menos fastidioso que la desidia y en cualquier caso más provechoso. Si bien la vida no me prometía placeres dentro de mi trabajo, tampoco se mostraba atractiva fuera de él; a partir de aquel momento me esclavizaría al torno y a la faena como un desgraciado caballo de tiro que estuviera perfectamente adiestrado para hacer su labor, y trabajaría fatigosamente toda la vida, no del todo inútil si no era agradable, y obediente si no estaba contento con mi suerte.

Así decidido, con una especie de sombría aceptación, si se me permite una expresión semejante, me dirigí hacia la Granja Ryecote apenas convencido de poder encontrar a su propietario en ella a aquella hora del día, pero esperando poder enterarme de en qué parte de sus tierras era más probable encontrarlo.

Estaba ausente, pero lo esperaban en casa dentro de pocos minutos, por lo que se me invitó a entrar en el salón y esperar. La señora Wilson estaba ocupada en la cocina, pero la estancia no estaba vacía y apenas logré contener un gesto de desagrado cuando entré en ella, y advertí sentadas en amena conversación a la señorita Wilson y a Eliza Millward. Sin embargo, decidí sosegarme y ser cortés. Eliza pareció haber tomado la misma determinación por su parte. No habíamos vuelto a vernos desde la tarde en que nos reunimos para tomar el té, pero no se advertía en ella ninguna emoción de placer o disgusto, ninguna intención de exagerar ni de dar a entender que su orgullo estaba herido, mostró una actitud fría y cortés en su conducta. Había incluso un desenfado y una alegría en sus modales y en su semblante de las que yo no tenía la pretensión de hacer gala, pero había un fondo de perversidad en su mirada, demasiado expresiva, que me decía claramente que no me perdonaba. Aunque ya no esperaba conquistarme, todavía odiaba a su rival y era evidente que se complacía en desquitarse de ella descargando su odio sobre mí. Por otra parte, la señorita Wilson fue todo lo amable y considerada que se podía desear, y aunque yo no estaba de humor para conversar, las dos damas se las arreglaron para mantener entre ellas el continuo y precioso fuego de la conversación. Pero Eliza aprovechó la primera pausa que se presentó para preguntarme en un tono casual si había visto últimamente a la señora Graham, con una mirada de soslayo que pretendía ser juguetonamente maliciosa, pero que en realidad resultó desbordante de crueldad.

—Últimamente, no —contesté en un tono indiferente, tratando de repeler sus odiosas miradas. Me sentía humillado al percibir el rubor subir hasta mi frente, a pesar de mis tenaces esfuerzos por parecer inconmovible.

—¿Cómo? ¿Ya usted ha empezado a cansarse? ¡Yo creía que una criatura tan digna tendría el poder de atarle durante un año por lo menos!

—Preferiría no hablar de ella ahora.

—¡Ah! Entonces se ha persuadido, por fin, de su error; ha descubierto por fin que su deidad no es precisamente la inmaculada...

—Le ruego que no hable de ella, señorita Eliza.

—¡Oh, le pido disculpas! Ya veo que las flechas de Cupido han penetrado demasiado hondo en usted, las heridas, al ser tan hondas, no están curadas todavía y sangran con la sola mención del nombre de la amada.

—Digamos, más bien —intervino la señorita Wilson—, que el señor Markham cree que ese nombre no es digno de ser mencionado en presencia de mujeres honestas. Me asombra, Eliza, que menciones a esa desdichada mujer. Deberías saber que hablar de ella es cualquier cosa menos agradable para las personas aquí presentes.

¿Cómo podía soportarse aquello? Me levanté y estuve a punto de calarme el sombrero con un gesto de airada indignación y salir apresuradamente de la casa; pero me di cuenta —justo a tiempo de salvar mi dignidad— de lo ridículo de un comportamiento semejante, el cual solo habría concedido a mis bellas torturadoras la oportunidad de reírse con entusiasmo de mí por culpa de alguien a quien, en el fondo de mi corazón, reconocía indigna del menor sufrimiento —aunque el fantasma de mi veneración por el primer amor me rondaba todavía de tal forma que no podía tolerar que su nombre fuera calumniado por otros—, así que me limité a acercarme a la ventana. Después de permanecer allí unos minutos mordiéndome los labios con rabia, tratando de apaciguar las impulsivas palpitaciones de mi pecho, le comenté a la señorita Wilson que no parecía que su hermano estuviera a punto de llegar y añadí que, siendo mi tiempo tan precioso, sería mejor que volviera al día siguiente a una hora en que estuviera seguro de encontrarle en casa.

—¡Oh, no! —dijo ella—. Estoy segura de que vendrá dentro de poco, tiene algo que hacer en L... —el mercado de nuestro municipio— y necesitará un pequeño refrigerio antes de ponerse en camino.

Acepté la propuesta con la mejor intención y, por fortuna, no tuve que esperar mucho. El señor Wilson llegó poco después y, poco dispuesto como estaba yo a hablar de negocios en aquel momento y poco interesado por el terreno o su propietario, puse un gran empeño para prestar atención al asunto que me había llevado a aquella casa y enseguida concluí el trato, quizá más a la satisfacción del próspero granjero de lo que él estaría dispuesto a admitir. Luego, dejándole entregado a la discusión de su sustancial "refrigerio", abandoné de buen grado la casa y fui a supervisar a mis segadores.

Los dejé ocupados con su trabajo cerca del valle y subí por la colina, con la intención de inspeccionar un sembradío que estaba en la parte más alta y ver cuándo estaría listo para la siega. Pero no lo hice aquel día, porque, al acercarme a él, vi a no mucha distancia a la señora Graham y a su hijo bajando en dirección opuesta. Al verme, Arthur echó a correr hacia mí, pero yo di la vuelta inmediatamente y me dirigí a mi casa con paso apresurado. Había tomado la decisión de no volver a encontrarme con su madre, y a pesar de lo aguda que sonaba su voz en mis oídos, llamándome para que "esperara un momento", me mantuve en mi decisión; él pronto abandonó la persecución considerándola inútil, o a pedido de su madre. De cualquier manera, cuando me volví a mirar cinco minutos más tarde, no pude ver a ninguno de los dos.

Este acontecimiento me alteró y perturbó de una manera inexplicable, a no ser que se pueda explicar diciendo que las flechas de

Cupido no solo habían penetrado en mí demasiado hondo, sino que además tenían púas y estaban muy enraizadas, y yo aún no había sido capaz de arrancarlas de mi corazón. En cualquier caso, me sentí doblemente desdichado el resto del día.

Capítulo XIV
Un asalto

A la mañana siguiente recordé que yo también tenía asuntos que atender en L…, así que monté mi caballo y me puse en camino al terminar el desayuno. Era un día frío y lluvioso, pero no me importaba, eso lo hacía aun más adecuado para mi estado de ánimo. Probablemente fuera un viaje solitario, pues no era día de mercado, y el camino que transitaba era poco frecuentado el resto de los días; sin embargo, esto también me complacía.

Iba al trote, considerando amargas ilusiones, cuando oí otro caballo que venía detrás de mí a no mucha distancia. No hice deducciones sobre quién podría ser el jinete, ni me detuve a pensar en ello en absoluto, pero al aminorar la marcha para subir una suave pendiente, o más bien al permitir que mi caballo aflojara el paso hasta convertirse en una apacible caminata, pues, absorto en mis propias reflexiones, lo dejaba moverse a su gusto, perdí terreno y mi compañero de viaje me dio alcance. Me abordó llamándome por mi nombre, pues no era un desconocido, ¡era el señor Lawrence! Involuntariamente, los dedos de la mano que sostenían la fusta se estremecieron y la aferraron con una energía convulsa; mas refrené mi impulso y, contestando al saludo con una inclinación de cabeza, intenté adelantarme; pero él siguió a mi lado y comenzó a hablar del tiempo y la cosecha. Respondí a sus preguntas y observaciones de la manera más breve posible y me rezagué. Él hizo lo mismo y me preguntó si mi caballo estaba cojo. Le respondí con una mirada ante la cual sonrió plácidamente.

Yo estaba tan asombrado como exasperado ante la singular insistencia y la osadía imperturbable de la que hacía gala. Creía que las circunstancias de nuestro último encuentro le habrían causado tal impresión que en adelante me trataría con frialdad y distancia; al contrario, parecía no solo haber olvidado todas las ofensas anteriores, sino ser indiferente a las descortesías de las que estaba siendo objeto. Antes, la más leve indirecta o la sola sospecha de frialdad en el tono o en la mirada habrían bastado para apartarlo; ahora, una franca descortesía no podía apartarlo de mi camino. ¿Se había enterado de mi decepción y venía a confirmar el resultado y disfrutar con mi desesperación? Agarré la fusta con más fuerza que antes, pero renuncié a levantarla y seguí cabalgando en silencio, esperando un motivo más claro de ofensa para abrir las compuertas de mi alma y dejar salir la maldita cólera que bullía y crecía dentro de ella.

—Markham —dijo él en su acostumbrado tono apacible—, ¿por qué se molesta con sus amigos por haberse llevado una desilusión? Sus esperanzas se han visto burladas, pero ¿por qué tengo yo la culpa? Le avisé a tiempo, pero usted no quiso...

No dijo más; impulsado por algún demonio que se apoderó de mi brazo, cogí la fusta por la pequeña trencilla y —rápido como el resplandor de un relámpago— le di en la cabeza con la empuñadura. Contemplé, con una sensación de salvaje satisfacción, la palidez instantánea, fatal, que se extendió por su rostro y las gotas rojas que se deslizaron por su frente, al tiempo que todo él se tambaleaba sobre la silla y caía después de espaldas al suelo. El poni, sorprendido al verse libre de su carga de una manera tan sorpresiva, se puso sobre las patas traseras, hizo una cabriola, coceó un poco y luego hizo uso de su libertad para ponerse a comer la hierba que había en la cuneta, mientras su dueño yacía en el suelo, inmóvil como un cadáver. ¿Lo había matado? Una mano helada pareció oprimirme el corazón y detener sus latidos cuando me incliné sobre él, observando, sin atreverme a respirar, el rostro vuelto y descompuesto. Pero no, movió los párpados y dejó escapar un débil gemido. Volví a respirar, solo estaba conmocionado por la caída. Le estaba bien asestado, eso le enseñaría a tener mejores modales en el futuro. ¡Lo ayudaría a subirse al poni! No. Después de cualquier otro agravio lo habría hecho, pero su ofensa era imperdonable. Podía montar él solo, si quería, en un momento; ya estaba empezando a moverse y a mirar a su alrededor, y su caballo estaba pastando tranquilamente al borde del camino.

Así, después de mascullar una maldición, abandoné al hombre a su suerte y, espoleando el caballo, me alejé al galope, alterado por una mezcla de sentimientos que no sería fácil analizar; y quizá, si lo hiciera, el resultado no sería muy honroso para mi temperamento, puesto que no estoy seguro de que una especie de regocijo por lo que había hecho no fuera uno de los sentimientos principales.

Sin embargo, al poco rato la efervescencia comenzó a disminuir y no transcurrieron muchos minutos antes de que decidiera regresar para ocuparme de mi víctima. No fue un impulso generoso —ninguna clase de compasión me llevó a hacerlo—, ni siquiera el temor a las consecuencias con las que tuviera que enfrentarme si culminaba mi ataque al hacendado dejando a este abandonado de aquella manera, y por tanto expuesto a un daño mayor; fue, simplemente, la voz de la conciencia, y me adjudiqué aun un gran mérito por seguir con tanta puntualidad sus dictados; y juzgando el mérito de la proeza con arreglo al sacrificio implícito en ella, no me equivoqué demasiado.

Tanto el señor Lawrence como su poni habían cambiado sus posiciones en el terreno. El caballo se había alejado unos ocho o diez metros, y él se las había arreglado de alguna manera para apartarse de en medio del camino; lo encontré entre sentado y reclinado en la cuneta, con el rostro muy pálido y demacrado todavía y con el pañuelo de batista —ahora más rojo que blanco— pegado a la cabeza. Debía haber sido un golpe tremendo; sin embargo, la mitad del mérito —o la culpa, como prefieras— de este debe atribuirse a la fusta adornada con una maciza cabeza de caballo de metal plateado. La hierba, al estar empapada por la lluvia, le proporcionaba al joven caballero un lecho poco acogedor; sus ropas estaban considerablemente enlodadas y su sombrero rodaba por el barro al otro lado del camino. Pero sus pensamientos parecían dirigirse sobre todo a su caballo, al que miraba atentamente, en parte con una angustia inútil y en parte con un desesperado abandono a su suerte.

Desmonté y, después de sujetar a mi animal al árbol más cercano, recogí su sombrero, con la intención de ponérselo en la cabeza; pero o bien él consideró su cabeza inadecuada para un sombrero, o el sombrero, en aquellas condiciones, inoportuno para su cabeza, porque retirando la una, me quitó el otro de la mano y lo puso a un lado con arrogancia.

—Se lo tiene merecido —murmuré.

El siguiente favor consistía en acercarle el poni, lo que hice a continuación sin gran esfuerzo, ya que el animal estaba bastante tranquilo y solo respingó y retrocedió un poco antes de que consiguiera sujetarlo por la brida. Pero además tenía que ver al jinete montado en su silla.

—Oiga usted, compañero... perro sinvergüenza... deme la mano y lo ayudaré a montar.

No, se apartó de mí con brusquedad. Intenté cogerle por un brazo. Él se separó como si yo tuviera una enfermedad contagiosa.

—¿Qué, no quiere? ¡Está bien! Por mí, puede quedarse sentado ahí hasta el día del juicio. Pero supongo que no querrá perder toda la sangre que tiene en el cuerpo. Solo me dignaré a vendarle la herida.

—Déjeme en paz, si es tan amable.

—¡No faltaba más! Es un placer. Puede irse al infierno, si quiere, y decir que yo lo envié.

Pero antes de marcharme tiré la brida de su poni sobre una estaca del seto y le arrojé mi pañuelo, pues el suyo estaba empapado de sangre. Él lo cogió y me lo devolvió, con todo el odio y desprecio que fue capaz de reunir. Solo faltaba aquello para colmar la medida de sus ofensas. Después de maldecirle seriamente, aunque sin gritar, lo dejé para que se las arreglara solo, completamente satisfecho de haber cumplido con mi obligación al intentar ayudarle, si bien olvidando que era yo el culpable de que se encontrara en aquellas condiciones y de la forma tan insolente en que le había ofrecido mis servicios. Así que me preparé con ánimo sombrío a enfrentarme a las consecuencias en el caso de que decidiera decir que yo había intentado asesinarlo, lo que no creía inverosímil, puesto que probablemente su obstinada negativa a aceptar mi ayuda estuviera inspirada en intenciones así de malignas.

Después de subir de nuevo a mi caballo, me volví a mirarlo para ver cómo seguía, antes de alejarme. Se había puesto en pie y, agarrándose a la crin de su poni, estaba intentando sentarse de nuevo en la silla; pero apenas había puesto un pie en el estribo cuando una arcada o un mareo pareció dejarle sin fuerzas, se inclinó hacia delante un momento, con la cabeza apoyada en el lomo del animal, y luego hizo otro intento, que, al ser infructuoso, lo obligó a dejarse caer de nuevo en el sitio donde yo lo había dejado, descansando la cabeza sobre el cenagoso césped, y, según todas las apariencias, reclinándose tan plácidamente como si estuviera descansando en un sofá de su casa.

Debería haberlo ayudado a pesar suyo, vendado la herida que él era incapaz de detener, e insistir en ayudarlo a montarse al caballo y acompañarlo hasta su casa; pero, además de mi rabia contra él, estaba la cuestión de qué decir a sus criados y a mi propia familia. O bien tendría que confesarme autor de la fechoría, lo que me haría pasar por colérico, a menos que explicara también el motivo —y esto parecía imposible—, o bien debía inventarme una mentira, lo que parecía estar también fuera de lugar, sobre todo teniendo en cuenta que luego el señor Lawrence revelaría toda la verdad, generando sobre mí una deshonra diez veces peor, a menos que fuera yo tan malvado como para, aprovechando la ausencia de testigos, mantener mi propia versión de los hechos y hacerle parecer a él aun más miserable de lo que era. No, él solo tenía un corte en la sien y algunas magulladuras como consecuencia de la caída, o de las pezuñas de su poni; eso no podía matarle, aunque se pasara allí la mitad del día; y aunque no pudiera salir del paso solo, lo más probable es que alguien se acercase; era improbable que en todo el día nadie pasara por el camino salvo nosotros. En cuanto a lo que pudiera decir en adelante, asumiría el riesgo: si contaba mentiras, lo contradeciría; si decía la verdad, lo encajaría lo mejor que pudiera. No estaba obligado a dar más explicaciones que las que considerara necesarias. Quizá él decidiera guardar silencio sobre el asunto, por temor a que las averiguaciones llegaran hasta el origen de la disputa y dirigieran la atención pública a su relación con la señora Graham, la cual, bien por su propio interés o por el de ella, parecía estar muy preocupado por mantener oculta.

Con estos argumentos, llegué al trote a la ciudad, donde llevé a cabo puntualmente mis diligencias y me ocupé de los pequeños encargos que me habían hecho mi madre y Rose con una exactitud verdaderamente loable, teniendo en cuenta los pormenores del caso. Al volver a casa me asaltaron varias dudas acerca del desgraciado Lawrence. La pregunta "¿y si lo encontrara todavía tirado sobre la húmeda tierra, agonizando de frío y agotamiento... o ya rígido?" cruzó por mi pensamiento de la manera más repulsiva, y la aterradora posibilidad se ofrecía a mi imaginación con una dolorosa viveza conforme me acercaba al lugar en el que habían ocurrido los hechos. Pero no, gracias a Dios, tanto el caballo como el hombre habían desaparecido; no quedaba nada que diera testimonio contra mí salvo dos cosas bastante desagradables en sí mismas, sin duda, y con una apariencia indudablemente fea, por no decir asesina: en un sitio, el sombrero empapado de lluvia y cubierto de lodo, estropeado y roto por encima del ala por aquel vil mango de la fusta; en otro, el pañuelo rojo, remojado en un charco de agua aún profundamente teñida, a pesar de la cantidad de lluvia que había caído en el ínterin.

Las malas noticias vuelan rápido. Apenas eran las cuatro de la tarde cuando llegué a casa y mi madre me recibió diciendo con expresión angustiada:

—¡Oh, Gilbert! ¡Qué accidente! ¡Rose ha ido de compras al pueblo y ha oído decir que el señor Lawrence ha sido derribado del caballo y que se lo han llevado a casa moribundo!

Esto me impresionó un poco, como puedes imaginar; sin embargo, para mí fue reconfortante escuchar que se había fracturado el cráneo y roto una pierna, pues, estando seguro de la inexactitud de esto último, no dudé en considerar el resto de la historia también como una exageración; y cuando oí a mi madre y a mi hermana lamentarse tan emotivamente por el estado en que se encontraba, me costó bastante trabajo dominarme para no explicarles el alcance real de las heridas, puesto que conocía todos los detalles.

—Debes ir a visitarlo mañana —dijo mi madre.

—Mejor hoy —sugirió Rose—. Tienes mucho tiempo, puedes

utilizar el poni, ya que tu caballo está cansado. ¿Lo harás, Gilbert, en cuanto hayas comido algo?

—No, no. ¿Y cómo sabemos que no es una noticia falsa? Es demasiado im...

—Oh, yo sé que no lo es, todo el pueblo está impresionado. Y yo vi a dos personas que han estado con otras que han visto al hombre que lo encontró. Esto parece desmesurado, pero no lo es, si lo piensas bien.

—Bueno, pero Lawrence es un buen jinete, no parece probable que se cayera del caballo; y si fuera así, es muy poco probable que se rompiera los huesos de esa manera. Debe ser una exageración, al menos.

—No, el caballo le coceó, o algo así.

—¿Qué? ¿Su pequeño y tranquilo poni?

—¿Cómo sabes que fue ese animal?

—Muy pocas veces monta otro.

—De todas formas —dijo mi madre—, irás a verlo mañana. Sea verdad o mentira, una exageración o todo lo contrario, me gustaría saber cómo se encuentra.

—Puede ir Fergus.

—¿Por qué no tú?

—Él tiene más tiempo, yo estoy muy ocupado estos días.

—¡Oh! Pero, Gilbert, ¿cómo puedes estar tan indiferente? No deberías pensar en tus ocupaciones, por una hora o dos, en un caso como este... ¡cuando tu amigo está al borde de la muerte!

—¡Te digo que no lo está!

—¡Por lo que sabes, puede estarlo! No puedes asegurarlo hasta que lo hayas visto. En cualquier caso, debe de haber sido un accidente terrible para él y tú deberías ir a visitarlo; se lo tomará muy mal si no lo haces.

—¡Maldita sea! No quiero. Nuestras relaciones no eran amistosas últimamente.

—¡Oh, mi querido muchacho! Desde luego, desde luego, tú no eres tan despiadado como para llevar sus pequeñas diferencias hasta el extremo de...

—¡Pequeñas diferencias, dice! —murmuré.

—¡Bueno, pero ten en cuenta las circunstancias! Piensa cómo...

—Está bien, está bien, no me molesten ahora. Ya pensaré en ello —repliqué.

Y mi decisión fue enviar a Fergus a la mañana siguiente con los buenos deseos de mi madre, para hacer las averiguaciones de rigor; en ningún momento se me ocurrió ir a mí o enviar un mensaje. Cuando volvió, todo quedó aclarado: el joven hacendado tenía que guardar cama debido a la conjunción de una herida en la cabeza, algunas contusiones, producidas por la caída —sobre la que no entró en detalles— y el comportamiento posterior de su caballo, y un fuerte resfriado a consecuencia de haber permanecido tendido en el suelo bajo la lluvia; pero no había huesos rotos ni inmediata perspectiva de muerte.

Quedó claro entonces que, por el bien de la señora Graham, no era su intención acusarme.

Capítulo XV
Un encuentro y sus consecuencias

Era otro día lluvioso, como el anterior; sin embargo, para el atardecer el cielo comenzó a aclararse y la mañana siguiente se presentó luminosa y esperanzadora. Me encontraba en la colina con los segadores. Un viento ligero soplaba sobre el trigo, toda la naturaleza parecía deleitarse con el brillo del sol. La alondra volaba divertida entre las plateadas nubes flotantes. La última lluvia había refrescado y aclarado el aire tan dulcemente, lavado el cielo y dejado montones de gotas relucientes como tesoros sobre las ramas y las hojas de los árboles, que ni siquiera los granjeros se atrevían a condenarla. No obstante, ningún rayo de luz podía hacer brillar mi corazón, ninguna brisa podía reanimarlo; nada podía llenar el vacío que habían dejado mi fe, mi esperanza y mi alegría por Helen Graham, ni apartar los profundos remordimientos y los amargos posos de amor que todavía lo oprimían.

Estaba con la camisa remangada, contemplando, abstraído, la danza ondulante del trigo todavía no importunado por los segadores, cuando algo me tiró suavemente de la pollera y una vocecita, que no era ya agradable a mis oídos, me despabiló con estas sorprendentes palabras:

—Señor Markham, mi madre desea verlo.

—¿Quiere verme, Arthur?

—Sí. ¿Por qué se asombra tanto? —dijo medio riéndose, medio asustado ante el inesperado aspecto de mi rostro al volverse repentinamente hacia él—. ¿Y por qué hace tanto tiempo que no lo vemos? ¡Venga...! ¿No quiere venir?

—No puedo en este momento —respondí, sin saber qué decir.

Me miró con infantil confusión, pero antes de que yo pudiera decir otra cosa, la dama se encontraba a mi lado.

—¡Gilbert, tengo que hablar con usted! —dijo en un tono de violencia reprimida.

Miré sus pálidas mejillas y sus ojos luminosos, pero no contesté.

—Es solo un momento —me rogó ella—. Acérquese a este lado del campo —echó una mirada a los segadores, algunos de los cuales le estaban dirigiendo miradas de impertinente curiosidad—, solo le quitaré unos minutos.

La acompañé a través de la brecha del sembrado.

—Arthur, querido, corre a recoger aquellos jacintos —dijo señalando unos que resplandecían a cierta distancia, bajo la cerca a lo largo de la cual caminábamos.

El niño dudó, como si no quisiera separarse de mi lado.

—Ve, cariño —repitió ella con más urgencia, en un tono que, aunque no era duro, exigía una puntual obediencia, y la consiguió.

—¿Bien, señora Graham? —dije con serenidad y calma, pues aunque la vi triste y sentí pena, me agradaba que estuviera en mi poder atormentarla.

Ella clavó los ojos en mí con una mirada que me atravesó el corazón; y, sin embargo, me hizo sonreír.

—No le pregunto la razón de este cambio, Gilbert —dijo con amarga serenidad—. La conozco demasiado bien; pero, aunque no me importa que todo el mundo desconfíe de mí y me condene, y pueda soportarlo con tranquilidad, no puedo resistir que usted haga lo mismo. ¿Por qué no vino a escuchar mi explicación el día que le prometí dársela?

—Porque ocurrió que en el ínterin averigüé todo lo que iba a decirme... y un poco más, creo.

—¡Imposible, porque yo le hubiera contado todo! —gritó ella, iracunda—, ¡pero no lo haré ahora, porque ya veo que no se lo merece!

Y sus labios temblaron con la agitación.

—¿Puedo preguntarle por qué no?

Ella rechazó mi sonrisa burlona con una despectiva mirada de indignación.

—Porque nunca me entendería, pues de ser así, no habría escuchado tan solícitamente a mis difamadores. Sería un error depositar mi confianza en usted... No es usted el hombre que yo creía. ¡Váyase! Ya no me importa lo que piense de mí.

Me dio la espalda y yo me fui. Pensé que esto la atormentaría más que cualquier otra cosa, y creo que estaba en lo cierto, porque cuando miré un minuto más tarde, la vi de medio lado, como si esperara o deseara tenerme todavía a su lado; luego se quedó en esa postura y dirigió una mirada hacia atrás. Fue una mirada que más que ira expresaba un amargo desconsuelo y desesperación, pero yo adopté de inmediato una actitud de indiferencia y fingí estar mirando despreocupadamente a mi alrededor. Supongo que se fue, porque después de demorarme para comprobar si se volvía o me llamaba, aventuré otra mirada y vi que iba muy lejos, moviéndose con rapidez por el campo, con el pequeño Arthur corriendo junto a ella, al parecer hablando al mismo tiempo; sin embargo, mantenía su rostro fuera del alcance de la vista del niño, como si quisiera ocultarle una emoción incontrolable. Y volví a mis quehaceres.

Enseguida comencé a lamentar mi premura al dejarla tan pronto. Era evidente que me amaba... probablemente se había cansado del señor Lawrence y deseaba cambiarlo por mí; si la hubiera amado y considerado menos al principio, la preferencia podría haberme agradado y entretenido, pero, ahora, el contraste entre su apariencia exterior y sus pensamientos —tal como me los imaginaba—, entre mi primera y mi actual opinión sobre ella, era tan horrible... tan doloroso para mí, que devoró toda consideración, inclusive la más pequeña.

Pero, aun así, tenía curiosidad por saber qué clase de explicación me habría dado, o me daría ahora si la presionaba, cuál sería su confesión, cómo intentaría excusarse. Deseaba con fervor saber qué menospreciar y qué apreciar en ella; cuánto la tenía que compadecer y cuánto odiar; y, peor aun, ¿lo sabría? La vería una vez más y cumpliría mi deseo de saber bajo qué luz mirarla, antes de despedirnos. La había perdido para siempre, desde luego, pero no podía resistir, a pesar de todo, la idea de habernos despedido por última vez con tanta brusquedad y tristeza de ambas partes. Su última mirada había atravesado mi corazón, no podía olvidarla. Pero ¡acaso estaba loco! ¿Acaso no me había engañado, ofendido... no había marchitado mi felicidad para siempre? "De todas formas, iré a verla —fue mi conclusión definitiva—, pero no hoy; hoy, esta noche, puede ocuparse de pensar en sus faltas y sentirse tan desgraciada como quiera; mañana la veré otra vez y sabré algo más sobre ella. La entrevista quizá le sea útil o quizá no. En cualquier caso, dará un soplo de emoción a la vida que ha condenado al estancamiento, y puede calmar con la certeza algunos pensamientos perturbadores".

Esperé hasta la tarde para ir a verla, una vez concluidos mis asuntos de trabajo. Cuando llegué todavía no eran las siete, el sol comenzaba a ocultarse y su luz roja bañaba la vieja mansión y ondeaba en las ventanas enrejadas, dando al lugar un aspecto de alegría que no le era propia. No necesito extenderme sobre los sentimientos que me invadieron al acercarme al santuario de mi antigua deidad, aquel lugar lleno de miles de pensamientos deliciosos y sueños espléndidos, ahora ensombrecidos por una funesta verdad.

Rachel me dejó entrar en el salón y fue a llamar a su señora, pues no estaba allí; sin embargo, su escritorio estaba abierto sobre la pequeña mesa redonda que estaba junto a la silla de respaldo alto, y sobre él había un libro. Su limitada pero selecta colección de libros me era casi tan familiar como la mía, sin embargo, aquel volumen no lo había visto antes. Lo cogí. Se trataba de *Los últimos días de un filósofo*, de sir Humphrey Davy, y en la primera hoja decía "Frederick Lawrence", escrito a mano. Cerré el libro, pero lo conservé en la mano, y me quedé de cara a la puerta, dando la espalda a la chimenea, esperando con tranquilidad la llegada de la dama, pues no dudaba que vendría. Poco después oí sus pasos en el vestíbulo. Mi corazón comenzó a latir deprisa, pero lo contuve con una interna reprimenda, no mostrando alteración alguna, al menos exteriormente. Ella entró tranquila, pálida, confiada.

—¿A qué debo este honor, señor Markham? —dijo con una dignidad tan solemne, aunque reposada, que casi me desconcertó.

No obstante, contesté con una sonrisa y bastante descaro:

—He venido para escuchar su explicación.

—Le dije que no se la daría —contestó—. También le dije que usted no merecía mi confianza.

—Oh, muy bien —repliqué, dirigiéndome a la puerta.

—Espere un momento —dijo ella—. Esta será la última vez que lo vea: no se vaya todavía.

Quedé a la espera de sus órdenes.

—Dígame —continuó—, ¿cuál es su fundamento para creer todas esas cosas que se dicen de mí? ¿Quién se las ha dicho? ¿A qué se refieren?

Guardé silencio un momento. Hizo frente a mi mirada con valentía, como si su pecho hubiera sido acorazado con una inocencia consciente. Estaba decidida a saber lo peor y a enfrentarse a ello. "No puedo derrotar ese intrépido espíritu", pensé. Pero mientras disfrutaba en secreto de mi poder, me sentí tentado a entretenerme con mi víctima como si fuera un gato. Mostrándole el libro que todavía tenía en la mano, y señalando el nombre que aparecía en la guarda, sin dejar de mirarla, le pregunté:

—¿Conoce usted a este caballero?

—Naturalmente que le conozco —respondió, y un rubor invadió su rostro; no podría decir si fue de vergüenza o de ira, más bien parecía lo último —. ¿Qué más, señor?

—¿Desde cuándo se ve con él?

—¿Quién le ha dado el derecho a pedirme explicaciones sobre este o cualquier otro asunto?

—¡Oh, nadie! Es libre de contestar a mi pregunta o no. Y ahora, permítame que le pregunte: ¿se ha enterado de lo que le ha ocurrido hace poco a ese amigo suyo? Porque si no lo sabe...

—¡No permitiré que me ofenda, señor Markham! —gritó, casi enfurecida por mi actitud—. Así que será mejor que se vaya de esta casa si es a eso a lo que ha venido.

—No he venido a ofenderla, he venido a escuchar su explicación.

—Y yo le digo que no voy a dársela —replicó, paseando por la habitación en un estado de gran efervescencia, con las manos fuertemente entrelazadas, mientras de sus ojos se escapaban coléricos destellos—. No explicaré mi conducta a alguien capaz de burlarse con unas sospechas tan horribles y que se deja llevar tan fácilmente por ellas.

—Yo no bromeo con ellas, señora Graham —contesté, abandonando por fin mi tono sarcástico—. ¡Desearía sinceramente poder tomármelas a broma! Y en cuanto a ser inducido a admitir las sospechas, ¡solo Dios sabe lo ciego, estúpido e ingenuo que he sido hasta ahora, empeñándome en cerrar los ojos y tapar los oídos frente a todo lo que amenazaba derrumbar mi confianza en usted, hasta que las pruebas desmintieron mi apasionamiento!

—¿Qué pruebas, señor?

—Está bien, se lo diré. ¿Se acuerda usted de la última tarde que estuve aquí?

—La recuerdo.

—Hasta entonces, usted había dejado caer algunas insinuaciones que podrían haber abierto los ojos de un hombre más sensato; pero no tuvieron ese efecto sobre mí, continué confiando y creyendo, esperando contra toda esperanza, y adorándola cuando no podía comprender. Ocurrió, sin embargo, que después de despedirme regresé, llevado por la pura intensidad de mi lástima y el ardor del afecto, no atreviéndome a imponerle mi presencia abiertamente, pero incapaz de resistir la tentación de mirar a través de la ventana, simplemente para ver cómo se encontraba; al parecer la había dejado sumida en la aflicción, y culpaba de ello a mi falta de discreción y de dominio sobre mí mismo. Si hice mal, debo admitir que fue el amor lo que me impulsó, aunque la condena fue bastante severa. Acababa de llegar a aquel árbol cuando usted salió al jardín con su amigo. Teniendo en cuenta las circunstancias, preferí no dejarme ver y me quedé en la sombra hasta que pasaron.

—¿Y cuánto oyó usted de nuestra conversación?

—Más que suficiente, Helen. Y me vino muy bien escucharlo, porque algo menos importante no me hubiera curado de mi enamoramiento. Siempre sostuve que nunca creería una sola palabra pronunciada contra usted a menos que la oyera de sus propios labios. Todas las insinuaciones y declaraciones de los demás las consideraba calumnias malignas e infundadas; incluso todo lo que parecía acusarla lo creía desmesurado, y respecto a lo que parecía inexplicable de su situación confiaba en que usted podría explicarlo si así lo quería.

La señora Graham había dejado de pasear. Se apoyó sobre uno de los extremos de la repisa de la chimenea, de cara al otro, cerca del cual estaba yo, con la barbilla apoyada en su mano cerrada, los ojos no ardiendo ya de ira, sino brillando con excitación, a veces mirándome mientras hablaba, otras deslizándose por la pared de enfrente o fijándose en la alfombra.

—De todas formas, tendría que haberme hablado —dijo— y haber oído lo que yo tuviera que decir en mi defensa. Fue un error, y poco generoso por su parte, retirarse tan secreta y repentinamente, justo después de unas declaraciones de afecto tan apasionadas, sin suponer siquiera una razón para el cambio. Debería habérmelo dicho todo, aunque para mí fuera desagradable. Habría sido mejor que este silencio.

—¿Qué hubiera ganado al hacerlo? Usted no podría haberme aclarado una cuestión que solo me concernía a mí, ni podría haberme convencido de la falsedad de una prueba que me habían proporcionado mis sentidos. Yo deseaba que nuestra familiaridad cesara de inmediato, como usted misma había reconocido que sucedería si yo llegaba a saberlo todo; sin embargo, no quería mortificarla, aunque, como usted misma reconoció, me había hecho mucho daño. Sí, me ha causado un daño que nunca podrá reparar ni usted, ni nadie. ¡Ha marchitado la frescura y la esperanza de la juventud y convertido mi vida en un desierto! Aunque viviera cien años no podría recuperarme nunca de los efectos de este terrible golpe... ¡y nunca podría olvidarlo! A partir de ahora... ¿Se ríe usted, señora Graham? —pregunté, interrumpiéndome de golpe, incapaz de continuar con mi apasionado discurso debido a sentimientos inexplicables, incapaz de soportar que realmente se riera de la imagen de ruina que ella había forjado.

—¿De verdad? —dijo, mirándome con expresión seria—. No me di cuenta. Si lo hice no ha sido por el placer que me proporcionaba la idea del daño que le he causado. El cielo sabe que me ha atormentado bastante la sola posibilidad, ha sido la alegría de descubrir que tenía usted un alma sensible y profunda, al fin y al cabo, y que no me había equivocado del todo sobre sus cualidades. Pero las sonrisas y las lágrimas son iguales para mí, ninguna de las dos expresa sentimientos determinados: a veces lloro cuando soy feliz y sonrío cuando estoy triste.

Me miró nuevamente y pareció esperar una réplica, pero yo permanecí en silencio.

—¿Le gustaría saber que se equivocó en sus conclusiones? —continuó diciendo.

—¿Cómo puede preguntarlo, Helen?

—No digo que pueda justificarme del todo —dijo, hablando rápido y en voz baja, al tiempo que su corazón latía visiblemente y su pecho se agitaba por la emoción—, pero ¿le gustaría saber que soy mejor de lo que usted cree?

—Todo lo que pueda contribuir a restablecer mi opinión de usted, justificar el interés que todavía siento y aliviar los tormentos del indecible arrepentimiento que me acompaña, ¡será recibido con gran placer y entusiasmo!

Sus mejillas ardían y su cuerpo entero temblaba. No habló, sino que se dirigió a su escritorio y, cogiendo nerviosamente lo que parecía un grueso álbum o un manuscrito, arrancó con impaciencia algunas hojas del final y puso el resto en mis manos, diciendo:

—No hace falta que lo lea todo, pero lléveselo a su casa.

Y salió a toda prisa del salón. Pero cuando yo me había ido y descendía por la escalinata, abrió la ventana y me llamó. Era solo para decirme:

—Tráigalo cuando lo haya leído y no diga una palabra a nadie en absoluto de lo que se cuenta ahí. Confío en su discreción.

Antes de que pudiera responder, cerró la ventana y se marchó. Vi cómo se dejaba caer en la vieja silla de roble y se cubría el rostro con las manos. Sus sentimientos habían llegado a un punto en que era necesario buscar alivio en las lágrimas.

Jadeando impaciente y luchando por reprimir mis esperanzas, me apresuré en llegar a mi casa, y subí rápidamente a mi habitación, después de conseguir una vela, aunque no había oscurecido del todo todavía; luego cerré la puerta con llave, decidido a no permitir ninguna interrupción; y sentándome ante la mesa abrí mi recompensa y me entregué cuidadosamente a su lectura: primero, pasando apresuradamente las hojas, atrapando una frase aquí y allá, y luego, firmemente dispuesto a leerlo íntegramente.

Ahora lo tengo frente a mí, y aunque no podrías leerlo con la mitad del interés con el que yo lo hice, sé que no te conformarías con un sumario de su contenido, así que lo tendrás todo, salvo, tal vez, algunos fragmentos aquí y allá de interés exclusivamente para quien lo escribió, o que servirían para entorpecer la historia más que para aclararla. Comienza de una forma algo abrupta, pero reservaremos su inicio para otro capítulo.

Capítulo XVI
Las advertencias de la experiencia

1 de junio de 1821: Acabamos de regresar a Staningley —es decir, hace unos días—, y todavía no estoy instalada, y siento que nunca lo haré. Nos marchamos de la ciudad antes de lo previsto, como consecuencia del malestar de mi tío; me pregunto cuál habría sido el resultado si hubiéramos permanecido todo el tiempo. Me avergüenza mi nueva aversión a la vida del campo. Todas mis ocupaciones anteriores me parecen tediosas y aburridas, mis anteriores distracciones tan insípidas y poco provechosas. No puedo disfrutar de mi música porque no hay nadie para escucharla. No puedo disfrutar de mis paseos porque no me encuentro con nadie. No puedo disfrutar de mis libros, ya que no tienen el poder de acaparar mi atención, mi pensamiento está tan obsesionado con los recuerdos de las últimas semanas que no puedo concentrarme. Dibujar es lo que más me conviene, porque puedo hacerlo y pensar al mismo tiempo; y aunque nadie, salvo yo misma y aquellos que se interesan por ellas, puede contemplar mis creaciones, posiblemente alguien lo haga en el futuro. Sin embargo, hay un rostro que intento dibujar o esbozar siempre sin éxito, y esto me irrita. En cuanto al dueño de ese rostro, no puedo quitármelo de la cabeza y, a decir verdad, nunca lo intento. Me pregunto si él alguna vez piensa en mí, y me pregunto si alguna vez lo volveré a ver. Luego podrían seguir otra serie de interrogantes, preguntas que solo el tiempo y el destino pueden contestar, concluyendo con: suponiendo que todo lo demás se responda afirmativamente, me pregunto si alguna vez me arrepentiré, como me diría mi tía, si supiera lo que estaba pensando.

Con qué nitidez recuerdo la conversación que mantuvimos aquella tarde antes de salir para la ciudad, cuando estábamos sentadas junto al fuego, después de que mi tío se fuera a la cama con un ataque de gota.

—Helen —dijo ella, después de un silencio pensativo—, ¿has pensado alguna vez en el matrimonio?

—Sí, tía, con frecuencia.

—¿Y has pensado alguna vez en la posibilidad de casarte o comprometerte antes de que termine la temporada?

—A veces, pero no creo en absoluto probable que lo haga.

—¿Por qué dices eso?

—Porque presumo que debe haber pocos, poquísimos, hombres en el mundo con los que me gustaría casarme; y de esos pocos hay una posibilidad entre diez de que llegue a conocer a alguno; y si llegara a conocerlo, habría una posibilidad entre veinte de que estuviera soltero, o de que se enamorara de mí.

—Eso no es un motivo en absoluto. Puede ser muy cierto, y espero que lo sea, que haya muy pocos hombres con los que elegirías casarte. Es de suponer, además, que no desees casarte con ninguno hasta que te lo pida: el cariño de una joven no debería ganarse nunca sin esfuerzo. Pero cuando es perseguido, cuando la fortaleza del corazón es adecuadamente sitiada, es fácil su rendición antes de que su dueña se dé cuenta, y a menudo en contra de su propia opinión, y oponiéndose a todas sus ideas preconcebidas sobre lo que podía haber amado, a menos que la muchacha sea muy cuidadosa y prudente. Helen, quiero advertirte de estas cosas y exhortarte a que estés alerta y cautelosa desde el mismo comienzo de tu carrera, y a que no permitas que tu corazón lo robe la primera persona insensata o sin principios que lo ambicione. Verás, querida, solo tienes dieciocho años; tienes mucho tiempo por delante, y ni tu tío ni yo tenemos prisa por separarte de nosotros, y puedo aventurarme a asegurar que no te faltarán pretendientes. Puedes presumir de pertenecer a una buena familia, de poseer fortuna y unas perspectivas considerables; te puedo decir —porque, si no yo, otros lo harán— que también eres bastante guapa, ¡y espero que no tengas nunca razones para lamentarlo!

—Confío que no, tía; pero ¿por qué temer lo contrario?

—Porque, querida, la belleza es la cualidad que frecuentemente, junto con el dinero, atrae más a la peor clase de hombres; y, por tanto, es factible que le cause bastantes problemas a su propietaria.

—¿Has tenido problemas por ello, tía?

—No, Helen —dijo, con gravedad reprobatoria—, pero conozco a muchas que los han tenido; y algunas de ellas, por no tener cuidado, han sido las miserables víctimas del engaño; otras, por debilidad, han caído en trampas y tentaciones que sería terrible relatar.

—Bueno, no seré ingenua ni débil.

—¡Acuérdate de Peter, Helen! No te vanaglories, sino observa. Vigila tus ojos y tus oídos como las entradas de tu corazón, y tus labios como su salida, no sea que te delaten en un momento de descuido. Recibe cada atención con frialdad e indiferencia, hasta que hayas determinado y considerado correctamente la valía del pretendiente; deja que tus sentimientos sigan solo a la aprobación. Primero analiza, luego aprueba, después ama. Deja que tus ojos sean ciegos a todos los atractivos externos, tus oídos sordos a la fascinación del halago y la conversación ligera. Estos no son nada, peor que nada, trampas y artimañas del tentador para inducir a una insensata a que se precipite a su propia destrucción. Los principios son lo primero, después de todo; a continuación, están la sensatez, la respetabilidad y una fortuna moderada. Si te casaras con el hombre más apuesto, más elegante y superficialmente agradable del mundo, no sabes bien la tristeza que te invadiría si, después, descubrieras que es un pérfido indigno, o incluso un cretino sin remedio.

—Pero, tía, ¿qué van a hacer todos los pobres locos y pérfidos? Si todas siguieran tu consejo, el mundo se acabaría pronto.

—¡No lo creas, querida! A los hombres cretinos y a los pérfidos nunca les faltarán compañeras mientras haya tantas mujeres que los igualen, pero tú sigue mi consejo. Y este no es un asunto con el que se deba bromear, Helen. Lamento que lo trates de esa manera tan frívola. Créeme, el matrimonio es algo muy serio.

Hablaba de una forma tan trascendental que una podría haberse imaginado que lo había aprendido a costa de su propia experiencia; sin embargo, no le hice más preguntas impertinentes y me limité a contestar:

—Ya sé que lo es, y también sé que tienes toda la razón en lo que dices; pero no debes temer por mí porque no solo creería un error casarme con un hombre falto de sensatez o de principios, sino que nunca me sentiría tentada a hacerlo, pues nunca me atraería, aunque fuera, por otro lado, muy atractivo y encantador; lo desestimaría, lo rechazaría, me compadecería de él, sentiría por él cualquier cosa menos amor. Mi cariño no solo debería fundarse en la admiración, sino que lo estará y habrá de estarlo, porque sin admiración yo no puedo amar. Es innecesario decir que tendría que ser capaz de respetar y honrar al hombre con el que me case, tanto como amarle, pues no puedo amar de otro modo. Así que no debes preocuparte.

—Espero que sea así —contestó.

—Yo sé que es así —insistí.

—Todavía no te han puesto a prueba, Helen; solo podemos confiar en que así sea —dijo con su característico tono frío y cauteloso.

Me molestó su incredulidad; no obstante, no estoy segura de que sus dudas carecieran de perspicacia. Me temo que me ha sido más fácil recordar su consejo que beneficiarme de él; en realidad, a veces he tenido que poner en duda la solidez de sus teorías sobre esta materia. Sus consejos pueden ser buenos en la medida en que son válidos... en líneas generales, pero hay algunas cosas que ha pasado por alto en su presunción. Me pregunto si ha estado enamorada alguna vez.

Comencé mi carrera —o mi primera campaña, como la llama mi tío— animada con brillantes esperanzas y fantasías —inspiradas fundamentalmente por esa conversación—, y llena de confianza en mi propia discreción. Al principio estaba deslumbrada por la novedad y la emoción de nuestra vida londinense, pero pronto comencé a cansarme de su mezcla de torbellino e indiferencia, y a suspirar por la frescura y la libertad de nuestro hogar. Las personas que conocí, tanto los hombres como las mujeres, defraudaron mis esperanzas, unas veces me irritaban y otras me desanimaban, pues pronto me cansé de estudiar sus características y reírme de sus flaquezas —especialmente teniendo en cuenta que debía guardarme mis críticas, porque mi tía no les habría prestado atención—. Estas personas me parecían insoportablemente necias, pusilánimes y falsas, sobre todo las mujeres. Los caballeros me causaron mejor impresión, pero quizá fuera porque los conocía menos o, quizá, porque me alababan; pero no me enamoré de ninguno de ellos y, si bien sus atenciones me gratificaban en un momento determinado, me irritaban al siguiente, porque me ponía de mal humor descubrir mi vanidad y me hacía temer estar convirtiéndome en una de aquellas damas a las que sinceramente detestaba.

Había un caballero mayor que me importunaba mucho. Era un viejo amigo de mi tío, quien, creo, consideraba que yo no podía hacer nada mejor que casarme con él; pero, además de ser viejo, era feo y repugnante... y mal intencionado, estoy segura, aunque mi tía me riñó por afirmarlo; sin embargo, admitió que no era un santo. Y había otro, menos odioso pero todavía más aburrido, pues gozaba del favor de mi tía, por lo que ella estaba siempre imponiéndome su presencia y cantándome sus alabanzas. Se llamaba señor Boarham, pero prefería llamarle Bor'em, por lo terriblemente aburrido que era; me espeluzno todavía al recordar su voz, que silbaba, silbaba en mis oídos mientras estaba sentado junto a mí, martirizándome con su prosa y engañándose a sí mismo con la idea de beneficiar a mi mente con información útil, o inculcándome sus dogmas y corrigiendo mis ideas erróneas, o quizá pensando que hablaba poniéndose a mi nivel y que me divertía con su entretenida conversación. No obstante, era un hombre bastante honesto en general, me atrevería a decir, y si hubiera mantenido las distancias nunca le habría odiado. Tal como se comportaba, era casi imposible de sobrellevar, porque no solo me molestaba imponiéndome su presencia, sino que me impedía disfrutar de una compañía más agradable.

Una noche, sin embargo, en un baile, fue más pesado que de costumbre y mi paciencia se había colmado. Parecía como si la velada en general estuviera condenada a ser insoportable: no había bailado más que una vez con un tonto mequetrefe, y luego el señor Boarham se me había acercado y parecía resuelto a no separarse de mí durante el resto de la noche. Nunca bailaba. Se sentó allí, con la cabeza cerca de mi rostro, haciendo creer a los curiosos que era un amante consumado y reconocido; mi tía no nos quitaba el ojo de encima, deseándole buena suerte. Intenté en vano alejarlo de mí dando rienda suelta a mis encolerizados sentimientos, e incluso a una rudeza manifiesta, pero nada pudo convencerlo de que su compañía me era repugnante. Un silencio hosco era tomado como una atención extasiada y le animaba a continuar hablando; las respuestas sarcásticas eran recibidas como ocurrencias inteligentes de una viveza juvenil que solo requerían un reproche indulgente; y las simples contradicciones no eran sino como el aceite para las llamas, y acarreaban una nueva serie de argumentos para defender su afirmación, dejando caer sobre mí oleadas de razonamientos para abrumarme con convencimiento.

Pero había alguien entre los presentes que parecía distinguir mejor mi estado de ánimo. Era un caballero reclinado cerca de nosotros que llevaba cierto tiempo prestando atención a nuestra conversación, evidentemente entretenido con la implacable insistencia de mi acompañante y mi manifiesta inconformidad, riéndose para sí mismo ante la aspereza y el intransigente espíritu de mis réplicas. Al fin, se retiró y se acercó a la señora de la casa, con el aparente propósito de pedirle que nos presentara, pues, poco después, los dos se acercaron y ella me lo presentó como el señor Huntingdon, el hijo de un antiguo amigo de mi tío. Me invitó a bailar. Yo acepté encantada, naturalmente; y fue mi acompañante durante el resto de la velada, que no fue larga, pues mi tía, como es costumbre, insistió en marcharse temprano.

Lamenté tener que irme, porque había encontrado en mi nuevo conocido un acompañante muy vivaz y divertido. Había una gran soltura y libertad en todo lo que decía y hacía, lo que ofreció a mi mente una sensación de descanso y desahogo después de toda la coacción y formalidad que había sufrido. Podría decirse con exactitud que sus modales y su manera de hablar eran quizá demasiado audaces y atrevidos, pero yo estaba de tan buen humor y tan satisfecha por mi liberación final del señor Boarham, que no me molestaron.

—Bueno, Helen, ¿qué te parece el señor Boarham ahora? —preguntó mi tía una vez que nos acomodamos en el carruaje y partimos.

—Peor que nunca —contesté.

Ella pareció disgustada, pero no dijo nada más sobre el asunto.

—¿Quién era ese caballero con quien bailaste al final —continuó después de una pausa—, que fue tan solícito al ayudarte a poner el chal?

—No fue solícito en absoluto, tía, ni intentó ayudarme en absoluto hasta notar que el señor Boarham se disponía a hacerlo; entonces se adelantó riéndose y dijo: "Vamos, la libraré de ese castigo".

—Te pregunté que quién era —dijo, con gélida seriedad.

—Era el señor Huntingdon, el hijo de un viejo amigo del tío.

—He oído hablar a tu tío del joven señor Huntingdon. Le he oído decir: "Es un buen muchacho, ese joven Huntingdon, pero un poco extravagante, tengo la impresión". Así que ten cuidado.

—¿Qué quiere decir "un poco extravagante"? —pregunté.

—Significa desprovisto de principios y propenso a todos los vicios característicos de la juventud.

—Pero yo he oído decir al tío que él también fue un muchacho malicioso y extravagante cuando era joven.

Mi tía movió la cabeza con severidad.

—Entonces estaba bromeando, supongo —dije—, y hablaba por

hablar. Al menos, no puedo creer que haya ningún mal en aquellos alegres ojos azules.

—¡Eso no es forma de deducir, Helen! —dijo con un suspiro.

—Bueno, deberíamos ser compasivas, tía... Además, no creo que sea un juicio falso, soy una excelente fisonomista y siempre juzgo el carácter de la gente por su aspecto; no en función de si es guapa o fea, sino por la apariencia general de su semblante. Por ejemplo, yo sabría por tu cara que no tienes un carácter jovial, confiado; y sabría por la del señor Wilmot que es un viejo malvado indigno, y por la del señor Boarham que no es una agradable compañía, y por la del señor Huntingdon que no es un tonto ni un rufián, aunque, posiblemente, tampoco un sabio ni un santo. De todas formas, eso no tiene importancia, puesto que lo más probable es que no vuelva a encontrarme con él, como no sea como pareja ocasional en un salón de baile.

Sin embargo, no fue así, porque lo vi a la mañana siguiente. Vino a visitar a mi tío y se disculpó por no haberlo hecho antes; explicó que acababa de regresar del continente y no se había enterado, hasta la noche anterior, de la llegada de mi tío a la ciudad. Después de eso le vi con frecuencia; a veces en público, a veces en casa. Era muy persistente en presentar sus respetos a su viejo amigo, el cual, sin embargo, no se consideraba comprometido por sus atenciones.

—Me pregunto qué demonios se propone el muchacho viniendo tan a menudo —decía—. ¿Puedes decírmelo tú, Helen? ¿Eh? No tiene necesidad en absoluto de mi compañía, ni yo tampoco de la suya, de eso estoy seguro.

—Entonces, deberías decírselo—dijo mi tía.

—¿Por qué haría tal cosa? ¿Con qué fin? Si yo no tengo interés en verlo, quizá alguien sí —me guiñó un ojo—. Además, tiene una buena y conveniente fortuna, Peggy, ya lo sabes. No es tan buen partido como Wilmot, pero Helen no querrá escuchar hablar de semejante casamiento. En cierto modo esos tipos viejos no hacen buena pareja con las muchachas jóvenes, a pesar de su dinero y su experiencia. Apuesto cualquier cosa a que ella preferiría a ese joven sin un penique que a Wilmot con su casa llena de oro, ¿verdad, Nell?

—Sí, tío, pero no es necesario que hagas ninguna comparación porque preferiría ser una solterona indigente que la señora Wilmot.

—¿Y la señora Huntingdon? ¿Qué te parecería ser la señora Huntingdon? ¿Eh?

—Te lo diré cuando haya analizado el asunto.

—¡Ah! Entonces necesita ser analizado. Y ahora, dime: ¿serías una solterona y no digamos una indigente?

—No puedo decirlo hasta que se me plantee el dilema.

Y salí de la habitación para evitar que el interrogatorio continuara. Pero cinco minutos más tarde, cuando estaba mirando por la ventana, vi al señor Boarham acercarse hacia la puerta. Esperé durante casi media hora en una tensión embarazosa, aguardando a cada minuto el llamado y anhelando inútilmente escucharlo marchar. Luego oí pasos en las escaleras, mi tía entró en la habitación con una expresión solemne y cerró la puerta detrás de ella.

—Está aquí el señor Boarham, Helen —dijo—. Desea verte.

—¡Oh, tía! ¿No puedes decirle que no me encuentro bien? Es verdad... me descompone verlo.

—¡Tonterías, querida! Este no es un asunto trivial. Ha venido por un motivo muy importante: pedir tu mano en matrimonio a tu tío y a mí.

—Espero que mi tío y tú le hayan dicho que ustedes no tenían el poder de dársela. ¿Qué derecho tiene él a preguntarle a nadie antes que a mí?

—¡Helen!

—¿Qué ha dicho el tío?

—Dijo que no iba a inmiscuirse en esta cuestión y que si era de tu gusto aceptar la atenta oferta del señor Boarham...

—¿Ha dicho atenta oferta?

—No, ha dicho que si querías aceptarla podías hacerlo; y si no, que eras libre de hacerlo.

—Me parece muy bien; y tú, ¿qué has dicho?

—Lo que yo he dicho no importa. ¿Qué dirás tú? Esto es lo importante. Él está esperando para preguntártelo; pero piénsalo bien antes de bajar, y si tienes intención de rechazarle, dame tus razones.

—Voy a rechazarle, desde luego, pero debes decirme cómo, porque quiero ser cortés y decidida al mismo tiempo. Y cuando me desembarace de él te explicaré mis razones.

—Cálmate, Helen, siéntate un momento y relájate. El señor Boarham no tiene prisa porque no duda que aceptes, y yo quiero hablar contigo. Dime, querida, ¿cuáles son los inconvenientes que le pones? ¿Acaso no es un hombre bueno y honrado?

—Sí.

—¿No es discreto, sensato, respetable?

—Sí, puede ser todo eso, pero...

—¡Pero, Helen! ¿Cuántos hombres así esperas encontrar en el mundo? ¡Bueno, honrado, discreto, sensato, respetable! ¿Es un carácter tan corriente como para que rechaces al poseedor de unos atributos tan nobles sin un momento de duda? Sí, nobles, puedo llamarlos así. Piensa en el significado de cada uno de ellos y en las extraordinarias virtudes que incluyen —y podría añadir muchas más a la lista—; piensa que todo esto lo ponen a tus pies y que está en tu mano asegurar esta bendición para el resto de tu vida: ¡un marido excelente y digno que te ama con ternura, pero no demasiado apasionadamente para no ver tus defectos; un marido que será tu guía a lo largo de tu recorrido por la vida y tu compañero en la felicidad eterna! Piensa, ¿cómo...?

—Pero yo lo desprecio, tía —dije, interrumpiendo aquella copiosa elocuencia tan insólita en ella.

—¡Le detestas, Helen! ¿Es esto un espíritu cristiano? ¿Le odias? ¡Un hombre tan bueno!

—No lo odio como hombre sino como marido. Como hombre le quiero tanto que le deseo una esposa mejor que yo, una que sea tan buena como él, o mejor, si es que crees que es posible, suponiendo que a ella le gustara él; pero a mí nunca podría gustarme y por tanto...

—Pero ¿por qué no? ¿Qué defectos le encuentras?

—En primer lugar, tiene, como mínimo, cuarenta años, aunque pareciera tener bastantes más, y yo solo tengo dieciocho; en segundo lugar, es muy puritano e intransigente; tercero, sus gustos y su sensibilidad son del todo opuestos a los míos; cuarto, su aspecto, su voz y sus modales son especialmente desagradables para mí, y, por último, siento una repugnancia por toda su persona que nunca podré superar.

—¡Entonces deberías superarla! Y por favor, compárale con el señor Huntingdon, dejando aparte la belleza —que no contribuye en absoluto a la valía del hombre, o a la felicidad de la vida matrimonial, y que tú misma has confesado a menudo que no tiene mucha importancia para ti—, y dime quién es mejor.

—No me cabe la menor duda de que el señor Huntingdon es un hombre mucho mejor de lo que piensas. Pero no se trata de él, sino del señor Boarham; y como preferiría crecer, vivir y morir en bendita soledad antes que ser su esposa, lo más correcto sería que se lo haga saber de una vez y le saque de dudas. Así que déjame bajar.

—Pero no le des una negativa tajante; no se espera en absoluto una respuesta semejante y le ofendería mucho. Dile que no tienes intención de casarte por el momento.

—Pero sí tengo intención de hacerlo.

—O que desearías conocerle mejor.

—Pero no quiero conocerle mejor, sino todo lo contrario.

Y sin esperar a más advertencias salí de la habitación y fui al encuentro del señor Boarham. Estaba dando vueltas por la sala, al tiempo que tarareaba fragmentos de tonadas y mordisqueaba el puño de su bastón.

—Mi querida señorita —dijo, inclinándose y sonriendo con gran satisfacción—. Tengo el consentimiento de sus amables tutores para...

—Lo sé, señor —dije, deseando acortar la escena lo más posible—, y le estoy muy agradecida por su preferencia, pero debo rogarle que me disculpe por rehusar el honor con el cual me ha favorecido; creo que no estamos hechos el uno para el otro, como usted mismo podría comprobar al poco tiempo si intentáramos la experiencia.

Mi tía tenía razón: era innegable que él no dudaba de mi aceptación, y no esperaba en absoluto una negativa rotunda. Estaba aturdido y sorprendido por semejante respuesta, pero no se sintió muy ofendido, pues no podía creer lo que había oído. Después de un carraspeo y una sonrisa volvió al ataque.

—Sé, querida, que existe una diferencia considerable entre nosotros, en años, temperamento, y quizá en otras cosas; pero permítame asegurarle que no seré severo al señalar las faltas y flaquezas de un temperamento joven y ardiente como el suyo, y aunque me las confiese a mí mismo, e incluso las censure con la solicitud de un padre, créame, ningún amante juvenil podría ser más tiernamente indulgente con el objeto de su afecto como yo con usted; y, por una parte, permítame confiar en que mi experiencia de más años y mis reflexiones más serias no sean una deshonra a sus ojos, pues haré lo posible porque la conduzcan a la felicidad. ¡Vamos! ¿Qué dice? ¡Dejémonos de frivolidades y caprichos, señorita, y hable claro de una vez!

—No puedo más que repetir lo que dije antes: estoy segura de que no estamos hechos el uno para el otro.

—¿Piensa eso realmente?

—Sí.

—Pero usted no me conoce. Querrá usted saber más de mí, tener más tiempo para...

—No, no quiero. Lo conozco lo suficiente, y mejor de lo que me conoce usted a mí, pues de lo contrario nunca intentaría unirse a alguien tan diferente, tan inapropiado para usted desde todos los puntos de vista.

—Pero, mi querida señorita, yo no busco la perfección. Puedo excusar...

—Gracias, señor Boarham, pero no me aprovecharé de su bondad. Puede usted guardar su indulgencia y consideración para una destinataria más valiosa, que no sea para ella una carga tan pesada.

—Pero permítame aconsejarle que pida consejo a su tía. Estoy seguro de que esa excelente dama...

—Ya he consultado con ella, y sus deseos coinciden con los suyos; pero en un asunto tan importante como este, me tomo la libertad de juzgar por mí misma, y ninguna opinión puede alterar mis preferencias, o inducirme a creer que semejante paso conduciría a mi felicidad o a la suya. Y me asombra que un hombre de su experiencia y sensatez piense en escoger semejante esposa.

—¡Ah, bueno! —dijo—. Yo mismo me he extrañado por ello a veces. En alguna ocasión me he dicho a mí mismo: "Bueno, Boarham,

¿qué es lo que pretendes? Ten cuidado, hombre. ¡Piensa antes de dar el paso! Esta es una criatura adorable, encantadora, pero recuerda, ¡los atractivos más seductores para el amante muy a menudo se convierten en las más grandes torturas para el marido!". Le aseguro que he hecho mi escogencia después de reflexionar mucho. La aparente temeridad del casamiento me ha costado muchos quebraderos de cabeza durante el día y muchas horas de insomnio por la noche; pero al fin me sentí satisfecho al descubrir que no era, en verdad, temerario. Me di cuenta de que mi adorable muchacha no carecía de defectos, pero entre estos no estaba su juventud, que más bien era un presagio de virtudes todavía no desplegadas, una sólida base para sospechar que sus pequeños defectos de carácter y sus errores de juicio, opinión y modales no serían irreparables, sino que podrían ser corregidos o mitigados poco a poco con los esfuerzos de un mentor juicioso y atento. Y pensé que cuando yo no fuera capaz de controlar o guiar podría seguramente intentar perdonar, en bien de sus muchos méritos. Por tanto, queridísima muchacha, puesto que yo estoy satisfecho, ¿por qué iba usted a poner objeciones, en mi propio beneficio, al menos?

—Sin embargo, para decirle la verdad, señor Boarham, es por mi propio bien por lo que sobre todo pongo reparos, así que dejemos este asunto. —Yo habría dicho: "Porque es algo peor que inútil seguir hablando de él", pero me interrumpió empecinado, diciendo:

—Pero ¿por qué? Yo la amaría, la estimaría, la protegería, etc., etc., etc.

No me molestaré escribiendo la interminable serie de razonamientos que intercambiamos. Basta con decir que estaba muy molesto y que me fue muy difícil convencerlo de que yo quería realmente decir lo que decía, y en verdad se mostró tan obcecado y tan ciego a mis intereses que no había la más mínima posibilidad de que ni él ni mi tía pudieran vencer mis argumentos. En realidad, no estoy segura de que llegara a imponerme después de todo; pero, cansada de que volviera empecinado al mismo punto y de que repitiera una y otra vez la misma razón, obligándome a repetir las mismas respuestas, al final me dirigí hacia él furiosa y cortante, y mis últimas palabras fueron:

—Le digo claramente que no puede ser. Ninguna reflexión puede impulsarme a contraer matrimonio en contra de mis intenciones. Lo respeto a usted —o al menos eso haría, de haberse comportado como un hombre razonable—, pero no puedo amarle y nunca podría, y cuanto más habla más me ahuyenta, así que le ruego que no diga una palabra más sobre este asunto.

Al terminar me deseó buenos días y se marchó, sorprendido y agraviado, naturalmente; pero la culpa no fue mía.

CAPÍTULO XVII
MÁS ADVERTENCIAS

La noche siguiente acompañé a mis tíos a una cena de gala en casa del señor Wilmot. Tenía hospedadas en su casa a dos damas, su sobrina Annabella —una joven elegante, o más bien una mujer joven de unos veinticinco años, demasiado cautivadora para casarse, según su propia afirmación, pero enormemente deslumbrante para los caballeros, quienes divulgaban a los cuatro vientos que era una mujer maravillosa— y su moderada prima Milicent Hargrave, quien me tomó una gran estima, confundiéndome con algo mucho mejor de lo que realmente era, por lo que yo le retribuía un gran cariño también. Debería excluir por completo a la pobre Milicent de mi animadversión general por las damas que conocí. Pero no fue por ella, ni por su prima, que he mencionado la fiesta, sino por otro de los invitados del señor Wilmot: el señor Huntingdon. Tengo una buena razón para recordar su presencia, pues fue la última vez que lo vi.

Él no se sentó cerca de mí durante la cena, porque quiso la casualidad que acompañara a una corpulenta anciana, y a mí me correspondió ser acompañada por el señor Grimsby, un amigo suyo, pero que a mí me disgustaba excesivamente: había un aspecto maligno en su semblante y una mezcla de crueldad agazapada y doblez repugnante en su comportamiento, que no podía soportar. Qué costumbre tan fastidiosa es esta, por cierto, entre las muchas fuentes de innecesaria incomodidad de esta vida refinada. Si es un deber de los caballeros acompañar a las damas al comedor, ¿por qué no pueden escoger aquellas que más les agraden?

No estoy segura, sin embargo, de que el señor Huntingdon me hubiera elegido a mí si hubiera tenido la libertad para hacerlo. Es muy posible que hubiera elegido a la señorita Wilmot, pues ella parecía decidida a monopolizar su atención y él parecía muy dispuesto a rendirle la veneración que le exigía. Al menos eso juzgué cuando vi cómo hablaban y se reían y las miradas que se dirigían, ante la indiferencia y menosprecio de sus respectivos vecinos. Mi idea pareció confirmarse poco después, cuando al reunirse los caballeros con nosotras en el salón, ella, apenas él hizo su entrada, le pidió levantando la voz que fuera el árbitro de una discusión que mantenía con otra dama, y el joven acudió presuroso a la llamada y decidió la cuestión en su favor sin siquiera dudarlo —aunque, desde mi punto de vista, era evidente que la señorita Wilmot estaba equivocada—, luego, él se quedó a charlar familiarmente con ella y un grupo de mujeres. Entretanto yo estaba sentada junto a Milicent Hargrave en el extremo opuesto del salón, observando sus dibujos más recientes, ayudándola con mis observaciones críticas y consejos, solicitados por ella. Pero a pesar de mis esfuerzos por ser discreta, mi atención se desviaba de los dibujos hacia el alegre grupo, y sin poder evitarlo me fastidié y, sin duda, puse mala cara, pues Milicent, suponiendo que debía de estar cansada de sus manchas y garabatos, me rogó que me uniera al grupo y dejara para más tarde la revisión del resto. Pero cuando trataba de convencerla de que no deseaba unirme a ellos y de que no estaba cansada, el señor Huntingdon se acercó a la pequeña mesa redonda a la que estábamos sentadas.

—¿Son suyos? —dijo, cogiendo con apatía uno de los dibujos.

—No, son de la señorita Hargrave.

—¡Oh! Vamos a darles un vistazo.

Y sin prestar atención a las quejas de la señorita Hargrave, que decía que no valía la pena mirarlos, puso una silla cerca de mí y, cogiendo los dibujos que estaban en mi mano, uno por uno los fue examinando y dejando sobre la mesa. No opinaba nada sobre ellos, pero no paraba de hablar. No sé lo que Milicent Hargrave opinó de aquella actitud, pero yo encontré su conversación muy cautivadora, aunque, como descubrí luego, cuando me detuve a analizarla, lo que pretendía en realidad era burlarse de los diferentes integrantes del grupo; y aunque hizo algunas observaciones agudas y otras en exceso sarcásticas, no creo que todas en general parecieran particularmente interesantes si las transcribiera aquí sin las accidentales ayudas de la mirada, el gesto, el tono, y aquel encanto indescriptible aunque indefinido que proporcionaba un halo a todo lo que hacía y decía; y que habría convertido en un placer mirar su cara y escuchar la música de su voz, aunque estuviera diciendo tonterías, y que hizo que me sintiera tan afligida con mi tía cuando puso fin a esta diversión, acercándose serenamente con el pretexto de que quería ver los dibujos, de los que realmente no entendía una palabra ni le importaban. Mientras hacía creer que los examinaba, se dirigió al señor Huntingdon en uno de sus tonos más indiferentes y repelentes, haciendo una serie de preguntas y observaciones de lo más insignificantes y formales, con el propósito de desviar su atención de mí... de disgustarme, como pensé. Después de mirar todo el contenido de la carpeta, los dejé entregados a su *tête-á-tête* y fui a sentarme en un sofá, bastante apartada del grupo, sin pensar en lo peculiar que podría parecer semejante conducta, tratando simplemente de recuperarme de la humillación del momento en primer lugar, y dedicarme después al disfrute de mis propios pensamientos.

Pero no pude estar sola mucho tiempo. El señor Wilmot —que, de todos los hombres, era al que menos deseaba ver— se aprovechó de mi soledad para sentarse junto a mí. Yo, que presumía de haber rechazado sus insinuaciones con tanta eficiencia, hasta el punto de pensar que no tenía nada que temer por su desafortunada preferencia, parecía que estaba en un error; era tan grande su confianza, bien en su fortuna o en el poder de atracción que le quedaba, y tan sólida su creencia en la debilidad femenina, que se creyó en condiciones para intentar el asedio de nuevo, lo que hizo con renovado ardor, incitado quizás por la cantidad de vino que había bebido... circunstancia que lo hacía infinitamente más repulsivo. Pero, aunque lo desprecié una enormidad en aquel momento, no quise tratarle con brusquedad, puesto que yo era su invitada y había estado disfrutando de su hospitalidad. Además, no podía emplear un rechazo cortés pero decidido, ni me habría servido de nada haber podido hacerlo, pues era demasiado obstinado para percatarse de cualquier rechazo que no fuera tan claro y tajante como su propia desfachatez. La consecuencia fue que se fue poniendo cada vez más asquerosamente afectuoso y más repulsivamente cariñoso, y yo estaba al borde de la desesperación y a punto de decir no sé qué, cuando sentí de pronto que una mano cogía la mía, que estaba apoyada en uno de los brazos del sofá, y la apretaba con fervor. Instintivamente adiviné quién era, y al alzar la vista me mostré menos sorprendida que complacida al ver que el señor Huntingdon me sonreía. Era como pasar de un demonio torturador a un ángel resplandeciente anunciando que el tiempo del tormento había terminado.

—Helen —dijo, él me llamaba usualmente Helen y yo nunca me molesté porque se tomara esta libertad—, venga a ver este cuadro. Estoy seguro de que el señor Wilmot la excusará por un momento.

Me levanté con rapidez. Me cogió del brazo y me condujo a lo largo del salón hasta llegar delante de un espléndido cuadro de Van Dyck en el que me había fijado antes, pero que no había examinado con atención. Después de un momento de contemplación silenciosa, estaba empezando a comentar su belleza y sus características cuando, oprimiendo alegremente la mano que todavía retenía en su brazo, me interrumpió diciendo:

—Olvídese del cuadro: no fue por él por lo que la traje hasta aquí, fue para alejarla de aquel viejo depravado y vil, que nos mira como si tuviera la intención de desafiarme por la afrenta.

—Le estoy muy agradecida —dije—. Esta es la segunda vez que me libera de una compañía desagradable.

—No me lo agradezca demasiado —contestó—, no es del todo por generosidad hacia usted. En parte es por un sentimiento de hostilidad hacia sus torturadores, que hace que me complazca en hacerles una bribonada a esos viejos, aunque no crea tener razón ninguna para temerlos como rivales. ¿La tengo, Helen?

—Usted sabe que los aborrezco a los dos.

—¿Y a mí?

—No tengo ninguna razón para aborrecerle.

—Pero ¿cuáles son sus sentimientos hacia mí, Helen? ¡Dígamelo! ¿Con qué ojos me mira?

Y volvió a apretar mi mano, pero sentí que había más un poder consciente que ternura en su comportamiento, y sentí que no tenía derecho a arrancarme una confesión de mi preferencia cuando él, por su parte, no había hecho otra igual, y no supe qué responder. Por fin dije:

—¿Con qué ojos me ve usted?

—¡Dulce ángel! ¡Te adoro!

—Helen, ven un momento —oí a la voz clara y grave de mi tía, que estaba muy cerca de nosotros. Y le dejé susurrando maldiciones contra su ángel maligno.

—Bueno, tía, ¿qué pasa? ¿Qué quieres? —dije, siguiéndola hasta el alféizar de la ventana.

—Quiero que vuelvas con tu acompañante cuando estés en condiciones —replicó ella, mirándome con dureza—. Pero, por favor, quédate aquí unos momentos hasta que ese llamativo rubor se haya desvanecido un poco y tus ojos hayan recuperado algo de su expresión habitual. Me sentiría avergonzada si alguien te viera en el estado en que estás.

Naturalmente, semejante observación no sirvió para reducir el "llamativo rubor"; al contrario, sentí que la cara me ardía con las redobladas llamas de una mezcla de emociones, entre las cuales la más importante era de furia incontenible e indignación. Sin embargo, no dije nada, sino que retiré la cortina y miré la noche, o, mejor dicho, el farol de la plaza.

—¿Estaba el señor Huntingdon haciéndote una propuesta matrimonial, Helen? —inquirió mi demasiado atenta tutora.

—No.

—¿Qué estaba diciendo, entonces? Yo oí algo muy parecido a eso.

—No sé si lo habría dicho si no le hubieras interrumpido.

—¿Y habrías aceptado, Helen, si te hubiera propuesto casarte con él?

—Desde luego que no… sin consultar antes con el tío y contigo.

—¡Oh! Me contenta, querida, que seas tan prudente. Bueno —añadió después de una pausa—, ya has llamado bastante la atención esta noche. Veo que las señoras miran con curiosidad hacia nosotras en este momento. Volveré con ellas. Ven tú también cuando te hayas calmado lo suficiente como para tener tu aspecto habitual.

—Ya estoy tranquila.

—Entonces habla despacio y abandona ese semblante malintencionado —dijo mi tranquila pero provocadora tía—. Volveremos a casa dentro de poco, y entonces —añadió con solemnidad— tendré muchas cosas que decirte.

Así, regresé a casa preparada para escuchar un formidable discurso. Ninguna de las dos habló mucho en el carruaje durante el trayecto a nuestro hogar, pero cuando entré en mi habitación y me dejé caer en el sillón para reflexionar sobre los acontecimientos del día, mi tía me siguió y, después de despedir a Rachel, que estaba acomodando cuidadosamente mis vestidos, cerró la puerta y, poniendo una silla junto a mí o, mejor dicho, pegada a mí, se sentó. Con la debida consideración le ofrecí mi asiento más cómodo. Ella rehusó e inició así su discurso:

—¿Recuerdas, Helen, la conversación que tuvimos justo la noche antes de salir de Staningley?

—Sí, tía.

—¿Y recuerdas que te previne para que no permitieras que robara tu corazón aquel que fuera indigno de poseerlo, y no entregaras tu afecto si no había una aprobación previa y si la razón y el juicio negaban su aceptación?

—Sí, pero mi razón...

—Perdóname... ¿Recuerdas que me aseguraste que no existía razón para inquietarse por tu bien, porque nunca te sentirías seducida a casarte con un hombre falto de sensatez y principios, por muy encantador y atractivo que fuera en otros aspectos, puesto que tú no podrías amarlo, sino que lo detestarías, despreciarías, te compadecerías de él, que sentirías por él cualquier cosa menos amor? ¿No fueron esas tus palabras?

—Sí, pero...

—¿Acaso no dijiste que tu cariño debía fundarse en la aprobación y que, si no podías aprobar, honrar, respetar, no podías amar?

—Sí, pero yo apruebo, honro y respeto...

—¿Y de qué manera, querida? ¿Es acaso el señor Huntingdon un hombre de bien?

—Es un hombre mucho mejor de lo que tú crees.

—Eso no tiene nada que ver con lo que digo. ¿Es un hombre de bien?

—Sí... en ciertos aspectos. Tiene un buen carácter.

—¿Es un hombre de principios?

—Quizá no exactamente, pero es solo por falta de recomendación, si tuviera a alguien que le aconsejara y le recordara lo que está bien...

—Aprendería enseguida, crees tú. ¿Y tú, precisamente, querrías ser su maestra? Pero, querida, él es, creo, más de diez años mayor que tú. ¿Cómo es que eres tan rica en conocimientos morales?

—Gracias a ti, tía, he sido muy bien educada y he tenido siempre ante mí buenos ejemplos, los cuales él, probablemente, no ha tenido; además, tiene un temperamento audaz y un carácter alegre, irreflexivo, mientras que yo tiendo de forma natural a la reflexión.

—Bien, entonces acabas de reconocer que le falta sensatez tanto como principios...

—¡Mi sensatez y mis principios están a su servicio!

—¡Eso parece presuntuoso, Helen! ¿Crees que tienes suficiente para los dos? ¿Te imaginas que tu alegre, irreflexiva calavera consentiría en ser guiado por una jovencita como tú?

—No, yo no quisiera guiarle; pero creo que podría tener influencia suficiente para impedir que cometiera ciertos errores, y pensaría que mi vida estaría bien empleada si me esforzara por preservar de la destrucción una naturaleza tan noble. Él me escucha con interés cuando le hablo seriamente —y a menudo me atrevo a censurar su desconsiderada manera de hablar—, y a veces dice que si me tuviera siempre a su lado nunca haría o diría una cosa maliciosa, y que una charla cotidiana conmigo lo convertiría casi en un santo. Puede ser en parte una broma y en parte una zalamería, pero, sin embargo...

—Pero ¿todavía crees que puede ser verdad?

—Si pienso que hay algo de verdad en ello, no es por confianza en mi propia habilidad, sino en su bondad natural. Y no tienes derecho a llamarle calavera, tía; no es nada parecido.

—¿Quién te lo ha dicho, querida? ¿Qué me dices de esa historia de su relación con una mujer casada? ¿No te lo estaba contando la misma señorita Wilmot el otro día?

—¡Es mentira! ¡Mentira! —grité—. No creo una palabra de eso.

—¿Crees, entonces, que es un joven íntegro, de buen comportamiento?

—No conozco con toda seguridad su carácter. Solo sé que no he oído nada concluyente en su contra, al menos, nada que pueda ser probado; y hasta que la gente no pueda probar sus injuriosas acusaciones no las creeré. Y sé una cosa: si ha cometido errores, estos son los naturales de la juventud, tiempos en los que nadie piensa mucho, porque lo que veo es que todo el mundo lo aprecia, las madres le sonríen y sus hijas —la misma señorita Wilmot— están encantadas de atraer su atención.

—Helen, el mundo puede considerar veniales esos pecados; unas pocas madres sin principios pueden estar ansiosas por atrapar a un hombre joven con fortuna sin tener en cuenta su carácter; y jovencitas insensatas pueden sentirse conformes de ganarse las sonrisas de un caballero tan apuesto, sin ahondar más allá de la superficie; pero yo te consideraba mejor formada como para no ver con sus ojos y juzgar con su viciado entendimiento. ¡No creí que llamaras superficiales estos errores!

—Ni yo tampoco, tía; pero si bien detesto los pecados, amo al pecador, haría todo por su salvación, incluso considerando que tus sospechas fueran ciertas en general, lo que no creo ni creeré.

—Está bien, querida, pregúntale a tu tío qué clase de amigos tiene ese joven, y si no está ligado a una caterva de jóvenes licenciosos y libertinos, a los que él llama sus amigos, sus magníficos camaradas, cuyo placer principal es enlodarse en el vicio, compitiendo unos con otros para ver quién va más rápido y llega más lejos por el peligroso camino que conduce al lugar dispuesto por el diablo y sus ángeles.

—Entonces, lo protegeré de ellos.

—¡Oh, Helen, Helen! ¡No sabes la desgracia que sería que unieras tu destino al de ese hombre!

—Tengo tanta fe en él, tía, a pesar de todo lo que dices, que arriesgaría con placer mi felicidad para asegurar la suya. Dejaré los hombres mejores a aquellas que solo piensan en su propio interés. Si ha actuado erróneamente, consideraré que valdrá la pena dedicar mi vida a salvarle de las consecuencias de sus errores anteriores y a luchar para hacerle volver al camino de la virtud. ¡Ojalá Dios me ayude!

Aquí terminó la conversación, pues al llegar a este punto se oyó la voz de mi tío, proveniente de su habitación, llamando a mi tía a la cama. Estaba de mal humor aquella noche, pues su gota había empeorado. Desde que llegamos a la ciudad la gota había aumentado paulatinamente; y mi tía aprovechó la circunstancia para persuadirle a la mañana siguiente de que volviéramos de inmediato al campo, sin esperar a que terminara la temporada. Su médico favoreció y reforzó sus argumentos, y contrario a sus prácticas habituales, se apresuró tanto a hacer los preparativos del regreso —creo que tanto por mi bien como por el de mi tío— que partimos a los pocos días. Y no volví a ver al señor Huntingdon. Mi tía supone que pronto lo olvidaré, quizá hasta piense que ya lo he hecho, porque evito mencionar su nombre; y puede seguir creyéndolo, hasta que volvamos a encontrarnos, si es que alguna vez volvemos a encontrarnos. Me pregunto si sucederá.

Capítulo XVIII
La miniatura

25 de agosto: Ya he ordenado mis ocupaciones regulares y mis sosegados pasatiempos, estoy bastante satisfecha y animada, aunque anhelando la llegada de la primavera con la esperanza de regresar a la ciudad, no por su alegría y distracción, sino por la posibilidad de encontrarme de nuevo con el señor Huntingdon, pues siempre está en mis pensamientos y en mis sueños. Él está en todas mis actividades, en todo lo que hago, veo u oigo. En todos los actos de mi vida hay una definitiva referencia a él; todos los conocimientos o talentos los adquiero para ponerlos a su servicio o animarlo algún día; cualquier belleza nueva que descubro en la naturaleza o en el arte, la pinto para que algún día se deleite con su mirada, o la conservo en la memoria para hablarle de ella en algún momento futuro. Esta es, al menos, la esperanza que ambiciono, la fantasía que ilumina mi solitario recorrido. Después de todo, puede ser solo un *"ignis fatuus"*, pero no debe haber ningún perjuicio en que lo siga con mis ojos y me complazca con su brillo mientras no me desvíe de la trayectoria que debo seguir, y creo que no me desviaría porque he pensado detenidamente en el consejo de mi tía y ahora veo claramente lo estúpido que sería sacrificarse por alguien que fuera indigno de todo el amor que tengo para dar, e incapaz de corresponder a los mejores y más profundos sentimientos de mi corazón. Está todo tan claro que, aunque le volviera a ver y me recordara y me amara todavía —lo cual, ¡ay!, es muy poco factible teniendo en cuenta cuál es su situación y quiénes le rodean—, y aunque pidiera mi mano en matrimonio, estoy decidida a no tomar una decisión hasta no estar segura de si es mi criterio sobre él o el de mi tía el más cercano a la verdad. Porque si el mío es totalmente erróneo, no es a él a quien amo, sino a una fantasía de mi imaginación. Pero creo que no estoy equivocada —no, no—, hay algo misterioso, un instinto que me dice que tengo razón. Hay una bondad sustancial en él... ¡y qué placer descubrirla! Y si se ha descarrilado, ¡qué bendición hacerlo volver! Si está ahora sujeto a la perniciosa influencia de amigos degradantes y despreciables, ¡qué gloria alejarle de ellos! ¡Oh! ¡Si pudiera creer ciegamente que el cielo me ha destinado para cumplir esta misión!

Hoy es uno de septiembre, y mi tío ha ordenado al guardabosque que no se encargue de las perdices hasta que vengan los caballeros.

—¿Qué caballeros? —pregunté cuando oí aquello.

Había invitado a un reducido grupo de personas a cazar. Su amigo el señor Wilmot era una de ellas, y el amigo de mi tía, el señor Boarham, otra. Al principio estas me parecieron unas noticias espantosas, pero mis temores se evaporaron como un sueño cuando me enteré de que ¡el señor Huntingdon era otro de los invitados! Mi tía, natural-mente, se opuso a que él viniera: hizo todo lo posible por disuadir a mi tío de invitarle, pero él, riéndose de sus discrepancias, dijo que era inútil decir nada más, pues el daño ya estaba hecho, había invitado al señor Huntingdon y a su amigo, lord Lowborough, antes de partir de Londres, y ahora solo faltaba fijar la fecha para que vinieran. Así que con seguridad lo veré. No puedo expresar mi alegría. Me resulta muy difícil ocultársela a mi tía, pero no quiero angustiarla con mis sentimientos hasta saber si debo ser condescendiente con ellos o no. Si descubro que es mi deber ineludible olvidarlos, no preocuparán a nadie salvo a mí; y si en realidad no encuentro nada que justifique mi renuncia a este afecto, desafiaré lo que sea, incluso a la ira y el dolor de mi mejor amiga por su causa... seguramente, pronto lo sabré. Sin embargo, los invitados no llegarán hasta mediados de mes.

Vamos a tener también dos invitadas, el señor Wilmot vendrá con su sobrina y la prima de esta, Milicent. Imagino que mi tía piensa que la última me favorecerá con su compañía, el conveniente ejemplo de su comportamiento comedido y su espíritu dócil y humilde. No le estoy agradecida por esto, pero me alegrará la compañía de Milicent, es una muchacha dulce, buena, y me gustaría ser como ella o, al me-nos, parecerme más a ella.

19 de agosto: Ya están aquí. Llegaron anteayer. Todos los caballeros fueron a cazar y las damas están con mi tía en la sala, bordando. Me he retirado a la biblioteca porque me siento muy desdichada y quiero estar sola. Los libros no pueden distraerme, por lo tanto, he abierto mi escritorio y trataré de explicar la causa de mi desdicha. Este papel será el amigo confidencial en cuyo oído puedo verter el ahogo de mi corazón. No sentirá compasión de mi angustia, pero al menos no se reirá de ella y, si lo guardo, no podrá revelarla; siendo así, es, quizá, el mejor amigo que podría encontrar en este momento.

Primero permítanme contar de su llegada, de cómo estuve sentada junto a mi ventana mirando a través de ella durante casi dos horas, antes de que su carruaje cruzara las puertas del jardín —porque todos los demás vinieron antes que él—, y qué profunda desilusión me llevaba cada vez que alguien llegaba y no era él. Primero llegaron el señor Wilmot y las señoritas. Cuando Milicent llegó a su habitación, abandoné mi lugar unos minutos para saludarla y tener una breve conversación privada, pues ella era ahora mi íntima amiga, después de haber intercambiado largas cartas desde que nos separamos. Al volver a mi ventana, vi otro carruaje en la puerta. ¿Era el suyo? No, era la carroza fea y oscura del señor Boarham; y ahí estaba él, en las escaleras, supervisando cuidadosamente la descarga de sus cajas y paquetes. ¡Vaya cantidad! Parecía que había programado una visita de seis meses por lo menos. Bastante tiempo después llegó lord Lowborough en su calesa. Me pregunto si será uno de sus libertinos amigos. Pareciera que no, porque nadie podría llamarle un compañero alegre, estoy segura. Además, parece demasiado ponderado y caballero en su comportamiento para merecer tales sospechas. Es un hombre alto, delgado, de mirada triste, aparentemente entre los treinta y los cuarenta años, de un aspecto algo débil y apesadumbrado.

Por fin, el ligero carruaje del señor Huntingdon llegó bamboleándose alegremente por el terreno. Solo pude verlo un instante, porque en cuanto el vehículo se detuvo, él saltó a las escaleras del pórtico y desapareció dentro de la casa.

Entonces acepté vestirme para la cena, un deber que Rachel había estado recordándome durante los últimos veinte minutos; y cuando esta importante obligación fue cumplida, acudí al salón, donde encontré al señor y a la señorita Wilmot, y a Milicent Hargrave, ya congregados. Poco después entró lord Lowborough y seguidamente el señor Boarham, quien pareció muy dispuesto a olvidar y perdonar mi conducta anterior, y a esperar que una pequeña reconciliación y una firme persistencia por su parte pudieran conseguir que yo entrara en razón. Yo estaba junto a la ventana, conversando con Milicent, entonces él se acercó a mí y empezó a hablar casi en su tono habitual, cuando entró en la estancia el señor Huntingdon.

"¿Cómo me saludará?", se preguntó mi descontrolado corazón; y, en lugar de ir a su encuentro, giré hacia la ventana para ocultar o contener mi emoción. Pero después de saludar a sus anfitriones y a los demás huéspedes, vino hacia mí, apretó mi mano vigorosamente y murmuró que le alegraba volver a verme. En ese momento se anunció la cena, mi tía le pidió que acompañara hasta el comedor a la señorita Hargrave, y el desagradable señor Wilmot, con muecas indescriptibles, me ofreció su brazo; fui condenada a sentarme entre él y el señor Boarham. Pero, después, cuando estuvimos todos reunidos nuevamente en el salón, fui recompensada por tanto sufrimiento con unos exquisitos minutos de conversación con el señor Huntingdon.

En el transcurso de la velada, se le pidió a la señorita Wilmot que cantara y tocara para entretenimiento de los invitados, y a mí que mostrara mis dibujos; y aunque a él le gusta la música, y ella es una consumada instrumentista, creo que estoy en lo cierto si aseguro que el señor Huntingdon prestó más atención a mis dibujos que a su música.

Hasta aquí todo fue bien; pero al escucharlo decir, "*sotto voce*", pero con un énfasis peculiar: "¡Este es el mejor de todos!", refiriéndose a uno de los dibujos, alcé la mirada, interesada por saber a cuál se refería y, sorprendida, vi que contemplaba con agrado la otra cara de la cartulina: ¡en ella había hecho yo un boceto de su rostro y me había olvidado de borrarlo! Para agravar las cosas, angustiada, intenté arrancárselo de la mano; pero él me lo impidió y exclamó:

—No, ¡por san Jorge, me quedaré con él! —y lo puso sobre el chaleco y se abotonó la levita encima de él con una risa contenida.

Entonces, acercando una vela, juntó todos los dibujos, tanto los que ya había visto como los que no, murmurando:

"Ahora debo mirar en las dos caras", y comenzó ávidamente un examen que seguí al principio con bastante sangre fría, en la confianza de que su vanidad no iba a ser recompensada por ningún otro descubrimiento; porque, si bien debo reconocer la culpa de haber emborronado la cara posterior de varias cartulinas con intentos fallidos de delinear aquella fisonomía demasiado fascinante, estaba segura de que, salvo aquella desventurada excepción, había borrado semejantes pruebas de mi admiración. Sin embargo, el lápiz deja una marca sobre la cartulina que ninguna goma puede hacer desaparecer. Tal parece fue el caso de la mayoría de estas; y, lo admito, me estremecí cuando vi que las ponía tan cerca de la vela y escudriñaba tan intensamente las superficies aparentemente en blanco; no obstante, confiaba en que no sería capaz de adivinar aquellos leves trazos a su entera satisfacción. Estaba equivocada, sin embargo. Una vez terminada su investigación, opinó con tranquilidad:

—Por lo que veo, la parte posterior de los dibujos de las damas jóvenes, como las posdatas de sus cartas, son lo más importante e interesante de ellos.

Luego, apoyándose en el respaldo de su silla, meditó algunos minutos en silencio, sonriendo, complacido, para sí mismo. Después, mientras yo estaba buscando una frase mordaz con la que desarmar su satisfacción, se levantó y cruzó el salón para acercarse a Annabella Wilmot, quien coqueteaba descaradamente con lord Lowborough. Se sentó junto a ella en el sofá y no la abandonó hasta que nos fuimos todos a la cama.

"¡Vaya! —pensé—. De modo que me desprecia porque sabe que lo amo".

Y este pensamiento hizo que me sintiera tan desdichada que no sabía qué hacer. Milicent vino, comenzó a admirar mis dibujos e hizo comentarios sobre ellos; pero no pude hablar con ella, no podía hablar con nadie; y, cuando trajeron el té, aproveché la puerta abierta y la pequeña distracción que produjo su entrada para salir del salón sin que lo advirtieran. Estaba segura de que no podría ni probarlo y busqué resguardo en la biblioteca. Mi tía envió a Thomas en mi búsqueda para preguntarme si no iba a ir a tomar té, pero yo lo envié con el recado de que no lo tomaría hoy y, afortunadamente, estaba demasiado distraída con sus invitados para hacer más averiguaciones en aquel momento.

Como la mayor parte de los huéspedes habían hecho un largo viaje ese día, se retiraron pronto a descansar; cuando los hube oído a todos —al menos eso creí— subir las escaleras, me aventuré a salir para coger mi candelabro del aparador del salón. Pero el señor Huntingdon se había quedado rezagado, estaba al pie de la escalera justamente cuando abrí la puerta y al escuchar mis pasos en el vestíbulo —aunque apenas podía escucharlos yo misma— retrocedió de inmediato.

—¿Es usted, Helen? —dijo—. ¿Por qué nos abandonó?

—Buenas noches, señor Huntingdon —dije, decidida a no contestar la pregunta. Y me desvié para entrar en el salón.

—Me dará la mano, ¿verdad? —dijo, colocándose en el umbral de la puerta, cerrándome el paso. Y me cogió la mano y la retuvo completamente en contra de mis deseos.

—¡Déjeme pasar, señor Huntingdon! —dije—. Deseo coger una vela.

—La vela puede esperar —replicó.

Hice un esfuerzo desesperado por liberar mi mano de la suya.

—¿Por qué tiene tanta prisa por dejarme, Helen? —dijo con una sonrisa presumida de lo más provocadora—. Usted no me detesta, estoy seguro.

—Sí, le detesto... en este momento.

—¡No! Es a Annabella Wilmot a quien detesta, no a mí.

—No tengo nada que ver con Annabella Wilmot —contesté, ardiendo de indignación.

—Pero yo sí, ya lo sabe —respondió con una entonación singular.

—¡Eso no me importa! —repliqué.

—¿No le importa, Helen? ¿Sería capaz de jurarlo? ¿Lo jura?

—¡No, no lo juraré, señor Huntingdon! ¡Me voy! —grité, sin saber si reír o llorar, o estallar en una tempestad de cólera.

—¡Váyase entonces, fiera! —dijo, pero en el preciso instante de soltar mi mano, tuvo la audacia de ponerme el brazo alrededor del cuello y besarme.

Temblando de rabia y agitación —y no sé de qué más—, me escabullí, cogí la vela y corrí escaleras arriba hasta llegar a mi habitación. ¡No habría hecho aquello de no haber sido por aquel odioso dibujo! ¡Y todavía lo tenía en su poder, como un monumento eterno a su orgullo y a mi humillación!

Apenas pude dormir esa noche y, por la mañana, me levanté desconcertada y turbada por la idea de encontrarme con él en el desayuno. No sabía qué actitud asumir frente a él. Fingir una indiferencia fría y digna no serviría para mucho, después de lo que sabía de mis sentimientos. Sin embargo, debía hacer algo para contener sus presunciones. No me permitiría sucumbir a la tiranía de aquellos ojos luminosos, risueños. En consecuencia, acogí su alegre saludo por la mañana todo lo fría y serenamente que mi tía pudiera haber deseado, y frustré con breves respuestas sus varios intentos de entablar conversación conmigo; por el contrario, traté al resto de los invitados con una jovialidad y afabilidad inusuales, especialmente a Annabella Wilmot, e incluso el tío de esta y el señor Boarham fueron tratados con una cortesía excesiva, no por razones de coquetería, sino simplemente para demostrarle que mi frescura y reserva particulares no eran la consecuencia de un malhumor general o de un espíritu abatido.

Sin embargo, él no parecía afectado por mi forma de actuar. No charló mucho conmigo, pero cuando lo hizo habló con un grado tal de libertad y franqueza —y también de amabilidad— que parecía indicar con claridad la certeza de que sus palabras eran música para mis oídos; y cuando su mirada se encontraba con la mía iba acompañada de una sonrisa quizá engreída, pero, oh, tan dulce, tan radiante, tan afectuosa, que no podía mantener mi ira; cualquier sombra de disgusto enseguida se desvanecía con ella como las nubes matinales con el sol del verano.

Al poco rato del desayuno todos los caballeros salvo uno, con impaciencia juvenil, emprendieron su expedición contra las desafortunadas perdices; mi tío y el señor Wilmot en sus ponis, el señor Huntingdon y lord Lowborough a pie; el único que no salió fue el señor Boarham, quien, al ver la lluvia que había caído durante la noche, consideró prudente retrasarse un poco y unirse al grupo más tarde, cuando el sol hubiera secado la hierba. Y nos honró a todos con su largo y minucioso razonamiento sobre los males y peligros que conlleva un suelo húmedo, expuesto con la más imperturbable solemnidad, entre las burlas y risas del señor Huntingdon y mi tío, quienes, dejando al prudente cazador entretener a las damas con su coloquio médico, salieron intrépidamente con sus escopetas, encaminando primero sus pasos a los establos para mirar a los caballos y soltar a los perros.

Sin ningún interés de compartir la compañía del señor Boarham toda la mañana, me dirigí a la biblioteca, instalé mi caballete y comencé a pintar. El caballete y los utensilios para pintar servirían de excusa a mi huida del salón en el caso de que mi tía viniera a quejarse por la deserción, y, además, yo ansiaba terminar el cuadro. Era uno en el que había puesto gran empeño y pretendía que fuera mi obra maestra, aunque la idea era algo pretenciosa. Con el azul radiante del cielo, las luces cálidas y brillantes, y las largas y profundas sombras, me había esforzado en expresar la idea de una mañana soleada. Me atreví a dar a la hierba y al follaje un aspecto más verde y luminoso, propio de la primavera o los primeros días del verano, más de lo que se intenta comúnmente en la pintura. La escena representada era una planicie en un bosque. Un grupo de oscuros pinos silvestres estaba situado en segundo término para resaltar la frescura dominante del resto, pero en primer plano había parte del nudoso tronco y de las largas ramas de un gran árbol del bosque, cuyo follaje era de un verde dorado y luminoso, no del color de la madurez otoñal, sino del de la luz del sol y la misma inmadurez de las escasas hojas extendidas. Sobre esta rama, que sobresalía en marcado relieve contra los sombríos pinos silvestres, estaba posada una amorosa pareja de tórtolos, cuyo plumaje blando y sombrío generaba un contraste de otra naturaleza; y bajo ella, se veía a una muchacha arrodillada sobre el césped tapizado de margaritas, con la cabeza echada hacia atrás y el hermoso cabello, revuelto, cayéndole sobre los hombros; las manos estaban entrelazadas, los labios separados, y los ojos mirando atentamente hacia arriba en complacida, aunque seria, contemplación de aquellos plúmeos amantes... demasiado absortos el uno en el otro como para notarla.

Apenas me había puesto a trabajar en mi cuadro —que, sin embargo, no necesitaba más que algunos toques para estar acabada— cuando los cazadores pasaron por delante de la ventana de regreso de los establos. La ventana estaba parcialmente abierta y el señor Huntingdon debió verme al pasar, porque antes de medio minuto regresó y, dejando apoyada su escopeta contra la pared, se encaramó al marco, saltó dentro y se paró ante mi cuadro.

—Muy bonito, en verdad —dijo, después de mirarlo con interés durante unos segundos—, y un estudio muy acertado de una muchacha. La primavera a punto de abrirse al verano, la mañana aproximándose al mediodía, la inocencia alcanzando la feminidad, y la esperanza asomándose al deleite. ¡Es una dulce criatura! Pero ¿por qué no la pintó con el pelo negro?

—Pensé que el pelo claro le sentaría mejor. Como ve, la he pintado con ojos azules, regordeta, dulce y sonrosada.

—¡Por Dios! ¡Una auténtica Hebe! Me enamoraría de ella si no tuviera a la artista ante mí. ¡Dulce inocente! Está pensando en que llegará el día en que será pretendida y conquistada como esa bonita tórtola por un amante igual de enamorado y apasionado; y está pensando en lo placentero que será y lo tierna y fiel que ella será con él.

—Y quizá —sugerí— en lo tierno y fiel que él será con ella.

—Puede ser, porque la insensata extravagancia de las fantasías de la ilusión no tiene límite a esa edad.

—¿Llama usted, a eso, una de sus insensatas, extravagantes ilusiones?

—No, mi corazón me dice que no lo es. Pude haber pensado eso una vez, pero ahora digo, ¡concédeme a la muchacha que amo, y juraré una dedicación eterna a ella y solo a ella, en el verano y en el invierno, en la juventud y en la vejez, en la vida y en la muerte!, si la vejez y la madurez deben llegar.

Dijo esto con tanta seriedad que mi corazón brincó de placer; pero un minuto después cambió su tono de voz y preguntó, con una sonrisa reveladora, si yo tenía "algún retrato más".

—No —respondí, ruborizándome por la turbación y la ira.

Pero mi carpeta estaba sobre la mesa, él la cogió y se sentó tranquilamente para examinar su contenido.

—Señor Huntingdon, esos son mis bocetos sin terminar —dije, alzando la voz—, y nunca dejo que nadie los vea.

Y puse mi mano en la carpeta para quitársela, pero él la apretó, asegurándome que "los bocetos sin terminar eran lo que más le gustaba".

—Pero yo detesto que los vean —respondí—. ¡No puedo dejarle la carpeta, de verdad!

—Déjeme ver entonces lo que hay dentro —dijo, y en el mismo momento en que conseguía arrancarle la carpeta de la mano, extrajo hábilmente la mayor parte de su contenido y, después de hojearlo un momento, gritó:

—¡Benditas sean las estrellas, aquí hay otro! —y escondió un pequeño óvalo de cartón en el bolsillo de su chaleco, un retrato en miniatura acabado que había dibujado con tanto éxito como para decidirme a colorearlo con gran esfuerzo y cuidado. Pero estaba decidida a que no se quedara con él.

—Señor Huntingdon —grité—, ¡insisto en que me devuelva eso! Es mío y no tiene derecho a llevárselo. Démelo inmediatamente. ¡Nunca lo perdonaré si no lo hace!

Pero cuanto más firmemente insistía, más conseguía enfurecerme él con su risa humillante y divertida. Al fin, sin embargo, me lo devolvió diciendo:

—Está bien, está bien, puesto que lo valora usted tanto, no la privaré de él.

Para demostrarle cómo lo apreciaba, lo rompí en dos y lo arrojé al fuego. Él no esperaba una cosa así. Cesó su entusiasmo repentinamente y miró fijamente con mudo asombro el tesoro que se consumía; luego, con un indiferente: "¡bueno!, me iré a cazar", giró sobre sus talones y salió de la habitación por la ventana, como había entrado, y, colocándose el sombrero musitando una tonada, cogió su escopeta y desapareció de mi vista silbando. No me dejó perturbada hasta el punto de no poder terminar el cuadro, porque me sentía satisfecha de haberlo irritado.

Cuando regresé al salón me encontré con que el señor Boarham se había aventurado a salir al campo en busca de sus compañeros y, poco después del almuerzo, al que ellos no asistirían, me ofrecí a acompañar a las damas en un paseo para mostrar a Annabella y a Milicent las bellezas del paisaje. Hicimos una larga caminata y volvimos a entrar en el jardín en el momento en que los cazadores regresaban de su expedición. Cansados y sucios por el viaje, casi todos ellos atravesaron por encima de la hierba para evitarnos, pero el señor Huntingdon, todo cubierto de polvo y lodo como estaba, y manchado con la sangre de su caza —para no pequeño escándalo del riguroso sentido del decoro de mi tía—, se desvió de su camino para acercarse a nosotras con una vivaz sonrisa y palabras para todas menos para mí; y colocándose entre Annabella Wilmot y yo, subió por el sendero y comenzó a relatar las diversas hazañas y desastres del día, de una forma que me habría hecho reír convulsivamente si no estuviera tan enfadada con él; pero se dirigía solo a Annabella y yo, naturalmente, le dejé a ella toda la risa y todas las bromas pretendiendo la más absoluta indiferencia por todo lo que pasaba entre ellos; caminé distanciada, mirando en todas direcciones menos en la de ellos, mientras Milicent y mi tía iban delante, cogidas del brazo y conversando amenamente. Por último, el señor Hunting-don se dirigió hacia mí y, hablando en un murmullo confidencial, dijo:

—Helen, ¿por qué quemó mi retrato?

—Porque deseaba destruirlo —contesté con una brusquedad que ahora es inútil lamentar.

—¡Oh, muy bien! —fue la respuesta—. Si usted no me aprecia debo dirigirme a alguien que lo haga.

Yo pensé que era en parte una broma, una mezcla de resignación burlona e indiferencia fingida; pero él inmediatamente volvió a po-nerse junto a la señorita Wilmot y desde aquel momento hasta ahora —el resto de aquella tarde, todo el día siguiente, y el siguiente, y el siguiente y toda esta mañana del día 22— no ha vuelto a dirigirme una palabra amable o una mirada agradable, no ha hablado conmigo más que por necesidad y no me ha mirado más que de una manera indiferente y hostil, cosa que nunca le creí capaz de hacer.

Mi tía ha notado el cambio y aunque no ha indagado la razón ni me ha hecho ninguna observación al respecto, veo el placer que le causa. La señorita Wilmot también lo ha notado y triunfalmente lo atribuye a sus propios encantos y halagos. Pero la verdad es que me siento desgraciada, más de lo que me gustaría confesarme a mí misma. La soberbia se niega a ayudarme. Me ha metido en el aprieto y ahora no va a ayudarme a salir de él.

No pretendió herirme, fue una broma más de su espíritu alegre y juguetón y yo, con mi mordaz resentimiento —tan serio, tan despro-porcionado ante la ofensa—, he herido de tal forma sus sentimientos, le he ofendido tan gravemente, que me temo que nunca me perdo-nará. ¡Y todo por una simple broma! Él piensa que no me gusta, y es posible que siga pensando lo mismo. Debo perderle para siempre, y Annabella podrá conquistarle y triunfar como desea.

Pero no es mi perjuicio ni el triunfo de ella lo que lamento sinceramente, sino el hundimiento de mi esperanza por ganar el afecto que Annabella no se merece y el daño que se causará él a sí mismo al encomendarle su felicidad. Ella no lo ama, solo piensa en sí misma. No puede apreciar lo bueno que hay en él: tampoco lo verá nunca, ni lo valorará, ni lo estimulará. No desaprobará sus defectos ni intentará corregirlos, sino más bien los acentuará con los suyos propios. Y dudo que no le engañe después de todo. Veo que está haciendo un doble juego, mientras se entretiene con el vivaz Huntingdon, hace todo lo posible por seducir al triste amigo de este, lord Lowborough; y si lograra poner a los dos a sus pies, el atractivo plebeyo tendría pocas probabilidades frente al noble lord. Aunque él advierte el astuto juego de ella, este no le inquieta, sino que más bien añade un nuevo aliciente a su diversión al oponer un obstáculo estimulante a su conquista, que de lo contrario sería demasiado fácil.

Los señores Wilmot y Boarham han aprovechado respectivamente la oportunidad que les ha proporcionado él al no brindarme atención para reanudar sus insinuaciones; si yo fuera como Annabella y algunas otras me aprovecharía de la persistencia de la que hacen gala para tratar de provocarlo y revivir así su afecto; pero, justicia y honestidad aparte, me sería imposible hacerlo; ya me molestan bastante sus actuales persecuciones como para intensificarlas más; e incluso si lo hiciera no produciría demasiado efecto sobre él. Me ve soportar las atenciones condescendientes y las insípidas conversaciones del uno y la intromisión repulsiva del otro sin el más leve indicio de consideración por mí, o de antipatía contra mis torturadores. No puede haberme amado nunca, pues de lo contrario no me habría abandonado tan tranquilamente, y no seguiría hablando con todo el mundo de una manera tan alegre —riendo y bromeando con lord Lowborough y mi tío, tomando el pelo a Milicent Hargrave y coqueteando con Annabella Wilmot—, como si no lo inquietara nada. Oh, ¿por qué no puedo odiarlo? ¡Debo ser una engreída, pues si no lo fuera despreciaría echarle de menos como lo hago! Sin embargo, he de hacer acopio de todas las fuerzas que me quedan e intentar arrancarlo de mi corazón. Ha sonado la campana para que vayamos a cenar y aquí viene mi tía a regañarme por estar sentada todo el día ante mi escritorio en lugar de hacer compañía a los huéspedes, me gustaría... que se hubieran ido ya.

Capítulo XIX
Un incidente

22 de agosto, noche: ¿Qué he hecho? ¿Cuáles serán los resultados? Es imposible razonar con tranquilidad sobre eso, no puedo dormir. Tengo que acudir nuevamente a mi diario, escribiré esta noche y mañana revisaré mis pensamientos al respecto.

Bajé a cenar determinada a estar alegre y a actuar con cautela, y mantuve mi determinación muy dignamente, considerando, sobre todo, cómo me dolía la cabeza y lo desdichada que me sentía por dentro. No sé qué me pasa últimamente: mis energías, tanto mentales como físicas, deben de estar peculiarmente reducidas, o no habría actuado tan débilmente en muchos aspectos como lo he hecho; pero no me he sentido bien estos últimos dos días, supongo que es por haber comido y dormido tan poco, y por haber pensado tanto, y estar continuamente de mal humor. Pero retomemos, me esforcé por tocar y cantar para entretenimiento y a petición de mi tía y Milicent, antes de que los caballeros entraran en el salón —a la señorita Wilmot nunca le gusta derrochar su ánimo musical para halagar solo los oídos de las damas—. Milicent había pedido una cancioncilla escocesa y yo estaba en la mitad de la interpretación cuando ellos entraron. Lo primero que hizo el señor Huntingdon fue acercarse a Annabella.

—Señorita Wilmot, ¿sería tan gentil de deleitarnos con su música esta noche? —dijo—. ¡Hágalo! Sé que deseará hacerlo cuando le confiese que he estado anhelando todo el día escuchar el timbre de su voz. ¡Vamos! El piano está libre.

Efectivamente lo estaba, porque lo abandoné inmediatamente al escuchar su petición. Si hubiera estado dotada de un oportuno dominio de mí misma, me hubiera acercado también a la dama y habría unido plácidamente mis súplicas a las de él; con lo que habría frustrado su confianza, si la afrenta hubiera sido hecha de forma deliberada, o le habría hecho consciente de la ofensa, si hubiera sido producto de la imprudencia; pero me hirió demasiado profundamente y no pude hacer otra cosa que abandonar el taburete y dejarme caer en el sofá, reprimiendo con esfuerzo la expresión audible de la amargura que sentía. Sabía que el talento musical de Annabella aventajaba al mío, pero esto no era razón para tratarme como una completa calamidad. El momento y la forma en que hizo su petición me parecieron un insulto injustificado, pude haber llorado de pura furia.

Entretanto, ella se sentó al piano, eufórica, y le regaló dos de sus canciones favoritas, de una forma tan magnífica que incluso mi ira se tornó en admiración, y escuché con una especie de placer melancólico las hábiles modulaciones de su poderosa y bien timbrada voz, tan adecuadamente acompañada por su intensa, perfecta interpretación al piano. Y mientras mis oídos se sumergían en la música, mis ojos se posaban en el rostro de su destinatario principal, encontrando un placer igual o superior en la contemplación de su expresivo rostro mientras permanecía de pie junto a ella, de aquellos ojos y aquella frente iluminados por una emoción penetrante, y de aquella dulce sonrisa pasajera que aparecía como los rayos de sol en un día de abril. No era extraño que hubiera anhelado escucharla cantar. Le perdoné entonces, de todo corazón, su falta de cortesía conmigo y me sentí avergonzada por mi mezquino resentimiento ante semejante nimiedad; avergonzada también por aquellos penosos aguijonazos de envidia que me carcomían en lo más íntimo, a pesar de mi placer y admiración.

—Y ahora —dijo ella, deslizando alegremente sus dedos por el teclado, cuando hubo concluido la segunda canción—, ¿qué quiere que cante?

Pero al mismo tiempo que decía esto se volvió para mirar a lord Lowborough, que estaba un poco más atrás, apoyado en el respaldo de una silla, un espectador también atento, y quien, a juzgar por su semblante, estaba padeciendo los mismos sentimientos de placer y tristeza que yo. Pero la mirada que ella le dirigió decía claramente: "Escoja usted ahora. Ya le he complacido a él bastante, y gustosamente me esforzaré por satisfacerle a usted"; reanimado de esta forma, su señoría se adelantó y, hojeando el libro de partituras, lo dejó abierto en la página de una canción que yo conocía y que había leído varias veces con un interés derivado del hecho de relacionarla en mi cabeza con el tirano que controlaba mis pensamientos. Y entonces, con los nervios a flor de piel y casi sin control, no pude escuchar aquellas palabras tan dulcemente susurradas sin ciertas manifestaciones de emoción que no fui capaz de reprimir. Los ojos se me llenaron de lágrimas y escondí mi rostro en el cojín del sofá para que pudieran correr sin ser vistas mientras escuchaba. La melodía era sencilla, dulce y triste; todavía resuena en mi cabeza, así como la letra:

> *¡Adiós a ti!, pero no adiós*
> *a todos los recuerdos más queridos de ti:*
> *seguirán habitando mi corazón;*
> *y me alegrarán y reconfortarán.*

> *¡Oh, hermosa y llena de gracia!*
> *Si nunca te hubiesen encontrado mis ojos,*
> *no hubiera soñado que un rostro vivo*
> *pudiera superar los encantos de la fantasía.*

> *Si no vuelvo a contemplar*
> *la forma de ese rostro tan querido para mí,*
> *ni a escuchar su voz, aun así, me gustaría*
> *conservar, para siempre, su recuerdo.*

> *Esa voz, cuyo mágico timbre*
> *puede despertar un eco en mi pecho,*
> *provocando sentimientos que, por si solos,*
> *pueden hacer feliz a mi extasiado espíritu.*

> *Esa mirada risueña, cuyo destello luminoso*
> *mi memoria no querría menos:*

y, ¡oh, esa sonrisa!, cuyo alegre resplandor
ningún lenguaje mortal puede expresar.

¡Adiós! Pero déjame abrigar, todavía,
la esperanza de la que no puedo separarme.
El desprecio puede herir, y la frialdad enfriar,
pero todavía arde en mi corazón.

Y quién puede decir sino el cielo, al fin,
quién puede contestar mis súplicas mil,
y hacer que el futuro compense el pasado
con alegría las angustias, y con sonrisas las lágrimas.

Cuando terminó, nada ansiaba tanto como estar fuera de esa habitación. El sofá no estaba lejos de la puerta, pero no me atrevía a levantar la cabeza porque sabía que el señor Huntingdon estaba cerca de mí, y sabía también por el eco de su voz, mientras contestaba a un comentario de lord Lowborough, que su cara estaba en dirección hacia mí. Quizá un sollozo no ahogado del todo había llegado hasta sus oídos y le obligó a buscar a su alrededor, ¡Dios no lo permita! Sin embargo, con gran determinación, impedí a mis manifestaciones de debilidad llegar más lejos, me sequé las lágrimas y, cuando creí que ya no me observaba, me levanté y abandoné inmediatamente el salón, resguardándome en mi estancia favorita, la biblioteca.

No había más luz que la proporcionada por el débil y rojo resplandor de los restos que quedaban en la chimenea, pero yo no deseaba luz, solo quería abandonarme a mis pensamientos sola y sin que nadie me molestara. Me senté en un pequeño taburete delante del sillón, hundí la cabeza en el mullido asiento de este y pensé, hasta que las lágrimas surgieron de nuevo y lloré como una niña. Poco después, sin embargo, la puerta se abrió suavemente y alguien entró en la estancia. Creí que era una sirvienta y no me moví. La puerta se cerró otra vez. Pero no estaba sola, una mano tocó con suavidad mi hombro y una voz dijo con dulzura:

—Helen, ¿qué ocurre?

No pude contestar.

—Debe usted, tiene usted que decírmelo —añadió, con más vehemencia, y la persona que hablaba se arrodilló junto a mí sobre la alfombra y se apoderó con ímpetu de mi mano. Pero yo la retiré, furiosa, y respondí:

—No es nada que le importe, señor Huntingdon.

—¿Está segura de que es algo que no me importa? —replicó él—. ¿Acaso podría jurar que no pensaba en mí mientras lloraba?

Aquello era inadmisible. Intenté levantarme, pero él estaba arrodillado sobre mi vestido.

—Dígamelo —continuó—. Deseo saberlo, porque si estaba pensando en mí, me gustaría decirle algo, y si no, me iré.

—¡Váyase, entonces! —grité, pero temiendo su obediencia y no volver a verlo, me apresuré a añadir—: ¡O diga de una vez lo que tiene que decir!

—Pero ¿cómo? —dijo—. Solo se lo diré si estaba usted realmente pensando en mí. Contésteme, Helen.

—¡Es usted demasiado descarado, señor Huntingdon!

—En absoluto. Así que demasiado descarado, dice usted. ¿No me lo dirá entonces? Está bien, olvidaré su orgullo de mujer, e interpretando su silencio como un "sí", daré por supuesto que yo era el objeto de sus pensamientos y la causa de su aflicción.

—Verdaderamente, señor...

—Si lo niega, no le contaré mi secreto —me amenazó.

No lo volví a interrumpir, ni siquiera intenté apartarlo de mí, aunque había vuelto a coger mi mano y me tenía medio abrazada con su otro brazo. Apenas si me percaté de ello en aquel momento.

—Es esto —continuó él—: que Annabella Wilmot, en comparación con usted, es como una aparatosa peonía al lado de un dulce y salvaje capullo de rosa cubierto de rocío. ¡Y que la amo hasta la locura! Ahora dígame si le causa alguna emoción saber esto. ¿Otro silencio? Eso quiere decir sí. Entonces déjeme agregar que no puedo vivir sin usted, y si contesta "no" a esta última pregunta, me volverá loco: ¿Quiere concederme su mano? ¡¿Quiere?! —gritó, estrechándome en sus brazos hasta ahogarme.

—¡No, no! —exclamé, tratando de apartarme de él—. Debe usted preguntárselo a mis tíos.

—Ellos no me rechazarán si tú no lo haces.

—No estoy segura de eso. Mi tía lo desprecia.

—Pero tú no, Helen. Dime que no me amas y me iré.

—¡Me gustaría que se fuera! —respondí.

—Me iré ahora mismo si me dices que no me amas.

—Ya sabe que sí —respondí. Y me estrechó nuevamente entre sus brazos y me colmó de besos.

En aquel momento mi tía abrió la puerta y se quedó frente a nosotros, con la vela en la mano, estupefacta y aterrorizada de asombro, mirándonos alternativamente al señor Huntingdon y a mí. Nosotros nos habíamos levantado de un salto y ahora estábamos bastante alejados el uno del otro. Pero esta confusión solo duró unos segundos. Recobrándose de inmediato, con un aplomo envidiable, él dijo:

—¡Le ruego mil perdones, señora Maxwell! No sea demasiado severa conmigo. Le estaba pidiendo a su dulce sobrina que me acepte en matrimonio; y ella, como una buena muchacha, me informa que no puede pensar en ello sin el consentimiento de sus tíos. Permítame suplicarle que no me condene usted a la desdicha eterna: si usted respalda mi deseo, estoy salvado, porque el señor Maxwell, estoy seguro, no le niega nada.

—Hablaremos de esto mañana, señor —dijo mi tía con frialdad—. Es un asunto que exige una consideración seria y cuidadosa. De momento, sería mejor que regresara usted al salón.

—Pero mientras —suplicó él—, déjeme confiarle mi causa a su más indulgente...

—Ninguna indulgencia para con usted, señor Huntingdon, debe interferir en mi consideración de lo que representa la felicidad de mi sobrina.

—¡Cierto! Sé que ella es un ángel y yo un perro presuntuoso por siquiera soñar con la posesión de semejante tesoro; pero, a pesar de todo, preferiría morir antes de renunciar a ella en favor del hombre más bueno del mundo; y en cuanto a su felicidad, sacrificaría mi cuerpo y mi alma...

—Su cuerpo y su alma, señor Huntingdon... ¿Sacrificar su alma?

—Bueno, daría la vida...

—Nadie le pediría tal cosa.

—La dedicaré, entonces... consagraré mi vida y toda mi disposición a la protección y a la defensa...

—Hablaremos de eso en otro momento, señor; y me habría sentido más favorable a sus pretensiones si hubiera elegido usted otro momento y otro lugar, y, permítame añadir, otro proceder, para su declaración.

—¿Por qué? Verá, señora Maxwell... —comenzó él.

—Perdone, señor —dijo ella con solemnidad—, los invitados están preguntando por usted en el salón —y se dirigió hacia mí.

—Entonces tendrás que interceder tú por mí, Helen —dijo él, y finalmente se retiró.

—Sería mejor que te marcharas a tu habitación, Helen —dijo mi tía con seriedad—. Contigo discutiré este asunto también mañana.

—No te enfades, tía —dije.

—Querida, no estoy enfadada —replicó—. Estoy asombrada. Si es cierto que le dijiste que no podías aceptar su ofrecimiento sin nuestro consentimiento...

—Es cierto —la interrumpí.

—Entonces, cómo pudiste permitir...

—No pude evitarlo, tía —grité, estallando en llanto. No eran lágrimas de tristeza, ni de temor por el disgusto que se había llevado ella, sino más bien el estallido de todos mis sentimientos agitados y encontrados. Pero mi buena tía se conmovió al ver mi estado de angustia. Con una voz dulce repitió su recomendación de que me marchara a la habitación y, besándome cariñosamente en la frente, me deseó buenas noches y me puso la vela en la mano. Obedecí, pero mi cerebro estaba tan inquieto que no podía ni pensar en dormirme. Después de escribir esto siento al fin el sosiego; me iré a la cama y trataré de conquistar el sueño, dulce restaurador del natural cansancio.

Capítulo XX
Persistencia

24 de septiembre: Por la mañana me levanté ágil y animada, más aun, intensamente feliz. La nube que revoloteaba sobre mí, acerca de las opiniones de mi tía y el temor a no obtener su aprobación, se desvaneció ante el luminoso resplandor de mis propias esperanzas y en la excesiva y deliciosa conciencia del amor correspondido. Era una mañana deslumbrante y salí a disfrutarla dando un tranquilo paseo en compañía de mis propios y entusiasmados pensamientos. La hierba estaba cubierta de rocío y miles de finísimas telarañas se mecían con la brisa; el feliz petirrojo vertía un poco de su alma en su canción, y mi corazón desbordaba de silenciosos himnos de gratitud y alabanza al cielo.

Pero no había ido muy lejos cuando mi soledad fue interrumpida por la única persona que podía haber interrumpido mis pensamientos sin ser considerado un intruso inoportuno: el señor Huntingdon apareció repentinamente. La aparición fue tan inesperada que podía haberla considerado creación de una imaginación descontrolada, si solo el sentido de la vista hubiera sido testigo de su presencia; pero sentí de inmediato su fuerte brazo alrededor de mi cintura y su tórrido beso en mi mejilla, mientras su entusiasta y alegre saludo —"¡mi Helen!"— resonaba en mi oído.

—No soy suya todavía —dije, separándome con brusquedad a causa de este saludo demasiado arrogante—. Recuerde a mis tutores. No obtendrá con facilidad el consentimiento de mi tía. ¿No se da cuenta de que está predispuesta contra usted?

—Ya lo sé, amor mío; y debes decirme por qué, para idear la mejor manera de combatir sus objeciones. ¿Debo suponer que me cree un despilfarrador —prosiguió, dándose cuenta de que yo no deseaba responder— y deduce que apenas tendré unos pocos bienes que aportar al matrimonio? Si es así, debes decirle que la mayoría de mis bienes son inalienables y no puedo deshacerme de ellos. Puede haber algunas hipotecas sobre los demás, algunas deudas y gravámenes poco importantes aquí y allá, pero nada que valga la pena mencionar; y aunque reconozco que no soy tan rico como podría ser —o haber sido—, creo, sin embargo, que podríamos arreglárnoslas bastante bien con lo que queda. Verás, mi padre era algo avaro, y sobre todo en sus últimos días no conocía otro placer en la vida que acumular fortuna; así que no es sorprendente que su hijo tuviera como principal diversión disfrutarla, como efectivamente hice, hasta que mi encuentro contigo, querida Helen, cambió mi punto de vista y me hizo ambicionar metas más nobles. La sola idea de cuidarte bajo mi techo me obligaría a moderar mis gastos y a vivir como un cristiano, por no hablar de toda la virtud y prudencia que infundirías en mi mente con tus sabios consejos y tu dulce y atractiva bondad.

—Pero no es eso —dije—, no es en el dinero en lo que piensa mi tía. Está lejos de apreciar la riqueza por encima de lo que esta vale.

—¿Qué es, entonces?

—Ella quiere que... que me case con un hombre realmente bueno.

—¿Qué, un hombre "piadoso"? ¡Ejem! ¡Está bien, también lo seré! Hoy es domingo, ¿no? Iré a la iglesia por la mañana, por la tarde y por la noche, y mi comportamiento será tan devoto que me mirará con admiración y amor fraternal, como si fuera una antorcha sacada del fuego. Volveré a casa hirviendo como una caldera, impregnado del perfume y la unción del sermón del señor Vocinglero...

—El señor Leighton —dije con aspereza.

—¿Es el señor Leighton un "dulce predicador", Helen? ¿Es un hombre amado, celestial, puro?

—Es un buen hombre, señor Huntingdon. Me gustaría poder decir lo mismo de usted.

—Oh, lo olvidaba, tú eres una santa también. Imploro tu perdón, amor mío, pero no me llames señor Huntingdon. Mi nombre es Arthur.

—No le llamaré de ninguna manera porque no tendré nada que ver en absoluto con usted si sigue hablando de esa forma. Si pretende decepcionar a mi tía, como dice, es muy perverso; y si no, está muy equivocado al bromear sobre una materia semejante.

—Me corregiré —dijo, terminando su risa en un suspiro de aflicción—. Ahora —continuó después de una pausa—, hablemos de otra cosa. Y acércate, Helen, y cógete a mi brazo; luego te dejaré marchar. Estoy intranquilo si te veo pasear tan alejada.

Accedí, pero dije que debíamos volver pronto a la casa.

—Todavía falta mucho para que alguien baje a desayunar —contestó—. Hablaste de tus tutores hace un rato, Helen, pero ¿es que no vive tu padre?

—Sí, pero siempre consideré a mis tíos como mis tutores, pues lo son en realidad, aunque no formalmente. Mi padre renunció a ocuparse de mí. No lo he visto desde que murió mi madre cuando yo era una niña muy pequeña y mi tía, a petición suya, aceptó hacerse cargo de mí y me trajo a Staningley, en donde he vivido desde entonces; y no creo que mi padre se oponga a nada que ella tenga a bien aprobar.

—Pero ¿aprobaría él algo a lo que ella considerara adecuado poner objeciones?

—No, no creo que yo le importe lo suficiente.

—Su conducta es muy reprochable. Pero no sabe qué ángel tiene por hija, lo cual me favorece, puesto que, si lo supiera, no querría deshacerse de semejante tesoro.

—Señor Huntingdon —dije—, supongo que sabrá que no soy una heredera.

Declaró que no le preocupaba lo más mínimo, y me rogó que no enturbiara la felicidad que gozaba en aquel momento mencionando asuntos tan poco significativos. Me satisfizo esta prueba de afecto desinteresado, pues Annabella Wilmot es la posible heredera de toda la fortuna de su tío, además de la de su padre, ya fallecido, de la que ya ha tomado posesión.

Insistí entonces en encaminar nuestro regreso hacia la casa, pero caminamos lentamente, sin dejar de hablar. No necesito repetir todo lo que dijimos: pasaré a relatar lo que ocurrió entre mi tía y yo después del desayuno, cuando el señor Huntingdon llamó aparte a mi tío, sin duda para hablarle de sus proyectos, y ella me hizo una señal para que la acompañara a otra habitación, donde una vez más inició una solemne reprimenda, que, sin embargo, no sirvió en absoluto para persuadirme de que sus puntos de vista eran mejores que los míos.

—Lo juzgas sin compasión, tía, ya lo sé —dije—. Sus mismos amigos no son ni la mitad de malos de lo que tú los imaginas. Por un lado, está Walter Hargrave, el hermano de Milicent; le falta poco para ser un ángel, si es cierto la mitad de lo que ella cuenta de él. Está continuamente nombrándolo y cantando las alabanzas de sus muchas virtudes.

—Te harás una idea bastante equivocada del carácter de un hombre —respondió— si lo juzgas por lo que una hermana cariñosa dice de él. Los más detestables saben en general cómo ocultar sus fechorías a los ojos de sus hermanas y a los de sus madres.

—Luego está lord Lowborough —continué—, un hombre bastante decente.

—¿Quién te lo ha dicho? Lord Lowborough es un hombre desesperado. Ha dilapidado toda su fortuna en el juego y otras cosas, y ahora está buscando una heredera para recuperarla. Se lo he dicho a la señorita Wilmot, pero todas son iguales: ella respondió con arrogancia que me estaba muy agradecida, pero que creía saber cuándo un hombre la pretendía por su fortuna y cuándo por sí misma; se jactó de haber tenido bastantes experiencias en esta materia como para justificar su confianza en su propio juicio; y en cuanto a la falta de fortuna de su señoría, dijo que no le importaba, puesto que la suya era suficiente para los dos; y sobre su insensatez afirmó que suponía que él no era peor que otros y que además se había corregido. ¡Sí, todos saben ser hipócritas cuando quieren embaucar a una mujer enamorada y mal aconsejada!

—Bueno, yo creo que él es casi tan bueno como ella —dije—. Pero cuando el señor Huntingdon esté casado, tendrá pocas ocasiones para acompañar a sus amigos de soltero; y cuanto más malos sean, más me empeñaré en salvarle de ellos.

—Estoy segura, querida; y cuanto peor sea él, supongo, más te empeñarás en salvarle de sí mismo.

—Sí, considerando que no es incorregible, es decir, cuanto más me esfuerce en librarle de sus defectos, en darle una oportunidad de desprenderse del daño accidental causado por el contacto con otros peores que él, y de hacer brillar la diáfana luz de su auténtica bondad;

en hacer lo que esté a mi alcance por ayudar a su lado bueno frente a su lado malo y en hacer de él lo que habría sido si no hubiera tenido, desde el principio, un mal padre, egoísta y avaro, quien, para satisfacer sus míseras pasiones, le impidió disfrutar de las alegrías más inocentes de la infancia y la juventud, predisponiéndole así contra cualquier clase de privación; y una madre estúpida que se lo consintió todo, engañando a su marido por él y haciendo todo lo posible por favorecer esos principios de extravagancia y vicio que era su deber reprimir; y luego esa pandilla de compañeros, como dice usted, que son sus amigos...

—¡Pobre hombre! —dijo ella sarcásticamente—. ¡Cómo lo ha afectado su bondad!

—Ellos lo han afectado —grité—, y no le afectarán más. ¡Su mujer deshará lo que su madre hizo!

—En fin —dijo ella, después de una pausa—, debo decir, Helen, que tenía mejor opinión de tu sensatez y de tu gusto. No puedo comprender que puedas amar a un hombre así, ni que encuentres placer en su compañía, porque: "¿Qué relación tiene la luz con la oscuridad, o aquel que cree con un infiel?".

—Él no es un infiel; y yo no soy la luz, y él no es la oscuridad: su único y peor vicio es la insensatez.

—Y la insensatez —continuó mi tía— puede conducir a actos criminales, y no será más que una pobre excusa ante los ojos de Dios. El señor Huntingdon, supongo, no carece de las facultades que son comunes a todos los hombres; no es tan alocado como para ser irresponsable: su Hacedor le ha dotado de una razón y una conciencia como a todos nosotros; las Escrituras son claras para él como para todos los demás y "si no les presta atención, tampoco lo hará, aunque alguien se levante de entre los muertos". Y, recuerda, Helen —continuó solemnemente—, "¡los perversos serán arrojados al infierno y olvidarán a Dios!". Y piensa, incluso, que él continuara amándote y tú a él, y que pasarán por la vida juntos con un bienestar tolerable; ¿qué ocurriría al final cuando se vean separados para siempre, tú quizá llevada a un estado de eterna bienaventuranza y él arrojado al lago que arde con un fuego inextinguible, allí para siempre...?

—No para siempre —exclamé—. Solo "hasta que haya pagado su última deuda", porque "si bien ninguna obra del hombre resiste el fuego, él sufrirá daño, aunque él mismo será salvado, pero igualmente por el fuego"; y aquel que "es capaz de someter todas las cosas a sí mismo hará que todos los hombres se salven", y "en el esplendor de los tiempos reunirá todas las cosas en una, en Cristo Jesús, que murió por todos los hombres, y en quien Dios reconciliará todas las cosas, sean de la tierra o del cielo".

—¡Oh, Helen! ¿Dónde aprendiste todo eso?

—En la Biblia, tía. La he leído detenidamente y he encontrado casi treinta pasajes que pueden cimentar la misma teoría.

—¿Ese es el provecho que sacas a tu Biblia? ¿Y no encontraste pasajes que pueden demostrar el peligro y la falsedad de semejantes convicciones?

—No. Encontré, en realidad, algunos pasajes que, tomados en sí mismos, podrían parecer que refutan esa opinión; pero pueden ser interpretados de una manera diferente a como se ha hecho siempre, y en la mayoría de ellos la única dificultad está en la palabra que nosotros traducimos como "perpetuo" o "eterno". No conozco el griego, pero creo que significa estrictamente "por los siglos", y podría significar "sin fin" o "mucho tiempo". Y en cuanto al peligro de esta creencia, no la pregonaría si creyera que cualquier pobre infeliz pueda aprovecharse de ella para su propia perdición, pero es un pensamiento glorioso para guardar amorosamente en el corazón, ¡y no me desprenderé de él por nada del mundo!

Nuestra conversación terminó en este punto, pues era hora de alistarse para ir a la iglesia. Todo el mundo asistió al servicio de la mañana, salvo mi tío, que casi nunca va, y el señor Wilmot, y se quedaron en casa jugando a las cartas. Por la tarde la señorita Wilmot y lord Lowborough se excusaron para no ir, pero el señor Huntingdon se ofreció a acompañarnos de nuevo. No sé si fue para conquistar a mi tía, pero si esa era su intención, ciertamente debería haberse comportado mejor. Debo confesar que no me gustó en absoluto su conducta durante el servicio. Cogiendo su devocionario al revés, o abierto en cualquier página menos en la que tocaba, no hizo más que mirar distraídamente, salvo cuando se encontraba con la mirada de mi tía o la mía; entonces dejaba caer la suya sobre su libro, con una expresión puritana de solemnidad ridícula que habría sido cómica si no hubiera sido demasiado desagradable. Una vez, durante el sermón, después de observar detenidamente al señor Leighton durante algunos minutos, sacó su lápiz y cogió una Biblia. Dándose cuenta de que yo había observado este movimiento, me dijo al oído que iba a tomar nota del sermón; pero en lugar de esto, como yo estaba sentada junto a él, no pude evitar ver que estaba haciendo una caricatura del predicador, dibujando al respetable, devoto, anciano caballero, con la expresión y el aspecto del hipócrita más ridículo. Y sin embargo, al volver de la iglesia, le habló a mi tía del sermón con un interés tan serio y sincero que me sentí tentada de creer que lo había escuchado realmente y se había beneficiado de él.

Poco antes de cenar, mi tío me dijo que le acompañara a la biblioteca para discutir un asunto muy importante, que fue planteado en pocas palabras.

—Veamos, Nell —dijo—, el joven Huntingdon ha venido a pedirme tu mano. ¿Qué debo decir? Tu tía diría que no, pero ¿qué dices tú?

—Yo digo que sí, tío —respondí sin vacilar, pues mis ideas al respecto eran muy claras.

—¡Muy bien! —gritó—. Esa es una respuesta honrada y sincera... ¡maravillosa en una muchacha! Bien, le escribiré a tu padre mañana. Estoy seguro de que dará su aprobación, así que puedes considerar que el asunto está decidido. Habrías hecho mejor negocio aceptando a Wilmot, esa es mi opinión, pero tú no estarás de acuerdo. A tu edad es el amor quien manda; a la mía, es el sólido, útil dinero. Imagino que nunca se te ocurriría investigar el estado de las finanzas de tu marido o enredarte la vida con dotes o cosas parecidas, ¿verdad?

—No, no creo.

—Bien, entonces considérate venturosa por tener cabezas más sensatas que piensan por ti. No he tenido tiempo todavía de examinar cuidadosamente los asuntos de ese joven bribón, pero por lo que sé, gran parte de la saneada fortuna de su padre ha sido despilfarrada;

no obstante, creo que hay una bonita porción de ella intacta, y si se le dedican ciertos cuidados puede convertirse en algo considerable todavía; por otro lado, debemos exhortar a tu padre para que te dé una dote decente, puesto que solo tiene a otra persona además de ti de quien preocuparse; y si te portas bien, quién sabe, ¿qué puede impedir que me acuerde de ti en mi testamento? —continuó, con un guiño astuto y acariciándose la nariz con los dedos.

—Gracias, tío, por eso y por toda tu generosidad —respondí.

—Bien, le he preguntado a ese joven presumido sobre la cuestión de las dotes —continuó— y él parece dispuesto a ser bastante generoso en ese punto.

—¡Sabía que lo sería! —dije—. Pero, por favor, no te rompas la cabeza, ni la suya, ni la mía con este asunto. Todo lo que tengo será suyo y todo lo que él tiene será mío, ¿qué más podría pedir cualquiera de los dos? —y estaba a punto de salir de la habitación, cuando él me detuvo.

—Un momento, espera —exclamó—. Todavía no hemos mencionado la fecha. ¿Cuándo debe ser? Tu tía la retrasaría hasta Dios sabe cuándo, pero él quiere casarse lo antes posible: no quiere saber nada de esperar más de un mes; y tú, supongo, serás de la misma opinión...

—En absoluto, tío. Todo lo contrario, me gustaría esperar hasta después de la Navidad, por lo menos.

—¡Oh! ¡Bah! ¡Bah! ¡Bah! No vengas con ese cuento ahora. Yo sé cómo son estas cosas —exclamó, e insistió en su escepticismo. Sin embargo, es absolutamente cierto. No tengo ninguna prisa. ¿Cómo podría tenerla cuando pienso en el cambio trascendental que me espera y en todo lo que tengo que abandonar? Ya es sobrada felicidad saber que vamos a unir nuestras vidas en matrimonio, que él me ama realmente, y que puedo amarlo con tanta devoción y pensar en él tan a menudo como quiera. No obstante, insistí en asesorarme con mi tía acerca de la fecha de la boda, porque decidí que sus recomendaciones no tenían que ser desestimadas del todo. Todavía no hemos llegado a ninguna conclusión definitiva sobre el particular.

CAPÍTULO XXI
OPINIONES

1 de octubre: Ya todo está acordado. Contamos con la aprobación de mi padre y la fecha se ha fijado para Navidad, según arreglo concertado entre los partidarios de la rapidez y los del retraso. Milicent Hargrave va a ser una de las madrinas de la boda y Annabella Wilmot la otra; no es que yo sienta mucha simpatía por esta última, pero es una amiga muy allegada a la familia y no tengo otra.

Cuando le anuncié a Milicent mi compromiso, me molestó su forma de recibir la noticia. Me miró fijamente con mudo asombro y luego dijo:

—Bueno, Helen, presumo que debo felicitarte... y me alegra verte tan feliz, pero nunca creí que lo aceptarías. No puedo evitar sentirme sorprendida al reconocer que te gusta tanto.

—¿Por qué?

—Porque eres tan superior a él en todas las formas y él se comporta de una manera tan descarada y atrevida... que no sé cómo... no sé, pero cuando lo veo acercarse siempre tengo deseos de apartarme.

—Pero es que tú eres tímida, Milicent, y eso no es culpa suya.

—Y luego su apariencia... —continuó—. La gente dice que es guapo, y desde luego lo es, pero no me gusta esa clase de belleza; y me sorprende que te guste a ti.

—¿Por qué?

—Bueno, verás, creo que no hay nada honorable o extraordinario en su apariencia.

—¡Yo creo que lo que te impresiona es que me guste alguien tan distinto a los pomposos héroes de las novelas! ¡En fin! Dame mi amante de carne y hueso, y quédate con todos los sir Herberts y Valentines... si los encuentras.

—No los quiero —dijo—. A mí también me gustan los hombres de carne y hueso, pero quiero que el espíritu brille y resalte. ¿No crees que el señor Huntingdon tiene la cara demasiado colorada?

—¡No! —grité, indignada—. No es colorada en absoluto. No es más que un color vivo, una saludable frescura en su tez; en ella el color cálido, sonrosado, de la piel se acopla con el color más oscuro de las mejillas, exactamente como debe ser. ¡No resisto a un hombre cuya tez sea sonrosada y blanca, como la cara de una muñeca, o toda pálida, o negra como el humo, o amarilla como la de un cadáver!

—Entonces, nuestros gustos son diferentes: a mí me gusta que sea pálida u oscura —respondió—. A decir verdad, Helen, he estado engañándome con la ilusión de que algún día serías mi hermana. Yo confiaba que Walter te fuera presentado la próxima temporada, pensé que te gustaría y estaba segura de que tú le gustarías a él; gozaba por anticipado de la felicidad que sería para mí ver a las dos personas que más quiero en el mundo —exceptuando a mi madre— unidas como una sola. Puede que él no sea exactamente lo que tú llamarías guapo, pero tiene una apariencia mucho más distinguida y es mejor y más agradable que el señor Huntingdon; estoy segura de que dirías lo mismo si lo conocieras.

—¡Imposible, Milicent! Opinas así porque eres su hermana y por esa razón te perdonaré, pero nadie más podría subestimar delante de mí a Arthur Huntingdon y quedar impune.

La señorita Wilmot expresó su opinión sobre el tema casi con la misma claridad:

—Así, Helen —dijo, acercándose a mí con una sonrisa no muy afectuosa—, que vas a ser la señora Huntingdon, ¿verdad?

—Sí —respondí—. ¿Sientes envidia?

—¡Oh, no, querida! —exclamó—. Yo seré probablemente lady Lowborough algún día y entonces verás, querida, cómo seré yo la que podré preguntarte: "¿Sientes envidia?".

—A partir de este momento no envidiaré a nadie —repliqué.

—¿De verdad? ¿Tan feliz eres? —preguntó ella, pensativa, y algo muy parecido a una nube de decepción ensombreció su rostro—. ¿Y él te ama... quiero decir, te idolatra tanto como tú a él? —añadió con una mal disfrazada preocupación por saber la respuesta.

—No quiero ser idolatrada —contesté—, pero estoy completamente segura de que me ama más que a cualquier otra persona en el mundo... como yo a él.

—Perfecto —dijo moviendo la cabeza—. Me gustaría... —hizo una pausa.

—¿Qué te gustaría? —pregunté, incómoda por su expresión vengativa.

—Me gustaría —continuó, con una risotada— que todos los detalles atractivos y las cualidades envidiables de los dos caballeros se encontraran reunidas en uno: que lord Lowborough tuviera el bello rostro, la personalidad, la gracia, la alegría y el encanto de Huntingdon, o que Huntingdon tuviera el linaje, el título y la magnífica y antigua mansión familiar de Lowborough. Entonces me quedaría con él y tú podrías quedarte con el otro, y todos contentos.

—Gracias, querida Annabella, pero me complace más que las cosas sean como son; en cuanto a ti, me gustaría que estuvieras tan satisfecha con tu prometido como yo lo estoy con el mío —dije, y era bastante cierto, porque aunque al principio me molestó su espíritu poco amistoso, su sinceridad me conmovió, y la diferencia entre nuestras respectivas situaciones era tal que yo podía permitirme muy bien conmoverme y desearle su bien.

Los amigos del señor Huntingdon no parecieron complacerse más que los míos con la idea de nuestro futuro matrimonio. El correo de la mañana le trajo cartas de varios de ellos, durante cuya lectura, sentado ante el desayuno, atrajo la atención del resto de los comensales con la cantidad y singularidad de sus muecas. Pero las guardó todas en el bolsillo, riéndose para sí mismo, y no dijo nada hasta que terminamos el desayuno. Luego, mientras los demás invitados se acercaban a la chimenea u holgazaneaban por la habitación, se acercó a mí por detrás, apoyándose en el respaldo de la silla, con la cara pegada a mis rizos, y tras darme un pequeño beso, me dijo al oído las siguientes quejas:

—Helen, bruja, ¿sabes que has desatado sobre mí las maldiciones de todos mis amigos? Les escribí el otro día para darles a conocer mis maravillosos proyectos, y ahora en vez de un paquete de felicitaciones lo que tengo es un bolsillo lleno de amargas condenas y reproches. Ninguno de ellos ha tenido un buen deseo para mí o una palabra gentil para ti. Dicen que ya no se divertirán más, que se acabaron los días alegres y las noches gloriosas... y todo por mi culpa. He sido el primero en romper el jovial grupo y ahora los demás, por pura desesperación, seguirán mi ejemplo. Yo era la vida y el sostén de la comunidad, me conceden el honor de decirlo, y he traicionado vilmente la confianza...

—Puedes unirte a ellos de nuevo, si quieres —dije, un poco enojada por el tono afligido de su discurso—. Lamentaría interponerme entre un hombre, o grupo de hombres, y una felicidad tan grande; quizá yo pueda arreglarme sin ti tan bien como tus indefensos amigos.

—Cielos, no —murmuró—, para mí es "todo por el amor o el mundo se perderá". Déjalos que se vayan... a donde les corresponde, por hablar educadamente. Pero si supieras cómo me han explotado, Helen, me amarías aun más por haber arriesgado tanto por ti.

Sacó sus arrugadas cartas. Creí que iba a enseñármelas y le dije que no quería verlas.

—No pienso enseñártelas, amor mío —dijo—. Son poco dignas de una dama la mayor parte de ellas. Pero mira. Estos son los garabatos de Grimsby... solo tres líneas, ¡el muy bribón! No dice mucho, es cierto, pero su silencio es más expresivo que las palabras de los demás, y cuanto menos dice, más piensa. Y esta es la misiva de Hargrave. Está especialmente afligido conmigo, porque, figúrate, se había enamorado de ti por las cosas que le contaba su hermana y tenía la intención de casarse contigo, tan pronto como se hubiera cansado de sus juergas.

—Le estoy muy agradecida —observé.

—Y yo también —dijo—. Mira esta: es la de Hattersley. Cada página está llena de acusaciones ofensivas, maldiciones amargas y quejas lamentables, y termina jurando que se casará en venganza; se sacrificará a la primera solterona que resuelva ponerle el anillo... como si me importara lo que haga.

—Bueno —dije—, si renuncias a tu fraternidad con esos hombres, creo que no tendrás muchos motivos para lamentar la pérdida de su compañía, porque mi criterio es que nunca te hicieron mucho bien.

—Quizá no, pero juntos la pasamos muy bien, aunque la alegría se mezcló con la tristeza y el dolor, como lamentablemente lo pudo comprobar Lowborough... ¡Ja! ¡Ja! —Y mientras se reía recordando los aprietos de Lowborough, mi tío se acercó y le dio una palmada en el hombro.

—¡Vamos, muchacho! —dijo—. ¿Estás demasiado dedicado a cortejar a mi sobrina para hacerle la guerra a los faisanes? ¡Recuerda que es primero de octubre! El sol brilla, la lluvia ha terminado... incluso Boarham piensa aventurarse con sus botas, Wilmot y yo les vamos a ganar a todos. ¡Nosotros, los viejos, somos los mejores cazadores!

—Hoy verá lo que soy capaz de hacer —dijo mi acompañante—. Mataré a sus pájaros en masa, solo por alejarme de mejor compañía que la suya o la de ellos.

Y después de decir esto se marchó. No volví a verlo hasta la hora de cenar. Me aburrí mucho. Me pregunto qué haré sin él.

Es muy cierto que los tres caballeros mayores han demostrado ser mucho más entusiastas cazadores que los dos más jóvenes, pues tanto lord Lowborough como Arthur Huntingdon habían desistido últimamente de las cacerías para acompañar a las jóvenes casi todos los días en nuestros paseos y excursiones. Pero estos tiempos alegres están llegando rápidamente a su fin. En menos de quince días nuestros invitados partirán, con gran pesadumbre por mi parte, pues disfruto más cada día, ahora que los señores Boarham y Wilmot han dejado de importunarme, mi tía ya no me critica, y yo he dejado de tener celos de Annabella —quien incluso ya no me disgusta tanto—, y ahora que el señor Huntingdon se ha convertido en mi Arthur y puedo disfrutar de su compañía sin obstáculos, no dejo de preguntarme qué haré sin él.

Capítulo XXII
Rasgos de amistad

5 de octubre: El dulce néctar de mi copa no está exento de una ligera amargura que no puedo disfrazar ni esconderme a mí misma como quisiera. Puedo tratar de persuadirme de que la dulzura prevalece, puedo considerar que esas gotas amargas agregan un aromático sabor; pero, diga lo que diga, siguen ahí y no tengo más remedio que beberlas. No puedo cerrar los ojos ante las faltas de Arthur, y cuanto más le amo más me preocupan. Su mismo corazón, en el que tanto confiaba, es, me temo, menos tierno y generoso de lo que imaginaba. En todo caso, hoy me dio una muestra de su carácter que parecía ameritar un nombre más duro que descortesía. Él y lord Lowborough nos acompañaban a Annabella y a mí en un largo y delicioso paseo a caballo; él iba a mi lado, como es usual, y Annabella y lord Lowborough iban un poco más adelantados, este último inclinado sobre su compañera como si los dos sostuvieran una conversación tierna y confidencial.

—Estos dos nos tomarán la delantera, Helen, si no vamos con cuidado —observó Huntingdon—. Acabarán casándose, no cabe duda. Ese Lowborough está bastante enamorado. Pero presiento que se encontrará en un aprieto cuando la consiga.

—Y ella se encontrará en un aprieto cuando lo consiga a él —dije—, si es verdad lo que dicen.

—Ni hablar. Ella tiene muy claro lo que se trae entre manos, en cambio él, pobre loco, se engaña a sí mismo creyendo que será una buena esposa para él. Como ella le ha engatusado con alguna fanfarronada sobre la poca importancia que tienen la jerarquía y la riqueza en los asuntos del amor y el matrimonio, cree que siente una gran preferencia por él, que no lo rechazará por su pobreza y que no lo corteja por su linaje, sino que lo ama por lo que él es.

—Pero ¿no está él cortejándola por su fortuna, acaso?

—No, no, eso fue lo primero que lo atrajo, desde luego; pero ahora se ha olvidado por completo de eso: no entra nunca dentro de sus cálculos, salvo simplemente como un dato importante sin el cual, por el propio bien de la dama, no podría pensar en casarse con ella. No, está muy enamorado. Creyó que jamás le ocurriría, pero le ha ocurrido una vez más. Estuvo a punto de casarse antes, hace dos o tres años, pero se quedó sin prometida al perder su fortuna. En Londres adquirió un mal hábito, tenía una desgraciada pasión por el juego, y desde luego el tipo había nacido con mala suerte, porque por cada vez que ganaba perdía otras tres. Es un modo de martirizarse que nunca he compartido. Cuando gasto mi dinero me gusta disfrutar de todo su valor, no me divierte malgastarlo con ladrones y estafadores; y en cuanto a ganar dinero, hasta ahora, siempre he tenido suficiente; es bastante agobiante intentar conseguir más cuando ves que se acaba el que tienes. Sin embargo, ha habido épocas en que he asistido a las casas de juego solo para observar las peripecias de esos locos adoradores del azar. Te aseguro que es una experiencia muy interesante, Helen, y a veces muy entretenida, me he reído mucho con los bobos y los locos. Lowborough estaba bastante trastornado, no voluntariamente sino por necesidad. Siempre estaba decidido a dejarlo y nunca podía cumplir su determinación. Cada aventura era "solo una vez más": si ganaba un poco, esperaba ganar un poco más la próxima vez, y si perdía, no era lógico abandonar en esa circunstancia; tenía que continuar hasta recuperar lo perdido, por lo menos: la mala suerte no podía durar para siempre; cada golpe de suerte era considerado como un augurio de tiempos mejores, hasta que la experiencia demostraba lo contrario. Con el tiempo se desanimó y nosotros estábamos todos los días atentos por miedo a un suicidio... poca cosa, murmuramos algunos, pues su existencia había dejado de ser una ventaja para nuestro club. Al fin, sin embargo, sufrió un fuerte revés. Hizo una apuesta grande y afirmó sería la última, tanto si ganaba como si perdía. Había tomado decisiones semejantes frecuentemente con anterioridad, y con la misma frecuencia no se había ceñido a ella, y así fue esta vez. Perdió, y mientras su adversario recogía con una sonrisa satisfecha todo el dinero de las apuestas, él se puso pálido como la cera, se apartó en silencio y se frotó la frente. Yo estaba presente en ese momento: permanecía de pie con los brazos cruzados y los ojos fijos en el suelo y supuse lo que pasaba por su cabeza.

»—¿Va a ser la última, Lowborough? —dije, acercándome a él.

»—La penúltima —contestó con una siniestra sonrisa y, abalanzándose de nuevo hacia la mesa, la golpeó con una mano y, al tiempo que levantaba la voz por encima de todo el alboroto del ruido de monedas y el murmullo de maldiciones y blasfemias que había en la sala, soltó un sonoro y tremendo juramento y anunció que, pasara lo que pasara, aquel intento sería el último y que nunca más volvería a barajar una carta o a agitar un cubilete. Luego dobló su apuesta anterior y desafió a cualquiera de los presentes a jugar contra él. Grimsby se presentó al instante. Lowborough lo miró con furia, porque Grimsby era casi tan conocido por su mala suerte como él. A pesar de ello se pusieron a jugar. Pero Grimsby era muy hábil y tenía pocos escrúpulos, y no podría asegurar que no se aprovechó de la impaciencia ciega del otro para hacer trampa. El caso es que Lowborough perdió una vez más y se sintió enfermo de muerte.

»—Deberías intentarlo de nuevo —sugirió Grimsby, inclinándose sobre la mesa. Y luego me guiñó un ojo.

»—No tengo nada con que intentarlo —dijo el pobre diablo con una sonrisa miedosa.

»—Oh, Huntingdon te prestará lo que quieras —dijo el otro.

»—No, ya oíste mi juramento —contestó Lowborough, despidiéndose con una serena desilusión. Yo le cogí por un brazo y le conduje afuera.

»—¿Va a ser realmente la última, Lowborough? —le pregunté cuando llegamos a la calle.

»—La última —contestó, impresionándome en cierto modo. Y lo llevé a casa, es decir, a nuestro club, pues estaba tan dócil como un chiquillo. Allí le hice beber brandy con agua hasta que pareció estar un poco más alegre, o un poco más animado, por lo menos.

»—¡Huntingdon, estoy arruinado! —exclamó, cogiendo de mi mano el tercer vaso. Se había bebido los demás en un silencio sepulcral.

»—¡No, hombre! —dije—. Descubrirás que un hombre puede vivir sin su dinero tan alegremente como una tortuga sin su cabeza o una avispa sin su cuerpo.

»—Pero estoy lleno de deudas —dijo—, ¡estoy endeudado hasta el cuello! ¡Y nunca podré salir de esta situación!

»—Pero ¿cómo puedes decir eso? Hombres mejores que tú han vivido y han muerto endeudados. No pueden meterte en la cárcel, entérate, porque eres noble —le puse en la mano el cuarto vaso.

»—¡Pero odio tener deudas! —gritó—. ¡No nací para eso y no puedo soportarlo!

»—Lo que no se puede curar, debe aceptarse —dije, empezando a prepararle el quinto.

»—Y además he perdido a mi Caroline —y comenzó a gimotear como un niño, pues el brandy le había ablandado el corazón.

»—No importa —respondí—. Hay más de una Caroline en el mundo.

»—Solo hay una para mí —replicó con un gemido de dolor—. Y si hubiera cincuenta más, ¿quién podrá acercarse a ellas sin dinero?

»—Oh, alguien te aceptará por tu título; además, todavía te queda la hacienda familiar, es inalienable.

»—Dios quisiera que pudiera venderla para pagar mis deudas —murmuró.

—Y, además —dijo Grimsby, que acababa de llegar—, puedes intentarlo nuevamente. Si yo estuviera en tu lugar me daría otra oportunidad. Nunca me detendría en este punto.

»—¡Te digo que no! —gritó Lowborough. Se levantó y salió de la habitación, tambaleándose, pues el alcohol se le había subido a la cabeza. No estaba muy acostumbrado a beber entonces, pero después de aquello le tomó gusto para aliviar su desazón.

»Fue fiel a su juramento de renunciar al juego —para no poca sorpresa de todos nosotros—, aunque Grimsby hizo todo lo posible por incitarlo y que lo rompiera; pero entonces adquirió otro hábito que lo angustiaba casi igual, pues pronto descubrió que el demonio de la bebida era tan negro como el del juego, y era casi tan difícil librarse de aquel como de este, sobre todo considerando que sus bondadosos amigos hacían todo lo posible por apoyar la causa de su insaciable sed.»

—Entonces ellos también eran unos demonios —dije, levantando la voz, incapaz de contener mi enfado—. Y usted, señor Huntingdon, por lo que parece, era el primero en tentarlo.

—Bueno, ¿qué podíamos hacer? —respondió, restándole importancia—. Lo hacíamos por su bien. No podíamos soportar ver al pobre hombre tan desanimado. Además, era una carga para nosotros cuando se sentaba silencioso y abatido, bajo el triple efecto de la pérdida de su novia, la pérdida de su fortuna y la resaca de la noche anterior; por el contrario, cuando había bebido algo, si bien no estaba alegre, era una inagotable fuente de diversión para nosotros. Incluso Grimsby se reía con las cosas que decía, le hacían más gracia que mis alegres bromas o la risa contagiosa de Hattersley. Pero una noche estábamos hablando y bebiendo vino, después de una de nuestras comidas en el club, muy contentos —Lowborough haciendo brindis incoherentes y oyendo nuestras canciones, aplaudiendo cuando no cantaba—, cuando de pronto se quedó callado, con la cabeza apoyada en una mano y sin separar el vaso de los labios. Pero esto no era nuevo, así que no nos preocupamos por él y seguimos con nuestro alboroto, hasta que, alzando la cabeza repentinamente, nos interrumpió en medio de una risotada, exclamando:

»—Caballeros, ¿dónde acabará todo esto? ¿Quieren decírmelo ahora mismo? —Y se levantó.

»—¡Un discurso, un discurso! —gritamos—. ¡Escuchen, escuchen! ¡Lowborough va a darnos un discurso!

»Él esperó tranquilamente a que el estruendo de los aplausos y el tintineo de los vasos cesara. Luego continuó:

»—Se trata solo de esto, caballeros: creo que sería mejor no ir más lejos. Valdría la pena que lo dejemos mientras podamos.

»—Eso, eso —gritó Hattersley—:

Detente, pobre pecador, detente y piensa
antes de ir más lejos,
No juegues más al borde
de la amargura eterna.

»—Justamente —respondió su señoría con la mayor solemnidad—. Y si deciden visitar el pozo sin fondo, no cuenten conmigo. ¡Debemos despedirnos, compañeros, porque juro que no voy a dar un paso más hacia él! ¿Qué es esto? —preguntó, cogiendo su vaso de vino.

»—Pruébalo —le recomendé.

»—¡Es un zumo infernal! —exclamó—. ¡Renuncio a él para siempre! —y lo vació encima de la mesa.

»—¡Llénalo otra vez! —dije yo, alargándole la botella—, y déjanos brindar por tu renuncia.

»—Es un veneno asqueroso —dijo, cogiendo la botella por el cuello—, ¡y abjuro de él! Dejé el juego y dejaré también esto —estaba decidido a verter todo el contenido de la botella sobre la mesa, pero Hargrave se la quitó de la mano—. ¡Pues que caiga sobre ti la maldición! —dijo.

»Antes de salir de la habitación, gritó:

»—¡Adiós, provocadores! —y desapareció entre risotadas y aplausos.

»Estábamos convencidos de que volvería a sentarse con nosotros al día siguiente, pero ante nuestra sorpresa, su sitio permaneció vacío; no supimos de él durante una semana, y empezamos a pensar de verdad que iba a mantener su palabra. Finalmente, una noche, cuando estábamos casi todos reunidos, entró, silencioso y hermético como un fantasma; y hubiera llegado tranquilamente hasta su asiento, pero todos nos levantamos y le dimos la bienvenida, y varias voces se alzaron para preguntarle qué tomaría, y varias manos cogieron botellas y vasos para servirle; pero yo sabía que un buen vaso de brandy con agua le gustaría más y lo tenía casi preparado, cuando lo despreció con un gesto de malhumor, diciendo:

»—¡Déjame en paz, Huntingdon! ¡Y ustedes tranquilícense! No he venido a acompañarlos: solo he venido a estar con ustedes un rato, porque no puedo soportar mis pensamientos.

»Cruzó los brazos y se sentó en su silla, así que no le molestamos. Sin embargo, yo dejé el vaso cerca de él. Al cabo de un rato, Grimsby dirigió mi atención hacia él por medio de un guiño significativo, y al volver la cabeza vi que el vaso estaba vacío. Me hizo un gesto para que lo llenara nuevamente y me acercó lentamente la botella. Yo acepté la proposición de buena gana, pero Lowborough se dio cuenta de la pantomima y se enfadó ante los gestos que estábamos intercambiando: arrojó el contenido a la cara de Grimsby, tiró el vaso a la mía y salió precipitadamente de la habitación.»

—Espero que te rompiera la cabeza —dije.

—No, querida —respondió, riéndose escandalosamente al recordar el percance—; lo habría hecho y, quizá, me hubiera partido la cara también, pero providencialmente estos abundantes rizos —se quitó el sombrero y mostró su abundante cabellera color castaño— salvaron mi cráneo e impidieron que el vaso se rompiera hasta caer sobre la mesa.

»Después de esto —continuó—, Lowborough se mantuvo alejado de nosotros una o dos semanas más. Yo ocasionalmente lo encontraba en la ciudad; como era demasiado bondadoso para sentirme resentido por su conducta descortés, y él no me guardaba rencor, nunca se mostraba reacio a hablar conmigo; por el contrario, se pegaba a mí y me seguía a donde fuera, salvo al club, las casas de juego y otros peligrosos lugares de recreo; estaba cansado de su estado de ánimo desanimado y melancólico. Por fin conseguí que volviera al club, con la condición de que no le indujera a beber, y durante algún tiempo continuó visitándonos casi todas las noches, absteniéndose todavía, con una perseverancia maravillosa, del "asqueroso veneno" del que había abjurado tan valientemente. Pero muchos de los miembros de nuestro club protestaron por su actitud. No querían tenerle sentado allí como un esqueleto en una fiesta, en vez de contribuir con su cuota a la diversión general, siendo como una lápida sobre todos y mirando, con ojos codiciosos, cada gota que se llevaban a los labios. Todos estaban de acuerdo en que no era justo, y algunos sostenían que o se le imponía hacer lo que los demás hacían o se le expulsaba de la asociación; y juraron que la próxima vez que apareciera se lo dirían, y que si no cumplía la advertencia, pondrían en práctica su decisión. Yo lo defendí en aquella oportunidad y les propuse que lo dejaran comportarse como hasta entonces durante un tiempo, insinuando que, con un poco de paciencia por nuestra parte, cambiaría de actitud y volvería a ser el de antes. Pero la verdad es que era bastante pesado que yo dijera esto, pues aunque él se negaba a beber como un honrado cristiano, yo sabía muy bien que siempre tenía a mano una botella de láudano de la que no dejaba de beber, o, más bien, de la que renegaba o a la que se agarraba, absteniéndose un día y excediéndose el siguiente, igual que con los licores.

»Una noche, sin embargo, durante una de nuestras orgías —una de nuestras grandes fiestas, quiero decir— se deslizó dentro de la habitación como el fantasma en *Macbeth* y se sentó, como de costumbre, un poco separado de la mesa en la silla que nosotros siempre teníamos dispuesta para "el espectro", tanto si decidía ocuparla como si no. Me di cuenta por la cara que traía de que sufría los efectos de una dosis excesiva de su maligno estimulante, pero nadie le habló y él no habló con nadie. Algunas miradas de soslayo y el murmullo de que "el fantasma había llegado" fueron los únicos comentarios que provocó su aparición y nosotros seguimos nuestro festín como antes, hasta que nos sorprendió a todos acercando repentinamente la silla, inclinándose hacia delante con los codos apoyados en la mesa y exclamando con una seriedad desafiante:

»—¡Bueno! Me intriga lo que pueden encontrar tan divertido. No sé lo que ven en la vida. ¡Yo solo veo las tinieblas de la oscuridad y la pavorosa expectación del juicio y del fuego de la indignación!

»Todos los presentes le acercaron sus vasos al unísono y yo los coloqué delante de él formando un semicírculo; le di unas cariñosas palmaditas en la espalda y le aconsejé que bebiera, esperando que pronto tendría el alegre aspecto de todos nosotros, pero él los apartó y murmuró:

»—¡Quítenlos de mi vista! No lo probaré, ya les dije. ¡No lo haré, no lo haré!

»Así que devolví los vasos a sus dueños, pero noté que los miraba con un brillo de ansiosa pesadumbre mientras se alejaban. Luego se tapó los ojos con las manos para no verlos.

»Dos minutos después, levantó la cabeza de nuevo y dijo en un murmullo ronco, pero vehemente:

»—¡Y, sin embargo, debo! ¡Huntingdon, dame un vaso!

»—¡Toma la botella, hombre! —dije yo, poniéndole la botella de brandy en la mano...

»Ya está bien, estoy hablando demasiado —murmuró el narrador, impresionado por la mirada que yo le dirigía—. Pero no importa —añadió con indiferencia, y decidió a continuar el relato.

»Con una avidez desesperada cogió la botella y bebió directamente de ella hasta que se cayó de la silla y desapareció debajo de la mesa en medio de una tempestad de aplausos. La consecuencia de esta irresponsabilidad fue algo así como un ataque de apoplejía, seguido de una seria meningitis cerebroespinal...»

—¿Y cuál fue su opinión de sí mismo, señor? —pregunté al momento.

—Desde luego, me sentí muy afligido —respondió—. Fui a verlo una o dos veces, no, no, dos o tres; más, unas cuatro veces, y cuando estuvo mejor lo traje de nuevo cariñosamente al redil.

—¿Qué quiere decir?

—Quiero decir que lo reintegré al seno del club y, conmovido por la debilidad de su salud y de la depresión que sufría, le recomendé que "tomara un poco de vino para el bien de su estómago", y cuando ya estuvo suficientemente restablecido, que abrazara el plan *"media-via: ni-jamais-ni- toujours"*, que no se matara como un necio ni se abstuviera como un mentecato, en resumen, que se divirtiera como una criatura racional e hiciera lo que yo hacía. No creas, Helen, que soy un bebedor; no lo soy en absoluto, nunca lo he sido y nunca lo seré. Valoro demasiado mi bienestar. Sé que un hombre no puede entregarse a la bebida sin sentirse un infeliz la mitad del día y un loco la otra mitad; además, me gusta disfrutar de la vida en todas sus facetas, lo que no puede hacer quien acepta ser el esclavo de una sola preferencia. Y, aun más, la bebida estropea la buena apariencia de uno —concluyó, con la más engreída de las sonrisas, que hubiera debido irritarme más de lo que lo hizo.

—¿Y sacó lord Lowborough algún beneficio de su consejo? —seguí preguntando.

—En cierto modo, sí. Durante algún tiempo se las arregló muy bien: era realmente un ejemplo de compostura y prudencia, algo que parecía exagerado a los ojos de los miembros de nuestra desenfrenada hermandad; pero, de alguna manera, Lowborough no tenía el don de la moderación: si se inclinaba un poco hacia un lado debía caerse del todo antes de erguirse de nuevo; si se pasaba de la raya una noche, los efectos le dejaban tan deprimido al día siguiente que debía repetir la infracción para repararla; y así un día y otro, hasta que su ofendida conciencia le obligaba a detenerse. Y luego, en sus épocas de abstinencia, abrumaba a sus amigos de tal manera con su arrepentimiento, terrores y penas, que estos se veían obligados, por su propio interés, a hacerle ahogar sus penas en vino o cualquier otra bebida más fuerte que tuvieran a mano; y una vez vencidos sus primeros escrúpulos de conciencia, no necesitaba que nadie le empujara, se volvía temerario a menudo y era tan bribón como cualquiera de ellos... pero solo para lamentar todavía más su propia e indescriptible perversión y degradación una vez el ataque había pasado.

»Por fin, un día que estábamos los dos solos, después de meditar un momento, sumido él en uno de aquellos estados de ánimo sombríos y pensativos, con los brazos cruzados y la barbilla hundida en el pecho, salió repentinamente de su estupefacción y, cogiéndome un brazo con violencia, dijo:

»—¡Huntingdon, esto no puede seguir así! Estoy decidido a terminar...

»—¿Cómo? ¿Vas a matarte? —pregunté.

»—No, voy a reformarme.

»—¡Caramba, eso no es nada nuevo! Llevas más de doce meses diciendo que vas a reformarte.

»—Sí, pero ustedes no me dejaban y yo era tan estúpido que no podía vivir sin ustedes. Pero ahora ya sé lo que me estimula y lo que necesito para salvarme, estoy dispuesto a todo para conseguirlo. Solo temo que no haya una oportunidad —y suspiró como si se le fuera a partir el alma.

»—¿De qué se trata, Lowborough? —pregunté, creyendo que se había vuelto completamente loco.

»—Una esposa —contestó—, porque no puedo vivir solo, ya que la cabeza me estalla, y no puedo vivir con ustedes porque se ponen de parte del diablo y en contra mía.

»—¿Quién, yo?

»—Sí, todos lo hacen, y tú más que nadie, lo sabes muy bien. Pero si consigo casarme, con una mujer con mucho dinero para pagar mis deudas y darme una posición en el mundo...

»—Desde luego —dije.

»—...Y con la dulzura y la bondad suficientes —continuó— para hacer mi casa llevadera y reconciliarme conmigo mismo, creo que lo conseguiría. Nunca volveré a enamorarme, es verdad; pero quizá eso no importe demasiado, me permitiría elegir con los ojos abiertos, y sería un buen marido a pesar de todo; pero ¿puede alguien enamorarse de mí? Esta es el punto. Con tu apariencia y tu poder de fascinación —lo decía encantado— podría tener esperanzas, pero en mi caso, Huntingdon, ¿crees que me aceptará alguna mujer, arruinado y destrozado como estoy?

»—Seguro que sí.

»—¿Quién?

»—Bueno, cualquier solterona a la que nadie haga caso, hundiéndose rápidamente en la desesperación, estaría encantada de...

»—No, no —dijo—, debe ser alguien a quien pueda amar.

»—¡Pero si acabas de decir que no volverías a enamorarte!

»—Bueno, amar no es quizás la palabra... Alguien por quien pueda sentirme atraído. ¡Buscaré por toda Inglaterra, por donde sea! —gritó en un rapto de esperanza o desesperación—. Tenga éxito o fracase, será mejor que arrojarme de cabeza hacia la destrucción en ese condenado club, así que adiós a él y a ti. Siempre que te encuentre en un terreno honesto o bajo un techo cristiano, me complacerá verte, ¡pero no vuelvas a llevarme a esa guarida del diablo!

»Aquel era un lenguaje indigno, pero le di la mano y nos despedimos. Mantuvo su palabra, y desde entonces ha sido un modelo de corrección, por lo que yo sé, pero hasta hace poco no he tenido mucha comunicación con él. A veces buscaba mi compañía, pero con frecuencia la evadía por miedo a llevarlo nuevamente por el camino de la destrucción, y yo encontraba la suya algo aburrida, sobre todo porque a veces trataba de apelar a mi conciencia para apartarme de la perdición de la que él mismo consideraba haber escapado. Cuando me encontraba con él rara vez le preguntaba por sus esfuerzos y pesquisas matrimoniales, y, en general, poco tenía él que contarme. Las madres retrocedían ante sus arcas vacías y su reputación de jugador, y las hijas ante su frente ceñuda y su temperamento apesadumbrado. Además, él no las entendía: carecía del espíritu y la seguridad requeridos para llevar a cabo su plan.

»En esto lo dejé cuando fui al continente; y cuando regresé, a finales de año, lo encontré todavía como un soltero desconsolado, aunque, desde luego, con un aspecto un poco menos de maldito desterrado de la tumba que antes. Las damas jóvenes habían dejado de temerle y comenzaban a encontrarle bastante interesante, pero las madres eran todavía implacables. Fue por este tiempo, Helen, cuando mi buen ángel hizo que me encontrara contigo y, desde entonces, no he tenido ojos ni oídos para nadie más. Pero, entretanto, Lowborough conoció a nuestra encantadora amiga, la señorita Wilmot —por medio de la intercesión del ángel guardián, te diría él—, aunque no se atrevió a poner sus esperanzas en una persona tan admirada y cortejada hasta que luego se familiarizaron más aquí, en Staningley; y ella, en ausencia de sus demás admiradores, sin duda empezó a fijarse en él y a alentarle en sus tímidos avances. Luego comenzó a esperar realmente el alba de unos días más alegres; y si bien, durante un tiempo, eclipsé sus proyectos interponiéndome entre él y su sol —por lo que estuve a punto de arrojarlo de nuevo en el abismo de la desesperación—, no hice más que intensificar su ardor y fortalecer sus esperanzas cuando decidí abandonar el terreno en busca de un tesoro más radiante. En resumen, como te he dicho, está perdidamente enamorado. Al principio podía percibir mal que bien los defectos de la muchacha, y le producían bastante inquietud; pero su pasión y la habilidad de ella no le permiten ver ahora nada, salvo las perfecciones de su adorada y su asombrosa buena suerte. Anoche vino a verme exultante de felicidad.

»—¡Huntingdon, no soy una escoria! —dijo, cogiéndome la mano y apretándomela como si yo fuera un virrey—. Todavía queda para mí la felicidad, incluso en esta vida... ¡Ella me ama!

»—¡Vaya! —exclamé—. ¿Te lo ha dicho?

»—No, pero ya no puedo dudarlo. ¿No ves lo intencionadamente amable y cariñosa que es? ¡Y conoce el alcance absoluto de mi ruina y no le importa nada! Sabe lo loca y pervertida que ha sido mi vida, y no teme creer en mí; y mi linaje y mi título no son atrayentes para ella, porque no le importan nada. Es el ser más generoso y magnánimo que pueda imaginarse. Ella me salvará, en cuerpo y alma, de la destrucción. Me ha glorificado ya en mi propia estima y me ha hecho tres veces más sabio, mejor y más grande de lo que era. ¡Oh, si la hubiera conocido antes, cuánta deshonra y miseria me habría evitado! Pero ¿qué habré hecho para merecer una criatura tan generosa?

»Y la peor ironía —continuó diciendo el señor Huntingdon, riéndose— es que la astuta coqueta no ama de él más que su título y su linaje, y "esa encantadora mansión familiar".»

—¿Cómo lo sabes? —pregunté.

—Me lo dijo ella misma: "Al hombre en sí lo menosprecio totalmente, pero la verdad es que ya es hora de que haga una elección, pues si voy a esperar a alguien que sea capaz de ganar mi estima y afecto, me quedaré soltera, ¡porque los detesto a todos!". ¡Ja! ¡Ja! Sospecho que en eso se equivoca; pero en cualquier caso es evidente que no siente amor por él, pobre muchacho.

—Entonces, deberías decírselo a él.

—¿Qué? ¿Y dañarle a la pobre muchacha todos sus planes y esperanzas? No, no, eso sería traicionar su confianza, ¿no, Helen? ¡Ja! ¡Ja! Además, eso le destrozaría el corazón a él —y volvió a reírse.

—En fin, señor Huntingdon, no sé lo que encuentra tan chistoso en este asunto. Nada en todo esto me da risa.

—Me río de ti en este momento, amor mío —dijo, redoblando sus risotadas.

Y dejándole que se divirtiera solo, toqué a Ruby con la fusta y la puse a medio galope para unirme a nuestros compañeros. Habíamos ido al paso todo este tiempo y nos habíamos alejado mucho de ellos. Arthur en seguida me alcanzó; pero no dispuesta a continuar la charla con él, puse al animal al galope. Él hizo lo mismo con el suyo y no disminuimos nuestro paso hasta que alcanzamos a la señorita Wilmot y lord Lowborough, a un kilómetro de las puertas del jardín. Evité toda conversación hasta que llegamos al final de nuestro paseo, cuando me disponía a saltar del caballo y esfumarme dentro de la casa, antes de que él me ofreciese su ayuda; pero mientras trataba de desprender mi traje de montar de la silla, él me bajó de ella y me sujetó con las dos manos, afirmando que no me dejaría ir hasta que le hubiera perdonado.

—No tengo nada que perdonar —dije—. No me ha molestado.

—No, querida. ¡Ojalá fuera así! Pero estás enfadada porque fue a mí a quien Annabella confesó su falta de afecto por su pretendiente.

—No, Arthur, no es eso lo que me incomoda: es su comportamiento en general con su amigo; y si quiere que le perdone, vaya ahora a decirle qué clase de mujer es aquella a la que adora tan apasionadamente y en la que ha confiado sus esperanzas de felicidad futura.

—Ya te dije, Helen, que eso le destrozaría el corazón, sería la muerte para él; además, sería una canallada para la pobre Annabella. No puede hacerse nada por él ahora, es inútil tratar de disuadirlo. Además, ella puede mantener el engaño hasta el final y entonces él será tan feliz con la ilusión como si fuera realidad; o quizá solo descubra su error cuando haya dejado de amarla, y si no, es mucho mejor que la verdad vaya revelándose poco a poco. Así, pues, ángel mío, espero haberte explicado el caso con claridad y demostrado que no puedo hacer la reparación que me pides. ¿Qué otra petición tienes que hacerme? Habla y obedeceré con placer.

—Solo tengo una —dije con tanta seriedad como antes—: en el futuro no se burlará de los sufrimientos de los demás, y utilizará su influencia con sus amigos para ayudarles a enfrentar sus malas aficiones, en lugar de apoyarlas para perjudicarlos.

—Haré todo lo posible —dijo— por recordar y ejecutar todos los mandatos de mi ángel tutelar —y después de besar mis dos manos enguantadas, me dejó marchar.

Cuando entré en mi habitación, me sorprendió ver a Annabella Wilmot ante mi tocador, observándose tranquilamente ante el espejo mientras jugaba con una mano con la fusta de empuñadura de oro y con la otra levantaba la falda de su largo vestido.

"Desde luego es una criatura maravillosa", pensé, mientras contemplaba aquella figura alta, bien proporcionada, y el reflejo de su bello rostro en el espejo que estaba frente a mí, con el cabello oscuro brillante, ligera y graciosamente alborotado a consecuencia del paseo a caballo, la tez morena radiante por el ejercicio y los ojos negros refulgentes de un brillo inusitado. Al darse cuenta de mi presencia, se volvió, exclamando entre risas que eran más malignas que alegres:

—¡Helen! ¿Por qué has tardado tanto? He venido a comunicarte una maravillosa noticia —continuó, sin importarle la presencia de Rachel—. Lord Lowborough me ha pedido que me case con él y he tenido el placer de aceptarlo. ¿No me envidias, querida?

—No, amiga mía —dije, "ni a él tampoco", añadí en mi pensamiento—. ¿Y él te gusta, Annabella?

—¿Gustarme? Desde luego que sí... ¡estoy locamente enamorada!

—En fin, espero que seas una buena esposa para él.

—Gracias, querida. ¿Y qué más esperas?

—Espero que se amen mutuamente y sean felices.

—Gracias, ¡y yo espero que tú seas una buena esposa para el señor Huntingdon! —dijo con una reverencia suntuosa, y se retiró.

—¡Oh, señorita! ¿Cómo ha podido decirle usted eso? —exclamó Rachel.

—¿Decir qué? —respondí.

—Que usted esperaba que fuera una buena esposa para él. ¡Es increíble!

—Porque esa es mi esperanza... o, mejor dicho, mi deseo. Ella está más allá de toda esperanza.

—¡Bueno! —dijo—. Lo que sí espero es que él sea un buen marido para ella. Abajo se dicen cosas insólitas. Dicen...

—Ya lo sé, Rachel. Lo sé todo, pero ha cambiado. Y abajo no tienen por qué contar cuentos de sus amos.

—No, señorita, o de lo contrario habrían dicho también algunas cosas sobre el señor Huntingdon.

—No quiero saberlas, Rachel; son inventos.

—Sí, señorita —dijo con serenidad, mientras seguía arreglándome el cabello.

—¿Las crees tú, Rachel? —pregunté, después de una pausa.

—No, señorita, en absoluto. Verá, cuando los criados se juntan, les gusta hablar de sus amos y a algunos, por fanfarronear, les gusta dar la impresión de que saben más de lo que parece, y sueltan insinuaciones y cosas solo para impresionar a los demás. Pero si yo fuera usted, señorita Helen, pondría mucho cuidado antes de dar el salto. Creo que una dama nunca es demasiado cuidadosa al elegir marido.

—Desde luego que no —dije—; pero date prisa, ¿quieres, Rachel? Quiero vestirme.

Y realmente estaba deseando deshacerme de la buena mujer, porque me encontraba en un estado de ánimo tan afligido que apenas podía contener las lágrimas mientras ella me vestía. Corrieron por mis mejillas no por lord Lowborough, ni por Annabella, ni por mí, sino por Arthur Huntingdon.

13 de octubre: Se han ido. Él se ha ido. Estaremos separados durante más de dos meses... ¡más de diez semanas! Un tiempo muy largo para vivir sin verlo. Pero ha prometido escribirme con frecuencia, y me ha hecho prometer que le escribiré más frecuentemente todavía, porque él estará ocupado arreglando sus asuntos y yo no tendré otra cosa mejor que hacer. En fin, creo que tendré siempre muchas cosas que decir. ¡Oh, pero cuánto vamos a tardar en estar juntos continuamente para poder intercambiar nuestros pensamientos sin la intervención de estos fríos mensajeros, la pluma, la tinta, el papel!

22 de octubre: Ya han llegado varias cartas de Arthur. No son extensas, pero sí tan dulces como él. Todas están llenas de encendido afecto y de un humor chispeante y travieso; pero —siempre hay un "pero" en este mundo defectuoso—, pero a veces realmente anhelo que fuera más serio. No consigo que escriba o hable con verdadera y auténtica formalidad. En este momento no me importa mucho, pero si va a ser siempre así, ¿qué haré con la parte importante de mí?

Capítulo XXIII
Primeras semanas de matrimonio

18 de febrero de 1822: Temprano en la mañana, Arthur montó su caballo de caza y partió con gran alegría a encontrarse con los sabuesos. Va a estar fuera todo el día, así que me distraeré con mi desdeñado diario, si es que puedo dar ese nombre a una redacción tan irregular. La última vez que lo abrí fue hace cuatro meses.

Actualmente estoy casada, y establecida como la señora Hunting-don de la mansión Grassdale. He tenido ocho semanas de experiencia matrimonial. Y, ¿me arrepiento del paso que he dado? No, aunque debo confesarle secretamente a mi corazón que Arthur no es lo que yo creí al principio, y si lo hubiera conocido tan bien al principio de nuestra relación, probablemente nunca lo habría amado, y si le hubiera amado primero y luego me hubiera dado cuenta de la realidad, me temo que habría considerado mi deber no casarme con él. No cabe duda de que pude haberlo conocido antes, pues todo el mundo estaba dispuesto a contarme cosas de él y él mismo no era un completo hipócrita. Pero yo estaba deliberadamente ciega y ahora, en vez de lamentarme por no conocer bien su carácter antes de unirme indisolublemente a él, me alegro, pues me ha salvado de librar una gran batalla con mi conciencia y en consecuencia me ha ahorrado una gran cantidad de preocupación y dolor; y, sea lo que sea lo que debiera haber hecho, mi deber ahora es amarlo y no separarme de él, y esto está en consonancia con mi deseo.

Él está muy enamorado de mí... casi en exceso. Me complacerían menos caricias y más racionalidad. ¡Me gustaría ser menos adorada y más una amiga, si pudiera elegir, pero no voy a quejarme! Solo tengo miedo de que su cariño pierda en profundidad lo que gane en pasión. A veces me parece como el fuego de las hojas y las ramas secas comparado con el de un sólido carbón, muy brillante y caliente; pero si ardiera y no quedara nada salvo cenizas, ¿qué haría? Pero no ocurrirá, no puede ocurrir, estoy decidida, y estoy segura de que tengo la energía para mantenerlo vivo. Así que desecharé de una vez este pensamiento. Pero Arthur es egoísta, no tengo más remedio que aceptarlo; y, en realidad, admitirlo me produce menos dolor del que se podría esperar, porque lo amo tanto que puedo perdonarle sin esfuerzo que se ame a sí mismo: le gusta que lo complazcan, y para mí es un placer complacerlo, y si lamento esta tendencia suya no es por su propio bien, no por el mío.

La primera demostración fue con nuestro viaje de novios. Él quería que fuera corto y rápido, porque todos los sitios del continente le eran familiares, habían perdido interés para él o nunca lo habían tenido. La consecuencia fue que, después de recorrer a toda velocidad parte de Francia e Italia, volví casi tan desinformada como antes, sin haberme familiarizado ni con personas ni con costumbres, y con muy pocas cosas; la cabeza me bullía con una abigarrada confusión de objetos y escenarios. Es cierto que algunos me causaron una impresión más agradable que otros, pero esta se veía resentida por el recuerdo de que mis emociones no habían sido compartidas por mi compañero; por el contrario, cuando yo había manifestado un interés especial por algo que veía o deseaba ver, a él le resultaba desagradable, lo mismo sucedía cuando comprobaba que yo podía encontrar placer en algo que no tenía relación con él.

En París solo estuvimos de paso, y él no me dio tiempo ni para ver la décima parte de las bellezas y los objetos valiosos de Roma. Quería llevarme a casa, dijo, para tenerme solo para él y para verme instalada felizmente como la señora de la Mansión Grassdale, tal cual era: sencilla, ingenua e excitante. Y como si yo fuera una frágil mariposa, expresó su temor a que perdiera el color plateado de mis alas al comunicarme con el resto de la sociedad, especialmente la de Roma y París; y, peor aun, no tuvo escrúpulos en decirme que en ambas ciudades había damas que le arrancarían los ojos si llegaban a verlo conmigo.

Todo esto me molestó, naturalmente; sin embargo, lo que me desconcertó no fue tanto la desilusión que me llevé como la decepción que él me causó, y el aprieto en que me vi al tratar de dar una explicación a mis amigos por haber visto y observado tan poco sin hacer alusión a la culpa de mi compañero. Pero cuando llegamos a casa —a mi nueva y encantadora casa— yo me sentí tan feliz y él fue tan cariñoso que se lo perdoné todo naturalmente; y estaba comenzando a creer que mi suerte era demasiado buena y mi marido demasiado bueno para mí, aunque no demasiado bueno para este mundo, cuando, el segundo domingo posterior a nuestra llegada, me horrorizó e impresionó con otra muestra de su exigencia irracional. Volvíamos a casa andando después del servicio de la mañana. Era un día frío pero agradable. Como vivimos cerca de la iglesia, yo había preferido no utilizar el coche de caballos.

—Helen —dijo—, no estoy completamente satisfecho contigo.

Le expresé mi deseo de saber qué era lo que había hecho mal.

—¿Prometes corregirte si te lo digo?

—Sí, si puedo, y si no va contra mis principios.

—¡Ah! Ya salió, ¿no ves? No me amas con todo tu corazón.

—No te comprendo, Arthur —al menos espero que no—; por favor, contesta, ¿he hecho o dicho algo inconveniente?

—No es nada que hayas hecho o dicho, es algo que eres... eres demasiado religiosa. Desde luego me gusta que una mujer sea religiosa, y creo que tu devoción es uno de tus encantos más grandes, pero, como pasa con otras buenas cualidades, pueden llevarse demasiado lejos. En mi opinión, la religión de una mujer no debería hacer menguar su devoción por su señor terrenal. Está bien que purifique y eleve su alma, pero no que se olvide de su corazón y se alce por encima de todos sus sentimientos humanos.

—¿Estoy acaso yo por encima de los sentimientos humanos? —dije.

—No, cariño, pero estás haciendo más progresos en tu camino hacia la santidad de lo que me gustaría. Durante estas dos horas he estado pensando en ti y deseando encontrarme con tus ojos, pero tú estabas tan sumida en tus rezos que ni siquiera me has dedicado una mirada. Creo que es suficiente para tener celos del Hacedor, lo cual no está bien. Así que, por el bien de mi alma, no vuelvas a excitar unas pasiones tan abyectas.

—Daría todo mi corazón y toda mi alma a mi Creador si pudiera —contesté—, y a ti ni un átomo más de lo que Él permite. ¿Quién eres tú para dártelas de Dios y atreverte a disputar la posesión de mi corazón con Aquel a quien debo todo lo que tengo y todo lo que soy, todos los regalos que he disfrutado y pueda disfrutar, tú entre ellos, si es que eres un regalo, lo cual estoy bastante propensa a dudar?

—No seas tan dura conmigo, Helen; y no me pellizques el brazo con tanta fuerza, me estás metiendo los dedos hasta el hueso.

—Arthur —continué, aflojando la presión de mi mano—, no me amas ni la mitad de lo que yo te amo; y, sin embargo, si me amaras mucho menos no me lamentaría si amaras más a tu Creador. Me alegraría verte tan absorto en tus rezos que ni siquiera tuvieras una mirada para mí. Pero, en realidad, no perdería nada en el cambio, porque cuanto más amaras a tu Dios, más profundo, real y verdadero sería tu amor por mí.

Ante mi respuesta se limitó a reír y a besarme la mano, llamándome dulce devota. Luego, quitándose el sombrero, añadió:

—Pero mírame bien, Helen: ¿qué puede hacer un hombre con una cabeza como esta?

La cabeza no parecía tener ningún desperfecto, pero cuando puso mi mano encima de ella, esta se hundió en un lecho de rizos alarmantemente profundo, sobre todo en el medio.

—¿Te das cuenta? No estoy hecho para ser un santo —dijo él, riéndose—. Si Dios hubiera querido que fuera un hombre religioso, ¿por qué no me dio Él un órgano apropiado de idolatría?

—Eres como el lacayo —respondí— que, en lugar de emplear su único talento al servicio de su amo, se lo devuelve sin mejorar, argumentando, como excusa, que él sabía que era "un hombre duro, que cosecha donde no ha sembrado, que recoge donde no ha esparcido". A quien le es dado poco, le será pedido poco, pero a todos se nos pide el mayor esfuerzo del que seamos capaces. A ti no te falta el talento para la veneración, ni fe ni esperanza, ni conciencia ni razón, ni ninguna otra cualidad cristiana, si decidieras utilizarlas; pero todos nuestros talentos aumentan con el uso, y todas las facultades, tanto buenas como malas, se fortalecen con el ejercicio; por tanto, si decides utilizar las malas, aquellas que inducen al mal, hasta convertirlas en tus dueñas, y abandonas las buenas hasta que desaparecen, solo tú eres culpable de ello. Pero tú tienes talento, Arthur, dones naturales de corazón, espíritu y carácter, dones que muchos cristianos mejores que tú desearían poseer, solo debes emplearlos al servicio de Dios. Nunca esperaría que te convirtieras en un beato, pero es perfectamente posible ser un buen cristiano sin dejar de ser un hombre feliz y alegre.

—Hablas como un profeta, Helen, y todo lo que dices es indudablemente cierto; pero escucha esto: estoy hambriento y veo ante mí una comida buena y abundante, se me dice que si me abstengo de probarla hoy tendré mañana un suntuoso festín, consistente en toda clase de golosinas y manjares exquisitos. Ahora bien, en primer lugar, no me gustaría esperar hasta mañana cuando tengo delante de mí los medios para saciar el hambre; en segundo lugar, los sólidos manjares de hoy son para mí más exquisitos que los manjares prometidos; en tercer lugar, yo no veo el banquete de mañana, y ¿cómo sé que todo no es una fábula inventada por el tipo de cara grasienta que me exhorta a que me abstenga para quedarse él con todas las provisiones? En cuarto lugar, esta mesa debe estar preparada para alguien, y, como dice Salomón, "¿quién puede comer, o quién puede disfrutar esto aparte de mí?". Y, por último, con tu permiso, me sentaré y complaceré mis deseos de hoy y no me preocuparé de mañana. Quién sabe, pero quizá pueda asegurarme este y aquel.

—Pero no se te pide que te abstengas de la abundante comida de hoy, únicamente se te aconseja que comas esas viandas más corrientes con moderación para que no te impidan disfrutar del exquisito banquete de mañana. Si a pesar de ese consejo, eliges embrutecerte ahora, comiendo y bebiendo en exceso hasta el punto de convertir las buenas comidas en veneno, ¿a quién echarás la culpa si después, mientras tú sufres los tormentos de la gula y la embriaguez de ayer, ves a hombres más moderados sentarse a disfrutar del espléndido banquete que tú no puedes ni probar?

—Muy cierto, santa patrona; pero, de nuevo, nuestro Salomón dice: "No hay nada mejor para un hombre que comer, beber y ser alegre".

—Y también —repliqué— dice: "Regocíjate, oh, hombre joven, en tu juventud; y sigue los impulsos de tu corazón y lo que ven tus ojos; pero recuerda que por todas estas cosas Dios te pedirá cuentas en el juicio".

—Pero, Helen, estoy seguro de que he sido muy bueno durante las últimas semanas. ¿Qué has visto de malo en mí y qué querrías que hiciera?

—Nada más que lo que haces, Arthur: tu proceder es correcto hasta ahora, pero me gustaría que tus pensamientos cambiaran: me gustaría que te fortificaras contra la tentación y no llamaras mal al bien y bien al mal; me gustaría que reflexionaras más profundamente, miraras más allá, y apuntaras más alto de lo que lo haces.

Capítulo XXIV
Primera pelea

25 de marzo: Arthur parece cansado, no de mí, confío, sino de la vida inútil y tranquila que lleva; y no me asombra, porque tiene pocas fuentes de distracción: no lee más que periódicos y revistas para cazadores; y cuando me ve distraída leyendo un libro, no descansa hasta que consigue que lo cierre. Cuando hace buen tiempo se las arregla para pasarlo bastante bien, pero en los días de lluvia —que han sido los más frecuentes últimamente— es lamentable comprobar su aburrimiento. Hago todo lo que puedo para animarlo, pero es imposible hacer que se interese por aquello de lo que más me gusta hablar; por otra parte, a él le agrada hablar de cosas que no me interesan —incluso me molestan— y estas son las que más le gustan; su entretenimiento favorito es sentarse o recostarse junto a mí en el sofá y contarme anécdotas de sus amores anteriores, siempre referidas a la decepción de alguna muchacha fiel o al engaño de un marido confiado; y cuando yo expreso mi rechazo e indignación entonces él lo atribuye todo a los celos, y se ríe hasta que las lágrimas le ruedan por las mejillas. Al principio yo solía deshacerme en lágrimas o encolerizarme, pero viendo que su placer aumentaba en proporción a mi ira y mi perturbación, he tratado de reprimir mis sentimientos y escuchar sus confesiones en el silencio de un sereno desdén; pero a pesar de ello, él lee en mi rostro la lucha interior e interpreta la amargura de mi alma por su indignidad como el dolor que deja en mí la herida de los celos; y cuando se ha divertido suficiente, o teme que mi disgusto se convierta en algo demasiado serio para su conveniencia, intenta besarme y calmarme para que sonría otra vez. ¡Nunca sus caricias fueron tan mal recibidas como entonces! Este es el egoísmo hipócrita practicado conmigo y con las víctimas anteriores que se enamoraron de él. Hay momentos en que, con un arrepentimiento transitorio —o un desánimo pasajero—, me pregunto: "¿Qué has hecho, Helen?". Pero acallo esa voz interior y rechazo los extraños pensamientos que se agolpan en mi cabeza. Aunque él fuera diez veces más sensitivo e impenetrable a las ideas buenas y elevadas, sé que no tengo derecho a lamentarme. Y no me lamento ni me lamentaré. Todavía lo amo y lo seguiré haciendo, y no lamento ni lamentaré haber unido mi destino al suyo.

4 de abril: Hemos tenido una discusión. Los detalles son como contaré:

Arthur me había referido, a retazos, toda la historia de su aventura con lady F..., a la que antes no daba crédito. Fue un alivio, sin embargo, descubrir que en este caso la dama había sido más culpable que él, pues en aquellos días él era un muchacho y ella había sido claramente la que había tomado la iniciativa, si es cierto lo que él dice. La odié por eso, ya que consideraba que aquello pudo contribuir a su corrupción. Cuando empezó a hablar de ella el otro día, le rogué que no la mencionara, no podía soportar escuchar su nombre.

—No porque la hayas amado, Arthur, sino porque te hizo daño y engañó a su marido y, en general, era una mujer despreciable, a quien no deberías mencionar sin avergonzarte.

Pero él la justificó, diciendo que tenía un marido chocho a quien era imposible amar.

—Entonces, ¿por qué se casó con él? —dije.

—Por su dinero —respondió.

—Entonces eso fue otra infamia, y la solemne promesa que hizo de amarlo y respetarlo fue otra más, que no hizo más que agravar la última.

—Eres demasiado severa con la pobre señora —se rio—. Pero no te preocupes, Helen, ella no me importa ahora; nunca he amado a ninguna ni la mitad de lo que te amo a ti, así que no debes temer que te abandone como a ellas.

—Si me hubieras dicho todas estas cosas antes, Arthur, nunca te habría dado la ocasión de hacerlo.

—¿De verdad, cariño?

—¡Estoy completamente segura de eso!

Se rio, escéptico.

—¡Me gustaría poder demostrártelo ahora! —grité, separándome de su lado. Y por primera vez en mi vida, y confío en que sea la última, deseé no haberme casado con él.

—Helen —dijo, bastante serio—, ¿sabes que si creyera lo que acabas de decir me pondría furioso? Pero, gracias a Dios, no lo creo. Aunque estés ahí de pie con esa cara pálida y esos ojos centelleantes, mirándome como una verdadera tigresa, conozco tu corazón quizá un poco mejor de lo que lo conoces tú misma.

Sin decir una palabra abandoné el salón y me encerré con llave en mi habitación. Al cabo de una media hora llegó hasta mi puerta, primero intentó abrirla y luego llamó con los nudillos.

—¿Me permites entrar, Helen? —dijo.

—No, me has contrariado —respondí—, y no quiero ver tu cara ni escuchar tu voz hasta mañana.

Se quedó allí un momento como si estuviera desconcertado o no supiera qué responder a semejante afirmación, luego se fue.

Esto ocurrió una hora después de cenar: yo sabía que para él sería muy lamentable quedarse sentado solo hasta la hora de acostarse, y esto apaciguó considerablemente mi resentimiento, pero no me obligó a ceder. Estaba resuelta a demostrarle que mi corazón no era su esclavo y que podía vivir sin él si quería. Me senté y le escribí una larga carta a mi tía, en la que, por supuesto, no le contaba nada de esto. Poco después de las diez de la noche le oí subir de nuevo, pero pasó de largo por delante de mi puerta y fue derecho a su despacho, de donde no salió en toda la noche.

Estaba bastante ansiosa por ver cómo me recibía a la mañana siguiente, y mi decepción no fue pequeña cuando le vi entrar en la habitación donde desayunábamos con una sonrisa indiferente.

—¿Estás todavía enfadada, Helen? —dijo, acercándose a mí para saludarme. Con frialdad me dirigí hacia la mesa y empecé a servir el café, haciéndole notar que se había retrasado bastante.

Silbó por lo bajo y se acercó perezosamente a la ventana, donde estuvo unos minutos contemplando las buenas perspectivas que ofrecían las nubes grises y sombrías, la lluvia cayendo, el césped empapado y los árboles húmedos, deshojados... murmurando maldiciones contra el tiempo. Luego se sentó para desayunar. Cuando probó el café dijo que estaba "f...ff frío".

—No deberías haber dejado que se enfriara —repuse.

No contestó y terminamos de desayunar en silencio. Fue un alivio para los dos que nos trajeran el correo. Había un periódico, una o dos cartas para él y un par de cartas para mí, que tiró en la mesa sin decir palabra. Una era de mi hermano, la otra de Milicent Hargrave, que está por estos días en Londres con su madre. Las suyas, creo, eran cartas comerciales y en apariencia poco interesantes, pues las metió en el bolsillo murmurando algunas barbaridades que yo habría censurado en otra ocasión. Extendió el periódico ante él y pareció profundamente absorto en su lectura durante el resto del desayuno y mucho tiempo después.

Leer y contestar mis cartas y la dirección de los asuntos domésticos me tuvieron entretenida toda la mañana; después del almuerzo me puse a dibujar y, desde la hora de cenar hasta irme a la cama, leí. Mientras tanto, el pobre Arthur no sabía qué hacer para distraerse u ocupar su tiempo. Deseaba dar la impresión de estar tan atareado y sereno como yo: si el tiempo se lo hubiera permitido, sin duda habría ordenado que le prepararan su caballo y se habría marchado a algún lugar alejado —no importaba a dónde— después del desayuno, y no hubiera regresado hasta la noche; de haber habido una dama al alcance de su mano, de cualquier edad entre los quince y los cuarenta, habría procurado vengarse y habría coqueteado o intentado coquetear con ella; pero, para mi particular satisfacción, como no podía recurrir a estas fuentes de entretenimiento, su calvario fue realmente lamentable. Después de bostezar sobre el periódico y garabatear cortas respuestas a sus cartas aún más cortas, ocupó el resto de la mañana en ir de una habitación a otra, en observar las nubes y maldecir la lluvia, acariciar, hostigar y maltratar, alternativamente, a sus perros, a veces tumbándose en el sofá con un libro que se sentía incapaz de leer, y a menudo mirándome fijamente cuando creía que no me daba cuenta, con la inútil esperanza de encontrar en mi rostro huellas de lágrimas, o algún indicio de desasosiego lleno de remordimientos. Pero yo me las arreglé para conservar una apacible serenidad, aunque seria, durante todo el día. En realidad, no estaba enfadada, sentía lástima por él y deseaba reconciliarme; pero estaba decidida a que diera él el primer paso, o, al menos, a que manifestara alguna señal de humildad y arrepentimiento; porque si era yo quien lo hacía, solo conseguiría alimentar su vanidad, aumentar su arrogancia y echar a perder la lección que esperaba darle.

Se quedó mucho rato en el comedor después de cenar, y me temo que bebió más vino que de costumbre, aunque no lo suficiente para soltarle la lengua, porque cuando entró y me halló distraída plácidamente con mi libro, demasiado absorta en él para levantar la cabeza con motivo de su entrada, se limitó a murmurar una expresión de contenida condena y, cerrando la puerta con fuerza, se encaminó al sofá y se tumbó sobre él cuan largo era, disponiéndose a dormir. Pero Dash, su cocker favorito, que estaba echado a mis pies, tuvo el atrevimiento de saltar encima de él y empezar a lamerle la cara. Lo apartó de un golpe, y el pobre perro gimió y corrió a acurrucarse de nuevo junto a mí. Cuando se despertó, una media hora después, lo llamó de nuevo, pero Dash le miró soñoliento y solo meneó un poco el extremo de su cola. Lo llamó de forma más imperativa, pero Dash se acercó más a mí y me lamió la mano como implorando protección. Enfurecido, su dueño agarró un pesado libro y se lo arrojó a la cabeza. El pobre perro soltó un aullido de dolor y corrió hacia la puerta. Le dejé salir y luego recogí tranquilamente el libro.

—Dame ese libro —dijo Arthur en un tono descortés.

Se lo di.

—¿Por qué has dejado salir al perro? —preguntó—. Sabías que yo quería que viniera a mi lado.

—¿Qué podía hacerme suponer eso? —respondí—. ¿Que le tiraras el libro a la cabeza? ¿O iba quizá dirigido a mí?

—No, pero ya veo que también te alcanzó —dijo, mirándome la mano, que también había recibido un golpe y tenía algunos rasguños.

Continué leyendo y él se esforzó por hacer lo mismo; pero, al poco rato, después de varios grandiosos bostezos, afirmó que su libro era una "condenada basura" y lo arrojó encima de la mesa. Luego siguieron ocho o diez minutos de silencio, durante la mayor parte de los cuales, creo, me miró fijamente. Por fin, su paciencia se agotó.

—¿Qué libro es ese, Helen? —preguntó.

Se lo dije.

—¿Es interesante?

—Sí, mucho.

Seguí leyendo, o fingí seguir leyendo, al menos; no puedo decir que existiera mucha comunicación entre mis ojos y mi cerebro, pues, aunque los primeros se deslizaban sobre las páginas, el último se preguntaba nervioso cuándo volvería a hablar Arthur, qué diría y qué contestaría yo. Pero no volvió a hablar hasta que me levanté a hacer té, y solo fue para decir que él no quería. Continuó echado perezosamente en el sofá, alternativamente cerrando los ojos y mirando el reloj o a mí, hasta la hora de acostarse; cuando me levanté, cogí una vela y me retiré.

—¡Helen! —gritó, cuando yo ya había salido de la habitación.

Me volví y esperé su solicitud.

—¿Qué quieres, Arthur? —dije después de un rato.

—Nada—respondió—. ¡Vete!

Me fui, pero, al escucharlo murmurar algo cuando estaba cerrando la puerta, me volví de nuevo. Me pareció escuchar algo muy parecido a "maldita perra", pero yo estaba ansiando que fuera algo más.

—¿Me dijiste algo, Arthur? —le pregunté.

—No —fue la respuesta. Cerré la puerta y me fui. No le volví a ver hasta la mañana siguiente en el desayuno, cuando bajó una hora después de lo acostumbrado.

—Te has retrasado mucho —fue mi saludo matinal.

—No tenías ninguna necesidad de esperarme —fue el suyo, y se dirigió a la ventana nuevamente. El tiempo era exactamente igual al del día anterior.

—¡Oh, esta condenada lluvia! —murmuró. Pero después de estudiar detenidamente el paisaje durante un minuto o dos, pareció ocurrírsele una brillante idea, porque de pronto exclamó—: ¡Pero ya sé lo que voy a hacer! —y luego se volvió y ocupó su sitio en la mesa. La valija de correo estaba todavía allí esperando a que la abrieran. La abrió y examinó su contenido, pero no dijo nada sobre él.

—¿Hay algo para mí? —pregunté.

—No.

Abrió el periódico y comenzó a leer.

—Sería mejor que tomaras el café —sugerí—; se te enfriará otra vez.

—Puedes retirarte —dijo—, si ya desayunaste. No te necesito.

Me levanté y me retiré a la habitación vecina, preguntándome si íbamos a tener otro día tan triste como el anterior, deseando con fervor que terminara esta mutua tortura. Poco después le oí tocar la campanilla y dar algunas instrucciones sobre su guardarropa, lo que me pareció que significaba que tenía intención de hacer un largo viaje. Luego mandó llamar al cochero y oí algo acerca del coche y los caballos, Londres, y mañana a las siete de la mañana; todo lo cual me sorprendió e impacientó no poco.

"No debo permitirle, de ninguna manera, que vaya a Londres —me dije—; hará toda clase de diabluras y yo seré la culpable. Pero la cuestión es: ¿cómo voy a cambiar sus planes? En fin, esperaré un poco, a ver si lo menciona".

Esperé una hora y otra, angustiada; no me dijo ni una palabra sobre aquello, ni sobre ninguna otra cosa. Silbaba y les hablaba a los perros y deambulaba de habitación en habitación, al igual que lo había hecho el día anterior. Por fin comencé a pensar que debía ser yo quien sacara el tema, y estaba buscando la manera de hacerlo, cuando apareció John y, sacándome del apuro sin imaginarlo, nos transmitió el siguiente mensaje del cochero:

—Perdone, señor, Richard dice que uno de los caballos tiene un resfriado muy fuerte y cree que, si no tuviera usted ningún inconveniente en hacer el viaje pasado mañana en vez de mañana, él podría curarlo hoy para así...

—¡Maldita imprudencia la suya! —exclamó el amo.

—Perdone, señor, pero dice que sería mucho mejor que lo pensara —insistió John—, porque espera que haya un cambio de tiempo dentro de poco, y dice que no es adecuado, cuando un caballo está tan resfriado y medicado, que...

—¡Que el diablo se lleve al caballo! —gritó el caballero—. En fin, dígale que lo pensaré —añadió, después de considerarlo unos instantes. Me lanzó una mirada inquisitiva una vez que el criado se retiró, esperando encontrar alguna señal de sobresalto y profundo asombro; pero, estando sobre aviso, me protegí con una expresión de estoica indiferencia. Su expresión se desmoronó al cruzarse con mi serena mirada, apartó la suya con evidente decepción y se acercó a la chimenea, donde permaneció en una actitud de franco desánimo, apoyado en la repisa con la frente hundida en el brazo.

—¿A dónde quieres ir, Arthur? —pregunté.

—A Londres —respondió con reserva.

—¿Para qué? —pregunté.

—Porque no puedo ser feliz aquí.

—¿Por qué no?

—Porque mi esposa no me ama.

—Ella te amaría con todo el corazón si tú lo merecieras.

—¿Qué debo hacer para merecerlo?

Esto sonó bastante humilde y serio, y yo estaba tan conmovida, entre la tristeza y la alegría, que no tuve más remedio que hacer una pausa de varios segundos antes de aclarar mi voz para contestar.

—Si ella te da su corazón —dije—, tú debes aceptarlo con gratitud, y no despedazarlo, y reírte en su cara, porque ella no puede arrancárselo.

Él se volvió y se quedó mirándome con la espalda apoyada en la repisa de la chimenea.

—Ven entonces, Helen. ¿Vas a ser una muchacha buena?

Esto parecía demasiado arrogante, y la sonrisa que acompañó a la frase no me gustó. De ahí que vacilara en contestar. Quizá mi primera respuesta había significado demasiado: había oído que mi voz vacilaba y podía haber visto que me secaba una lágrima.

—¿Vas a perdonarme, Helen? —continuó, en un tono más humilde.

—¿Estás arrepentido? —respondí, acercándome a él y sonriéndole.

—¡Desconsolado! —contestó con una expresión triste, pero con una sonrisa alegre acechando en los ojos y en las comisuras de sus labios; mas esto no pudo detenerme y me eché en sus brazos. Me abrazó apasionadamente, y aunque yo era un mar de lágrimas, creo que nunca fui tan feliz en mi vida como en aquel momento.

—Entonces, ¿no irás a Londres, Arthur? —dije, cuando cedió el primer arrebato de lágrimas y besos.

—No, amor mío... a no ser que vengas conmigo.

—Iré encantada —respondí—, si crees que el cambio te divertirá y si aplazas el viaje hasta la próxima semana.

Accedió con placer, pero dijo que no era necesario hacer tantos preparativos, ya que no pensaba estar mucho tiempo, pues no quería que la gran ciudad me forjara a su gusto y perdiera mi frescura campestre y mi personalidad relacionándome demasiado con las damas superficiales. Esto me pareció una necedad, pero no deseaba contradecirlo en aquel momento: me limité a decir que mis costumbres eran muy hogareñas, como él sabía muy bien, y que no tenía especial interés en mezclarme con el mundo.

Así que iremos a Londres el lunes, es decir, pasado mañana. Ya pasaron cuatro días desde que terminó nuestra disputa, y estoy segura de que nos sentó bien a los dos: ahora aprecio a Arthur mucho más, y lo obligó a él a comportarse mucho mejor conmigo. Desde entonces, nunca ha intentado molestarme con la más ligera alusión a lady F..., o con algunas de las desagradables reminiscencias de su vida de soltero. Desearía poder borrarlas de mi memoria, o bien hacer que él considere esos asuntos bajo la misma luz que yo lo hago. Sin embargo, es bueno haberle hecho comprender que no son temas apropiados para una broma conyugal. Puede que alguna vez vea más allá. No pondré límite a mis esperanzas, y a pesar de los presentimientos de mi tía y de mis inexplicables y silenciados temores, estoy segura de que vamos a ser felices.

Capítulo XXV
Primera ausencia

El 18 de abril fuimos a Londres. El 8 de mayo regresé, atendiendo al deseo de Arthur, muy contrariamente al mío, pues lo dejé solo.

Si hubiera venido conmigo, me habría alegrado mucho de volver a casa, pues me condujo a una serie de incansables actividades mientras estuvimos allá, en tan corto tiempo, que quedé completamente agotada. Parecía empeñado en exhibirme ante sus amigos y conocidos, en especial, y ante el público en general, en todas las ocasiones posibles y sobre todo cuando el lucimiento podía ser más provechoso. Me hacía sentir como un valioso objeto del que estaba orgulloso, pero pagué un precio muy alto por esa satisfacción porque, en primer lugar, para complacerle, tuve que quebrantar mis gustos predilectos: mis principios casi arraigados sobre un estilo de vestir sencillo, oscuro y sobrio; debía brillar con costosas joyas, engalanarme como una mariposa pintada, tal como había decidido hace mucho tiempo no hacer nunca; y esto no fue un sacrificio insignificante. En segundo lugar, me esforzaba continuamente por satisfacer sus ingenuas esperanzas y hacer honor a su elección en mi proceder general, temiendo decepcionarlo con algún desacierto o algún rasgo de torpe ignorancia sobre las costumbres de la sociedad, especialmente cuando me tocaba el papel de anfitriona, el cual se me pedía desempeñar con no poca frecuencia. Y, en tercer lugar, como indiqué antes, estaba extenuada del tumulto y la algarabía, la prisa y el cambio incesante de una vida tan ajena a mis costumbres. Finalmente, repentinamente descubrió que el ambiente de Londres no me sentaba muy bien y que añoraba mi hogar en el campo, por lo que debía regresar inmediatamente a Grassdale.

Le aseguré entre risas que el caso no era tan urgente como él parecía creer, pero que estaba dispuesta a volver a casa si él también lo hacía. Respondió que tendría que quedarse una o dos semanas más, pues ciertos temas pendientes requerían su presencia.

—Entonces, me quedaré contigo —dije.

—Eso no puede ser, Helen —fue su respuesta—: si estás aquí querré ocuparme de ti y descuidaré mis negocios.

—Pero no tendrás que hacerlo —repliqué—. Ahora que sé que tienes asuntos pendientes, insisto en que te dediques a ellos y me dejes sola. A decir verdad, estoy deseando descansar un poco. Me encantaría poder dar mis paseos a pie y a caballo por el parque como siempre, y tus negocios no pueden tenerte ocupado todo el día; por lo menos te veré a las horas de comer y a última hora de la tarde, y eso es mejor que estar a kilómetros de ti y no verte en absoluto.

—Pero, amor mío, no puedo consentir que te quedes. ¿Cómo puedo poner en orden mis negocios cuando sé que estás aquí, abandonada...?

—No me sentiré abandonada: mientras estés cumpliendo con tus obligaciones, Arthur, nunca me quejaré. Si me hubieras dicho que tenías obligaciones pendientes, a estas alturas ya habrías hecho la mitad, en cambio ahora debes recuperar el tiempo perdido con doble esfuerzo. Dime lo que es y seré tu delegada, en lugar de ser un obstáculo.

—No, no —insistió la obstinada criatura—, debes irte a casa, Helen; debo tener la tranquilidad de saber que estás bien y a salvo, aunque lejos. Tus luminosos ojos lucen cansados y la tierna y delicada lozanía se ha desvanecido de tus mejillas.

—Eso se debe solo a tanto ajetreo y alboroto.

—Te aseguro que no. Se debe al aire de Londres, estás anhelando las frescas brisas de tu casa en el campo, y las sentirás antes de que pasen dos días más. Y recuerda tu estado, queridísima Helen: de tu salud depende la salud, si no la vida, de nuestra futura esperanza.

—Entonces, ¿quieres que me vaya?

—Sí, quiero. Te acompañaré yo mismo hasta Grassdale, y luego regresaré. No estaré ausente más de una semana, o quince días como mucho.

—Pues si debo irme, me iré sola; si tú debes quedarte, no es necesario que malgastes tu tiempo en el viaje de ida y vuelta.

Pero a él no le agradaba la idea de mandarme sola.

—Pero ¿por qué? ¿Qué clase de inútil criatura piensas que soy —repliqué—, que no puedes permitirme viajar ciento cincuenta kilómetros en nuestro propio carruaje, atendida por nuestro criado y nuestra doncella? Si vienes conmigo te retendré, ten la seguridad. Pero dime, Arthur, ¿qué agobiante asunto es ese? ¿Por qué no lo mencionaste nunca antes?

—Es algo que tengo que hacer con mi abogado —dijo.

Me habló algo sobre un terreno que necesitaba vender para pagar una parte de los gravámenes sobre su patrimonio; pero, o bien la explicación fue un poco confusa, o yo estaba bastante torpe, porque no pude entender con claridad cómo podía retenerle esto en la ciudad por dos semanas después de mi partida. Ahora me resulta más difícil todavía comprender cómo podía aquello demorarlo un mes, pues hace ese tiempo que lo dejé y aún no he tenido noticias de él. En todas las cartas promete estar conmigo dentro de pocos días y siempre me engaña o se engaña a sí mismo. Sus excusas son ambiguas e insuficientes. No tengo ninguna duda de que anda de nuevo con sus antiguos compinches. ¡Oh, por qué lo dejé! ¡Cómo me gustaría que volviera!

29 de junio: No sé nada de Arthur todavía, llevo muchos días esperando, esperando en vano una carta de él. Las suyas, cuando llegan, son unas cartas afectuosas, si es que las palabras bonitas y los epítetos cariñosos pueden atribuirles ese título, pero muy breves, y llenas de excusas intrascendentes y promesas en las que no puedo confiar; y, sin embargo, ¡cómo las echo de menos! ¡Con qué ansia abro y disfruto estas escuetas contestaciones escritas a toda prisa, a las tres o cuatro largas cartas que hasta ahora ha recibido de mí!

¡Oh, es cruel dejarme tanto tiempo sola! Él sabe que no tengo a nadie con quien compartir aparte de Rachel, pues no tenemos vecinos aquí, excepto los Hargrave, cuya residencia difícilmente puedo vislumbrar desde estas ventanas —las más altas—, escondida tras esas colinas bajas y llenas de árboles ubicadas más allá del Dale. Me puse muy contenta cuando me enteré de que Milicent estaba tan cerca de nosotros; su compañía sería un consuelo para mí en este momento, pero ella todavía está en la ciudad con su madre: no hay nadie en el Grove, salvo la pequeña Esther y su institutriz francesa, pues Walter está siempre fuera. En Londres vi a ese modelo de perfecciones masculinas: apenas parecía merecer los elogios de su madre y su hermana, aunque me dio la impresión de ser más afable y agradable que lord Lowborough, más sincero y con una mente más elevada que el señor Grimsby, y más refinado y caballeroso que el señor Hattersley, el otro de los dos únicos amigos que Arthur consideró conveniente presentarme. ¡Oh, Arthur, por qué no vienes! ¡Por qué no me escribes de una vez! Hablaste de mi salud: ¿cómo puedo recuperar aquí mi lozanía y vitalidad, presa día tras día por la soledad y la angustia? Te serviría de lección encontrar a tu regreso mi buen aspecto marchitado del todo. Les pediría a mis tíos, o a mi hermano, que vinieran a verme, pero no quiero quejarme de mi soledad delante de ellos. Y la verdad es que la soledad es el más insignificante de mis males, pero ¿qué está haciendo? ¿Qué es lo que le mantiene alejado? Es esta pregunta, siempre repetida, y las sugerencias que suscita lo que me enloquece.

3 de julio: Mi última y rencorosa carta le ha arrancado, por fin, una contestación, y bastante más larga de lo acostumbrado; sin embargo, aún no sé qué pensar de ella. Me reprocha alegremente el rencor y la amargura de mi último desahogo, me dice que no puedo hacerme una idea de la cantidad de compromisos que le mantienen lejos de mí, pero asegura que, a pesar de ellos, estará conmigo para finales de la próxima semana, aunque es imposible para un hombre con sus ocupaciones fijar una fecha precisa para su regreso; entretanto me exhorta a que tenga paciencia, "la primera de las virtudes de la mujer", quiere que recuerde el dicho "la ausencia hace al corazón más cariñoso" y me conforta con la confianza de que cuanto más tiempo esté separado de mí, más me amará cuando regrese: y hasta que regrese, me ruega que siga escribiéndole religiosamente, porque, aunque se encuentra demasiado cansado y a menudo demasiado ocupado para contestar mis cartas una por una, le gusta recibirlas diariamente, y que si cumplo mi advertencia de no volver a escribirle como castigo por su abandono, se enfadará tanto que hará todo lo posible por olvidarme. Añade esta ligera información sobre la pobre Milicent Hargrave:

«Tu pequeña amiga Milicent es probable que no tarde mucho en seguir tu ejemplo y tome sobre sí el yugo del matrimonio en unión de uno de mis amigos; Hattersley, como sabes, todavía no ha cumplido su horrible amenaza de ofrendar su preciosa persona a la primera solterona que decida mostrar ternura por él; pero está decidido a cumplir su decisión de ser un hombre casado antes de que termine el año. "Únicamente —me dijo—, quiero casarme con alguien que me permita hacer las cosas a mi manera, no como tu esposa, Huntingdon; ella es una criatura encantadora, pero parece como si siempre se saliera con la suya y pudiera enfurecerse cuando se presenta la ocasión" —yo pensé: "en eso tienes razón, amigo mío", pero no se lo dije—. "Debo tener a mi lado un alma buena, tranquila, que me permita hacer lo que me gusta, ir a donde quiera, quedarme en casa o salir, sin una palabra de reproche o queja; no puedo soportar que me perturben". "Bueno —dije—, yo conozco a alguien que te viene como anillo al dedo, si no te importa el dinero, y es la hermana de Hargrave, Milicent". Quiso que se la presentara de inmediato, porque dijo que él tenía el dinero necesario... o tendría lo suficiente cuando su viejo padre decidiera desaparecer de escena. Como ves, Helen he hecho una merced a tu amiga y a mi amigo.»

¡Pobre Milicent! Pero no puedo imaginarla obligada a aceptar semejante pretendiente, alguien que está tan lejos de lo que ella considera debe ser un hombre digno de ser admirado y amado.

5 de julio: ¡Ay! Qué equivocada estaba. He recibido una larga carta de ella esta mañana, en la que me dice que ya está comprometida y que espera casarse antes de fin de mes.

Apenas sé qué decir —escribe— o qué pensar. A decir verdad, Helen, no me complace la idea en absoluto. Si voy a ser la esposa del señor Hattersley, debo intentar amarle; y lo intento con todas mis fuerzas, pero sin muchos progresos todavía; y lo peor de todo es que cuanto más lejos está de mí, más me gusta: me inquieta con sus modales bruscos y sus extrañas bravatas, y temo la idea de casarme con él. "Entonces, ¿por qué aceptaste?", me preguntarás. Yo no sabía que lo había aceptado, pero mi madre me dice que sí y él parece pensar lo mismo. Yo no tenía intención de hacerlo, pero no quería darle una negativa rotunda por miedo a que mi madre se molestara y entristeciera —pues sabía que ella quería que me casara con él—, y deseaba hablar con ella primero sobre esto, así que le contesté con lo que yo creí una disculpa, una respuesta en parte negativa; pero ella dice que fue tan buena como una aceptación, y que él pensaría que yo soy una inestable si intentaba ahora echarme atrás. Y la verdad es que estaba tan confusa y asustada en aquel momento, que apenas sé lo que dije. Y cuando volvimos a vernos me abordó con la seguridad de que era su prometida e inmediatamente comenzó a hacer los arreglos junto con mi madre. No tuve el valor de desmentirlos entonces, ¿y cómo puedo hacerlo ahora? No puedo, pensarían que estoy loca. Además, mi madre está tan alegre con la idea de la boda... cree que lo ha arreglado todo muy bien para mí, y no puedo soportar la idea de defraudarla. Yo le pongo objeciones a veces, y le digo lo que siento, pero no puedes imaginarte cómo habla. El señor Hattersley es el hijo de un próspero banquero, como sabes, y Esther y yo no tenemos fortuna, y Walter poca; así que la buena de mi madre quiere vernos a todos bien casados, es decir, unidos a cónyuges muy ricos. Dice que cuando yo esté bien instalada y no tenga que preocuparse de mí, descansará; y asegura que será una buena situación tanto para la familia como para mí. Incluso Walter está encantado con la idea, y cuando le manifiesto la aversión que siento por mi futuro marido, dice que es una insensatez infantil. ¿Crees que es una insensatez, Helen? No tendría objeción si viera alguna posibilidad de amarle y admirarle, pero no puedo. No hay en él nada que sea digno de consideración y afecto: es diametralmente opuesto a lo que yo me imaginaba que debía ser mi marido. No intentes incitarme porque mi destino ya no puede cambiarse: ya se están haciendo los preparativos para este importante evento; y no digas nada en contra del señor Hattersley, porque necesito pensar bien de él, y aunque yo misma he hablado mal, lo hago por última vez. A partir de ahora, nunca me permitiré una palabra de menosprecio, aunque parezca merecerla; y quienquiera que se atreva a hablar despectivamente del hombre a quien he prometido amar, respetar y obedecer, deberá esperar mi serio disgusto. Después de todo, imagino que es tan bueno como el señor Huntingdon, si no mejor; y, sin embargo, tú le amas y parece que estás contenta y feliz; quizá a mí me suceda lo mismo. Debes decirme, si puedes, que el señor Hattersley es mejor de lo que aparenta, que es honrado, digno, sincero, de hecho, un perfecto diamante en bruto. Puede ser todo esto, pero yo no lo conozco. Solo conozco la apariencia y es lo que espero que sea lo peor de él.

Su carta concluye así: "Adiós, querida Helen, espero ansiosamente tu consejo, pero procura que sea el acertado".

¡Ay, pobre Milicent! ¿Qué valor puedo darte, o qué consejo, salvo que es mejor enfrentarse ahora temerariamente, aunque el pago sea encolerizar a la madre, al hermano y al prometido, que consagrar toda tu vida, de aquí en adelante, a la tristeza y al lamento inútil?

Sábado, 13 de julio: Ha pasado ya la semana y no ha venido. Se está acabando el agradable verano sin que yo reciba una brisa de regocijo y él la disfrute. He estado tanto tiempo anhelando esta estación con la afectuosa, e ilusionada esperanza de disfrutarla alegremente juntos... y de que, con la ayuda de Dios y mis esfuerzos, fuera la fórmula de elevar su espíritu y refinar su gusto para que apreciara debidamente los placeres saludables y puros de la naturaleza, la paz y el sagrado amor. Pero ahora, de noche, al ver cómo el sol redondo y rojo se hunde serenamente tras esas colinas pobladas de árboles, dejándolas dormir en una bruma cálida, roja, dorada, solo pienso en el hermoso día que hemos perdido los dos; y por la mañana, cuando me despiertan el gorjeo y el aleteo de los gorriones y el canto alegre de las golondrinas —ocupados todos en alimentar a sus crías y llenar de vida y alegría sus pequeños cuerpos—, abro la ventana para aspirar el aire perfumado y estimulante, y contemplo el maravilloso paisaje, risueño por el rocío y los rayos del sol. Con demasiada frecuencia agravio este escenario glorioso con lágrimas de ingrata tristeza porque él no es capaz de sentir su influjo refrescante, y cuando vago por los viejos bosques y me encuentro con las pequeñas flores silvestres que me sonríen en el sendero, o me siento a la sombra de nuestros nobles fresnos al borde del agua, con sus ramas mecidas suavemente por la brisa estival que murmura entre su emplumado follaje, con los oídos llenos de esa música suave combinada con el ligero zumbido de los insectos, los ojos abstraídos en la superficie cristalina del pequeño lago que se extiende ante mí, con los árboles agolpados en su orilla, algunos inclinándose graciosamente a besar sus aguas, otros elevando sus copas a lo alto con majestad, pero con sus gruesas ramas extendidas sobre el borde, todos ellos reflejándose claramente en lo hondo, muy en lo hondo de su profundidad cristalina... Aunque a veces los saltos de los insectos acuáticos fragmentan las imágenes, y a veces, durante unos segundos, toda la superficie se hace añicos con una brisa que sopla demasiado violenta... Sin embargo, nada de eso me produce placer. Cuanto mayor es la felicidad que la naturaleza me regala, más me lamento de que no esté él aquí para deleitarse; cuanto mayor es la bendición que podríamos disfrutar juntos, más siento nuestra desdicha de estar separados —sí, nuestra: él debe ser desdichado, aunque quizá no lo entienda—; y cuanto más se complacen mis sentidos, más se oprime mi corazón, porque él lo tiene encerrado entre el polvo y el humo de Londres... quizá encerrado entre las cuatro paredes de su abominable club.

Pero, sobre todo, de noche, cuando entro en mi solitaria habitación y levanto la cabeza para contemplar la luna del verano, "dulce regente del cielo", que pende sobre mí en la "bóveda azul oscuro del firmamento", derramando un diluvio de brillante resplandor sobre el jardín, y el bosque, y el agua, tan pura, tan serena, tan divina, me pregunto: ¿dónde está ahora? ¿Qué está haciendo en este momento? Totalmente ajeno a este paisaje celestial... quizá divirtiéndose con sus alegres compañeros, quizá... ¡Dios, ayúdame, es demasiado!

23 de julio: ¡Ha llegado por fin, gracias a Dios! Pero ¡qué cambiado está! Colorado y febril, abstraído y lánguido, su belleza ha disminuido extrañamente, su vitalidad y su viveza han desaparecido. No lo he reprochado con el gesto ni la palabra, ni siquiera le he preguntado qué ha estado haciendo. No tengo valor para hacerlo, porque supongo que se avergüenza de sí mismo. Debe estar afligido de verdad, y una pregunta semejante sería penosa para los dos. Mi comprensión lo complace, lo emociona incluso, me atrevería a decir. Dice que se alegra de estar de nuevo en casa, y Dios sabe lo que me alegra tenerle de nuevo, incluso en el estado en que se encuentra. Se pasa casi todo el día tumbado en el sofá, y yo me paso horas cantando y tocando el piano para él. Me ocupo de contestar sus cartas en su lugar, y le llevo todo lo que necesita; a veces le leo, otras le hablo, y otras me limito a sentarme junto a él, acariciándole en silencio. Sé que no se lo merece, y temo que no le hago ningún bien, pero por esta vez lo perdonaré, libre y completamente. Le incitaré hacia la virtud si puedo y nunca volveré a permitirle que me deje sola.

Lo halagan mis atenciones, quizá está agradecido por ellas. Le gusta tenerme cerca, y aunque es tosco y displicente con sus criados y sus perros, es amable y cariñoso conmigo.

No imagino cuál sería su reacción si no me anticipara tan solícitamente a sus deseos y esquivara con tanto escrúpulo o desistiera de hacer algo que pudiera molestarlo o irritarlo, aunque fuera mínimamente. ¡Con qué intensidad deseo que sea merecedor de todos estos cuidados! Anoche, mientras estaba sentada junto a él, con su cabeza en mi regazo, pasando mis dedos por su hermosa cabellera, este pensamiento hizo llenar mis ojos de desconsoladas lágrimas, como me ocurre a menudo; pero en esta ocasión una lágrima cayó en su rostro y le obligó a mirar hacia arriba. Sonrió, pero no de una manera ofensiva.

—¡Helen, querida! —dijo—. ¿Por qué lloras? Sabes que te quiero —y apretó mi mano contra sus labios febriles—. ¿Qué más podrías desear?

—Únicamente, Arthur, que te amaras a ti mismo tan verdadera y fielmente como yo te amo.

—¡Eso sería realmente imposible! —respondió, apretándome con cariño la mano.

24 de agosto: Arthur es el mismo otra vez, tan enérgico y atolondrado, tan inconstante como siempre, tan impaciente y difícil de entretener como un niño consentido, y casi igual de malicioso también, sobre todo cuando el tiempo lluvioso le obliga a quedarse en casa. Me gustaría que tuviera algo que hacer, alguna ocupación útil, profesión o empleo, algo en que ocupar sus pensamientos o sus manos durante algunas horas al día, que lo obligara a pensar en algo más que en su propio placer. Podría ocuparse de la granja, como un caballero del campo, pero no tiene el menor conocimiento sobre estas cosas y no se detendría a considerarlo ni un momento... o comenzar algún estudio literario, aprender a dibujar o a tocar el piano, ya que le gusta tanto la música... a menudo trato de animarlo a aprender piano, pero es demasiado perezoso para semejante esfuerzo: tiene tanta idea de cómo esforzarse para remontar dificultades como de dominar sus apetitos naturales, y estas dos cosas son su perdición. Hago responsable de las dos a su riguroso, aunque negligente, padre y a su indulgente madre. Si alguna vez soy madre lucharé con empeño contra este crimen de la excesiva indulgencia. Difícilmente podría darle un nombre más agradable cuando pienso en los males que trae consigo.

Por fortuna, se acerca la época de caza y entonces, si el tiempo lo permite, tendrá bastante distracción persiguiendo y acabando con las perdices y los faisanes; no tenemos urogallo, pues de lo contrario podría estar ocupado en este momento, en vez de tumbarse bajo la acacia tirándole de las orejas a Dash. Pero dice que es muy triste cazar solo, le gustaría tener uno o dos amigos que le acompañaran.

—Pues que sean razonablemente decentes, Arthur —dije. La palabra "amigo", en sus labios, hacía que me estremeciera: sé que fue uno de sus "amigos" quien lo indujo a quedarse solo en Londres tanto tiempo. En realidad, por lo que se le ha escapado o ha sugerido una que otra vez, no tengo ninguna duda de que les enseñaba mis cartas, para que vieran con qué celo su esposa velaba por sus bienes y cuán tristemente lamentaba su ausencia; de que lo convencieron de quedarse una semana tras otra y de que se precipitara en toda clase de excesos para evitar que le tomaran por un estúpido dominado por su mujer, y quizá para exhibir lo lejos que podía llegar sin correr el peligro de resquebrajar la apasionada veneración de la cariñosa criatura. Es una idea despreciable, pero no creo que sea falsa.

—Bueno —respondió—, pensé que lord Lowborough podía ser uno de esos amigos, pero no hay posibilidad de conseguir que asista sin su esposa, nuestra común amiga, Annabella; así que debemos invitarlos a los dos. Ella no te preocupa, ¿verdad, Helen? —me preguntó con un brillo perverso en los ojos.

—Desde luego que no —respondí—. ¿Por qué iba a preocuparme? ¿Y quién más?

—El otro sería Hargrave. Le gustaría venir, aunque viva tan cerca, porque tiene poco espacio donde cazar, y podemos extender nuestras capturas en el suyo, si queremos; es absolutamente respetable, como sabes, Helen, todo un caballero; también he pensado en Grimsby: es un tipo bastante decente y tranquilo. ¿Tienes alguna objeción que poner a Grimsby?

—Lo detesto. Sin embargo, si quieres que venga, procuraré soportar su presencia durante un tiempo no muy largo.

—Es todo un prejuicio, Helen... una simple inquina femenina.

—No. Tengo sólidas razones para mi repugnancia. ¿Es eso todo?

—Bueno, creo que sí. Hattersley estará demasiado ocupado, acariciando y amando a su esposa, para que le sobre tiempo para escopetas y perros, de momento —respondió.

Y eso me recuerda que he recibido varias cartas de Milicent desde que se casó, y que está, o pretende estar, muy complacida con su suerte. Confiesa que ha descubierto innumerables bondades y virtudes en su marido, algunas de las cuales, me temo, serían difíciles de reconocer para ojos menos parciales, aunque las buscaran hasta la ceguera; y ahora que se ha familiarizado a su voz estridente y a sus modales toscos y descorteses, afirma que no encuentra dificultad en amarle como una esposa debería hacer, y me implora que queme aquella carta en la que hablaba tan imprudentemente contra él. De modo que confío en que sea feliz, a pesar de todo; pero, si lo fuera, sería enteramente una recompensa por la bondad de su corazón; porque si hubiera optado por considerarse víctima del destino, o de la sabiduría frívola de su madre, podría haber sido completamente desgraciada; y si, por cumplir con su deber, no se hubiera esforzado todo lo posible por amar a su marido, lo habría odiado, sin duda, hasta el fin de sus días.

Capítulo XXVI
Los invitados

23 de septiembre: Nuestros huéspedes llegaron hace tres semanas. Lord y lady Lowborough llevan más de ocho meses de casados; le concedo a la dama el mérito a decir que su marido es otro hombre: su apariencia, su espíritu y su carácter han mejorado visiblemente desde que lo vi la última vez. Pero aún puede mejorar. No siempre está alegre, ni contento, y ella se queja con frecuencia de su malhumor a pesar de que es la última persona que debería hacerlo, puesto que nunca lo manifiesta contra ella, salvo como consecuencia de una conducta capaz de provocar a un santo. Él todavía la adora e iría al fin del mundo por complacerla. Ella conoce su poder y lo utiliza; sabe perfectamente que seducir y halagar es más seguro que mandar, y suaviza con astucia su prepotencia con halagos y encantos suficientes como para hacer que él se considere un hombre privilegiado y feliz.

Ella tiene otra forma de atormentarlo que me convierte en una compañera de disgusto... o podría convertirme en eso, si me considerara tal. Esta consiste en coquetear abiertamente, aunque no de forma evidente, con el señor Huntingdon, quien está deseoso de seguirle el juego; pero no me preocupo por ello, porque, para él, no se trata más que de satisfacer su vanidad, de un deseo perverso de provocar mis celos y, quizá, de torturar a su amigo; y a ella, sin duda, la animan motivos muy similares, con la diferencia de que hay menos afán de juego y más malicia en sus artificios. Por tanto, en lo que a mí respecta, mi interés consiste, obviamente, en decepcionarlos a los dos conservando una alegre e imperturbable tranquilidad en todo momento; en consecuencia, me esfuerzo por demostrar la gran confianza que tengo en mi marido y la total indiferencia por la malicia de mi atractiva invitada. Solo una vez le he llamado la atención al primero y fue por reírse del semblante melancólico y angustiado de lord Lowborough una noche, después de haber estado los dos especialmente provocadores; y en esa ocasión, la verdad es que me extendí a gusto sobre el tema y le reproché con bastante severidad. Sin embargo, él se limitó a reír y dijo:

—Te da lástima, ¿verdad, Helen?

—Me da lástima cualquier persona tratada injustamente —contesté—, y también me dan pena aquellos que la ofenden.

—¡Vaya, Helen, estás tan celosa como él! —gritó, riéndose todavía más, y me fue imposible persuadirlo de su error. Así, a partir de entonces, he tenido mucho interés en evitar cualquier alusión al tema, y dejar a lord Lowborough que se cuide por sí mismo. Él carece del poder o la intuición para seguir mi ejemplo, aunque trata de ocultar su desagrado lo mejor que puede; no obstante, se le acaba notando en la cara, y su malhumor asoma a intervalos, aunque no con la expresión de una abierta animosidad: ellos nunca llegan tan lejos como para respaldarla. Sin embargo, confieso que a veces yo misma me siento celosa —dolorosa y amargamente celosa— cuando ella canta y toca el piano para él, y él se apoya en el instrumento y alaba su voz con un entusiasmo verdadero, entonces sé que está realmente encantado y que yo no tengo el poder de despertar en él un fervor similar. Puedo entretenerlo y complacerlo con mis sencillas canciones, pero no deslumbrarlo de esa forma.

Si quisiera, podría vengarme, ya que el señor Hargrave muestra una disposición muy cortés y atenta conmigo en mi calidad de anfitriona, una vez que se ha notado la desatención excesiva de Arthur, no sé si por sentir una compasión equivocada hacia mí, o por hacer alarde de su buena educación en comparación con el abandono de su amigo; en cualquier caso, sus cumplidos me resultan muy desagradables. Si Arthur es un poco descuidado, resulta naturalmente molesto ver el exagerado defecto por el contraste y ser compadecida como esposa desatendida, cuando no me considero tal, es un insulto que apenas puedo tolerar. Pero en beneficio de la hospitalidad, hago lo posible por reprimir mi antipatía poco razonable y comportarme con una cortesía decente con nuestro invitado, quien, no tengo más remedio que reconocer, no es, en absoluto, un compañero desagradable: tiene talento para la conversación, así como una cultura y un gusto interesantes, y habla sobre temas que a Arthur no le interesan en absoluto y que sería imposible siquiera mencionarle. Pero a Arthur no le gusta que hable con él y se muestra visiblemente irritado por elementales gestos de cortesía; no quiero dar a entender que mi marido sospeche indignamente de mí —o de su amigo, creo—, sino que no soporta que exista otra fuente de placer que no sea él, otros homenajes y atenciones que no sean los suyos; sabe que él es mi sol, pero cuando decide retirarme su luz preferiría que mi cielo se oscureciera completamente, no soporta que pueda recurrir a una luna para atenuar la pérdida. Esto me parece arbitrario y a veces siento la tentación de mortificarlo como se merece, pero no caeré en la tentación: si lleva demasiado lejos su juego con mis sentimientos, encontraré otros medios de marcar los límites.

28 de septiembre: Ayer fuimos al Grove, la desaliñada casa del señor Hargrave. Su madre nos pedía a menudo que le permitiéramos disfrutar de la compañía de los amigos de su querido Walter; en esta ocasión nos había invitado a una cena y había congregado a toda la gente principal de los alrededores para agasajarnos. La velada fue muy agradable, pero yo no podía sacarme de la cabeza lo que le habría costado. No me gusta la señora Hargrave: es una mujer jactanciosa, egoísta, frívola e interesada. Tiene el dinero suficiente para vivir con desahogo, pero no sabe cómo utilizarlo con raciocinio, y ha transmitido a su hijo el mismo defecto; ella se esfuerza continuamente por mantener las apariencias, con ese despreciable orgullo que rehúye la apariencia de pobreza como si fuera un delito. Agobia a sus subordinados, acosa a sus criados y priva a sus hijas y a sí misma de las verdaderas comodidades de la vida, porque no consentiría en ceder un palmo en la apariencia exterior ante aquellos que son tres veces más ricos que ella; y, sobre todo, porque está resuelta a que su queridísimo hijo pueda "codearse con los caballeros de más alto rango del país". Presumo a este hijo como un hombre de gustos caros —no un manirroto temerario, o un hombre abandonado al sensualismo, sino alguien a quien le gusta "que todo lo que está a su alrededor sea elegante", y llegar hasta un cierto límite en los excesos juveniles—, no tanto para complacer sus preferencias como para mantener su reputación de hombre de la alta sociedad y de amigo respetable entre sus licenciosos compinches; aunque es demasiado egoísta para considerar cuántas comodidades podrían conseguirse para su sacrificada madre y sus hermanas con el dinero que malgasta en sí mismo: siempre y cuando ellas puedan hacer una respetable presentación en la ciudad una vez al año, les concede poca relevancia a las luchas y ataques privados escenificados en su casa. Este es un duro juicio sobre el "querido, noble y generoso Walter", pero me temo que es demasiado correcto.

La aspiración de la señora Hargrave por conseguir buenos matrimonios para sus hijas es en parte la causa, y en parte el resultado, de estos errores: haciendo una buena actuación en sociedad con el lucimiento de sus hijas espera alcanzar mejores oportunidades para ellas; al vivir estas por encima de sus posibilidades y al derrochar tanto en su hermano, las deja sin dote y las convierte en cargas para ella. Pobre Milicent, me temo que ya ha sido sacrificada a las artimañas de esta equivocada madre, que se enaltece de haberse quitado de encima tan provechosamente su deber maternal y espera hacer lo mismo con Esther. Pero Esther es una niña todavía, una alegre criatura de catorce años: tan buena y tan cándida y sencilla como su hermana; pero con un espíritu decidido que, sospecho, a su madre le costará doblegar para realizar sus propósitos.

Capítulo XXVII
Una fechoría

9 de octubre: La noche del 4, poco después de tomar el té. Annabella había estado cantando y tocando el piano, con Arthur a su lado, como suele hacerlo; había terminado su canción, pero todavía permanecía sentada ante el instrumento, y él estaba apoyado en el respaldo de su silla, conversando en voz baja, con su rostro muy cerca del de ella. Miré a lord Lowborough. Estaba en el otro extremo de la sala, hablando con los señores Hargrave y Grimsby, pero lo observé lanzar hacia su esposa y su anfitrión una mirada rápida e impaciente, de elocuente de una intensa inquietud, ante la que Grimsby sonrió. Dispuesta a interrumpir el *tête-á-tête*, me levanté y, seleccionando una partitura de las que estaban sobre el atril, me acerqué al piano con la intención de pedirle a la dama que la tocara; pero me quedé estupefacta y sin palabras al verla escuchando, con lo que parecía una sonrisa jubilosa en su rostro sonrojado, los delicados murmullos de Arthur, con su mano subyugada y apretada a la de él. La sangre se agolpó primero en mi corazón y luego en mi cabeza, porque había algo más: casi en el mismo momento en que me acercaba, Arthur miró rápidamente por encima de su hombro a los demás ocupantes de la sala, y luego le besó con fervor la subyugada mano. Al levantar los ojos me miró y los bajó de nuevo, confundido y espantado. Ella también advirtió mi presencia y me lanzó una mirada de perverso desafío. Dejé la partitura sobre el piano y me alejé. Me sentí indispuesta, pero no salí de la sala; afortunadamente, se estaba haciendo tarde, y no podía pasar mucho tiempo para que la reunión se terminara.

Me acerqué a la chimenea y apoyé la cabeza sobre la repisa. Dos minutos más tarde alguien se acercó a preguntarme si me sentía indispuesta. Yo no respondí. La verdad es que en aquel instante no sabía lo que me habían dicho, pero alcé los ojos de forma inconsciente y vi al señor Hargrave junto a mí, sobre la alfombra.

—¿Quiere que le traiga un vaso de vino? —murmuró.

—No, gracias —respondí y, apartándome de él, miré a mi alrededor. Lady Lowborough estaba junto a su marido, que estaba sentado, inclinada sobre él, hablándole dulcemente y sonriéndole; y Arthur estaba al lado de la mesa, mirando un libro de grabados. Me senté en la silla más próxima a él y el señor Hargrave, viendo que sus atenciones no eran necesarias, se retiró discretamente. Poco después la reunión se terminó, y, mientras los huéspedes se retiraban a sus habitaciones, Arthur se acercó a mí, sonriendo con la mayor seguridad.

—¿Estás muy enfadada, Helen? —murmuró.

—Esto no es una broma, Arthur —dije severamente, pero con toda la calma que pude reunir—, a menos que pienses que es una broma perder mi afecto para siempre.

—¿Cómo? ¿Tanto te ha molestado? —exclamó, festivo, cogiéndome la mano entre las suyas; pero yo la retiré, indignada, casi con asco, pues era obvio que estaba bebido.

—Entonces debo arrodillarme —dijo y, arrodillándose ante mí con las manos juntas en actitud de ruego, continuó—: ¡Perdóname, Helen! ¡Perdóname, querida Helen, nunca lo volveré a hacer! —y escondiendo el rostro en su pañuelo, fingió un llanto estrepitoso.

Cogí una vela y, dejándolo así, escapé de la habitación y subí las escaleras lo más rápido que pude. Pero él advirtió enseguida que le había dejado solo y, corriendo detrás de mí, me rodeó con sus brazos justo cuando ya había entrado en la habitación y estaba a punto de cerrar la puerta.

—¡No, no, cielos, no huirás de mí de esa manera! —gritó. Luego, angustiado por mi agitación, me rogó que no me encolerizara de aquel modo, diciéndome que estaba lívida y que me enfermaría mortalmente si lo hacía.

—Déjame, entonces —murmuré y él me soltó al instante, afortunadamente, porque yo estaba furiosa. Me dejé caer en la butaca y me esforcé por reanimarme, pues quería hablarle con serenidad. Él permaneció de pie junto a mí, pero no se atrevió a tocarme o a hablar durante unos segundos; luego, acercándose un poco más, puso una rodilla en el suelo, no en actitud de burlona humildad, sino para ponerse a mi altura, apoyó una mano en un brazo de la butaca y empezó a decir en voz baja:

—Todo es una necedad, Helen... una simple broma, nada... a lo que merezca la pena dedicar un solo pensamiento. ¿No comprenderás nunca —continuó con más descaro— que no tienes nada que temer de mí, que te amo total y enteramente? Y si —prosiguió con una sonrisa furtiva— alguna vez doy atención a otra mujer, puedes perdonarlo muy bien, porque esos juegos son fugaces como un relámpago, mientras que mi amor por ti arde continuamente y para siempre como el sol. Pequeña tirana desmesurada, no...

—¿Quieres callarte un momento, Arthur? —dije—. Escúchame y no creas que tengo un arrebato de celos. Estoy muy tranquila. Mira mi mano —y la extendí solemnemente hacia él, pero la cerré sobre la suya con una energía que contradecía mi afirmación, lo que le hizo sonreír—. No hay razón para reírse, señor —dije, sin dejar de apretar el puño, mirándolo fijamente hasta casi intimidarlo—. Puede usted encontrar muy divertido, señor Huntingdon, entretenerse provocando mis celos; pero tenga cuidado, no vaya a ser que en su lugar provoque mi odio. Y cuando haya logrado extinguir mi amor, le resultará muy difícil hacerlo arder de nuevo.

—Está bien, Helen, no volveré a ofenderte. Pero no quise dar a entender nada, te lo aseguro. Había bebido mucho vino, y en aquel momento no era yo mismo en realidad.

—Con frecuencia bebes demasiado vino, y esa es otra costumbre que detesto —él alzó la vista hacia mí, atónito ante mi firmeza—. Sí —continué—, nunca lo había mencionado porque me avergonzaba hacerlo; pero ahora te diré que eso me preocupa y me martiriza que continúes haciéndolo y dejas que el hábito se apodere de ti, lo que ocurrirá si no te detienes a tiempo. Pero todo tu comportamiento con lady Lowborough no es responsabilidad del vino, esta noche sabías perfectamente lo que estabas haciendo.

—Bien, lamento haberlo hecho —dijo, con más obstinación que arrepentimiento—. ¿Qué más?

—Lo lamentas porque te vi, sin duda —le respondí fríamente.

—Si no me hubieras visto —murmuró, mirando la alfombra— no habría causado ningún daño.

Me sentí a punto de estallar, pero estaba decidida a ocultar mis sentimientos y contesté con calma:

—¿Crees que no?

—No —respondió él con audacia—. Después de todo, ¿qué he hecho? No es nada. Lo que ocurre es que has decidido transformarlo en motivo de acusación y desgracia.

—¿Qué pensaría lord Lowborough, tu amigo, si lo supiera todo? ¿Qué pensarías tú mismo, si él o alguien se hubiera comportado conmigo como tú lo has hecho con Annabella?

—Le volaría los sesos.

—Entonces, Arthur, ¿cómo puedes restarle importancia a una ofensa por la que encontrarías justificado volarle los sesos a alguien, como tú dices? ¿Consideras irrelevante jugar con los sentimientos de tus amigos y los míos, tratando de robarle a un hombre el cariño de su mujer, cuando él lo valora más que a su dinero, con lo que el robo es todavía más vergonzoso? ¿Se puede jugar con las promesas del matrimonio? ¿No significa nada para ti faltar a ellas para divertirte y tentar a otra persona a hacer lo mismo? ¿Debo amar a un hombre que hace semejantes cosas y afirma alegremente que no tienen ninguna importancia?

—Tú tampoco cumples tus promesas matrimoniales —dijo, levantándose furioso y poniéndose a pasear de un lado a otro—. Prometiste honrarme y obedecerme, y ahora intentas intimidarme con rabietas; me amenazas y acusas, y dices que soy peor que un forajido. Si no fuera por tu situación, Helen, no lo permitiría tan dócilmente. No me gusta que una mujer mande sobre mí, aunque sea mi esposa.

—¿Qué harás entonces? ¿Continuarás haciéndolo hasta que te odie, y luego me acusarás de romper mis promesas?

Se quedó callado un momento, y luego respondió:

—Nunca me odiarás. —Volviendo a su postura anterior, a mis pies, repitió con más vehemencia—: No puedes odiarme mientras yo te ame.

—Pero ¿cómo puedo estar segura de tu amor si tu conducta sigue siendo la misma? Ponte por un momento en mi lugar: ¿creerías que te amo si me comportara como tú lo haces? ¿Creerías en mi palabra y me respetarías y confiarías en mí en semejantes circunstancias?

—Nuestros casos son diferentes —respondió—. Forma parte de la naturaleza de una mujer ser constante, amar a un hombre, solo a uno, ciega, tiernamente y para siempre. ¡Dios las bendiga, maravillosas criaturas! ¡Y a ti más que a ninguna! Pero debes tener piedad de nosotros, Helen; debes ser más tolerante con nosotros, porque como dijo Shakespeare:

Por mucho que nos elogiemos,
nuestros caprichos son más huidizos y efímeros,
más anhelantes, indecisos, más rápidamente perdidos y ganados
que los de las mujeres.

—¿Quieres decir que tus fantasías están perdidas para mí y ganadas por lady Lowborough?

—No. El cielo sabe que la considero simple polvo y cenizas en comparación contigo, y seguiré pensando lo mismo, a no ser que me apartes de ti con tu excesiva severidad. Ella es una hija de la tierra y tú eres un ángel del cielo, solo te pido que no seas demasiado severa en tu divinidad y que recuerdes que yo soy un pobre y débil mortal.

Vamos, Helen, ¿no vas a perdonarme? —dijo, cogiéndome cariñosamente una mano y mirándome con una sonrisa inocente.

—Si lo hago, volverás a ofenderme.

—Juro por...

—No jures, tengo tanta fe en tu palabra como en tu juramento. Me gustaría poder confiar en ambos.

—Inténtalo, Helen: ¡confía en mí, perdóname esta vez y verás! Vamos, sufro los tormentos del infierno esperando que digas una palabra.

No la pronuncié, pero puse mi mano sobre su hombro y lo besé en la frente, y luego me deshice en lágrimas. Me abrazó con dulzura, desde entonces hemos sido buenos amigos. Ha sido decente y comedido en la mesa y su comportamiento con lady Lowborough ha sido intachable. El primer día se mantuvo alejado de ella siempre que pudo, sin olvidar por ello sus deberes de anfitrión; desde entonces ha sido amable y educado, pero nada más, al menos en mi presencia, si bien creo que en todo momento. Ella parece malhumorada y arrogante y lord Lowborough está más jovial y se muestra más cordial con su anfitrión que antes. Pero estoy deseando que se vayan, porque siento tan poca simpatía por Annabella que es un gran esfuerzo ser educada con ella, y como es la única mujer que hay en la casa, aparte de mí, me veo obligada a estar con ella. La próxima vez que nos invite la señora Hargrave acogeré su idea como un alivio. Se me ha ocurrido pedir permiso a Arthur para invitar a la vieja dama a quedarse con nosotros hasta que se marchen los invitados. Creo que lo haré. Ella lo tomará como una amable cortesía y, aunque su compañía no me agrada del todo, será realmente bien recibida como una tercera persona que se coloque entre lady Lowborough y yo.

La primera vez que las dos estuvimos a solas, después de aquella desventurada noche, fue una hora o dos después del desayuno del día siguiente, cuando los caballeros salieron, después del tiempo usualmente dedicado a escribir cartas, a leer el periódico y a conversaciones desordenadas. Permanecimos sentadas en silencio durante dos o tres minutos. Ella estaba ocupada en su labor y yo repasaba las columnas de un periódico, que hacía ya veinte minutos había leído y releído.

Para mí era un momento de penosa confusión y pensé que para ella debía de serlo infinitamente más, pero al parecer estaba equivocada. Ella fue la primera en hablar y, sonriendo con la mayor desfachatez, dijo:

—Tu marido estaba muy alegre anoche, Helen. ¿Lo está a menudo?

Sentí que me subía la sangre a la cara, pero era mejor que ella atribuyera la conducta de Arthur a aquello que a cualquier otra cosa.

—No —respondí—, y confío en que nunca vuelva a estarlo.

—Lo reprendiste, ¿verdad?

—No, pero le dije que no aprobaba su comportamiento y me prometió que no se repetiría.

—Me dio la impresión esta mañana de que estaba muy dócil —continuó—. Tú, Helen, veo que has estado llorando. Ese es nuestro gran recurso, ¿sabes? Pero ¿no se te irritan los ojos? ¿Eres capaz de llorar en cualquier momento?

—Nunca lloro como producto de una táctica, ni puedo concebir que alguien lo haga.

—Bueno, no sé. Nunca he tenido ocasión de intentarlo, pero creo que si Lowborough llegara a cometer tal atrevimiento, lo haría llorar a él. No me extraña que te hayas enfadado, porque estoy segura de que le daría a mi marido una lección que no olvidaría fácilmente por una ofensa menos grave que esa. De todas formas, él nunca haría una cosa parecida, porque para eso lo mantengo a raya.

—¿No crees atribuirte equivocadamente todo el mérito? Por lo que he oído, lord Lowborough era tan notable por su moderación algún tiempo antes de casarse contigo como lo es ahora.

—Oh, te refieres al vino; sí, no corre peligro por eso. Y en cuanto a mirar de soslayo a otra mujer, también se cuida muy bien de hacerlo, y seguirá así mientras yo viva, porque idolatra hasta el suelo que piso.

—Desde luego. ¿Y estás segura de merecerlo?

—Bueno, en cuanto a eso, no sé qué decir: como sabes, todas somos criaturas inseguras, Helen; ninguno de nosotros merece ser adorado. Pero ¿estás segura de que tu querido Huntingdon merece todo el amor que le profesas?

No supe qué responder a esto. Estaba ardiendo de furia, pero me esforcé por esconderlo y me limité a morderme el labio inferior y pretender que arreglaba mi bordado.

—De todas formas —continuó, valiéndose de su ventaja—, puedes tranquilizarte con la seguridad de que eres digna de todo el amor que él te da.

—Me halagas —dije—, pero, al menos, puedo intentar ser digna de él.

Y luego cambié de la conversación.

Capítulo XXVIII
Sentimientos paternales

25 de diciembre: En la Navidad pasada era una novia con un corazón rebosante de felicidad y lleno de ardientes esperanzas respecto al futuro, aunque no exenta de temores premonitorios. Ahora soy una esposa: mi felicidad es mesurada, pero no destruida; mis esperanzas disminuyen, pero no desaparecen; mis temores aumentan, pero no se confirman todavía del todo; y, gracias al cielo, también soy madre. Dios me ha enviado un alma para que la eduque para el cielo y me ha concedido una dicha nueva y más serena, y esperanzas más fuertes para confortarme.

Lamentablemente, parece como si detrás de la esperanza siempre tuviera que ocultarse el miedo, y cuando estrecho a mi adorado pequeño contra mi pecho, cuando velo su sueño con indescriptible deleite y toda la esperanza anida en mi corazón, siempre merodean por ahí uno o dos pensamientos dispuestos a poner fin a mi gozo. Uno: me lo pueden arrebatar; otro: puede acabar maldiciendo su propia existencia. En el primer caso, tengo este consuelo: el brote, aunque arrancado, no se marchitaría, solo sería transferido a un terreno más adecuado para que él madurara y creciera bajo un sol más resplandeciente; y aunque en este caso yo no podría presenciar y alentar el despliegue del intelecto de mi hijo, al menos este sería arrancado de las garras de las miserias y los pecados de la tierra, y mi visión del mundo me dice que esto no sería un gran daño; pero mi corazón se achica solo de imaginar esta posibilidad y me susurra que no podría soportar verlo morir, y renunciar en favor de una tumba fría y cruel a esta forma tan acariciada, cálida de vida frágil —carne de mi carne y altar de esa llama pura que sería la dulce tarea de mi vida mantener inmaculada y a salvo del mundo—, y suplico ardientemente que el cielo le permita seguir siendo mi consuelo y mi alegría y me permita ser su escudo, su maestra, su amiga, para guiarle por el peligroso camino de la juventud y adiestrarlo para ser el servidor de Dios mientras more en la tierra y un santo bendecido y honrado cuando esté en el cielo. Pero en el caso del segundo pensamiento, si ha de vivir para defraudar mis esperanzas y frustrar todos mis esfuerzos —para convertirse en un esclavo del pecado, una presa del vicio y la desgracia, una maldición para otros y para sí mismo—, ¡Padre Eterno, si Tú has pronosticado semejante vida para él, llévatelo de mi lado ahora mismo por inconsolable que sea mi angustia, y arráncalo de mi pecho para acogerlo en el Tuyo ahora cuando todavía es un corderillo sin mancha ni malicia!

¡Mi pequeño Arthur! Duermes en tu sueño inconsciente y dulce, diminuta representación de tu padre, pero aún sin mancha, como esa nieve limpia caída del cielo. ¡Que Dios te salve de sus errores! ¡No sabes cómo vigilaré y lucharé para alejarte de ellos! Se despierta, extiende sus bracitos hacia mí, sus ojos se abren, se encuentran con mi mirada, pero no me responden. ¡Mi pequeño ángel! No me conoces, no puedes pensar en mí ni amarme todavía; y, sin embargo, con qué pasión se ata mi corazón al tuyo, ¡qué satisfecha me siento por toda la alegría que me das! Si tu padre pudiera compartirla conmigo... si pudiera sentir mi amor, mi esperanza y participar de mis decisiones y proyectos para el futuro... no, si pudiera solamente armonizar con la mitad de mis puntos de vista y compartir la mitad de mis sentimientos, eso sería una bendición para él mismo y para mí: así se elevaría y depuraría su espíritu y él se sentiría más conectado a su hogar y a mí.

Quizá el interés y el afecto por su hijo crezcan en la medida en que él vaya creciendo. De momento se siente satisfecho con la adquisición y espera se convierta en un buen mozo y un heredero estimable, y eso es casi todo lo que puedo decir. Al principio fue para él objeto de asombro y gracia, aunque no para tocarlo: ahora es un objeto casi indiferente, excepto cuando le irrita su "incapacidad" e "imperturbable estupidez" —como dice él—, o por mi excesiva atención a sus necesidades. Muchas veces viene a sentarse a mi lado cuando estoy ocupada con mis labores maternales. Al principio yo pensaba que era por el placer de contemplar a nuestro inapreciable tesoro, pero pronto descubrí que era solo para sentir compañía y huir de la soledad. Yo le acojo con amabilidad, naturalmente, pero el mejor cumplido para una madre es valorar a su pequeño. Me dejó muy impresionada en una oportunidad: todo ocurrió unos quince días después del nacimiento de nuestro hijo, estando él conmigo en la habitación del niño. Habíamos guardado silencio los dos durante un rato. Yo estaba totalmente absorbida en los cuidados del bebé y creí que él, a su vez, también lo estaba contemplándolos, al menos en la medida en que yo lo consideraba capaz. Pero de pronto me sacó violentamente de mi ensimismamiento exclamando:

—¡Helen, acabaré odiando a ese pilluelo si sigues adorándolo de esa manera tan demencial! ¡Estás loca por él!

Yo levanté la mirada hacia él, asombrada e incrédula, para comprobar si estaba hablando en serio.

—No piensas en otra cosa —continuó diciendo, con el mismo énfasis—. Puedo ir o venir, estar presente o ausente, alegre o triste, y a ti te da igual. En cuanto está de por medio esa horrible criatura, no te importa nada lo que pueda pasarme.

—Eso es falso, Arthur. Cuando entras en la habitación me siento siempre doblemente feliz, cuando estás cerca de mí, disfruto tu presencia, aunque no te mire; y cuando pienso en nuestro hijo, me complace la idea de compartir nuestros pensamientos y sentimientos, aunque no hable de ellos.

—¿Cómo demonios voy a desperdiciar mis pensamientos y sentimientos en un pequeño idiota e inútil como ese?

—Es tu hijo, Arthur, y si eso para ti no significa nada, es mi hijo; y deberías respetar mis sentimientos.

—Bueno, no te enfades, no ha sido más que una equivocación

—se excusó—. El niño me parece bien, solo que no puedo adorarlo como tú.

—Como castigo, vas a cuidar un rato de él —dije yo, poniéndome de pie para dejar al bebé en los brazos de su padre.

—¡No, Helen, no…! —gritó, con el rostro descompuesto.

—¡Sí, sí...! Lo querrás más cuando lo sientas en tus brazos.

Puse la preciosa criatura en sus manos y me retiré al otro extremo de la habitación, riéndome de la expresión de absurdo desconcierto con la que se sentó con el niño en los brazos mientras le miraba como si fuera un curioso ser de otro planeta.

—Ven a cogerlo, Helen, ven —gritó por fin—. Como no vengas lo dejo caer.

Conmovida por su disgusto o, quizá, más bien, alarmada por la inseguridad del niño, lo liberé de la carga.

—Bésale, Arthur, bésale... ¡Todavía no lo has besado ni una vez! —dije, de rodillas, acercándoselo.

—Preferiría besar a su madre —replicó, abrazándome—. ¿Vale así?

Volví a sentarme en el sillón y ofrecí a mi pequeño una lluvia de besos cariñosos para compensar la negativa de su padre.

—¡Míralo! —gritó su celoso progenitor—. En un minuto has derramado más besos sobre esa pequeña cosa insensible e ingrata de los que me has dado a mí en las últimas tres semanas.

—Ven, entonces, insaciable acaparador y recibirás tantos como quieras, a pesar de lo poco que te lo mereces y de lo incorregible que eres... ¿Te parece bastante? No pienso darte ni uno más hasta que hayas aprendido a querer a nuestro niño como debería hacerlo un padre.

—Pero si el pequeño granuja me gusta...

—¡Arthur...!

—Bueno, el pequeño ángel me gusta mucho —y tocó su delicada naricita para demostrar su afecto—. Pero lo que pasa es que no puedo quererlo. ¿Qué es lo que hay que querer? Él no puede quererme a mí, ni a ti tampoco; no puede entender ni una palabra de lo que le dices, ni sentir el más mínimo agradecimiento por el cariño que le profesas. Esperemos a que pueda mostrar un poco de afecto por mí y entonces pensaré en quererlo. De momento no es más que un pequeño egoísta insensible y guapo, y si tú ves algo adorable en él, me parece muy bien... Solo que me sorprende que lo veas.

—Si tú mismo, Arthur, fueras menos egoísta, no lo verías así.

—Posiblemente no, cariño, pero el caso es que no se puede remediar.

Capítulo XXIX
El vecino

25 de diciembre de 1823: Otro año se ha ido.

Mi pequeño Arthur crece y se desarrolla. Es sano, pero no fuerte, lleno de suave alegría y vivacidad, ya es cariñoso, susceptible de pasiones y emociones que tardará en encontrar palabras para expresar. Al fin se ha ganado el corazón de su padre, y ahora mi angustia constante es que no se estropee con la indulgencia imprudente de ese padre. Pero también debo estar atenta a mi propia debilidad, porque nunca supe hasta ahora lo fuerte que son las tentaciones de los padres para malcriar a un hijo único.

Necesito del consuelo de mi hijo, porque —a este papel silencioso puedo confesárselo— no tengo mucho en mi marido. Lo amo todavía, y él me ama a su manera, pero ¡oh, qué diferente del amor que podría haber dado y del que había esperado recibir alguna vez! Qué poca afinidad real existe entre los dos. ¡Cuántos pensamientos y sentimientos quedan tristemente encerrados dentro de mi alma! ¡Cuánto de mi yo más elevado y mejor sigue sin estar casado... condenado a insensibilizarse y amargarse en la oscura sombra de la soledad, o a degenerarse y marchitarse por falta de alimento en este suelo insano! Pero, reitero, no tengo derecho a quejarme; solo permítaseme registrar la verdad —parte de la verdad, al menos— y ver de ahora en adelante si algunas verdades más sombrías ennegrecen estas páginas. Hace dos años que estamos juntos: el "romance" debe haberse marchitado completamente. Tengo la seguridad de que el afecto de Arthur ha descendido a lo más bajo y he descubierto todas las desgracias de su naturaleza; si ha de haber algún cambio, debe ser para mejor, en cuanto nos acostumbremos el uno al otro: estoy segura de que no podemos caer más bajo. Y, si es así, podré llevarlo bien... tan bien, por lo menos, como hasta ahora.

Arthur no es lo que se diría un hombre malo: tiene muchas cualidades, pero carece de control sobre sí mismo o aspiraciones admirables, es un amante del placer, entregado a los goces animales; no es un mal marido, pero sus ideas sobre los deberes y beneficios del matrimonio no son las mías. A juzgar por las apariencias, su ideal de una esposa es la de una cosa que lo ame devotamente sin salir de casa, que vele por su marido, lo entretenga y procure su bienestar en todo momento, mientras él esté a su lado; y que cuando él esté ausente, se ocupe de sus intereses, domésticos y de otro tipo, y espere su regreso, sin importarle aquello en lo que él pudo estar ocupado entretanto.

Al comienzo de la primavera, anunció su propósito de ir a Londres: sus asuntos allí requerirían su atención y su presencia, dijo, y no podían postergarse por más tiempo. Expresó su pena por tener que dejarme sola, pero esperaba que me entretuviera con el niño hasta su regreso.

—Pero ¿por qué dejarme? —dije—. Puedo ir contigo: estoy lista para hacerlo en cualquier momento.

—¿Llevarías al niño a la ciudad?

—Sí, ¿por qué no?

La idea era absurda: el aire de la ciudad no era recomendable para mí, ni para él, que era un niño de pecho; en tales circunstancias, el horario y las costumbres de Londres no me sentarían bien y, en conjunto, me aseguró que sería engorroso, perjudicial y peligroso. Rebatí sus argumentos lo mejor que pude, porque me estremecía la idea de que se fuera solo, y estaba dispuesta a sacrificarme por mi propio bien, más aun por el del niño, para evitarlo; pero al final me dijo, rotundo y algo impertinentemente, que no podía ir con él: estaba agotado por las intranquilas noches que le daba el niño y necesitaba un poco de paz. Le propuse que viviéramos en habitaciones separadas, pero no sirvió de nada.

—La verdad, Arthur —dije por fin—, es que estás hastiado de mi compañía y estás decidido a no llevarme contigo. Podrías haberlo dicho así desde el principio.

Lo negó, pero yo abandoné la habitación de inmediato y corrí al cuarto del niño para ocultar mis emociones, ya que no podía controlarlas allí.

Estaba demasiado ofendida para seguir expresando mi desacuerdo con sus planes, o volver a referirme al tema, salvo para llevar a cabo los trámites necesarios para su partida y la dirección de los asuntos en su ausencia, hasta el día antes de marcharse, cuando lo exhorté seriamente a cuidarse y mantenerse alejado del camino de la tentación. Él se rio de mi preocupación, me aseguró que no tenía razón para preocuparme y prometió seguir mi consejo.

—Supongo que es inútil pedirte que pongas fecha a tu regreso —dije.

—No podría hacerlo con seguridad, teniendo en cuenta las circunstancias; pero ten la seguridad, amor mío, de que no estaré fuera mucho tiempo.

—No deseo tenerte prisionero en casa —repliqué—. No lamentaría que estuvieras meses enteros fuera y pudieras ser feliz tanto tiempo sin mí, siempre y cuando supiera que estás bien: pero no me agrada la idea de que estés allí con tus amigos, como tú los llamas.

—¡Bah, bah, qué tonta eres! ¿Crees que no puedo cuidar de mí mismo?

—No lo hiciste la última vez. ¡Pero esta vez, Arthur —añadí, con expresión contundente—, demuéstrame que puedes, y dame razones para confiar en ti sin temor!

Me lo prometió seriamente, pero de la misma manera en que se trata de consolar a un niño. ¿Y cumplió su promesa? No, desde ahora nunca podré confiar en su palabra. ¡Amarga, amarga confesión! Las lágrimas me ciegan mientras escribo. Se marchó a principios de marzo y no volvió hasta julio. En esta ocasión no me molesté en buscarle excusas, y sus cartas fueron menos frecuentes, más cortas y menos cariñosas, sobre todo después de las primeras semanas: cada vez tardaban más en llegar y eran más escuetas e inexpresivas. No obstante, cuando dejé de escribirle, se quejó de mi abandono. Cuando le escribí cartas serias e impasibles, como confieso hice al final, me reprochó mi frialdad y dijo que era suficiente para ahuyentarle de su hogar; cuando intentaba ser tiernamente persuasiva, se mostraba un poco más amable en sus respuestas y prometía regresar; pero yo, al menos, había aprendido a no tener en cuenta sus promesas.

Aquellos fueron cuatro meses infelices, en los que mi ánimo osciló entre la angustia, la desesperación y la indignación; sentía piedad de él y de mí. Sin embargo, a pesar de todo, no estaba afligida; tenía a mi pequeño, inofensivo, querido, inocente, para consolarme, pero incluso este consuelo estaba muy empañado por un pensamiento repetitivo y constante: "¿Cómo podré enseñarle a respetar a su padre y, no obstante, a no seguir su ejemplo?".

Pero recordé que yo me había buscado, en cierto modo, voluntariamente, esta desgracia; y decidí soportarla sin un suspiro. Al mismo tiempo decidí no entregarme a la tristeza por las faltas de otro, y esforzarme por divertirme todo lo que pudiera; además de la compañía de mi hijo y la de mi querida y fiel Rachel —que, evidentemente, se daba cuenta de mi tristeza, aunque era demasiado discreta para mencionarlo—, tenía mis libros y mis pinceles, mis tareas domésticas y la ocupación de procurar el bienestar de los pobres arrendatarios y jornaleros de Arthur. Buscaba y encontraba distracción en la compañía de mi joven amiga Esther Hargrave: a veces iba a caballo a verla y una o dos veces vino ella a pasar el día en la finca. La señora Hargrave no visitó Londres aquella temporada; no teniendo hija para casar, creyó más provechoso quedarse en casa y economizar. Para mi sorpresa, Walter vino a hacerle compañía a comienzos de junio y se quedó hasta casi finales de agosto.

La primera vez que lo vi fue un adorable y cálido atardecer cuando estaba paseando por el parque con el pequeño Arthur y Rachel, quien era al mismo tiempo niñera y doncella. Como, por mi ordenada vida y mi temperamento activo, necesito que se ocupen poco de mí, y como ella me ha criado y deseaba criar a mi hijo, y era de mi absoluta confianza, preferí encargarle tan delicada misión, ayudada por una niñera que está bajo sus órdenes, en lugar de contratar a alguien más. Además, esto me ahorra dinero, y desde que me he familiarizado con los asuntos de Arthur, he aprendido a valorar estas cosas; porque, por expreso deseo mío, casi la totalidad de las rentas de mi fortuna se dedica, y se dedicará durante años, al pago de sus deudas; el dinero que él se las arregla para malgastar en Londres es incalculable. Pero volvamos al señor Hargrave: yo estaba con Rachel a la orilla del agua, entreteniendo y haciendo reír al niño, que ella tenía en sus brazos, con una ramita de sauce cargada de amentos, cuando, con gran sorpresa para mí, él entró en el parque, montado en su costoso caballo de caza negro, y atravesó el prado para encontrarse conmigo. Me saludó con una caballerosidad muy fina, compuesta de delicadas palabras, pronunciadas además con recato, como sin duda habría estado planeando mientras se acercaba. Dijo traer un mensaje de su madre, quien, al enterarse de que iba a dar un paseo a caballo en esta dirección, le había pedido que se acercara a la finca y me rogara que la complaciera con el placer de mi compañía en una cordial cena familiar que se celebraría al día siguiente.

—No estaremos más que nosotros —dijo—, pero Esther tiene muchas ganas de verla; y mi madre teme que se sienta usted sola en esta casa tan grande y tan aislada, y le gustaría persuadirla para que le brindara con más frecuencia el placer de su compañía y dispusiera de nuestra humilde morada hasta que el regreso del señor Huntingdon haga esta un poco más confortable.

—Es muy amable —respondí—, pero, como puede ver, no estoy sola; aquellos cuyo tiempo está ocupado raras veces se lamentan de su soledad.

—¿No vendrá, entonces, mañana? Mi madre se llevará una gran decepción si no accede usted.

No me agradó que me conmoviera de aquella forma por mi soledad, pero, sin embargo, prometí asistir a la cena.

—¡Qué atardecer más agradable! —comentó él, recorriendo con la vista el soleado parque, las imponentes pendientes, el plácido lago y los majestuosos grupos de árboles—. ¡Y en qué paraíso vive!

—Es un atardecer hermoso —contesté, y suspiré al pensar en lo poco que había disfrutado su hermosura y lo poco que de dulce paraíso tenía para mí Grassdale, y cuánto menos todavía para el voluntario exilio de su paisaje. No sé si el señor Hargrave adivinó mis pensamientos, pero con un tono de compasiva, medio sospechosa seriedad, me preguntó si había tenido alguna noticia del señor Huntingdon.

—Últimamente, no —respondí.

—Suponía que no —murmuró como para sí mismo, mirando pensativamente el suelo.

—¿No ha vuelto usted hace poco de Londres? —le pregunté.

—Precisamente ayer.

—¿Y se vieron allí?

—Sí, lo vi.

—¿Estaba bien?

—Sí, es decir —dijo, titubeando más todavía y con un aire de indignación comedida—, estaba todo lo bien que se merecía; pero, teniendo en cuenta los acontecimientos, debería haberlo considerado increíble en un hombre tan afortunado como él.

Aquí alzó la vista y recalcó la frase dedicándome una solemne reverencia. Supongo que mi rostro estaba de color carmesí.

—Perdóneme, señora Huntingdon —continuó—, pero no puedo ocultar mi indignación cuando contemplo una ceguera y una perversión semejantes; aunque quizá usted no se da cuenta...

—No me doy cuenta de nada, señor, salvo de que él pospone su regreso más de lo que yo esperaba; y si, en este momento, él prefiere la compañía de sus amigos a la de su esposa y el libertinaje de la ciudad a la tranquilidad de la vida en el campo, supongo que debo agradecer a esos amigos por ello. Sus gustos y ocupaciones son similares a los de él, así que no veo por qué su conducta ha de incitar su indignación o su sorpresa.

—Se equivoca usted cruelmente conmigo —contestó—. He compartido muy poco la compañía del señor Huntingdon durante las últimas semanas; y en cuanto a sus actividades y gustos, están completamente alejados de los míos. Cuando yo no he hecho más que sorber y probar, él apura la copa hasta las sobras; y si alguna vez, por un momento, he ahogado la voz de la reflexión en la locura y la insensatez, o si he malgastado demasiado mi tiempo y mis destrezas entre amigos disipados y temerarios, Dios sabe que habría renunciado a ellos absolutamente y para siempre de haber tenido la mitad de las bendiciones que ese hombre con tanta indiferencia deja a sus espaldas, la mitad de los alicientes para la virtud y las costumbres ordenadas y hogareñas que él desprecia, ¡un hogar y una compañera semejantes para compartirlo! ¡Es despreciable! —dijo entre dientes—. Y no crea, señora Huntingdon —añadió, alzando la voz—, que podría culparme de incitarlo a perseverar en sus acciones; todo lo contrario, le he llamado la atención por su comportamiento una y otra vez, he expresado con frecuencia mi asombro ante su conducta, y le he recordado sus deberes y privilegios... pero sin ningún éxito, él solo...

—No siga, señor Hargrave. Debería saber que, cualesquiera fueran las faltas de mi marido, solo puede agravar el daño que me causan el escucharlas de labios de un extraño.

—¿Soy entonces un extraño? —dijo con un tono triste—. Soy su vecino más cercano, el padrino de su hijo y el amigo de su marido, ¿no puedo serlo suyo también?

—A la verdadera amistad debe preceder un conocimiento íntimo; le conozco a usted poco, señor Hargrave, y solo de oídas.

—¿Ha olvidado usted entonces las seis o siete semanas que pasé bajo su techo el último otoño? Yo no las he olvidado. Y sé lo suficiente de usted, señora Huntingdon, para pensar que su marido es el hombre más envidiable del mundo, y yo sería el siguiente si me considerara digno de su amistad.

—Si supiera usted más de mí no lo pensaría, o si me conociera mejor no lo diría y no esperaría halagarme con el cumplido.

Retrocedí unos pasos mientras hablaba. Él comprendió que deseaba poner fin a la conversación, e inmediatamente después de captar la insinuación, me hizo una solemne reverencia, se despidió y condujo el caballo hacia el camino. Parecía disgustado y dolido por la acogida poco amable que había dispensado yo a la manifestación de su compasión. No estaba segura de haber hecho lo correcto al hablarle con tanta dureza, pero en aquel momento me había sentido irritada, casi insultada por su actitud; parecía como si se estuviera aprovechando de la ausencia y el abandono de mi marido, e insinuando incluso más que la verdad contra él.

Rachel se había apartado unos metros de mí durante nuestra conversación. El señor Hargrave se le acercó con su caballo y le pidió ver al niño. Lo cogió cuidadosamente en sus brazos, lo miró con una sonrisa casi paternal y oí que decía conforme se aproximaba:

—¡Y a él también lo ha abandonado!

Luego lo besó tiernamente y se lo devolvió a la halagada niñera.

—¿Le gustan los niños, señor Hargrave? —dije, intentando suavizar mi tono de voz.

—En general, no —respondió—, pero este es un niño encantador y se parece a su madre —añadió, bajando la voz.

—Se equivoca en eso, es a su padre a quien se parece.

—¿No tengo razón, niñera? —dijo, apelando al juicio de Rachel.

—Creo, señor, que tiene algo de los dos —respondió ella.

Se marchó. Rachel comentó que era un caballero muy agradable. Yo tenía dudas al respecto.

En el curso de las seis semanas siguientes, le vi varias veces, pero siempre, salvo en una ocasión, en compañía de su madre, de su hermana o de ambas. Cuando iba a visitarlas, casualmente estaba siempre en casa y, cuando ellas venían a visitarme, era él quien las traía en el carruaje. Su madre, naturalmente, estaba encantada de sus respetuosas atenciones y sus recién adquiridos hábitos hogareños.

La vez que me encontré a solas con él fue un día resplandeciente, aunque no excesivamente caluroso de principios de julio. Yo había llevado al pequeño Arthur al bosque que circunda el parque, allí lo senté sobre las raíces cubiertas de musgo de un viejo roble; había reunido un ramo de campánulas y rosas, y estaba de rodillas ante él, ofreciéndoselas una a una para que las cogiera entre sus diminutos dedos, disfrutando la belleza maravillosa de las flores a través de sus ojos risueños; olvidándome momentáneamente de todas mis angustias, riéndome con sus alegres risas, regocijándome con su placer. Cuando de pronto, una sombra eclipsó el pequeño espacio soleado del césped que se extendía ante nosotros, levanté los ojos y vi a Walter Hargrave de pie, contemplándonos.

—Perdone, señora Huntingdon —dijo—, pero estaba embelesado: no tuve valor para acercarme e interrumpirlos, ni para privarme de la contemplación de semejante escena. ¡Qué fuerte crece mi ahijado! ¡Y qué contento está esta mañana!

Se acercó al niño y se detuvo a coger su mano; pero, al ver que sus caricias iban a producir probablemente lágrimas y lamentos, en lugar de demostraciones igual de amistosas, se apartó con prudencia.

—¡Qué placer y alegría debe ser esta pequeña criatura para usted, señora Huntingdon! —observó con un toque de tristeza en su entonación, mientras contemplaba admirado al niño.

—Así es —respondí, y a continuación me interesé por su madre y su hermana.

Él contestó amablemente a mis preguntas y luego volvió al tema que yo deseaba eludir, aunque con un cierto grado de timidez, que confirmaba su temor a ofenderme.

—¿No ha sabido nada de Huntingdon últimamente? —inquirió.

—Esta semana no —respondí. Las últimas tres semanas no, podría haber dicho.

—Yo he recibido carta de él esta mañana. Me gustaría que fuera de tal estilo que pudiera mostrársela a su esposa. —Hizo asomar un poco por el bolsillo de su chaleco una carta que tenía una dirección escrita con la letra todavía querida de Arthur, la miró con semblante ceñudo y volvió a guardarla, añadiendo—: Pero me notifica que tiene intención de regresar la próxima semana.

—Siempre dice eso cuando me escribe.

—¿Sí? Bueno, no me extraña. Pero a mí siempre me confió su intención de quedarse hasta este mes.

Aquello me dolió como un golpe: era una prueba de incumplimiento premeditado y de un sistemático quebrantamiento de la verdad.

—No es más que una demostración del resto de su conducta —observó el señor Hargrave, mirándome pensativamente y leyendo en mi rostro, supongo, mis sentimientos.

—Entonces, ¿va a venir realmente la próxima semana? —dije, después de una pausa.

—Puede confiar en eso, si es que la seguridad le causa algún placer. ¿Realmente, señora Huntingdon, se alegra usted de su regreso? —exclamó, escudriñando atentamente otra vez la expresión de mi rostro.

—Naturalmente, señor Hargrave. Él es mi marido, ¿no?

—¡Oh, Huntingdon, no sabes lo que subestimas! —murmuró con vehemencia.

Cogí en brazos a mi hijo, le deseé los buenos días, y me despedí del señor Hargrave para mantener mis pensamientos protegidos de escrutinios en el sagrado lugar de mi hogar.

¿Estaba contenta? Sí, encantada, aunque indignada por el comportamiento de Arthur, y aunque lamentaba que me hubiera engañado, estaba decidida a que él lo lamentara también.

Capítulo XXX
Escenas domésticas

A la mañana siguiente recibí unas concisas líneas de él, donde confirmaba las insinuaciones de Hargrave sobre su pronto regreso. En efecto, llegó la semana siguiente, pero en unas condiciones físicas y mentales lamentables. Sin embargo, esta vez estaba decidida a no dejar pasar por alto su abandono sin hacer alguna observación: no me parecía lógico. Aunque el primer día él estaba cansado del viaje y yo encantada de tenerlo de nuevo conmigo: no le reprocharía entonces, esperaría hasta mañana. A la mañana siguiente él continuaba cansado, esperaría un poco más. Pero a la hora de cenar, cuando, después de haber desayunado a las doce una botella de agua carbónica y una taza de café bien cargado, de haber almorzado a las dos con otra botella de agua carbónica mezclada con brandy, empezó a encontrarle defectos a todo lo que había sobre la mesa, alegando que debíamos cambiar de cocinera, pensé que había llegado la hora.

—Es la misma cocinera que teníamos antes de que te fueras, Arthur —dije—. Generalmente, estabas muy satisfecho con ella.

—Debes haber dejado que descuidara sus costumbres mientras he estado fuera. ¡Comer esta repugnante porquería es suficiente para envenenarlo a uno! —empujó su plato malhumorado y se dejó caer exasperado sobre el respaldo de su silla.

—Intuyo que eres tú el que ha cambiado, no ella —dije, con la máxima suavidad, porque no quería irritarlo.

—Puede ser —respondió con indiferencia, al mismo tiempo que cogía un vaso lleno de vino mezclado con agua. Cuando lo hubo terminado, añadió—: ¡porque tengo un fuego endemoniado en mis venas que toda el agua del océano no puede apagar!

"¿Qué lo encendió?", estuve a punto de preguntar, pero en ese momento entró el mayordomo y comenzó a retirar las cosas.

—Dese prisa, Benson, ¡termine cuanto antes con ese ruido infernal! —gritó su señor—. ¡Y no traiga el queso, a menos que quiera que enferme de verdad!

Benson, algo extrañado, se llevó el queso y se esforzó por quitar todo lo más rápido y silenciosamente posible; pero, lamentablemente, había una arruga en la alfombra, causada por el súbito retroceso de la silla de su señor, con la que tropezó, originando una espantosa conmoción en la bandeja llena de loza que llevaba en las manos, aunque ningún daño real, salvo la caída y la rotura de una salsera; pero, para mi indescriptible vergüenza y consternación, Arthur se volvió enfurecido hacia él y lo maldijo con una vulgaridad brutal. El pobre hombre palideció y temblaba visiblemente cuando se agachó a recoger los pedazos rotos.

—No ha sido su culpa, Arthur —dije—. Tropezó con la alfombra, además, no ha pasado nada grave. No se preocupe por los pedazos ahora, Benson, puede retirarlos después.

Aliviado, Benson puso el postre en la mesa y se retiró.

—¿Qué buscas, Helen, al salir en defensa del criado poniéndote en mi contra? —dijo Arthur una vez se hubo cerrado la puerta—. ¡Sabías que yo estaba turbado!

—No sabía que estuvieras turbado, Arthur, y el pobre hombre estaba asustado y afligido ante tu reacción.

—¡Pobre hombre, encima! ¿Crees que puedo detenerme a tener en consideración los sentimientos de un bruto insensato como ese, cuando tengo los nervios destrozados por culpa de sus malditas equivocaciones?

—Nunca antes te habías quejado de tus nervios.

—¿Y por qué no iba a tener nervios como tú?

—Oh, no discuto tu derecho a tenerlos, pero nunca me quejo de los míos.

—No, ¿cómo ibas a hacerlo si nunca haces nada que los ponga a prueba?

—Entonces, ¿por qué pones a prueba los tuyos, Arthur?

—¿Piensas que no tengo otra cosa que hacer más que quedarme en casa y cuidar de mí mismo como si fuera una mujer?

—¿Es imposible, entonces, que cuides de ti como un hombre cuando estás fuera? Me dijiste que podías y que lo harías, además; y me prometiste...

—Vamos, vamos, Helen, no empieces con esa necedad ahora. No puedo soportarlo.

—¿No puedes soportar qué? ¿Que te recuerde las promesas que no has cumplido?

—Helen, eres cruel. Si supieras cómo se agitaba mi corazón y cómo se estremecían todos los nervios de mi cuerpo mientras me hablabas, me perdonarías. Puedes compadecerte de un criado necio por romper un plato, pero no tienes misericordia de mí, cuando la cabeza se me va y ardo con esta fiebre que me consume.

Apoyó la cabeza en la mano y suspiró. Me acerqué a él y toqué su frente. Efectivamente, estaba ardiendo.

—Vamos, ven conmigo al salón, Arthur, no tomes más vino. Ya has bebido varios vasos durante la cena y no has comido casi nada en todo el día. Eso no puede hacerte sentir mejor.

Con súplicas y caricias conseguí que abandonara la mesa. Cuando me trajeron al niño intenté que se distrajera con él; pero al pequeño Arthur le estaban saliendo los dientes, y su padre no podía soportar sus sollozos. Decidió que se lo llevaran al primer síntoma de mal humor y porque, en el curso de la noche, fui a compartir con él unos instantes, se me reprochó, a mi vuelta, que prefería la compañía de mi hijo a la de mi marido. Encontré a este echado en el sofá tal como le había dejado.

—¡Vaya! —exclamó el resentido, en un tono de afectada resignación—. No pensaba llamarte, quería saber cuánto tiempo te gustaría dejarme solo.

—No he estado fuera mucho tiempo, ¿no, Arthur? No ha llegado a una hora, estoy segura.

—Oh, claro, una hora no es mucho para ti, que estabas tan entretenida; pero para mí...

—No he estado entretenida —le interrumpí—. He estado cuidando a nuestro pobre pequeño, que no está nada bien, y no podía dejarle hasta conseguir que se durmiera.

—Oh, no cabe duda de que rebosas de generosidad y compasión por todos menos por mí.

—¿Y por qué tendría que compadecerte? ¿Qué te pasa?

—¡Me pasa todo! ¡Después de todo lo desmejorado que estoy, cuando vengo a casa enfermo y cansado, anhelando un poco de tranquilidad, esperando encontrar atención y bondad, al menos, en mi esposa, ella tranquilamente me pregunta que qué me pasa!

—No te ocurre nada —le repliqué— que no te hayas buscado voluntariamente, y en contra de mis consejos y súplicas.

—Basta, Helen —dijo firmemente, medio incorporándose en el sofá—; si me molestas con una palabra más, llamaré al timbre y pediré que me traigan seis botellas de vino... y ¡juro que me las beberé todas seguidas sin moverme de aquí!

No dije más, me senté delante de la mesa y cogí un libro.

—Déjame tranquilo, por lo menos —continuó—, ya que me privas de otra clase de consuelo —y se volvió a hundir en el sofá, recuperando su postura inicial y cerrando lánguidamente los ojos como disponiéndose a dormir, con una respiración intranquila, a medio camino entre el suspiro y el ronquido.

No puedo decir cuál era el libro que tenía en mis manos porque no llegué a mirarlo. Con los codos sobre la mesa y las manos tapándome los ojos, me entregué a un silencioso sollozo. Pero Arthur no estaba dormido: en cuanto oyó un ligero sollozo, levantó la cabeza y miró alrededor exclamando, impaciente:

—¿Por qué lloras, Helen? ¿Qué diablos pasa ahora?

—Lloro por ti, Arthur —respondí, secándome rápidamente las

lágrimas. Me levanté y me arrodillé ante él, cogí su débil mano y continué—: ¿Realmente no entiendes que eres una parte de mí? ¿Crees que puedes perjudicarte y envilecerte sin que me afecte?

—¿Envilecerme, Helen?

—¡Sí, envilecerte! ¿Qué has estado haciendo todo este tiempo?

—Es mejor que no me lo preguntes —dijo con una débil sonrisa.

—Y será mejor que no lo cuentes, pero no puedes negar que has estado degradándote miserablemente. Has estado haciéndote un daño vergonzoso, perjudicando a tu alma y a tu cuerpo, y a mí también; ¡no puedo soportarlo impasible... y no lo quiero!

—¡Está bien, no me aprietes la mano tan frenéticamente, y no me inquietes de esa manera, por Dios! ¡Oh, Hattersley! Tenías razón: esta mujer será mi martirio, con sus sentimientos vehementes y su atractiva fuerza de carácter. Vamos, vamos, ten piedad de mí.

—¡Arthur, debes arrepentirte! —grité, en un arrebato de desesperación, rodeándole con mis brazos y hundiendo mi rostro en su pecho—. ¡Dime que lamentas lo que has hecho!

—Bueno, bueno, lo lamento.

—¡No lo lamentas realmente, lo harás otra vez!

—No viviré para hacerlo otra vez si me tratas tan cruelmente —respondió, apartándome de él—. Casi me dejas sin respiración —se puso la mano en el pecho, y pareció realmente perturbado y enfermo.

—¡Ahora, tráeme un vaso de vino —dijo— para remediar lo que has hecho, tigresa! Estoy a punto de desmayarme.

Me apresuré a traerle el remedio requerido. Pareció reanimarlo considerablemente.

—¡Qué despreciable es —dije al coger de su mano el vaso vacío— ver a un hombre joven y fuerte como tú reducido a semejante estado!

—Si lo supieras todo, querida, dirías mejor: "¡Qué milagro es que puedas llevarlo tan bien!". He vivido más en estos cuatro meses, Helen, de lo que has vivido tú a lo largo de toda tu existencia, o de lo que vivirás hasta el fin de tus días, aunque sumen cien años; así que es justo pagarlo de alguna manera.

—Pagarás un precio más elevado de lo que supones si no tienes cuidado: perderás totalmente tu salud, y también mi afecto, si es que este te importa algo.

—¿Cómo? ¿Sigues jugando a amenazarme con la pérdida de tu afecto? No sería muy verdadero al principio si puede destruirse tan fácilmente. Si no tienes cuidado, mi preciosa tirana, lamentaré en serio mi elección y envidiaré a mi amigo Hattersley por su pequeña y dócil esposa. Ella es todo un modelo para su sexo, Helen. La ha tenido con él toda la temporada en Londres y no ha sido en ningún momento un obstáculo. Él pudo divertirse como quiso, al estilo normal de los solteros, y ella nunca se quejó de abandono; podía volver a casa a cualquier hora de la noche o de la mañana, o no volver; estuviera sombrío, sereno o gloriosamente borracho; podía hacer el loco o el tonto, según deseara, sin temor a que lo molestaran. Ella jamás le dirige una palabra de reproche o de disgusto, haga lo que haga. Él dice que no hay en toda Inglaterra una joya como ella, y jura que no la cambiaría ni por todo un reino.

—Pero hace que para ella la vida sea un maleficio.

—¡En absoluto! Ella no tiene más anhelo que el de él, y está siempre feliz y contenta, mientras él se divierte.

—En ese caso es una estúpida tan grande como él, pero yo sé que no lo es. He recibido de ella varias cartas en las que expresa su preocupación por el comportamiento de su marido y donde se queja de que tú le incitas a cometer esos disparates. En una me ruega especialmente que utilice mi influencia sobre ti para que te vayas de Londres, dice que su marido nunca hizo semejantes cosas antes de tu llegada, y asegura que dejaría de hacerlas tan pronto como tú te despidieras y lo dejaras guiarse por su buen sentido.

—¡Detestable pequeña traidora! Dame esa carta y se la enseñaré, puedes estar tan segura como de que estoy vivo.

—No, él no la verá sin el consentimiento de ella; y aunque llegue a leerla no encontrará allí nada que pueda encolerizarlo, como tampoco en ninguna de las otras. Ella nunca dice nada contra él, se limita a expresar su preocupación. Se refiere a su conducta en los términos más delicados y busca todas las excusas posibles. Y en cuanto a su propia tristeza, más bien la presiento en lugar de verla reflejada en sus cartas.

—Pero ella me ataca, y estoy seguro de que en eso cuenta con tu apoyo.

—No, le dije que sobreestimaba la influencia que yo tenía sobre ti, que a mí me gustaría poder alejarte de la tentación de la ciudad si pudiera, pero que tenía pocas esperanzas de lograrlo, y que la consideraba equivocada al suponer que tú arrastrabas al señor Hattersley o a cualquier otro al mal camino. Yo misma había mantenido la opinión contraria durante algún tiempo, pero ahora creía que ustedes se corrompían mutuamente; y que, quizá, si ella le llamaba con cuidado la atención a su marido, podía ser útil, pues, aunque era más maleducado que el mío, pensaba que estaba hecho de un material menos inexpugnable.

—Así que se dedican a eso: ¡Se animan la una a la otra para sublevarse, ataca cada una al marido de la otra, y tú lanzas acusaciones contra el tuyo, para satisfacción de las dos!

—Según tu propia confesión —dije—, mi mal consejo ha tenido muy poco efecto sobre ella. Y en cuanto a los ataques y las acusaciones, las dos estamos demasiado avergonzadas de los vicios y las equivocaciones de nuestros respectivos maridos para convertirlos en el tema habitual de nuestra correspondencia. Amigas como somos, de buena gana nos ocultaríamos mutuamente sus deslices, incluso nos los ocultaríamos a nosotras mismas si pudiéramos, a no ser que conociéndolos pudiéramos evitarlos.

—¡Está bien, está bien! No vuelvas a echármelos en cara: no conseguirás nada bueno con eso. Ten paciencia conmigo, y carga con mi debilidad y mi mal humor un poco más, hasta que consiga quitarme esta maldita calentura de las venas; entonces me tendrás más alegre y bondadoso que nunca. ¿Por qué no puedes ser tan amable y buena como fuiste la última vez? Te puedo asegurar que lo agradecí mucho.

—¿Y de qué sirvió tu gratitud? Me entusiasmé con la idea de que estabas avergonzado de tus faltas, y confié en que nunca volverías a cometerlas, ¡pero ahora me has dejado sin esperanza!

—Mi caso es bastante desesperado, ¿verdad? Una consideración bienaventurada si me liberara del dolor y la molestia que me producen los esfuerzos de mi querida y ansiosa esposa por convertirme, y si la liberara a ella de la tarea y las molestias de semejantes esfuerzos, y a su dulce rostro y al excesivo énfasis y los efectos ruinosos de estos. Un estallido emocional es una cosa conmovedora una que otra vez, Helen, y un torrente de lágrimas es maravillosamente enternecedor; pero, cuando se prodigan con demasiada frecuencia, las dos cosas son condenadamente fastidiosas porque estropean la belleza de uno y cansan a los amigos.

A partir de entonces reprimí mis lágrimas y mis emociones todo lo que pude. Me ahorré los ruegos y los inútiles esfuerzos por tratar de convencerlo, me di cuenta de que todo era en vano: Dios podría despertar aquel corazón, indiferente y embrutecido por el desenfreno, y quitar el velo de la oscuridad mundana de sus ojos, pero yo no. Todavía objetaba y me molestaba cuando descargaba injustamente su mal humor en sus subordinados, que no podían defenderse, pero cuando solo yo era su objetivo, como era frecuentemente, lo soportaba con paciente serenidad salvo a veces cuando mi temperamento, agotado por los reiterados disgustos, o atormentado hasta la ofuscación por alguna nueva muestra de insensatez, se manifestaba, a mi pesar, y me arriesgaba a acusaciones de ferocidad, crueldad e impaciencia. Yo atendía todos sus deseos y exigencias, pero, lo confieso, no con el mismo cariño fervoroso de antes, porque no podía sentirlo; además, ahora otra persona reclamaba mi tiempo y mis cuidados: mi niño enfermo, por cuyo bien aguantaba y sufría los reproches y las quejas de su irracional y despótico padre.

Pero Arthur no es un hombre quisquilloso o irritable por naturaleza; tanto es así, que había algo casi ridículo en la incoherencia de este mal humor y esta irritabilidad espontánea, que parecían calculados para provocar la risa más que la furia, si no fuera por las dolorosas consideraciones que iban unidas a estos síntomas como una trampa desordenada. Su carácter mejoró gradualmente conforme se restablecía su salud corporal, lo que ocurrió más pronto de lo que cabía esperar, gracias a mis persistentes esfuerzos, porque había todavía algo en él a lo que yo no renunciaba y un empeño por cuidarle que no quería abandonar. Su apetito por el estímulo del vino había aumentado, como bastante bien había previsto yo. Ahora era para él algo más que un incentivo accesorio del trato social: era una importante fuente de placer en sí mismo. En esta época de debilidad y depresión se había convertido en su medicina y soporte, en su consuelo, su entretenimiento y su amigo, y por tanto se habría hundido más y más, y encadenado para siempre a la degradación en la que había caído. Pero decidí que esto no iba a ocurrir nunca mientras me quedara alguna influencia sobre él; y aunque no pude evitar que bebiera más de lo que le convenía, sin embargo, con una perseverancia incesante, con benevolencia, firmeza y vigilancia, con halagos, cuidados y determinación, conseguí alejarlo de la absoluta sumisión a ese detestable vicio, tan nocivo en su desarrollo, tan inexorable en su tiranía, tan desastroso en todos sus efectos.

Y en esto no debo olvidar que no poco le agradezco a su amigo, el señor Hargrave. En esa época venía a visitarnos con frecuencia a Grassdale, y a menudo cenaba con nosotros. En estas ocasiones, me temo, Arthur habría tirado de buena gana el respeto y la prudencia por la ventana y se habría dado "una gran noche", tan seguido como su amigo hubiera consentido unirse a él en ese entusiasta entretenimiento; si este último hubiera decidido complacerlo, podría haber echado a perder en una noche o dos el trabajo de semanas y derrumbado con un solo golpe el frágil baluarte que tantos esfuerzos y trabajo me había costado cimentar. Tenía tanto miedo al principio que pasé por la humillación de mencionarle en privado mis temores por la propensión de Arthur a estos excesos, y de expresarle mi esperanza de que él no los favoreciera. Le complació esta señal de confianza y, efectivamente, no la traicionó. En aquella y posteriores ocasiones, su presencia sirvió de contención a su anfitrión en lugar de incitación a una intemperancia mayor: siempre consiguió levantarle de la mesa a tiempo y en condiciones admisibles, porque si Arthur desatendía insinuaciones tales como: "Bueno, no quiero entretenerte, tu mujer te espera", o: "No debemos olvidar que la señora Huntingdon está sola", persistía en abandonar la mesa y reunirse conmigo, por lo que su anfitrión, aunque fuera de mala gana, se veía obligado a seguirlo.

Todo esto me enseñó a recibir al señor Hargrave como a un verdadero amigo de la familia, como un compañero inofensivo para

Arthur, que alegraba su espíritu y lo protegía del hastío de la absoluta ociosidad y del total aislamiento de compañía, excepto la mía, y como un valioso aliado para mí. En tales coyunturas no pude sino sentirme agradecida hacia él, y a la primera oportunidad no dudé en reconocer mi deuda; no obstante, cuando lo hice, algo me dijo que no todo iba bien, y de mis mejillas se apoderó un color carmesí, que él acrecentó con su mirada firme y seria, mientras, por su modo de recibir mi reconocimiento, no hizo más que acrecentar mis temores. La inmensa satisfacción que sentía por serme útil estaba impregnada de lástima por mí y conmiseración hacia sí mismo; no sé por qué razón, pues no quise detenerme a preguntárselo ni darle la oportunidad de que me contara sus penas. Sus suspiros e insinuaciones de secretas tribulaciones parecían provenir de un corazón atiborrado; pero o bien debe esforzarse por mantenerlas dentro de él, o bien debe suspirarlas en otros oídos que no sean los míos: ya había bastante familiaridad entre nosotros. Me parecía mal que existiera entre el amigo del marido y yo un secreto del cual él era el objeto y el cual además no conocía. Pero mi reflexión posterior era: "Si está mal, la culpa será de Arthur, no mía".

Además, no sé si, en aquel momento, me sonrojé por Arthur más que por mí misma. Porque, desde que Arthur y yo somos uno, coincido de tal forma con él, que siento su degradación, sus caídas, sus transgresiones, como si fueran mías; me ruborizo por él, temo por él; me arrepiento por él, lloro, rezo y sufro por él como por mí misma, pero no puedo actuar en su lugar. Y, por lo tanto, debo estar, y estoy, humillada, pervertida por la unión, tanto ante mis propios ojos como ante los de la verdad. Estoy tan resuelta a amarle, tan deseosa por excusar sus errores, que continuamente estoy insistiendo en ellos y esforzándome por mitigar el más disoluto de sus principios, o el peor de sus hábitos, hasta familiarizarme con el vicio y convertirme casi en un cómplice de sus pecados. Cosas que antes me impresionaban y repugnaban, ahora solo me parecen naturales. Sé que es un error, porque la razón y la palabra de Dios lo declaran así; pero estoy perdiendo gradualmente ese horror y repulsión instintivos que me fueron dados por naturaleza, o inculcados por los mandatos y el ejemplo de mi tía.

Quizá, entonces yo era demasiado severa en mis juicios, pues aborrecía al pecador tanto como el pecado; ahora me complace ser más caritativa y comprensiva, pero ¿no me estoy volviendo también más indiferente e insensata? ¡Qué estúpida fui al soñar que tenía fuerza y pureza de sobra para salvarle y salvarme a mí misma! ¡Una fanfarronería tan vana sería bien castigada si yo pereciera con él en el abismo del cual trataba de salvarlo! Sin embargo, ¡Dios me proteja de él y a Arthur también! Sí, mi pobre Arthur, todavía esperaré y rogaré por ti; y aunque escribo como si fueras un miserable vicioso sin remisión ni esperanza, son mis ansiosos temores, mis fervientes deseos los que me obligan a hacerlo; alguien que te amara menos estaría menos amargado, menos insatisfecho.

Su conducta ha sido últimamente lo que la gente llama irreprochable, pero sé que su corazón no ha cambiado: sé que la primavera se acerca, y temo profundamente su desenlace.

En cuanto empezó a recuperar el tono y vigor de su constitución exhausta y con ellos parte de su antigua intolerancia al retiro y el reposo, le propuse que pasáramos unos días en la costa, para su entretenimiento y su mejor recuperación, y en provecho también de nuestro pequeño. Pero no, los balnearios eran tan fastidiosos y tristes... Además, uno de sus amigos lo había invitado a pasar uno o dos meses en Escocia para disfrutar de la caza de la perdiz blanca y de la caza al acecho, y había prometido ir.

—Entonces, ¿vas a dejarme sola de nuevo, Arthur? —dije.

—Sí, amor mío, pero solo para amarte más que nunca cuando regrese y para recompensarte por las ofensas y el abandono pasado; esta vez no tienes por qué sentir miedo, no hay tentaciones en las montañas. Durante mi ausencia puedes ir a visitar Staningley, si quieres: ya sabes que tus tíos hace tiempo que quieren que vayamos a verlos, pero en cierto modo hay tanta discrepancia entre la buena señora y yo que nunca me he sentido animado de hacerlo.

Yo estaba deseosa de aprovechar este permiso, aunque no temía poco las preguntas y comentarios de mi tía relativas a mi experiencia matrimonial, sobre la que había sido muy reservada en mis cartas, ya que no tenía muchas cosas agradables que contar.

En la tercera semana de agosto, Arthur partió para Escocia y, poco después, le siguió el señor Hargrave, para mi íntima satisfacción. A los pocos días, fui con el pequeño Arthur y Rachel a Staningley, mi antiguo y querido hogar. Lo volví a ver, así como a sus queridos habitantes, con una mezcla de sentimientos de placer y dolor tan íntimamente mezclados que apenas pude distinguir el uno del otro, y no sabría a cuál de ellos atribuir las lágrimas, las sonrisas y los suspiros que despertaron aquellas escenas, voces y rostros familiares.

No habían pasado todavía dos años desde la última vez que los había visto y oído, pero parecía un tiempo mucho, muchísimo más largo ¡y no era extraño, si pienso en el incontable cambio que se había producido en mí...! ¡Cuántas cosas no había visto, sentido, aprendido desde entonces! A mi tío, además, se le veía más viejo e inseguro, y a mi tía, más triste y severa. Creo que pensaba encontrarme arrepentida de mi apresuramiento, aunque no expresó abiertamente su convicción ni me recordó, con aires de triunfo, sus despreciados consejos, tal y como yo me había temido que haría; pero me observó muy de cerca, demasiado de cerca para mi gusto, y pareció desconfiar de mi buen humor, recalcando excesivamente cualquier asomo de tristeza o de pensamientos sombríos, atenta a cualquier observación casual hecha por mí para hacer sus propias deducciones en silencio. Al mismo tiempo, en la práctica de un solapado y aparentemente tranquilo interrogatorio renovado de vez en cuando, me sacó muchas cosas que no le habría contado de otra manera; y poniendo todas la información sobre la mesa, me temo, se hizo una idea bastante clara de los defectos de mi marido y de mis tribulaciones, aunque no de las fuentes de consuelo y esperanza de las que aún disponía; pues, aunque me esforcé por causarle una buena impresión con las buenas cualidades de Arthur y de nuestro afecto mutuo y de las muchas razones que tenía para sentirme agradecida y afortunada, ella recibió tales recuerdos con frialdad imperturbable, como si mentalmente estuviera revelando sus propias conclusiones; conclusiones que estaban, en general, estoy segura, muy alejadas de la verdad, aunque reconozco que exageré un poco el lado brillante del cuadro de mi realidad. ¿Fue el orgullo lo que me hizo esforzarme tan ansiosamente por parecer satisfecha con mi destino... o una determinación justa de llevar sola la carga que yo misma me había exigido y preservar a mi mejor amiga de la más mínima participación en aquellas penas de las que había tratado de salvarme con tanto ahínco? Puede que fueran las dos cosas, pero estoy segura de que predominó el segundo motivo.

No prolongué mucho mi visita porque no solo me sentía oprimida por la implacable vigilancia y la incredulidad de mi tía y coartada hasta extremos que ella no podía imaginar por su continuado y silente reproche, sino porque me daba cuenta de que mi pequeño Arthur era un estorbo para su tío, aunque este hiciera lo posible porque estuviera a gusto, y no era un gran entretenimiento para su tía, aunque ella estuviera dispuesta a complacerle y prodigarle todo su afecto.

¡Querida tía...! Me cuidaste con tanto amor desde que era niña, me guiaste e instruiste con tanta atención durante mi infancia y juventud... Y ahora, ¿no puedo brindarte a cambio nada más que esto: el desencanto de tus esperanzas, la oposición a tus deseos, el desprecio a tus advertencias y consejos y la aflicción de tus últimos años con tristezas y miedos angustiosos por sufrimientos que no puedes remediar? Casi se me partía el corazón de solo pensarlo, y una y otra vez me esforzaba por demostrarle que era feliz y que estaba satisfecha con mi destino; pero sus últimas palabras, al tiempo que me abrazaba y besaba al niño que tenía en mis brazos, antes de que yo entrara en el coche, fueron:

—Cuida a tu hijo, Helen. Puede que te queden todavía días felices. Puedo imaginarme muy bien el consuelo y el tesoro tan grande que es él para ti; pero si le consientes demasiado para alegrar tus sentimientos actuales, será demasiado tarde para arrepentirte de ello cuando tu corazón se haya roto.

Arthur no regresó a casa hasta varias semanas después de mi regreso a Grassdale, pero entonces no me sentía tan inquieta por él: imaginarlo ocupado con la caza en las agrestes colinas de Escocia era muy diferente de saberlo inmerso en medio de la podredumbre y tentaciones de Londres. Sus cartas ahora, aunque no eran largas ni amorosas, eran más regulares de lo que lo habían sido nunca; y a su regreso comprobé con gran regocijo que, en vez de estar peor que cuando se marchó, se mostraba más alegre y vigoroso y mucho mejor en todos los aspectos. Desde entonces he tenido pocos motivos de queja. Todavía conserva una inoportuna predilección por los placeres de la mesa, contra la que tengo que luchar y vigilar; sin embargo, ha empezado a interesarse por su hijo, y esto es una fuente cada vez más grande de distracción para él dentro de casa, mientras que la caza del zorro y de la liebre son una ocupación suficiente fuera de ella, cuando el suelo no está endurecido por las nevadas; de esta manera, ya no depende enteramente de mí para su entretenimiento. Pero ahora estamos en enero: ya se acerca la primavera; y, repito, como siempre, temo las consecuencias de su llegada. Esa agradable estación, a la que celebraba con tanto alborozo como un tiempo de esperanza y alegría, ahora su sola cercanía desencadena en mí una serie de tristes y angustiosos pensamientos.

Capítulo XXXI
Virtudes sociales

20 de marzo de 1824: Los preocupantes días llegaron, como era inevitable, y Arthur partió como temía que lo haría. En esta oportunidad anunció su intención de permanecer muy poco tiempo en Londres para trasladarse luego al continente, donde estaría probablemente varias semanas; pero no lo esperaré hasta dentro de muchas semanas, ahora sé perfectamente que para él los días significan semanas y las semanas meses.

Yo iba a acompañarle, pero un poco antes de comenzar el viaje, me concedió —y hasta me animó con apremio y una apariencia de profundo sacrificio— visitar a mi desgraciado padre, que está muy enfermo, y a mi hermano, quien se siente muy desdichado por la enfermedad y a quien no había visto desde el día del bautizo de nuestro pequeño, de quien fue padrino junto con el señor Hargrave y mi tía, quien fue la madrina. No queriendo abusar de la buena disposición de mi marido a quedarse solo, acorté mi visita todo lo que pude; pero al regresar a Grassdale, comprobé con pesar que él ya se había ido.

Dejó una nota para explicar su repentina marcha, alegando que se había producido una emergencia inesperada que demandaba su inmediata presencia en Londres, por lo que le era imposible esperar mi regreso; agregaba que era mejor para mí no procurar seguirlo, ya que su permanencia en la ciudad duraría tan poco tiempo que no valía la pena; y que como él podía viajar solo, naturalmente, por la mitad del precio de lo que le costaría hacerlo conmigo, estimaba demorar el viaje hasta el año siguiente, cuando hubiera conseguido arreglar las cosas de una forma más definitiva, tal y como se proponía hacer ahora.

¿Era realmente así... o era toda una estrategia para asegurar que su viaje en busca de placeres no iba a verse importunado con mi presencia? Es doloroso dudar de la honestidad de las personas a las que amamos, pero, después de tantas pruebas de falsedad y absoluta indiferencia por los principios, ¿cómo puedo creer en una historia tan absurda?

Me queda, al menos, un motivo para consolarme: tiempo atrás me había confesado que si alguna vez volvía a París o Londres sería más moderado en sus intereses, pues de lo contrario acabaría destruyendo su disposición para el disfrute. No ambicionaba, según él, vivir hasta una edad muy avanzada, sino aprovechar al máximo su vida y, sobre todo, disfrutar de sus placeres hasta el final, para lo cual creía necesario conservarse, pues temía no ser ya un caballero tan apuesto como lo había sido, ni tan joven: había descubierto últimamente algunas canas entre sus adorados rizos castaños; también había engordado un poco más de lo aconsejable, aunque esto se debía más bien a la buena vida y la inactividad, por lo demás, se encontraba tan fuerte y animado como siempre; pero no dijo nada sobre si otra temporada de locura y fechorías sin medida, como la última, podía acabar con él. Sí, me dijo todo esto a mí... con total desfachatez y sin sonrojarse, y con aquel brillo pícaro y taimado en los ojos que tanto me había cautivado antes, y aquella risa profunda y feliz cuyo alboroto alegraba tanto mi corazón.

¡En fin! Tales argumentos tienen más peso, sin duda, para él, que cualquier otro por el que yo pueda abogar. Ya veremos lo que ellos pueden hacer por su bien, ya que no albergo otra esperanza.

30 de julio: Hace tres semanas que regresó, con una salud bastante mejor que antes, pero con su carácter empeorado aún más. Y, sin embargo, quizá estoy equivocada, y soy yo la que está menos paciente y tolerante. Estoy cansada de su agravio, su egoísmo, y de su crueldad sin esperanza —me gustaría expresarlo con una palabra más suave—; no soy un ángel, y mi amargura se subleva contra ella. Mi pobre padre murió la pasada semana. A Arthur le molestó la noticia, porque vio que a mí me impactó y me causó dolor, y tuvo miedo de que esta circunstancia estropeara su bienestar. Cuando hablé de encargar las ropas de luto, exclamó:

—¡Oh, aborrezco el negro! Sin embargo, supongo que debes llevarlo una temporada, para guardar las formas; pero espero, Helen, que no presumas tu deber inexcusable adaptar tu rostro y tus modales al atuendo funerario. ¿Por qué ibas a tener que suspirar y gimotear, y yo sentirme incómodo porque un anciano caballero del condado de..., un total desconocido para los dos, haya creído oportuno beber hasta morir? ¡Pero, vaya, si estás llorando! Bueno, debe de ser puro fingimiento.

No quiso saber nada de mi asistencia al funeral, o mi presencia un día o dos a hacerle compañía al pobre Frederick. Era absolutamente innecesario, dijo, y era absurdo que yo lo deseara. ¿Qué era mi padre para mí? No le había visto sino una vez en mi vida desde que era una niña y sabía muy bien que yo no le importaba para nada, y mi hermano también era poco más que un extraño.

—Además, querida Helen —dijo, abrazándome con una ternura exagerada—, no puedo estar ni un solo día sin ti.

—Entonces, ¿cómo te las has arreglado para estar sin mí todo este tiempo? —dije.

—¡Ah! Pero entonces yo estaba dando tumbos por el mundo y ahora estoy en casa; y mi casa sin ti, mi diosa familiar, sería inaguantable.

—Sí, en la medida en que me necesitas para tu bienestar; pero no pensabas eso cuando me forzaste a marcharme con el fin de poder irte de la casa sin mí —repliqué, pero antes de acabar la frase lamenté haberla pronunciado.

Parecía una acusación muy grave: si era falsa, era un insulto muy fuerte; si era verdad, era un hecho demasiado humillante para expresárselo directamente a la cara. Pero podría haberme ahorrado ese arrepentimiento. La acusación no despertó su vergüenza, ni su indignación: no hizo ningún intento de negarla o justificarse, sino que su contestación fue una larga risa ahogada, como si la negociación fuera una broma ingeniosa y divertida de principio a fin. ¡No cabe duda de que este hombre conseguirá finalmente que lo deteste!

Entonces, ten presente, mi querida doncella, que conforme la fermentes, así debes beber la cerveza.

Sí, la beberé hasta el fondo: ¡y nadie, salvo yo misma, sabrá lo amarga que es!

20 de agosto: Volvemos a estar donde estábamos. Arthur se encuentra casi en el mismo estado de antes y ha vuelto a sus antiguos hábitos. La mejor estrategia que he podido encontrar es cerrar los ojos al pasado y al futuro, en lo que a él se refiere, y vivir solo el presente; amarle cuando puedo; sonreírle —si es posible— cuando él sonríe, estar alegre cuando él está alegre, y contenta cuando es agradable; y cuando no lo es, procurar que lo sea, y si esto no contribuye en nada, tolerarlo, excusarlo y perdonarlo tanto como pueda, y reprimir mis perversas pasiones para no agravar las suyas; no obstante, mientras de esta forma cedo y facilito sus tendencias menos nocivas, hago todo lo que está en mi mano para salvarlo de lo peor.

Pero no estaremos solos mucho tiempo. Pronto me veré en la necesidad de atender al mismo selecto grupo de amigos que estuvieron con nosotros el penúltimo otoño, con la adición del señor Hattersley y, a petición mía, de su mujer y su hija. Tengo muchas ganas de ver a Milicent y también a su pequeña. Tiene casi un año, será una encantadora compañera de juegos para mi pequeño Arthur.

30 de septiembre: Nuestros invitados llevan aquí una o dos semanas, pero no he tenido tiempo hasta ahora de escribir ningún comentario sobre ellos. No puedo resolver mi antipatía por lady Lowborough. No se basa en una simple cuestión personal: es la mujer misma la que me disgusta, porque no hay nada en ella que me agrade. Evito su compañía siempre que puedo, sin violar las normas de la hospitalidad, aunque cuando nos ponemos a conversar juntas, ella lo hace con la máxima cortesía, incluso con una aparente cordialidad. ¡Dios me libre de semejante cordialidad! Es como llevar un rosal silvestre y flores de espino en la mano: brillantes a los ojos y aparentemente suaves al tacto; pero uno sabe que debajo hay espinas y de vez en cuando también las sientes, y tal vez sometas el daño aplastándolas hasta que destruyas su poder, aunque de algún modo en perjuicio de tus propios dedos.

Últimamente, sin embargo, no he visto en su actitud hacia Arthur nada indignante o alarmante. Durante los primeros días creí que estaba muy empeñada en ganar su admiración. Sus intentos no pasaron inadvertidos para él, y con frecuencia lo vi reír para sí mismo ante las astutas maniobras de ella; pero, para su alabanza, las flechas caían a sus pies sin aliento. Todas sus fascinantes sonrisas, sus altivos pucheros, fueron siempre acogidos con el mismo inmutable, indiferente buen humor, hasta advertir que él era realmente impenetrable. Ella cedió de repente en sus intentos y se volvió, en apariencia, tan indiferente como él. Desde entonces no he notado el más leve indicio de tentación de Arthur hacia ella, ni de que ella renueve sus esfuerzos de conquista.

Así es como debería ser, pero Arthur nunca consentirá que esté satisfecha con él. Desde que me casé, nunca he sabido, ni por un solo instante, lo que es esa dulce idea: "En la paz y la confianza estará tu descanso". Esos dos despreciables hombres, Grimsby y Hattersley, han derribado toda mi labor en contra de su amor por el vino. Le animan diariamente a que sobrepase los límites de la moderación y, con no poca frecuencia, a cubrirse de deshonra con el exceso. Tardaré en olvidar la segunda noche después de su llegada. Nada más haberme retirado del comedor con las señoras, antes de que la puerta se cerrara detrás de nosotras, Arthur exclamó:

—Y, ahora, muchachos, ¿qué me dicen de un jolgorio formal?

Milicent me echó una mirada de recriminación, como si yo pudiera evitarlo, pero su expresión cambió cuando oyó la voz de Hattersley alzarse a través de la puerta y la pared:

—¡Yo soy su hombre! Ordena que traigan más vino, ¡aquí no hay ni la mitad del que necesitamos!

Al poco de entrar nosotras en el salón, se nos unió lord Lowborough.

—¿Por qué has venido tan pronto? —exclamó su esposa, con una expresión de desagrado de lo más disgustada.

—Ya sabes que no bebo, Annabella —respondió él con seriedad.

—Bueno, pero podrías pasar un rato más con ellos, ¡resulta tan ridículo estar siempre pegado a las mujeres! ¡No sé cómo puedes!

Él le reprochó su comentario con una mirada de amargura y asombro, y, reprimiendo un suspiro, se mordió los labios con la vista fija en el suelo.

—Ha hecho bien en dejarlos solos, lord Lowborough —señalé yo—. Confío en que continúe usted honrándonos con su compañía. Y si Annabella conociera el valor de la verdadera sabiduría, y la miseria de la insensatez y... y de la desconsideración, no diría una tontería semejante, ni siquiera en broma.

Lord Lowborough levantó los ojos mientras yo hablaba, los volvió seriamente hacia mí, con una mirada medio sorprendida, medio abstraída, y luego los dirigió hacia su esposa.

—Al menos —dijo esta— conozco el valor de un corazón cálido y un espíritu intrépido, varonil.

Y acentuó sus palabras con una mirada de triunfo dirigida a mí, que parecía decir: "Lo que es más de lo que tú conoces", y una de desprecio a su marido que le llegó al alma. Esto me exasperó intensamente, pero no me correspondía a mí amonestarla ni, como parecía, expresar mi simpatía por su marido sin ofender los sentimientos de este. Lo único que pude hacer, obedeciendo a un impulso interior, fue ofrecerle una taza de café, llevándosela personalmente y antes de servir a las demás damas, como medio de combatir el desprecio de Annabella con mi excesiva deferencia. Él la tomó de mi mano mecánicamente, con una leve reverencia, pero en un minuto se incorporó y la dejó intacta sobre la mesa, mirando no la taza, sino a su mujer.

—Está bien, Annabella —dijo en un tono ronco y profundo—, puesto que te incomoda mi presencia, te libraré de ella.

—¿Vas a volver con ellos, entonces? —preguntó su esposa con indiferencia.

—No —exclamó él con un énfasis sorprendente y agrio—, ¡no volveré con ellos! ¡Y no me quedaré ni un segundo más de lo que yo considere correcto, ni por ti ni por ningún otro incitador! Pero no debes preocuparte por eso: no volveré a molestarte imponiéndote mi compañía de una forma tan inoportuna.

Salió de la habitación, oí que se abría y se cerraba la puerta del recibidor e, inmediatamente después, al correr la cortina, lo vi alejarse por el parque, en la oscuridad del húmedo y nuboso crepúsculo.

Escenas como esta son siempre incómodas de presenciar. Nuestro pequeño grupo se hundió en un completo silencio por un momento. Milicent jugaba con su cucharilla, con un aspecto violento y desconcertado. Si Annabella sentía alguna vergüenza o incomodidad, intentó disimularla con una risita breve, aturdida, y dirigiéndose con calma a servirse el café.

—Sería una buena lección para ti, Annabella —dije, por fin—, que lord Lowborough volviera a sus antiguos vicios, que estuvieron a punto de causarle la ruina y con los que tanto esfuerzo le costó romper; entonces te lamentarías de tu comportamiento.

—¡En absoluto, querida! No me importaría que su señoría se emborrachara todos los días: me libraría de él más pronto.

—¡Oh, Annabella! —gritó Milicent—. ¡Cómo puedes decir unas cosas tan perversas! Sería realmente un castigo justo para ti que la Providencia te tomara la palabra y te hiciera sentir lo que otras sienten...

Se detuvo al llegar hasta nosotras un alboroto de voces y risas procedentes del comedor, en la que hasta mi inexperto oído distinguió perfectamente la voz de Hattersley.

—Lo que tú sientes en este momento, ¿verdad? —dijo lady Lowborough con una sonrisa maliciosa, mirando fijamente el angustiado semblante de su prima.

Esta no pronunció palabra, pero apartó la cara y se secó una lágrima. En aquel momento se abrió la puerta y en el umbral apareció el señor Hargrave, un poco colorado, con los ojos brillando con una inusual vivacidad.

—¡Oh, me alegra que hayas venido, Walter! —gritó su hermana—. Pero me hubiera gustado que trajeras a Ralph.

—Absolutamente imposible, querida Milicent —respondió él con jovialidad—. He tenido muchos problemas para marcharme yo. Ralph intentó detenerme por medio de la violencia, Huntingdon me amenazó con la irrecuperable pérdida de su amistad y Grimsby, el peor de todos, hizo todo lo posible por avergonzarme de mi virtud, recurriendo a los sarcasmos e insinuaciones ofensivas que sabía podían lastimarme más. Como ven, señoras, deberían darme la bienvenida después de haber afrontado tantos peligros y sufrido tanto por el favor de su dulce compañía.

Se volvió, risueño, hacia mí, y me dedicó una reverencia una vez concluida la frase.

—¿No está guapo ahora, Helen? —murmuró Milicent, con su orgullo fraternal imponiéndose, de momento, a toda otra consideración.

—Lo estaría —repliqué— si ese brillo en la mirada, los labios y las mejillas fueran naturales en él, pero vuelve a fijarte en él dentro de unas horas.

Entonces el caballero se sentó a la mesa cerca de mí y pidió una taza de café.

—Considero esto una perfecta ilustración de tomar el cielo por asalto —dijo, cuando le acerqué la taza—. Ahora estoy en el verdadero paraíso, pero he tenido que abrirme paso entre el fuego y el diluvio para alcanzarlo. El último recurso de Ralph Hattersley fue pegar su espalda a la puerta y jurar que no me dejaría pasar como no fuera a través de su cuerpo —bastante robusto, por cierto—. Afortunadamente, no era esta la única puerta y me escabullí por la entrada lateral, atravesando la bodega del mayordomo, ante el desconcierto absoluto de Benson, que estaba limpiando la vajilla.

El señor Hargrave se rio, y también su prima; pero su hermana y yo permanecimos serias y calladas.

—Perdone mi ligereza, señora Huntingdon —murmuró él, con expresión más seria, al tiempo que alzaba la vista hacia mí—. Usted no está acostumbrada a estas cosas: tolerarlas afecta a su espíritu demasiado sensible. Pensé en usted en medio de esos licenciosos fanfarrones y traté de persuadir al señor Huntingdon de que pensara en usted también, pero fue infructuoso: me temo que está decidido a divertirse esta noche; sería inútil tener el café preparado para él o sus compañeros, ya sería mucho que se reunieran con nosotros a tomar el té. Mientras tanto, me encantaría realmente poder apartar sus nombres de su pensamiento... y del mío también, pues detesto pensar en ellos; sí, incluso en mi querido amigo Huntingdon, cuando pienso en el poder que tiene sobre la felicidad de alguien tan inmensamente superior, y el uso que hace de él. ¡Ese hombre es despreciable!

—Sería mejor que no me lo dijera, entonces —lo atajé—, porque, aunque sea perverso, es parte de mí misma, y no puede usted hablar mal de él sin ofenderme.

—Perdóneme, entonces, porque preferiría morir antes de ofenderla. Pero no digamos una palabra más sobre él, de momento, si no le importa.

Por fin llegaron, pero eran más de las diez y el té, que habíamos retrasado más de media hora, estaba casi frío. Aunque yo había deseado que llegaran, mi corazón se puso a latir desenfrenadamente al escuchar el alboroto que anunciaba su llegada. Milicent se puso pálida y estuvo a punto de levantarse cuando el señor Hattersley irrumpió en la habitación con una aclamación de ruidosos juramentos, que Hargrave intentó interrumpir suplicándole que tuviera en cuenta a las damas.

—Ah, haces bien en recordarme la presencia de las damas, miserable fugitivo —gritó, agitando su formidable puño en dirección a su cuñado—. ¡Si no fuera por ellas, sabes muy bien que te derribaría en un abrir y cerrar de ojos, entregando tu cuerpo a las aves del cielo y los lirios del campo!

A continuación, ubicó una silla junto a lady Lowborough, se dejó caer sobre ella y empezó a hablarle con una combinación de estupidez e imprudencia que, en lugar de ofenderla, parecía divertirla, a pesar de que fingió molestarse por su atrevimiento y mantenerlo a raya con ocurrencias inteligentes y punzantes.

Entretanto, el señor Grimsby se sentó junto a mí, en la silla que había dejado libre Hargrave cuando entraron, y con solemnidad afirmó que me agradecería una taza de té. Arthur se sentó junto a la pobre Milicent, acercándole particularmente la cabeza a la cara y acercándose más cada vez que esta se retiraba. No era tan bullicioso como Hattersley, pero su rostro estaba colorado en exceso, reía sin parar y, cuando me sonrojé por todo lo que lo veía hacer y decir, me alegré de que decidiera hablar a su compañera en un tono tan bajo, porque así nadie podía escuchar lo que decía salvo ella misma. Indudablemente debió de tratarse de tonterías insoportables, porque la vi muy violenta: primero enrojeció, luego empujó su silla con indignación y finalmente buscó refugio detrás de mí en el sofá. La única intención de Arthur parecía haber sido producir algunos de estos desagradables efectos: se rio sin medida al ver que la había espantado, acercó su silla a la mesa, se apoyó sobre ella cruzando los brazos y se abandonó a un arrebato de débiles, apagadas y estúpidas risas. Cuando se cansó de esta práctica, levantó la cabeza y llamó en voz alta a Hattersley, y de ahí se siguió una estruendosa disputa sobre no sé qué.

—¡Qué estúpidos son! —exclamó el señor Grimsby, que no había dejado de hablarme al oído con una solemnidad proverbial; pero yo había estado demasiado absorta en el estado deplorable de los otros dos, sobre todo en el de Arthur, para prestarle atención.

—¿Ha oído alguna vez tantas tonterías, señora Huntingdon? —continuó—. Me avergüenzo de ellos: no pueden tomarse una botella entre todos sin que se les suba a la cabeza...

—Está usted derramando la leche en el platillo, señor Grimsby.

—¡Ah! Sí, ya veo, pero es que estamos casi en tinieblas. Hargrave, despabila esas velas, ¿quieres?

—Son de cera, no hay que despabilarlas —observé.

—La luz del cuerpo es el ojo —observó Hargrave, con una sonrisa sarcástica—. Si tu ojo es sencillo, todo tu cuerpo estará lleno de luz.

Grimsby le rechazó con una actitud solemne y, dirigiéndose a mí, siguió tartamudeando, arrastrando las palabras de una manera singular, y con la misma expresión solemne de antes:

—Como le estaba diciendo, señora Huntingdon, no tienen la menor resistencia: son incapaces de beberse media botella sin que les afecte de alguna manera; por el contrario... yo, bueno, he bebido tres veces más que ellos esta noche, y usted puede confirmar que estoy perfectamente sereno. Ahora bien, esto que puede parecerle a usted singular, puedo explicárselo, verá, sus cerebros —no digo nombres, pero usted entenderá a quiénes me refiero—, sus cerebros son ligeros, para comenzar, y los vapores del licor fermentado los vuelve más ligeros todavía, produciendo un atontamiento absoluto, o desvarío, que tiene como consecuencia la intoxicación; mientras que mi cerebro, al estar compuesto de una materia más sólida, absorbe una considerable cantidad de este alcohólico vapor sin producir un resultado apreciable...

—Creo que vas a experimentar un apreciable resultado con ese té —interrumpió el señor Hargrave—, por la cantidad de azúcar que le has puesto. En vez de un terrón, como tienes por costumbre, le has puesto seis.

—¿Eso crees? —replicó el filósofo, sumergiendo la cucharilla en la taza y sacando varios terrones medio disueltos, en verificación del comentario—. ¡Vaya! Me doy cuenta. Como ve, señora, estas son las consecuencias de estar entretenido, de pensar demasiado mientras se está ocupado con las cosas ordinarias de la vida. Ahora bien, si hubiera estado atento, como los hombres normales, en vez de distraído como un filósofo, no habría echado a perder esta taza de té y no me vería obligado a molestarla a usted para que me ofrezca otra. Con su permiso, la vaciaré en este cacharro.

—Esa era la azucarera, señor Grimsby. Ahora ha echado a perder el azúcar también, y le agradecería que llame al servicio para que traigan más, porque aquí está lord Lowborough al fin. Espero que su señoría tenga la amabilidad de sentarse con nosotros y me permita ofrecerle un poco de té.

Su señoría hizo una solemne reverencia en respuesta a mi ofrecimiento, pero no dijo nada. Mientras tanto, Hargrave se ofreció a tocar la campana para que trajeran el azúcar, y el señor Grimsby lamentó su equivocación, intentando probar que este se debía a la sombra de la tetera y a la mala iluminación de la habitación.

Lord Lowborough había entrado uno o dos minutos antes sin que nadie lo notara salvo yo, y se había quedado de pie delante de la puerta, mirando con terror la reunión. Luego se dirigió hacia Annabella, que estaba sentada de espaldas a él, con Hattersley todavía a su lado, aunque no le prestaba atención en ese momento, pues estaba dedicado a intimidar e insultar ruidosamente a su anfitrión.

—Bueno, Annabella —dijo su marido, inclinándose sobre ella por detrás —, ¿a cuál de estos tres "espíritus intrépidos, varoniles" te gustaría que me pareciera?

—¡Por todos los demonios, te parecerás a todos nosotros! —gritó Hattersley, levantándose y cogiéndolo bruscamente por el brazo—. ¡Eh, Huntingdon! —gritó—. ¡Ya lo tengo! ¡Ven, hombre, y ayúdame! ¡Y que el cielo me castigue si no consigo emborracharlo antes de dejarlo ir! ¡Pagará por todos sus delitos anteriores, tan seguro como que estoy vivo!

Luego siguió una vergonzosa disputa. Lord Lowborough, verdaderamente desesperado y pálido de ira, luchó en silencio para librarse del loco que trataba de arrastrarlo fuera de la habitación. Intenté obligar a Arthur a que interviniera en favor de su ultrajado huésped, pero no pudo hacer otra cosa que reírse.

—¡Huntingdon, miserable, ven a ayudarme, vamos! —gritó Hattersley, algo debilitado por sus excesos.

—Estoy implorando para ti la ayuda divina, Hattersley —gritó Arthur—, y ayudándote con mis oraciones. ¡No podría hacer nada más, aunque me fuera la vida en ello! Estoy agotado. ¡Oh, oh! —Y echándose hacia atrás en su silla, se golpeó los muslos con las palmas de las manos y soltó un grito.

—¡Annabella, dame una vela! —dijo Lowborough, cuyo adversario le había rodeado la cintura con los brazos y se esforzaba ahora por apartarlo del quicio de la puerta, al que él se había aferrado furiosamente con toda la fuerza de la desesperación.

—¡No tomaré parte en sus violentas diversiones! —replicó la dama, retrocediendo indiferente—. No sé cómo se te ocurre.

Pero yo cogí una vela y se la acerqué. Lord Lowborough la tomó y acercó la llama a las manos de Hattersley, y la mantuvo allí hasta que este empezó a rugir como una bestia salvaje, entonces lo soltó, dejándolo libre. Luego desapareció, y supongo que se encerró en su habitación, pues no volvimos a verlo hasta la mañana siguiente. Soltando juramentos y maldiciones, Hattersley se echó sobre la otomana que estaba junto a la ventana. Al ver la puerta despejada, Milicent intentó entonces huir del escenario del agravio de su marido, pero él la detuvo con su llamado e insistió en que se le acercara.

—¿Qué deseas, Ralph? —murmuró ella, aproximándose a su marido de mala gana.

—Quiero saber qué te pasa —dijo él, poniéndola de rodillas como a una niña—. ¿Por qué estás llorando, Milicent? ¡Dímelo!

—No estoy llorando.

—Sí lo estás —insistió él, apartándole con brusquedad las manos del rostro—. ¿Cómo te atreves a mentir de esa manera?

—Ahora no estoy llorando —alegó ella.

—Pero has estado haciéndolo y hace un minuto también, y quiero saber por qué. ¡Vamos, dímelo!

—¡Déjame en paz, Ralph! Recuerda que no estamos en casa.

—No importa: ¡contestarás a mi pregunta! —exclamó su torturador, e intentó obtener la confesión por la fuerza, zarandeándola, mientras le clavaba implacablemente los dedos en sus débiles brazos.

—No permita que maltraten a su hermana de esa forma —le dije yo al señor Hargrave.

—Vamos, Hattersley, no puedo permitir eso —dijo el caballero, acercándose a la desdichada pareja—. Deja a mi hermana en paz, por favor.

Hargrave intentó separar los dedos del rufián del brazo de su hermana, pero fue repelido súbitamente y casi arrojado al suelo por un violento golpe en el pecho, acompañado por la siguiente advertencia:

—¡Eso por tu insolencia! Y aprende a no volver a interponerte entre lo que es mío y yo.

—¡Si no estuvieras borracho, responderías por lo que has hecho! —dijo Hargrave, pálido y sin aliento, tanto por la indignación como por los efectos inminentes del golpe.

—¡Vete al diablo! —respondió su cuñado—. Vamos, Milicent, dime por qué estabas llorando.

—Te lo diré en otro momento —dijo ella—, cuando estemos a solas.

—¡Dímelo ahora! —gritó él, zarandeándola de nuevo y apretándole el brazo de tal manera que la mujer contuvo la respiración y se mordió un labio para ahogar un grito de dolor.

—Se lo diré yo, señor Hattersley —dije—. ¡Estaba llorando porque se sentía avergonzada y humillada por usted! Porque no podía soportar verlo comportarse de una manera tan deplorable.

—¡Váyase al diablo, señora! —dijo él entre dientes, con una mirada de ridículo asombro por mi "imprudencia"—. No era por eso, ¿verdad, Milicent?

Ella no dijo nada.

—¡Vamos, habla de una vez!

—No voy a decirlo ahora —repitió Milicent, sollozando.

—Pero puedes decir "sí" o "no", igual que has dicho "no voy a decirlo ahora". ¡Vamos!

—Sí —murmuró ella, dejando caer la cabeza y sonrojándose por el horroroso reconocimiento.

—¡Maldita muchacha insolente y descarada! —gritó él, apartándola de su lado con tal violencia que cayó a sus pies; pero ella se levantó antes de que su hermano o yo pudiéramos acercarnos para ayudarla y salió rápidamente de la habitación, supongo que subiría las escaleras sin pérdida de tiempo.

El siguiente objetivo de ataque fue Arthur, quien estaba sentado enfrente y había, sin duda, disfrutado enormemente de la escena.

—¡Vamos, Huntingdon! —exclamó su irritable amigo—. ¡No permitiré que te quedes ahí sentado riéndote como un imbécil!

—¡Oh, Hattersley! —gritó Arthur, frotándose los vidriosos ojos—. Vas a acabar conmigo.

—Sí, lo haré, pero no como tú supones: ¡te arrancaré el corazón si me sigues irritando con esa risa imbécil! ¿Cómo? ¿Todavía te atreves? ¡Está bien! ¡A ver qué te parece esto! —gritó Hattersley, agarrando un taburete y arrojándolo a la cabeza de su anfitrión. Pero falló el blanco, y Arthur se dejó caer de nuevo en la silla, estremeciéndose con una débil risa, mientras las lágrimas le caían por el rostro en un espectáculo verdaderamente bochornoso.

Hattersley siguió soltando improperios y juramentos, pero fue inútil. Cogió entonces un montón de libros de la mesa que había delante de él y los lanzó, uno por uno, hacia el objetivo de su cólera, pero Arthur se rio todavía más. Al fin, se abalanzó sobre él lleno de furia y, cogiéndolo por los hombros, lo sacudió con violencia, ante lo cual el otro rio y chilló de una manera escandalosa. Pero no vi más: pensé que ya había presenciado bastante la decadencia de mi marido y, dejando que Annabella y los demás siguieran allí el tiempo que quisieran, me retiré, aunque no a dormir. Después de mandar a Rachel a descansar, caminé por mi habitación, angustiada por todo lo que había pasado e intranquila por no saber lo que podría ocurrir después, o cómo o cuándo aquella miserable criatura subiría a acostarse.

Por fin vino lentamente, subiendo las escaleras a trompicones, ayudado por Grimsby y Hattersley. Ninguno de los dos caminaba con paso muy seguro, pero se reían y mofaban de él, haciendo bastante ruido para que lo oyeran todos los criados. Arthur ya no se reía, sino que parecía enfermo y conmocionado. No escribiré nada más sobre esto.

Escenas tan lamentables como esa —o casi— se repiten con bastante frecuencia. No le comento mucho a Arthur al respecto, porque, si lo hiciera, sería más perjudicial que provechoso; pero le hago saber que me repugnan profundamente semejantes demostraciones: siempre me ha prometido que no se repetirían; pero temo que está perdiendo el poco autocontrol y respeto por sí mismo que una vez tuvo. En otros tiempos, se hubiera avergonzado de comportarse de esta forma, al menos delante de otros testigos que no fueran sus insensatos compañeros, o gente como ellos. Su amigo Hargrave, con una prudencia y un control de sí mismo que ya desearía para Arthur, nunca se expuso a la deshonra de beber más que lo necesario para sentirse un poco "achispado" y es siempre el primero en abandonar la mesa, después de lord Lowborough, quien, más sensato aún, sigue saliendo del comedor inmediatamente después de nosotras. Pero ni una sola vez, desde que Annabella le ofendió tan hondamente, ha entrado en el salón antes que los demás: pasa los intermedios en la biblioteca, la que procuro tener bien iluminada para su comodidad o, en las espléndidas noches de luna llena, paseando por los campos. Pero creo que ella está arrepentida de su mal proceder, pues no ha vuelto a repetirlo desde entonces y últimamente se ha portado con maravillosa cortesía hacia él, tratándole con una generosidad y consideración constantes, algo que no le había visto hacer jamás. Yo registro el inicio de este cambio de actitud al momento en que dejó de esperar y esforzarse por obtener la admiración de Arthur.

Capítulo **XXXII**
Comparaciones: información rechazada

5 de octubre: Esther Hargrave se está convirtiendo en una hermosa joven. Todavía no ha terminado la escuela, pero su madre la trae con frecuencia cuando viene a visitarme por las mañanas, cuando los señores se han ido, y a veces pasa una o dos horas en compañía de su hermana, los niños y yo. Cuando vamos al Grove, siempre me las ingenio para verla y hablo más con ella que con ninguna otra persona, porque me siento muy encariñada con mi pequeña amiga, lo mismo que ella conmigo. Sin embargo, con frecuencia me pregunto qué puede agradarle de mí, pues ya no soy la muchacha alegre y vivaz que solía ser; pero no tiene otra compañía, salvo la de su desagradable madre, la de su institutriz —la persona más falsa y convencional que su prudente madre pudo conseguir para enmendar las cualidades innatas de su pupila— y, de vez en cuando, la de su sumisa y pacífica hermana. A menudo me pregunto cuál será su suerte en la vida, y lo mismo hace ella; pero sus deducciones sobre el futuro están llenas de alegres esperanzas, como lo estuvieron las mías una vez. Me estremece pensar que ella, como yo, pueda descubrir su engañosa vanidad. Sospecho como si sintiera su posible desilusión incluso más profundamente que la mía. Tengo la sensación de haber nacido con semejante destino, pero ella es tan alegre y fresca, tan ligera de corazón y libre de espíritu, tan ingenua y confiada además... ¡Oh, sería tan cruel hacer que se sintiera como me siento ahora, y enseñarle lo que ahora sé!

Su hermana también sufre por ella. Ayer por la mañana, uno de los días más luminosos y hermosos de octubre, Milicent y yo estábamos en el jardín, disfrutando junto a nuestros hijos de una breve media hora, mientras Annabella estaba tumbada en el sofá del salón, embelesada con la lectura de la última nueva novela. Habíamos estado correteando con los niños, casi tan alegres y desenfrenadas como ellos, y ahora descansábamos a la sombra de la enorme y cobriza haya, para recuperar el aliento y arreglarnos el cabello, alborotado por la agitación y la traviesa brisa, mientras los niños daban tumbos en el ancho y soleado sendero. Mi Arthur sostenía los débiles pasos de la pequeña Helen y le señalaba las bellezas más brillantes de la orilla a su paso, con un parloteo locuaz, que ella entendía tan bien como cualquier otro modo de lenguaje. Después de reírnos por la bonita escena, comenzamos a hablar de la vida futura de los niños; esto nos hizo reflexionar. Las dos nos sumimos en profundos y silenciosos pensamientos mientras ascendíamos lentamente por el camino, supongo que una serie de asociaciones llevaron a Milicent a pensar en su hermana.

—Helen —dijo—, ves a menudo a Esther, ¿verdad?

—No muy a menudo.

—Bueno, pero tienes más oportunidades de verla que yo; ella te quiere, lo sé, y te respeta, además. Ninguna opinión valora tanto como la tuya, te considera más razonable que a mi madre.

—Eso es porque es terca, y mis opiniones en general están más de acuerdo con las suyas propias que con las de tu madre. Pero ¿por qué lo dices?

—Bueno, aprovechando tu influencia sobre ella, me gustaría que la convencieras de que nunca, bajo ningún concepto, o por los argumentos de nadie, se case por dinero, o por el rango, o la posición, o cualquier otra razón banal que no sea el verdadero afecto y la valoración bien fundada.

—No hay necesidad de ello —dije—, porque ya hemos hablado de este tema y te aseguro que sus ideas sobre el amor y el matrimonio son todo lo románticas que se pueda desear.

—Pero las ideas románticas no van a servirle de nada, yo quiero que tenga las ideas claras.

—De acuerdo, pero, según mi apreciación, lo que la gente critica como romántico está más cerca de la verdad de lo que se supone generalmente; porque, si bien las generosas ideas de la juventud se ven a menudo oscurecidas por las sórdidas perspectivas que ofrece la vida, eso apenas prueba que sean falsas.

—Está bien, pero si ves que sus ideas son como es debido, refuérzalas, ¿quieres? Y confírmalas siempre que puedas. Yo también tuve ideas románticas... No quiero decir con esto que lamente mi suerte, porque estoy completamente segura de que no... pero...

—Te comprendo —dije—. Te conformas, pero preferirías que tu hermana no sufriera lo mismo que tú.

—No... o peor. Ella podría sufrir mucho más que yo, porque yo estoy realmente contenta, Helen, aunque no puedas creerlo: te aseguro que no miento si te digo que no cambiaría a mi marido por ningún hombre, aunque pudiera hacerlo con la misma soltura con que arranco esta hoja.

—Está bien, te creo. Ahora que lo tienes, no lo cambiarías por ningún otro, pero cambiarías de buena gana algunas de sus cualidades por las de hombres mejores.

—Sí, de la misma forma que cambiaría algunas de mis propias cualidades por las de otras mujeres; porque ni él ni yo somos perfectos, y anhelo su perfección tanto como la mía. Él se corregirá, ¿no crees, Helen? Tan solo tiene veintiséis años.

—Puede hacerlo —contesté.

—Lo hará, lo hará —repitió ella.

—Perdona la escasa fuerza de mi confianza, Milicent. No me gustaría por nada del mundo desalentar tus esperanzas, pero las mías se han visto desengañadas tan a menudo, que me he vuelto tan escéptica en mis expectativas como la más aburrida de las octogenarias.

—¿Y, sin embargo, aún esperas... inclusive en lo que se refiere al señor Huntingdon?

—Sí, lo confieso, "inclusive" con respecto a él; porque parece como si la vida y la esperanza debieran acabar al mismo tiempo. ¿Y es mucho peor que el señor Hattersley, Milicent?

—Bueno, si quieres mi opinión sincera, creo que no se los puede comparar. Pero no deberías ofenderte, Helen, porque sabes que siempre digo lo que considero, y tú puedes hacerlo también; no me importará.

—No estoy ofendida, querida; y mi opinión es que, si se los comparara, la diferencia, fundamentalmente, sería a favor de Hattersley.

La buena de Milicent se dio cuenta de lo difícil que era para mí reconocer esto y, siguiendo un impulso infantil, expresó su solidaridad besándome repentinamente en la mejilla, sin decir una palabra, y luego, alejándose rápidamente, cogió en brazos a su niña y ocultó su rostro en el vestido de esta. ¡Qué extraño es que lloremos con tanta frecuencia por las desgracias de los otros, cuando no derramamos ni una lágrima por las nuestras! Su corazón estaba bastante lleno de sus propias congojas, pero se desbordó ante la idea de las mías. Yo también derramé lágrimas motivada por sus compasivos sentimientos, aunque no había llorado por mí misma desde hacía muchas semanas.

Sin embargo, la complacencia de Milicent por su elección no era del todo fingida. Ella ama de verdad a su marido y es demasiado cierto que este no tiene nada que envidiar al mío. O bien se domina mejor en sus excesos, o bien, debido a su complexión más fuerte y dura, aquellos producen un efecto mucho menos perjudicial en él; porque nunca termina en un estado cercano a la estupidez y, en su caso, el peor efecto de una noche de perdición es un ligero aumento de la irritabilidad o, en otras ocasiones, un período de tétrica ferocidad a la mañana siguiente. No hay nada de esa apariencia deprimente, perdida... esa displicencia, ese agotamiento innoble, que deja exhausto a uno con verdadera vergüenza para el transgresor. Y, sin embargo, esto no le sucedía a Arthur antes; ahora puede aguantar menos de lo que aguantaba cuando tenía la edad de Hattersley, y si este no se corrige, su capacidad de aguante puede venirse abajo igualmente cuando haya abusado de ella durante el mismo tiempo. Tiene cinco años menos a su favor y sus vicios no lo dominan todavía: no lo seducen hasta el punto de haberse convertido en una parte de sí mismo. Parecen una prenda que le sienta holgada, como una capa de la que podría prescindir cuando quisiera... Pero ¿durante cuánto tiempo más podrá elegir? Aunque criatura mundana y de pasiones, indiferente a los

deberes y privilegios superiores de los seres inteligentes, no es volup-
tuoso: prefiere los entretenimientos animales más activos y vigorizan-
tes a los debilitadores y de relajación. No convierte en una ciencia la
satisfacción de sus deseos, ni en el caso de los placeres de la mesa ni en
ningún otro; come con gusto lo que le ponen delante sin degradarse
con ese abandono al paladar y la vista: esa particularidad indecente
en la aprobación o desaprobación que es tan odiosa de presenciar en
las personas que apreciamos. Arthur, me temo, se entregaría al lujo
como el supremo bien y podría en último término entregarse a los
excesos más groseros, si no fuera por miedo a mitigar irremediablemente sus deseos y destruir su capacidad de disfrute futuro. Admito
que, en cuanto a Hattersley, rufián, torpe como es él, hay todavía una
base aceptable para la esperanza, y... lejos de mi intención de culpar
a la pobre Milicent de los delitos de su marido, pero creo que si ella
tuviera el coraje o la voluntad de decir lo que piensa sobre aquellos
y mantuviera sus puntos de vista con determinación, habría más posibilidades de que él se reprimiera y probablemente la trataría mejor
y la amaría más, en definitiva. He llegado a esta conclusión en parte
por lo que él mismo me dijo no hace muchos días... Me planteo darle
a ella algún pequeño consejo a la primera ocasión; pero aún dudo,
porque me doy cuenta de que su predisposición y sus ideas no son
favorables y, si mis consejos no fueran beneficiosos, causarían más
inconvenientes porque la harían más infeliz.

Era un día lluvioso de la semana pasada. La mayoría de los invitados mataban el tiempo en el salón del billar, pero Milicent y yo
estábamos con el pequeño Arthur y con Helen en la biblioteca, con
nuestros libros, nuestros niños, y la una con la otra, nos disponía-
mos a pasar una agradable mañana. De esta forma instaladas, no
llevábamos alejadas más de dos horas, sin embargo, entró el señor
Hattersley, atraído, supongo, por la voz de su hija, pues le tiene un
extraordinario cariño, así como ella a él.

Traía el olor de los establos, donde había estado deleitándose con
la compañía de sus compañeros, los caballos, desde la hora del desayuno. Pero eso no le importó a mi pequeña tocaya: tan pronto como
la enorme figura de su padre oscureció el umbral de la puerta, dejó

escapar un agudo grito de alegría y, apartándose de su madre, corrió haciendo aspavientos hacia él. Equilibrando su trayecto con los brazos extendidos y, abrazándose a sus rodillas, echó la cabeza hacia atrás y le dedicó una sonrisa. Bien podía él mirar sonriente aquellos rasgos pequeños, bellos, radiantes de júbilo e inocencia, aquellos ojos azules, claros y brillantes, y aquel pelo rubio y suave que se desparramaba sobre el pequeño cuello y los hombros de marfil. ¿No pensaba él lo indigno que era de semejante posesión? Me temo que tal idea no le cruzó por la cabeza. La cogió en brazos y le siguieron unos minutos de juegos bruscos, durante los cuales es difícil decir quién de los dos, padre o hija, se reía y gritaba más alto. Finalmente, la turbulenta diversión terminó... sorpresivamente, como era de esperarse: la pequeña se había hecho daño y empezó a llorar. El brusco compañero de juego la depositó en el regazo de su madre, rogándole que "la calmara". Tan feliz por volver a aquella dulce consoladora como lo había sido al abandonarla, la niña se iluminó en sus brazos y enmudeció enseguida, y hundiendo su cabeza en su pecho se quedó dormida.

Entretanto, el señor Hattersley se acercó con grandes zancadas a la chimenea, e interpuso su corpulencia entre nosotras y esta, con los brazos en jarras, el pecho hinchado, y mirándolo todo como si la casa y su mobiliario fueran de su indiscutible propiedad.

—¡Maldito tiempo este! —comenzó—. Me parece que no podremos ir a cazar hoy.

Luego, levantando repentinamente la voz, nos deleitó con los versos de una alegre canción, que, como terminaban de forma inapropiada, acabó silbando. Luego continuó hablando:

—Por cierto, señora Huntingdon, ¡qué estupenda caballada tiene su marido! No muy grande, pero es buena. ¡He estado examinando los ejemplares un poco esta mañana y le aseguro que Black Bess, Brey Tom y ese potro, Nimrod, son los mejores animales que he visto en mucho tiempo! —luego siguió un examen minucioso de sus méritos, seguido de una descripción de las grandes cosas que pensaba hacer en las competiciones ecuestres, cuando su anciano padre creyera oportuno abandonar la escena—. No es que yo quiera que cierre sus cuentas —añadió—, por mí el viejo troyano puede tener los libros abiertos todo el tiempo que quiera.

—Eso espero, de verdad, señor Hattersley.

—¡Oh, sí! Solo es mi forma de hablar. El hecho ha de ocurrir en algún momento, así que contemplo su lado más alegre. Eso es lo indicado, ¿verdad, señora H.? A propósito, ¿qué están haciendo las dos aquí? ¿Dónde está lady Lowborough?

—En el salón de billar.

—¡Qué criatura más espectacular! —continuó, mirando fijamente a su mujer, que cambió de color y pareció cada vez más sorprendida conforme él hablaba—. ¡Qué figura más noble tiene y qué magníficos ojos negros! ¡Qué espíritu y qué lengua, también, cuando le gusta usarla! ¡La adoro! Pero no te inquietes, Milicent: ¡no la tomaría por esposa, aunque tuviera por dote un reino entero! Me satisface más la que tengo. ¡Vamos a ver! ¿Por qué estás tan molesta? ¿No me crees?

—Sí, te creo —murmuró ella en tono de mansedumbre tristeza, medio hosco, al tiempo que volvía a pasar la mano por el pelo de la pequeña que dormía, a la que había tendido sobre el sofá que había a su lado.

—Bueno, entonces, ¿te pone eso de tan mal humor? Ven aquí, Milly, y dime por qué no te complace mi seguridad.

Ella se acercó y, poniendo su pequeña mano en el brazo de él, le miró y dijo en voz baja:

—¿A dónde nos conduce esto, Ralph? Solo a este punto: admiras mucho a Annabella, por cualidades que yo no poseo, sin embargo, prefieres tenerme a mí por esposa, lo que prueba simplemente que no estimas necesario amar a tu esposa; te das por cumplido con que ella pueda ocuparse de tu casa y cuidar a tu hija. Pero no estoy malhumorada, solo estoy triste, porque —añadió con una voz más baja y temblorosa, retirando su mano del brazo de él y fijando los ojos en la alfombra— si no me amas, no me amas, y eso no tiene remedio.

—Muy cierto, pero ¿quién te ha dicho que no te amo? ¿Dije acaso que amaba a Annabella?

—Dijiste que la adorabas.

—Es cierto, pero adoración no es amor. Adoro a Annabella, pero no la amo; y yo te amo, Milicent, pero no te adoro.

Como prueba de su amor, agarró un puñado de sus rizos color castaño claro y pareció retorcerlos cruelmente.

—¿De verdad, Ralph? —murmuró ella, con una débil sonrisa destellando entre sus lágrimas y acercando su mano a la suya, que él cogió con demasiada rudeza.

—Desde luego que sí —respondió él—, solo que a veces me fastidias bastante.

—¡Te fastidio! —gritó ella, verdaderamente sorprendida.

—Sí, tú, pero solo por tu excesiva bondad. Cuando un muchacho se ha pasado el día comiendo uvas pasas y ciruelas, desea un zumo de naranja agrio para cambiar. ¿No has observado nunca, Milly, la arena de la orilla del mar? ¡Qué agradable y suave parece, qué blanda y suave se siente bajo los pies! Pero si uno arrastra los pies durante media hora por esta suave y blanda alfombra —que se hunde bajo los pies, cediendo más cuanto más se aprieta—, acaba encontrándola agotadora y desea poner los pies sobre una buena y firme roca que no se moverá una pulgada, tanto si uno se pone sobre ella, como si camina o salta; y aunque fuera dura como una piedra de molino, uno encontrará más cómodo pasear por ella a pesar de todo.

—Sé lo que quieres decir, Ralph —dijo Milicent, mientras jugaba nerviosamente con la correa de su reloj y recorría el contorno de la figura que había en la alfombra con la punta de su diminuto pie—. Sé lo que quieres decir, pero yo pensaba que preferías la sumisión, y ahora no puedo cambiar.

—Me gusta de verdad —replicó, atrayéndola hacia él y tirándole de nuevo de sus rizos—. No debes tener en cuenta mis palabras. Un hombre debe tener algo para quejarse, y si no puede lamentarse de que su mujer lo acose sin cesar con su perversidad y mal humor, debe lamentarse de que lo agote con su cariño y amabilidad.

—Pero ¿por qué lamentarse en absoluto, a no ser que estés cansado y descontento?

—Para justificar mis propias debilidades, desde luego. ¿Crees que estaría dispuesto a soportar toda la carga de mis pecados sobre mis hombros, mientras haya otra persona dispuesta a ayudarme y que no tiene ninguno propio con qué cargar?

—No existe nadie así sobre la tierra —dijo ella seriamente; y luego, quitando la mano de él de su cabeza, la besó con una expresión de auténtica devoción y salió a toda prisa hacia la puerta.

—¿Qué pasa ahora? —dijo él—. ¿A dónde vas?

—A arreglarme el cabello —contestó ella, sonriendo por entre sus desordenados cabellos—, me has despeinado.

—¡Vete, entonces! Una excelente mujercita —observó cuando ella hubo salido—, pero con una cabeza demasiado blanda. Casi se deshace en las manos de uno. Sé positivamente que a veces la maltrato cuando he bebido demasiado, pero no puedo evitarlo, porque ella nunca se queja, ni en el momento ni después. Supongo que no le importa.

—Puedo aclararle las ideas en esa materia, señor Hattersley —dije—: a ella sí le importa, y también le importan todavía más algunas otras cosas, de las que usted, sin embargo, no sabe nada porque nunca la ha oído quejarse.

—¿Cómo lo sabe? ¿Se queja delante de usted? —inquirió él, con un repentino arranque de furia listo para estallar en una llama si yo contestaba "sí".

—No —respondí—, pero la conozco desde hace más tiempo que usted y la he observado más detenidamente de lo que usted jamás lo ha hecho. Y puedo decirle, señor Hattersley, que Milicent le ama más de lo que usted se merece, y está en su poder hacerla muy feliz, en lugar de ser su espíritu del mal, y apostaría que no pasa usted un día sin causarle algún daño, pudiendo ahorrárselo si quisiera.

—Bueno, no es culpa mía —dijo, mirando con indiferencia el techo y hundiendo sus manos en los bolsillos del pantalón—; si mi forma de ser no se acomoda a la suya, debería decírmelo.

—¿No es ella exactamente la esposa que usted anhelaba? ¿No le dijo usted al señor Huntingdon que necesitaba una que se sometiera a todo sin un murmullo, que nunca le reprochara nada, hiciera lo que hiciera?

—Es cierto, pero debemos tener siempre lo que deseamos: echa a perder lo mejor que hay en nosotros, ¿verdad? ¿Cómo puedo dejar de hacer de malvado cuando veo que para ella es lo mismo si me comporto como un cristiano o como un canalla, que es como la naturaleza me ha hecho? ¿Y cómo puedo evitar atormentarla cuando ella es tan provocativamente dócil y mansa, cuando se tiende a mis pies como un perro de aguas y nunca suelta ni un quejido para hacerme entender que ya basta?

—Admito que, siendo usted un tirano por naturaleza, la tentación es fuerte; pero ningún espíritu generoso encuentra placer en oprimir al débil, sino más bien en darle ánimos y protegerlo.

—Yo no la oprimo, pero es tan terriblemente aburrido estar siempre dando ánimos y protegiendo... y luego ¿cómo puedo decir que la tiranizo cuando "desaparece y no da señales de vida"? A veces pienso que no siente nada en absoluto, y entonces sigo hasta hacerla llorar... y eso me satisface.

—Entonces, ¿se complace verdaderamente en oprimirla?

—¡No, se lo aseguro! Solo cuando estoy de mal humor, o de un humor especialmente bueno y deseo causar dolor por el placer de consolar después; o cuando ella parece desanimada y deseo que se estremezca un poco. A veces me provoca llorando por nada, sin querer decirme qué le pasa; y entonces, lo admito, eso me enfurece de una manera insoportable, sobre todo cuando pierdo el control de mí mismo.

—Como sin duda sucede siempre en ocasiones semejantes —dije—. Pero en el futuro, señor Hattersley, cuando la vea triste, o llorando por "nada" —como usted dice—, atribúyaselo a usted mismo: esté seguro de que es algo que usted ha hecho mal, o su mala conducta general, lo que le causa dolor.

—No lo creo. Si fuera así me lo diría. No me gusta esa manera de entristecerse y angustiarse en silencio, sin ninguna queja; no es justa. ¿Cómo puede ella esperar que corrija mis maneras a ese precio?

—Quizá piensa que usted tiene más juicio del que posee, y se ilusiona con la creencia de que algún día vea sus propios errores y los corrija, si lo deja a su propia reflexión.

—Puede ahorrarse sus burlas, señora Huntingdon. Tengo juicio suficiente para ver que no siempre me comporto correctamente; pero usualmente pienso que eso no importa mucho, mientras no haga daño a nadie salvo a mí mismo...

—Es un asunto muy importante —le interrumpí— tanto para usted —como lo descubrirá más adelante a su costa— como para todos los que lo rodean, sobre todo su esposa. Sin embargo, es una tontería hablar de no hacer daño más que a usted mismo; es imposible que se cause usted daño —especialmente por actos semejantes a los referidos— sin causarlo también a cientos, cuando no a miles, de personas en mayor o menor grado, tanto por el mal que causa como por el bien que deja de hacer.

—Estaba diciendo —continuó él—, o habría dicho si no me hubiera quitado la palabra, que a veces pienso que mi comportamiento sería mejor si tuviera al lado a una persona que me llamara la atención siempre que estuviera equivocado, y me diera un motivo para hacer el bien y esquivar el mal, mostrándome decididamente su aprobación para el primero y su rechazo del segundo.

—Si no contara usted más que con la aprobación de su prójimo, eso serviría de poco.

—Bien, pero si tuviera una compañera que no fuera siempre dócil y buena, sino que tuviera carácter para pararme los pies de vez en cuando y decirme honradamente en todo momento lo que piensa, una como usted, por ejemplo... Ahora bien, le juro que si yo continuara con usted como lo hago con ella cuando estoy en Londres, me acaloraría demasiado para moderarme.

—Se equivoca conmigo: no soy una fiera.

—Bueno, mejor que sea así, porque no soporto ser contrariado, y me gusta hacer mi voluntad tanto como a cualquier otro; únicamente considero que hacerlo con demasiada frecuencia no es saludable para ningún hombre.

—Yo nunca lo contradeciría sin una razón, pero esté seguro de que siempre le haría saber lo que pensara de su conducta; y si me oprimiera en cuerpo, espíritu o rango, no tendría razones para suponer que "a mí no me importaba".

—Ya lo sé, señora mía, y creo que, si mi mujer hiciera lo mismo, sería mejor para los dos.

—Se lo diré.

—No, no, déjela hacer a ella, hay mucho que decir por ambas partes. Y ahora que lo pienso, Huntingdon se queja a menudo de que no se parezca usted un poco más a ella... Ese canalla... pero ve usted, después de todo, no puede hacer que cambie: es diez veces peor que yo. Estoy seguro de que le tiene terror... es decir, se porta muy bien cuando está usted presente, pero...

—Me pregunto entonces qué hace cuando se comporta mal —no pude dejar de decir.

—Si quiere que le hable con honestidad, es realmente malo, ¿verdad, Hargrave? —dijo, dirigiéndose al hombre que había entrado en la habitación sin que yo lo notara, pues estaba junto a la chimenea, de espaldas a la puerta—. ¿No es Huntingdon —continuó— un malvado...?

—Su mujer no permitirá que se le critique impunemente —respondió el señor Hargrave, adelantándose—, pero debo decir que doy gracias a Dios por no ser como él.

—Quizá sería más apropiado —dije— que se viera como es y afirmara: "Dios tenga compasión de un pecador como yo".

—Es usted muy severa —replicó el señor Hargrave, inclinándose ligeramente e irguiéndose luego con expresión orgullosa y ofendida. Hattersley se rio y le dio una palmada en el hombro. Apartándose de él con un gesto de dignidad ultrajada, el señor Hargrave se trasladó al otro lado de la alfombra.

—¿No es una vergüenza, señora Huntingdon? —dijo, alzando la voz, su cuñado—. Golpeé a Walter Hargrave cuando estaba borracho la segunda noche después de llegar, y desde entonces me trata con distancia, aunque le pedí perdón a la mañana siguiente de haberlo hecho.

—La manera de pedírmelo —replicó el otro— y la claridad con que recordabas todos los hechos pusieron en evidencia que no estabas tan borracho como para no darte cuenta de lo que estabas haciendo y no responsabilizarte totalmente de la ofensa.

—Pretendías interponerte entre mi mujer y yo —gruñó Hattersley— y eso es bastante para provocar a cualquier hombre.

—¿Lo encuentras justificado, entonces? —dijo su oponente, lanzándole una mirada llena de odio.

—No, te aseguro que no lo habría hecho si no estuviera bajo una fuerte alteración; y si insistes en encontrarlo malintencionado, después de todo lo que he dicho para disculparme, hazlo si quieres, ¡y vete al diablo!

—Por lo menos, yo no utilizaría un lenguaje semejante en presencia de una dama —dijo el señor Hargrave, ocultando su ira bajo una máscara de disgusto.

—¿Qué he dicho? —respondió Hattersley—. Solo la verdad. "Se condenará si no perdona las ofensas de su hermano", ¿verdad, señora Huntingdon?

—Usted debería perdonarlo, señor Hargrave, puesto que se lo pide —dije.

—¿Lo cree así? ¡Entonces lo haré!

Sonriendo casi con franqueza, dio unos pasos y extendió su mano. Su cuñado la estrechó inmediatamente y la reconciliación, en apariencia, fue cordial por ambas partes.

—La afrenta —continuó Hargrave, dirigiéndose hacia mí— debió la mitad de su gravedad al hecho de haber sido infligida en su presencia; y puesto que usted me pide que la perdone, lo haré, y la olvidaré también.

—Creo que la mejor satisfacción que puedo ofrecer es retirarme —murmuró Hattersley con una amplia sonrisa. Su amigo sonrió, y él abandonó la habitación. Esto me puso en alerta. El señor Hargrave se volvió seriamente hacia mí, y dijo con aspecto serio:

—Querida señora Huntingdon, ¡cómo he deseado y temido este momento! No se inquiete —añadió al ver que mi rostro enrojecía de furia—. No voy a ofenderla con ninguna petición o queja inútil. No voy a tomarme la libertad de importunarla con la mención de mis sentimientos o de su excelencia, pero tengo algo que revelarle y que debería usted saber, lo cual, no obstante, me lastima indeciblemente...

—¡Entonces no se atormente revelándolo!

—Pero es importante...

—Si es así, me enteraré pronto, sobre todo si se trata de una mala noticia, como parece usted considerarla. En este momento tenía intención de llevar los niños a la niñera.

—¿No puede usted llamar para que vengan a por ellos?

—No, quiero hacer algo de ejercicio subiendo hasta el último piso de la casa. Vamos, Arthur.

—Pero ¿volverá?

—De momento no, no me espere.

—Entonces, ¿cuándo podré verla otra vez?

—En el almuerzo —dije, poniéndome en camino con la pequeña Helen en un brazo y llevando a Arthur de la mano.

Él se volvió murmurando alguna frase de censura impaciente, o de queja, en la que "cruel" fue la única palabra que pude entender.

—¿Qué tontería es esa, señor Hargrave? —exclamé, deteniéndome en el umbral de la puerta—. ¿Qué quiere usted decir?

—Oh, nada... No creí que pudiera escuchar mi monólogo. Pero el hecho es, señora Huntingdon, que tengo que hacer una confidencia —tan dolorosa para mí como para usted— y deseo que me conceda unos minutos de atención en privado en el momento y lugar que usted desee acordar. No se lo pido por mi propio interés, ni por una causa que pueda alarmar su sobrehumana pureza; por tanto, no tiene necesidad de destruirme con esa mirada de desdén frío y cruel. Conozco muy bien los sentimientos con los que se mira a los portadores de malas noticias...

—¿Cuáles son esos asombrosos secretos? —dije, interrumpiéndole con enfado—. Si es algo de verdadera importancia, dígalo en tres palabras antes de que me vaya.

—No puedo decirlo en tres palabras. Deje marchar a los niños y quédese conmigo.

—No, guárdese las malas noticias. Sé que es algo que no deseo escuchar o algo que me molestaría que me dijera.

—Lo ha adivinado demasiado bien, me temo. No obstante, desde que lo sé, creo que mi deber es revelárselo.

—Oh, ahórreme la pena, y lo eximiré de su deber. Usted se ha ofrecido a decírmelo, yo me he negado a escucharlo: no lo culparé de mi ignorancia.

—Está bien... no se lo diré. ¡Pero si el golpe, cuando llegue, la coge desprevenida, recuerde que deseé mitigarlo!

Lo dejé. Estaba decidida a que sus palabras no me preocuparan. ¿Qué podía él, entre todos los hombres, revelarme, que fuera tan importante como para que yo lo supiera? Seguro se trataba de algún cuento exagerado sobre mi infausto marido, al que él quería sacarle el mayor provecho para apoyar sus malas intenciones.

6: Desde ese momento no ha vuelto a hacer mención a su trascendental misterio, y no he visto razón alguna para arrepentirme de no haber querido escucharlo. El temido golpe no se ha desplomado todavía sobre mí, y no le temo demasiado. Por el momento no tengo ninguna queja de Arthur: lleva más de una semana sin cometer ningún exceso y toda la semana ha sido tan moderado e indulgente en la mesa que percibo una notable diferencia en su aspecto y su carácter. ¿Puedo mantener la ilusión de que continúe siendo así?

Capítulo XXXIII
Dos veladas

7 de octubre: Sí, ¡parece haber una esperanza! Esta noche oí a Grimsby y Hattersley quejarse de la inhospitalidad de su anfitrión. No se percataron de mi presencia, porque por casualidad yo estaba detrás de la cortina de la ventana, contemplando la salida de la luna por encima del conjunto de altos y oscuros olmos situados más abajo del prado, preguntándome por qué Arthur estaba tan sentimental como para estar solo, apoyado contra una columna del porche, al parecer mirándola también.

—Me parece que ya no va a haber más alegres bacanales en esta casa —dijo el señor Hattersley—. Sabía que su solidaridad no duraría mucho. Pero —añadió, riéndose— no esperaba que finalizara de esta manera. Más bien creí que nuestra bonita anfitriona erizaría sus púas de puercoespín, y nos amenazaría con echarnos de la casa si no modificábamos nuestros modales.

—¿No sospechaste esto entonces? —respondió Grimsby con una

risa ahogada —. Pero él cambiará otra vez cuando se harte de ella. Si regresamos aquí dentro de un año o dos, lo haremos todo a nuestra manera, ya verás.

—No lo sé —respondió el otro—. Ella no es de esa clase de mujeres de las que te hartas enseguida. Sea como fuere, el caso es que es terriblemente molesto no poderse divertir porque él ha decidido portarse bien.

—¡La culpa la tienen esas endiabladas mujeres! —murmuró Grimsby—. ¡Son realmente el azote del mundo! Crean problemas e inconvenientes dondequiera que van, con sus caras falsas, bellas, y sus lenguas mentirosas.

En ese momento salí de mi escondite y, sonriendo al señor Grimsby al pasar frente a él, abandoné la habitación y salí en busca de Arthur. Lo había visto dirigirse a los matorrales, lo seguí en esa dirección y lo alcancé justo cuando se internaba en el boscoso sendero. Me sentía tan alegre, tan llena de cariño, que salté sobre él y lo rodeé con mis brazos. Este inesperado abrazo tuvo un curioso efecto sobre él. Primero murmuró: "¡Cielos, querida!" y correspondió a mi abrazo con otro tan cariñoso como en otros tiempos, luego se alteró y, en un tono de absoluto terror, exclamó:

—¡Helen! ¿Qué demonios es esto? —y vi, por la débil luz que se colaba a través de los densos árboles, que había palidecido de la impresión.

¡Qué extraño que el impulso instintivo del cariño fuera la primera reacción, y luego siguiera la impresión de la sorpresa! Esto demuestra la autenticidad del cariño: por lo tanto, no se ha cansado de mí, todavía.

—Te he impresionado, Arthur —dije, riendo en mi alborozo—. ¡Qué nervioso estás!

—¿Por qué demonios lo has hecho? —gritó él, con bastante grosería, y librándose de mis brazos se pasó el pañuelo por la frente—. ¡Regresa, Helen, regresa inmediatamente a la casa! ¡Vas a morirte de frío!

—No me iré hasta que te haya dicho por qué he venido. Los demás te maldicen por tu templanza y sobriedad, y he venido a darte las gracias por ello. Dicen que la culpa la tienen "esas condenadas mujeres", y que somos la peste del mundo; pero no permitas que se rían ni te echen en cara tus buenos propósitos, o tu cariño por mí.

Él se rio. Lo estreché en mis brazos de nuevo y grité, sin poder contener las lágrimas:

—¡Continúa! ¡Y te amaré más de lo que te he amado nunca!

—Está bien, está bien, lo haré —dijo, besándome apresuradamente—. Y ahora vete. Estás loca, criatura. ¿Cómo has podido salir con ese traje tan liviano en una noche de otoño?

—Es una noche memorable —dije.

—Es una noche que te llevará a la tumba como sigas aquí. ¡Corre, vamos!

—¿Acaso ves mi muerte entre estos árboles, Arthur? —dije, porque miraba atentamente hacia los arbustos, como si la viera venir, y no podía irme, en mi reencontrada felicidad y el renacimiento de mi esperanza y mi amor. Pero mi demora lo puso furioso, así que lo besé y volví corriendo a la casa.

Estuve de un humor excelente toda la noche. Milicent declaró que yo era el alma de la reunión y me murmuró al oído que nunca me había visto tan feliz. Desde luego hablé por veinte y les sonreí a todos. Grimsby, Hattersley, Hargrave y lady Lowborough, todos compartieron mi fraternal bondad. Grimsby me miraba con la boca abierta, desconcertado; Hattersley se reía y bromeaba —a pesar del poco vino que estuvo obligado a beber—, pero se portó tan bien como supo; Hargrave y Annabella, por diferentes motivos y de distintas maneras, me copiaron, y sin duda los dos me superaron, el primero con su versatilidad discursiva y su elocuencia, la segunda en audacia y animación por lo menos. Milicent, encantada de ver a su marido, su hermano, y a su sobreestimada amiga en tan buena cordialidad, estaba animada y alegre también, a su manera. Hasta lord Lowborough se contagió del buen humor general: los ojos oscuros, verdosos, destellaban bajo sus melancólicas cejas; su sombrío semblante se embelleció con las sonrisas; todas las señales de abatimiento y orgullo o fría cautela habían desaparecido; nos dejó atónitos a todos, no solo por su entusiasmo y animación generales, sino por sus ocurrencias esporádicas, verdaderamente graciosas y brillantes. Arthur no habló mucho, pero se rio y escuchó a los demás, y estuvo de muy buen humor, aunque no acalorado por el vino. Así, entre todos, disfrutamos una fiesta muy alegre, inocente y entretenida.

9 de octubre: Ayer, cuando Rachel vino a vestirme para la cena, noté que había estado llorando. Quise saber la razón, pero parecía reticente a contármelo. ¿Se encontraba mal? No. ¿Había tenido malas noticias de sus amigos? No. ¿La había molestado alguno de los criados?

—¡Oh, no, señora! —contestó—. No es por mí.

—¿Entonces a qué se debe, Rachel? ¿Has estado leyendo novelas?

—¡Cielos, no! —dijo con un triste movimiento de cabeza, luego suspiró y continuó—: Pero si quiere que le diga la verdad, señora, no me gusta la manera de actuar del señor.

—¿Qué quieres decir, Rachel? Su conducta es intachable estos días.

—Bueno, señora, si usted lo cree así, está bien.

Y siguió arreglándome el cabello con prisa, en lugar de hacerlo con calma, como era su costumbre, murmurando medio para sí misma que era realmente un cabello hermoso. Cuando terminó, lo acarició, y me dio unos suaves golpecitos en la cabeza.

—¿Esos golpecitos de afecto van destinados a mi pelo? —pregunté, volviéndome, risueña, hacia ella, pero había una lágrima en sus ojos.

—Pero ¿qué te ocurre, Rachel? —exclamé.

—No lo sé, señora, pero si...

—Pero si ¿qué?

—Pues, si yo fuera usted no aceptaría que lady Lowborough permaneciera en la casa ni un minuto más... ¡ni uno solo!

Me quedé como pulverizada por un rayo, pero antes de que pudiera recuperarme de la impresión lo indispensable para pedir una explicación, Milicent entró en la habitación, como hace frecuentemente cuando se viste antes y se quedó conmigo hasta la hora de bajar. Debió encontrar una compañera muy huraña esta vez, porque las últimas palabras de Rachel todavía retumbaban en mis oídos. No obstante, esperaba —confiaba— que no tuvieran más fundamento que ciertos rumores infundados de los criados, derivados de la conducta observada a lady Lowborough en el último mes, o, quizá, de algún suceso ocurrido entre su señor y ella en la anterior visita de esta. Durante la cena los observé de cerca a los dos y no vi nada llamativo en la conducta de ninguno de ellos, nada orientado a levantar sospechas, salvo en mentes maliciosas, lo que no era la mía; por lo tanto, no quise desconfiar.

Casi inmediatamente después de cenar, Annabella salió fuera con su marido para deleitarse con él de una caminata a la luz de la luna, pues era una noche espléndida como la anterior. El señor Hargrave entró en el salón un poco antes que los demás caballeros, y me invitó a jugar una partida de ajedrez. Lo hizo sin esa triste, aunque altiva, sencillez con la que suele dirigirse a mí, salvo cuando está alterado por el vino. Le miré la cara para ver si era ese el caso ahora. Me miró con firmeza: había algo en él que no comprendí, pero parecía bastante sosegado. No deseando comprometerme con él, le dije que jugara con Milicent.

—Es muy mala jugadora —dijo—. Quiero medir mi talento con el suyo. ¡Vamos! No me diga que le molesta dejar su labor. Sé que nunca la coge, salvo cuando no hay nada mejor para pasar el rato.

—Pero los jugadores de ajedrez son tan taciturnos... —objeté—. No se hacen compañía más que a sí mismos.

—Aquí no está más que Milicent, y ella...

—¡Oh, me encantaría verlos jugar! —gritó nuestra mutua amiga—. ¡Con semejantes jugadores será todo un placer! Me pregunto quién ganará.

Acepté.

—Está bien, señora Huntingdon —dijo Hargrave, mientras colocaba las piezas sobre el tablero, hablando con confianza y con un énfasis peculiar, como si diera a todas sus palabras un doble significado—, es usted una buena jugadora, pero yo soy mejor; será una partida larga y usted me la pondrá difícil, pero puedo ser tan paciente como usted, y, al final, estoy seguro de que venceré.

Fijó sus ojos en mí con una expresión que no me agradó: aguda, valiente, insolente; casi victoriosa por el éxito anticipado.

—¡Espero que no, señor Hargrave! —repliqué con un entusiasmo que debió sorprender, por lo menos, a Milicent, pero él se limitó a sonreír y murmuró:

—¡El tiempo lo dirá!

Comenzamos a jugar: él, bastante interesado en el juego, pero calmado y sin miedo por el convencimiento de su agudeza superior; yo, preocupada por decepcionar sus expectativas, porque consideraba aquella una competencia más seria que un juego —como imaginaba que él también—, y sentía un miedo casi agorero a ser vencida. De cualquier manera, no podía soportar la idea de que el presente acontecimiento añadiera un título más a su poder consciente —su autosuficiencia petulante, debería decir—, o fomentara lo más mínimo su sueño de conquista. Su juego era prudente y profundo, pero yo me defendí muy bien. Durante cierto tiempo la partida estuvo confusa; al final, para mi gran alegría, la victoria parecía inclinarse a mi favor: le había comido varias de sus piezas más valiosas y desbaratado sus jugadas. Él se llevó la mano a la frente y se detuvo un momento, evidentemente desconcertado. Yo me regocijaba con mi ventaja, pero no me atrevía a cantar victoria todavía. Por fin, alzó la cabeza y, haciendo su movimiento con tranquilidad, me miró y dijo sosegadamente:

—Bien, usted cree que va a ganar, ¿verdad?

—En eso confío —respondí, tomando el peón que él había puesto en la diagonal de mi alfil con una expresión tan indiferente que creí que había sido un error; pero no era muy generoso, dadas las circunstancias, llamarle la atención sobre ello, y demasiado incauto, en aquel momento, imaginar las consecuencias de mi movimiento.

—Son esos alfiles lo que me perturba —dijo—, pero el intrépido caballo puede asaltar al arrojado caballero —comiéndome el último alfil con su caballo—; y, ahora, una vez ausentes esas peligrosas piezas, triunfaré.

—¡Oh, Walter, cómo puedes decir eso! —gritó Milicent—. A ella le quedan muchas más piezas que a ti, todavía.

—Todavía tengo la intención de ponerlo en un aprieto —dije—; y quizá, señor, se vea usted derrotado antes de que pueda evitarlo. Mire su reina.

La partida se complicó. Fue un juego largo, y lo puse en aprietos, pero él era mejor jugador que yo.

—¡Qué jugadores más perspicaces! —exclamó el señor Hattersley, que había entrado en la habitación y llevaba cierto tiempo observándonos—. ¡Pero, señora Huntingdon, le tiembla la mano como si se jugara la vida en esta partida! Y Walter, perro, ¡pareces tan frío y tranquilo como si estuvieras seguro de que vas a ganar, y tan artero y cruel como si fueras a chuparle la sangre! Pero si yo estuviera en tu lugar, no la vencería de puro miedo: te odiará si lo haces... ¡por Dios, que lo hará! Puedo verlo en sus ojos.

—Cállese, ¿quiere? —dije. Su conversación me indignaba, pues mi posición en el tablero era muy mala. Tras unos cuantos movimientos, me quedé inexorablemente enmarañada en la trampa de mi adversario.

—Jaque —gritó él, busqué con angustia algún medio de escapar—. ¡Mate! —añadió serenamente, aunque con evidente placer. Había demorado la pronunciación de las dos últimas sílabas para apreciar mejor mi consternación.

Me quedé estúpidamente sorprendida. Hattersley se rio y Milicent se quedó preocupada al verme tan nerviosa.

Hargrave me cogió la mano que descansaba sobre el tablero y, apretándola firme y cariñosamente, murmuró:

—¡Vencida, vencida! —y me miró con una expresión en la que el regocijo se mezclaba con una pasión y una ternura que la hacía más oprobiosa.

—¡No, nunca, señor Hargrave! —exclamé, apartando rápidamente mi mano.

—¿Lo niega? —respondió él, señalando el tablero con una sonrisa.

—No, no —respondí, dándome cuenta de lo singular que podía parecer mi actitud—, me ha vencido en esta partida.

—¿Quiere jugar otra, entonces?

—No.

—¿Reconoce usted mi superioridad?

—Sí, como jugador de ajedrez.

Me levanté para coger mi labor.

—¿Dónde está Annabella? —preguntó Hargrave con expresión seria, después de echar un vistazo por la habitación.

—Salió con lord Lowborough —contesté, pues él me miraba deseando una respuesta.

—¡Y todavía no ha vuelto! —dijo, gravemente.

—Supongo que no.

—¿Dónde está Huntingdon? —contemplando el paisaje otra vez.

—Salió con Grimsby, como sabes —contestó Hattersley, reprimiendo una carcajada, que soltó cuando terminó la frase.

¿Por qué se rio? ¿Por qué Hargrave los vinculó de aquella manera? ¿Era cierto, entonces? ¿Y era aquel el horroroso secreto que había deseado revelarme? Debía saberlo y pronto. Me levanté inmediatamente y salí de la habitación en busca de Rachel, para pedirle una explicación por sus palabras. Pero Hargrave me siguió hasta la antecámara y, antes de que pudiera abrir la puerta, puso suavemente la mano en la cerradura.

—¿Puedo decirle una cosa, señora Huntingdon? —dijo en un tono humilde, con la mirada baja.

—Si es algo que merece la pena escucharse... —respondí, luchando por mantener el decoro, pues me temblaba todo el cuerpo.

Con amabilidad me acercó una silla. Yo simplemente apoyé una mano en el respaldo y le rogué que continuara.

—No se alarme —dijo—. Lo que quiero comentarle no significa nada en sí mismo, y dejaré que saque usted sus propias conclusiones. ¿Ha dicho usted que Annabella no ha vuelto todavía?

—Sí, sí... ¡Siga! —dije, impaciente, pues temía que mi forzada serenidad se diluyera antes de que él me hiciera la revelación, cualquiera que fuera.

—¿Y ha oído —continuó— que el señor Huntingdon ha salido con Grimsby?

—¿Bien?

—Oí a este último decirle a su marido, o al menos al hombre que se considera...

—¡Acabe de una vez, señor!

Hizo una inclinación de cabeza y siguió:

—Le oí decir: "¡Me las ingeniaré, ya verás! Pasearán por las orillas, les saldré al encuentro allí y le diré a él que me gustaría hablarle de ciertas cosas con las que no tenemos por qué aburrir a la dama, y ella dirá que puede volver por el paseo a la casa. Entonces pediré disculpas, ya sabes, y todo eso, y le haré una señal a ella para que tome el camino del bosque. Yo lo distraeré a él hablando de los temas que mencioné, y de todo lo que se me ocurra, todo el tiempo que sea necesario, y luego lo llevaré por el otro camino, parándome a contemplar los árboles, los campos, y todo lo que se me ocurra decir en el momento".

El señor Hargrave hizo una pausa y me miró.

Sin pronunciar una sola palabra ni hacer más preguntas, salí disparada de la habitación y después de la casa. No podía soportar el suplicio de la incertidumbre. No estaba dispuesta a sospechar de mi marido por las acusaciones infundadas de aquel hombre, ni a creerle indignamente. Debía saber la verdad de una vez. Corrí en dirección al bosque. Apenas había llegado a ellos cuando unas voces detuvieron mi carrera y mi aliento.

—Llevamos demasiado tiempo, él habrá regresado ya —dijo la voz de lady Lowborough.

—Seguro que no, cariño —fue su respuesta—; pero puedes correr por el prado, y luego entrar todo lo compuesta que puedas, te seguiré poco después.

Las rodillas me flaqueaban, mi cerebro flotaba y daba vueltas: estaba a punto de desmayarme. Ella no debía verme así. Me escondí entre los arbustos y me apoyé en un árbol para dejarla pasar.

—¡Ah, Huntingdon! —decía ella con aire de amonestación, parándose donde yo había estado con él la noche anterior—. ¡Fue aquí donde besaste a esa mujer!

Miró hacia atrás, hacia la oscuridad frondosa. Avanzando hasta allí, Arthur contestó con una risa indiferente:

—Bueno, mi amor, no pude evitarlo. Ya sabes que debo portarme bien con ella mientras pueda. ¿No te he visto acaso besar al bobo de tu marido una veintena de veces? ¿Y me he quejado alguna vez?

—Pero, dime, ¿no la amas un poquito todavía? —preguntó ella, colocándole una mano en el brazo y mirándole con ansiedad; porque podía verlos con toda claridad, a la luz deslumbrante de la luna llena, desde detrás de las ramas del árbol que me ocultaba.

—¡Te juro por lo más sagrado que no! —respondió él, besando su encendida mejilla.

—¡Dios mío, debería haberme marchado! —dijo ella. Se separó bruscamente de él y se fue a toda prisa. Y ahí lo tenía, delante de mí, pero no me sentía con fuerzas para enfrentarlo en aquel momento. Tenía la lengua pegada al velo del paladar, estaba clavada en el suelo y casi me asombraba que él no pudiera escuchar los latidos de mi corazón por encima del suave suspirar del viento y el tenue crujido de las hojas que caían. Parecía que los sentidos iban a abandonarme, pero vi su oscura figura pasar delante de mí y, a través del zumbido que azotaba mis oídos, le oí decir mientras miraba hacia el prado:

—¡Allá va la loca! ¡Corre, Annabella, corre! ¡Vamos, entra! ¡Ah, él no la ha visto! ¡Perfecto, Grimsby, distráelo un poco más!

Y aún su risa ahogada llegó hasta mí mientras se alejaba.

—¡Ayúdame, Dios mío! —murmuré, arrodillándome entre la húmeda maleza y los matorrales que me rodeaban, mirando el cielo iluminado por la luna a través del espeso follaje. Todo parecía siniestro y trémulo a mi empañada mirada. Mi corazón ardiente y destrozado luchaba por volcar su agonía en Dios, pero no podía dar forma de oración a su angustia, hasta que una ráfaga de aire sopló sobre mí, la cual, al tiempo que desprendía las hojas muertas como esperanzas marchitas, refrescó mi mente y pareció reanimar un poco mi agarrotado cuerpo. Luego, mientras elevaba mi alma en una súplica silenciosa y profunda, un flujo celestial pareció fortalecerme por dentro: respiré más aliviada, mi visión se aclaró, vi brillar con nitidez a la límpida luna, y las ligeras nubes rozar el cielo claro y oscuro, y entonces vi a las estrellas eternas titilando sobre mí; supe que su Dios era el mío, que Él era poderoso y estaba dispuesto a escuchar. "Nunca te abandonaré, ni te desampararé", parecía susurrar desde más arriba de sus miles órbitas. No, no, sentí que Él no me dejaría sin consuelo: ¡a pesar del infierno y de la tierra, yo tendría fuerza para superar todos mis infortunios, y conquistaría finalmente un glorioso descanso!

Aliviada, confortada, aunque no sosegada, me levanté y volví a la casa. Debo confesar que gran parte de mi renacida fuerza y valor me abandonó cuando entré en ella y cerré la puerta al viento fresco y al esplendoroso cielo. Todo lo que veía y oía parecía afligir a mi corazón: el vestíbulo, la lámpara, el hueco de la escalera, las puertas de las diferentes habitaciones, el sonido social de las risas y la charla que provenían del salón. ¡Cómo soportaría mi vida futura! En esta casa, entre toda aquella gente... ¡O cómo sería capaz de vivir! En aquel momento entró John en el vestíbulo y, al verme, me dijo que lo habían enviado a buscarme, agregando que había llevado el té y que el señor deseaba saber si iba a tomarlo.

—Pregúntele a la señora Hattersley si es tan amable de hacer ella el té, John —dije—. Diga que no me encuentro bien esta noche y que deseo que me disculpen.

Me dirigí al comedor inmenso, vacío, en donde todo era silencio y oscuridad, solo para escuchar el dulce suspiro del viento que soplaba afuera y contemplar el débil resplandor de la luz de la luna que traspasaba las persianas y las cortinas. Y allí di vueltas rápidamente de un lado a otro, sumida en mis penosos pensamientos. ¡Qué distinta era esta noche de la de ayer! La noche anterior, parecía, fue el último y moribundo resplandor de la felicidad de mi vida. ¡Qué pobre y ciega estúpida fui al ser tan feliz! Ahora podía comprender el extraño recibimiento que me había dado Arthur en el bosque: la explosión de afecto estaba destinada a su amante, la conmoción y el espanto, a su esposa. Ahora, también, comprendía mejor la conversación entre Hattersley y Grimsby; no cabía duda de que hablaban de su amor por ella, no por mí.

Oí que se abría la puerta del salón, oí un ruido ligero y rápido de pasos proveniente de la antecámara, cruzaba el vestíbulo y ascendía por las escaleras. Era Milicent, la pobre Milicent, que iba a ver cómo estaba yo; nadie más se preocupaba por mí, seguía siendo buena conmigo. No había derramado ni una lágrima hasta ese momento, pero entonces corrieron por mi rostro rápidas y libres. De esta forma, me hizo bien sin acercarse a mí. Al advertir lo inútil de su búsqueda, bajó las escaleras más lentamente que cuando las había subido. ¿Entraría y me encontraría? No, se dirigió en la dirección opuesta y volvió a entrar en el salón. Me sentí más aliviada, pues no sabía cómo enfrentarme a ella o qué decirle. No deseaba confidente para mi aflicción. No merecía ninguno y no deseaba ninguno. Había tomado la carga sobre mí misma: que me dejaran soportarla sola.

Como se acercaba la hora acostumbrada de retirarse, me sequé los ojos, traté de aclarar mi voz y calmar mi ánimo. Debía ver a Arthur esa noche y hablar con él, pero lo haría serenamente: no le haría una escena, nada de lo que fanfarronear o lamentarse ante sus amigos, nada de lo que reírse con su amada.

Cuando los invitados se retiraban a sus habitaciones abrí suavemente la puerta, y cuando él pasó le hice una seña para que entrara.

—¿Qué te ocurre, Helen? —dijo—. ¿Por qué no pudiste venir a hacer el té? ¿Y por qué demonios estás aquí, en la oscuridad? ¿Qué te pasa, mujer? ¡Pareces un espectro! —continuó, examinándome a la luz de su vela.

—No te importa —contesté—. No pareces tener ningún interés por mí, y yo ya no tengo ninguno por ti.

—¡San... to cielo! ¿Qué demonios es esto? —dijo entre dientes.

—Mañana te dejaré —continué—. Y nunca volveré bajo este techo, salvo para venir a por mi hijo —hice una pausa para calmar mi tono de voz.

—Por todos los demonios, Helen, ¿qué es esto? —gritó—. ¿A dónde quieres llegar?

—Lo sabes perfectamente. No perdamos el tiempo en explicaciones infructuosas, pero dime...

Juró con vehemencia no saber de lo que le hablaba, e insistió en escuchar qué venenosa vieja había estado manchando su nombre y qué infames mentiras había sido yo lo bastante estúpida para creer.

—Ahórrate la molestia de caer en el perjurio y devanarte los sesos para esconder la verdad con la mentira —repliqué con desamor—. No he confiado en el juramento de una tercera persona. Estaba entre los matorrales esta noche, y vi y oí por mí misma.

Esto fue suficiente. Dejó escapar por lo bajo una exclamación de susto y desaliento, y murmurando: "¡Ahora lo entiendo!", colocó la vela en el asiento de la silla más cercana y, apoyando su espalda contra la pared, me miró con los brazos cruzados, desafiante.

—Bueno, ¿y qué? —dijo, con la imperturbable insolencia de la desvergüenza mezclada con la angustia.

—Solo esto —repliqué—: ¿dejarás que me lleve a nuestro hijo y lo que queda de mi fortuna y me vaya?

—¿Irte a dónde?

—A cualquier parte, donde esté a salvo de tu influencia perjudicial, y en donde me vea libre de tu presencia y tú de la mía.

—No.

—¿Dejarás entonces que me quede con el niño, sin el dinero?

—No, ni te dejaré partir sin el niño. ¿Crees que voy a permitir ser el objeto de las habladurías de todo el país por culpa de tus fastidiosos caprichos?

—Entonces debo quedarme aquí para ser odiada y despreciada. Pero de aquí en adelante somos marido y mujer solo de nombre.

—Muy bien.

—Soy la madre de tu hijo y tu ama de casa, nada más. Así que ya no tienes por qué molestarte en fingir un amor que no puedes sentir. No suplicaré más caricias cobardes, ni tampoco las ofreceré ni las toleraré. ¡No seré engañada con la cáscara hueca de la ternura conyugal, cuando has dado su sustancia a otra!

—Muy bien, si así lo prefieres. Ya veremos quién se cansa primero.

—Si me canso, será de vivir contigo en el mundo: no de vivir sin la burla de tu amor. Cuando te canses de tus hábitos inmorales, y te muestres verdaderamente arrepentido, te perdonaré, y quizá intente amarte otra vez, aunque eso será muy difícil.

—Uf, y entretanto, ¿irás a contarle de mí a la señora Hargrave, y le escribirás largas cartas a la tía Maxwell quejándote del maligno miserable con el que te has casado?

—No me lamentaré ante nadie. Hasta aquí me ha costado mucho ocultar tus vicios a todas las miradas y adornarte con virtudes que nunca poseíste, pero ahora debes mirarte a ti mismo.

Lo dejé murmurando improperios para sí, y subí las escaleras.

—¿Está usted enferma, señora? —preguntó Rachel, examinándome con profunda ansiedad.

—De verdad lo estoy, Rachel —dije, contestando más a sus tristes miradas que a sus palabras.

—Lo sabía, pues de lo contrario no habría mencionado una cosa semejante.

—Pero no te preocupes —dije, besando su pálida y arrugada mejilla—. Puedo soportarlo mejor de lo que imaginas.

—Sí, usted siempre fue muy "tolerante". Pero si yo fuera usted no lo soportaría: ¡lo dejaría salir, lo gritaría bien alto! Y lo diría bien claro, ya lo creo... Le haría saber lo que...

—Ya he hablado —dije—. He dicho bastante.

—Entonces yo lloraría —insistió ella—. No tendría esa cara tan pálida, ni tendría un aspecto tan sereno. Mi corazón estallaría con eso dentro.

—He llorado —dije, sonriendo, a pesar de mi desdicha—; y ahora estoy serena, de verdad, así que no me hagas inquietar nuevamente, nana: no hablemos más de eso y no se lo digas a los criados. Ahora puedes irte. Buenas noches, y no perturbes tu descanso por mí: dormiré bien... si puedo.

A pesar de esta determinación, la cama me resultaba tan insoportable que, antes de las dos, me levanté y, a la luz de la vela que todavía ardía, me senté al escritorio en bata a escribir los acontecimientos de la noche anterior. Era mejor ocuparse en algo que estar echada en la cama torturando mi cerebro con los recuerdos del lejano pasado y los presentimientos del pavoroso futuro. He encontrado sosiego describiendo las circunstancias que han destruido mi paz, así como los detalles pequeños y triviales relacionados a su descubrimiento. El sueño no podría, esta noche, haber contribuido tanto por aclarar mis ideas y prepararme para enfrentar las ocupaciones del día... eso creo, por lo menos; y, sin embargo, cuando dejo de escribir, me encuentro con que la cabeza me duele terriblemente, y cuando me miro en el espejo me sorprende mi apariencia ojerosa y cansada.

Rachel ha venido a vestirme y comenta que es evidente que he pasado una mala noche. Milicent solo ha asomado la cabeza para preguntar cómo me encontraba. Le dije que estaba mejor, pero, para justificar mi aspecto, admití que no había descansado mucho por la noche. ¡Como desearía que este día se hubiera terminado! Me estremece la sola idea de bajar a desayunar. ¿Cómo los enfrentaré? No obstante, permítanme recordar que no soy yo la culpable de nada: no tengo ninguna razón para tener miedo, y si ellos me desprecian como la víctima de su culpa, yo puedo sentir lástima por su estupidez y desdeñar su desprecio.

CAPÍTULO XXXIV
OCULTAMIENTO

Noche: El desayuno marchó bien, me mantuve tranquila e indiferente en todo momento. Contesté serenamente todas las preguntas referentes al estado de mi salud, y todo lo que parecía poco habitual en mi aspecto o en mis modales fue en general atribuido a la pequeña indisposición que me había obligado a retirarme antes de tiempo la noche anterior. Pero ¿cómo voy a superar los diez o doce días que deben transcurrir todavía antes de que se marchen? Además, ¿por qué postergan tanto su partida? Y cuando se hayan ido, ¿cómo soportaré los meses y los años de mi porvenir en compañía de este hombre, mi mayor enemigo? Porque nadie podría lastimarme como él lo ha hecho. ¡Oh!, cuando pienso lo profunda y tontamente que lo he amado, de qué manera tan absurda he confiado en él, con qué dedicación he trabajado, estudiado, rezado y luchado por su bien; y con qué crueldad ha pisoteado mi amor, traicionado mi confianza, menospreciado mis ruegos y mis lágrimas, y mis esfuerzos por protegerlo; ha aplastado mis esperanzas, destruido los mejores sentimientos de mi juventud y me ha sentenciado a una vida de miseria sin esperanza —hasta donde un hombre puede hacerlo—... ¡Lo ODIO! La palabra enfrenta mi rostro como una confesión de culpabilidad, pero es verdad: lo odio... ¡lo odio! ¡Dios tenga misericordia de su mísera alma!, y le haga sentir y padecer su culpa... ¡No pido más venganza! Si solo pudiera comprender realmente y sentir con sinceridad mis males, me sentiría vengada, y podría perdonarlo todo espontáneamente; pero está tan perdido, tan endurecido en su cruel vileza, que creo que en esta vida nunca lo hará. Pero es inútil continuar con esta materia: permítanme una vez más mitigar la reflexión enfocando los pequeños detalles de los acontecimientos.

El señor Hargrave me ha molestado todo el día con su formal, compasiva y —eso cree él— discreta cortesía. Si fuera más discreta me incomodaría menos, porque entonces podría desairarlo; pero se esfuerza tanto por parecer realmente preocupado y gentil, que no puedo hacerlo sin ser ruda y parecer ingrata. A veces pienso que debería darle crédito por los buenos sentimientos que simula tan bien, pero luego considero mi deber dudar de él, sobre todo, teniendo en cuenta las particulares circunstancias en las que me encuentro. Su amabilidad podría no ser del todo fingida, no obstante, no permitamos que el más puro impulso de gratitud hacia él me induzca a olvidarme de mí misma: recordemos la partida de ajedrez, las expresiones que utilizó con ese motivo, y aquellas indescriptibles miradas suyas, que tan justificadamente provocaron mi indignación, creo que estaré bastante segura. He hecho bien en guardarlas en mi memoria tan detalladamente.

Parece deseoso de una oportunidad para hablarme a solas: he sentido que ha estado al acecho todo el día, pero me he encargado de estropear sus planes. No es temor a lo que pueda decir, pero ya tengo suficientes preocupaciones sin necesidad de añadir sus insolentes consuelos, condolencias o cualquier otra cosa que pueda pretender; por el bien de Milicent, no deseo enfadarme con él. Se excusó de ir a cazar con los demás caballeros por la mañana con la excusa de que tenía cartas que escribir, y en lugar de retirarse a la biblioteca para hacerlo, ordenó que le llevaran su portafolio al salón, en donde yo estaba sentada en compañía de Milicent y lady Lowborough. Ellas habían retomado su labor, yo, menos para distraer mi mente que para evadir la conversación, me había provisto de un libro. Milicent entendió que no deseaba ser molestada, así que me dejo en paz. Annabella, sin duda, también lo notó, pero esa no era razón para refrenar su lengua o reprimir su alegría; así que se puso a charlar, dirigiéndose casi exclusivamente a mí y, con la mayor confianza y familiaridad, se fue animando progresivamente a medida que más frías y cortas se iban haciendo mis respuestas. El señor Hargrave se percató de que yo apenas podía soportarlo y, levantando la mirada de su tarea, contestó en mi lugar, siempre que pudo, sus preguntas y observaciones e intentó desviar sus atenciones sociales de mí hacia él, pero fue en vano. Quizá ella creyó que yo tenía jaqueca y no podía soportar una conversación, en cualquier caso, advirtió que su locuaz vivacidad me importunaba, como pude observar por la maligna oportunidad con que insistía. Pero la paralicé eficazmente, poniendo en su mano el libro que yo había intentado leer, en cuya guarda había escrito de forma apresurada:

"Conozco demasiado bien tu carácter y tu conducta para sentir por ti una verdadera amistad y, como no poseo tu talento para el engaño, no puedo dar la impresión de tenerlo, Debo, por tanto, pedirte que de aquí en adelante termine todo intercambio familiar entre nosotras, y si todavía continúo tratándote con educación, como si fueras una mujer digna de consideración y respeto, comprende que se debe al aprecio que me merecen los sentimientos de tu prima Milicent, no los tuyos".

Después de leerlo con esmero, se puso roja y se mordió un labio. Arrancando con discreción la hoja, la arrugó y la tiró al fuego; luego se dedicó sin prisa a pasar las páginas del libro, y, real o aparentemente, a leer su contenido. Poco después Milicent anunció su intención de dirigirse al cuarto de los niños y me preguntó si quería acompañarla.

—Annabella nos disculpará —dijo—, está ocupada leyendo.

—No —gritó Annabella, alzando la vista sorpresivamente y tirando el libro sobre la mesa—, quiero hablar con Helen un momento. Puedes irte, Milicent, ella te alcanzará poco después —Milicent se fue—. ¿Me haces el favor, Helen? —continuó ella.

Su desvergüenza me dejó asombrada, pero accedí y la seguí hasta la biblioteca. Cerró la puerta y se acercó a la chimenea.

—¿Quién te dijo eso? —preguntó.

—Nadie, soy capaz de ver por mí misma.

—¡Ah, eres desconfiada! —gritó, sonriendo con un brillo de esperanza en los ojos. Hasta ese momento había habido una especie de desesperación en su osadía, ahora lucía evidentemente aliviada.

—Si fuera desconfiada —repliqué—, habría descubierto tu infamia mucho tiempo atrás. No, lady Lowborough, no baso mi acusación en la sospecha.

—¿En qué la basas, entonces? —dijo, dejándose caer sobre un sillón y estirando los pies hasta el guardafuego de la chimenea, en un visible esfuerzo por parecer indiferente.

—Me gusta tanto pasear a la luz de la luna como a ti —respondí, clavando mis ojos en ella—, y da la casualidad de que el bosque es uno de mis lugares favoritos.

Volvió a sonrojarse sobremanera y se quedó callada, mordiéndose un dedo con los dientes y mirando fijamente el fuego. Yo me complací en mirarla unos segundos con un sentimiento de malévola satisfacción; luego, encaminándome hacia la puerta, le pregunté tranquilamente si tenía algo más que decir.

—¡Sí, sí! —gritó con avidez, levantándose con rapidez—. Quiero saber si vas a decírselo a lord Lowborough.

—Imagina que lo hago.

—Bueno, si estás dispuesta a ventilar el asunto, no puedo persuadirte, desde luego; pero si lo haces se producirá un terrible escándalo, y si no, te consideraré la más generosa de los mortales, y si hay algo en el mundo que pueda hacer por ti... como... —dudaba.

—Algo como renunciar a tu relación adúltera con mi marido, supongo que quieres decir.

Se quedó callada por unos instantes, con una expresión entre desconcierto y perplejidad mezclada con una furia que no se atrevía a exhibir.

—No puedo renunciar a lo que me es más precioso que la vida —murmuró en voz baja. Luego, alzó la cabeza repentinamente y fijó sus brillantes ojos en mí, para continuar, muy seria—: Pero Helen... o señora Huntingdon, o como quiera que desees que te llame... ¿se lo dirás a él? Si eres generosa, he aquí una oportunidad espléndida para ejercitar tu magnanimidad; si eres soberbia, aquí estoy yo, tu rival, dispuesta a reconocerme deudora de un acto de la más noble compasión.

—No se lo diré.

—¡No se lo dirás! —gritó ella, satisfecha—. ¡Acepta entonces mi agradecimiento más sincero!

Dio un brinco y me ofreció su mano. Yo retrocedí.

—No hay nada que agradecer, no es por tu bien por lo que no voy a hacerlo. Tampoco es ningún acto de noble compasión: no deseo hacer pública tu deshonra. Lamentaría afligir a tu marido haciéndosela saber.

—¿Y a Milicent? ¿Se lo dirás?

—No, todo lo contrario: haré todo lo posible por ocultárselo. ¡Por nada del mundo querría que conociera la infamia y la deshonra de su prima!

—Utiliza usted palabras muy duras, señora Huntingdon... pero puedo perdonarla.

—Y, ahora, lady Lowborough —continué—, déjeme aconsejarle que se marche de esta casa lo antes posible. Debe admitir que su presencia aquí es demasiado desagradable para mí... y no porque le agrade al señor Huntingdon —dije, observando el comienzo de una perversa sonrisa en su rostro—. Por lo que a mí se refiere, usted puede cobijarlo en sus brazos, si lo quiere; pero es penoso tener que fingir siempre mis verdaderos sentimientos respecto a usted, y esforzarme por mantener una apariencia de cortesía y respeto en favor de alguien que no me merece la más ligera sombra de consideración; y si usted permanece aquí, su comportamiento posiblemente no podrá pasar inadvertido mucho más tiempo para las dos únicas personas que no lo conocen todavía. Y por el bien de su marido, Annabella, e incluso por el suyo mismo, deseo... la exhorto seriamente y le ruego que interrumpa enseguida esta adúltera relación, y que vuelva a sus deberes mientras pueda, antes de que las horrorosas consecuencias...

—Sí, sí, desde luego —asintió ella, interrumpiéndome con un gesto de preocupación—, pero no puedo irme, Helen, antes de la fecha fijada para nuestra partida. ¿Qué justificación podría inventar para hacer una cosa semejante? Tanto si propongo volver yo sola

—cosa que Lowborough no aceptaría— como irme con él, el hecho en sí mismo levantaría, sin duda, sospechas... Además, nuestra estadía está a punto de concluir... nos iremos dentro de algo más de una semana... ¡Estoy segura de que podrás tolerar mi presencia durante este tiempo! Te aseguro no volver a molestarte con ninguna de mis afables impertinencias.

—Está bien, no tengo nada más que decirte.

—¿Has hablado de este tema con Huntingdon? —preguntó, cuando yo estaba a punto de salir de la habitación.

—¡Cómo te atreves a mencionarme su nombre! —fue mi respuesta.

Desde entonces no ha habido más palabras entre nosotras que las requeridas por las buenas costumbres y la absoluta necesidad.

Capítulo XXXV
Provocaciones

19 de octubre: En la medida en que lady Lowborough comprende que no tiene nada que temer de mí, y cuanto más se acerca la fecha de la partida, más descarada e insolente se vuelve. No renuncia a hablarle a mi marido con afectuosa familiaridad en mi presencia, cuando nadie más está cerca, y le gusta demostrar especial interés por su salud y bienestar, o por todo lo que se refiere a él: quiere hacer evidente el contraste entre su generoso esmero y mi fría indiferencia. Y él la estimula con maravillosas sonrisas y miradas, similares palabras susurradas al oído, o descaradas insinuaciones reveladoras de la bondad de ella y de mi descuido, que hacen que la sangre me suba al rostro muy a mi pesar —porque yo sería absolutamente indiferente a todo eso—, sorda y ciega a cuanto pasa entre ellos, pero desde el momento en que más sensible me muestro a su perversidad, más se regocija ella en su victoria y más se ufana él de que lo amo apasionadamente todavía, a pesar de mi pretendida indiferencia. En esos momentos me he visto sorprendida a veces por una sutil, malvada sugestión que me incita a hacerle creer lo contrario, animando falsamente a Hargrave en sus avances; pero semejantes ideas son descartadas de inmediato con horror y vergüenza, ¡y entonces lo odio diez veces más por haberme conducido a esto! ¡Dios me perdone por ello y por todos mis impuros pensamientos! En lugar de doblegarme y purificarme en mis aflicciones, siento que están amargando mi carácter. Esto debe ser tanto culpa mía como de ellos, que me hacen daño. Ningún verdadero cristiano podría alimentar tan dolorosos sentimientos como yo lo hago contra él y contra ella, sobre todo contra ella: siento que a él todavía podría perdonarlo —de manera voluntaria y sin esfuerzo— a la menor señal de remordimiento, pero por esa mujer... no hay palabras que puedan expresar mi aborrecimiento. La razón lo prohíbe, pero la pasión me empuja con fuerza y debo rezar y luchar para no someterme a ella.

Me alivia pensar que se va mañana, porque no podría soportar su presencia ni un día más. Esta mañana se levantó antes de lo habitual. La encontré sola en el comedor cuando bajé a desayunar.

—¡Oh, Helen! ¿Eres tú? —exclamó, volviéndose hacia mí cuando entré.

Hice un involuntario gesto de retroceder al verla, ante el cual dejó escapar una risita y observó:

—Creo que las dos nos hemos llevado un chasco.

Me adelanté y me ocupé de las cosas del desayuno.

—Este es el último día que abuso de tu hospitalidad —dijo, al tiempo que se sentaba a la mesa—. ¡Ah, aquí viene alguien que no se alegrará por ello! —murmuró medio para sí misma, cuando Arthur entró en la habitación.

Él le estrechó la mano y le deseó buenos días, luego, mirando cariñosamente su rostro y reteniendo todavía su mano, susurró con dramatismo:

—¡El último... el último día!

—Sí —dijo ella con cierta sequedad—, y me he levantado temprano para disfrutar al máximo de él. Llevo aquí sola media hora, y tú, perezoso...

—Bueno, yo también creí que era temprano —dijo él—, pero —bajando el tono hasta convertirlo en un murmullo—, como puedes ver, no estamos solos.

—Nunca lo estamos —replicó ella. Pero era como si estuvieran solos, pues en ese momento yo estaba junto a la ventana, observando las nubes y tratando de reprimir mi furia.

Intercambiaron algunas palabras más, que, por fortuna, no alcancé a escuchar; pero Annabella tuvo el atrevimiento de ponerse a mi lado, posar incluso una mano sobre mi hombro y decir con dulzura:

—No tienes por qué despreciarme, Helen, puesto que lo amo más de lo que nunca lo habrás amado tú.

Esto colmó toda mi paciencia. Le cogí la mano y la aparté violentamente, con una expresión de rencor e indignación incontrolable. Sorprendida, casi horrorizada por esta sorpresiva reacción, se retiró en silencio. Habría dado rienda suelta a mi furia, y habría dicho más, pero la risa ahogada de Arthur me detuvo. No llegué a pronunciar del todo el insulto que tenía pensado y me volví con desprecio, lamentando haberle ofrecido tanto entretenimiento. Todavía se reía cuando hizo su aparición el señor Hargrave. No sé cuánto presenció de la escena, porque la puerta estaba entreabierta cuando entró. Saludó a su anfitrión y a su prima fríamente, y a mí con una mirada que intentaba expresar la más profunda simpatía mezclada con una gran admiración y aprecio.

—¿Cuánta fidelidad debe usted a ese hombre? —me preguntó en voz baja, cuando se colocó a mi lado ante la ventana, pretendiendo hacer observaciones sobre el tiempo.

—Ninguna —respondí. E inmediatamente, volviendo a la mesa, me ocupé de preparar el té. Él me siguió, y habría iniciado alguna clase de conversación conmigo, pero los demás huéspedes comenzaron a llegar en ese momento y no me ocupé más de él, salvo para darle su café.

Después del desayuno, decidida a pasar el menor tiempo posible en compañía de lady Lowborough, me aparté de los invitados y me retiré tranquilamente a la biblioteca. El señor Hargrave me siguió poco después, con el pretexto de ir en busca de un libro; volviéndose hacia los estantes seleccionó un volumen, luego, serena, aunque en absoluto tímidamente, se acercó a mí y se quedó de pie, apoyando la mano en el respaldo de mi silla.

—¿Se considera usted entonces libre, por fin? —dijo, bondadoso.

—Sí —respondí, sin moverme, ni levantar la mirada del libro—, libre para hacer cualquier cosa menos ofender a Dios ni a mi conciencia.

Se produjo un corto silencio.

—Muy acertado —dijo él—, suponiendo que su conciencia no sea demasiado locamente delicada y sus ideas sobre Dios no demasiado erróneamente severas. ¿Puede usted suponer que ofendería a ese Ser benevolente haciendo feliz a alguien dispuesto a morir por su felicidad, alzando un corazón devoto sobre los tormentos purgatorios hasta un estado de dicha celestial, cuando podría usted hacerlo sin infligir el más leve daño a usted misma o a otro?

Esto lo dijo en un tono bajo, solemne, apasionado, inclinándose sobre mí. Entonces levanté la cabeza y haciendo frente firmemente a su mirada, respondí con serenidad:

—Señor Hargrave, ¿pretende usted insultarme?

No esperaba aquello. Se quedó en silencio unos instantes para recuperarse de la impresión; luego, irguiéndose y quitando su mano de mi silla, respondió con una nostalgia orgullosa:

—No era esa mi intención.

Miré hacia la puerta con un ligero movimiento de cabeza y luego volví a mi lectura. Él se retiró inmediatamente. Esto fue más efectivo que si hubiera contestado con más palabras, cediendo al irritable estado de ánimo, inspirado por mi primer impulso. ¡Qué bueno es ser capaz de dominar el propio carácter! Debo procurar desarrollar esta inestimable cualidad, solo Dios sabe la frecuencia con que la necesitaré en este áspero y oscuro camino que se despliega ante mí.

En el curso de la mañana fui en el coche de caballos al Grove con las dos damas, para darle ocasión a Milicent de despedirse de su madre y su hermana. Estas la convencieron de que se quedara con ellas el resto del día, y la señora Hargrave prometió traerla de vuelta al atardecer y que se quedaría hasta que los invitados se fueran a la mañana siguiente. Por consiguiente, lady Lowborough y yo tuvimos el placer de volver *tête-à-tête* en el coche. Durante los dos o tres primeros kilómetros, guardamos silencio, yo mirando por mi ventanilla y ella echada en la esquina. Pero no iba a restringirme a una determinada posición por culpa de ella: cuando me cansé de estar de cara al viento frío y áspero, observando los setos bermejos y la enmarañada, húmeda hierba de sus márgenes, dejé de mirarlos y me recosté también. Con su habitual descaro, mi compañera hizo algunos intentos de entablar una conversación, pero los monosílabos "sí", o "no", o "hum", fueron lo único que obtuvieron sus múltiples observaciones. Por fin, al pedirme mi opinión sobre algún asunto en extremo trivial, le contesté:

—¿Por qué quiere usted hablar conmigo, lady Lowborough? Si ya sabe lo que pienso de usted.

—En fin, si siente usted tanto rencor por mí —replicó— yo no puedo evitarlo, pero no pienso incomodarme por nadie.

Nuestro corto paseo concluyó en ese momento. Tan pronto como se abrió la puerta del coche, ella saltó fuera y caminó por el parque para ir al encuentro de los caballeros, que regresaban en ese momento del bosque. Naturalmente, yo no la seguí.

Pero no había acabado todavía su insolencia: después de cenar me retiré al salón, como lo hacía siempre, y ella me acompañó; conmigo estaban los dos niños y les dediqué toda mi atención, y estaba decidida a ocuparme de ellos hasta que llegaran los caballeros, o hasta que Milicent regresara con su madre. La pequeña Helen, sin embargo, se cansó enseguida de jugar e insistió en dormir; mientras estaba yo en el sofá con la pequeña en mis rodillas y Arthur a mi lado, jugando mansamente con el sedoso y rubio cabello de la niña, lady Lowborough vino a sentarse con tranquilidad al otro lado.

—Mañana, señora Huntingdon —dijo—, se librará de mi presencia, lo que, sin duda, le complacerá. Es natural... pero ¿sabe usted que le he hecho un gran favor? ¿Quiere que le diga cuál es?

—Me encantará conocer cualquier favor hecho por usted —dije, decidida a no perder la compostura, pues sabía por el tono de su voz que deseaba provocarme.

—Está bien —continuó—. ¿No ha observado usted el saludable cambio que se ha operado en el señor Huntingdon? ¿No se ha fijado en el hombre abstemio y moderado en que se ha convertido? Usted veía con tristeza los lamentables hábitos que estaba adquiriendo, lo sé; y sé que hizo todo lo posible para apartarlo de ellos, aunque sin éxito, hasta que yo vine en su auxilio. Le dije en pocas palabras que no podía soportar verlo destruirse de esa manera, y que dejaría de... No importa lo que le dije, pero ya ve que he conseguido corregirlo; debería estarme agradecida por eso.

Me levanté y llamé para que viniera la niñera.

—Pero no quiero que me lo agradezca —siguió diciendo—; lo único que pido a cambio es que lo cuide cuando me haya ido, y no lo deje, por descuido e intolerancia, volver a sus viejas costumbres.

Yo me sentía casi enferma de cólera, pero Rachel estaba en la puerta. Le señalé los niños, porque no me sentía capaz de hablar; se los llevó y yo la seguí.

—¿Lo harás, Helen? —insistió mi interlocutora.

Le dirigí una mirada que marchitó la maligna sonrisa que asomaba a su rostro —o al menos la contuvo por un momento— y me fui. En la antecámara me encontré con el señor Hargrave. Se dio cuenta de que no tenía ganas de hablar y me dejó pasar sin pronunciar una palabra, pero cuando, después de algunos minutos de aislamiento en la biblioteca, recuperé la serenidad y volvía para reunirme con la señora Hargrave y Milicent, a quien había oído bajar las escaleras y dirigirse al salón, lo encontré allí todavía, haciendo tiempo en el apenas iluminado cuarto, evidentemente, esperándome.

—Señora Huntingdon —dijo cuando entraba—, ¿me permite un momento?

—¿De qué se trata? Sea breve, por favor.

—La ofendí esta mañana y no puedo vivir con su rechazo.

—Váyase, pues, y no vuelva a pecar —respondí, siguiendo mi camino.

—¡No, no! —dijo apresuradamente, cerrándome el paso—. Perdóneme, pero debo conseguir su perdón. Me voy mañana y puede que no vuelva a tener la oportunidad de hablarle. Me equivoqué al olvidarme de mí... y de usted, como lo hice; pero permítame rogarle que olvide y perdone mi imprudente arrogancia, y me recuerde como si esas palabras no hubieran sido nunca pronunciadas, porque, créame, lamento profundamente haberlo hecho, y la pérdida de su amistad es un castigo demasiado duro. No puedo soportarlo.

—El olvido es algo que no se compra con un deseo, y no puedo otorgar mi amistad a todos los que la desean, a menos que la merezcan.

—Mi vida estará bien aprovechada si la empleo en merecerla, siempre que usted perdone esta ofensa. ¿Lo hará?

—Sí.

—¿Sí? Lo ha dicho con apatía. Deme la mano y le creeré. ¿No quiere? Entonces, señora Huntingdon, ¡usted no me ha perdonado!

—Sí... aquí la tiene, y mi perdón con ella, pero... no vuelva a pecar.

Estrechó mi mano helada con fervor emotivo, pero no dijo nada y se hizo a un lado para dejarme entrar en la habitación donde estaban ahora reunidos todos los invitados. El señor Grimsby estaba sentado cerca de la puerta; al verme entrar, seguida casi de inmediato por Hargrave, me miró de soslayo con una expresión de inadmisible malicia. Lo miré hasta que se volvió hacia otro lado con antipatía, si no avergonzado, al menos confundido por el momento. Mientras tanto, Hattersley había cogido del brazo a Hargrave y le estaba susurrando algo al oído. Alguna broma de mal gusto, sin duda, pues este último ni se rio ni contestó, sino que, apartándose de él con una ligera mueca en los labios, se zafó de su mano y se acercó a su madre, quien le enumeraba a lord Lowborough las múltiples razones que la enorgullecían de su hijo.

CAPÍTULO XXXVI
DOBLE SOLEDAD

20 de diciembre de 1824: Este es el tercer aniversario de nuestro afortunado matrimonio. Hace ya dos meses que nuestros huéspedes se fueron para dejarnos disfrutar de nuestra propia compañía. Llevo nueve semanas de experimentar esta nueva fase de nuestra vida conyugal: dos personas que conviven juntas como señor y señora de la casa, y padre y madre de un niño encantador y alegre, con el conocimiento de que no existe amor, ni amistad, ni simpatía entre ellos. En la medida de mis posibilidades, me esfuerzo por vivir con él de una forma sosegada y tranquila: lo trato con una impecable cortesía, me pliego a su conveniencia siempre que me parece razonable hacerlo, y solicito su asesoría con aire casi profesional sobre los asuntos domésticos, tolerando sus placeres y juicios, incluso cuando sé que estos últimos son inferiores a los míos.

En lo que a él se refiere, estuvo al menos las dos primeras semanas malhumorado e inquieto, supongo que por la partida de su adorada Annabella, y especialmente desagradable conmigo: todo lo que yo hacía estaba mal, yo era de corazón gélido, dura, insensata; mi pálido y amargado rostro era repugnante; mi voz le provocaba escalofríos; no imaginaba cómo sería pasar todo el invierno conmigo, seguro lo mataría lentamente. Propuse de nuevo una separación, pero no sirvió de nada: no quería ser el centro de las habladurías del vecindario, no estaba dispuesto a ser considerado tan irracional que ni su esposa podía soportar vivir con él; no, debía hacer lo imposible por soportarme.

—Querrás decir que yo debo esforzarme por soportarte —dije—, porque mientras ejerza mis funciones de administradora y ama de casa tan bien y concienzudamente, sin recompensa ni reconocimiento, no serás capaz de deshacerte de mí. Por tanto, me liberaré de estos deberes en cuanto mi cautiverio se vuelva insostenible.

Esta amenaza, pensé, serviría para mantenerlo a raya, si es que había algo capaz de lograrlo.

Creo que se llevó una gran decepción al comprobar que yo no manifestaba de manera visible sus frases ofensivas, porque cuando decía algo especialmente calculado para herir mis sentimientos, me miraba a la cara escrutadoramente, y luego protestaba contra mi "gélido corazón", o mi "cruel insensibilidad". Si yo hubiera llorado amargamente y lamentado la pérdida de su amor, quizá él habría aceptado compadecerse de mí y me habría otorgado su favor durante un tiempo, solo para apaciguar su soledad y consolarse por la ausencia de su amada Annabella, hasta que pudiera verla de nuevo, o encontrar una sustituta más adecuada. ¡Gracias a Dios, no soy débil hasta ese punto! Antes me había deslumbrado un cariño estúpido, fatuo, que se apegaba a él a pesar de su ignominia, pero ahora había desaparecido del todo... completamente demolido y marchitado, y esto tenía que agradecérselo solo a él y a sus terribles hábitos.

Al principio —cumpliendo el encargo de su dulce dama, supongo—, se abstuvo asombrosamente de buscar bálsamo a sus penas en el vino; pero al fin empezó a ceder en sus virtuosos esfuerzos, y de vez en cuando se propasaba un poco, y todavía lo sigue haciendo —más aun— a veces más que un poco. Cuando está poseído por el influjo de estos excesos, a veces se exalta y trata de comportarse brutalmente. Entonces yo no intento reprimir mi desprecio y mi condena, cuando está bajo la depresiva influencia de las consecuencias posteriores, lamenta sus errores y sufrimientos, y me los atribuye a mí; él sabe que semejantes caprichos afectan su salud y le causan más mal que bien, pero dice que soy yo quien lo conduce a ello con mi conducta aberrante y poco femenina, finalmente su ruina será culpa mía... y entonces me veo obligada a defenderme, a veces con amargas recriminaciones. Esta clase de injusticia no puedo sufrirla con estoicismo. ¿No he luchado dura y largamente para salvarlo de ese vicio? ¿No lucharía todavía por librarle de él, si pudiera? Pero ¿podría hacerlo halagándolo y acariciándolo cuando sé que me detesta? ¿Es culpa mía haber perdido mi influjo sobre él, o que él haya perdido todo derecho a mis atenciones? ¿Debería buscar una reconciliación cuando siento que nos aborrecemos y despreciamos mutuamente, y sabiendo que se escribe con lady Lowborough, como sé que lo hace? ¡No, nunca, nunca, nunca! ¡Puede beber hasta morirse, pero NO es culpa mía!

No obstante, pongo todavía algo de mi parte para salvarlo: le doy a entender que la bebida apaga sus ojos y enrojece e inflama su rostro; que tiende a volverlo cretino de cuerpo y mente; y si Annabella lo viera tan a menudo como yo, no tardaría en desilusionarse, y con toda seguridad le retirará su favor si continua por ese camino. Esta especie de advertencias solo me consiguen malos tratos, y la verdad es que casi siento que me lo merezco, pues detesto usar semejantes argumentos, pero estos logran alcanzar su estupefacto corazón, lo hacen detenerse, recapacitar y abstenerse más que cualquier otra cosa que pudiera decir.

Por el momento, estoy disfrutando un alivio temporal de su presencia: se ha ido con Hargrave a una cacería lejana, y probablemente no estará de vuelta antes de mañana por la noche. ¡Qué diferente sentía yo su ausencia!

El señor Hargrave está todavía en el Grove. Él y Arthur se reúnen con frecuencia para practicar sus deportes rurales: él viene a visitarnos a menudo, y con no poca frecuencia Arthur va en su busca a caballo. No creo que ninguno de estos "llamados" amigos esté henchido de amor por el otro, pero su relación los ayuda a pasar el tiempo, y deseo ardientemente que continúe de esta manera, puesto que me libera de la incómoda compañía de Arthur, y a este le proporciona un entretenimiento más saludable que la alcoholizada indulgencia de sus apetitos mundanos. La única objeción que pongo a la presencia del señor Hargrave en los alrededores es que el miedo a encontrarme con él en el Grove me dificulta ver a su hermana tan a menudo como de otro modo haría; porque últimamente se ha comportado conmigo con una corrección tan inalterable que casi he olvidado su conducta anterior. Supongo que está esforzándose por "ganar mi estima". Si sigue actuando de esta manera puede llegar a conquistarla, pero ¿entonces qué? En el momento que intente pedir algo a cambio, la perderá de nuevo.

10 de febrero: Es realmente duro y amargo que le echen a una en cara sus buenas intenciones y bondadosos sentimientos. Comenzaba a conmoverme por mi desgraciado compañero, a compadecerme de su negligente e irremediable condición, no mitigada por el consuelo de los recursos intelectuales y el respaldo de una buena moralidad, y a pensar en sacrificar mi orgullo y renovar mis esfuerzos una vez más para hacer su hogar agradable y retornarlo al camino de la virtud; no con falsas declaraciones de amor, ni con un simulado remordimiento, sino suavizando mi frialdad habitual y convirtiendo mi helada cortesía en generosidad siempre que se presentara la oportunidad; y no solo empezaba a pensar así, sino que había empezado a actuar en consecuencia. ¿Y cuál fue el resultado? Ningún gesto de generosidad como respuesta, ningún floreciente arrepentimiento, sino un implacable mal humor y un espíritu de tiránico chantaje que aumentaba con la indulgencia, y un brillo amenazador de triunfo satisfecho cada vez que percibía la menor flexibilización en mi actitud que me congelaba como el mármol otra vez, siempre que se repetía; y esta mañana remató su tarea: creo que la petrificación se ha realizado de una manera tan contundente, que nada puede conmoverme de nuevo. Entre sus cartas había una que leyó con una satisfacción poco habitual. Luego me la arrojó por encima de la mesa, con la siguiente advertencia:

"¡Mira, lee eso y aprende la lección!"

Era la letra grande y ostentosa de lady Lowborough. Eché una ojeada a la primera página: parecía colmada de pródigas declaraciones de amor, impetuosos anhelos de un nuevo encuentro y un pérfido desafío a los mandatos de Dios, y descargas contra Su Providencia por haberla separado de su amado, condenando a los dos al odioso confinamiento de la alianza con aquellos a los que no podían amar. Él soltó una risita al ver que yo me ruborizaba. Doblé la carta, me levanté y se la devolví sin más observación que esta: "Gracias, ¡aprenderé la lección!".

Mi pequeño Arthur estaba de pie entre sus piernas, jugando encantado con el brillante anillo de rubí de su dedo. Movida por un impulso repentino y apremiante, para librar a mi hijo de aquella perjudicial influencia, lo cogí en brazos y salí con él de la habitación. No contento con su brusco traslado, el niño comenzó a hacer pucheros y a llorar. Esto fue una nueva puñalada a mi ya torturado corazón. No quise dejarlo marchar, sino que, entrando en la biblioteca, cerré la puerta y me arrodillé en el suelo junto a él, lo abracé, lo besé, lloré sobre él con vehemente ternura. Más asustado que consolado por mi actitud, trató de separarse de mí y llamó a gritos a su padre. Lo libré de mis brazos, y nunca hubo lágrimas más amargas que las que ahora le ocultaban mis ojos cegados y ardientes. Al escuchar su llamado, el padre vino a la habitación. Me volví de inmediato para que no viera e interpretara erróneamente mi emoción. Me maldijo y se llevó al niño ya calmado.

Sería insoportable que mi pequeño favorito lo amara más a él que a mí, y que el bienestar y la educación de mi hijo, que es la única razón de mi vida, vea mi influencia destruida por alguien cuyo sentimiento egoísta es más perjudicial de lo que podrían ser la más fría indiferencia o la más severa tiranía. Si, por su bien, le niego algún capricho insignificante, acude a su padre y este, a pesar de su indolencia egoísta, es capaz incluso de sacrificarse para cumplir sus deseos; si le llevo la contraria o si le miro con seriedad por algún acto de infantil desobediencia, sabe que su otro progenitor le sonreirá y tomará partido en mi contra. Por consiguiente, no solo tengo que luchar contra el espíritu del padre en el hijo, buscar y erradicar los cimientos de sus perniciosas tendencias, y neutralizar el trato y el ejemplo corruptor en su vida futura, sino que él ya impide mi ardua labor en favor del progreso del niño, arruina mi influencia sobre su mente sensible y hasta me roba su amor; no tengo más esperanza terrenal que esta, y él parece deleitarse diabólicamente arrebatándomela.

Pero es un error perder la calma, recordaré el consejo de un intuitivo escritor: "aquel que teme al Señor y obedece la voz de su siervo, aquel que se sienta está en las tinieblas y sin luz; ¡que confíe en el nombre del Señor, y se sostenga en su Dios!".

Capítulo XXXVII
Otra vez el vecino

20 de diciembre de 1825: Ya ha transcurrido otro año, estoy cansada de esta vida. Sin embargo, no quiero dejarla: cualesquiera sean los sufrimientos que aquí me invadan, no quiero marcharme y dejar a mi querido solo en este mundo oscuro y perverso, sin un amigo que lo oriente a través de sus agobiantes laberintos, que le advierta de sus miles de intrigas y lo alerte contra los peligros que le acechan por todas partes. Sé que no estoy en condición para ser su única compañera, pero no hay otra que pueda ocupar mi lugar. Soy demasiado seria para ocuparme de su distracción y tomar parte en sus juegos infantiles, tal como una madre o una niñera deberían hacer, y a menudo sus estallidos de alegría me inquietan y alarman: veo en ellos el temperamento y el carácter de su padre y me estremecen las consecuencias; con demasiada frecuencia apaciguo la inocente alegría que debería compartir. Su padre, por el contrario, no tiene el peso de la tristeza sobre su espíritu, no está preocupado por temores o escrúpulos referentes al futuro bienestar de su hijo y por las tardes, especialmente, que es cuando el niño lo ve más y más a menudo, siempre está particularmente alegre y franco: dispuesto a reírse y bromear con cualquier cosa o con cualquier persona —menos conmigo—, y estoy particularmente silenciosa y triste; por tanto, naturalmente, el niño adora a su aparentemente alegre, divertido padre, siempre indulgente, y en cualquier momento cambiará de buena gana mi compañía por la suya. Esto me inquieta mucho: no tanto por el afecto de mi hijo —aunque lo valoro mucho y siento que es mi derecho, y sé que he hecho mucho por merecerlo— como por esa influencia sobre él que para su propio beneficio lucharía por lograr y retener, y la cual su padre se complace en robarme; y por motivos de simple egoísmo ocioso, se complace en ganar para sí mismo, sirviéndose de ella solamente para atormentarme y arruinar al niño. Mi único consuelo es que, relativamente, pasa poco tiempo en casa, y, durante los meses que permanece en Londres o cualquier otro lugar, tengo la oportunidad de recuperar el terreno perdido, y de superar exitosamente el mal forjado con su premeditada indisciplina. Pero entonces es una amarga experiencia contemplar cómo, a su regreso, hace todo lo posible por echar por tierra mis esfuerzos y transformar a mi inocente, afectuoso y dócil hijo en un niño egoísta, desobediente y malicioso; de esta manera prepara el terreno para esa corrupción que con tanto éxito ha cultivado en su propia naturaleza pervertida.

Afortunadamente, Arthur no invitó a ninguno de sus "amigos" a venir a Grassdale el otoño pasado: en su lugar, se marchó él a visitar a algunos. Desearía que hiciera siempre lo mismo, y me gustaría que sus amigos fueran tan numerosos y afectuosos como para retenerlo entre ellos todo el año. El señor Hargrave, para gran molestia mía, no fue con él; pero creo que por fin me he librado de ese caballero.

Durante siete u ocho meses se portó de forma tan admirable y fue tan hábil, además, que casi abandoné mi desconfianza, y empezaba de verdad a considerarlo un amigo e incluso a tratarlo como tal, con prudentes limitaciones —que apenas juzgué necesarias— cuando, de pronto, aprovechándose en mi amabilidad sin recelos, creyó poder aventurarse a sobrepasar los límites del decoro y la moderación que lo habían reprimido durante tanto tiempo. El incidente tuvo lugar un agradable atardecer de finales de mayo: yo estaba paseando por el jardín y él, al verme cuando pasaba a caballo, hizo acopio de valor para entrar y acercarse a mí; se apeó del caballo y lo dejó a la puerta. Era la primera vez, desde que me quedé sola, que se atrevía a irrumpir en el jardín sin el salvoconducto de la compañía de su madre o de su hermana, o al menos con la excusa de ser portador de un mensaje de ellas. Pero se las arregló tan bien para lucir sereno y cortés, respetuoso y comedido en su actitud amistosa, que, aunque un poco sorprendida, ni me alarmé ni me ofendí por la inusitada libertad, y paseó conmigo bajo los fresnos y por la orilla del agua y habló con tan buen ánimo, buen gusto e inteligencia, de muchos temas, antes de que yo empezara a pensar en deshacerme de él. Luego, después de una pausa, durante la cual nos quedamos los dos contemplando el agua tranquila y azulada —yo tratando de dar con la mejor forma de despedir a mi acompañante; él, sin duda, reflexionando sobre otros asuntos igualmente ajenos a los agradables panoramas y sonidos de los que solo se percataban sus sentidos—, me inquietó de pronto cuando empezó a verter, en un tono particular, bajo, dulce, pero perfectamente claro, las más inequívocas expresiones de profundo y apasionado amor, defendiendo su causa con toda la atrevida, aunque habilidosa, elocuencia que pudo utilizar en su auxilio. Pero atajé su súplica y lo rechacé tan decidida y firmemente, y con una mezcla tal de indignación despectiva, atenuada con una fría, desapasionada tristeza y compasión por su mente ofuscada, que se marchó atónito, violento y humillado; pocos días después me enteré de su partida a Londres. Sin embargo, regresó al cabo de ocho o nueve semanas y no se mantuvo del todo apartado de mí, aunque se comportó de una manera tan singular que su aguda hermana no pudo dejar de notar el cambio.

—¿Qué le ha hecho a Walter, señora Huntingdon? —preguntó una mañana que había ido yo al Grove y él había abandonado la habitación después de intercambiar algunas frases de la más fría cortesía—. Ha estado tan solemne y distante últimamente que no puedo imaginar la causa, a no ser que le haya ofendido usted terriblemente. Dígame de qué se trata, yo puedo ser su intermediaria y convertirlos en amigos nuevamente.

—No he hecho nada de forma intencional para ofenderlo —dije—. Si está ofendido, él es quien mejor puede explicarte lo que ocurre.

—Le preguntaré —gritó la atolondrada muchacha, dando un salto y sacando la cabeza por la ventana—. Todavía está en el jardín. ¡Walter!

—¡No, no, Esther! Me disgustaría seriamente que lo hicieras, me marcharía de inmediato y no volvería en meses... quizá años.

—¿Me llamabas, Esther? —inquirió su hermano, acercándose a la ventana.

—Sí, quería pedirte...

—Buenos días, Esther —dije, cogiéndole la mano y apretándosela con fuerza.

—Pedirte —continuó ella— que me cortaras una rosa para la señora Huntingdon.

Él se alejó.

—Señora Huntingdon —dijo ella volviéndose hacia mí, reteniendo mi mano con fuerza todavía—, me sorprende usted... Está tan molesta y distante y fría con él... Estoy decidida a que vuelvan a ser tan buenos amigos como siempre antes de que se vaya.

—Esther, ¿cómo puedes ser tan descortés? —gritó la señora Hargrave, que estaba sentada haciendo calceta en su butaca—. ¡Desde luego, nunca aprenderás a comportarte como una dama!

—Bueno, madre, tú misma dijiste... —pero la joven dama fue acallada por el dedo alzado de su madre, unido a un severo movimiento de cabeza.

—Parece contrariada, ¿verdad? —me susurró al oído, pero antes de que pudiera añadir mi parte de reproche, el señor Hargrave apareció de nuevo en la ventana con una bella rosa de Jericó en la mano.

—Esther, te he traído la rosa —dijo, alargando el brazo hacia ella.

—¡Dásela tú mismo, tonto! —dijo su hermana, retrocediendo de un salto, para dejarnos frente a frente.

—La señora Huntingdon preferiría que se la entregaras tú —acotó él, con un tono seco, pero bajando la voz para que no le oyera su madre. Su hermana cogió la rosa y me la dio.

—Con los mejores deseos de mi hermano, señora Huntingdon, quien espera que con el tiempo usted y él se comprendan mejor. ¿Está bien así, Walter —añadió la impertinente muchacha, volviéndose hacia su hermano y poniéndole el brazo alrededor cuello, mientras él seguía de pie apoyado en el antepecho de la ventana—, o debería haber dicho que lamentas haber sido tan delicado? ¿O que ansias que ella perdone tu ofensa?

—¡Estúpida niña! No sabes de qué estás hablando —replicó él, disgustado.

—Desde luego que no, ¡porque estoy sumida en las tinieblas!

—Vamos, Esther —se interpuso la señora Hargrave, quien, aunque igualmente ignorante de la razón de nuestro distanciamiento, se dio cuenta de que su hija estaba comportándose con poca delicadeza—, ¡debo insistir en que abandones la habitación!

—No, por favor, señora Hargrave, porque me voy a ir —dije, y rápidamente me despedí.

Aproximadamente una semana después, el señor Hargrave trajo de visita a su hermana. Al principio su actitud fue fría, distante, altiva, medio melancólica, en definitiva, ofendida, como era propio de él; pero esta vez Esther no hizo observación alguna al respecto; evidentemente, le habían llamado la atención. Habló conmigo y se rio y correteó con mi pequeño Arthur, su cariñoso y amado compañero de juegos. En cierto modo para mi disgusto, el niño se la llevó un momento de la habitación para hacer una carrera en el vestíbulo, y de ahí al jardín. Me levanté para atizar el fuego. El señor Hargrave me preguntó si tenía frío y cerró la puerta; una galantería realmente inoportuna, pues al seguir con la mirada a los revoltosos me había preguntado si volverían pronto. Luego se tomó la libertad de acercarse también a la chimenea y preguntarme si sabía que el señor Huntingdon estaba hospedado en la residencia de lord Lowborough, y que era probable que permaneciera allí algún tiempo.

—No, pero no importa —contesté con indiferencia, y si mis mejillas se encendieron como el fuego, se debió más a la pregunta que a la información que implicaba.

—¿No se opone a ello? —dijo.

—En absoluto, si lord Lowborough disfruta con su compañía.

—¿No siente ningún amor por él, entonces?

—Ni el más mínimo.

—Lo sabía... ¡Sabía que era usted demasiado noble y pura por naturaleza para continuar interesándose por alguien tan corrompido y tan ingrato, con otros sentimientos que no fueran indignación, desdén y aborrecimiento!

—¿No es su amigo? —dije, retirando mis ojos del fuego y enfocándolos en su rostro, quizá con una ligera pizca de aquellos sentimientos que él asignaba a otro.

—Lo era —respondió, con la misma gravedad de antes—, pero no se equivoque conmigo suponiendo que podía continuar honrando con mi amistad y estima a un hombre capaz de ofender y abandonar de una manera tan cruel y deshonrosa a alguien tan fundamentalmente... Bueno, no hablaré de eso. Pero, dígame, ¿nunca piensa en vengarse?

—¡Vengarme! No, ¿de qué serviría? No le haría mejor a él, ni más feliz a mí.

—No sé cómo dirigirme a usted, señora Huntingdon —dijo sonriendo—; es usted solo en parte una mujer. Su naturaleza debe ser en parte humana y en parte angelical. Semejante bondad me atemoriza, no sé qué conclusión sacar de ella.

—Entonces, señor, me temo que usted debe ser mucho peor de lo que debiera, si yo, una simple mortal, soy, por su propia confesión, tan inmensamente superior a usted; y puesto que existen tan pocas afinidades entre nosotros, sería mejor buscar compañeros más afines.

E inmediatamente, me acerqué a la ventana y empecé a buscar a mi hijo y a su joven y alegre amiga.

—No, soy un simple mortal, insisto —replicó el señor Hargrave—. No puedo admitir ser peor que mis semejantes, pero usted, señora —y lo mantengo con la misma seguridad—, no hay nadie como usted. Pero ¿es feliz? —preguntó, con seriedad.

—Tan feliz como muchas otras, supongo.

—¿Es usted tan feliz como quisiera?

—Nadie es tan bienaventurado hasta ese punto, a este lado de la eternidad.

—Una cosa sí sé —replicó él con un profundo y triste suspiro—: usted es infinitamente más feliz que yo.

—Entonces lo siento por usted —no pude evitar responder.

—¿Lo siente de verdad? No, porque si de verdad lo lamentara quisiera confortarme.

—Y lo haría si pudiera, sin ofenderme a mí misma ni a nadie.

—¿Y puede usted imaginarse que yo desee que se ofenda a sí misma? No, todo lo contrario, es su felicidad la que deseo más que la mía. Usted está triste ahora, señora Huntingdon —continuó, mirándome con insolencia a la cara—. No se queja, pero me doy cuenta, siento, sé que está triste, y que continuará estándolo mientras mantenga esas murallas de hielo impenetrable alrededor de su corazón todavía cálido y palpitante; y yo también estoy triste. Dígnese a sonreírme y seré feliz, confíe en mí y usted también será feliz, porque si es usted una mujer puedo hacerla feliz... ¡lo haré a pesar de usted misma! —murmuró entre dientes—; y en cuanto a los demás, el asunto nos concierne solo a nosotros: no puede usted ofender a su marido, usted lo sabe, y a nadie más le concierne este asunto.

—Tengo un hijo, señor Hargrave, y usted tiene una madre —dije, alejándome de la ventana, a donde me había seguido.

—No tienen necesidad de saberlo —comenzó a decir, pero antes de que ninguno de los dos dijera algo más, Esther y Arthur entraron en la habitación. La primera miró el semblante sonrojado y alterado de Walter y luego el mío, un poco sonrojado y alterado también, me atrevería a decir, aunque por razones bastante diferentes. Debió pensar que habíamos estado riñendo violentamente, y era evidente que estaba desconcertada y conmovida por la situación; pero fue demasiado educada o temía demasiado la cólera de su hermano para referirse a ello. Se sentó en el sofá y, echando hacia atrás sus brillantes y dorados bucles, que se le habían despeinado sobre el rostro, comenzó enseguida a hablar sobre el jardín y su pequeño compañero de juegos, y siguió charlando con su desenvoltura habitual hasta que su hermano la exhortó a que se despidiera.

—Si he hablado con demasiada efusividad, excúseme —murmuró él al despedirse—, o nunca me lo perdonaré.

Esther sonrió y me miró. Yo me limité a hacer una inclinación de cabeza, y la expresión de ella se derrumbó. Consideró aquello una pobre recompensa para la generosa confesión de Walter y se sintió dolida por su hermano. ¡Pobre muchacha, qué poco sabe del mundo en el que vive! Después de esta, el señor Hargrave no tuvo ocasión de encontrarse conmigo a solas durante varias semanas; pero cuando lo hizo, había en su actitud menos arrogancia y una tristeza más conmovedora que antes. ¡Oh, qué tedioso era! Al final me vi obligada a renunciar a mis visitas al Grove, a expensas de herir gravemente a la señora Hargrave y causar un gran disgusto a la pobre Esther, quien realmente valora mi compañía, a falta de otra mejor, y que no debería sufrir por culpa de su hermano. Pero este incansable perseguidor no se dio, sin embargo, por vencido: parecía estar siempre al acecho. Lo veía con frecuencia cabalgar al paso más allá de nuestras tierras, mirando con curiosidad a su alrededor; y si no yo, lo veía Rachel. Esta inteligente mujer enseguida adivinó lo que pasaba entre nosotros y, divisando los movimientos del enemigo desde la ventana del cuarto del niño, me hacía una discreta advertencia si me veía dispuesta a dar un paseo cuando tenía razones para creer que él andaba cerca o para considerar probable que me encontrara o me abordara en el lugar por donde yo pensaba ir. Entonces renunciaba a mi paseo o me confinaba en el cercado y los jardines, o si la excursión era un asunto importante, como una visita a los pobres o a los enfermos, llevaba a Rachel conmigo y de esta forma nunca se acercaba.

Pero un tranquilo y soleado día de principios de noviembre, me aventuré a visitar sola la escuela del pueblo y a algunos de los pobres arrendatarios, y mientras regresaba me espanté con el ruido de los cascos de un caballo que se acercaba por detrás de mí a trote rápido y firme. No había portillo ni hondonada por los que pudiera escapar en los campos, así que seguí caminando tranquilamente, diciéndome a mí misma: "Después de todo puede ser otra persona, y si es él y me molesta, será última vez que lo haga, estoy decidida, si es que realmente son poderosas las palabras y las miradas contra una insolencia y una sensiblería empalagosa tan inagotables como las suyas".

El caballo no tardó en alcanzarme y el jinete se detuvo junto a mí. Era el señor Hargrave. Me saludó con una sonrisa aparentemente distante y melancólica, pero su triunfante satisfacción por haberme atrapado por fin era tan evidente en ella que fue todo un fracaso. Después de corresponder brevemente a su saludo e interesarme por las mujeres del Grove, tomé distancia y seguí caminando; pero él me siguió y mantuvo al caballo cerca de mí: era evidente que pretendía ser mi acompañante todo el camino.

"¡Bueno! No me importa mucho. Si quiere otro desaire, tómalo y bienvenido —pensé—. Y ahora, señor, ¿qué sigue?".

Esta pregunta, aunque no pronunciada, no tardó en ser respondida: después de algunos comentarios superficiales sobre temas indiferentes, comenzó, en un tono solemne, la siguiente apelación a mi humildad:

—El próximo abril hará cuatro años que la conocí, señora Huntingdon. Usted puede haber olvidado el detalle, pero yo no, jamás. Entonces la admiraba profundamente, pero no me atreví a amarla; al otoño siguiente tomé tan clara conciencia de sus cualidades que no pude evitar amarla, aunque no me animé a demostrárselo. Durante más de tres años, he vivido un completo martirio. La angustia de emociones reprimidas, profundas y vanas esperanzas, silenciosa tristeza, esperanzas aplastadas, sentimientos pisoteados: mis sufrimientos son mayores de lo que puedo explicar o de lo que usted pueda imaginar; y usted es la única causa de ellos, y no del todo la causa inocente. Mi juventud se desvanece, mis perspectivas son oscuras, mi vida es un vacío desolado; no descanso ni de noche ni de día: me he convertido en una carga para mí mismo y para los demás, y usted podría salvarme con una palabra, una mirada, pero no va a hacerlo, ¿verdad?

—En primer lugar, no le creo —respondí—. En segundo lugar, no puedo evitar que sea usted tan majadero.

—Si usted quiere —repuso con solemnidad— considerar majaderos los impulsos verdaderos, más fuertes, más divinos de nuestra naturaleza... no le creo. Sé que no es usted el ser despiadado y gélido que pretende ser: tuvo usted una vez un corazón y se lo entregó a su marido. Cuando se dio cuenta de que él era absolutamente indigno del tesoro, lo reclamó; y no pretenderá haber amado a ese libertino impúdico y mundano tan profundamente que no pueda amar a otro. Sé que hay sentimientos en su naturaleza que nunca se han visto forzados a salir. Sé también que en su actual estado de abandono y soledad debe sentirse triste. Está en su poder alzar a dos seres humanos desde su estado de verdadero sufrimiento hasta una indescriptible felicidad que solo el amor generoso, noble, abandonado a sí mismo puede proporcionar —porque usted podría amarme si quisiera—; usted puede decir que me desprecia y me detesta, pero —puesto que me ha dado pruebas de hablar claro— ¡le responderé que no le creo! ¡Pero nunca lo hará! Prefiere abandonarnos a la desgracia y me dice tranquilamente que es la voluntad de Dios que permanezcamos así. Usted puede llamar a eso religión, ¡pero yo lo llamo fanatismo salvaje!

—Hay otra vida tanto para usted como para mí —dije—. Si es voluntad de Dios que debamos sembrar lágrimas ahora, solo es para poder cosechar alegría más adelante. Es su voluntad que no dañemos a otros satisfaciendo nuestras pasiones terrenales: usted tiene una madre, hermanas, amigos, que se verían seriamente afectados por su deshonor. Yo también tengo amigos, cuya paz de espíritu no sacrificaré jamás por consentimiento a mi placer, ni al suyo tampoco; y si estuviera sola en el mundo, tendría todavía a mi Dios y a mi religión, y preferiría morir antes que deshonrar mi fe y romper mi lealtad con el cielo para obtener unos pocos años de felicidad falsa y efímera, una felicidad que estoy segura terminaría en desgracia, incluso en esta vida, ¡para mí o cualquier otro!

—No tiene por qué haber deshonra ni desgracia ni sufrimiento para nadie —insistió—. No le pido que abandone su hogar o desafíe la opinión del mundo...

No necesito repetir todos sus argumentos. Lo refuté con mi mejor poder de convicción: pero este era insoportablemente pequeño en aquel momento, porque estaba demasiado perturbada por la indignación —y hasta por la vergüenza—, después de que se atrevió a abordarme de aquella manera, para conservar un dominio suficiente de las ideas y el lenguaje que me permitiera enfrentarme adecuadamente a sus poderosos argumentos. Dándome cuenta, sin embargo, de que no podía ser silenciado por la razón, y de que hasta se mostraba furtivamente exultante por su aparente ventaja y se atrevía a ridiculizar aquellas afirmaciones que yo no podía probar con serenidad, cambié el hilo de mi discurso e intenté otra estrategia.

—¿Usted me ama verdaderamente? —dije con expresión seria, deteniéndome a mirarle al rostro.

—¡Que si la amo! —gritó.

—¿De verdad? —inquirí.

Su semblante se iluminó, creyendo que su victoria había llegado. Inició una apasionada declaración de la veracidad y el fervor de su amor, que interrumpí con otra pregunta.

—¿Pero no es un amor egoísta? ¿Siente un afecto lo bastante desinteresado para ser capaz de sacrificar su propio placer por el mío?

—Daría mi vida por servirla.

—No le pido su vida, pero ¿siente de verdad la piedad suficiente por mis tristezas como para inducirlo a esforzarse por librarme de ellas, a costa de un pequeño malestar para usted mismo?

—¡Inténtelo y verá!

—Si realmente la siente, no vuelva a hablarme de esto nunca más. No puede volver a hacerlo, de ninguna forma, sin redoblar el peso de esos sufrimientos que usted lamenta tan sentidamente. No me queda nada salvo el alivio de una buena conciencia y una confianza esperanzada en el cielo, y usted se empeña continuamente en arrebatármelas. Si insiste, deberé considerarlo como mi más mortal enemigo.

—Pero escúcheme un momento...

—¡No, señor! Usted juró dar su vida por servirme, yo solo le pido su silencio sobre un punto en particular. He hablado con claridad, y sé lo que digo. ¡Si usted insiste en atormentarme de esta manera, concluiré que sus declaraciones son absolutamente falsas y que me odia en el fondo de su corazón tan ardientemente como dice amarme!

Se mordió un labio y dirigió la vista al suelo en silencio durante unos instantes.

—Entonces debo dejarla —dijo por fin, mirándome fijamente, como con una última esperanza de percibir alguna señal de irreprimible angustia o desmayo producida por aquellas solemnes palabras—. He de dejarla. No puedo vivir aquí y guardar eterno silencio sobre el objeto obsesivo de mis pensamientos y deseos.

—En otra época, según entiendo, pasaba usted poco tiempo en su casa —repuse—. No le hará ningún daño ausentarse de nuevo por una temporada, si lo cree realmente necesario.

—Si eso fuera realmente posible —murmuró—, ¿puede usted rogarme que me vaya tan fríamente? ¿Lo desea de verdad?

—No tenga la menor duda. Si no puede verme sin atormentarme como lo ha estado haciendo hasta ahora, le diré agradecida adiós y no lo veré nunca más.

No contestó, sino que, inclinándose, me extendió la mano. Le miré a los ojos y vi en ellos tal expresión de auténtica agonía emocional que, aun sin saber si predominaba en ella el amargo desengaño, el orgullo herido, la llama inextinguible del amor o la cólera encendida, no dudé en poner mi mano en la suya con tanta sinceridad como si me estuviera despidiendo de un amigo. Él la apretó con fuerza, e inmediatamente espoleó su caballo y se alejó al galope. Poco después, supe que había partido a París, donde todavía permanece; y cuanto más tiempo permanezca allí, mejor será para mí. ¡Agradezco a Dios por esta liberación!

Capítulo XXXVIII
El hombre herido

20 diciembre de 1826: Es el quinto aniversario de mi boda, y espero que sea el último bajo este techo. Mi decisión es firme, mi estrategia está trazada y parcialmente ejecutada. Mi conciencia está tranquila, pero mientras mi proyecto se desarrolla, permítaseme distraer estas largas tardes de invierno describiendo el caso para mi propia satisfacción... una distracción bastante triste, pero al tener la apariencia de una ocupación útil, y al ser realizada como una tarea, me sentará mejor que otra más ligero.

En septiembre el sosegado Grassdale se animó nuevamente con una reunión de —así llamados— damas y caballeros, los mismos individuos que habían sido invitados hace dos años, con la adición de dos o tres más, entre los que se encontraban la señora Hargrave y su hija menor. Los caballeros y lady Lowborough fueron invitados por el placer y el beneficio del anfitrión, las otras damas por las apariencias, supongo, y para mantenerme a raya y obligarme a ser discreta y cortés en mi proceder. Pero las damas estuvieron solo tres semanas y los caballeros, con dos excepciones, más de dos meses, pues el dueño de la casa se mostraba reacio a deshacerse de ellos y a quedarse solo con su brillante intelecto, su intachable conciencia y su amada y amorosa esposa.

El día de la llegada de lady Lowborough, la acompañé hasta su habitación y le dije claramente que si llegaba a tener razones para sospechar de la continuación de su ilícita relación con el señor Huntingdon, creería mi ineludible deber informar a su marido de la situación, o al menos despertar sus sospechas, por muy doloroso que fuera hacerlo y por terribles que fueran las consecuencias. Ella al principio se sorprendió por la declaración, tan inesperada y tan decidida y serenamente expresada, pero se recuperó de inmediato y repuso alegremente que si yo veía algo reprochable o sospechoso en su conducta, no me pondría ninguna traba para que fuera a contárselo a su señoría. Con el deseo de contentarme con esto, la dejé; y ciertamente, desde entonces no vi nada reprochable o sospechoso en su comportamiento con su anfitrión, aunque yo tenía otros invitados a quienes atender y no los vigilé de cerca... porque, a decir verdad, temía ver algo entre ellos. Ya no lo consideraba algo de interés, pero era mi deber poner al corriente a lord Lowborough, un penoso deber, y me escandalizaba verme obligada a cumplirlo.

Pero mis temores llegaron a su fin de una forma imprevista. Aproximadamente quince días después de la llegada de nuestros invitados, me encontraba en la biblioteca cuando el día llegaba a su fin para descansar unos minutos de la forzada cortesía y la conversación agotadora —porque después de un período tan largo de aislamiento, realmente monótono como me había parecido a menudo, no siempre me era fácil dominar mis sentimientos, estimular mi talento para hablar, sonreír y escuchar, y representar el papel de la servicial anfitriona, o hasta el de la entretenida amiga—. Acababa de detenerme bajo el arco de la ventana para mirar hacia el oeste, donde los contornos de las oscuras colinas se alzaban resplandecientes contra la luz ambarina del anochecer, que se fundía paulatinamente hasta desvanecerse en el azul claro y puro del firmamento, donde brillaba una luminosa estrella, que parecía decir: "Cuando esa luz agonizante haya desaparecido, el mundo no será abandonado a la oscuridad, y aquellos que confían en Dios —cuyos espíritus no están empañados por las tinieblas de la desconfianza y el pecado— no quedarán nunca sin consuelo". De pronto oí el ruido de unos pasos apresurados acercándose y entró lord Lowborough: esta habitación era todavía su refugio favorito. Cerró la puerta con una violencia inusitada en él y arrojó el sombrero sin ver dónde caía. ¿Qué le ocurriría? Tenía el rostro completamente desencajado: los ojos fijos en el suelo, apretaba los dientes y la frente le brillaba con el sudor de la agonía. ¡Era evidente que por fin había conocido su infortunio!

Sin percatarse de mi presencia comenzó a pasear por la habitación en un estado de horrible intranquilidad, retorciéndose las manos y dejando escapar profundos gruñidos y exclamaciones incoherentes. Me moví para hacerle saber que no estaba solo, pero estaba demasiado preocupado para notarlo. Quizá, aprovechando que me daba la espalda, podría atravesar la habitación y deslizarme fuera sin ser vista. Intenté hacerlo, pero sin éxito. Al percatarse de mi presencia se sobresaltó y se quedó de pie, inmóvil, un momento; luego, frotándose la frente húmeda y avanzando hacia mí en una especie de serenidad forzada, dijo en un tono profundo, casi sepulcral:

—Señora Huntingdon, debo irme mañana.

—¡Mañana! —repetí—. No le preguntaré la razón.

—La conoce entonces... ¡y cómo puede estar tan tranquila! —dijo, mirándome con un profundo asombro, no ajeno a una especie de amargo resentimiento, tal como me pareció a mí.

—Hace tanto tiempo que estoy familiarizada con... —me detuve a tiempo, y agregué—, con el carácter de mi marido, ya nada me sorprende.

—Pero esto... ¿cuánto tiempo hace que lo sabe? —inquirió, apoyando la mano cerrada en la mesa que había junto a él y mirándome a la cara.

Me sentí como una criminal.

—No mucho —respondí.

—¡Usted lo sabía! —gritó con amargo ímpetu—. ¡Y no me lo dijo! ¡Contribuyó al engaño!

—Señoría, yo no contribuí a nada.

—Entonces, ¿por qué no me lo contó?

—Porque no quería ocasionarle ese dolor a usted. Esperaba que ella recapacitara y retomara sus deberes de esposa, y entonces no habría necesidad de martirizar sus sentimientos con semejante...

—¡Dios mío! ¿Cuánto tiempo hace que empezó esto? ¿Cuánto tiempo hace, señora Huntingdon? Dígamelo... ¡Debo saberlo! —exclamó con una avidez intensa, atroz.

—Dos años, creo.

—¡Cielo santo! ¡Y ha estado engañándome todo ese tiempo!

Se volvió con un gemido reprimido de angustia y volvió a pasear por la habitación, en un paroxismo de renovada alteración. El corazón me dolía, pero tenía que intentar consolarlo, aunque no sabía cómo hacerlo.

—Ella es una mujer perversa —dije—. Lo ha engañado y traicionado vilmente. Le importa tan poco su dolor como le importaba su cariño. No permita que le haga más daño: olvídese de ella y resista solo.

—Y usted, señora —dijo severamente, deteniéndose y volviéndose para mirarme—, ¡usted también me ha hecho daño al ocultarme esto de un modo tan poco generoso!

De pronto me sentí indignada. Dentro de mí algo se revolvió y me empujaba a defenderme por esta desagradable recompensa a mi sincera compasión, y a defenderme con la dureza requerida. Por fortuna, no cedí al impulso. Me di cuenta de su angustia cuando, golpeándose de pronto la frente, se acercó a la ventana y, alzando la cabeza para mirar el plácido firmamento, murmuró: "¡Oh, Dios mío, déjame morir!", y sentí que añadir una gota de amargura a aquella copa ya desbordante sería abominable. Y, sin embargo, considero que hubo más frialdad que amabilidad en el sereno tono de mi réplica:

—Podría ofrecerle muchas excusas, de las cuales algunas admitiría como válidas, pero no me propongo enumerarlas.

—Las conozco —dijo rápidamente—: diría que no era asunto suyo, que yo debería haber cuidado de mí mismo, que, si mi propia ceguera me ha conducido a este infierno, no tengo derecho a condenar a otro por haber supuesto que tengo más astucia de la que poseo.

—Confieso que estaba equivocada —continué diciendo, sin tener en cuenta esta agria interrupción—, pero si la causa de mi error ha sido la falta de coraje o una generosidad mal entendida, creo que me acusa usted con demasiado rigor. Le dije a lady Lowborough hace dos semanas, en el mismo día en que llegó, que sin lugar a dudas consideraría mi deber informarle a usted si continuaba engañándolo; ella me autorizó a hacerlo si yo veía algo reprochable o sospechoso en su conducta. No he visto nada y asumí que ella había cambiado de actitud.

Él siguió mirando hacia fuera mientras yo hablaba y no respondió, pero, incitado por los recuerdos que mis palabras despertaron, golpeó el suelo con un pie, apretó los dientes y arrugó la frente, como si estuviera bajo los efectos de un agudo dolor físico.

—¡Fue un error, fue un error! —murmuró por fin—. ¡Nada puede excusarlo, nada puede repararlo, nada puede hacer volver estos años de condenada ingenuidad, nada puede borrarlos! ¡Nada, nada...! —repitió en un susurro cuya desesperada amargura excluía todo resentimiento.

—Cuando reflexiono al respecto, admito que estaba en lo incorrecto al no contarle —repuse—; pero ahora solo puedo lamentar no haberlo visto antes bajo esta óptica y que, como usted dice, nada puede regresar el tiempo transcurrido.

Algo en mi voz o en el ánimo de esta respuesta pareció modificar su humor. Se volvió hacia mí y, examinando atentamente mi rostro bajo la débil luz, dijo en un tono más dulce del que había venido empleando:

—Supongo que usted también ha sufrido.

—Sufrí mucho al principio.

—¿Cuándo fue eso?

—Hace dos años, y dentro de dos años usted estará tan sereno como lo estoy yo ahora... y mucho, mucho más feliz, creo, porque usted es un hombre y es libre de hacer lo que le plazca.

Algo parecido a una sonrisa, aunque muy amarga, iluminó su rostro por un momento.

—¿No ha sido feliz últimamente? —preguntó, con una especie de esfuerzo por recuperar la calma y renunciar a una posterior discusión sobre su propia desgracia.

—¡Feliz! —repetí, casi irritada por semejante pregunta—. ¿Realmente cree que podría serlo con un marido así?

—He notado un cambio en su aspecto desde los primeros años de su matrimonio —prosiguió—. Se lo comenté a.... a ese demonio infernal —murmuró entre dientes—, y él dijo que se debía a su temperamento avinagrado, que estaba devorando su belleza; la estaba haciendo envejecer y afearse antes de tiempo, y había convertido ya el hogar en el que él vivía en algo tan inhóspito como una celda de convento. Se sonríe, señora Huntingdon... nada la perturba. Me gustaría que mi naturaleza fuera tan tranquila como la suya.

—Mi naturaleza no era en principio tranquila —dije—. He aprendido a simularlo a fuerza de duras lecciones y muchos y repetidos esfuerzos.

En este punto el señor Hattersley irrumpió en la habitación.

—¡Hola, Lowborough! —comenzó a decir—. ¡Oh! Le pido perdón —exclamó al verme—, no sabía que era un *tête-á-tête*. Anímate, hombre —continuó, dándole a lord Lowborough una palmada en la espalda, que lo hizo apartarse de él con una expresión inefable de repulsión e irritación—. Ven, quiero hablar contigo un momento.

—Habla, entonces.

—Pero no estoy seguro de que sea un tema muy agradable para la dama lo que tengo que decirte.

—Entonces tampoco será agradable para mí —dijo su señoría, iniciando un movimiento para salir de la habitación.

—Sí, lo será —dijo el otro, alzando la voz y siguiéndolo hasta el vestíbulo—. Si tienes el corazón de un hombre será un comprobante para ti. Se trata de esto, amigo —continuó, bajando considerablemente la voz, aunque no lo suficiente para impedirme escuchar todas las palabras que dijo, aunque entre nosotros mediaba la puerta entreabierta—. Creo que eres un hombre ultrajado... No, vamos, no te enfades... No quiero ofenderte: no es más que mi ruda forma de hablar. Debo hablar con sinceridad, o de lo contrario no hablo en absoluto, y he venido..., ¡espera un momento! Déjame que te explique... He venido a ofrecerte mi ayuda, porque, aunque Huntingdon es mi amigo, es un diabólico bribón, como todos sabemos, y seré tu amigo en este caso. Sé cuál es tu deseo: arreglar las cosas correctamente, es decir, batirte en un duelo con él. Entonces te sentirás bien de nuevo, y si ocurre una desgracia... bueno, eso también estaría bien, me atrevería a decir, para un tipo desesperado como tú. Vamos, dame la mano y no lo veas tan siniestro. Dime el lugar y la hora y yo me ocuparé del resto.

—Ese —contestó la voz más grave y pausada de lord Lowborough— es precisamente el remedio que mi propio corazón, o el diablo que lleva dentro, me sugirió: enfrentarme a él y no despedirme sin sangre. Tanto si cayera yo como si cayera él, o los dos, sería un alivio maravilloso para mí, si...

—¡Exactamente! Bueno, entonces...

—¡No! —lamentó su señoría con un énfasis profundo, decidido—. Aunque lo odio con todo mi corazón y me complacería que le sucediera cualquier desgracia, lo dejaré en manos de Dios; y aunque desprecio mi propia vida, también la dejaré en manos de Aquel que me la dio.

—Pero verás, en ese caso... —alegó Hattersley.

—¡No quiero escuchar más! —exclamó su amigo, alejándose rápidamente—. ¡Ni una palabra más! Ya es suficiente luchar contra el diablo que llevo dentro.

—Entonces eres un estúpido cobarde, y yo me lavo las manos —gruñó el provocador, al tiempo que se volvía y se marchaba.

—Muy bien, muy bien, lord Lowborough —grité yo, saliendo rápidamente de la biblioteca y sujetando su mano ardiente, cuando empezaba a subir las escaleras—. ¡Empiezo a sospechar que el mundo no es digno de usted!

Sin comprender esta efervescencia repentina, me miró con una impresión de sombrío desconcierto que me hizo avergonzar del impulso al que había sucumbido; pero enseguida una expresión más humanizada afloró en su semblante y, antes de que yo pudiera retirar mi mano, la apretó cariñosamente, mientras los ojos se le iluminaban con un brillo de auténtica ternura cuando murmuró:

—¡Que Dios nos ayude!

—¡Amén! —respondí, y nos separamos.

Me dirigí al salón, donde, sin duda, mi presencia era esperada por la mayoría, deseada solo por uno o dos. En la antecámara estaban el señor Hattersley, quien se burlaba de la cobardía de lord Lowborough ante una selecta audiencia, es decir, el señor Huntingdon, quien estaba apoyado en la mesa, triunfante en su pérfida villanía, riéndose despectivamente de su víctima, y el señor Grimsby, que estaba a su lado, frotándose serenamente las manos y riéndose entre dientes con una perversa satisfacción.

En el salón encontré a lady Lowborough, evidentemente en un estado de ánimo nada deseable: con un decidido esfuerzo por ocultar su inquietud, y un exagerado fingimiento de alegría y vivacidad poco frecuentes, impropias de las circunstancias, pues ella había dado a entender al resto de los invitados que su marido había recibido de su casa una desagradable noticia que exigía su inmediata partida, y le había perturbado hasta el punto de producirle una jaqueca, debido a la cual, y a los preparativos necesarios para adelantar su marcha, creía que los presentes no tendrían el placer de verlo esa noche. Sin embargo, afirmó, se trataba solo de un asunto de negocios, por lo que no deberían inquietarse. Estaba diciendo esto cuando entré, y me lanzó una mirada tan descarada y desafiante que me sorprendió y sublevó al mismo tiempo.

—Pero estoy preocupada y molesta, además —continuó diciendo—, porque creo mi deber acompañar a su señoría, y por supuesto lamento mucho tener que separarme de mis gentiles amigos tan repentinamente y tan pronto.

—Y, sin embargo, Annabella —dijo Esther, que estaba sentada junto a ella —, nunca te he visto de mejor humor en toda mi vida.

—Eso es muy cierto, querida, porque deseo aprovechar al máximo de su compañía, puesto que al parecer esta será la última noche en que disfrutaré de ella hasta el cielo sabe cuándo, y quiero dejarles a todos una buena impresión. —Dirigió una mirada alrededor y, al ver a su tía clavar los ojos en ella de forma demasiado escrutadora, como con toda probabilidad debió de pensar, se levantó y siguió hablando—: Por esta razón, voy a cantarles una canción. ¿Quiere, tía? ¿Quiere, señora Huntingdon? ¿Quieren, damas y caballeros... todos? Muy bien, haré todo lo posible por distraerlos.

Ella y lord Lowborough ocupaban las habitaciones contiguas a las mías. No sé cómo pasó ella la noche, pero yo estuve despierta la mayor parte escuchando los pesados pasos de él, recorriendo de arriba abajo el tocador contiguo a mi habitación. Una vez lo oí detenerse y arrojar algo por la ventana al tiempo que soltaba una colérica exclamación; por la mañana, después de que partieron, se encontró una navaja con la hoja muy afilada en la porción de césped que había debajo de su habitación; igualmente, una navaja de afeitar había sido partida en dos y enterrada entre las cenizas de la parrilla de la chimenea, pero parcialmente corroída por las brasas que caían. Tan fuerte había sido la tentación de terminar con su miserable vida, como firme su determinación de resistirse a ella.

Mi corazón sufría por él mientras, en la cama, escuchaba aquel paseo incesante. Hasta aquel momento había pensado demasiado en mí, demasiado poco en él; entonces olvidé mis calamidades y solo pensé en las suyas, en el apasionado cariño tan tristemente malgastado y en la ciega confianza tan vilmente traicionada, la... no, no intentaré enumerar sus desgracias, pero odio a su mujer y a mi marido más que nunca, y no por mí, sino por él.

"Ese hombre —reflexioné— es objeto del menosprecio de sus

amigos y de la sociedad biempensante. La infiel esposa y el amigo traidor que lo han engañado no son tan despreciados y desdeñados como lo es él; y su negativa a vengar las afrentas lo ha alejado todavía más del alcance de la simpatía ajena y mancillado su nombre con una desgracia más honda. Él lo sabe, lo que duplica el peso de su carga. Ve la injusticia de todo aquello, pero no puede hacer nada; carece del poder defensivo de la autoestima, que lleva a un hombre, seguro de su propia integridad, a enfrentar la maldad de sus desgraciados enemigos y responder al desprecio con el desprecio... o —todavía mejor— a elevarlo por encima de los vapores convulsos y sucios de la tierra, para reposar en la eterna claridad solar del cielo. Él sabe que Dios es justo, pero no puede disfrutar de su justicia ahora; él sabe que esta vida es corta y, sin embargo, la muerte parece insufriblemente lejana; cree que existe un estado futuro, pero tanto lo ocupa la agonía del presente que no puede experimentar su extático reposo. No puede más que inclinar la cabeza ante la tormenta y aferrarse ciega, irremediablemente, a lo que sabe que está bien. Como el marinero que, víctima de un naufragio, se aferra a una balsa, ciego, sordo, desconcertado, siente las olas abalanzarse sobre él sin ver posibilidad alguna de escapar; y, sin embargo, sabe que no hay más esperanza que esta, y mientras se sienta vivo, concentrará todas sus energías para mantenerla. ¡Ojalá tuviera yo el derecho de una amiga a consolarlo y decirle que nunca lo he apreciado tanto como esta noche!".

Se marcharon por la mañana temprano, antes de que nadie bajara, excepto yo; precisamente cuando yo salía de mi habitación, lord Lowborough bajaba para ocupar su lugar en el coche, donde ya estaba sentada su mujer; Arthur, o el señor Huntingdon, como prefiero llamarlo, porque el otro es el nombre de mi hijo, tuvo la descarada insolencia de salir en bata a despedir a su "amigo".

—¿Cómo? ¿Te vas ya, Lowborough? —dijo—. Bueno, buenos días.

Sonriente le ofreció la mano. Creo que el otro lo habría derribado, si Huntingdon no hubiera retrocedido instintivamente ante aquel huesudo puño que temblaba de ira, apretado hasta el punto de que los nudillos brillaban blancos a través de la piel. Mirándolo con un semblante lívido por el odio despiadado, lord Lowborough murmuró entre dientes una terrible maldición que no habría pronunciado si hubiera estado lo suficientemente calmado para escoger las palabras, y se fue.

—Yo llamo a eso un espíritu anticristiano —dijo el canalla—. Sin embargo, nunca abandonaría a un amigo por culpa de una esposa. Puedes quedarte con la mía si quieres, y yo llamo a esto generosidad... No puedo hacer nada más que ofrecerte un resarcimiento, ¿no?

Pero Lowborough había llegado al final de las escaleras y cruzaba ahora el vestíbulo; el señor Huntingdon, apoyándose sobre la baranda, gritó:

—¡Exprésale mi amor a Annabella! Y les deseo a los dos un feliz viaje —y se retiró riendo a su habitación.

Después se mostró bastante satisfecho porque ella se hubiera marchado.

—Era tan terriblemente absorbente y dominante —dijo—, ahora volveré a ser el de siempre, y me sentiré bastante más tranquilo.

No he sabido más nada de lo sucedido después con lord Lowborough, salvo lo que me ha contado Milicent, que, aunque ignora la causa de la separación de aquel de su prima, me ha informado de que tal separación es un hecho: que llevan vidas totalmente separadas, ella comparte su alegre y frenética existencia entre la ciudad y el campo, mientras él vive en estricta reclusión en su castillo del norte. Los dos niños del matrimonio permanecen bajo su custodia. El varón, y heredero, es un niño radiante que tiene casi la edad de mi Arthur, y debe ser, sin duda, una fuente de esperanza y consuelo para su padre; pero a la otra, una niña de menos de dos años, de ojos azules y pelo castaño rojizo claro, la tiene con él probablemente por motivos de conciencia, convencido del error que sería abandonarla a las enseñanzas y el ejemplo de una mujer como su madre. Una madre a la que nunca le gustaron los niños, y siente tan poco cariño por los suyos que me pregunto si para ella no será un alivio estar separada de ellos y liberada de la responsabilidad y los problemas de su custodia.

No pasaron muchos días desde que lord y lady Lowborough se marcharon y el resto de las damas retiró la luz de su presencia de

Grassdale. Quizá podrían haber estado más tiempo, pero ni el anfitrión ni la anfitriona les instaron a prolongar su estadía; de hecho, el primero mostró de una manera demasiado evidente su satisfacción por librarse de ellas; así que la señora Hargrave se retiró con sus hijas y sus nietos —tiene tres— a Grove. Pero los caballeros se quedaron: el señor Huntingdon, como ya comenté, estaba decidido a que permanecieran todo el tiempo que pudiera retenerlos; y, libres de cualquier impedimento, dieron rienda suelta a toda la locura y salvajismo que llevaban dentro y convirtieron la casa, noche tras noche, en escenario de desorden, confusión y escándalos. No podría decir quién de ellos se portó peor y quién mejor, porque desde el momento en que me di cuenta de lo que iba a pasar, tomé la resolución de retirarme al piso de arriba, o recluirme en la biblioteca en el mismo instante en que abandonaba el comedor, para no volver a estar cerca de ellos hasta la hora del desayuno. Debo decir, sin embargo, que el señor Hargrave, por lo que pude ver, fue un modelo de decencia, sobriedad y modales caballerosos en comparación con los demás.

No se unió al grupo hasta una semana o diez días después de la llegada de los demás invitados, pues estaba todavía en el continente cuando ellos llegaron y yo todavía albergaba la esperanza de que no aceptara la invitación. Sin embargo, la aceptó, pero su conducta conmigo durante las primeras semanas fue exactamente lo que yo esperaba que fuera: respetuosa y educada sin simular desaliento ni frustración, distante sin arrogancia, o aquella severidad y frialdad notables planeadas para perturbar o intrigar a su hermana, o llamar la atención cautelosa de su madre.

Capítulo XXXIX
Un plan de fuga

El mayor motivo de preocupación, de este período de prueba, fue mi hijo, a quien su padre y los amigos de su padre se complacían en fomentar todos los posibles y originarios defectos que un niño pequeño puede mostrar, y a quien inculcaban todas las malas costumbres que pudiera aprender: en resumen, "hacer un hombre de él" era uno de sus pasatiempos favoritos. No necesito decir más para justificar mi alarma y mi determinación de librarlo a toda costa de las manos de semejantes tutores. Al principio intenté tenerlo siempre conmigo o en su cuarto, y le daba a Rachel órdenes estrictas de no dejarlo bajar nunca en la sobremesa mientras estuvieran aquellos "caballeros", pero fue inútil; estas órdenes eran inmediatamente revocadas y anuladas por su padre: no iba a permitir que su pequeño se convirtiera en un tonto por estar bajo el control de una vieja niñera y una madre condenadamente estúpida. Así, el pequeño bajaba todas las noches a pesar del malhumor de su madre y aprendía a beber vino como su padre, a decir palabrotas como el señor Hattersley, a comportarse como un hombre y a mandar a su madre al diablo cuando ella trataba de evitarlo. Ver a aquel niño tan pequeño hacer semejantes cosas con aquella traviesa ingenuidad, y escuchárselas decir con aquella débil voz infantil, era para ellos un estímulo tan original y una diversión tan irresistible como indeciblemente desgarrador y penoso para mí; y cuando hacía reír a toda la mesa a carcajadas, los miraba a todos encantado y añadía su aguda risa a las suyas. Pero si aquellos alegres ojos azules se posaban en mí, su brillo desaparecía por un momento y decía con cierta preocupación:

—Madre, ¿por qué no te ríes? Hazla reír, padre... nunca quiere.

Y he aquí la razón por la que yo me veía obligada a quedarme entre aquellos salvajes, esperando una oportunidad de alejar al niño de su compañía, en lugar de dejarlos inmediatamente después de que retiraban el mantel, como hubiera hecho en otras circunstancias. Él nunca quería irse y con frecuencia tenía que llevármelo a la fuerza, por lo que me consideraba muy cruel e injusta; a veces su padre insistía en que lo dejara quedarse, entonces dejaba al niño en manos de sus bondadosos amigos y me retiraba a rumiar sola mi amargura y desesperación, o a reflexionar en busca de una solución para aquel problema.

Pero una vez más debo hacer justicia al señor Hargrave y reconocer que nunca lo vi reírse por las travesuras del niño, ni lo oí pronunciar una palabra de aliento a su deseo de satisfacer los gustos varoniles.

Pero cuando el pequeño granuja decía o hacía algo verdaderamente extraordinario, notaba algunas veces una expresión particular en su rostro que no sabía interpretar, un brillo repentino en los ojos, al tiempo que lanzaba una rápida mirada al niño y luego a mí: entonces pude imaginar que en su rostro aparecía una satisfacción cruel, leve, siniestra, al contemplar en el mío una expresión de tormento y cólera impotente. Sin embargo, en una ocasión en que Arthur se estaba portando especialmente mal, y el señor Huntingdon y sus invitados se mostraron especialmente insoportables y ofensivos conmigo en su manera de alentarlo, y yo especialmente ansiosa por sacarlo de la habitación, al borde mismo de dejarme llevar por un arrebato de cólera, el señor Hargrave se levantó repentinamente de su asiento con aire decidido, quitó al niño de las rodillas de su padre, donde estaba medio borracho, con la cabeza ladeada riéndose de mí y maldiciéndome con palabras cuyo significado apenas conocía, lo llevó de la mano fuera de la habitación, lo sentó en el vestíbulo, dejó la puerta abierta para mí, se inclinó con solemnidad cuando yo me retiré y la cerró cuando salí. Oí un intercambio de fuertes palabras entre él y su anfitrión, cuando me marchaba llevándome al aturdido y confundido niño.

Esto no podía continuar: mi hijo no debía ser dejado en esta corrupción, era preferible que viviera en la pobreza y la oscuridad con una madre fugitiva, que en el lujo y la abundancia con un padre así de deplorable. Aquellos huéspedes podrían no estar mucho tiempo entre nosotros, pero volverían y él, el más maligno de todos aquellos hombres, el peor enemigo de mi hijo, se quedaría. Yo podía soportarlo por mí, pero por mi hijo aquella situación no debía prolongarse más: el criterio del mundo y los sentimientos de mis amigos debían ser igualmente desoídos, al menos, en la medida en que me impedían cumplir con mi deber. Pero ¿dónde encontraría albergue y cómo obtendría sustento para los dos? Oh, cogería mi preciosa carga de madrugada, tomaría la diligencia para M…, huiría al puerto de…, cruzaría el Atlántico y buscaría un hogar humilde y tranquilo en Nueva Inglaterra, donde nos mantendríamos con el trabajo de mis manos. La paleta y el caballete, en otro tiempo mis inseparables compañeros de juego, debían ser mis compañeros de trabajo ahora. Pero ¿era yo una artista lo suficientemente hábil para ganarme la vida en una tierra desconocida, sin amigos y sin apoyo? No, debía esperar un poco, debía trabajar con firmeza para mejorar mi talento, para producir algo meritorio como muestra de mis facultades, algo que hablara favorablemente de mí como una verdadera pintora o profesora. Yo no buscaba, por supuesto, un éxito deslumbrante, pero cierto grado de seguridad frente a la necesidad era indispensable: no podía llevarme a mi hijo para que se muriera de hambre. Además, debía conseguir algún dinero para el viaje, el pasaje, y otro poco para mantenernos en nuestro retiro en el caso de que no tuviera éxito al principio: y no podía ser poco, porque ¿quién sabía cuánto tiempo tendría que luchar con el desinterés o el abandono de los demás, o con mi propia inexperiencia o incapacidad para complacer sus gustos?

¿Qué debía hacer entonces? ¿Recurrir a mi hermano y explicarle a él mis circunstancias y decisiones? No, no, aunque le contara todas mis desgracias, cosa que odiaba hacer, se opondría firmemente a que diera aquel paso: le parecería una locura, al igual que a mis tíos, o a Milicent. No, debía tener paciencia y reunir una provisión exclusivamente mía. Rachel sería mi única confidente. Pensaba poder convencerla para que se uniera al proyecto y me ayudara, primero, a encontrar un marchante en alguna ciudad lejana; luego, a través de ella, vendería secretamente los cuadros ya listos que sirvieran a semejante propósito y algunos de los que pintara en el futuro. Además de esto, esperaba vender mis joyas, no las joyas de la familia, sino las pocas que me traje de casa, y las que me dio mi tío cuando me casé. Algunos meses de arduo trabajo podrían soportarse bien con semejante proyecto en la cabeza; mientras tanto mi hijo no debía sufrir mucho más daño del que ya sufría.

Una vez formulada esta determinación, me puse a trabajar para llevarla a cabo. Posiblemente podría haberme inclinado a olvidarme de ella después, o quizá seguir ponderando los pros y los contras hasta que estos últimos superaran a los primeros y me viera encaminada a abandonar el proyecto por completo, o a retrasar su ejecución de forma indefinida, si no hubiera sucedido algo que hizo mi determinación irrevocable, y a la que todavía permanezco fiel. Estoy segura que hice bien en tomar la decisión y haré mejor en ejecutarla.

Desde la marcha de lord Lowborough había considerado la biblioteca exclusivamente de mi propiedad, un refugio seguro a todas las horas del día. Ninguno de aquellos caballeros tenía la más mínima pretensión de gustos literarios salvo el señor Hargrave; y él, en esos días, se conformaba con los periódicos y las revistas. Y si, por casualidad, se dirigía hasta allí, yo estaba segura de que, al verme, se iría pronto, porque en lugar de volverse menos frío y distante, lo era visiblemente más desde la partida de su madre y sus hermanas, como yo esperaba. Aquí, pues, instalaba mi caballete y trabajaba en mi lienzo desde la mañana hasta el anochecer, con muy pocos recesos, salvo los estrictamente necesarias, o cuando mis deberes con Arthur me obligaban a salir, pues todavía consideraba apropiado dedicar una parte del día exclusivamente a su instrucción y entretenimiento. Sin embargo, en contra de todos mis pronósticos, la tercera mañana, cuando estaba trabajando, entró el señor Hargrave y no se retiró al verme. Se disculpó por su intrusión y dijo que solo había venido a por un libro; pero cuando lo hubo cogido, se permitió a echar un vistazo a mi cuadro. Al ser un hombre de buen gusto, consideró decir algo sobre este, así como de cualquier otro tema, y después de comentar mi cuadro con prudencia, y poco alentado por mí, extendió su disertación al arte en general. Al no verse secundado en este tema tampoco, lo abandonó, pero no se marchó.

—No se deja usted ver con frecuencia, señora Huntingdon —observó, después de una breve pausa, durante la cual seguí tranquilamente mezclando y armonizando mis colores—, y no me extraña, pues debe usted estar hastiada de todos nosotros. Yo mismo estoy avergonzado de mis compañeros, y tan cansado de sus irracionales diversiones —sobre todo ahora que no hay nadie para humanizarlos y que los mantenga a raya, sobre todo desde que usted nos abandonó para que hiciéramos lo que quisiéramos—. Creo que los dejaré pronto, probablemente esta misma semana... Y seguramente usted no lamentará mi partida.

Hizo una pausa. Yo no contesté.

—Probablemente —continuó— lo único que lamentará es que no me lleve conmigo a todos los caballeros. A veces presumo de que, si bien estoy entre ellos, no soy como ellos; pero es natural que a usted le complazca verse libre de mí. Puedo lamentarlo, pero no culparla por ello.

—No me alegrará su partida porque es usted capaz de comportarse como un caballero —dije, no pensando más que en mostrarle cierto agradecimiento por su buen comportamiento—, pero debo confesar que con mucho deleite despediría a los demás, aunque parezca poco noble decirlo.

—Nadie puede condenarla por semejante confesión —repuso muy serio—, ni siquiera los mismos caballeros, supongo. Le diré —continuó, como impulsado por un repentino atrevimiento— lo que se dijo anoche en el comedor, después de dejarnos usted; quizá no le importe, ya que es usted muy serena en ciertas ocasiones —añadió con una ligera expresión de burla—. Estaban hablando de lord Lowborough y de su licenciosa mujer, la causa de cuya repentina partida no es un secreto para ellos; el carácter de esta dama es tan conocido entre todos, que, aun siendo parienta cercana mía, no pude intentar defenderla. ¡Maldición —murmuró, *par parenthése*— por contarle esto impunemente! Pero si ese sinvergüenza ha de deshonrar a la familia, ¿presumirá de ello ante el primer rufián zafio que se encuentre? Le pido perdón, señora Huntingdon. En fin, estaban hablando de estas cosas, y algunos de ellos observaron que, ahora que ella estaba separada de su marido, él podría verla otra vez cuando quisiera.

»—Gracias —dijo él—, estoy bastante fastidiado de ella, por el momento. No voy a hacer ningún esfuerzo por verla, a no ser que venga a mí.

»—Entonces, ¿qué piensas hacer cuando nos vayamos? —dijo Ralph Hattersley—. ¿Tienes intención de rectificar tus errores y ser un buen marido, un buen padre, etcétera, como hago yo cuando me libro de ti y de todos estos diablos revoltosos que llamas tus amigos? Yo creo que ya es hora: tu mujer es cincuenta veces más buena que tú, ya lo sabes...

Y añadió algunos elogios dirigidos a usted, los cuales no me agradecería que repitiera ni le estaría agradecida a él por decirlos proclamándolos a gritos, como hizo, sin tacto ni delicadeza, ante una audiencia donde parecía una profanación pronunciar su nombre y siendo él absolutamente incapaz de comprender o apreciar sus verdaderas cualidades. Huntingdon, entretanto, se sentó con toda tranquilidad, bebiendo vino o mirando sonreído su vaso, sin interrumpir ni replicar hasta que Hattersley gritó:

»—¿Me oyes, hombre?

»—Sí, sigue —contestó él.

»—De ninguna manera, ya lo he dicho —repuso el otro—. Solo quiero saber si tienes intención de seguir mi consejo.

»—¿Qué consejo?

»—Comenzar una nueva vida, canalla —gritó Ralph—, implorar el perdón de tu esposa y ser un buen hombre en el futuro.

»—¿Mi esposa? ¿Qué esposa? Yo no tengo esposa —repuso Huntingdon, levantando inocentemente la vista de su vaso—, y si la tengo, fíjense, caballeros, tanto la valoro que cualquiera de ustedes que quiera encapricharse con ella puede quedársela y todos contentos. ¡Pueden hacerlo, por Júpiter, y con la ganga se llevarán mi bendición!

Yo... ¡Ejem!, uno de nosotros le preguntó si sabía realmente lo que estaba diciendo, a lo cual respondió jurando con solemnidad que sí, sin duda.

—¿Qué piensa usted de eso, señora Huntingdon? —me preguntó el señor Hargrave, después de una pausa, durante la cual yo había tenido la impresión de que escrutaba con interés mi rostro medio vuelto.

—Estimo —repuse con tranquilidad— que lo que él valora tan a la ligera no va a estar entre sus posesiones mucho tiempo.

—¡No querrá usted decir que se le detendrá el corazón y morirá por culpa de la detestable conducta de un vil infame como ese!

—En absoluto: mi corazón está demasiado seco para fallar tan pronto y tengo la intención de vivir tanto como pueda.

—Entonces, ¿va a dejarlo?

—Sí.

—¿Cuándo... y cómo? —preguntó, con impaciencia.

—Cuando esté preparada y de la manera más eficaz que pueda encontrar.

—¿Y su hijo?

—Mi hijo se viene conmigo.

—Él no lo permitirá.

—No voy a pedirle permiso.

—¡Ah, entonces es una huida furtiva lo que usted planea! Pero ¿con quién, señora Huntingdon?

—Con mi hijo, y posiblemente su niñera.

—¡Sola... y sin protección! ¿A dónde puede ir? ¿Qué puede hacer? Él la seguirá y la hará volver.

—Lo he planeado todo con demasiada cautela para que eso no ocurra. Una vez haya conseguido salir de Grassdale, me consideraré a salvo.

El señor Hargrave se acercó a mí un paso más, me miró a los ojos y tomó aire antes de hablar; pero aquella mirada, aquel color subido a sus mejillas, aquel brillo repentino en los ojos hizo mi sangre sulfurarse. Me volví bruscamente y, cogiendo mi pincel, comencé a deslizarlo por el lienzo con demasiada fuerza para beneficio de mi cuadro.

—Señora Huntingdon —dijo él con una solemnidad amarga—, es usted cruel, cruel conmigo, cruel con usted misma.

—Señor Hargrave, no olvide su promesa.

—Debo hablar... ¡Mi corazón estallará si no lo hago! ¡He estado callado bastante tiempo y usted tiene que escucharme! —gritó, impidiendo con insolencia que me dirigiera a la puerta—. Me dice que no le debe ninguna fidelidad a su marido; él declara abiertamente que está hastiado de usted y dispuesto a dejarla en manos de quien quiera llevársela; está usted a punto de abandonarlo, nadie pensará que usted se marcha sola. Todo el mundo dirá: "Ella lo ha abandonado al fin, y ¿quién puede sorprenderse por ello? Pocos podrán criticárselo, todavía menos tener compasión de él, pero ¿quién la acompaña en su huida?". Por lo tanto, nadie creerá en su virtud —si es que usted la llama así—: incluso sus mejores amigas no creerán en ella; porque es monstruoso, y difícil de creer, salvo para aquellos que padecen por sus efectos tormentos tan crueles que pueden atestiguar su realidad.

Pero ¿qué va usted a hacer en este mundo frío y adverso? Usted, una mujer joven y sin experiencia, delicadamente educada y totalmente...

—En resumen, usted me aconseja que me quede donde estoy —lo interrumpí—. Bueno, lo pensaré.

—¡Abandónelo como pueda! —gritó con expresión seria—. ¡Pero no sola! ¡Helen, déjeme protegerla!

—¡Nunca!, mientras el cielo conserve mi razón —repliqué, apartando bruscamente la mano que él se había atrevido a coger y retener entre las suyas. Pero ya no podía detenerse, había traspasado la barrera: estaba fuera de sí y decidido a arriesgarlo todo por el botín.

—¡No puede rechazarme! —exclamó con vehemencia; y cogiéndome las dos manos, me las sujetó con fuerza, cayó de rodillas y me miró con una expresión medio suplicante, medio imperiosa—. Ahora no tiene razón: está oponiéndose a los designios de la Providencia. Dios ha querido que yo sea su consuelo y su protector... lo siento... lo sé con tanta seguridad como si una voz del cielo afirmara: "Ustedes dos serán una sola carne", y usted me rechaza...

—¡Déjeme, señor Hargrave! —dije tajantemente, pero él me sujetó con más fuerza—. ¡Déjeme! —repetí, temblando indignada.

Su rostro estaba casi frente a la ventana. Con un ligero nerviosismo, vi que miraba hacia ella; de pronto un brillo de triunfo maligno iluminó su rostro. Miré por encima de mi hombro y vi desaparecer una sombra en la esquina.

—Es Grimsby —dijo deliberadamente—. Contará lo que ha visto a Huntingdon y a los demás, con los detalles que considere necesarios. No siente simpatía por usted, señora Huntingdon, ni respeto por su sexo; no cree en la virtud, ni siente admiración por su imagen. Va a dar una versión tal de este hecho que en la mente de todos aquellos que la oigan no quedará ninguna duda sobre su temperamento. Su buena reputación ha desaparecido, nada de lo que usted o yo digamos podrá restablecerla jamás. ¡Pero concédame el poder de defenderla, muéstreme al villano que se atreva a ofenderla!

—¡Nadie se ha atrevido nunca a ofenderme como está usted haciéndolo en este momento! —dije, liberando por fin sus manos y separándome de él.

—No la ofendo —gritó—, la adoro. ¡Es usted mi ángel... mi deidad! ¡Pongo todos mis talentos a sus pies y usted debe aceptarlos y
los aceptará! —exclamó, poniéndose en pie de un salto—. ¡Seré su
consuelo y protector! ¡Y si su conciencia se lo reprocha, dígale que la
dominé y no tuvo más remedio que doblegarse!

Nunca vi a un hombre tan fuera de sí. Se abalanzó hacia mí. Cogí
mi espátula y le hice frente con ella en la mano, él me miró estupefacto: me atrevo a decir que mi aspecto era tan feroz y resuelto como
el suyo. Me acerqué a la campana y puse la mano en el cordón. Esto
lo asustó más todavía. Con un gesto medio autoritario, medio suplicante de la mano, trató de impedir que llamara.

—¡No se mueva, entonces! —dije, él dio un paso atrás—. Y escúcheme. No me gusta usted —continué, con tanta decisión como
pude, para dar la mayor eficacia a mis palabras—, y aunque estuviera
divorciada de mi marido, o él estuviera muerto, jamás me casaría con
usted. ¡Espero que pueda comprenderlo de una vez!

Su rostro fue palideciendo de furia.

—He comprendido —repuso con un amargo énfasis—. ¡Es usted
la mujer más cruel, desalmada y desagradecida que jamás he conocido!

—¿Desagradecida, señor?

—Desagradecida.

—No, señor Hargrave, no lo soy. Le doy las gracias por todo el
daño que haya podido hacerme, o quisiera hacerme; y por todo el
daño que me ha hecho, y todo el que me habría hecho, le pido a Dios
que lo perdone y le devuelva el juicio.

De pronto se abrió la puerta y aparecieron los señores Huntingdon
y Hattersley. Este último se quedó en el vestíbulo, ocupado con su
cargador y su escopeta; el primero entró y se puso de espaldas a la
chimenea, observándonos al señor Hargrave y a mí, sobre todo al
primero, con una sonrisa insoportable, acompañada como estaba por
el atrevimiento de su frente y un brillo ladino, malicioso en la mirada.

—¿Bien, señor? —dijo Hargrave con tono interrogativo y con la
expresión de alguien dispuesto a la defensiva.

—Bien, señor —repuso su anfitrión.

—Queremos saber si estás libre para unirte a nosotros para ir por los faisanes, Walter —intervino Hattersley desde afuera—. ¡Ven! No disparará contra nada más, salvo una liebre o dos, respondo de ello.

Walter no respondió, sino que se acercó a la ventana para recuperarse. Arthur silbó por lo bajo y le siguió con la mirada. Un ligero sofoco de cólera apareció en las mejillas de Hargrave poco después, se volvió con calma y dijo con aire displicente:

—He venido aquí a despedirme de la señora Huntingdon y a decirle que debo irme mañana.

—¡Hum! Tu decisión parece muy repentina. ¿Puedo preguntar qué es lo que te obliga a marcharte tan pronto?

—Negocios —respondió, rechazando la incrédula expresión burlesca del otro con una mirada de despectiva provocación.

—Muy bien —fue la respuesta, y Hargrave se fue. A continuación, el señor Huntingdon se recogió los faldones de la levita y, apoyando su espalda contra la repisa de la chimenea, se volvió hacia mí y, en voz baja, apenas audible, soltó una descarga de las palabras más viles y soeces que la imaginación pueda concebir y la lengua pronunciar. No intenté detenerlo, pero mi espíritu se encendió y, cuando terminó, respondí:

—Si su acusación fuera cierta, señor Huntingdon, ¿cómo se atreve a censurarme?

—¡Por Júpiter, ha dado en el blanco! —gritó Hattersley, dejando su escopeta apoyada contra la pared; entró en la habitación, cogió a su querido amigo del brazo e intentó llevarlo fuera—. Vamos, muchacho —murmuró—, verdadera o falsa, no tienes derecho a censurarla, ya lo sabes, ni a él tampoco, después de lo que dijiste anoche. Así que mejor nos vamos.

Había en aquellas palabras algo implícito que no podía pasar por alto.

—¿Se atreve a sospechar de mí, señor Hattersley? —dije, casi fuera de mí por la cólera.

—No, de ninguna manera, no sospecho de nadie. Está bien... de acuerdo. Vámonos, Huntingdon, bribón.

—¡No puede negarlo! —gritó el caballero al que se dirigían de esta manera, con una mueca de rabia y triunfo—. ¡No podría negarlo, aunque su vida dependiera de ello! —y, murmurando algunas groserías más, se dirigió al vestíbulo y cogió su sombrero y su escopeta, que estaban encima de la mesa.

—No pienso humillarme a darle explicaciones —dije—. Pero usted —dirigiéndome a Hattersley—, si presume de tener algunas dudas sobre el asunto, pregúntele al señor Hargrave.

Al escuchar esto, los dos soltaron al mismo tiempo una carcajada despiadada que estremeció mi cuerpo hasta la punta del pie.

—¿Dónde está? ¡Se lo preguntaré yo misma! —grité.

Reprimiendo una nueva carcajada, Hattersley señaló la puerta exterior. Estaba entreabierta. Su cuñado estaba fuera.

—Señor Hargrave, ¿quiere entrar un momento, por favor? —dije. Él se volvió y me miró sorprendido, con expresión grave.

—¡Entre, por favor! —repetí, de una manera tan categórica que no pudo o prefirió no resistirse a mi autoridad. Subió dos escalones con cierta desgana y entró en el vestíbulo.

—Dígales a estos caballeros —seguí diciendo—, a estos hombres, si accedí a sus deseos.

—No la comprendo, señora Huntingdon.

—Usted me comprende muy bien, señor. Le exijo, por su honor de caballero —si es que lo tiene—, que conteste la verdad. ¿Accedí o no?

—No —murmuró, volviéndose.

—Hable más alto, señor, no pueden escucharlo. ¿Cedí a sus peticiones?

—No, no lo hizo.

—No, yo aseguraría que no —dijo Hattersley—, pues de lo contrario no tendría ese aspecto tan triste.

—Quiero darte una satisfacción de caballero, Huntingdon —dijo el señor Hargrave, dirigiéndose serenamente a su anfitrión, pero con una expresión de desdén en su rostro.

—¡Vete al diablo! —replicó el otro con un movimiento impaciente de cabeza. Hargrave se retiró con una mirada de desprecio, diciendo:

—Ya sabes dónde encontrarme, en el caso de que quieras enviarme a un amigo.

Esta insinuación recibió por toda respuesta un murmullo de insultos y maldiciones.

—¡Ya lo ves, Huntingdon! —dijo Hattersley—. ¡Claro como la luz del día!

—No me importa lo que él vea —dije— o lo que se imagine; pero usted, señor Hattersley, cuando oiga mi nombre difamado y calumniado, ¿lo defenderá?

—Lo haré.

Inmediatamente me despedí y me encerré en la biblioteca. ¿Qué pudo poseerme de esa forma, como para hacerle a un hombre semejante una petición como aquella? No puedo decirlo, pero cuando los hombres se ahogan se aferran a un clavo ardiendo: entre todos habían conseguido exasperarme, apenas sabía lo que decía. No había nadie más capaz de impedir que mi nombre fuera deshonrado y difamado en aquel nido de alegres víboras, y a través de ellos, en el mundo; entre el infeliz de mi marido, el despreciable, maligno Grimsby, y el malvado desleal de Hargrave, aquel tosco rufián, grosero y ordinario como era, brilló como una luciérnaga en la oscuridad, entre sus miserables amigos.

¡Qué teatro fue aquel! ¿Podía haber imaginado nunca que el destino me condenara a soportar semejantes insultos bajo mi propio techo, a escuchar aquellas barbaridades dichas en mi presencia... más aun, sobre mí y dirigidas a mí y por aquellos que reclamaban para sí mismos el nombre de caballeros? ¿Podía haberme imaginado que sería capaz de soportarlo con tanta firmeza y que repelería sus insultos tan inmutable y temerariamente como lo había hecho? Una dureza semejante solo la ofrecen la ingrata experiencia y la desesperación.

Estos pensamientos se apiñaban en mi cabeza, mientras paseaba de un lado a otro de la habitación y ambicionaba —¡oh, cómo lo deseaba!— coger a mi hijo y dejarlos en aquel momento, sin más demora. Pero no podía ser; tenía una tarea ante mí, una dura tarea, que debía realizar.

"Entonces hagámosla —me dije— y no perdamos ni un momento en lamentos inútiles, comentarios desagradables y ociosos sobre mi destino y aquellos que tienen el poder de influir sobre él".

Y, dominando mi inquietud con increíble esfuerzo, me puse al momento a trabajar y trabajé de firme todo el día.

El señor Hargrave se marchó a la mañana siguiente, no he vuelto a verlo desde entonces. Los demás se quedaron dos o tres semanas más, pero me mantuve alejada de ellos todo lo que pude y continué trabajando, y he continuado haciéndolo con un entusiasmo casi ejemplar hasta hoy. Pronto puse a Rachel en conocimiento de mis planes, confiándole todos mis proyectos e intenciones, y con agradable sorpresa hallé pocas dificultades para hacerla comprender mis puntos de vista. Es una mujer ecuánime, prudente, pero odia tanto a su señor y ama tanto a su señora y a su hijo, que, después de varias exclamaciones, algunas débiles objeciones y muchas lágrimas y lamentos, aplaudió mi decisión y consintió en todo con una sola condición: que ella compartiera mi exilio. De lo contrario, se oponía categóricamente, pues consideraba una completa locura que Arthur y yo nos fuéramos solos. Con una impresionante generosidad, se ofreció humildemente a contribuir con sus pequeños ahorros, esperando que "la perdonaría por la libertad, pero en realidad, si le hiciera el favor de aceptarlos como un préstamo, la haría muy feliz". Por supuesto, no podía ni pensar en algo semejante; pero ahora, gracias a Dios, he reunido un pequeño tesoro de mi exclusiva propiedad, y mis preparativos están tan adelantados que estoy vislumbrando una pronta liberación. Cuando el rigor de este invierno amaine un poco, entonces, una mañana, el señor Huntingdon bajará a sentarse a una solitaria mesa para desayunar, y quizá transitará la casa llamando a gritos a sus invisibles esposa e hijo, cuando estos estén ya a unos cien kilómetros hacia el oeste... o quizá más, pues nos marcharemos horas antes de que amanezca y no es probable que nos eche de menos hasta bien avanzado el día.

Reconozco plenamente los daños que pueden y han de resultar del paso que estoy a punto de dar, pero esto no me hará vacilar en mi decisión, porque nunca dejo de pensar en mi hijo. Esta misma mañana se hallaba sentado a mis pies, jugando con los restos de lienzo extendidos por la alfombra, mientras yo continuaba con mi tarea habitual. Pero sus pensamientos estaban ocupados con otra cosa, pues, al poco rato, levantó la cabeza, me miró con aire reflexivo y dijo:

—Madre, ¿por qué eres mala?

—¿Quién te ha dicho que yo soy mala, cariño?

—Rachel.

—No, Arthur, Rachel nunca ha dicho eso, estoy segura.

—Bueno, pues fue mi padre. —Replicó pensativo. Luego, después de una pausa, agregó—: Te diré cómo llegué a saberlo. Cuando estoy con mi padre, si digo que mi madre me necesita, o que mi madre dice que no haga algo que él me dice que haga, él siempre dice: "Que tu madre se vaya al infierno". Y Rachel dice que solo la gente mala se va al infierno. Así, madre, por eso creo que debes de ser mala... y me gustaría que no lo fueras.

—No lo soy, amor mío. Estas son palabras feas, y la gente mala comúnmente las utiliza para referirse a los demás más que a sí mismos. Esas palabras no pueden hacer que la gente se sentencie, ni demuestran que merezca ser condenada. Dios nos juzgará por nuestros propios pensamientos y acciones, no por lo que los demás digan de nosotros. Y cuando oigas esas palabras, Arthur, recuerda que no debes repetirlas: está mal decir esas cosas de los demás ni que te las digan a ti.

—Entonces, es mi padre el malo —dijo con tristeza.

—Tu padre hace mal en decir esas cosas, y tú harías muy mal en imitarlo ahora que ya sabes lo que significan.

—¿Qué quiere decir "imitar"?

—Hacer lo que él hace.

—¿Él sabe lo que dice?

—Quizá, pero eso no es cosa tuya.

—Madre, si no lo supiera, tendrías que decírselo.

—Ya se lo he dicho.

El pequeño predicador se calló y reflexionó. Traté inútilmente de desviar sus pensamientos a otros temas.

—Lamento que mi padre sea malo —dijo con tristeza, al fin—, porque no quisiera que fuera al infierno.

Y después de decir esto comenzó a llorar. Lo consolé con la ilusión de que quizá su padre cambiaría y se volvería bueno antes de morir. Pero ¿no es hora de salvarlo de semejante padre?

Capítulo XL
Un contratiempo

10 de enero de 1827: Ayer por la noche escribía lo anterior sentada en el salón. El señor Huntingdon estaba presente, y creí que dormía en el sofá detrás de mí. Sin embargo, se había levantado sin que yo lo notara, y llevado por una curiosidad abyecta, había estado mirando por encima de mi hombro durante no sé cuánto tiempo; porque cuando dejé la pluma sobre la mesa y estaba a punto de cerrar el cuaderno, puso inesperadamente su mano sobre él, diciendo: "Con tu permiso, voy a dar una mirada a esto, querida". Me lo arrebató con violencia y, acercando una silla a la mesa, se sentó serenamente a examinarlo. Pasó hoja tras hoja buscando una justificación de lo que había leído. Desgraciadamente para mí, estaba más sereno aquella noche de lo que suele estarlo normalmente a esa hora.

Naturalmente no lo dejé continuar con tranquilidad en esta tarea: hice varios intentos de arrancarle el cuaderno de las manos, pero lo cogía con demasiada firmeza y no pude. Le eché en cara con disgusto y desprecio su actitud mezquina y deshonrosa, pero no le causó ningún efecto. Finalmente, apagué las dos velas, pero él dio la vuelta, se acercó al fuego y, atizando las llamas lo suficiente para sus propósitos, continuó con calma su investigación. Pensé seriamente en ir a buscar una jarra de agua y apagar aquella luz también, pero era evidente que su curiosidad estaba demasiado alterada para extinguirla de ese modo, y cuantas más muestras de nerviosismo daba yo para frustrar su indagación, más firme era su decisión de insistir en él. Además, era —dijo— tarde.

—Esto parece muy interesante, cariño —dijo, levantando la cabeza y volviéndose hacia donde yo estaba retorciéndome las manos con una rabia y una preocupación silenciosas—, pero es demasiado largo. Le echaré una ojeada en otro momento, mientras tanto, perdona, pero quisiera las llaves, querida.

—¿Qué llaves?

—Las llaves de tu escritorio, tu buró, tus cajones y de todo lo que posees —siguió, levantándose y alargando la mano.

—No las tengo —respondí. La llave de mi buró, efectivamente, estaba en su cerradura en aquel momento, con las demás en el mismo manojo.

—Entonces debes ordenar que te las traigan —dijo—, y si ese demonio de Rachel no me las trae al momento, se va mañana con todas sus cosas.

—Ella no sabe dónde están —respondí, colocando suavemente mi mano sobre ellas y sacándolas del buró, sin que él se diera cuenta, o por lo menos eso creí—. Yo sí lo sé, pero no te las entregaré sin una explicación.

—Yo también lo sé —dijo, cogiéndome sorpresivamente la mano cerrada y quitándome las llaves. Luego tomó una de las velas y la volvió a encender acercándola al fuego de la chimenea—. Veamos —dijo con un gesto de burla —, debemos ejecutar una confiscación de propiedad. Pero comencemos con una inspección del estudio.

Se guardó las llaves en el bolsillo y se encaminó a la biblioteca. Yo lo seguí, no sé si con la idea de impedir una afrenta o solo para conocer lo peor. Había colocado mis materiales de pintura sobre la mesa de la esquina, preparados para usarlos al día siguiente, únicamente tapados por un trapo. Enseguida los descubrió y, dejando la vela, empezó a arrojarlo todo al fuego: la paleta, los tubos de colores, los pinceles, el barniz. Vi cómo se consumía todo, las espátulas partidas en dos, el aceite y la esencia de trementina chisporrotearon y avivaron las llamas de la chimenea. Luego llamó al timbre.

—Benson, llévese estas cosas —dijo, señalando el caballete, el lienzo y el bastidor—, y dígale a la doncella que puede encender la cocina con ellas: su señora ya no las necesita.

Benson se quedó aterrorizado y me miró.

—Lléveselas, Benson —le dije, y su señor gruñó una maldición.

—¿Y esto también, señor? —preguntó el asombrado sirviente, refiriéndose al cuadro inconcluso.

—Eso también —respondió el señor, y todas las cosas se desvanecieron.

El señor Huntingdon fue luego arriba. No intenté seguirlo, sino que me quedé sentada en el sillón, sin hablar, sin lágrimas y casi rígida, hasta que regresó una media hora después. Acercándose a mí, puso la vela junto a mi rostro y examinó mis ojos con muecas y carcajadas demasiado insultantes para ser toleradas. Con un golpe repentino tiré la vela al suelo.

—¡Vaya! —murmuró, retrocediendo—. ¡Es un verdadero diablo de desprecio! ¿Vio alguna vez un mortal ojos semejantes? Brillan en la oscuridad como los de una gata. ¡Oh, vaya dulce gata en la que te has convertido! —Y, diciendo esto, recogió del suelo la vela y la palmatoria. Como la primera estaba rota y apagada, llamó para que le trajeran otra.

—Benson, su señora ha roto la vela, traiga otra.

—Se expresa usted perfectamente —observé cuando el criado se fue.

—No dije que la rompiera yo, ¿no? —replicó. Luego dejó caer las llaves en mi regazo—. ¡Aquí tienes! No echarás de menos nada salvo tu dinero y las joyas... y algunas baratijas que creí oportuno guardar conmigo, para que tu espíritu mercantil no tuviera la tentación de convertirlas en oro. He dejado algunas libras en tu monedero, que espero que te duren hasta fin de mes. De todas formas, cuando necesites más serás bondadosa y me dirás en qué lo has gastado. Voy a poner a tu disposición una pequeña remuneración mensual para tus gastos, ya no necesitas preocuparte por mis intereses; buscaré un administrador, querida, no te expondré a la tentación. Y en cuanto a los asuntos domésticos, la señora Graves tendrá cuidado con las cuentas: vamos a seguir un plan completamente nuevo.

—¿Qué gran descubrimiento ha hecho ahora, señor Huntingdon? ¿He intentado acaso robarlo?

—Por lo que parece no exactamente en las cuestiones económicas, pero es mejor mantenerse apartado del camino de la tentación.

Entonces entró Benson con las velas, y luego siguió un breve intervalo de silencio; yo sentada todavía en el sillón y él de pie de espaldas a la chimenea, alegrándose en silencio por mi desesperación.

—Así que —dijo por fin— pensabas desprestigiarme escapando

y convirtiéndote en una artista, manteniéndote con el trabajo de tus manos ¿verdad? ¡Vaya, vaya! ¿Y pensabas quitarme a mi hijo también, y educarlo para que se convirtiera en un asqueroso tendero yanqui, o en un vulgar y miserable pintor?

—Sí, para impedir que se convirtiera en un caballero como su padre.

—Es una suerte que no pudieras guardar tu secreto... ¡Ja, ja! Es una suerte que las mujeres no puedan dejar de chismorrear... Si no tienen una amiga con quien hablar, le cuentan sus secretos a los peces, o los escriben en la arena, o donde sea; y es una suerte que no me haya sobrepasado esta noche, ahora que lo pienso, pues de lo contrario me habría quedado dormido y nunca hubiera imaginado lo que estaba tramando mi dulce esposa, o me habría faltado la fuerza o el juicio necesarios para llevar a cabo mi misión como un hombre, tal como lo he hecho.

Dejándole entregado a su petulancia, me levanté para asegurar mi manuscrito, pues de pronto recordé que había quedado sobre la mesa del salón, y decidí, si era posible, salvarme de la humillación de verlo en sus manos nuevamente. No podía tolerar la idea de verlo divertirse con mis pensamientos y recuerdos íntimos, aunque, indudablemente, leería pocas cosas agradables para él en ellos, salvo en la primera parte. ¡Oh, preferiría calcinar todo el manuscrito antes de que leyera lo que había escrito cuando era tan estúpida y le amaba!

—Por cierto —gritó, cuando salía de la habitación—, sería mejor que le dijeras a esa condenada bocazas de niñera que se aparte de mi vista durante un día o dos. Le pagaría su sueldo y le ordenaría que se fuera mañana, pero sé que causaría más daños afuera que dentro de casa.

Y cuando salí, siguió maldiciendo e insultando a mi fiel amiga y sirvienta con epítetos que no repetiré para no mancillar este papel. Fui a verla tan pronto como puse a salvo mi diario y le conté el fracaso de nuestro proyecto. Se quedó tan preocupada y horrorizada como yo, y más de lo que yo me sentí esa noche, pues estaba en parte bajo los efectos del duro golpe y en parte inquieta y protegida de ellos por la amargura de mi rabia. Pero por la mañana, cuando me desperté sin aquella anhelada ilusión que había sido mi consuelo y mi apoyo todo ese tiempo, y durante todo el día de hoy, mientras deambulaba inquieta y sin rumbo, huyendo de mi marido, huyendo incluso de mi hijo —sabiendo que no puedo ser ni su maestra ni su compañera, sin esperar nada para su vida futura y deseando ardientemente que no hubiera nacido—, sentí toda la amplitud de mi desgracia, y ahora también. Sentiré lo mismo un día tras otro: soy una sierva, una prisionera... pero esto no es nada. Si fuera solo por mí, no me lamentaría, pero no puedo rescatar a mi hijo de la ruina, y lo que una vez fue mi único consuelo se ha transformado en la mayor causa de desesperación.

¿No tengo fe en Dios? Intento volverme hacia Él y elevar mi corazón al cielo, pero se hunde en el polvo; solo puedo decir: "Él me ha cercado para que no pueda salir. Él ha hecho mi cadena pesada". "Me ha llenado de aflicción, me ha emborrachado con ajenjo", y olvido añadir: "Pero, aunque Él cause dolor, Él tendrá clemencia, de acuerdo con la grandeza de Su misericordia. Porque Él no mortificará voluntariamente ni oprimirá a los hijos de los hombres". Debería pensar en esto, y si no hay nada más que tristeza para mí en este mundo, ¿qué importancia tendría la más larga vida de miseria frente a toda una eternidad de paz? Y en cuanto a mi pequeño Arthur, ¿acaso existe mejor amiga que yo? ¿A quién se le dijo: "No es la voluntad del Padre Celestial que ninguno de estos pequeños se pierda"?

Capítulo XLI
"La esperanza brota eterna en el pecho humano"

20 de marzo: Ahora que me he librado del señor Huntingdon por una temporada, mi corazón se anima de nuevo. Partió a principios de febrero y en el mismo momento en que lo hizo, respiré de nuevo y sentí recuperar mi energía vital; no con la esperanza de huir —él se ha encargado de no dejarme ninguna oportunidad posible de hacerlo—, pero sí con la determinación de sacar el mejor provecho a las circunstancias en las que me desenvuelvo. Por fin estaba Arthur conmigo solamente; afrontando la apatía y el desaliento, me dispuse a hacer lo imposible por arrancar todas las malas hierbas plantadas en su mente infantil y sembrar de nuevo la buena semilla que aquellas no habían dejado madurar. Gracias a Dios, no es un terreno baldío o pedregoso; si las malas hierbas crecen rápidas en él, mejor lo harán las plantas. Su sensibilidad es más ingeniosa, su corazón está más rebosante de afecto de lo que nunca pudo estarlo el de su padre, no es una tarea desesperada doblegarlo a la obediencia y ganarlo para que ame y conozca a su única y verdadera amiga, mientras no haya nadie que se oponga a mis esfuerzos.

Al principio me costó mucho trabajo eliminar todas las malas costumbres que le había enseñado su padre, pero esta dificultad ya está superada: pocas veces las malas palabras ensucian su boca y he conseguido que le repugnen todas las bebidas alcohólicas, repugnancia, espero, que ni su padre ni los amigos de su padre sean capaces de derrotar. Es una criatura demasiado joven para tener tanta cordialidad por ellos, y, acordándome de mi desdichado padre y del suyo, temí las consecuencias de semejante preferencia. Pero si lo hubiera privado de su cantidad habitual de vino, o le hubiera prohibido probarlo por completo, no habría conseguido más que aumentar su predilección por él y hacer que lo considerara, más que nunca, como un placer único. Así que le servía tanto como su padre lo había acostumbrado a beber, tanto, en realidad, como deseara tomar, pero en cada vaso introducía subrepticiamente una pequeña cantidad de tártaro emético: justo lo necesario para producir inevitablemente náuseas y debilidad sin que enfermara. Al descubrir que unas consecuencias tan desagradables eran constantemente el resultado de su gusto por el vino, pronto se hastió de él, pero cuanto más renunciaba a su placer cotidiano, más lo incitaba yo a que bebiera, hasta que su repugnancia se convirtió en total aborrecimiento. Cuando le desagradaron toda clase de vinos, le permití, cuando me lo pedía, que probara brandy con agua, y luego ginebra con agua; porque el pequeño borrachín estaba familiarizado con todas las bebidas, y yo estaba decidida a que las odiara todas por igual. Y esto ya lo he alcanzado, puesto que asegura que el sabor, el olor y hasta la sola visión de cualquiera de ellas es suficiente para ponerlo enfermo. He dejado de atormentarlo con ellas, salvo, de vez en cuando, como objeto de terror, en caso de mal comportamiento: "Arthur, si no eres un niño obediente te daré un vaso de vino" o "Arthur, si vuelves a decir esa palabrota te obligaré a beber brandy con agua" es tan buena amenaza como cualquier otra; y una o dos veces, cuando estaba enfermo, he obligado al pobre chiquillo a tragar un poco de vino con agua sin el tártaro emético, como medicina. Pienso mantener esta práctica durante bastante tiempo: no es que la considere de verdadera utilidad en su sentido físico, pero estoy empeñada en utilizar todo el poder de asociación en mi beneficio: quiero que la aversión se afiance tan profundamente en su conducta que nada en su vida futura pueda ser capaz de derrotarla.

Por consiguiente, me complace haberlo apartado de este vicio; en cuanto a lo demás, si al volver su padre encuentro alguna razón para temer que mis buenas lecciones serán demolidas, si el señor Huntingdon retoma otra vez el juego de enseñar al niño a odiar y subestimar a su madre y a imitar la inmoralidad de su padre, estoy decidida a apartar a mi hijo de sus manos. He ideado otra estrategia que podría ponerse en práctica si fuera necesario, y si pudiera conseguir la ayuda y el consentimiento de mi hermano, no dudaría de su éxito. La vieja mansión en donde crecimos los dos, y en donde murió nuestra madre, no está habitada en este momento, ni está del todo en ruinas, según creo. Si pudiera persuadirlo de hacer habitables una o dos habitaciones y de que me las alquile como si yo fuera una desconocida, podría vivir allí con mi hijo, bajo un nombre ficticio, manteniéndome con mi arte favorito. Él me prestaría el dinero para empezar, y se lo devolvería y viviría en una austera independencia y estricta reclusión, pues la casa está situada en un lugar apartado y los alrededores apenas están habitados, y él mismo podría encargarse de la venta de mis cuadros. Tengo todo el plan estructurado en la cabeza, lo único que necesito es convencer a Frederick de que el plan es bueno. Va a venir a verme pronto, y entonces le haré la propuesta, después de informarle sobre las condiciones en las que vivo, lo suficiente para justificar el proyecto.

A decir verdad, creo que conoce mucho más de mi situación de lo que le he contado. Puedo decirlo por la tierna tristeza que impregna sus cartas y por las pocas veces que menciona a mi marido, y porque generalmente pone de manifiesto una encubierta aspereza cuando se refiere a él; también por el hecho de que nunca viene a visitarme cuando el señor Huntingdon está en casa. Sin embargo, nunca ha expresado abiertamente su mala opinión de él ni simpatía por mí, nunca me ha hecho preguntas, o dicho nada que me invite a la confidencia. Si lo hubiera hecho, probablemente yo no habría puesto mucha objeción en sincerarme con él. Quizá se siente herido por mi discreción. Es un ser extraño. Me gustaría que nos conociéramos mejor. Él solía pasar un mes en Staningley todos los años antes de mi matrimonio, pero, desde la muerte de nuestro padre, solo lo he visto una vez, cuando vino aquí a pasar unos días mientras el señor Huntingdon estaba fuera. Esta vez se quedará muchos días, y habrá entre nosotros más familiaridad y cordialidad de la que ha habido nunca antes, desde nuestra primera infancia: mi corazón se aferra a él más que nunca y mi alma está harta de esta soledad.

16 de abril: Ha venido y se ha ido. No ha estado más de quince días. El tiempo pasó rápido, pero muy, muy feliz, y me ha hecho mucho bien. Debo tener un mal temperamento, porque mis desgracias me han malhumorado y amargado en exceso: comenzaba insensiblemente a alimentar sentimientos muy desagradables contra el resto de los mortales, especialmente contra el sexo masculino; pero es un consuelo comprobar que al menos hay uno de ellos digno de confianza y estima; sin duda hay más, aunque nunca los he conocido... si exceptúo a lord Lowborough, y fue bastante depravado en otro tiempo. Pero ¿qué habría sido de Frederick si hubiera vivido en el mundo, reunido desde la infancia con hombres como los que yo conozco? ¿Y qué será de Arthur, con toda su dulzura natural, si no lo salvo de ese mundo y esos compañeros? Comuniqué mi desconfianza a Frederick y saqué a relucir el tema de mi plan de rescate la noche siguiente a su llegada, cuando presenté a mi hijo a su tío.

—Es como tú, Frederick —dije—, a veces creo que en algunas de sus preferencias se parece más a ti que a su padre, y eso me gusta.

—Me halagas, Helen —repuso él, acariciando los cabellos suaves, ondulados del niño.

—No, no lo considerarías un cumplido si te digo que preferiría que se pareciera a Benson antes que a su padre.

Él alzó ligeramente las cejas, pero no dijo nada.

—¿Sabes qué clase de hombre es el señor Huntingdon? —dije.

—Creo que tengo una idea.

—¿Tienes una idea tan clara como para poder escuchar, sin sobresalto ni rechazo, que tengo planeado huir con este niño a algún refugio escondido en donde podamos vivir en paz y donde no volvamos a verlo?

—¿Tan grave es?

—Si no la tienes —continué—, te diré algo más sobre él.

Y le hice una descripción general de su comportamiento, haciendo hincapié especial en su comportamiento con respecto a su hijo, le expuse mi desconfianza por el bien de este último y mi decisión de apartarlo del influjo de su padre.

Frederick se indignó sobremanera con el señor Huntingdon y le dolió mucho mi situación; no obstante, consideró mi proyecto descabellado e imposible; juzgó mis temores por Arthur desproporcionados a las circunstancias y puso tantos inconvenientes a mis planes, propuso tantas formas menos radicales para mejorar mi situación, que me vi obligada a entrar en detalles para convencerlo de que mi marido era absolutamente testarudo y que nada podría persuadirlo de renunciar a su hijo. Fuera cual fuera mi caso, estaba absolutamente decidido a no permitir que el niño lo abandonara como yo lo estaba a no dejar al niño. Y ante eso, no había otra solución más viable que la que yo proponía, a no ser que me fuera del país, como había planeado hacer antes. Para evitarlo, Frederick aceptó finalmente tener un ala de la vieja mansión dispuesta para ser habitada como un lugar de albergue en un momento de necesidad; pero esperaba que yo no me aprovechara de ello a menos que las circunstancias lo hicieran realmente necesario, lo cual estuve bastante dispuesta a prometer. Si pienso solo en mí, semejante ermita me parece el mismo paraíso, comparada con mi situación actual, pero debo pensar también en mis amigas, en Milicent y Esther, que son como mis hermanas, en los inquilinos de Grassdale y sobre todo en mi tía, por lo tanto me quedaré todo el tiempo que me sea humanamente posible.

29 de julio: La señora Hargrave y su hija han vuelto de Londres. Esther está cansada de su primera temporada en la ciudad, pero su corazón está todavía íntegro y sin compromiso. Su madre le buscó un excelente partido, e incluso logró que el caballero pusiera su corazón y su fortuna a sus pies, pero Esther tuvo la temeridad de rehusar tan nobles regalos. Era un hombre de buena familia y rico, pero la rebelde muchacha insistió en que era tan viejo como Adán, feo como un pecado y odioso como... uno al que no mencionaré.

—Pero la verdad es que lo pasé mal por su culpa —me dijo—. Mi madre se llevó un gran disgusto por la frustración de su ansiado proyecto, se enfadó mucho conmigo por resistirme de forma tan obcecada a su deseo, y todavía está enfadada, pero yo no tengo la culpa. Y Walter también está tan disgustado por mi maldad y mi absurdo capricho, como él lo llama, que sospecho que nunca me perdonará. No creí que pudiera ser tan malhumorado como ha demostrado últimamente. Pero Milicent me suplicó que no claudicara, y estoy segura, señora Huntingdon, de que si usted hubiera visto al hombre que querían endilgarme, también me habría aconsejado que no lo aceptara.

—Lo habría hecho, aunque no lo hubiera visto —dije—. Sobrado es que no te guste.

—Sabía que diría eso, aunque mi madre afirmó que usted se quedaría muy sorprendida al conocer mi desconsiderada conducta. No puede imaginarse cómo me sermonea: soy desobediente y terriblemente ingrata; estoy frustrando sus deseos, haciendo daño a mi hermano y convirtiéndome en una carga para ella... A veces sospecho que me vencerá, a pesar de todo. Yo soy testaruda, pero ella también lo es, y cuando me dice esas cosas tan repugnantes, me pone en un aprieto tan grande que siento la necesidad de acceder a su proyecto, hacer de tripas corazón y decir: "¡Está bien madre, tuya es la responsabilidad!".

—¡Por Dios, no hagas eso! —dije—. Obedecer por esa razón sería una perversidad, y seguramente acarrearía el castigo que merece. Mantente firme y tu madre pronto desistirá el hostigamiento, el mismo caballero pronto dejará de importunarte con sus alegatos al verlos decididamente rechazadas.

—¡Oh, no! Mi madre cansará al resto del mundo antes de ceder en sus intentos, y en cuanto al señor Oldfield, le ha dado a entender que yo he rechazado su propuesta no porque me disguste su persona, sino simplemente porque soy joven y precipitada, y porque por ahora no concibo la idea del matrimonio en ningún caso; pero cuando llegue la próxima temporada, no duda que tendré más juicio y mis fantasías juveniles habrán desaparecido. Por eso me han traído a casa para aleccionarme sobre mis deberes, a la espera de obtener una nueva oportunidad. Realmente no creo que mi madre se expondrá a llevarme a Londres nuevamente, a menos que yo ceda: no puede permitirse el lujo de llevarme a la ciudad solo por placer, dice, y no todos los hombres ricos están dispuestos a aceptarme sin fortuna, por muy atractiva que yo me encuentre.

—En fin, Esther, siento piedad de ti; sin embargo, sé firme. Podrías condenarte a la esclavitud para siempre, al casarte con un hombre que no te guste. Si tu madre y tu hermano son inaguantables puedes abandonarlos, pero no olvides que estarás encadenada a tu marido para siempre.

—Pero no puedo dejarlos a no ser que me case, y no puedo casarme si nadie me conoce. En Londres conocí a uno o dos caballeros que podían haberme gustado, pero eran hijos menores, y mi madre no me autorizó a tratarlos. Creo que a uno le gustaba, pero ella hizo todo lo posible para impedir que llegáramos a conocernos mejor. ¿No es inaudito?

—No me cabe la menor duda, pero es posible que, si te casaras con él, tuvieras más razones para lamentarte que si te casaras con el señor Oldfield. Cuando te recomiendo que no te cases sin amor, no te recomiendo que te cases solo por amor. Existen muchos otros factores que deben considerarse. Mantén el corazón y la mano bajo tu dominio hasta vislumbrar una buena razón para entregarlos; y si nunca llegara a presentarse una ocasión semejante, reconforta a tu espíritu con esta reflexión: aunque la vida de soltera no proporciona muchas alegrías, al menos las tristezas no son más de las que pueden soportarse. El matrimonio puede hacer que tu situación mejore, pero en mi opinión es mucho más probable el resultado contrario.

—Eso piensa Milicent, pero la verdad es que lo considero de otra manera. Si me viera obligada a ser una vieja solterona, mi vida dejaría de tener valor. La idea de vivir el resto de mi vida en el Grove, dependiendo de mi madre y Walter, como una carga más de la finca —como ahora estoy segura que me consideran—, es totalmente insoportable. Preferiría escaparme con el mayordomo.

—Reconozco que tus circunstancias son especiales, pero ten paciencia, querida, no hagas nada precipitadamente. Recuerda que tan solo tienes diecinueve años, y tienen que pasar todavía muchos antes de ser considerada una vieja solterona: no sabes lo que la Providencia te tiene reservado. Y mientras tanto recuerda que tienes derecho a la protección y al apoyo de tu madre y tu hermano, por mucho que les importune concedértelos.

—Es usted muy severa, señora Huntingdon —dijo Esther, después de una pausa—. Cuando Milicent expresó las mismas descorazonadoras ideas sobre el matrimonio, le pregunté si era feliz. Dijo que lo era, pero le creí solo a medias; y ahora debo preguntarle a usted lo mismo.

—Es una pregunta muy indiscreta —dije, riéndome— para que la haga una muchacha a una mujer casada mucho mayor que ella, y no voy a responderla.

—Perdóneme, querida señora —se echó en mis brazos riéndose y besándome con un afecto risueño, pero sentí una lágrima caer en mi cuello cuando apoyó su cabeza en mi pecho y siguió hablando con una mezcla de tristeza y ligereza, timidez y audacia—. Sé que no es tan feliz como me gustaría que fuera, porque se pasa la mitad de su vida sola en Grassdale, mientras el señor Huntingdon anda por ahí divirtiéndose donde y cuando quiere. Solo deseo un marido capaz de disfrutar solo de aquello que comparta conmigo, y si su mayor placer no fuera disfrutar de mi compañía... pues... sería peor para él... nada más.

—Si tales son tus expectativas sobre el matrimonio, Esther, verdaderamente, debes ser muy cuidadosa al elegir con quién casarte; o más bien, evitarlo totalmente.

Capítulo XLII
Una reforma

1 de septiembre: Nada de llegar el señor Huntingdon todavía. Quizá permanezca con sus amigos hasta Navidad, y luego, la próxima primavera, partirá nuevamente. De seguir de este modo, seré capaz de vivir en Grassdale bastante bien, es decir, seré capaz de vivir, y eso es bastante. Incluso una reunión eventual de amigos en la temporada de caza puede tolerarse, siempre y cuando Arthur siga tan firmemente unido a mí, tan afianzado en el buen sentido y en los buenos principios antes de que ellos vengan; que yo sea capaz, por medio de la razón y el afecto, de mantenerlo indiferente a su influencia. ¡Ilusoria esperanza, me temo! Sin embargo, hasta la llegada de ese tiempo de prueba, dejaré de pensar en mi tranquilo retiro a la querida y vieja mansión.

El señor y la señora Hattersley han estado quince días en el Grove. Como el señor Hargrave está ausente todavía y el tiempo estuvo magnífico, no dejé de ver ni un solo día a mis dos amigas, Milicent y Esther, aquí o allá. En una ocasión en que el señor Hattersley las había traído a Grassdale en el faetón, junto con los pequeños Helen y Ralph, y estábamos divirtiéndonos en el jardín, tuve unos minutos de conversación a solas con ese caballero, mientras las damas se entretenían con los niños.

—¿Quiere saber algo de su marido, señora Huntingdon? —preguntó.

—No, a no ser que sea para saber cuándo vendrá a casa.

—No lo sé. Usted no quiere que venga, ¿verdad? —dijo con expresión jocosa.

—No.

—Bueno, creo que está usted mejor sin él. Por mi parte estoy francamente hastiado de él. Le dije que dejaría de verlo si no modificaba su comportamiento... y no lo hizo, así que lo dejé. Como ve, soy un mejor hombre de lo que usted piensa y, aun más, tengo el firme propósito de alejarme completamente de cualquier participación de las actividades con él y con todos ellos, y de comportarme de ahora en adelante con todo el decoro y la moderación, como debe hacer un buen cristiano y un padre de familia. ¿Qué le parece?

—Es una decisión que debería haber tomado hace mucho tiempo.

—Bueno, todavía no tengo treinta años, no es demasiado tarde, ¿no?

—No, nunca es demasiado tarde para rectificar, siempre que se tenga el deseo de hacerlo y la fuerza de voluntad necesaria para cumplir con el propósito.

—Si quiere que le sea sincero, he pensado en ello con mucha frecuencia antes, pero, al fin y al cabo, Huntingdon es un compañero tan increíblemente agradable... No puede imaginarse lo divertido y encantador que es cuando no está completamente ebrio, sino algo achispado o medio bebido... En el fondo de nuestro corazón todos sentimos debilidad por él, aunque no se merezca nuestro respeto.

—Pero ¿desearía usted ser como él?

—No, prefiero ser como soy, aunque sea malo.

—No puede usted seguir siendo tan malo como es sin volverse peor y más insensible cada día, y, por lo tanto, más parecido a él.

No pude evitar sonreírme ante la graciosa expresión, medio indignada, medio confundida, que puso ante esta forma poco habitual de dirigirme a él.

—No se altere porque le hable tan abiertamente —dije—, lo hago con la mejor intención. Pero dígame, ¿le gustaría que sus hijos fueran como el señor Huntingdon, o incluso como usted?

—¡Vaya! Creo que no.

—¿Le gustaría que su hija lo rechazara o, al menos, que no sintiera el menor respeto por usted, ni más afecto que uno impregnado de la más amarga aflicción?

—¡Oh, no! No podría soportarlo.

—Y, por último, ¿le gustaría que su esposa estuviera dispuesta a meterse bajo tierra cuando oyera pronunciar su nombre? ¿Y que le repugnara el solo sonido de su voz y se espantara cuando se aproximara usted a ella?

—Nunca lo hará. Le gusto igualmente, haga lo que haga.

—¡Imposible, señor Hattersley! Usted toma su silenciosa mansedumbre por afecto.

—Rayos y truenos...

—Vamos, no arme un escándalo por eso. No pretendo insinuar que no lo ama: lo ama, y mucho más de lo que usted se merece; pero estoy segura de que, si usted se portara mejor, lo amaría aun más, y si se portara peor, le amaría cada vez menos, hasta convertir todo en miedo, aversión y amargura, si no en odio y desprecio secretos. Pero, dejando el tema del cariño, ¿le gustaría convertirse en un opresor para ella, hacer desaparecer todo rayo de luz de su vida y hacerla absolutamente miserable?

—Naturalmente que no; no lo hago, ni pienso hacerlo.

—Se ha acercado a ello más de lo que usted se imagina.

—¡Bueno, bueno! No es la criatura susceptible, angustiada, preocupada que usted se imagina: es una persona dócil, pacífica y cariñosa; capaz de ser bastante arisca a veces, pero en general tranquila y alegre, y dispuesta a aceptar las cosas como vienen.

—Piense en cómo era hace cinco años, cuando se casó usted con ella, y en cómo es ahora.

—Ya sé... Entonces era una jovencita rolliza con una preciosa cara sonrosada y pálida; ahora es una criatura pequeña, consumida, capaz de deshacerse como un copo de nieve. Pero ¡caramba!, eso no es culpa mía.

—Entonces ¿a qué se debe? No a los años, pues no tiene más de veinticinco.

—Tiene una salud delicada, y... ¡maldita sea, señora! ¿En qué quiere convertirme? Además, no cabe duda de que los niños le dan bastantes quebraderos de cabeza.

—No, señor Hattersley, los niños le causan más satisfacción que dolor: son niños excelentes, de buen carácter...

—Ya lo creo... ¡Dios los bendiga!

—¿Por qué echarles la culpa entonces? Le diré lo que pasa: es el daño silencioso y la constante angustia a la que usted la somete, mezclados, sospecho, con un miedo físico por parte de ella. Cuando usted se porta bien, solo se atreve a alegrarse con angustia; no tiene seguridad, ni confianza en su sensatez o en sus principios, siempre está temiendo el final de una felicidad pasajera; cuando usted se porta mal, solo podría enumerar todos los motivos de su terror y su tristeza. Al soportar en silencio la maldad, ella olvida que es nuestro deber llamar a la reflexión a nuestros semejantes por sus atropellos. Dado que usted toma su silencio por indiferencia, venga conmigo y le enseñaré una o dos de sus cartas; esto no es traicionar su confianza, puesto que es usted su otra mitad.

Me siguió hasta la biblioteca. Busqué y puse en sus manos dos cartas de Milicent: una estaba fechada en Londres y había sido escrita durante una de las temporadas más agitadas y de arriesgada disipación de su marido; la otra, en el campo, en un intervalo lúcido. La primera mostraba preocupación y angustia; no lo acusaba a él, pero lamentaba profundamente su relación con sus disolutos amigos, el procaz señor Grimsby y los demás, insinuando cosas repulsivas sobre el señor Huntingdon, y echando, de la manera más ingeniosa, la culpa del mal comportamiento de su marido sobre los hombros de los demás. La segunda estaba llena de esperanza y alegría, si bien con la temerosa conciencia de que esta felicidad no duraría; ponía la bondad de él por los cielos, pero se apreciaba un deseo soterrado de que estuviera basada en una base más sólida y no en los impulsos espontáneos del corazón, un temor, a medias profético, a la caída de aquel hogar cimentado sobre la arena... caída que se efectuó poco después, como Hattersley debió darse cuenta mientras leía.

Una vez comenzada la lectura de la primera carta tuve el inesperado placer de verlo ruborizarse, pero inmediatamente me dio la espalda y continuó leyendo junto a la ventana. Cuando le llegó el turno a la segunda, lo vi una o dos veces pasarse apresuradamente la mano por la cara. ¿Quizá fue para secarse una lágrima? Cuando terminó, hubo un intervalo que empleó en aclararse la garganta y mirar por la ventana, y luego, después de silbar algunos compases de una de sus tonadas favoritas, se giró, me devolvió las cartas y me estrechó silenciosamente la mano.

—Dios sabe que he sido un bribón detestable —dijo, al tiempo que me la apretaba—, pero ya verá usted cómo doy recompensa por ello. ¡Que me condenen si no lo hago!

—No se maldiga, señor Hattersley. Si Dios hubiera tenido en cuenta la mitad de sus invocaciones como esa, hace tiempo que estaría en el infierno; y usted no puede dar cumplida recompensa por el pasado cumpliendo con su deber en el futuro, puesto que su deber no es más que lo que usted le debe a su Creador, y no puede hacer otra cosa que cumplirlo: es otro quien debe dar satisfacción por sus delitos pasados. Para enmendarse, invoque la bendición de Dios y Su misericordia, no Su condena.

—Dios me ayude, entonces, porque estoy seguro de que lo necesito. ¿Dónde está Milicent?

—Allí viene con su hermana.

Salió por la puerta de cristal y fue a su encuentro. Yo le seguí a poca distancia. Con cierto desconcierto por parte de su esposa, él la alzó en brazos del suelo y la reverenció con un beso sincero y un fuerte abrazo; luego le puso las manos en los hombros y le hizo saber, supongo, parte de los grandes planes que tenía intención de ejecutar, pues Milicent, de pronto, lo rodeó con sus brazos y exclamó, rompiendo a llorar:

—Hazlo, hazlo, Ralph... ¡Seremos tan felices...! ¡Qué bueno eres!

—Nada de eso, no lo soy —le dijo, obligándola a volverse y empujándola hacia mí—. Agradéceselo a ella.

Milicent corrió a agradecérmelo, llena de reconocimiento. Negué que tuviera ningún mérito, diciéndole que su marido estaba dispuesto a cambiar antes de que yo añadiera mi pizca de exhortación y ánimo, y que solo había hecho lo que ella podía... o debería haber hecho.

—¡Oh, no! —exclamó—. Estoy segura de que no hubiera podido influir en él con nada de lo que hubiera dicho. Si lo hubiera intentado, solo le habría martirizado con mis torpes empeños disuasivos.

—Nunca lo intentaste, Milly —replicó él.

Poco después se despidieron. Ahora han ido a visitar al padre de

Hattersley. Después volverán a su casa en el campo. Espero que los buenos propósitos de él no se estropeen y que la pobre Milicent no se lleve otra decepción. Su última carta estaba llena de alegría por el presente y de agradables presagios para el futuro; sin embargo, a él todavía no se le ha presentado una oportunidad particularmente tentadora para poner a prueba su virtud. No obstante, a partir de ahora ella será, sin duda, algo menos tímida y cautelosa, y él más bondadoso y reflexivo. Seguramente, pues, las esperanzas de ella no son injustificadas; y yo tengo, al menos, un punto luminoso a donde dirigir mis pensamientos.

Capítulo XLIII
Más allá del límite

10 de octubre: El señor Huntingdon regresó hace por lo menos tres semanas. No me agobiaré en describir su imagen, su comportamiento, su conversación, ni mis sentimientos con respecto a él. Sin embargo, al día siguiente de su llegada, me asombró comunicándome su intención de encontrar una institutriz para el pequeño Arthur; le dije que lo consideraba absolutamente innecesario, por no decir disparatado, en aquel momento: yo me consideraba plenamente competente para cumplir la tarea de enseñarlo, en los próximos años, por lo menos. La educación del niño era el único placer y el único objetivo de mi vida y, puesto que él me había relevado de todos los demás, estaba segura de que no le costaría ningún trabajo dejar esta tarea en mis manos.

Me dijo que yo no era la persona idónea para enseñar a los niños o estar con ellos: ya había reducido al niño a poco menos que un autómata, había descompuesto su excelente humor con mi rígida severidad; y acabaría haciendo desaparecer toda la alegría de su corazón, convirtiéndolo en un niño tan moderado y sombrío como yo misma, si continuaba teniéndolo a mi cargo por mucho más tiempo. La pobre Rachel también fue víctima de sus abusos verbales, como ya era habitual; no puede tolerar a Rachel porque sabe que ella lo conoce como es en realidad.

Yo defendí tranquilamente nuestras respectivas actitudes como institutriz y niñera, y me resistí con firmeza al aumento de nuestro conjunto familiar; pero él me atajó diciendo que era inútil discutir sobre el asunto, porque ya había contratado a la institutriz, y llegaría la próxima semana; así que lo único que yo tenía que hacer era tenerlo todo organizado para recibirla. Esta era una información bastante repentina. Me atreví a preguntar su nombre y sus características, quién se la había recomendado, y por qué la había elegido.

—Es una joven muy respetable y religiosa —dijo—, no tienes por qué preocuparte. Su nombre es Myers, creo; y me la recomendó una honorable viuda, una dama de gran reputación en el mundo religioso. Nunca la he visto, por lo tanto, no puedo darte ninguna información sobre su apariencia o su trato; pero, si los elogios de la vieja dama son correctos, la encontrarás en posesión de todas las virtudes necesarias para su puesto... sobre todo, un amor poco común por los niños.

Dijo todo esto con seriedad y tranquilidad, pero había un demonio complacido en su mirada medio desviada que no vaticinaba nada bueno. Sin embargo, pensé en mi refugio del condado de... y no hice más observaciones.

Cuando llegó la señorita Myers, yo no estaba preparada para darle una calurosa bienvenida. Su apariencia no parecía planeada para producir una impresión precisamente favorable, a primera vista, ni sus costumbres ni su conducta posterior hicieron cambiar, de ninguna manera, los prejuicios que había concebido contra ella. Su intelecto era limitado, su inteligencia no superaba la mediocridad. Tenía una voz excelente y podía cantar como un ruiseñor, acompañándose bastante bien al piano, pero estas eran sus únicas habilidades. Había en su rostro una expresión artera y sutil, un eco de ella en su voz. Parecía tenerme miedo, y se sobresaltaba si me acercaba repentinamente a ella. En su comportamiento era respetuosa y complaciente, incluso lisonjera: al principio intentó halagarme y adularme, pero enseguida le puse freno. Su cariño por su pequeño aprendiz era forzado y me vi obligada a recriminarle respecto a la excesiva tolerancia y a las alabanzas poco sensatas, pero era incapaz de ganarse el corazón del niño.

Su religiosidad consistía en suspirar de vez en cuando, alzar la vista al techo y pronunciar algunas trivialidades de beata.

Me dijo que era hija de un clérigo de quien se había quedado huérfana siendo niña, pero que había tenido la maravillosa fortuna de encontrar una colocación en una familia muy religiosa. Luego habló con tanta gratitud de la bondad de todos sus miembros, que me reproché a mí misma mis pensamientos poco caritativos y mi conducta poco amistosa y me ablandé durante cierto tiempo —pero no mucho—; las causas de mi contrariedad eran demasiado racionales, mis sospechas, demasiado bien fundadas para que fuera de otra manera; sabía que mi deber era mantenerme vigilante y hacer averiguaciones hasta hacer desaparecer mis sospechas o se confirmaran plenamente.

Le pregunté el nombre y la dirección de la bondadosa y religiosa familia. Ella mencionó un nombre común y un lugar o domicilio remoto y desconocido, pero por ahora, —me dijo— se encontraban en el continente, por lo que desconocía su dirección actual. Nunca la vi hablar mucho con el señor Huntingdon, pero él hacía frecuentes visitas al cuarto de estudio para ver cómo le iba a Arthur con su nueva compañera cuando yo no estaba. Por la noche se sentaba con nosotros en el salón, cantaba y tocaba el piano para entretenerlo —o entretenernos, como ella pretendía— y estaba muy atenta a sus deseos, anticipándose a ellos, aunque solo hablaba conmigo —la verdad es que él pocas veces estaba en condiciones de que le dirigieran la palabra—. Si hubiera sido otro tipo de persona, hubiera visto su presencia como un aliciente, pero para eso habría debido olvidar la vergüenza de que alguna persona decente viera a mi marido en el estado en que se encontraba tan a menudo.

No puse a Rachel en conocimiento de mis sospechas, pero ella, que ya llevaba medio siglo en esta tierra de pecado y desdicha, había aprendido a sospechar por su cuenta. Desde el principio me dijo que "la nueva institutriz la ponía enferma", y pronto me di cuenta de que la inspeccionaba tan estrechamente como yo; me sentí satisfecha por ello, pues deseaba conocer la verdad. La atmósfera de Grassdale era sofocante para mí, y solo me daba energía pensar en Wildfell Hall.

Por fin, una mañana, Rachel entró en mi habitación con tal información, producto de su investigación, que tomé la decisión antes de que ella hubiera terminado de hablar. Mientras me vestía le expliqué mis intenciones y la ayuda que necesitaría de ella, le expliqué qué cosas mías debía empacar y cuáles otras quedarse para ella, puesto que yo no tenía medios para recompensarla por este repentino despido después de su largo y fiel servicio, una circunstancia que lamenté profundamente, pero que no podía evitar.

—¿Y qué hará usted, Rachel? —dije—. ¿Se irá a su casa, o buscará otra?

—No tengo más hogar que el suyo, señora —respondió—; y si la dejo, no volveré a servir en otra casa mientras viva.

—Pero ahora no puedo permitirme vivir como una señora —repliqué—, tengo que hacer yo misma de criada y niñera.

—¿Qué importa eso? —repuso ella, algo emocionada—. Necesitará a alguien para limpiar, lavar y cocinar, ¿no? Yo puedo hacerlo, y no se preocupe en absoluto por los honorarios. Todavía conservo mis pequeños ahorros, y si usted no me lleva tendré que buscar alojamiento fuera de aquí o, si no, trabajar entre extraños, y a eso no estoy acostumbrada. Así que puede pedirme lo que quiera, señora.

Su voz temblaba al hablar y las lágrimas asomaron a sus ojos.

—Nada me gustaría más, Rachel, y le pagaría el mejor sueldo que pudiera... el mismo que pagaría a cualquier criada que pudiera emplear, pero ¿no se da cuenta de que se arrastraría conmigo cuando no ha hecho nada para merecerlo?

—¡Oh, tonterías! —exclamó.

—Además, mi futura forma de vida será totalmente diferente a la del pasado, tan diferente a todo lo que ha estado usted acostumbrada...

—¿Cree usted, señora, que no puedo soportar lo que mi señora puede? No soy tan arrogante y delicada... y mi pequeño señor, además... ¡Dios lo bendiga!

—Pero yo soy joven, Rachel, no me importará; y Arthur lo es también, para él no será nada.

—Tampoco para mí: no soy tan vieja, puedo soportar la comida escasa y el trabajo duro si se trata de ayudarlos a ustedes, a los que he amado como si fueran mis hijos. Para lo que soy vieja es para soportar la idea de dejarlos intranquilos y en peligro, y de marcharme a vivir entre extraños.

—¡Entonces no irás, Rachel! —grité, abrazando a mi fiel amiga—. Nos marcharemos todos juntos y ya verás qué bien te sienta la nueva vida.

—¡Dios la bendiga! —gritó ella, devolviéndome afectuosamente el abrazo—. Salgamos de esta casa perversa y ya verá cómo nos las arreglamos bien.

—Eso creo yo —fue mi respuesta, y de esta forma este asunto quedó solucionado.

En el correo de esa mañana le envié unas apresuradas líneas a Frederick, rogándole que preparara el refugio para mi inmediata recepción, pues probablemente lo necesitaría al día siguiente de recibir la nota, y le explicaba, de manera sucinta, la causa de mi repentina decisión. Luego escribí tres cartas de despedida: la primera a Esther Hargrave, en la que le explicaba que me era absolutamente imposible permanecer más tiempo en Grassdale, o dejar a mi hijo bajo la influencia de su padre; y que, como era absolutamente importante que nuestra futura residencia fuera desconocida por él y sus allegados, se lo revelaría únicamente a mi hermano, a través de quien aún esperaba poder mantener contacto con mis amigas. Luego le daba su dirección y la exhortaba a escribir con frecuencia, reiterándole algunos de los consejos que le había dado en lo relativo a sus propios intereses; finalmente me despedía con un cariñoso abrazo.

La segunda carta era para Milicent: le relataba más o menos lo mismo, pero de una manera más personal, como correspondía a nuestra vieja intimidad y a su mayor experiencia y conocimiento de mis circunstancias.

La tercera era para mi tía, una tarea mucho más difícil y dolorosa, por lo que la escribí en último lugar; pero tenía que darle alguna explicación de la insólita decisión que había tomado y hacerlo rápidamente, pues ella y mi tío se enterarían, sin duda, de mi marcha uno o dos días después de mi partida, puesto que era probable que el señor Huntingdon acudiera inmediatamente a ellos para conocer acerca de mi paradero. Al fin le decía que me daba cuenta de mi error: no me lamentaba de su castigo, pero me afligía tener que molestar a mis amigos con sus consecuencias; pero, por el bien de mi hijo, no debía resignarme por más tiempo, era absolutamente imprescindible librarlo de la corruptora influencia de su padre. Ni siquiera a ella podía confiarle la dirección de mi refugio, con el fin de que ella y mi tío pudieran, con justificación, negar el conocimiento de cualquier dato referente a aquel; pero todas las cartas que me escribieran, enviadas en un sobre destinado a mi hermano, me llegarían con seguridad. Esperaba ansiosa la comprensión de ambos acerca del paso que me había visto forzada a tomar, pues si tuvieran conocimiento de todo, estaba segura de que nunca me lo reprocharían; confiaba en que no se afligieran por mi culpa, porque una vez que llegara a mi retiro a salvo y me quedara allí sin que nadie me molestara, sería muy feliz, aunque los echaría muchísimo de menos; y me sentiría muy satisfecha de dedicar mi vida, en el anonimato, a educar a mi hijo y librarlo de no repetir los errores de sus padres.

Todas estas cosas las hice ayer: he dedicado dos días enteros a la planificación de nuestra marcha, para que Frederick dispusiera de más tiempo en el acondicionamiento de las habitaciones y Rachel para empacar las cosas, ya que esta última tarea ha tenido que realizarse con el mayor sigilo y discreción, y solo yo podía ayudarla: soy capaz de reunir las cosas, pero no conozco el arte de meterlas en cajas de forma que ocupen el menor espacio posible; y hay que meter sus cosas, las de Arthur y las mías. Difícilmente puedo permitirme dejar nada, puesto que no dispongo de dinero, salvo algunas guineas en mi monedero; además, como observó Rachel, todo lo que deje muy posiblemente pasará a propiedad de la señorita Myers, y no me complace la idea.

¡Pero cuánto esfuerzo me ha costado simular calma y tranquilidad estos dos días, encontrarme con los dos como de costumbre, cuando me veía obligada a hacerlo, vencer mi negativa a dejar al pequeño Arthur en manos de ella durante horas! Mas confío en que estas pruebas hayan terminado: lo he acostado en mi cama para mayor seguridad y nunca más, confío, serán manchados sus inocentes labios por los besos corruptores de esos dos, ni sus oídos mancillados por sus palabras. Pero ¿lograremos escapar? ¡Oh, ojalá hubiera llegado la mañana y estuviéramos de camino! Esta noche, después de haber ayudado a Rachel en todo lo que podía y cuando no me quedaba sino esperar, confiar y agitarme, me puse tan nerviosa que no sabía qué hacer. Bajé a cenar, pero no fui capaz de comer. El señor Huntingdon comentó la situación.

—¿Qué sucede? —dijo, cuando le retiraron el segundo plato.

—No me encuentro bien —respondí—, creo que debo acostarme un rato. ¡No me echarás mucho de menos!

—Ni lo más mínimo. Si dejas la silla vacía será lo mismo... Quizá un poco mejor —murmuró cuando salía de la habitación—, porque puedo imaginarla ocupada por otra persona.

"Puede que mañana la ocupe otra persona", pensé, pero no lo dije.

—¡En fin! Espero que esta sea la última vez que te veo —murmuré al cerrar la puerta.

Rachel insistió en que descansara, a fin de recuperar fuerzas para el viaje de mañana, ya que debíamos irnos antes del amanecer, pero en mi actual estado de nerviosismo y excitación no podía ni pensar en eso. Tampoco podía pensar en sentarme o deambular por mi habitación, contando las horas y los minutos hasta el momento indicado, forzando mi oído y estremeciéndome ante cada sonido, para que nadie nos descubriera y nos traicionara después de tanto cuidado. Cogí un libro e intenté leer. Mis ojos peregrinaban por las páginas, pero me resultaba imposible concentrarme en su contenido. ¿Por qué no recurrir al viejo sumario, y agregar este último acontecimiento a mi crónica? Abrí las páginas de mi diario una vez más y escribí todo lo anterior... con dificultad al principio, pero poco a poco mi espíritu se fue relajando. Así han transcurrido varias horas: se acerca el momento esperado, ahora mis ojos están cansados y mi cuerpo extenuado. Encomendaré mi causa a Dios, me acostaré y aprovecharé una o dos horas de sueño, ¡y luego...!

El pequeño Arthur duerme plácidamente. Toda la casa está sumida en un profundo silencio: no puede haber nadie vigilando. Las cajas han sido atadas por Benson, y silenciosamente bajadas por las escaleras de atrás al anochecer, y enviadas en una carreta a la oficina de transportes de M... El nombre que aparecía en las etiquetas era el de señora Graham, nombre que pienso utilizar a partir de ahora. El nombre de soltera de mi madre era Graham, por lo tanto, me considero con cierto derecho a utilizarlo, y lo prefiero a cualquier otro, a excepción del mío, el cual no me arriesgo a continuar utilizando.

Capítulo XLIV
El retiro

24 de octubre: ¡Gracias a Dios, finalmente estoy libre y a salvo! Nos levantamos temprano, nos vestimos con rapidez y en silencio, bajamos lenta y sigilosamente al vestíbulo, donde Benson nos esperaba con una luz, dispuesto a abrirnos la puerta y cerrarla detrás de nosotros. Nos vimos obligadas a permitir la entrada de un hombre en nuestro proyecto secreto, a causa de las cajas, etc. Todos los criados conocían perfectamente bien la conducta de su amo, y Benson o John hubieran estado dispuestos a ayudarme, pero como el primero era el de más edad y el más prudente, y además era más amigo de Rachel, le aconsejé a ella, naturalmente, que lo eligiera como ayudante y confidente en esta oportunidad, en la medida en que la situación lo requiriera. Solo espero que no se vea envuelto en problemas como consecuencia de ello, cómo me gustaría poder recompensarlo por el peligroso servicio prestado, sin ningún asomo de duda. Puse en su mano dos guineas como recuerdo mientras estaba en el vano de la puerta, sosteniendo una vela para iluminar nuestra partida, con una lágrima en sus sinceros ojos grises y una profusión de buenos deseos expresados en su solemne semblante. Pero, ¡ay!, no podía ofrecer más: apenas me quedaba lo suficiente para los ocasionales gastos del viaje.

¡Qué estremecedora alegría cuando el pequeño portón se cerró tras nosotros al salir del jardín! Entonces, durante un momento, me detuve para inhalar una bocanada de aquel aire fresco y vigorizante, y me aventuré a mirar a la casa. Todo estaba oscuro y tranquilo, no brillaba ninguna luz en las ventanas, ningún rastro de humo ocultaba las estrellas que resplandecían sobre ella en el firmamento helado. Al despedirme para siempre de aquel lugar, escenario de tanta culpa y sufrimiento, me alegré de no haberlo abandonado antes, pues ahora no albergaba ninguna duda sobre la conveniencia de un paso semejante, ni rastro de remordimiento por lo que dejaba atrás. No existía nada capaz de perturbar mi alegría, salvo el temor a ser descubierta; y cada paso nos alejaba más de esa probabilidad.

Habíamos dejado Grassdale muchos kilómetros atrás cuando el sol, rojo y redondo, se alzó para dar la bienvenida a nuestra liberación, y si cualquier habitante de los alrededores tuvo la oportunidad de vernos entonces, mientras dábamos tumbos sentados en el carruaje, dudo que pudieran sospechar de nuestra identidad. Como pretendía hacerme pasar por una viuda, creí aconsejable llegar a mi nueva residencia vestida de luto: así que iba ataviada con un sencillo vestido de seda negro y cubierta por un velo también negro —me cuidé muy bien de cubrir mi cara durante los primeros treinta o cuarenta kilómetros del viaje—, y un sombrero negro de seda que no tuve más remedio que pedirle prestado a Rachel, ya que yo no disponía de una prenda semejante; no era de última moda, pero no había lugar para las quejas teniendo en cuenta las circunstancias. Arthur iba vestido con su ropa más sencilla y envuelto en una rústica manta de lana, Rachel iba enfundada en una capa con capucha que había conocido mejores días y que le daba el aspecto de una mujer vieja corriente pero decente, más que el de la doncella de una dama.

Oh, qué delicia era ir sentada allí arriba, serpenteando ruidosamente por el ancho y soleado camino, y sentir la fresca brisa de la mañana en mi rostro, envuelta en la fragancia de una tierra desconocida —que sonreía alegre y esplendorosamente en el resplandor amarillento de aquellos rayos mañaneros —, con mi amado hijo en los brazos, casi tan feliz como yo, y mi fiel amiga a mi lado; ¡una prisión y la desesperación detrás de mí, alejándose más y más cada vez que oía los cascos de los caballos, y la libertad y la esperanza por delante! Apenas pude contener mis alabanzas en voz alta a Dios por mi liberación o desconcertar a mis compañeros de viaje con algún inesperado estallido de alegría.

El viaje fue muy largo y todos nos cansamos bastante antes de que concluyera. Estaba bien avanzada la noche cuando llegamos a la ciudad de L... y aún estábamos a unos diez kilómetros de nuestro destino; no pudimos conseguir otro vehículo —o medio de transporte— que una carreta común, y esto con bastante dificultad, pues la mitad de la ciudad estaba ya en la cama. En ella la última etapa de nuestro viaje fue agotadora: con frío y cansados como estábamos, íbamos sentados en nuestras cajas, sin nada a que sujetarnos, nada para recostarnos, lentamente arrastrados y sacudidos por los ásperos y escarpados caminos. Pero Arthur se había dormido en el regazo de Rachel y entre las dos nos las arreglamos bastante bien para protegerlo del aire frío de la noche.

Por fin comenzamos a ascender por un empinado y pedregoso sendero, que, a pesar de la oscuridad, Rachel dijo recordar bien: había paseado con frecuencia por allí conmigo en los brazos, y nunca pensó que volvería a él tantos años después y en unas circunstancias como aquellas. Como Arthur se había despertado con las sacudidas y las paradas repentinas, nos bajamos todos y comenzamos a caminar. No nos faltaba mucho trecho, pero ¿y si Frederick no hubiera recibido mi carta, no hubiera tenido tiempo de arreglarnos las habitaciones y las encontráramos oscuras, húmedas, inhóspitas, sin comida, ni fuego, ni muebles, después de todo nuestro afán?

Por fin el austero y lóbrego edificio surgió ante nosotros. El sendero nos condujo a la parte de atrás. Entramos en el desierto patio trasero, y conteniendo la respiración inspecciónanos la ruinosa mole. ¿Era toda ella negrura y desamparo? No, un débil resplandor rojo nos dio ánimos desde una ventana cuyo enrejado estaba en buenas condiciones. La puerta estaba cerrada, pero después de llamar con los nudillos y esperar, e intercambiar unas palabras con una voz proveniente de una ventana de arriba, una mujer de edad, que había sido encargada de airear y cuidar la casa hasta nuestra llegada, nos hizo entrar en una pequeña habitación bastante abrigada, la antigua despensa de la mansión, la cual Frederick había habilitado como cocina. Aquí ella nos proveyó de una luz, atizó el fuego hasta que surgieron unas llamas reconfortantes, e inmediatamente preparó un sencillo refrigerio para reponer fuerzas; mientras, nos liberamos de nuestros atavíos de viaje, y echamos una rápida ojeada a nuestro nuevo hogar. Además de la cocina había dos dormitorios, un salón bastante grande, y otro más pequeño, que decidí convertir en mi estudio, todos bien ventilados y aparentemente bien acondicionados, aunque solo en parte decorados con algunos viejos muebles de roble oscuro: los mismos que habían estado allí antes, que habían sido guardados como reliquias de anticuario en la residencia actual de mi hermano y que ahora, a toda prisa, habían sido de nuevo trasladados.

La anciana mujer nos sirvió la cena a Arthur y a mí en el salón, y me dijo, ceremoniosamente, que "el señor presentaba sus respetos a la señora Graham, y que había preparado las habitaciones lo mejor posible, teniendo en cuenta lo precipitado del aviso, pero que él personalmente tendría el placer de visitarla mañana, para cumplir su mandato".

Sentí una gran satisfacción al subir la sencilla escalera de piedra y echarme en la lúgubre y antigua cama, junto a mi pequeño Arthur. Él se quedó dormido enseguida; a mí, cansada como estaba, la emoción y la intranquilidad de mis pensamientos me mantuvieron despierta hasta que la aurora comenzó a desvanecer las tinieblas; pero el sueño fue dulce y reparador cuando llegó, y el despertar fue maravilloso más allá de toda expresión. Fue el pequeño Arthur quien me despertó con sus cariñosos besos. ¡Allí estaba él, pues, a salvo entre mis brazos, y a muchas leguas de su vergonzoso padre! La clara luz del día iluminaba la habitación, el sol estaba en la cúpula del cielo, aunque eclipsado por las ondulantes masas de la niebla otoñal.

El escenario no era fundamentalmente alegre en sí mismo, dentro ni fuera. La inmensa y vacía habitación, con su antiguo y austero mobiliario, la estrecha ventana enrejada que dejaba ver el cielo sombrío y gris en lo alto y la tierra desierta y yerma de abajo, donde los muros de piedra oscura y la puerta de hierro, el nutrido espesor de la hierba y la maleza, y las robustas siemprevivas de formas extraordinarias eran las únicas señales reveladoras de que allí había habido un jardín, y los campos desolados y baldíos de más allá... todo podía haberme parecido horriblemente tenebroso en otro tiempo, pero ahora cada una de estas cosas parecía devolver como un eco mi gozosa sensación de libertad, visiones indefinidas del pasado lejano y luminosas premoniciones del futuro parecían darme la bienvenida en cada recodo. Me habría regocijado con más seguridad, naturalmente, si el infinito mar se extendiera entre mi hogar anterior y este, pero seguramente en este lugar solitario podría pasar inadvertida; además, tenía a mi hermano aquí para alegrar mi soledad con sus esporádicas visitas.

Vino esa mañana y he tenido varias entrevistas con él a solas, pero se ve forzado a ser muy prudente sobre cuándo y cómo viene; ni siquiera sus criados ni sus mejores amigos deben tener conocimiento de sus visitas a Wildfell, salvo en aquellas oportunidades en que es necesario que un propietario fuera a visitar a una inquilina desconocida, para no levantar sospechas referentes a mí, tanto de la verdad como de alguna mentira difamatoria.

Ya llevo aquí cerca de quince días y, aparte de una molesta intranquilidad —el obsesivo temor a ser descubierta—, estoy confortablemente instalada en mi nueva casa: Frederick me ha proporcionado los muebles necesarios y los materiales de pintura. Rachel ha vendido por mí la mayoría de mis trajes en una lejana ciudad y me ha proporcionado un guardarropa más apropiado a mi actual condición, tengo un piano de segunda mano y una librería bastante bien provista en mi salón; la habitación convertida en estudio tiene ya un aspecto bastante profesional y ordenado. Estoy trabajando duramente para retribuir a mi hermano por todos los gastos que ha hecho en mi favor; no es que tenga la menor necesidad de hacerlo, pero me satisface: disfrutaré aún más de mi trabajo, mis ingresos, mi comida frugal y mi economía doméstica, si sé que me gano la vida honradamente y que lo poco que poseo es legítimamente mío, y que nadie sufre por mi locura... por lo menos desde el punto de vista pecuniario. Haré que coja hasta el último penique de lo que le debo, si efectivamente puedo hacerlo sin disgustarlo demasiado. Tengo algunos cuadros ya terminados, pues le dije a Rachel que empaquetara todos los que tenía; ella cumplió la orden a pie juntillas, pues entre ellos metió un retrato del señor Huntingdon que había pintado el primer año de casados. Me quedé momentáneamente aterrada cuando lo saqué de la caja y contemplé aquellos ojos fijos en mí con su alegría burlona, como eufóricos, todavía, por su poder para controlar mi destino, y burlándose de mis esfuerzos por escapar.

¡Qué distintos habían sido mis sentimientos al pintar aquel retrato de los que ahora me inspiraba su contemplación! ¡Cuán duramente había trabajado y me había esforzado para crear, como creí, algo digno de su modelo! ¡Qué mezcla de placer e insatisfacción ante el resultado de mi perseverancia! Placer por el parecido que había logrado captar, insatisfacción por no haberlo hecho aún más hermoso. Ahora no veo belleza en él, nada agradable en ninguna parte de su expresión; y, sin embargo, es más hermoso y bastante más atractivo —mucho menos repulsivo, debería aclarar— de lo que es ahora; porque estos seis años han moldeado un cambio casi tan grande en su persona como en mis sentimientos con relación a él. El marco, sin embargo, es bastante bonito, serviría para otro cuadro. El retrato no lo he destruido, como fue mi intención al principio; lo he puesto aparte, no por ninguna oculta debilidad, por el recuerdo del cariño de antes, ni tampoco para que me recuerde mi anterior insensatez, sino fundamentalmente para poder comparar los rasgos y el rostro de mi hijo, cuando crezca, con los de él, y así tener la posibilidad de apreciar hasta qué punto se parece a su padre... si se me permite tenerlo conmigo hasta entonces y si no vuelvo a contemplar la cara de ese padre, una gracia con la que apenas me atrevo a contar.

Parece que el señor Huntingdon está haciendo todo lo posible para descubrir la ubicación de mi refugio. Se ha presentado en Staningley, buscando desagravio a su injusticia —esperando saber algo de sus víctimas, cuando no encontrarlas allí—, y ha contado muchas mentiras, con una frialdad tan impasible que mi tío le cree algo más que a medias y respalda decididamente que regrese y me reconcilie con él; pero mi tía opina de otra forma, es demasiado precavida y fría, y está demasiado familiarizada con el carácter de mi marido y con el mío para que la engañen las admisibles falsedades que él pudiera inventar. Pero él realmente no quiere que yo vuelva: quiere a mi hijo e insinúa a mis amigas que, si prefiero vivir separada de él, respetará mi voluntad y dejará que lo cumpla sin molestarme, e incluso pondría a mi disposición una razonable asignación, siempre que me desprenda de su hijo. Pero ¡el cielo me asista!, no voy a vender a mi hijo por oro, aunque esto nos salvara a los dos de morir de hambre: mejor sería que muriera conmigo antes que vivir con su padre.

Frederick me ha enseñado una carta que ha recibido de ese caballero, llena de tal desvergüenza que dejaría estupefacto a cualquiera que no lo conociera; pero, a pesar de todo, estoy convencida de que nadie habría sabido contestar mejor que mi hermano. No me hizo referencia de su réplica, salvo para decirme que había reconocido no saber el paradero de mi refugio, sino que más bien había dejado entrever que le era completamente desconocido, diciendo que era inútil solicitarle a él, o a cualquier otro de mis parientes, información sobre el asunto, pues parecía que había sido conducida a tal extremo que había considerado ocultar mi paradero hasta a mis mejores amigas; pero que si él lo supiera, o en algún momento llegara a saberlo, el señor Huntingdon podía estar seguro de que sería la última persona a quien le facilitaría la información; y que era inútil que se molestara en reclamar al niño, porque él —Frederick— presumía de conocer lo suficiente a su hermana para asegurar que dondequiera que estuviera, o cualquiera que fuera su situación, ninguna consideración la impulsaría a desprenderse de él.

30 de octubre: ¡Ay! Mis amables vecinos no van a dejarme tranquila. De alguna manera han estado averiguando sobre mí, y he tenido que soportar las visitas de tres familias distintas, todas más o menos interesadas en saber quién y qué soy, de dónde vengo, y por qué he elegido una casa como esta para vivir. Su compañía me resulta superflua, por no decir otra cosa, y la curiosidad me molesta y alarma: si la sacio, puedo conducir a la ruina de mi hijo, y si soy demasiado misteriosa, no haré más que alimentar su suspicacia, invitarlos a la suposición, y aumentar sus iniciativas... y quizá convertirlas en el medio de extender mi fama de parroquia en parroquia, hasta que llegue a los oídos de alguien que se lo haga saber al señor de Grassdale Manor.

Esperarán que les devuelva sus visitas, pero si después de hacer algunas averiguaciones, descubro que viven demasiado lejos para que

Arthur me acompañe, habrán de esperar en vano una temporada, porque no puedo resistir la idea de dejarlo, a no ser para ir a la iglesia; y esto no lo he intentado todavía, porque, puede ser una debilidad estúpida, pero tengo tanto miedo a que se lo lleven, que estoy intranquila cuando no está a mi lado; y temo que estos terrores trastornarían tanto mi recogimiento que no obtendría ningún beneficio por asistir a la capilla. Sin embargo, tengo la intención de hacer el experimento el próximo domingo y obligarme a dejarlo bajo la vigilancia de Rachel durante unas horas. Será una ardua tarea, pero no una imprudencia, estoy segura; además, el vicario ha venido a reñirme por descuidar mis deberes religiosos. No tenía una excusa sensata que ofrecer y le prometí que, si todo iba bien, me vería en mi banco el próximo domingo. No quiero que se me tome por atea, además, sé que me proporcionaría un gran consuelo una asistencia ocasional al culto público, si tuviera la fe y la fortaleza suficientes para ajustar mis pensamientos a la solemne ceremonia y prohibirles estar siempre pendientes de mi hijo ausente, y de la posibilidad de no encontrarlo a mi regreso; estoy segura de que Dios en Su misericordia me librará de una prueba tan dura por el bien de mi hijo, si no por el mío. Él no permitirá que se lo lleven.

3 de noviembre: He conocido a otros miembros de esta comunidad. El excelente caballero y galán de la parroquia y sus alrededores —al menos en su propia evaluación— es un joven...

Aquí terminaba. El resto lo había arrancado. ¡Qué crueldad... justamente cuando iba a hablar de mí! Porque no me cabía ninguna duda de que iba a ser a tu humilde servidor a quien iba a referirse, aunque no de una forma muy agradable, seguramente. Estoy seguro de ello, tanto por esas pocas palabras como por el recuerdo de su aspecto y su actitud hacia mí cuando nos conocimos. ¡En fin! Estaba dispuesto a perdonarla por su recelo respecto a mí y por sus duras opiniones sobre nuestro sexo en general, teniendo en cuenta los admirables especímenes a los que se había limitado su experiencia.

En relación a mí, sin embargo, hacía tiempo que había reconocido su error y tal vez había caído en el extremo opuesto, porque, si bien al principio su opinión sobre mi había sido inferior a mis méritos, ahora yo estaba convencido de que mis méritos eran inferiores a su opinión; y si la primera parte de esta continuación había sido arrancada para evitar herir mis sentimientos, tal vez la segunda había sido eliminada por temor a alimentar demasiado mi petulancia. De cualquier modo, habría dado cualquier cosa por leerla completa, para haber sido testigo del cambio gradual y por haber observado el progreso de su estima y amistad hacia mí, y cualquier sentimiento más cálido que ella pudiera abrigar; por haber visto cuánto amor había en su deferencia y cómo había crecido en ella a pesar de sus virtuosos dictámenes y sus denodados esfuerzos para... pero no, no tenía derecho a contemplarlo: todo esto era demasiado sagrado para cualquier mirada que no fuera la suya, y había hecho bien en ocultármelo.

Capítulo XLV
Reconciliación

Bueno, Halford, ¿qué piensas de todo esto? Y mientras lo leías, ¿te imaginaste en algún momento cuáles fueron mis sentimientos durante su lectura? Probablemente no, pero no voy a referirme a ellos ahora; solo haré esta confesión, por poco respetable que pueda ser para la naturaleza humana, y particularmente para mí: la primera parte de la narración me resultó más dolorosa que la segunda; y no es que fuera en absoluto insensible a los agravios de la señora Huntingdon o inconmovible ante sus padecimientos, sino que, debo confesarlo, experimenté una especie de satisfacción egoísta al contemplar la progresiva decadencia de su marido en su afecto y al ver cómo al final este se extinguía por completo. El efecto de todo esto, sin embargo, a pesar de toda mi simpatía por ella y mi cólera contra él, fue liberar a mi pensamiento de una presión intolerable, y llenar mi corazón de alegría, como si algún amigo me hubiera despertado de una terrible pesadilla.

Eran cerca de las ocho de la mañana, mi vela se había agotado en mitad de la lectura, obligándome sin más alternativa a conseguir otra, a costa de alarmar a toda la casa, o irme a la cama y esperar la llegada de un nuevo día. Pensando en mi madre elegí lo último, pero cuán gustosamente busqué la almohada y cuánto sueño me proporcionó, lo dejo a tu imaginación.

A los primeros indicios del alba, me levanté y me acerqué con el manuscrito a la ventana, pero era imposible leerlo todavía. Ocupé media hora en vestirme y luego volví a él otra vez. Entonces, con cierta dificultad y un apasionado y ávido interés, devoré el resto de su contenido. Cuando lo concluí y me recuperé de la efímera impresión que me había producido su repentino final, abrí la ventana y saqué la cabeza para sentir en el rostro la fresca brisa matinal y para aspirar profundas bocanadas de aire puro. Era una espléndida mañana: un espeso rocío medio helado cubría la hierba, las golondrinas gorjeaban a mi alrededor, las cornejas graznaban y las vacas mugían a lo lejos; la escarcha temprana y el resplandor del sol del verano mezclaban su dulzura en el aire. Pero yo no pensaba en esto, una confusión de incontables pensamientos y encontradas emociones me invadía mientras contemplaba embelesado el bello rostro de la naturaleza. Enseguida, sin embargo, esta confusión de pensamientos y sentimientos se esclareció, dando paso a dos nítidas emociones: indescriptible alegría porque mi amada Helen era la que yo había soñado, porque a través de los perjudiciales vapores de las calumnias del mundo y de las propias sentencias de mi fantasía, su carácter brillaba cegador, claro, inmaculado como aquel sol al que no podía mirar directamente; y vergüenza y profundo arrepentimiento por mi propio proceder.

Inmediatamente después de desayunar salí apresuradamente hacia Wildfell Hall. Rachel había ganado muchos puntos en mi admiración desde el día anterior. Estaba dispuesto a saludarla como a una vieja amiga, pero todo impulso de amabilidad fue frenado por la fría mirada de desconfianza que me dirigió al abrirme la puerta. La vieja doncella se había constituido en la guardiana del honor de su señora, supuse, y sin duda veía en mí a otro señor Hargrave, solo que más peligroso por contar con el aprecio y la confianza de su señora.

—La señora no puede ver a nadie hoy, señor. Está indispuesta —dijo cuando le comuniqué mi deseo de ver a la señora Graham.

—Pero debo verla, Rachel —dije, poniendo la mano sobre la puerta para impedir que la cerrara.

—De verdad, señor, es imposible —replicó, mirándome con una frialdad más cortante que antes.

—Sea buena y anúncieme.

—Es inútil, señor Markham, le digo que está indispuesta.

Justo a tiempo de impedir que incurriera en la imprudencia de tomar la casa por asalto y entrara en ella violentamente, se abrió una puerta adentro y apareció el pequeño Arthur con su travieso compañero de juegos, el perro. Me cogió la mano con las suyas y, sonriendo, tiró de mí.

—Mi madre dice que entre usted, señor Markham —dijo—, y que yo salga a jugar con Rover.

Rachel se retiró con un murmullo de resignación, y yo entré en el salón y cerré la puerta. Allí, delante de la chimenea, estaba la alta y hermosa figura, consumida por tantas aflicciones. Arrojé el diario sobre la mesa y la miré. Su rostro, ansioso y pálido, se había vuelto hacia mí, sus ojos oscuros y francos se fijaron en los míos con una intensidad tan profunda que me encadenaron como un hechizo.

—¿Lo ha leído? —murmuró. El hechizo se había roto.

—Lo he leído entero —dije, atravesando la habitación— y necesito saber si me perdonará... si puede usted perdonarme.

Ella no contestó, pero sus ojos brillaron y un leve rubor se extendió por sus labios y mejillas. Al acercarme, se volvió bruscamente y se dirigió a la ventana. No fue porque estuviera indignada, estaba bien seguro, sino solo para ocultar y contener su emoción. Así que me atreví a seguirla y ponerme a su lado, pero sin decir nada. Me ofreció la mano, sin volver la cabeza, y murmuró con una voz que en vano se esforzó por que sonara firme:

—¿Puede usted perdonarme?

Podría considerarse un abuso de confianza, pensé, llevar esta pálida mano a mis labios, así que me limité a estrecharla con la mía y dije sonriendo:

—Me cuesta hacerlo. Debería habérmelo contado antes. Demuestra una falta de fe...

—¡Oh, no! —gritó ella, interrumpiéndome—. ¡No era eso! No era falta de fe en usted, pero si le hubiera contado parte de mi historia, tendría que habérselo contado todo para justificar mi conducta; y tenía buenas razones para eludir semejante revelación, hasta que la necesidad me obligara a hacerla. Pero ¿me perdona? Me he equivocado, lo sé; y, como de costumbre, he cosechado los frutos amargos de mi propia equivocación... y debo cosecharlos hasta el final.

Fue verdaderamente doloroso el tono de angustia, reprimido por una decidida firmeza, con que dijo esto. Entonces llevé su mano hasta mis labios, y la besé fervorosamente una y otra vez; la ansiedad me impedía dar otra respuesta. Ella resistió esta apasionada caricia sin resistencia ni resentimiento; luego, apartándose sorpresivamente de mí, recorrió la habitación dos o tres veces. Por la contracción de su frente, la fuerte compresión de sus labios y el retorcimiento de sus manos, era fácil advertir que en su interior se estaba librando un silencioso combate entre la razón y el deseo. Finalmente se detuvo frente a la chimenea vacía y, volviéndose hacia mí, dijo serenamente, si es que podía llamarse serenidad al resultado de un violento esfuerzo:

—Gilbert, debes marcharte, no en este momento, pero pronto, y no debes volver nunca.

—¿Nunca más, Helen? ¡Precisamente cuando te amo más que nunca...!

—Precisamente por esa razón no deberíamos volver a vernos. Pensé que esta entrevista era necesaria, o al menos me convencí a mí misma de que era así, era la oportunidad de pedirnos y concedernos mutuo perdón por el pasado, pero no puede haber justificación para otra. Abandonaré este lugar tan pronto como tenga los recursos para buscar otro refugio, pero nuestra relación debe terminar aquí y ahora.

—¡Aquí y ahora! —repetí como un eco, y aproximándome a la alta y tallada repisa de la chimenea, apoyé mi mano en las gruesas molduras y descansé mi frente en ella, con afligida desesperación.

—No debes volver —continuó ella. Había un ligero temblor en su voz, pero me pareció que su aspecto en general era insoportablemente sereno, teniendo en cuenta la horrible frase que había pronunciado—. Tienes que saber por qué te lo digo —continuó—, y debes entender que es mejor despedirse para siempre; y ya que es terrible decirnos adiós para siempre, deberías ayudarme —hizo una pausa. Yo no dije nada—. ¿Me prometes que no volverás? Si no lo haces y regresas nuevamente aquí, me obligarás a partir antes de saber dónde encontrar otro refugio, o cómo buscarlo.

—Helen —dije yo, volviéndome hacia ella con desesperación—, no puedo discutir el asunto de una separación definitiva tan serena y ecuánime como tú. Para mí no es una cuestión de simple conveniencia: ¡es una cuestión de vida o muerte!

Estaba callada. Sus pálidos labios temblaron y sus dedos se estremecieron al entrelazarse con nerviosismo en la cadena donde colgaba su pequeño reloj de oro, la única cosa de valor que se había permitido conservar. Yo había dicho algo injusto y cruel, pero a continuación, sin poder evitarlo, dije algo aún peor:

—¡Pero Helen! —comencé en un tono dulce y bajo, sin atreverme a mirarla a la cara—. Ese hombre no es tu marido, a los ojos del cielo ha perdido todo derecho a...

Ella me cogió un brazo con una asombrosa firmeza.

—¡Gilbert, no! —gritó con un timbre de voz que habría roto un corazón de diamante—. ¡Por Dios te lo pido, no invoques esos argumentos! ¡Ningún demonio podría torturarme de esta manera!

—¡No lo haré, no lo haré! —dije, poniendo afectuosamente mi mano sobre la suya, casi tan alarmado por su vehemencia como avergonzado por mi proceder.

—En lugar de comportarte como un verdadero amigo —me dijo, separándose de mí, y dejándose caer en el viejo sillón—, y apoyarme con todas tus fuerzas, o participar en la lucha de la razón contra la pasión, dejas caer todo el peso sobre mí; y no satisfecho con eso, haces todo lo posible por enfrentarte a mí... cuando sabes que... —se paró, y cubrió su rostro con el pañuelo.

—¡Perdóname, Helen! —supliqué—, nunca volveré a pronunciar una palabra al respecto. Pero ¿no podemos seguir viéndonos como amigos?

—Eso no puede ser —contestó ella, moviendo con aflicción la cabeza; luego alzó los ojos en busca de los míos, con una expresión dulcemente reprochable que parecía decir: "Debes saberlo tan bien como yo".

—Entonces, ¿qué debemos hacer? —grité con frenesí. Pero inmediatamente agregué, en un tono más tranquilo—: Haré lo que me pidas, solo te suplico que no digas que esta es la última vez que nos vemos.

—¿Por qué no? ¿No te das cuenta de que a medida que nos veamos la idea de una despedida final será más dolorosa? ¿No ves que cada encuentro nos hace a cada uno más querido para el otro que el anterior? —dijo esto último con voz apremiada y baja, y la caída de sus ojos y el encendido rubor demostraban que ella ya lo había sentido así. Era poco cauteloso admitir semejante cosa, o añadir, cómo efectivamente hizo—: En este momento me siento con fuerzas para rogarte que te vayas, pero la próxima vez podría ser diferente. —Sin embargo, yo no era lo bastante egoísta para aprovecharme de su sinceridad.

—Pero podemos escribirnos —sugerí con timidez—. ¿Vas a negarme ese consuelo?

—Podemos saber el uno del otro a través de mi hermano.

—¡Tu hermano! —me invadió la vergüenza y el remordimiento. Ella desconocía la afrenta que él había sufrido a mis manos, y no tuve el valor de confesárselo—. Tu hermano no nos ayudará —dije—: terminaría con toda relación que hubiera entre nosotros.

—Y tendría toda la razón, supongo. Como amigo de los dos, nos desearía lo mejor, y cualquier amigo nos diría que sería para nosotros lo mejor, y también nuestro deber, que nos olvidáramos el uno del otro, aunque fuéramos incapaces de entenderlo. Pero no tengas miedo, Gilbert —añadió, sonriendo con tristeza al ver mi inquietud—, hay pocas posibilidades de que te olvide. Pero no quise decir que Frederick fuera el medio para intercambiarnos mensajes, sino que cada uno podría, a través de él, saber cómo se encuentra el otro; y no deberíamos sobrepasar este límite porque tú eres joven, Gilbert, y deberías casarte, y lo harás, aunque ahora te parezca imposible. Aunque mentiría si te digo que deseo que me olvides, sé que debes hacerlo, tanto por tu felicidad como por la de tu futura esposa, por lo tanto, debo desearlo y así lo deseo —añadió persuadida.

—Tú también eres joven, Helen —me atreví a decir—, y cuando ese canalla libertino haya despilfarrado su vida, me concederás tu mano. Esperaré hasta entonces.

Pero ella tampoco iba a concederme este alivio. Independientemente de la mezquindad moral de basar nuestras esperanzas en la muerte de otra persona, además de indigno en este mundo no lo era menos para el siguiente, cuya mejora sería nuestra perdición y la mayor de sus transgresiones en nuestro mayor beneficio, lo consideró una locura: muchos hombres con las costumbres del señor Huntingdon habían vivido hasta una avanzada, aunque miserable vejez.

—Y si soy joven en cuanto a años —dijo ella—, soy vieja en cuanto a tristezas; pero, aunque la angustia no fuera capaz de acabar conmigo antes de que el vicio lo destruya, piénsalo, si él llegara a los cincuenta años más o menos, ¿esperarías veinte o quince años, sumido en la incertidumbre y el suspenso, mientras ves morir la flor de la juventud y la virilidad, para casarte finalmente con una mujer marchita y cansada, como lo estaré yo, sin haberme visto ni una vez desde hoy hasta ese día? No, no lo harías —siguió diciendo, interrumpiendo mis solemnes declaraciones de inquebrantable fidelidad—, y aunque lo hicieras, no deberías hacerlo. Créeme Gilbert, sobre esto sé más que tú. Crees que soy fría e inconmovible, y puede que tú...

—No lo creo, Helen.

—Bueno, qué importa, podrías si quisieras... pero mi soledad no ha sido del todo inútil, y no estoy hablando bajo el impulso del momento como lo haces tú: he pensado en todo esto una y otra vez, he analizado todos estos argumentos conmigo misma, he reflexionado justamente sobre nuestro pasado, nuestro presente y nuestro futuro; y, créeme, finalmente he llegado a la conclusión apropiada. Confía en mis palabras más que en tus sentimientos, y dentro de unos años comprenderás que tenía razón, aunque ahora a mí misma me cueste aceptarlo —murmuró con un suspiro, al tiempo que apoyaba la cabeza en la mano—. Y no discutas conmigo más: todo lo que puedas decir lo ha dicho ya mi propio corazón y refutado mi razón. Ya fue bastante doloroso luchar contra estas recomendaciones cuando me eran susurradas en mi interior, en tu boca son diez veces peores y, si supieras lo mucho que me duelen, no las harías, lo sé. Si conocieras cuáles son mis sentimientos ahora, intentarías incluso de librarme de ellos a expensas de los tuyos.

—¡Me iré de inmediato, si en ello consigues alivio, y NUNCA volveré! —dije con doloroso énfasis—. Pero si no podemos vernos nunca más, ni esperar que volvamos a encontrarnos, ¿es un delito comunicarnos nuestros pensamientos por carta? ¿No pueden espíritus hermanos encontrarse y unirse en comunión, cualesquiera que sean el destino y las eventualidades de sus moradas terrenales?

—¡Sí que pueden! —gritó ella, en una momentánea descarga de alegre entusiasmo—. Yo también pensé en eso, Gilbert, pero temía mencionarlo, porque tenía miedo de que no comprendieras mis puntos de vista. Y todavía lo tengo... Me temo que un amigo leal nos diría que nos estamos engañando a nosotros mismos con la idea de conservar nuestra relación espiritual sin la ilusión o la vista puesta en algo más, sin alimentar vanos reproches y dañinas aspiraciones, y alimentando esperanzas que estarían cruel e implacablemente condenadas a perecer de extenuación...

—Olvídate de nuestros leales amigos: no te parece suficiente con que puedan separar nuestros cuerpos; ¡pero, en nombre de Dios, no los dejemos separar nuestras almas! —grité, aterrado, ante la idea de que ella considerara su deber impedirnos este último consuelo.

—Pero no podemos intercambiarnos cartas aquí —dijo— sin encender el fuego del escándalo, y cuando me vaya, mi intención es que mi nueva dirección sea desconocida para ti como para el resto del mundo; no dudo de tu palabra cuando me prometes que no irás a visitarme, pero he pensado que te consolaría más saber que no puedes hacerlo, y probablemente sería menos difícil para ti estar separado de mí si no puedes imaginarte mi ubicación. Pero, escúchame —dijo, alzando su índice y sonriendo para contener mi impaciente respuesta—: al cabo de seis meses sabrás por Frederick dónde me encuentro, y si sigues deseando escribirme y crees que puedes mantener una correspondencia espiritual de ideas —tal como podrían mantenerla dos almas o dos amigos desinteresados—, escríbeme y te contestaré.

—¡Seis meses!

—Sí, para dar tiempo a que tu pasión se sosiegue, y poner a prueba la verdad y la fidelidad del amor que tu alma siente por la mía. Y bien, ya hemos hablado suficiente. ¿Por qué no despedirnos de una vez? —expresó casi con vehemencia, después de un momento de silencio, al tiempo que se levantaba del sillón con las manos fuertemente entrelazadas.

Pensé que mi deber era marcharme sin más demora, me acerqué y medio extendí la mano como para despedirme. Ella la estrechó en silencio. Pero la idea de la separación final era demasiado intolerable: parecía dejar sin sangre a mi corazón, y mis pies estaban atornillados al suelo.

—¿Y no debemos vernos nunca más? —murmuré, en la angustia de mi alma.

—Nos reuniremos en el cielo. Pensemos en eso —dijo ella con una serenidad desesperada, pero sus ojos brillaban salvajemente y su cara estaba horriblemente pálida.

—Pero no tal como somos ahora —no pude evitar objetar—. Me sirve de poco consuelo pensar que la próxima vez que te vea serás como un espíritu sin cuerpo, o como un ser distinto, con un cuerpo perfecto y glorioso, ¡pero no como este!, y un corazón, quizá, alejado de mí.

—¡No, Gilbert, en el cielo el amor es perfecto!

—Tan perfecto, supongo, que puede elevarse por encima de cualquier distinción, y no tendrás más simpatía por mí que por cualquiera de los diez mil ángeles y la innumerable multitud de bienaventurados espíritus que nos rodeen.

—Sea lo que fuere yo, tú serás el mismo y, por tanto, posiblemente no lo lamente; sea cual fuere la naturaleza del cambio, sabemos que será para mejor.

—Pero si voy a cambiar de tal forma que deje de adorarte con todo mi corazón y toda mi alma, y de amarte por encima de cualquier otra criatura, no seré yo mismo; y aunque si llego a ganar el cielo sé que seré infinitamente mejor y más feliz de lo que soy ahora, mi naturaleza terrenal no puede regocijarse en la anticipación de semejante beatitud, de la cual esa misma naturaleza y su principal alegría debe estar excluida.

—¿Es acaso tu amor exclusivamente terrenal?

—No, pero supongo que estaremos en la más íntima comunión el uno con el otro como con los demás.

—Si es así, eso querrá decir que los amamos más, pero no que nos amemos menos el uno al otro. El crecimiento del amor lleva consigo el incremento de la felicidad, cuando es mutuo y puro como será.

—Pero, Helen, ¿puedes contemplar satisfecha esta perspectiva de perderme en un océano de gloria?

—Admito que no, pero no sabemos si será así. Sé que lamentar el cambio de los placeres terrenales por las alegrías del Paraíso es como si el gusano que se arrastra lamentara que un día deba renunciar a la hoja roída para remontarse a lo alto y revolotear en el aire, vagando de flor en flor, saboreando la dulce miel de sus cálices, u holgazaneando en sus soleados pétalos. Si estas pequeñas criaturas conocieran el gran cambio que les espera, sin duda lo lamentarían, pero ¿no sería errónea toda esa tristeza? Y si este ejemplo no te entusiasma, aquí tienes otro: somos como niños ahora, sentimos como niños, y comprendemos como niños; y cuando se nos dice que los hombres y las mujeres no se divierten con juguetes, y que nuestros compañeros se cansarán un día de los juegos y ocupaciones triviales que ahora les interesan y nos interesan tan profundamente, no podemos evitar entristecernos ante la idea de semejante cambio, porque no podemos imaginar que, al crecer, nuestro espíritu se amplíe y eleve hasta el punto de considerar mínimos esos objetos y diversiones con los que ahora disfrutamos tanto, y, aunque nuestros compañeros no jueguen más con nosotros a esos pasatiempos infantiles, beberán con nosotros en otras fuentes de placer, y fundirán sus almas con las nuestras en la búsqueda de objetivos más elevados y en la dedicación a ocupaciones más nobles ahora ajenas a nuestra comprensión, aunque no por ello menos profundamente disfrutadas o menos verdaderamente buenas... mientras, al fin y al cabo, ellos y nosotros seguimos siendo en esencia los mismos individuos de antes. Pero, Gilbert, ¿no puede ser realmente para ti un consuelo la idea de que podamos reunimos donde no hay dolor ni tristeza, ni enfrentamiento con el pecado, ni lucha del espíritu contra la carne? ¿Donde los dos contemplaremos las mismas verdades gloriosas, y beberemos la bienaventuranza sublime y suprema de la misma fuente de luz y bondad, ese Ser a quien los dos adoraremos con el mismo entusiasmo de ardor sagrado, y donde las criaturas humildes y felices amarán con la misma devoción divina? ¡Si no puede ser para ti un consuelo, no me escribas nunca!

—¡Helen, sí puede serlo, si mi fe no se debilita!

—Pues entonces —exclamó—, mientras esta ilusión no se desvanezca dentro de nosotros...

—Nos separaremos —exclamé—. No tendrás que pasar por el doloroso trance de echarme: me iré de una vez, pero...

No llegué a expresar con palabras mi petición: la comprendió instintivamente y esta vez ella también cedió o, más bien, no hubo nada tan premeditado como pedir o ceder en este punto; hubo un impulso al que ninguno de los dos pudo rechazar. Permanecí un segundo mirándola a los ojos y al siguiente la acerqué a mi corazón, y parecimos fundirnos en un íntimo abrazo que ninguna fuerza física o mental podía deshacer. Un susurrado: "¡Dios te bendiga!" y "¡vete, vete!" fue todo lo que ella dijo, pero al decirlo me abrazaba con tanta fuerza que no podía haberla obedecido sin violencia. Al fin, sin embargo, con un esfuerzo heroico, nos separamos y salí de la casa corriendo.

Recuerdo de forma borrosa que el pequeño Arthur corría por el sendero del jardín para venir a mi encuentro y yo salté el muro para evitarlo, y a continuación corrí por el terreno escarpado, salvando las cercas de piedra y los setos conforme aparecían ante mí, hasta que la vieja mansión, cuando llegué al pie de la colina, quedó completamente fuera del alcance de mi vista; y después de largas horas entregado a lágrimas, amargos lamentos y afligidas meditaciones en el solitario valle, mientras resonaba en mis oídos la música eterna del viento del oeste soplando entre los árboles frondosos y el murmullo del arroyo deslizándose por su pedregoso lecho, mis ojos, inútilmente fijos en el abismo, vislumbraron sombras jugueteando inquietas sobre la soleada hierba donde de vez en cuando alguna hoja marchita venía bailando a compartir el alborozo; pero mi corazón estaba arriba, en la cima de la colina, en aquella lúgubre habitación en donde ella lloraba sola y desolada; ella, a quien yo no podía consolar, ni ver otra vez, hasta que años de sufrimiento nos hubieran aniquilado a los dos y arrancado nuestros espíritus de sus perecederas moradas de barro.

Poco se hizo aquel día, puedes estar seguro. La granja quedó abandonada a los jornaleros, y estos hicieron lo que se les vino en gana. Pero había todavía un deber que cumplir: no me había olvidado de mi agresión a Frederick Lawrence, debía verlo para pedir disculpas por mi lamentable hazaña. De buen grado habría postergado mi visita hasta la mañana siguiente, pero ¿y si él me delataba ante su hermana entretanto? No, no, debía pedirle perdón ese mismo día y rogarle que fuera indulgente en sus cargos, si consideraba necesario hacer la revelación. Pero demoré el cumplimiento de mi propósito hasta el anochecer, cuando mi espíritu estuviera más sereno, y cuando —¡oh, maravillosa perversidad de la naturaleza humana!— algunas débiles semillas de esperanzas imprecisas comenzaran a fructificar en mi alma. No es que yo tuviera la intención de alimentarlas, después de todo lo que se había dicho al respecto, pero debían permanecer durante un tiempo no promovidas, aunque tampoco trituradas, hasta que supiera vivir sin ellas.

Al llegar a Woodford, la residencia del joven hacendado, encontré alguna dificultad para conseguir que mi presencia fuera admitida. El criado que abrió la puerta me dijo que su amo estaba muy enfermo, y creía difícil que estuviera en condiciones de recibirme. Yo no estaba, sin embargo, dispuesto a fracasar en mi empeño. Esperé tranquilamente en el vestíbulo a que se me anunciara, pero decidido en mi interior a no aceptar una negativa. El recado fue el que yo esperaba: una cortés indicación de que el señor Lawrence no podía ver a nadie, tenía fiebre y no se le debía molestar.

—No lo molestaré mucho tiempo —dije—, pero debo verlo un momento. Quiero hablar con él de un asunto importante.

—Se lo diré, señor —dijo el hombre. Avancé con él por el vestíbulo y lo seguí casi hasta la puerta de la habitación donde se encontraba su amo, pues parecía que no se hallaba en la cama. La respuesta que recibí fue que el señor Lawrence esperaba que yo fuera tan amable de dejarle un mensaje o una nota al criado, ya que no podía ocuparse de ningún asunto en aquel instante.

—Puede verme igual que a usted —dije, y adelantándome al atónito criado, llamé a la puerta, entré, y la cerré detrás de mí. La habitación era espaciosa y estaba agradablemente amueblada, muy confortable, además, para un soltero. Un fuego vivo y luminoso ardía en la brillante parrilla, un viejo galgo, entregado al ocio y la buena vida, estaba tumbado delante de él sobre la gruesa y mullida alfombra, en cuya esquina, junto al sofá, estaba sentado un joven perro de ojeo que miraba atentamente el rostro de su dueño; quizá, pidiéndole permiso para compartir su sofá, o, tal vez, solicitando solo una caricia suya o una palabra amable. El mismo enfermo ofrecía también un aspecto bastante interesante, tumbado allí, vestido con la bata y con un pañuelo de seda que le cubría las sienes. Su rostro, habitualmente pálido, estaba sonrojado y febril; sus ojos estuvieron entreabiertos hasta que notó mi presencia, y entonces los abrió con desmesura; alargó con indolencia una mano hacia el respaldo del sofá y cogió un pequeño volumen con el que, en apariencia, había estado intentando en vano pasar el rato. Lo dejó, sin embargo, en su sobresalto de indignada sorpresa cuando avancé por la habitación y me detuve delante de él de pie sobre la alfombra. Se incorporó con la ayuda de sus almohadas y me miró, con el pánico, la cólera y el desconcierto reflejados en su rostro.

—¡Señor Markham, no esperaba esto de usted! —dijo, y el color desapareció de sus mejillas.

—Ya sé que no —contesté—, pero cálmese, le diré a qué he venido. Me acerqué instintivamente un poco más a él. Se sobresaltó al ver mi aire decidido. Su expresión de disgusto y de involuntario miedo físico no me pareció conciliadora. Sin embargo, retrocedí.

—Sea breve —dijo, poniendo la mano en el pequeño timbre de plata que estaba en la mesa situada junto a él—, de lo contrario me veré obligado a pedir ayuda. No me encuentro en condiciones de aguantar sus brutalidades o siquiera su presencia.

Y, efectivamente, el sudor brotaba por sus poros y brillaba en su pálida frente como si fuera rocío.

Un recibimiento semejante no podía considerarse dirigido a reducir las dificultades de mi difícil misión. Pero, en cualquier caso, debía cumplirla; así que fui directamente al punto y expliqué, vacilante, el objeto de mi visita lo mejor posible.

—La verdad, Lawrence —dije— es que no he sido muy correcto con usted, sobre todo la última vez que nos vimos. He venido a... en fin, he venido a decirle que deploro lo que hice y a rogarle me perdone... Si decide no otorgarme su perdón —añadí apresuradamente, porque no me gustaba la expresión de su cara—, no importa... solo he cumplido con mi deber... nada más.

—Es muy sencillo —replicó con una débil sonrisa, que semejaba a una mueca de burla— ofender a un amigo y golpearlo en la cabeza, sin ninguna razón, y luego decirle que el agravio no fue muy correcto, sin conceder ninguna importancia a que le perdone o no.

—Olvidé decirle que todo fue producto de un error —murmuré—. Le habría dado una explicación apropiada, pero me ha indignado usted tan profundamente con su... Bueno, supongo que la culpa es mía. El hecho es que yo no tenía conocimiento de que usted era el hermano de la señora Graham, y vi y oí algunas cosas relacionadas a su conducta con ella, que despertaron desagradables sospechas, las cuales, permítame decir, podrían haber desaparecido con un poco de sinceridad y confianza por su parte; y por último, dio la casualidad de que oí a medias una conversación entre usted y ella que me hizo pensar que tenía razones para odiarlo.

—¿Y cómo ha llegado a saber que soy su hermano? —preguntó un poco preocupado.

—Me lo dijo ella misma. Me lo ha contado todo. Sabía que podía confiar en mí. Pero no tiene por qué preocuparse, señor Lawrence, ¡pues la he visto por última vez!

—¡Por última vez! ¿Acaso se ha ido?

—No, pero se ha despedido de mí. Le he prometido que no me acercaré a aquella casa mientras viva en ella.

Podía haber suspirado ruidosamente ante los terribles pensamientos que suscitó esta parte de mi explicación, pero me limité a cerrar las manos y golpear la alfombra con el pie. Mi acompañante, sin embargo, se sentía evidentemente aliviado.

—¡Ha hecho usted bien! —dijo en un tono de exagerada aprobación, mientras su rostro se iluminaba con una expresión casi alegre—.
Y en cuanto a la confusión, me apena por los dos que haya ocurrido.
Quizá pueda usted perdonar mi falta de sinceridad y recordar, como
una forma de apaciguar parcialmente la ofensa, lo poco que me ha
contribuido a confiar amistosamente en usted su conducta de los últimos días.

—Sí, sí, lo recuerdo todo: nadie puede reprochármelo más de lo
que de todo corazón me lo reprocho a mí mismo; en cualquier caso,
a nadie puede afligir con más sinceridad que a mí el resultado de mi
brutalidad, como la ha llamado usted correctamente.

—Olvídese de eso —dijo, sonriendo débilmente—, olvidémonos
de todas las palabras desagradables que hemos pronunciado, así como
de las ofensas, y desterremos al olvido todas las razones que tenemos
para lamentar. ¿Tiene algún reparo en estrechar mi mano?

Temblaba de debilidad mientras la tenía extendida y la dejó caer
antes de que yo tuviera tiempo de cogerla y darle un afectuoso apre-
tón, que no pudo devolverme por falta de fuerzas.

—Qué seca y caliente está su mano, Lawrence —dije—. Está usted
enfermo de verdad, y le he puesto peor con toda esta conversación.

—Oh, no es nada: no es más que un resfriado que cogí bajo la
lluvia.

—Por culpa mía, además.

—No se preocupe. Dígame, ¿le mencionó usted este episodio a mi
hermana?

—Si quiere que le diga la verdad, no tuve valor para hacerlo, pero
cuando usted se lo cuente, ¿querrá decirle que lo lamento profundamente y que...?

—¡Oh, no tema! No diré nada en contra suya, siempre que cumpla
con su promesa de mantenerse alejado de ella. ¿Tiene usted alguna
noticia de que sepa lo de mi enfermedad?

—Creo que no lo sabe.

—Eso me tranquiliza, pues todo este tiempo ha estado atormentándome la idea de que alguien le dijera que yo estaba moribundo, o
gravemente enfermo, con lo que se habría angustiado por la imposi-

bilidad de tener noticias mías y de cuidarme, o quizá habría cometido la locura de venir a verme. Debo ingeniármelas para darle a conocer cómo me encuentro —continuó diciendo con expresión reflexiva—, o de lo contrario terminará enterándose de una historia semejante. Muchos estarían encantados de llevarle una noticia así, simplemente para ver cómo lo tomaría, y entonces podría exponerse a un nuevo escándalo.

—Me hubiera gustado decírselo —dije—. Si no fuera por mi promesa, iría a decírselo ahora.

—¡De ninguna manera! No estaba pensando en eso, pero si le escribiera una nota ahora, sin mencionarlo a usted, Markham, sino simplemente para comunicarle brevemente mi enfermedad, como una excusa que me impide ir a verla y ponerla en guardia contra las exageradas informaciones que pueda recibir, escribiendo en el sobre su dirección con una letra deformada, ¿sería usted tan amable de echarla en el buzón de correos cuando pase por él? No me atrevo a confiar en ningún criado para un mandado semejante.

Accedí con mucho gusto y le llevé inmediatamente lo necesario para escribir la nota. No tuvo que hacer grandes esfuerzos para desfigurar su letra, porque al hombre le costó mucho mantener firme el pulso, así como conseguir que sus trazos resultaran legibles. Cuando terminó, creí oportuno retirarme y me despedí después de preguntarle si había alguna cosa que yo pudiera hacer por él, por pequeña que fuera, para aliviar su malestar y reparar el daño que le había causado.

—No —dijo—, ya ha hecho bastante; ha hecho por mí más de lo que el más sabio de los médicos podía hacer, porque ha librado a mi espíritu de dos pesadas cargas: la inquietud por la situación de mi hermana, y la preocupación que era usted para mí, porque creo que estas dos fuentes de dolor han hecho más en contra de mi salud que cualquier otra cosa; ahora estoy completamente seguro de que me recuperaré pronto. Hay otra cosa que puede hacer por mí, y es que venga a verme de vez en cuando, porque, verá, yo estoy muy solo aquí y le prometo que no le negaré la entrada nunca más.

Me comprometí a complacer su deseo y me marché después de

estrecharle cordialmente la mano. Camino a casa, eché la carta en el buzó del correo, soportando con valentía la tentación de escribir unas palabras de mi parte.

Capítulo XLVI
Consejos amistosos

Muchas veces me sentí fuertemente tentado de contarles a mi madre y a mi hermana acerca del verdadero personaje y las circuns- tancias reales que envolvían a la acosada inquilina de Wildfell Hall. Al principio lamenté haberme olvidado de pedirle a la dama autori- zación para hacerlo, pero, después de considerarlo cuidadosamente, comprendí que si ellas conocieran las verdaderas circunstancias, estas no permanecerían por mucho tiempo un secreto para los Millwards y los Wilson, y es tal mi opinión sobre la personalidad de Eliza Mi- llward que, si alguna vez llegara a conocer la clave de la historia, no dudo que encontraría la forma de hacerle saber al señor Huntingdon el lugar del refugio de su esposa. Por esa razón debía esperar pacien- temente a que pasaran estos seis meses, y luego, cuando la fugitiva hubiera encontrado otro hogar, y se me facultara a escribirle, le ro- garía que me dejara limpiar su nombre de estas egoístas calumnias; de momento debía contentarme con la simple afirmación de saber que eran falsas, y que lo probaría algún día, para vergüenza de aque- llos que la calumniaban. No creo que nadie me creyera, pero todo el mundo aprendió en seguida a eludir pronunciar una palabra en contra de ella, o incluso mencionar su nombre en presencia mía. Me creían tan confundido por las seducciones de aquella infeliz mujer que estaba decidido a defenderla contra toda lógica. Entretanto, me volví cada vez más malhumorado y huraño por culpa de la idea de que todos los que me encontraba ocultaban pensamientos indignos sobre la supuesta señora Graham y que serían capaces de expresar- los si tuvieran el valor. Mi pobre madre estaba muy angustiada por mí, pero yo no podía evitarlo o, por lo menos, me creía incapaz de hacerlo, aunque a veces sentía remordimientos por mi irrespetuosa conducta hacia ella y hacía un esfuerzo por enmendarme, logrando mi objetivo solo parcialmente. La verdad es que yo era más humano en mi trato con ella que con ninguna otra persona, a excepción del señor Lawrence. Rose y Fergus evadían mi presencia, y era mejor así, pues yo no era una compañía apropiada para ellos, ni ellos para mí, en tales circunstancias.

La señora Huntingdon partió de Wildfell Hall unos dos meses después de nuestro último encuentro. En todo ese tiempo nunca se dejó ver por la iglesia, y yo nunca me acerqué a la casa. Sabía que ella estaba todavía allí solo por las breves respuestas de su hermano a las muchas y variadas preguntas que le hacía sobre ella. Fui un visitante frecuente y atento de su casa mientras duró su enfermedad y convalecencia; no únicamente por el interés que tenía en su recuperación y mi deseo de animarlo y hacer méritos para desagraviar mi anterior "brutalidad", sino por mi afecto creciente por él y el placer cada vez mayor que me ofrecía su compañía, en parte debido a su mayor cordialidad hacia mí, pero fundamentalmente por su fraternal relación, tanto por sangre como por cariño, con mi adorada Helen. Lo quería más por ello de lo que me gustaba admitir, y encontré un secreto placer en estrechar aquella mano de dedos finos y pálidos, tan increíblemente parecidos a los de ella, teniendo en cuenta que no era una mujer, y en contemplar los cambios sucesivos que se operaban en su cara pálida y bella, y observar las entonaciones de su voz, detectando semejanzas que nunca antes me habían llamado la atención. A veces me molestaba realmente con su evidente abstención a hablar de su hermana, aunque yo no ponía en duda sus buenas intenciones de evitar estimular mi recuerdo de ella.

Su recuperación no fue tan rápida como él esperaba. No pudo montar a caballo hasta unos quince días después de la fecha de nuestro reencuentro, y el primer uso que hizo de sus recuperadas fuerzas fue ir a caballo durante la noche a Wildfell Hall para ver a su hermana. Era un empeño arriesgado tanto para él como para ella, pero creyó necesario consultarle el asunto de su concebida marcha, además de tranquilizarla con respecto a su salud, y el peor resultado fue una ligera recaída; nadie salvo yo y los habitantes de la vieja mansión supieron de su visita, y creo que no fue su intención mencionármela, pues cuando fui a verlo el día siguiente y me di cuenta de que no estaba tan bien como era de esperar, dijo simplemente que se había resfriado por haber permanecido demasiado tiempo fuera de casa al anochecer.

—No podrá ver nunca a su hermana si no se termina de curar —le dije, un poco irritado, en lugar de compadecerlo por lo que a ella concernía.

—Ya la he visto —dijo, tranquilamente.

—¿La ha visto? —inquirí, alzando la voz, asombrado.

—Sí —y entonces me explicó las consideraciones que lo habían impulsado a correr el riesgo y las precauciones que había tomado.

—¿Y cómo estaba? —pregunté, ansioso.

—Como de costumbre —fue la breve, aunque triste, respuesta.

—Como de costumbre, es decir, nada feliz y nada animada.

—No está enferma —replicó—, y recobrará su ánimo dentro de poco, estoy seguro. Pero tantos pesares han sido demasiado para ella. Qué amenazadoras son esas nubes —siguió diciendo, mientras miraba por la ventana—. Me parece que vamos a tener tormenta y lluvia antes del anochecer... y precisamente en el momento en que estoy en la mitad de la recogida del trigo. ¿Ha recogido el suyo ya?

—No... Lawrence, su hermana... ¿le habló de mí?

—Me preguntó si le había visto últimamente.

—¿Y qué más le dijo?

—No puedo relatarle todo lo que me dijo —repuso con una débil sonrisa— porque hablamos mucho, aunque mi visita fue corta; pero nuestra conversación versó fundamentalmente sobre su planificada marcha, la cual le rogué retrasara hasta que me encuentre en condiciones de ayudarla a buscar una nueva residencia.

—Pero ¿no dijo nada más sobre mí?

—No habló mucho de usted, Markham. Yo no la habría estimulado a hacerlo, si se hubiera inclinado a ello, pero afortunadamente no fue así; solo me hizo algunas preguntas relacionadas a usted y pareció satisfecha con mis breves respuestas, en lo que se mostró más sensata que su amigo; y puedo asegurarle que le causaba más angustia que usted pensara demasiado en ella, a que usted la olvidara.

—Tiene razón.

—Pero me temo que la preocupación de usted es justamente lo contrario.

—No, de verdad: deseo su felicidad, pero no quiero que me olvide en absoluto. Ella sabe que es imposible que yo llegue a olvidarla, y tiene razón al desear que no la recuerde demasiado. No me gustaría que me echara de menos demasiado profundamente, pero me cuesta creer que se sienta muy desdichada por mi culpa, porque sé que no lo merezco, salvo en lo que se refiere a mi opinión de ella.

—Ninguno de los dos se merece un corazón despedazado, ni todos los suspiros, las lágrimas y los pensamientos tristes que han derrochado y, me temo, se derrocharán, por parte de los dos; pero, en este momento, cada uno tiene una opinión más exaltada del otro de lo que usted o ella se merecen. Los sentimientos de mi hermana son tan impetuosos por naturaleza como los suyos, y creo que más constantes; pero ella tiene el buen sentido y la determinación de luchar contra ellos, y confío en que no descanse hasta haber alejado del todo esos pensamientos... —dudó.

—Referentes a mí —dije.

—Y me gustaría que tenga usted el mismo propósito —continuó.

—¿Le dijo ella que esa era su intención?

—No, no hablamos de esos temas: no había necesidad de hacerlo, porque no dudé de que esa era su determinación.

—¿Olvidarme?

—¡Sí, Markham! ¿Por qué no?

—¡Oh, bueno! —fue mi única respuesta audible, pero interiormente contesté: "No, Lawrence, está usted confundido, ella no está decidida a olvidarme. Sería un error olvidar a alguien tan profunda y fervorosamente apegado a ella, que puede respetar tan plenamente sus virtudes y comprender sus ideas como puedo hacerlo yo, y sería un error por mi parte olvidarme de una criatura tan excelsa y divina salida de las manos de Dios como ella, después de haberla conocido y amado con tanta honestidad". Pero no le dije nada más sobre el asunto. De inmediato inicié una conversación superficial y me despedí de mi amigo con un sentimiento menos cordial que de costumbre. Quizá no tenía derecho a sentirme molesto con él, pero así era.

Algo más de una semana después de esta conversación me lo encontré cuando regresaba de hacer una visita a los Wilson. Entonces decidí hacerle un favor, aun a pesar de sus sentimientos, y, quizá, con el riesgo de llevarme ese disgusto que suele ser el galardón de quienes comunican una información desagradable o dan un consejo no solicitado. En esto, créeme, no me impulsaron motivos de venganza por las inquietudes que me había causado en los últimos tiempos, ni ningún sentimiento de resentida enemistad hacia la señora Wilson, sino únicamente el hecho de que yo no podía imaginar que semejante mujer se convirtiera en la cuñada de la señora Huntingdon y que, tanto por su bien como por el de él, me negaba a admitir que se uniera a una persona que no lo merecía, y tan absolutamente inconveniente para compartir su tranquilo hogar y ser la compañera de su vida.

Él mismo había tenido repulsivas sospechas sobre aquella cabeza hueca, supuse; pero era tal su inexperiencia, tales los poderes de seducción de la dama, y su habilidad para conseguir que estos se registraran en su joven imaginación, que aquellas sospechas no lo habían vuelto a preocupar, y sospecho que la verdadera causa de la vacilante indecisión que le había impedido hacer una definitiva declaración de amor era la consideración que le merecía su familia, en especial su madre, a quien él no podía soportar. Si vivieran lejos, podría haber vencido la objeción, pero dentro de los tres o cuatro kilómetros de Woodford, no era un asunto intrascendente.

—¿Viene usted de visitar a los Wilson, Lawrence? —pregunté mientras paseaba junto a su caballo.

—Sí —me dijo, volviendo ligeramente el rostro—. Creí una obligación de cortesía aprovechar la primera oportunidad para agradecerles sus amables atenciones, puesto que han mostrado un cariño constante a lo largo de mi enfermedad.

—Todo se debe a la señorita Wilson.

—Y si es así —replicó él, sonrojándose de forma notable—, ¿es esa una razón para que no les muestre adecuadamente mi agradecimiento?

—Es una razón para que no muestre usted el agradecimiento que ella espera.

—Dejemos ese tema, por favor —dijo, evidentemente incómodo.

—No, Lawrence, con su permiso continuaré con él un rato más; y le diré, ahora que hablamos de ello, algo que puede usted creer o no, como prefiera; solo le pido que recuerde que no es mi costumbre denigrar y que, en este caso, no tengo motivos para desfigurar la verdad.

—¡En fin, Markham! ¿Qué ocurre?

—La señorita Wilson detesta a su hermana. Puede parecer lógico que, en su ignorancia del parentesco, sintiera cierta enemistad hacia ella, pero ninguna mujer honesta o amable sería capaz de exhibir una malicia tan corrosiva, cruel y premeditada contra alguien solo por pensar que es su rival, como yo he podido comprobar.

—¡¡Markham!!

—Sí... y estoy convencido de que Eliza Millward y ella, si no son las inventoras de las informaciones calumniosas que han sido difundidas, fueron quienes con toda intención las fomentaron y quienes principalmente las propagaron. La señorita Wilson no deseaba mezclar el nombre de usted en este asunto, por supuesto, pero era, y es todavía, un placer para ella hacer todo lo posible por desacreditar a su hermana, sin arriesgarse demasiado a que se descubra su malignidad.

—No puedo creerlo —me interrumpió mi acompañante, con la cara colorada por la indignación.

—En fin, como no puedo demostrarlo, debo contentarme con afirmar que estoy plenamente convencido de ello; pero como usted no se casaría muy complacido con la señorita Wilson si esto fuera verdad, hará bien en ser cauteloso, hasta que pueda verificar que no es así.

—Nunca le he comunicado, Markham, que tuviera la intención de casarme con la señorita Wilson —dijo, con orgullo.

—No, piense usted hacerlo o no, ella pretende casarse con usted.

—¿Se lo dijo ella?

—No, pero...

—Entonces no tiene usted derecho a afirmar algo semejante —obligó a la jaca a que aligerara el paso, pero yo la cogí de su crin, decidido a no permitir su partida todavía.

—Espere un momento, Lawrence, y déjeme explicarle. No sea tan... no sé cómo llamarlo... espinoso. Sé lo que piensa de Jane Wilson y creo que sé hasta qué punto está usted errado en su opinión sobre ella: la supone singularmente encantadora, elegante, sensible y refinada; y no se da usted cuenta de que es egoísta, con un corazón como un témpano, ambiciosa, taimada, y de un espíritu completamente superficial...

—Ya basta, Markham, ya basta.

—No, déjeme terminar. Usted no sabe que, si llegara a casarse con ella, su hogar sería sombrío, inhóspito; y al fin se le rompería el corazón al verse unido para siempre a una persona tan absolutamente incapaz de compartir sus gustos, sus sentimientos, sus ideas, tan carente de sensibilidad, buenos sentimientos y verdadera nobleza de espíritu.

—¿Ha terminado? —preguntó mi acompañante con tranquilidad.

—Sí. Sé que me odia por mi impertinencia, pero no me importa si con ello consigo impedir que cometa un error irremediable.

—¡Bien! —repuso él, con una sonrisa indiferente—. Me complace que haya superado u olvidado sus propias amarguras, hasta el punto de ser capaz de estudiar tan exhaustivamente los propósitos de los demás, y de preocuparse, sin necesidad, por las posibles o supuestas desgracias de su vida futura.

Nos despedimos con cierta indiferencia una vez más, pero no hemos dejado de ser amigos. Mi benévolo consejo, aunque podría haber sido dado con más precauciones, y aceptado con más agradecimiento, no fue del todo infructuoso en cuanto al efecto esperado: su visita a los Wilson no se repitió y, aunque en nuestros encuentros siguientes nunca mencionó su nombre, ni yo se lo mencioné a él, tengo razones para creer que reflexionó acerca de mi comentario en solitario, que con prontitud aunque en secreto recabó información sobre la bella dama por otros medios, que comparó sin percatarse la descripción que yo había hecho del carácter de ella con la que él se había imaginado y con las afirmaciones suministradas por otras personas, y finalmente llegó a la conclusión, evaluándolo todo, de que era mejor que ella continuara siendo la señorita Wilson de Ryecote

Farm, en lugar de convertirse en la señora Lawrence de Woodford Hall. Creo también que pronto comenzó a contemplar con íntimo asombro su anterior predilección y a felicitarse por el afortunado escape que había emprendido, pero nunca me lo reveló, ni insinuó una palabra de agradecimiento por mi participación en esa liberación. Pero esto no fue una sorpresa para alguien que lo conocía como yo.

En cuanto a Jane Wilson, naturalmente, estaba decepcionada y amargada por el inesperado y frío abandono y la final deserción de su antiguo admirador. ¿Hice mal en arruinar sus preciadas esperanzas? Creo que no, y definitivamente mi conciencia nunca me ha acusado desde aquel día hasta hoy de ningún mal propósito en la materia.

Capítulo XLVII
Noticias alarmantes

Una mañana, hacia principios de noviembre, mientras revisaba algunas cartas referentes a los negocios poco después del desayuno, Eliza Millward vino a visitar a mi hermana. Rose no tenía la perspicacia ni la mordacidad necesarias para apreciar al pequeño demonio como yo, y las dos todavía conservaban su antigua intimidad. Sin embargo, para el momento de su llegada no estábamos en el salón más que Fergus y yo, ya que mi hermana y mi madre estaban ausentes, ocupadas "en labores propias del hogar".

Pero yo no tenía ninguna intención de entretenerla, si podía entretenerla otro; me limité a dedicarle un saludo indiferente y algunas palabras irrelevantes y continué escribiendo, dejando a mi hermano encargado de las demostraciones de cortesía que tuviera a bien realizar. Sin embargo, ella deseaba incomodarme.

—¡Qué placer encontrarlo a usted en casa, señor Markham! —dijo con una sonrisa maliciosa—. Lo veo poco últimamente, porque no viene nunca por la vicaría. Puedo asegurarle que mi padre está bastante molesto —añadió con aire risueño, mirándome con una risa impertinente, mientras se sentaba casi enfrente, no muy alejada de mi escritorio, a la altura de la esquina de la mesa.

—He tenido mucho que hacer últimamente —dije, sin levantar la mirada de mi carta.

—¿De veras? Alguien me dijo que usted ha estado descuidando sus asuntos estos últimos meses.

—Pues ese alguien está completamente equivocado, porque precisamente los últimos dos meses he sido un trabajador muy hacendoso.

—¡Ah! Bueno, supongo que no hay nada mejor que un trabajo activo para consolar a los afligidos. Perdóneme, señor Markham, pero no tiene usted muy buen semblante, y, según mis noticias, ha estado tan triste y pensativo últimamente que sospecho tiene alguna preocupación íntima atormentando su espíritu. Antes —dijo con timidez— podía haberme aventurado a preguntarle la razón y qué podía hacer para consolarlo, ahora no me atrevo a hacerlo.

—Es usted muy gentil, señorita Eliza. Cuando considere que puede hacer algo para consolarme, tendré el atrevimiento de decírselo.

—¡Hágalo, se lo suplico! Supongo que no puedo adivinar qué lo preocupa.

—No tiene necesidad de hacerlo, porque se lo diré con franqueza. La cosa que más me molesta en este momento es una joven dama quien está sentada cerca de mí y me impide terminar mi carta y, por tanto, realizar parte de mis obligaciones cotidianas.

Antes de que pudiera replicar a esta afirmación poco galante, Rose entró en el salón. La señorita Eliza se levantó para saludarla y las dos se sentaron cerca de la chimenea, donde aquel muchacho holgazán, Fergus, estaba de pie, apoyando su espalda contra la esquina de la repisa, con las piernas cruzadas y las manos en los bolsillos del pantalón.

—Rose, tengo que contarte unas novedades. Espero que no las sepas todavía, pues sean buenas, malas o indiferentes, a una siempre le gusta ser la primera en contarlas. Se refiere a esa afligida mujer, la señora Graham...

—¡Silencio! —susurró Fergus, con un ademán solemne—. Nunca la nombramos, nunca se pronuncia su nombre.

Y alzando la mirada, lo sorprendí mirándome de soslayo señalando su frente con un dedo; luego, guiñando un ojo a la joven dama con un suplicante movimiento de cabeza, susurró:

—Un capricho... pero no la mencione... todo menos eso.

—Lamentaría lastimar los sentimientos de alguien —repuso ella hablando en voz baja—. En otra ocasión, quizá.

—¡Hable alto, señorita Eliza! —dije, sin permitirme a hacer caso de las bufonadas del otro—. No tenga miedo de decir nada en mi presencia.

—Está bien —contestó—. Quizá ya usted sepa que el marido de la señora Graham no ha muerto en realidad, y que ella lo había abandonado —me sobresalté y sentí incendiárseme el rostro, pero lo oculté con la carta y seguí doblándola conforme ella hablaba—. O tal vez no sabe que ha regresado con él y se han reconciliado. Fíjate —continuó, volviéndose hacia la confundida Rose—, ¡qué estúpido debe ser ese hombre!

—¿Y quién le suministró a usted esa información, señorita Eliza? —pregunté, interrumpiendo la exclamación de mi hermana.

—La he obtenido de una fuente muy confiable, señor.

—¿Puedo preguntar de quién?

—De los criados de Woodford.

—¡Oh! No sabía que usted tuviera un conocimiento tan familiar de los asuntos domésticos del señor Lawrence.

—No me lo contó el criado, pero él se lo dijo en intimidad a nuestra doncella Sarah, y Sarah me lo contó a mí.

—En intimidad, supongo, y usted nos lo cuenta en intimidad a nosotros; pero puedo asegurarle que es una historia absurda, y más de la mitad, falsa.

Mientras hablaba, terminé de poner el sello y la dirección a los sobres de mis cartas con una mano un tanto temblorosa, a pesar de todos mis esfuerzos por aparentar serenidad y a pesar de mi firme convicción de que la historia era absurda, de que la supuesta señora Graham no había vuelto con su marido y que jamás había soñado con una reconciliación. Lo más probable es que se hubiera ido y que el chismoso criado, al no saber lo que había sido de ella, hubiera inventado la historia, y nuestra bella visitante nos la contaba ahora como cierta, encantada de tener la oportunidad de torturarme. Pero era posible —muy poco probable— que alguien la hubiera traicionado, y se hubiera visto obligada a marcharse. Dispuesto a enterarme de lo peor, cogí rápidamente las dos cartas y murmurando algo sobre llegar demasiado tarde al correo, abandoné la habitación, salí de prisa al patio y pedí a gritos mi caballo. Como no había nadie por los alrededores, lo saqué yo mismo de la cuadra, le puse la silla y las bridas, monté en él y salí al galope camino de Woodford. Encontré a su propietario vagando pensativamente por el campo.

—¿Se ha ido su hermana? —fueron mis primeras palabras mientras le estrechaba la mano, en lugar de mi habitual pregunta sobre su salud.

—Sí, se ha ido —fue su respuesta, pronunciada tan sosegado que mi terror desapareció.

—Supongo que no puedo saber dónde está... —dije, mientras desmontaba y ponía mi caballo en manos del jardinero, quien, al ser el único criado disponible en la cercanía, había sido requerido por su amo para que dejara su ocupación de rastrillar las hojas secas del prado para llevar mi caballo a la cuadra.

Mi amigo me cogió con firmeza del brazo y, conduciéndome hacia el jardín, contestó así a mi pregunta:

—Está en Grassdale Manor, en el condado de...

—¿Dónde? —grité, con un sobresalto convulsivo.

—En Grassdale Manor.

—¿Qué ocurrió? —dije, sin aliento—. ¿Quién la delató?

—Fue por su propia voluntad.

—¡Imposible, Lawrence! ¡No puede estar tan loca! —exclamé, cogiéndolo con vehemencia del brazo, como para obligarlo a desmentir aquellas odiosas afirmaciones.

—Es la verdad —insistió él con la misma seriedad—, y no lo hizo sin razón —continuó diciendo, desembarazándose suavemente de mi mano—: el señor Huntingdon está muy enfermo.

—¿Así que ha ido a cuidarlo?

—Sí.

—¡Tonta! —no pude evitar exclamar, y Lawrence me miró con una expresión llena de reproche—. ¿Está muriéndose, acaso?

—Creo que no, Markham.

—¿Y cuántas enfermeras más tiene a su alrededor? ¿Cuántas damas, además de ella, están allí para atenderlo?

—¡Ninguna! Estaba solo, de lo contrario ella no habría ido.

—¡Oh, maldita sea! ¡Esto es inadmisible!

—¿El qué? ¿Que esté solo?

No intenté contestar, porque no podía asegurar que aquella circunstancia no me condujera a la locura. Continué paseando angustiado, en silencio, con una mano pegada a la frente; de pronto, me detuve y, volviéndome hacia mi acompañante, exclamé:

—¿Por qué tomó esa absurda decisión? ¿Qué demonio la obligó a hacerlo?

—Nada salvo su propio sentido del deber.

—¡Mentira!

—Yo opiné lo mismo al principio, Markham. Le aseguro que ella no se marchó siguiendo mi consejo, pues detesto a ese hombre con tanto fervor como puede usted detestarlo, aunque, si quiere que le hable con sinceridad, su enmienda me complacería más que su muerte. Lo único que yo hice fue informarla de la circunstancia de su enfermedad —se debe a una caída del caballo cuando cazaba—, y decirle que aquella desgraciada mujer, la señorita Myers, lo había dejado hace tiempo.

—¡Hizo usted muy mal! Ahora que le conviene que ella esté allí, se dedicará a darle toda clase de discursos mentirosos y a hacerle bonitas y falsas promesas para el futuro, y ella le creerá, y luego su situación será diez veces peor y diez veces más irreparable que antes.

—De momento no parece haber mucho sustento para semejantes temores —dijo él, sacando una carta del bolsillo—. Por la información que recibí esta mañana, yo diría...

¡Era su letra! Con un impulso irresistible alargué la mano, y las palabras "¡Permítame verla!" salieron involuntariamente de mis labios. Era notable que él se resistía a satisfacer mi deseo, pero mientras dudaba, se la arrebaté de la mano. Pero un minuto después recobré la compostura y ofrecí devolvérsela.

—Cójala —dije—, si no quiere que la lea.

—No —repuso él—, puede leerla si lo desea.

La leí, como puedes leerla tú ahora.

«Grassdale, 4 de noviembre

Querido Frederick:
Sé que estarás impaciente por tener noticias mías, y te contaré todo lo que pueda. El señor Huntingdon está muy enfermo, pero no agonizante ni ante una amenaza inmediata; está bastante mejor en este momento que cuando llegué. Encontré la casa en un estado de triste desorden: la señora Greaves, Benson, todos los criados honrados se habían ido y los sustitutos formaban una pandilla negligente y desordenada, por no decir algo peor. Tengo que cambiarlos de nuevo si me quedo. Una enfermera profesional, una mujer madura, ceñuda y severa, había sido contratada para atender al infeliz enfermo. Este tiene muchos dolores y carece de la fortaleza necesaria para soportarlos. Sin embargo, los daños inmediatos sufridos a consecuencia del accidente no fueron muy graves y, según el doctor, habrían sido de poca importancia para un hombre de hábitos más mesurados, pero en su caso es diferente. La noche de mi llegada, cuando entré por primera vez en su habitación, yacía en una especie de desvarío. No advirtió mi presencia hasta que hablé, y entonces me confundió con otra persona.
—¿Eres tú, Alice, has vuelto? —murmuró—. ¿Por qué me dejaste?
—Soy yo, Arthur... soy Helen, tu mujer —respondí.
—¡Mi mujer! —dijo, en un sobresalto—. ¡Por Dios, no la nombres! No tengo mujer. El diablo se la lleve —gritó, poco después—. ¡Y a ti también! ¿Por qué lo hiciste?
No dije nada más, pero al ver que miraba fijamente los pies de la cama, fui a sentarme allí, colocando la vela de forma que me iluminara perfectamente, porque pensé que podría estar agonizando y si era así quería que me reconociera. Durante mucho tiempo fijó sus ojos en mí, primero con una mirada vacía y luego inerte, de una extraña y creciente intensidad. Por último, me asustó cuando se incorporó sorpresivamente y, apoyándose en un codo, me preguntó con un murmullo espeluznante, sin dejar de mirarme:
—¿Quién eres?

—*Soy Helen Huntingdon* —*dije, levantándome serenamente al mismo tiempo y colocándome en un sitio menos visible.*

—*Debo estar volviéndome loco* —*gritó*— *o quizá estoy desvariando, pero déjeme, quienquiera que usted sea... No puedo soportar esa cara blanca y esos ojos. ¡Por Dios bendito, váyase, y envíeme a alguien que no tenga esa apariencia!*

Por fin me fui y le envié a la enfermera contratada, pero a la mañana siguiente me aventuré a entrar de nuevo en su habitación. Ocupé el lugar de la enfermera junto a su cama, lo atendí y le hice compañía durante varias horas, dejándome ver lo menos posible y hablando solo cuando era necesario, y siempre en voz baja. Al principio se dirigió a mí confundiéndome con la enfermera, pero, al cruzar la habitación para abrir la celosía, obedeciendo sus órdenes, dijo:

—*No, no es la enfermera, es Alice. ¡Quédate conmigo! Esa vieja bruja va a llevarme a la tumba.*

—*Tengo intención de quedarme contigo* —*dije. Y a partir de ese momento me llamaría Alice, o cualquier otro nombre casi igual de repugnante para mis sentimientos. Me obligué a mí misma a soportarlo durante cierto tiempo, temiendo que contradecirlo pudiera afectarlo demasiado, pero cuando, habiendo pedido un vaso de agua, se lo acercaba a sus labios, murmuró: "¡Gracias, amor mío!", y no pude evitar hacer el siguiente comentario*—: *No dirías eso si supieras quién soy.*

Tenía el propósito de aclarar una vez más mi identidad a continuación, pero él murmuró una respuesta incoherente, así que lo dejé para otro momento. Cuando le estaba humedeciendo la frente y las sienes con vinagre y agua para mitigar el calor y el dolor en la cabeza, comentó, después de mirarme minuciosamente durante un minuto:

—*Tengo unas alucinaciones extrañas... No puedo librarme de ellas y no me permiten descansar; y la más extraña y pertinaz de todas es que tu cara y tu voz me parecen las de ella. Podría jurar en este momento que está a mi lado.*

—*Lo está* —*dije.*

—*Parece reconfortante* —*continuó diciendo él sin comprender el sentido de mis palabras*—; *cuando estás aquí las otras fantasías desaparecen, pero esta no hace más que cobrar fuerza. Quédate... quédate, hasta que se desvanezca también. No puedo soportar una manía semejante, ¡me mataría!*

—*Nunca se desvanecerá* —*dije claramente*—, *porque es la verdad.*

—*¡La verdad!* —*gritó, sobresaltado como si un áspid lo hubiera mordido*—. *¿No querrás decir que tú eres realmente ella?*

—*Eso es exactamente lo que quiero decir, pero no tienes necesidad de alejarte de mí como si fuera tu mayor enemiga: he venido a atenderte y a hacer lo que ninguna de ellas haría.*

—*¡Por amor de Dios, no me atormentes ahora!* —*gritó en un estado de agitación lamentable, luego comenzó a murmurar amargas maldiciones contra mí, o contra la mala suerte que me había llevado allí; mientras, volví a poner en su lugar el cuenco y la esponja, y ocupé de nuevo mi lugar junto a la cama.*

—*¿Dónde están?* —*dijo*—. *¿Se han marchado... todos?*

—*Hay criados a los que puedes llamar si quieres, pero te aconsejaría que siguieras acostado y no te movieras: ninguno de ellos te atendería ni podría atenderte con tantos cuidados como lo haré yo.*

—*No entiendo nada* —*dijo, confundido y aturdido*—. *Aquello fue un sueño* —*y se tapó los ojos con las manos, como tratando de descifrar un misterio.*

—*No, Arthur, no fue un sueño que tu comportamiento me obligara a abandonarte, pero me enteré de que estabas enfermo y solo, y he venido a cuidar de ti. Puedes confiar en mí sin miedo: pídeme todo lo que necesites y trataré de complacerte. No hay nadie más que pueda cuidar de ti, y no voy a reñirte ahora.*

—*¡Oh, ya entiendo!* —*dijo con una rencorosa sonrisa*—. *Es un acto de caridad cristiana, por medio del cual esperas ganar un lugar aún más elevado en el cielo para ti y cavar un pozo aún más profundo en el infierno para mí.*

—*No, he venido a ofrecerte el consuelo y la ayuda que tu situación requiere; y si pudiera hacer bien a tu alma, así como a tu cuerpo, y despertar cierto sentido de arrepentimiento, y...*

—*¡Oh, sí, si pudieras abrumarme con el remordimiento y el bochorno, este es el momento! ¿Qué has hecho con mi hijo?*

—*Se encuentra bien y podrás verlo cuando te calmes, pero ahora no.*

—¿Dónde está?

—Está bien atendido.

—¿Está aquí?

—Donde quiera que esté, no lo verás hasta que hayas prometido dejarlo bajo mi protección y cuidado exclusivo, y permitirme llevarlo a donde y cuando yo quiera, si en el futuro considero necesario nuevamente mudarme de casa. Pero hablaremos de eso mañana, no debes inquietarte ahora.

—No, déjame verlo ahora. Lo prometo si es necesario.

—No...

—¡Lo juro ante Dios que está en los cielos! Ahora déjame verlo.

—No puedo confiar en tus juramentos y promesas, he de tener en mi mano un acuerdo escrito y debes firmarlo en presencia de un testigo... pero hoy no, mañana.

—No, hoy... ahora mismo —insistió, y estaba en semejante estado de agitación febril, y tan decidido a satisfacer su deseo, que creí oportuno complacerlo, además entendí que no descansaría hasta lograrlo. Pero yo estaba decidida a no descuidar los intereses de mi hijo y, después de escribir claramente sobre una hoja de papel la promesa que esperaba hiciera el señor Huntingdon, la leí con toda intención en voz alta y le dije que la firmara en presencia de Rachel. Me pidió que no insistiera en esto: era una demostración innecesaria ante la criada de mi falta de confianza en su palabra. Le dije que lo lamentaba, pero puesto que había perdido por completo mi confianza, debía aceptar las consecuencias. A continuación, alegó sentirse incapaz de coger la pluma.

—Entonces esperaremos hasta que puedas hacerlo —dije. Ante esto dijo que lo intentaría, pero entonces resultó que le fallaba la vista y así no podía escribir. Coloqué mi dedo en el lugar donde debía poner la firma y le dije que podía escribir su nombre a oscuras si sabía dónde hacerlo. Pero no tenía fuerzas para trazar las letras.

—En ese caso, debes de estar demasiado enfermo para ver al niño —dije. Se dio cuenta de que mi actitud era inflexible, entonces se las arregló finalmente para ratificar el acuerdo y ordené a Rachel que trajera al niño.

Todo esto puede sorprenderte por su dureza, pero me di cuenta de que no podía perder mi ventaja actual y que el futuro bienestar de mi hijo *no debía sacrificarse a ninguna ternura extraviada por los sentimientos de este hombre. El pequeño Arthur no se había olvidado de su padre, pero después de trece meses de ausencia, durante los cuales raras veces se le había permitido escuchar una palabra sobre él, o difícilmente susurrar su nombre, se había vuelto algo arisco. Cuando fue conducido a la oscura habitación en donde se encontraba el enfermo, tan desmejorado físicamente, con el rostro sonrojado y los ojos con un brillo brutal, instintivamente se aferró a mí y se quedó mirando a su padre con una expresión más de temor que de placer.*

—Ven aquí, Arthur —dijo este último, alargando su mano hacia él. El niño se acercó y tocó tímidamente aquella mano hirviendo, pero casi retrocedió alarmado cuando su padre lo cogió de pronto de un brazo y lo acercó más hacia sí.

—¿Me conoces? —preguntó el señor Huntingdon, observando con atención su rostro.

—Sí.

—¿Quién soy yo?

—Mi padre.

—¿Te alegras de verme?

—Sí.

—¡No! —replicó el frustrado padre, soltando el brazo y lanzándome una mirada llena de rencor.

Al verse libre, Arthur se acercó a mí y me cogió una mano. Su padre juró que yo había logrado que el niño lo odiara, y me ofendió y maldijo amargamente. En el mismo instante en que comenzó a hacerlo envié a nuestro hijo fuera de la habitación, y cuando se calmó, le aseguré, sin alterarme, que estaba muy equivocado: nunca había intentado predisponer a su hijo contra él.

—Deseaba sinceramente que te olvidara —dije— y sobre todo que olvidara las lecciones que le habías enseñado; por esa razón, y para reducir el peligro de ser descubiertos, reconozco que en general lo he desanimado en su intención de hablar de ti; pero imagino que nadie puede reprocharme por eso.

El enfermo, en respuesta, gimió y deslizó su cabeza por la almohada en un arrebato de impaciencia.

—*¡Esto es el infierno!* —*gritó*—. *¡Esta condenada sed está reduciendo mi corazón a cenizas! Por favor...*

Antes de que pudiera terminar la frase, yo había llenado un vaso con una especie de bebida agria y fresca que estaba sobre la mesa y se la había llevado. Lo bebió ávidamente, pero murmuró, cuando le retiré el vaso:

—*Supongo que pretendes humillarme devolviendo bien por mal.*

Ignorando su observación, le pregunté si había algo más que pudiera hacer por él.

—*Sí, te daré ocasión de mostrar tu generosidad cristiana* —*se burló*—; *arréglame la almohada y estas condenadas sábanas* —*lo hice*—. *Y ahora dame otro vaso de ese bebedizo* —*se lo ofrecí*—. *Es delicioso, ¿verdad?* —*dijo, con una mueca maliciosa, cuando se lo acerqué a sus labios*—. *Nunca soñaste con una oportunidad tan magnífica, ¿no es así?*

—*Ahora, ¿quieres que me quede contigo* —*dije, poniendo de nuevo el vaso sobre la mesa*—, *o te sentirás más tranquilo si me voy y hago venir a la enfermera?*

—*¡Oh, eres maravillosamente amable y servicial! ¡Pero me vuelves loco!* —*respondió, moviéndose con inquietud.*

—*Entonces me marcho* —*dije, y me retiré, no volviendo a molestarlo con mi presencia durante ese día, salvo un minuto o dos para comprobar cómo estaba y si necesitaba algo.*

A la mañana siguiente el médico ordenó una sangría. Después de hacerlo, se quedó más tranquilo y dócil. Pasé la mitad del día en su habitación, a intervalos. Mi presencia no parecía molestarlo o inquietarlo como antes y aceptó mis servicios con tranquilidad, sin observaciones desagradables. La verdad es que apenas habló, salvo para hacer saber sus necesidades, y aun así lo hizo con pocas palabras. Pero al día siguiente —es decir, hoy—, en la medida en que se mejoraba de su estado de aturdimiento y agotamiento, su pérfida naturaleza pareció renacer.

—*¡Oh, qué dulce venganza!* —*gritó, después de haber estado haciendo todo lo posible para que estuviera confortable y para remediar la negligencia de su enfermera*—. *Además, puedes regocijarte de ella con la conciencia tranquila, porque lo haces para cumplir con tu deber.*

—*Me complace cumplir con mi deber* —*dije, con una aspereza incontenible*—, *porque es el único consuelo que tengo, ¡y parece que la satisfacción de mi propia conciencia es la única recompensa que necesito buscar!*

Él pareció sorprenderse mucho por la seriedad de mi actitud.

—¿Qué recompensa buscas? —preguntó.

—Me creerás una mentirosa si te lo digo, pero realmente esperaba hacerte bien: tanto mejorar tu espíritu como aliviar tus sufrimientos, pero parece que no conseguiré ninguna de las dos cosas; tu mala disposición no me lo permitirá. Por culpa tuya he sacrificado mis propios sentimientos y el poco consuelo terrenal que me quedaba para nada. ¡Y cualquier cosa que hago por ti, por pequeña que sea, es imputada de una intención egoísta y una venganza refinada!

—Todo esto está muy bien, supongo —dijo, mirándome con una estúpida expresión de sorpresa—, y por supuesto debería deshacerme en lágrimas de penitencia y admiración ante la presencia de tanta generosidad y bondad heroica... pero, verás, me es imposible hacerlo. Sin embargo, te ruego que me hagas todo el bien que puedas, si realmente encuentras algún placer al hacerlo, porque te das cuenta de que ahora mismo soy casi tan desgraciado como puedas ambicionar. Confieso que desde que llegaste estoy mejor atendido, porque estos miserables me descuidaban vergonzosamente y todos mis viejos amigos parecen haberme olvidado por completo. Te aseguro que lo he pasado terriblemente mal: a veces pensaba que debería haber muerto. ¿Crees que hay alguna posibilidad?

—Siempre existe la posibilidad de morir y es siempre oportuno vivir teniendo en cuenta esa posibilidad.

—Sí, sí... pero ¿crees que hay alguna probabilidad de que esta enfermedad tenga un desenlace fatal?

—No sabría decirlo. Pero, suponiendo que así sea, ¿estás preparado para enfrentarte a esa coyuntura?

—¿Para qué? El doctor me dijo que no moriría, por qué pensar en ello, no había ninguna duda de que me curaría, si seguía su régimen y sus prescripciones.

—Espero que sea así, Arthur, pero ni el doctor ni yo podemos hablar con certeza en un caso semejante; hay una lesión interna y es difícil saber la magnitud que tiene.

—¡Vaya! Quieres asustarme para que me muera.

—*No, pero no quiero tranquilizarte con una falsa confianza. Si una conciencia de la fragilidad de la vida puede impulsarte a pensar seria y provechosamente, no te privaré del beneficio de semejantes reflexiones, tanto si al fin te recuperas como si no. ¿Te asusta mucho la idea de la muerte?*

—*Es la única cosa en la que me aterra pensar, así que si tú tienes...*

—*Pero es un hecho que ha de producirse en algún momento —lo interrumpí—. Y aunque vivas muchos años, con seguridad te sorprenderá como si te sobreviniera hoy, y no cabe duda de que será tan poco deseada como ahora, a menos que tú...*

—*¡Caramba! No me atormentes con tus sermones ahora, a no ser que quieras matarme ahora mismo... Te digo que no puedo soportarlo, ya he sufrido bastante sin pensar en eso. Si piensas que hay peligro, sálvame de él; y luego, en agradecimiento, escucharé todo lo que quieras decirme.*

Siguiendo sus consejos, dejé el desagradable tema. Y ahora, Frederick, creo que debo terminar mi carta. Por estos pormenores puedes hacerte tu propia idea sobre el estado de mi paciente, y de mi situación y esperanzas futuras.

Escríbeme pronto, y te contestaré para contarte cómo siguen las cosas por aquí; pero ahora que mi presencia en la habitación del enfermo es tolerada, e incluso requerida, me quedará poco tiempo libre entre atender a mi marido y a mi hijo, pues no debo abandonar del todo a este último: no estaría bien dejarlo todo el tiempo con Rachel, y no me atrevo a dejarlo ni un momento con ninguno de los criados, ni permitir que esté solo, para que no se encuentre con ellos. Si su padre empeora, le pediré a Esther Hargrave que se encargue de él durante un tiempo, por lo menos hasta que yo haya reorganizado la casa; sin embargo, me gustaría mucho más tenerle a mi cuidado.

Me encuentro en una situación bastante particular: me esfuerzo todo lo que puedo con el fin de favorecer la recuperación y la enmienda de mi marido. Pero si lo logro, ¿qué haré? Mi deber, naturalmente... pero ¿cómo...? No importa. Puedo realizar la tarea que tengo ante mí ahora, y Dios me dará fuerza para hacer lo que Él exija en el futuro. Adiós, querido Frederick.

HELEN HUNTINGDON»

—¿Qué le parece? —preguntó Lawrence, mientras yo volvía a doblar en silencio la carta.

—Me parece —respondí— que está arrojando margaritas a los cerdos. ¡Ojalá se conforme con pisotearla y no vuelva a hacerla pedazos! Pero no diré nada más en contra de ella: me doy cuenta de que todo lo que ha hecho es motivado por las más nobles y mejores intenciones; y aunque el acto no me parece prudente, ¡que el cielo la proteja de sus consecuencias! ¿Puedo quedarme con esta carta, Lawrence? Como ve, no me ha mencionado ni una sola vez en ella, ni ha hecho la más ligera alusión a mí; por tanto, no puede haber ningún mal en ello.

—Pero ¿por qué desea conservarla?

—¿No fueron acaso estos caracteres escritos por su mano? ¿Y no fueron estas palabras concebidas en su pensamiento y muchas de ellas pronunciadas por sus labios?

—Está bien —dijo. Así que la conservé; de lo contrario, Halford, nunca habrías podido conocer todo su contenido.

—Y cuando le escriba —dije—, ¿tendría usted la amabilidad de preguntarle si me autoriza revelarle a mi madre y a mi hermana su verdadera historia y sus circunstancias, solo en la medida en que sea necesario hacer saber a los vecinos la vergonzosa injusticia que han cometido con ella? No quiero enviarle recuerdos afectuosos, sino simplemente pedirle eso, y además recalcar que es el favor más grande que usted podría hacerme, y decirle... No, nada más. Sabe que conozco su dirección, y podría escribirle yo mismo si lo quisiera, pero soy lo bastante prudente para contenerme.

—Está bien, haré esto por usted, Markham.

—Y tan pronto como reciba respuesta, ¿me permitirá conocerla?

—Si todo se desarrolla satisfactoriamente, iré yo mismo a decírselo.

Capítulo XLVIII
Más noticias

Cinco o seis días después de esto, el señor Lawrence nos hizo el honor de visitarnos, y cuando nos quedamos a solas los dos —lo que intenté conseguir tan pronto como me fue posible, llevándolo afuera conmigo para que contemplara mi cosecha de trigo—, me enseñó otra carta de su hermana. Mostraba bastante voluntad de someterla a mi ansiosa lectura, supongo que pensó que me haría bien. La única respuesta que daba a mi petición era esta:

«*El señor Markham es libre de hacer las revelaciones relacionadas conmigo que estime necesarias. Él sabe que preferiría no ser tema de conversación de ninguna manera. Espero que se encuentre bien, pero dile que no debe pensar en mí.*»

Puedo transcribirte algunos extractos de la carta, porque me permitió también conservar esta, quizá como remedio contra todas las esperanzas y fantasías perniciosas.

«*Ha mejorado de forma apreciable, pero está muy abatido por los efectos depresivos de su grave enfermedad y el régimen estricto que está obligado a mantener, tan contrario a todas sus costumbres anteriores. Es lamentable comprobar hasta qué punto sus hábitos en el pasado han degenerado su constitución, en otro tiempo distinguida, y degenerado todo el sistema de su organismo. Pero el doctor dice que puede considerársele fuera de peligro, siempre y cuando continúe manteniendo las necesarias restricciones. Debe tomar algunos licores estimulantes, pero han de ser diluidos convenientemente y utilizados en dosis bien separadas entre sí, y me resulta difícil que se atenga a ello. Al principio su terror a la muerte me facilitó la tarea, pero a medida que ceden sus agudos dolores, y ve alejarse el peligro, se vuelve más insoportable. También está empezando a volverle el apetito por la comida, y en esto, una vez más, sus antiguos e indulgentes hábitos se vuelven contra él. Le vigilo e impido que se exceda todo lo que puedo, y con frecuencia me reprocha amargamente mi rígida intransigencia; a veces trata de eludir mi supervisión y otras actúa en contra de mi voluntad. Pero ahora se ha acostumbrado tanto a mis cuidados en general que nunca está satisfecho cuando no estoy a su lado. A veces me veo obligada a ser inflexible con él, pues de lo contrario me convertiría en su esclava y sería una debilidad imperdonable abandonar por él mis otras actividades. Tengo que vigilar a los criados y cuidar a mi pequeño Arthur, y también de mi salud, todo lo cual sería abandonado si me dedicara a satisfacer sus desorbitadas pretensiones. Generalmente no velo por la noche, porque considero que la enfermera que lo hace está mejor preparada para este servicio que yo; no obstante, una noche entera de descanso es algo de lo que gozo en pocas ocasiones y nunca puedo aventurarme a contar con ello, porque mi paciente no tiene reparo en llamarme a cualquier hora cuando sus deseos o sus caprichos requieren mi presencia. Pero él teme notoriamente mi disgusto, y si en ocasiones pone a prueba mi paciencia con sus exigencias poco racionales y sus quejas y reproches malhumorados, en otras me deprime con su sumisión rastrera y un rebajamiento depredador de sí mismo cuando teme haber ido demasiado lejos. Mas puedo perdonar todo esto sin esfuerzo, sé que es fundamentalmente una consecuencia de su debilitada naturaleza y sus nervios alterados. Lo que más me perturba son los ocasionales intentos de demostrar su afecto, que no puedo ni creer auténticos ni corresponder. No es que lo odie: sus padecimientos y mis diligentes cuidados lo han hecho merecedor de cierta consideración por mi parte, incluso de mi afecto, pero me gustaría que se sosegara, fuera sincero y se limitara a dejar las cosas como están; pues cuanto más trata de seducirme, más me aparto de él y del futuro.*

—Helen, ¿qué piensas hacer cuando me encuentre bien? —me preguntó esta mañana—. ¿Te marcharás otra vez?

—Depende totalmente de tu comportamiento.

—Oh, seré muy bueno.

—Pero si creo necesario dejarte, Arthur, no me "escaparé": sabes que tengo tu promesa de poder ir a donde quiera, y llevarme a mi hijo conmigo.

—Oh, pero no tendrás ninguna razón para hacerlo —y a continuación vinieron una serie de declaraciones que detuve con bastante frialdad.

—¿No vas a perdonarme, entonces? —inquirió.

—Sí, te he perdonado; pero sé que no podrías amarme como lo hiciste una vez y lamentaría mucho que fueras a hacerlo, porque no tengo intención de corresponderte; así que cambiemos el tema y no volvamos a hablar de él. Puedes suponer lo que haré, al ver lo que he hecho por ti, siempre que sea compatible con la obligación más importante que tengo

con mi hijo —más importante porque él nunca perdió sus derechos, y porque espero serle más útil de lo que nunca podré serlo para ti—; y si quieres que tenga consideración por ti, son los hechos, y no las palabras, los que deben ganarte mi cariño y mi aprecio.

Su única respuesta a esto fue una ligera mueca y un encogimiento de hombros apenas perceptible. ¡Pobre infeliz! Para él las palabras son mucho más accesibles que los hechos, era como si yo hubiera dicho: "Son las libras y no los peniques las que deben comprar el artículo que deseas". Y luego soltó un suspiro quejumbroso y autocompasivo, como si lamentara que él, el amado y cortejado por tantas admiradoras, se viera abandonado a la misericordia de una mujer puritana, exigente y de corazón frío como aquella, y aun en la necesidad de sentirse agradecido por la amabilidad que esta decidiera concederle.

—Es una pena, ¿verdad? —dije. No sé si adiviné sus pensamientos, pero la observación parecía estar de acuerdo con ellos, porque respondió: "No tiene remedio", con una triste sonrisa.

He visto dos veces a Esther Hargrave. Es una criatura encantadora, pero su alegre espíritu está casi desecho, y su dulce carácter casi echado a perder, a causa de las incesantes persecuciones de su madre en favor de su rechazado pretendiente, no violentas, pero extenuantes e incesantes como un goteo. La madre parece decidida a convertir en una carga la vida de su hija, si esta no sucumbe a sus deseos.

—Mi madre hace todo lo posible —dice ella— para hacerme sentir que soy una carga y un inconveniente para la familia, y la más desagradecida, egoísta y desobediente de todas las hijas. Walter, además, se muestra antipático, frío, arrogante, como si me despreciara realmente. Ahora pienso que de haber sabido la resistencia que iba a costarme hubiera cedido desde el principio, ¡pero ahora, por pura obstinación, resistiré!

—Un mal motivo para una buena resolución —respondí—. Sin embargo, sé que tienes mejores motivos, en realidad, para tu persistencia, y te aconsejo que no los pierdas de vista.

—Confíe en que lo haré. A veces desafío a mi madre con escaparme y deshonrar a la familia ganándome la vida, si sigue atormentándome, y entonces eso la atemoriza un poco. Pero lo haré, en serio, si continúan así.

—*Ten paciencia* —*dije*— *y vendrán tiempos mejores.*

¡Pobre muchacha! Me gustaría que alguien digno de ella viniera y se la llevara. ¿No te gustaría a ti también, Frederick?»

Si la lectura de esta carta me llenó de desaliento respecto a la vida futura de Helen y la mía, había una gran fuente de consuelo: estaba ahora en mis manos poder limpiar su nombre de toda calumnia malintencionada. Los Millward y los Wilson verían con sus propios ojos el luminoso sol brillando detrás de las nubes y sus rayos los deslumbrarían y abrasarían; también lo verían mis propios amigos, aquellos cuyas sospechas habían amargado tanto mi alma. Para llevar adelante mi tarea, no tenía más que dejar caer la semilla en la tierra, y pronto se convertiría en una hierba frondosa y majestuosa: unas palabras a mi madre y a mi hermana serían suficientes para que la noticia se extendiera por toda la comarca, sin más esfuerzo de mi parte.

Rose estaba encantada. Tan pronto como le conté todo lo que consideré necesario —aparentando que era todo lo que sabía—, se precipitó con alegría a ponerse el sombrero y el chal, y corrió a llevar la buena nueva a los Millward y los Wilson. Sospecho que no fue buena nueva para nadie salvo para ella misma y para Mary Millward, esa muchacha discreta y sensible cuyas cualidades de buena ley habían sido rápidamente apreciadas y valoradas por la supuesta señora Graham, a pesar de su sencilla apariencia; y quien, por su parte, había sido capaz de ver y valorar el verdadero carácter y cualidades de aquella dama mejor que el genio más rutilante de ellos.

Como puede que nunca tenga la oportunidad de mencionarla otra vez, aprovecho para comentarte también que, por esta época, Mary estaba comprometida en secreto con Richard Wilson —un secreto, creo, para todo el mundo—. Aquel noble estudiante estaba ahora en Cambridge, en donde su comportamiento ejemplar y su diligente perseverancia en aprender lo hicieron culminar los estudios adquiriendo, junto con los laureles arduamente ganados, una reputación sin mancha. Con el tiempo se convirtió en el primer y único párroco del señor Millward, pues el deterioro obligó a este caballero a reconocer al fin que los deberes de su extensa parroquia eran demasiado para sus ponderadas energías, de las que tenía por costumbre jactarse delante de sus hermanos de hábito más jóvenes y menos activos. Esto era lo que los pacientes y fieles amantes habían planeado y esperado desde hacía años; y en su debido momento se unieron, ante el desconcierto del pequeño mundo en el que vivían, que hacía tiempo los había declarado a los dos nacidos para la beatitud del celibato; pues les parecía imposible que el pálido y retraído ratón de biblioteca llegara nunca a tener el coraje imprescindible para buscar esposa, o fuera capaz de hacerse con una si lo hacía, e igualmente imposible que la fea, bondadosa, poco atractiva señorita Millward encontrara nunca un marido.

Continuaron viviendo en la vicaría. La dama compartió su tiempo entre su padre, su marido y sus pobres feligreses, y luego los nuevos miembros de la familia; ahora que el reverendo Michael Millward ha ido a reunirse con sus antepasados, lleno de años y honores; el reverendo Richard Wilson lo ha sustituido en la parroquia de Lindenhope, para la enorme satisfacción de sus habitantes, que tanto tiempo llevaban constatando sus méritos y los de su excelente y bien amada compañera.

Si estás interesado en el destino posterior de la hermana de la dama, solo puedo decirte —lo cual, quizá, habrás oído por otro medio— que hace unos doce o trece años libró a la feliz pareja de su presencia casándose con un acaudalado comerciante de L... no le envidio su suerte. Me temo que ella lo hace llevar una vida poco agradable, aunque, afortunadamente, él es demasiado indiferente para darse cuenta de su desgracia. He tenido poco contacto con ella: no nos vemos desde hace años, pero estoy seguro de que no ha olvidado ni perdonado a su antiguo admirador, ni a la dama cuyas superiores cualidades le hicieron comprender la estupidez de su afecto infantil.

En cuanto a la hermana de Richard Wilson, siendo completamente incapaz de volver a cazar al señor Lawrence, o de conseguir un pretendiente lo suficientemente rico y elegante para encajar en sus ideas sobre cómo debería ser el marido de Jane Wilson, permanece soltera. Poco después de la muerte de su madre, retiró la luz de su presencia de Ryecote Farm, pues le resultaba imposible soportar por más tiempo los zafios modales y las costumbres poco sofisticadas de su honrado hermano Robert y de su honrada esposa, o la idea de ser confundida a los ojos del mundo con una gente tan ordinaria. Se instaló en una pensión de..., la ciudad del condado donde vivió y aún vive, supongo, en una especie de avara, fría e incómoda exquisitez, sin hacer ningún bien a los demás y muy poco a sí misma; pasando los días entre sus elegantes labores y sus vergüenzas; refiriéndose frecuentemente a su "hermano, el vicario", y a su "hermana, la esposa del vicario", pero nunca a su hermano, el granjero, y su hermana, la mujer del granjero; viendo a tantos acompañantes como puede, sin demasiado esfuerzo, pero sin amar a nadie ni ser amada por nadie: una solterona insensible, de corazón de roca, arrogante, traicionera y profundamente criticona.

Capítulo XLIX
"Y DESCENDIÓ LA LLUVIA, Y VINIERON LAS RIADAS, Y SOPLARON LOS VIENTOS, Y ROMPIERON CONTRA AQUELLA CASA, Y CAYÓ: Y SU DERRUMBAMIENTO FUE GRANDE"

El señor Lawrence estaba ahora completamente restablecido, sin embargo, mis visitas se hicieron mucho más frecuentes, aunque no tan extensas como antes. Raras veces hablábamos de la señora Huntingdon; no obstante, nunca nos encontrábamos sin mencionarla, porque siempre busqué su compañía con la esperanza de saber algo de ella, y él nunca buscaba nunca la mía porque ya me veía con bastante frecuencia sin necesidad de hacerlo. Entonces yo siempre empezaba hablando de otras cosas, y esperaba a ver si él sacaba el tema primero. Si no lo hacía, yo decía, como por casualidad: "¿Ha tenido noticias de su hermana últimamente?". Si él decía: "No", no hablábamos más del asunto; si él decía: "Sí", me atrevía a preguntarle: "¿Cómo está ella?", pero nunca: "¿Cómo se encuentra su marido?", aunque estuviera interesado en saberlo; porque no tenía la hipocresía de aparentar ninguna preocupación por su recuperación, ni la insolencia de expresar ningún deseo por un resultado adverso. ¿Tenía yo realmente semejante deseo? Me temo que debo considerarme culpable, pero puesto que has leído mi confesión, debes prestar atención también a su justificación, o a algunos de los pretextos, al menos, con los que yo buscaba aquietar mi remordimiento.

En primer lugar, como sabes, su vida lastimaba a los demás, y evidentemente no lo beneficiaba a sí mismo; y aunque yo deseaba que se terminara, no habría apresurado su final aunque hubiera podido hacerlo con solo levantar un dedo, o si un espíritu me hubiera susurrado al oído que un poco de voluntad sería suficiente... al menos, realmente, que tuviera el poder de cambiarlo por cualquier otra víctima de la tumba cuya vida pudiera ser provechosa para su raza, y cuya muerte fuera lamentada por sus amigos. Pero ¿había algún pecado en desear que, entre los miles de personas cuyas almas serían sin duda solicitadas antes del fin de año, este desdichado mortal fuera una de ellas? Yo pensaba que no, y por lo tanto, deseaba con todas mis fuerzas que el cielo tuviera la fortuna de llevárselo a un mundo mejor, o, si esto no podía ser, que se lo llevara de este; porque si ahora no estaba en condiciones de responder al llamado, después de una edificante enfermedad, y con un ángel como aquel a su lado, no cabía esperar que lo estuviera nunca. Era indiscutible, en cambio, que la recuperación de la salud traería consigo el retorno de la sensualidad y la indecencia, y cuanto más seguro estuviera de su recuperación, más acostumbrado a la misericordiosa bondad de ella, más crueles se volverían sus sentimientos, más insensible e impenetrable su corazón a los razonamientos elocuentes de ella. Pero todo estaba en manos de Dios. Entretanto, sin embargo, no podía sino estar ansioso por el resultado de Sus designios, sabiendo, como yo sabía, que —dejándome a mí completamente aparte— aunque Helen pudiera sentirse interesada en el bienestar de su marido, aunque pudiera lamentar su suerte, mientras él viviera ella sería desgraciada.

Transcurrieron quince días y mis preguntas siempre fueron contestadas de forma negativa. Por fin, un deseado "sí" me impulsó a hacer la segunda pregunta. Lawrence adivinaba mis penosos pensamientos y apreciaba mi prudencia. Al principio temí que me torturara con respuestas inadecuadas, dejándome en la más absoluta oscuridad en lo referente a lo que yo deseaba saber, o forzándome a sacarle la información, gota a gota, por medio de preguntas directas. "Y te servirá de algo", te preguntarás, pero él fue más compasivo: al poco rato puso mis en manos la carta de su hermana. La leí en silencio, y se la devolví sin hacer ningún comentario. Este modo de proceder le gustó tanto que en adelante siempre me enseñó las cartas cuando le preguntaba por ella, si es que había carta que mostrar —era mucho menos fastidioso que contarme su contenido—; yo recibía aquellas confidencias con tanta discreción que nunca cambió su práctica.

Pero yo devoraba aquellas cartas preciosas con los ojos, y nunca las devolvía hasta grabar su contenido en mi mente. Cuando volvía a casa, escribía los pasajes más importantes en mi diario junto con los más importantes acontecimientos del día.

La primera de estas cartas informaba de una grave recaída del señor Huntingdon, debida exclusivamente a su imprudencia al insistir en sucumbir a su afición por las bebidas alcohólicas. Inútilmente le había ella llamado la atención, en vano le había diluido el vino con agua: sus argumentos y sus amenazas eran un fastidio, su interferencia un insulto tan intolerable que, finalmente, una vez, al descubrir que le había aguado el oporto que le llevaba, tiró la botella por la ventana, alegando no estar dispuesto a permitir que le engañaran como a un niño; ordenó al mayordomo, bajo amenaza de inmediata expulsión de la casa si no la cumplía, que le llevara la botella del vino más fuerte que hubiera en la bodega, asegurando que habría estado bien hacía tiempo si se le hubiera permitido hacer lo que quería, pero que ella prefería mantenerlo débil para poder tenerlo bajo su dominio —y, por todos los diablos, no iba a permitir que lo siguieran fastidiando más—, con una mano cogió un vaso y con la otra una botella, y no descansó hasta dejarla vacía. Unos síntomas alarmantes fueron las inmediatas consecuencias de su "imprudencia" —como ella la calificó amablemente—, síntomas que aumentaron desde entonces en lugar de disminuir; esta fue la causa de que dejara de escribirle a su hermano. Todos los signos anteriores de la enfermedad habían vuelto a presentarse con mayor furia: la ligera herida exterior, a medio cicatrizar, se había vuelto a abrir; se había desarrollado una inflamación interna, que podría tener consecuencias fatales si no se detenía de inmediato. Naturalmente, el carácter del desdichado enfermo no mejoró con su desgracia; de hecho, sospecho que se volvió casi insoportable, aunque su misericordiosa enfermera no se quejaba, pero decía que al fin se había visto obligada a poner a su hijo en manos de Esther Hargrave, ya que su presencia era tan a menudo requerida en la habitación del enfermo que casi ya no podía atenderlo. El niño le había rogado que le permitiera quedarse con ella para ayudarla a cuidar de su padre, y aunque ella no tenía duda de que habría sido muy bueno y pacífico, no soportaba la idea de que sus infantiles y tiernos sentimientos se enfrentaran a la visión de tanto sufrimiento, permitirle ser testigo de la impaciencia de su padre, o que escuchase el horrible lenguaje que estaba acostumbrado a utilizar en sus crisis de dolor o irritación.

Este último —continuaba ella— lamenta sinceramente el comportamiento producto de su recaída, pero, como de costumbre, me echa la culpa a mí. Si hubiera razonado con él como una criatura sensata, dice, nunca habría sucedido; pero ser tratado como un bebé o como un estúpido era suficiente para acabar con la paciencia de un hombre, y llevarlo a afirmar su independencia aun a costa de su propio beneficio; él se olvidaba de cuántas veces le había razonado yo hasta "agotar su paciencia". Parece darse cuenta del peligro que corre, pero nada puede persuadirlo a examinarlo en la perspectiva adecuada. La otra noche, mientras le hacía compañía, e inmediatamente después de llevarle un brebaje para aliviar su ardiente sed, observó, volviendo a su antigua y sarcástica amargura.

—¡Sí, tú eres excesivamente atenta ahora! Supongo que no hay nada que no estuvieras dispuesta a hacer por mí.

—Ya sabes —dije, un poco desconcertada por su actitud— que de buena gana haría cualquier cosa que pudiera aliviarte.

—Sí, mi ángel inmaculado; pero cuando hayas asegurado tu recompensa y te encuentres a salvo en el cielo, y yo aullando en el fuego del infierno, ¡no moverás ni un dedo para ayudarme! ¡No, me mirarás con placer, y ni siquiera mojarás la punta de tu dedo para refrescarme la lengua!

—Si ocurre así, la causa será el gran abismo que no podré salvar; y si pudiera mirarte con placer en un caso semejante, sería solo por la tranquilidad de que estarías purificándote de tus pecados y preparándote para disfrutar de la felicidad que sintiera yo. Pero, Arthur, ¿estás decidido a que yo no te encuentre en el cielo?

—¡Hum! Me gustaría saber qué es lo que haría allí.

—En realidad, no puedo decírtelo, y me temo que es demasiado evidente que tus gustos y tus sentimientos deben cambiar radicalmente para poder tener algún goce en el cielo. Pero ¿prefieres hundirte en el estado de tortura pronosticado por ti mismo sin hacer nada por evitarlo?

—Oh, todo es un cuento —dijo, con desdén.

—¿Estás seguro, Arthur? ¿Estás completamente seguro? Porque si tienes alguna duda, si después de todo te dieras cuenta de que estás equivocado cuando fuera demasiado tarde para...

—Desde luego sería bastante incómodo —dijo—, pero no me molestes ahora. No voy a morirme todavía. No puedo ni quiero —añadió con vehemencia, como si de pronto se sintiera atemorizado ante la posibilidad de aquel terrible suceso—. ¡Helen, debes salvarme! —y cogió ansiosamente mi mano y me miró a los ojos con una desesperación tan suplicante que mi corazón se deshizo y las lágrimas me impidieron hablar.

La siguiente carta nos hizo saber que la enfermedad se agravaba rápidamente: el horror a la muerte del pobre enfermo era todavía más tormentosa que su falta de resistencia ante el dolor físico. No todos sus amigos lo habían abandonado, pues el señor Hattersley, al enterarse de su estado, había ido a verlo desde su lejana casa en el norte. Su mujer le había acompañado, tanto por el placer de ver a su querida amiga, de quien llevaba separada tanto tiempo, como por visitar a su madre y a su hermana.

La señora Huntingdon se manifestó complacida por ver a Milicent una vez más, y le agradó comprobar que se encontraba tan bien y tan feliz...

Ahora está en el Grove —seguía diciendo la carta—, pero viene a verme con frecuencia. El señor Hattersley pasa gran parte del tiempo junto a la cama de Arthur. Con más sensibilidad de la que le otorgaba, manifiesta una formidable compasión por su desdichado amigo, y se muestra mucho más deseoso que realmente capaz de consolarlo. A veces trata de bromear y reírse con él, pero no sirve de nada; otras, se esmera por levantarle el ánimo hablándole de los viejos tiempos, y esto en ocasiones sirve para distraer al paciente de sus tristes pensamientos, y en otras, solo lo sumerge en una melancolía más profunda que la anterior; entonces Hattersley se queda perplejo, y no sabe qué decir, salvo hacer una tímida sugerencia de buscar al sacerdote. Pero Arthur nunca lo consiente: sabe que en otras ocasiones ha rechazado las bienintencionadas reprimendas del sacerdote con una frivolidad burlona, y no puede ni soñar en volver a él ahora en busca de consuelo.

El señor Hattersley ofrece a veces sus servicios en lugar de los míos, pero Arthur no acepta que me vaya: este extraño capricho sigue creciendo conforme disminuye su fuerza —el capricho de tenerme siempre a su lado—. Casi nunca lo dejo, salvo para ir a la habitación vecina, en donde a veces duermo una o dos horas cuando él está tranquilo; pero incluso entonces, dejo la puerta medio abierta para que sepa que puede llamarme. Ahora estoy con él mientras escribo, me temo que mi ocupación le molesta, aunque interrumpo con frecuencia mi carta para atenderlo y aunque el señor Hattersley está también a su lado. Este caballero vino, según dijo, para implorar un descanso para mí, para que yo pudiera dar un paseo por el parque esta excelente y fría mañana junto con Milicent, Esther y el pequeño Arthur, a quien él había traído para que me viera. A nuestro pobre enfermo evidentemente esta proposición le pareció cruel, y le habría parecido todavía más cruel que yo la aceptara. Por tanto, dije que solo iría un momento a hablar con ellos, y que luego volvería. Así que no hice más que intercambiar unas palabras con ellos, junto al pórtico —aspirando el aire fresco y vigorizante— y luego, resistiéndome a los voluntariosos y elocuentes ruegos de los tres para que me quedara un poco más y me uniera a ellos en un paseo por el parque, me marché y volví con mi paciente. No había estado ausente ni cinco minutos, pero él me reprochó amargamente mi frivolidad y abandono. Su amigo salió en mi defensa.

—No, de ninguna manera, Huntingdon —dijo—, eres demasiado rígido con ella. Debe comer y dormir, y aspirar un aliento de aire fresco de vez en cuando, o de lo contrario no podrá resistirlo, te lo aseguro. Mírala, hombre, se está quedando en los huesos.

—¿Qué son sus sufrimientos comparados con los míos? —dijo el infeliz enfermo—. No me guardas rencor por estos cuidados, ¿verdad, Helen?

—No, Arthur, si pudiera ayudarte realmente con ellos. Si pudiera, daría mi vida por salvarte.

—¿Lo harías, de verdad? ¿No?

—Lo haría con mucho placer.

—¡Ah! Eso es porque crees que estás mejor preparada para morir.

Se hizo un lamentable silencio. Era evidente que estaba sumido en lúgubres reflexiones, pero mientras pensaba en algo que decirle para consolarlo sin alarmarlo, Hattersley, cuya mente había estado siguiendo el curso de la conversación, rompió el silencio diciendo:

—Mira, Huntingdon, yo haría venir a algún clérigo. Si no te gusta el párroco, puedes hacer venir al ayudante o, a algún otro.

—No, ninguno de ellos puede hacerme ningún bien si ella no puede —fue la respuesta. Y las lágrimas brotaron de sus ojos, al tiempo que exclamaba con verdadera angustia—: ¡Oh, Helen, si te hubiera escuchado, nunca habría llegado a esto! ¡Y si te hubiera hecho caso hace mucho tiempo...! ¡Oh, Dios, qué diferente habría sido!

—Escúchame ahora entonces, Arthur —dije, apretándole cariñosamente la mano.

—Es demasiado tarde —dijo con desprecio. Y a continuación le sobrevino otro paroxismo de dolor, entonces su lucidez comenzó a desvariar y temimos que su muerte estuviera próxima; pero esta vez le suministramos un opiáceo y sus dolores comenzaron a ceder, se fue serenando poco a poco y finalmente se sumió en una especie de adormecimiento. Desde entonces ha estado más tranquilo. Hattersley se ha marchado hace poco, expresando su ilusión de que mañana se encuentre mejor cuando venga a visitarlo.

—Quizá pueda mejorarme —ha respondido el enfermo—. ¿Quién sabe? Esta puede haber sido la crisis. ¿Qué crees tú, Helen?

Para no deprimirlo le he dado la respuesta más optimista que se me he ocurrido, a pesar de lo cual le he recomendado estar preparado para la posibilidad que yo temía con mayor certeza. Pero él estaba decidido a confiar. Poco después, ha vuelto a sumirse en una especie de sopor y ahora gime de nuevo.

Se ha producido un cambio repentino. De pronto me llamó a su lado, con una agitación tan extraña que temí que estuviera delirando, pero no era así.

—¡Eso fue la crisis, Helen! —dijo, complacido—. Tenía un dolor infernal, ahora me ha desaparecido del todo, nunca me he encontrado mejor desde la caída... ¡Dios mío, me ha desaparecido! —y me cogió la mano y me la besó lleno de emoción, pero, al darse cuenta de que yo no participaba de su alegría, la soltó de golpe y maldijo con amargura mi apatía e insensibilidad. ¿Qué podía yo decir? Arrodillándome junto a él, cogí su mano y la apreté tan afectuosamente como pude contra mis labios —por primera vez desde nuestra separación— y le dije, en la medida en que las lágrimas me dejaban hablar, que no era eso lo que me había mantenido en silencio: era el temor a que la repentina desaparición del dolor no fuera un síntoma tan conveniente como él suponía. Inmediatamente mandé a buscar al doctor. Ahora lo esperamos, impacientes. Te escribiré lo que diga. La ausencia de dolor, la ausencia de sensaciones en donde el dolor era más agudo sigue sin tener variación.

Mis peores temores se han confirmado, ha aparecido la gangrena. El doctor le ha dicho que no hay esperanza. No hay palabras para describir su angustia. No puedo escribir más.

Lo que seguía era todavía más doloroso en cuanto a su contenido. El enfermo se acercaba rápidamente al desconsuelo de la muerte; era arrastrado casi al borde de aquel horroroso vacío, que él se estremecía al contemplar y del que ni el anhelo de las oraciones ni las lágrimas podían salvarlo. Nada podía consolarlo ahora: los rudimentarios intentos de Hattersley fueron pronunciados en vano. El mundo no era nada para él: la vida y todos sus atractivos, sus insignificantes solicitudes y placeres eran una cruel ironía. Hablar del pasado era torturarlo con vanos remordimientos, referirse al futuro incrementaba su angustia; y, no obstante, permanecer callado era dejarlo presa de sus propios sollozos y miedos. A menudo insistía con una estremecedora meticulosidad en el destino de su cuerpo perecedero: la lenta y progresiva fragmentación que invadía ya su cuerpo, el sudario, el ataúd, la oscura y solitaria tumba, y todos los horrores de la putrefacción.

—Si intento —confesaba su afligida esposa— apartar estos temas de su pensamiento, obligarlo a concentrarse en temas más elevados, no es mejor.

—¡Peor y peor! —gime—. Si hubiera verdaderamente otra vida más allá de la tumba y un juicio después de la muerte, ¿cómo voy a enfrentarme a él?

No puedo hacerle ningún bien: no conseguiré hacerlo entender, ni estimularlo, ni reconfortarlo con nada que pueda decir; y sin embargo se aferra a mí con una obstinación implacable, con una especie de impaciencia infantil, como si yo pudiera salvarlo del destino que sospecha. Estoy día y noche junto a él. Me tiene cogida la mano izquierda ahora, mientras escribo, me la ha tenido así durante horas: a veces aferrándose con violencia a mi brazo, mientras le corren grandes gotas por la frente ante la idea de lo que ve, o cree que ve, ante sí. Si retiro mi mano un momento, se inquieta.

—Quédate conmigo, Helen —dice—, déjame tenerte así cerca: parece como si no pudiera pasarme nada malo mientras estés aquí. Pero la muerte vendrá, se acerca ahora... ¡deprisa, deprisa! y... ¡oh, si pudiera afirmar que no hay nada después!

—No intentes afirmarlo, Arthur. Después están la alegría y la gloria, ¡solo tienes que intentar alcanzarlas!

—¿Yo? —dijo, con algo parecido a una risa—. ¿No vamos a ser juzgados de acuerdo con lo que hemos hecho en esta vida? ¿Cuál es el beneficio de una existencia llena de pruebas, si un hombre puede vivirla como quiera, precisamente en contra de los mandamientos de Dios, si luego va al cielo con los mejores, si el más vil pecador puede ganar la recompensa del más venerable de los santos solo con decir: "me arrepiento"?

—Pero si te arrepientes sinceramente...

—No puedo arrepentirme, únicamente tengo miedo.

—¿Solo puedes arrepentirte del pasado por las consecuencias que ha tenido para ti mismo?

—Exactamente... salvo que lamento haberte hecho daño, Helen, porque eres tan buena conmigo...

—Piensa en la bondad de Dios y no podrás más que lamentarte por haberlo ofendido a Él.

—¿Qué es Dios? No puedo verlo ni escucharlo. Dios no es más que una idea.

—Dios es infinita sabiduría, y poder, y bondad, y amor; pero si esta idea es demasiado inmensa para tus facultades humanas, si tu entendimiento se pierde en su abrumadora infinitud, afiánzate en Aquel que consintió asumir nuestra naturaleza, que ascendió a los cielos incluso en Su glorificado cuerpo humano, en quien la plenitud de la divinidad resplandece.

Pero no hizo más que mover la cabeza y suspirar. Luego, en otro arrebato de horror, apretó mi brazo y mi mano y, llorando y lamentándose, se aferró a mí todavía con esta frenética y desesperada pasión tan angustiosa para mi alma, porque sé que no puedo ayudarlo. Hice todo lo que pude para calmarlo y reconfortarlo.

—¡La muerte es tan aterradora... no puedo soportarla! —gritó—. Tú no sabes, Helen, no puedes imaginarte lo que es, porque no la tienes frente a ti; y cuando me hayan enterrado, tú volverás a tu vida de antes y serás más feliz que nunca, y todo el mundo seguirá tan ocupado y feliz como si yo no hubiera existido jamás, mientras yo... —se echó a llorar.

—No te aflijas por eso —dije—, todos te seguiremos bastante pronto.

—¡Ojalá! ¡Quisiera Dios que pudiera llevarte conmigo ahora! —exclamó—. Deberías interceder por mí.

—Ningún hombre puede liberar a su hermano, ni hacer por él un acuerdo con Dios —repliqué—. Costó más redimir sus almas: costó la sangre de un Dios hecho hombre, perfecto y sin mancha en Sí mismo, para liberarnos del cautiverio del maligno. Deja que Él interceda por ti.

Pero parece que hablo en vano. Él no se ríe ahora, como antes, de estas verdades sagradas ni se burla, pero no puede todavía creer en ellas o comprenderlas. Su muerte no está lejos. Sufre terriblemente y también sufrimos los que cuidamos de él. Pero no te agotaré con más detalles. Creo que he dicho lo suficiente para convencerte de que la decisión de venir fue la más indicada.

¡Pobre, pobre Helen! ¡Verdaderamente terribles han debido de ser las pruebas que soportó! Y yo no pude hacer nada por mitigarlas... todo lo contrario, parecía casi como si yo mismo la hubiera arriesgado a ellas, por medio de mis secretos deseos; y al contemplar sus sufrimientos, o los de su marido, era como si me sintiera enjuiciado por haber acariciado semejante anhelo.

A los dos días llegó otra carta. Esta también me fue entregada sin ningún comentario, y este era su contenido:

«*5 de diciembre:*

Ha partido por fin. Estuve sentada junto a él toda la noche, con mi mano fuertemente apretada por la suya, observando los cambios en su aspecto y escuchando su respiración debilitarse. Llevaba callado mucho rato, yo creía que nunca volvería a hablar, cuando murmuró, débil pero claramente:

—¡Ruega por mí, Helen!

—Ruego por ti, cada hora, cada minuto, Arthur; pero debes rogar por ti mismo.

Sus labios se movieron, pero de ellos no emanó ningún sonido. Luego sus ojos se agitaron y, suponiendo que estaba inconsciente por las palabras absurdas, pronunciadas a medias, que se le escapaban de vez en cuando, zafé suavemente mi mano de la suya, con la intención de respirar un poco de aire, pues estaba casi a punto de desmayarme; pero un estremecedor movimiento de sus dedos y un "¡No me dejes!" débilmente susurrado me retuvo al instante: cogí de nuevo su mano y no la solté hasta que dejó de existir. Y entonces me desmayé: no fue el dolor, fue el agotamiento que, hasta ese momento, había sido capaz de combatir. ¡Oh, Frederick, nadie puede imaginar la tristeza, física y mental, de aquel lecho mortuorio! ¿Cómo podía soportar la idea de que aquella alma asustada se había arrojado al tormento eterno? ¡Esa idea iba a volverme loca! ¡Pero, gracias a Dios, tengo esperanza, no solo por la confianza en la posibilidad de que la penitencia y el perdón puedan haberlo alcanzado en el último momento, sino por la fe bendita en que, por medio de cualquier fuego purificador que el espíritu corrompido pueda estar condenado a sufrir, sea cual fuere el destino que lo espera, todavía no está perdido, y Dios, que no aborrece nada que Él haya creado, lo bendecirá al final!

Su cuerpo será depositado el próximo jueves en una oscura tumba a la que tanto temía, pero el ataúd debe ser cerrado lo antes posible. Si piensas asistir al funeral ven pronto, pues necesito ayuda.

HELEN HUNTINGDON».

CAPÍTULO L
DUDAS Y DECEPCIONES

Al leer esto no tenía ninguna razón para ocultar mi alegría y mi esperanza ante Frederick Lawrence, pues no tenía nada de qué avergonzarme. Era inevitable sentir alegría de ver a su hermana liberada al fin de su penosa y abrumador esfuerzo, y sentir esperanza de que ella se recuperara con el tiempo de sus consecuencias y se le permitiera tener una vida llena de paz y tranquilidad, al menos, el resto de su vida. Yo sentí una profunda compasión por su desventurado marido —aunque era plenamente consciente de que él había sido el único causante de todos sus sufrimientos y merecedor, sin duda, de ellos—, una profunda lástima con ella por sus desdichas y una gran preocupación por las consecuencias de aquellos agotadores cuidados, aquellas fatales vigilias, aquella reclusión incesante y perjudicial junto a un moribundo, porque estaba absolutamente convencido de que no había mencionado la mitad de los sufrimientos que había tenido que soportar.

—¿Va a ir usted a verla, Lawrence? —pregunté, poniendo la carta en sus manos.

—Sí, inmediatamente.

—¡Muy bien! Lo dejaré entonces para que haga los preparativos para su marcha.

—Ya los he hecho, mientras leía usted la carta y antes de que viniera, y el coche acaba de llegar.

Reconociendo su celeridad, me despedí de él y me marché. Me dirigió una mirada perspicaz al tiempo que nos estrechábamos las manos para despedirnos. Sea lo que fuere lo que buscaba en mi expresión, no pudo ver en ella nada más que la más decorosa gravedad... quizá mezclada con un poco de austeridad porque por un momento me ofendió lo que sospechaba le estaba cruzando por la cabeza.

¿Había olvidado yo mis propias expectativas, mi ardiente amor, mis perseverantes esperanzas? Parecía como una profanación volver a ellas ahora, pero no las había olvidado. Reflexioné, sin embargo, sobre estas cosas con un lúgubre sentido de la complicación de esas expectativas, la trampa de esas esperanzas y la vanidad de este afecto, al montar de nuevo en mi caballo y hacer lentamente el viaje de regreso a casa. La señora Huntingdon era libre ahora, ya no era un delito pensar en ella; pero ¿pensó ella alguna vez en mí? No, en aquel momento, naturalmente, no era de esperar, pero ¿lo haría cuando se hubiera recuperado del impacto? A lo largo de toda su correspondencia con su hermano —nuestro mutuo amigo, como ella misma lo llamaba—, me había mencionado solo una vez, y había sido por necesidad. Esto solo servía para alimentar la presunción de que me había olvidado. No obstante, no era esto lo peor: podría haber sido su sentido del deber lo que la había hecho guardar silencio, podría estar tratando solo de olvidar; pero además de esto, tenía la pesimista convicción de que la terrible realidad que había visto y sufrido, su reconciliación con el hombre a quien había amado una vez, el sufrimiento y la muerte espantosa de este, debían haberse encargado de borrar finalmente de su pensamiento todas las huellas de su fugaz amor por mí. Ella podría recuperarse de todos esos horrores hasta el punto de recuperar su antigua salud, su tranquilidad, incluso su alegría, pero nunca aquellos sentimientos que a partir de entonces le parecerían un afecto momentáneo, un sueño vano, ilusorio; sobre todo cuando no había nada ni nadie que le recordara mi existencia, ni forma de hacerle saber mi apasionada constancia, ahora que estábamos tan lejos el uno del otro, y la cortesía me prohibía verla o escribirle durante algunos meses por lo menos. ¿Cómo podía lograr que su hermano me ayudara? ¿Cómo podía romper aquella helada cubierta de cautelosa reserva? Quizá él desaprobaría ahora mi afecto igual que antes, ¿no me consideraría, quizá, demasiado pobre, demasiado humilde para su hermana? Sí, había otra barrera: era indudable que había una gran desigualdad entre el rango y la situación de la señora Huntingdon, la dama de Grassdale Manor, y los de la señora Graham, la artista, la inquilina de Wildfell Hall; quizá los amigos de ella, el mundo, si es que no ella misma, considerarían una fanfarronería que yo ofreciera mi mano a la primera... una penalidad que yo podría tolerar, si estuviera seguro de que ella me amaba; pero si no me amaba, ¿cómo podía hacerlo? Y, como colofón, su difunto marido, egoísta por excelencia, podría haber redactado un testamento de tal manera que le impusiera impedimentos para contraer nupcias otra vez. Como ves, tenía bastantes razones para desilusionarme si hubiera querido.

Sin embargo, esperé el regreso del señor Lawrence de Grassdale con mucha impaciencia, impaciencia que aumentaba a medida que se prolongaba su ausencia. Estuvo fuera unos diez días. Me parecía muy bien que permaneciera allí para consolar y ayudar a su hermana, pero podía haber escrito para contarme cómo se encontraba ella, o al menos cuándo pensaba volver; porque podría haber considerado mi angustia por ella y mi sumisión en la incertidumbre en cuanto a mis planes futuros. Y cuando al fin regresó, lo único que me dijo fue que se encontraba exhausta y agotada por sus incesantes esfuerzos en favor de aquel hombre que había sido el azote de su vida y la había arrastrado con él hasta las mismas puertas de la muerte, y que estaba todavía muy conmovida y deprimida por su triste desenlace y las circunstancias que lo rodearon. Pero no dijo ninguna palabra referente a mí, no hizo ninguna alusión a que ella pronunciara alguna vez mi nombre, o este fuera mencionado en su presencia. Naturalmente yo tampoco le hice ninguna pregunta: no se me cruzó por la cabeza hacerlo, suponiendo, como suponía, que Lawrence era contrario a la idea de una posible unión mía con su hermana.

Sospeché que él esperaba que le hiciera más preguntas sobre su visita y también, con la aguda percepción de los celos, o del amor propio —o como quiera que deba llamarlo—, que a él no le gustaba la idea del interrogatorio amenazante, se mostró no menos complacido que sorprendido al ver que este no se producía. Como es natural, yo ardía de rabia, pero el orgullo me obligó a reprimir mis emociones y a mantener sereno mi semblante —o al menos a aparentar una estoica calma— a todo lo largo de nuestro encuentro. Hice bien en comportarme así, pues volviendo a reflexionar sobre el asunto una vez recuperada la calma, debo expresar que habría sido absurdo e inadmisible discutir con él en una ocasión semejante. Debo confesar también que muy dentro de mí lo desprecié: la verdad era que sentía por mí una gran simpatía, pero era plenamente consciente de que una unión entre la señora Huntingdon y yo sería lo que el mundo llama una *mésalliance* —un casamiento desigual—, y no era propio de su naturaleza desafiar al mundo, sobre todo en un caso como este, porque su risa temerosa, o su opinión desfavorable, sería para él más terrible que se dirigiera contra su hermana que contra sí mismo. Si hubiera creído que la unión era necesaria para la felicidad de ambos, o de cualquiera de los dos, o hubiera sabido con cuánto fervor la amaba yo, se habría comportado de forma diferente; pero al verme tan tranquilo y frío, no quiso por nada del mundo perturbar mi conformismo y, aunque se abstenía por completo de cualquier oposición activa a la boda, tampoco haría nada para que se celebrara, y prefería más bien actuar con moderación, ayudándonos a superar nuestro apego mutuo en lugar de dejarse arrastrar por la emoción, y fomentarla. "Y no se equivocaba al hacerlo", dirás. Quizá no. En cualquier caso, yo no ganaba nada con guardar resentimientos contra él como lo hacía, pero en aquel momento no podía juzgar el asunto con la necesaria moderación; y después de una conversación sobre trivialidades, me fui, sintiendo el escozor del orgullo herido y de la amistad traicionada, además del dolor que me producía el terror de que ella me hubiera olvidado realmente, y la seguridad de que aquella a la que amaba se encontraba sola y afligida, padeciendo falta de salud y abatimiento de espíritu, sin que yo pudiera hacer nada para consolarla o remediarlo, ni siquiera demostrarle mi solidaridad, pues la comunicación de un mensaje semejante a través del señor Lawrence no podía ni tenerse en cuenta.

Pero ¿qué haría? Esperaría a ver si ella daba muestras de acordarse de mí, lo cual, por supuesto, no ocurriría sino por medio de un mensaje confiado a su hermano, el cual, con toda seguridad, no me haría llegar, y entonces —¡horrible pensamiento!— ella me consideraría frío y cambiado por no contestarlo... O, quizá, él ya le había dado a entender que yo había dejado de pensar en ella. Sin embargo, esperaría a que hubieran transcurrido los seis meses de nuestra despedida —es decir, hasta finales de febrero—, entonces le enviaría una carta recordándole humildemente su anterior permiso para escribirle al final de ese período y esperando que pudiera hacer uso de él, al menos para expresarle mi más sincero pesar por sus últimas desdichas, mi justo aprecio de su generosa conducta y mi esperanza de que su salud se hubiera restablecido del todo, y que, en algún momento, se le permitiera disfrutar de las bendiciones de una vida tranquila y feliz que durante tanto tiempo se le había negado, vida que nadie merecía más que ella. Añadiría algunas palabras de amable recuerdo para mi pequeño amigo Arthur, con la esperanza de que no me hubiera olvidado, y, quizá, algunas más referentes a tiempos pasados, a las deliciosas horas transcurridas en su compañía, y mi imborrable recuerdo de ellas, que era la sal y el consuelo de mi vida, y la esperanza de que sus pesares recientes no me hubieran desterrado para siempre de su pensamiento. Si no contestaba a esta carta, no le escribiría ninguna otra; si la contestaba —como seguramente haría, de alguna manera—, mi actuación posterior dependería de su respuesta.

Diez semanas era mucho tiempo para esperar en un estado de tan desoladora incertidumbre, pero ¡fortaleza!, debía soportarlo. Mientras tanto continuaría visitando a Lawrence de vez en cuando, aunque no tan a menudo como antes, y continuaría incluso con mis acostumbradas preguntas sobre su hermana, si había sabido algo de ella últimamente, que cómo estaba, pero nada más.

Así lo hice, y las respuestas se limitaban irritantemente a la carta objeto de mis pesquisas: se encontraba como de costumbre, no se quejaba, pero el tono de la última carta hacía evidente una gran depresión; decía que se encontraba mejor, y, por último, que estaba bien, muy ocupada con la educación de su hijo y con la regencia de las propiedades de su difunto marido, y la reorganización de sus asuntos. El pícaro nunca me dijo cómo habían sido dispuestos esos bienes, o si el señor Huntingdon había muerto sin hacer testamento o no; y yo prefería morirme antes de preguntárselo, para que no se interpretara mi deseo de saber como codicia. Él nunca se ofrecía ahora a enseñarme las cartas de su hermana, y yo nunca sugerí el deseo de verlas. Febrero, sin embargo, se aproximaba; diciembre había pasado, enero, por fin, estaba terminando... algunas semanas más y después, una cierta desesperación o renovación de la esperanza pondría fin a aquella larga agonía de incertidumbre.

Pero ¡ay!, fue precisamente por esos días cuando ella tuvo que sufrir otro golpe con la muerte de su tío... un viejo individuo bastante disminuido, me atrevería a decir, pero que siempre había mostrado más generosidad y afecto hacia ella que hacia ninguna otra criatura, y ella se había acostumbrado a tratarlo como a un padre. Estaba con él cuando murió y había ayudado a su tía a atenderlo en la última etapa de su enfermedad. Su hermano fue a Staningley para asistir al funeral y me dijo, a la vuelta, que ella estaba allí todavía, tratando de animar a su tía con su presencia, y probablemente con intención de quedarse algún tiempo. Esta era una mala noticia para mí, porque mientras estuviera allí no podría escribirle, puesto que no conocía la dirección y no estaba dispuesto a pedírsela a él. Pero una semana seguía a otra, y cada vez que le preguntaba por ella me decía que seguía en Staningley.

—¿Dónde está Staningley? —le pregunté, un buen día.

—En el condado de... —fue la escueta respuesta, y había en ella algo tan frío y brusco que me desanimó a pedirle una explicación más detallada.

—¿Cuándo regresará a Grassdale? —fue mi siguiente pregunta.

—No lo sé.

—¡Maldita sea! —murmuré.

—¿Por qué, Markham? —me preguntó mi compañero, con un

aire de inocente sorpresa. Pero no me digné a contestarle, salvo con una mirada de indiferencia antipática y desdeñosa, ante la cual él inclinó la cabeza y contempló la alfombra con una ligera sonrisa, medio sombría, medio divertida. Luego, alzando la mirada con presteza, comenzó a hablar de otros temas, tratando de arrastrarme a una conversación alegre y cordial; pero yo estaba demasiado enfadado para conversar con él y enseguida me despedí.

Verás, de alguna manera Lawrence y yo no conseguíamos llevarnos muy bien. La verdad es, supongo, que los dos éramos demasiado susceptibles. Es una cosa molesta, Halford, esta susceptibilidad por afrentas en las que nadie está implicado. Ahora ya no soy víctima de ella, como puedes asegurar tú mismo: he aprendido a ser alegre y sensato, a estar más de acuerdo conmigo mismo y ser más comprensivo con mis semejantes, hoy puedo hasta reírme de ti y de Lawrence.

En parte por casualidad y en parte por un descuido voluntario por mi lado —porque estaba empezando a disgustarme de verdad—, pasaron varias semanas antes de volver a ver a mi amigo. Cuando nos encontramos, había sido él quien me había buscado por todas partes. Una luminosa mañana de primeros de junio, se acercó al campo en donde yo estaba empezando la siega del heno.

—Hacía mucho tiempo que no lo veía, Markham —dijo, después de intercambiar algunas palabras—. ¿No piensa venir a Woodford nunca más?

—Fui una vez, pero usted estaba fuera.

—Lo lamenté, pero eso fue hace mucho tiempo. Esperaba que volviera, entonces fui a verlo, pero usted estaba fuera, como ocurre a menudo, pues de lo contrario hubiera ido con más frecuencia; pero estando decidido a verlo esta vez, he dejado mi jaca en el camino y he saltado el seto y la zanja para encontrarlo. Es que voy a dejar Woodford por una temporada y puede que no tenga el placer de volver a verlo durante un mes o dos.

—¿A dónde va?

—Primero a Grassdale —dijo, con una media sonrisa que de buena gana habría reprimido si hubiera podido.

—¡A Grassdale! ¿Está ella allí entonces?

—Sí, pero dentro de un día o dos se marchará para acompañar a la señora Maxwell a F…, para beneficiarse del aire del mar, y yo iré con ellas —F… era en aquella época un tranquilo y renombrado balneario, ahora es mucho más frecuentado—.

Lawrence parecía esperar que yo aprovechara esta circunstancia para encargarle algún tipo de mensaje dirigido a su hermana; y creo que se habría comprometido a entregarlo sin reparos, si a mí se me hubiera ocurrido pedírselo, aunque, naturalmente, no se habría ofrecido a hacerlo si yo me contentaba con dejarlo marchar sin más. Pero no pude atreverme a hacer la petición. Hasta que él se marchó no me percaté de la excelente oportunidad que había dejado escapar y entonces, de verdad, lamenté mi torpeza y mi estúpida arrogancia, pero ya era demasiado tarde para remediarlo.

No regresó hasta los últimos días de agosto. Me escribió dos o tres veces desde F…, pero sus cartas me producían una profunda insatisfacción: versaban sobre generalidades y bagatelas que no me interesaban en absoluto, o estaban abarrotadas de fantasías y reflexiones igualmente inoportunas para mí en aquel momento, y no decían prácticamente nada sobre su hermana y poco más sobre sí mismo. Esperaría, sin embargo, a que volviera; quizá pudiera entonces sacarle algo más. De todas formas, no le escribiría a ella entonces, mientras estuviera con él y con su tía, quien sin duda sería todavía más hostil que él a mis presumidas aspiraciones. Cuando regresara al silencio y a la soledad de su propia casa sería mi mejor oportunidad.

Cuando Lawrence regresó, sin embargo, se mostró más prudente que nunca sobre el tema de mi impaciente curiosidad. Me dijo que a su hermana le había sentado muy bien su estancia en F…, que su hijo se encontraba muy bien y que —¡ay!— los dos habían vuelto con la señora Maxwell a Staningley, y allí permanecieron por lo menos tres meses. Pero en lugar de agobiarte con mi disgusto, mis esperanzas y desilusiones, la variación entre mi triste desaliento y mis inseguras esperanzas, mis diversas resoluciones, unas veces abandonadas y otras mantenidas —pensando unas veces en un arranque audaz y otras en dejar correr las cosas y esperar—, me dedicaré a esclarecer la situación de uno o dos personajes presentados en el curso de esta narración, a quienes puede que no tenga ocasión de mencionar nuevamente.

Poco antes de producirse la muerte del señor Huntingdon, lady Lowborough se escapó con otro galán al continente, en donde, después de haber vivido un período en alborotado desenfreno, riñeron y se separaron. Durante un tiempo continuó dando tumbos, pero los años pasaban y el dinero se gastaba; finalmente, zozobró en medio de necesidades y deudas, desgracia y miseria. Murió, según he oído, en la pobreza, el abandono y la más absoluta indecencia. Pero esto podría ser solo un rumor: puede que viva todavía, si nos ceñimos a los datos que yo o cualquiera de sus parientes o antiguos conocidos sabemos, porque estos no han vuelto a verla desde hace muchos años y, si pudieran, se olvidarían de ella por completo. Su marido, sin embargo, después de aquella segunda trastada, trató inmediatamente de obtener el divorcio, lo obtuvo y no mucho después volvió a casarse. Fue una conveniente decisión, pues lord Lowborough, triste y raro como parecía, no era hombre para una vida de soltero. Ni los intereses públicos, ni ambiciosos proyectos, ni absorbentes ocupaciones —ni siquiera lazos de amistad, si es que había tenido algún amigo— podían compensarlo de la ausencia de comodidades y afecto doméstico. Tenía un hijo y una hija en apariencia, es verdad, pero le recordaban demasiado dolorosamente a su madre, y la pequeña Annabella era una fuente perenne de amargura para su alma. Se había impuesto a sí mismo tratarla con bondad paternal, se había obligado a no repudiarla e incluso, quizá, a sentir una amable simpatía hacia ella, al final, como respuesta al cariño sencillo y confiado que la niña le profesaba; pero la amargura de su repulsión por los secretos sentimientos que le inspiraba aquella inocente criatura, su lucha constante para dominar los malos impulsos de su naturaleza —pues no era precisamente generosa—, aunque parcialmente descubierta por aquellos que lo conocían, solo la conocía Dios y su propio corazón. También duros eran sus conflictos con la tentación de volver al vicio de su juventud —y buscar el olvido de sus calamidades pasadas y la mengua de la tristeza presente de un corazón marchito, de una vida sin alegría ni amistad, y una mente patológicamente desconsolada—, cediendo de nuevo ante ese enemigo de la salud, el juicio y la virtud, que de forma tan deplorable lo había esclavizado y degradado antes.

La segunda pieza de su elección fue muy distinta de la primera. Algunos se asombraron de su gusto, algunos incluso se burlaron, pero en esto la estupidez de sus críticos era más evidente que la suya. La dama tenía aproximadamente su edad —es decir, entre treinta y cuarenta años—, no se distinguía por su belleza, por su riqueza, por sus brillantes logros ni por ninguna otra cosa de la que haya oído hablar alguna vez, salvo por un auténtico sentido común, una integridad inquebrantable, una activa piedad, un corazón cálido y benevolente, y una inagotable alegría. Estas cualidades, sin embargo, como puedes fácilmente imaginar, se combinaron para convertirla en una madre excelente para los niños y en una inapreciable esposa para su señoría. Él, con su habitual falta de autoestima, la creía demasiado buena para él, y aunque se asombraba de la bondad de la Providencia al haberlo beneficiado con semejante regalo, e incluso del gusto de ella por haberlo preferido a otros hombres, hizo todo lo posible por retribuirle el bien que le hizo y tuvo tanto éxito en su empeño que ella fue, y creo que todavía es, una de las esposas más felices y enamoradas de Inglaterra; y todos los que dudan el buen gusto de los dos pueden estar agradecidos si sus correspondientes elecciones les aportan la mitad de auténtica satisfacción con el mismo fin, o si recompensan su preferencia con un afecto la mitad de duradero y sincero.

Si estás interesado de alguna manera en la suerte de aquel canalla llamado Grimsby, solo puedo decirte que fue de mal en peor, hundiéndose patéticamente en el vicio y la indecencia, sin otra compañía que los peores miembros de su club y la escoria de la sociedad —por fortuna para el resto del mundo—. Finalmente encontró su fin en una disputa de borrachos, a manos, se dice, de un compañero de aventuras, a quien había engañado en el juego.

En cuanto al señor Hattersley, nunca olvidó del todo su decisión de "apartarse de ellos" y comportarse como un hombre y un cristiano, y la enfermedad y muerte de su en otro tiempo inseparable y alegre amigo Huntingdon lo impresionó tan profunda y seriamente, y lo hizo reflexionar tanto sobre el peligro de su anterior comportamiento, que nunca más necesitó otra lección parecida. Evitando las tentaciones de la ciudad, continuó viviendo en el campo, inmerso en las habituales ocupaciones de un hacendado activo y afable: se ocupaba de la agricultura y la cría de caballos y ganado, y también disfrutando de la caza en la respectiva temporada, todo esto animado por la compañía ocasional de sus amigos —mejores que los de su juventud—, la de su diminuta y feliz esposa —ahora alegre y confiada como pudiera desear el corazón— y la de su magnífica familia de hijos robustos y niñas radiantes. Su padre, el banquero, murió hace algunos años y le dejó todas sus riquezas, lo que ahora le asegura todos los medios necesarios para dedicarse a sus aficiones preferidas, y no necesito decirte que Ralph Hattersley es famoso en todo el país por el linaje de su raza de caballos.

Capítulo LI
Un suceso inesperado

Ahora les contaré acerca de cierta tarde tranquila, fría y nublada de principios de diciembre, cuando la primera nevada se extendía como una fina capa sobre los campos mustios y los caminos congelados, o se amontonaba más copiosamente en los huecos de las huellas profundas de los carros y las pisadas de los hombres y los caballos grabadas en el fango, ahora petrificado, de las últimas lluvias torrenciales. La recuerdo bien porque regresaba caminando a casa de la vicaría, en compañía nada menos que de la señorita Eliza Millward. Yo había ido a visitar a su padre: un sacrificio a la cortesía realizado enteramente para complacer a mi madre, no a mí mismo, pues odiaba acercarme a esa casa; no solo como resultado de mi antipatía hacia la otrora encantadora Eliza, sino porque no había perdonado al anciano vicario por su injusta opinión de la señora Huntingdon, pues aunque ahora reconocía la equivocación de su juicio anterior, seguía sosteniendo que había hecho mal en abandonar a su marido: esto era una desobediencia a sus sagrados deberes de esposa y una prueba para la Providencia al exponerse a la tentación; únicamente el maltrato corporal

—y no insignificante— podía excusar semejante paso... y ni siquiera eso, porque en un caso semejante habría debido recurrir a las leyes para protegerse. Pero no era de él de quien quería hablar, era de su hija, Eliza. En el momento en que me despedía del vicario, ella entró en la habitación, dispuesta a dar un paseo.

—Precisamente iba a visitar a su hermana, señor Markham —me dijo—, así que, si no pone ningún reparo, le acompañaré hasta su casa. Me gusta ir acompañada cuando salgo. ¿No le gusta a usted?

—Sí, cuando la compañía es agradable.

—Naturalmente —replicó la joven dama, sonriendo con suspicacia. Así que salimos juntos.

—¿Cree que encontraré a Rose en casa? —preguntó cuando cerramos la puerta del jardín y nos encaminamos en dirección a Linden-Car.

—Creo que sí.

—Ojalá en que así sea, pues tengo algunas noticias que contarle... si es que usted no se me ha adelantado.

—¿Yo?

—Sí. ¿Sabe usted por qué se ha ido el señor Lawrence? —me miró, deseosa de conocer mi respuesta.

—¿Se ha ido? —dije, y su cara se encendió.

—¡Ah! Entonces ¿no le ha dicho lo de su hermana?

—¿Qué? —pregunté, aterrorizado ante la idea de que le hubiera sucedido algo malo.

—¡Oh, señor Markham, cómo se ha sonrojado! —gritó ella, con una risa inquietante—. ¡Ja, ja, todavía no la ha olvidado! Pero le digo que será mejor que lo haga deprisa, porque (¡ay!, ¡ay!) va a casarse el próximo jueves.

—¡No, señorita Eliza! Eso no es cierto.

—¿Quiere acusarme de mentirosa, señor?

—Está usted mal informada.

—¿Lo estoy? ¿Acaso lo está usted mejor?

—Creo que sí.

—Entonces ¿qué es lo que lo ha hecho perder el color? —dijo sonriendo, encantada de verme tan afectado—. ¿Está molesto conmigo por contarle un embuste? Pues ha de saber que le "cuento el cuento tal como me lo contaron": no respondo de su veracidad, pero al mismo tiempo no veo por qué razón habría de engañarme Sarah, o iba a engañarla a ella su informante. Ella me dijo que el criado le había dicho esto: que la señora Huntingdon iba a casarse el jueves y que el señor Lawrence se marcha para asistir a la boda. Me dijo el nombre del caballero, pero lo he olvidado. Quizá pueda usted ayudarme a recordarlo. ¿No hay alguien que vive cerca, o que hace frecuentes visitas a los alrededores, y lleva mucho tiempo enamorado de ella? Es un tal señor... ¡Oh, cielos! El señor...

—¿Hargrave? —sugerí, con una amarga sonrisa.

—¡Ese es! —gritó ella—. Ese era precisamente el nombre.

—¡Imposible, señorita Eliza! —exclamé en un tono que la atemorizó.

—En fin, verá, eso fue lo que me contaron —dijo, mirándome tranquilamente a la cara. Y luego estalló en una carcajada estridente que me hizo enloquecer de rabia.

—Realmente debe usted perdonarme —dijo en voz alta—. Sé que debe ser muy duro, pero ¡ja!, ¡ja!, ¡ja! ¿Acaso pensaba usted casarse con ella? ¡Pobrecito, pobrecito, qué pena! ¡Ja! ¡Ja! ¡Ja! ¡Válgame Dios, señor Markham! ¿Va usted a desmayarse? ¡Oh, cielos! ¿Pido ayuda, llamo a ese hombre? ¡Eh, Jacob! —pero, impidiendo que continuara gritando, la cogí por el brazo y le di, creo, un buen pellizco, porque se encogió con un débil grito de dolor o terror; mas el demonio que había dentro de ella no se contuvo: recuperándose inmediatamente, continuó, con un interés bien fingido—: ¿Qué puedo hacer por usted? ¿Quiere un poco de agua, o de brandy? En la taberna de abajo debe haber, si quiere que vaya...

—¡Acabe de una vez con esta estupidez! —grité, tajante—. Ya sabe que detesto estas bromas —continué.

—¡Una broma, dice! ¡No estaba bromeando!

—De cualquier modo, se estaba riendo y no me gusta que se rían de mí —repliqué, esforzándome por hablar con la compostura y la dignidad apropiadas, y por no decir más que lo que era sensato y coherente—. Y puesto que está usted de tan buen humor, señorita

Eliza, debe ser usted bastante buena compañía para sí misma; por tanto, la dejaré para que termine sola su paseo, porque, ahora que pienso en ello, tengo cosas que hacer, así que buenas tardes.

Con estas palabras la dejé —frenando su maliciosa carcajada— y penetré en los campos, salvando la zanja y atravesando el seto por la abertura más cercana. Decidido a comprobar de una vez la verdad —o más bien la falsedad— de la historia, me dirigí a toda prisa a Woodford, corriendo lo más rápidamente que permitían mis piernas —primero di un rodeo, pero en cuanto estuve fuera del ángulo de visión de mi bella torturadora, corrí acortando a campo traviesa, casi como podría volar un pájaro—, sobre prados y barbechos, rastrojeras y senderos, saltando setos, zanjas y vallas, hasta que llegué a las puertas de la casa del joven hacendado. Nunca hasta ese momento había conocido yo toda la pasión de mi amor, toda la fuerza de mis esperanzas, no del todo aplastadas ni siquiera en las horas de más profundo desaliento, en las que me aferraba tenazmente a la idea de que un día ella podría ser mía, y si no eso, por lo menos a que algo en mi memoria, algún luminoso recuerdo de nuestra amistad y nuestro amor, sería acariciado para siempre en su corazón. Caminé hacia la puerta, decidido, si veía al señor de la casa, a preguntarle con valentía sobre su hermana, a no esperar y vacilar por más tiempo, sino a desembarazarme de la simulada prudencia y el estúpido orgullo y saber mi suerte de una vez.

—¿Está el señor Lawrence en casa? —le pregunté ansiosamente al criado que me abrió la puerta.

—No, señor, el amo se fue ayer —respondió él, pareciendo muy alarmado.

—¿A dónde?

—A Grassdale, señor. ¿No lo sabía, señor? Es muy discreto —dijo el tipo con una sonrisa estúpida, forzada—. Supongo, señor...

Pero me volví y lo dejé, sin esperar a escuchar lo que él suponía. No estaba dispuesto a quedarme allí para exhibir mis torturados sentimientos a la carcajada insolente y la impertinente curiosidad de un hombre como aquel.

Pero ¿qué iba hacer ahora? ¿Era creíble que ella me hubiera dejado por aquel hombre? No podía creerlo. ¡Podía alejarse de mí, pero no entregarse a él! Bien, sabría la verdad... no podía continuar con mi vida cotidiana mientras esta tormenta de dudas y temor, de celos y rabia, me obsesionara. Tomaría la diligencia de la mañana siguiente procedente de L... —la de la tarde se habría ido ya— y saldría volando hacia Grassdale. Debía estar allí antes de la celebración de la boda. ¿Por qué? Porque se me ocurrió la idea de que podría impedirla, que, si no lo hacía, ella y yo podríamos lamentarlo hasta el fin de nuestros días. Se me ocurrió que alguien podría haberle mentido respecto a mí: quizá su hermano... sí, no había duda de que su hermano la había convencido de que yo era desleal e infiel, y aprovechándose de su lógica indignación, y probablemente de su extenuada indiferencia por su vida futura, la había incitado, engañosa y cruelmente, a casarse de inmediato con aquel hombre con el fin de apartarla de mí. Si este fuera el caso, y si ella descubría su error cuando fuera demasiado tarde para remediarlo, ¡a qué vida de tristeza y vanas lamentaciones nos veríamos condenados! ¡Y qué remordimiento para mí darme cuenta de que mis absurdos escrúpulos habían conducido a ello! ¡Oh, necesitaba verla, ella debía conocer mi verdad, aunque tuviera que decírsela a las puertas de la iglesia! Podría pasar por loco o por un tonto impertinente —incluso podría ofenderse por semejante irrupción, o al menos decirme que era demasiado tarde—, ¡pero si pudiera salvarla, si ella pudiera ser mía...! ¡Era un pensamiento demasiado impetuoso!

Atormentado por esta esperanza y aguijoneado por estos temores, volví deprisa a casa con el fin de organizar lo necesario para mi marcha al día siguiente. Le dije a mi madre que asuntos urgentes que no admitían demora, los cuales no podía explicar en ese momento, reclamaban mi presencia fuera.

Mi profunda angustia y mi grave preocupación no pudieron quedar ocultas a sus ojos maternales, me costó mucho trabajo convencerla de que su temor a que se tratara de algún misterio desastroso carecía de fundamento.

Aquella noche cayó una gran nevada, lo que retrasó mucho tiempo la partida de las diligencias al día siguiente, tanto que pensé que me volvería loco. Viajé toda la noche, naturalmente, pues era miércoles:

al día siguiente, sin duda, se celebraría la boda. La noche fue larga y oscura, la nieve entorpecía enormemente el giro de las ruedas y retenía los cascos de los caballos; los animales estaban exhaustos y eran lentos; los cocheros eran detestables con cautela; los pasajeros, condenadamente apáticos en su supina indiferencia ante la lentitud de nuestro avance. En lugar de ayudarme a amedrentar a los cocheros y obligarlos a que aceleraran la marcha, se limitaban a mirarme fijamente y reírse ante mi impaciencia: hubo uno que incluso se atrevió a burlarse de mí, pero lo hice callar con una mirada que lo apaciguó para el resto del viaje; y cuando, en la última etapa, estuve dispuesto a tomar las riendas personalmente, todos se opusieron de común acuerdo.

Era ya pleno día cuando llegamos a M... y nos detuvimos delante del Rose and Crown. Yo bajé y pedí a gritos un coche de caballos para ir a Grassdale. No había nadie que lo tuviera, el único que había en la ciudad estaba en reparación.

—¡Entonces una calesa, un calesín, un carro, lo que sea, pero rápido!

Había un calesín, pero no un caballo disponible. Pedí que fueran a la ciudad en busca de uno, pero tardaban tanto en volver que no pude esperar más: deduje que mis propios pies podrían llevarme más rápido, y les rogué que enviaran el medio de transporte detrás de mí, si es que estaba disponible antes de una hora. Me marché tan deprisa como pude caminar. La distancia era poco más de nueve kilómetros, pero el camino me era desconocido y tuve que detenerme varias veces para preguntar por dónde debía seguir, preguntando a gritos a los carreteros, a los torpes que encontraba, y entrando frecuentemente a las casas, pues había poca gente fuera aquella mañana invernal; a veces, incluso, levantando a los perezosos de la cama, pues había tan poco que hacer, quizá tan poca comida y leña para el fuego, que no les importaba dormir demasiado. Sin embargo, yo no tenía tiempo para pensar en ellos; con el cuerpo dolorido de fatiga y desesperación, seguí corriendo. El calesín nunca me alcanzó: había hecho bien en no esperarlo. Me indignaba, más bien, haber sido tan confiado como para esperar tanto tiempo.

Por fin, sin embargo, llegué a las inmediaciones de Grassdale. Me acerqué a la pequeña iglesia rural, y observé una gran fila de carruajes delante de ella. No fueron necesarios los blancos colores que engalanaban a los caballos y a los criados, ni las alegres voces de los desocupados del pueblo que se habían reunido para contemplar el espectáculo, para darme cuenta de que estaba celebrándose una boda. Me abrí paso entre ellos, preguntando si hacía mucho que había comenzado la ceremonia. Se limitaron a dejarme pasar y a mirarme atónitos. Desesperado, me adelanté a ellos y estaba a punto de entrar en el cementerio de la parroquia, cuando un grupo de golfillos harapientos, que habían estado colgados de las ventanas como avispas, se bajaron de pronto y corrieron hacia el atrio, gritando en el tosco dialecto de la región algo que significaba: "Ha terminado. ¡Ya salen!".

Si Eliza Millward me hubiera visto en aquel momento, se habría regocijado inmensamente. Me agarré a la columna de la entrada, y me quedé mirando fijamente hacia la puerta para contemplar por última vez al deleite de mi alma, y por primera a aquel detestable mortal que la había separado de mi corazón, condenándola, estaba seguro, a una vida desdichada y vacía, de lamentos inútiles. Porque ¿a qué alegría podía ella aspirar? Yo no quería sorprenderla con mi presencia, pero me sentía incapaz de moverme. Aparecieron la novia y el novio. A él no lo vi, yo solo tenía ojos para ella. Un largo velo cubría apenas su graciosa figura, pero no la ocultaba; pude ver, mientras su cabeza permanecía erguida, que sus ojos miraban el suelo y que su rostro y su cuello estaban bañados en un rubor carmesí; pero todos sus rasgos estaban radiantes por la sonrisa y reluciendo a través de la brumosa blancura de su velo se veían racimos ¡de rizos dorados! ¡Oh, cielos, no era mi Helen! La primera mirada me sobresaltó... pero mis ojos estaban enturbiados por el agotamiento y la desesperación. ¿Podía atreverme a confiar en ellos? ¡Sí... no era ella! Era una belleza más joven, más delicada, más sonrojada... preciosa, realmente, pero con mucha menos grandeza y profundidad de alma, sin aquella gracia indefinible, aquel encanto espiritual, aunque delicioso, aquel único poder para atraer y subyugar el corazón, mi corazón al menos. Miré al novio: ¡era Frederick Lawrence! Me sequé las frías gotas que corrían por mi frente y retrocedí conforme él se aproximaba, pero sus ojos se fijaron en mí y me reconoció, a pesar de mi descompuesta apariencia.

—¿Es usted, Markham? —dijo, alarmado y confundido por la aparición, quizá también por mi desaliñado aspecto.

—Sí, Lawrence. ¿Es usted? —Recuperé mi compostura para responder.

Sonrió y se sonrojó, como si se sintiera medio orgulloso y medio avergonzado de su identidad. Si tenía razón para estar orgulloso de la hermosa dama que llevaba del brazo, no tenía menos motivo para avergonzarse por haber ocultado durante todo este tiempo su buena fortuna.

—Permítame presentarle a mi esposa —dijo, esforzándose por ocultar su turbación y adoptando un aire de indiferente cordialidad—. Esther, este es el señor Markham; querido Markham, la señora Lawrence, antes señorita Hargrave.

Le hice una reverencia a la novia y estreché la mano del novio.

—¿Por qué no me dijo nada de esto? —dije reprobadoramente, fingiendo un resentimiento que no sentía, porque la verdad es que estaba completamente loco de alegría al darme cuenta de la terrible confusión, y lleno de afecto hacia él por la vil injusticia con que lo juzgaron mis pensamientos. Él podría haberme engañado, pero no hasta ese punto; lo había odiado como a un demonio durante las últimas cuarenta horas y la reacción contraria a semejante sentimiento fue tan grande que perdonaría todas las ofensas por el momento... y quererlo a pesar de ellas, además.

—Se lo dije —repuso, con un aire de confusa culpabilidad—. ¿Recibió usted mi carta?

—¿Qué carta?

—La carta en la que le anunciaba mi próxima boda.

—Jamás recibí nada parecido.

—Debe de haberse cruzado con usted en el camino. Debería haberle llegado ayer por la mañana, era bastante tarde, lo admito. Pero ¿qué lo trajo aquí, entonces, si no estaba informado?

Ahora me tocaba a mí sentirme confuso, pero la joven dama, que se había entretenido en dar golpecitos sobre la nieve con el pie durante nuestra breve charla *sotto voce*, vino en mi ayuda muy oportunamente apretando el brazo de su acompañante y sugiriéndole al oído que su amigo debería ser invitado a subir en el carruaje y partir con ellos, pues era muy desagradable permanecer allí entre tantos mirones y hacer esperar a sus amigos inútilmente.

—¡Y con el frío que hace, además! —dijo él, mirando consternado la liviana ropa de ella y ayudándola a subir inmediatamente al carruaje—. ¿Viene, Markham? Vamos a París, pero podemos dejarlo en cualquier parte entre aquí y Dover.

—No, gracias, adiós. No necesito desearles un feliz viaje, pero esperaré una excelente excusa a su debido tiempo, no se olvide, y muchas cartas antes de que nos volvamos a ver.

Me estrechó la mano y se apresuró a ocupar su sitio junto a su joven esposa. Aquel no era el momento ni el lugar adecuados para una explicación o una conversación: ya habíamos hablado durante el tiempo suficiente para llamar la atención de los mirones del pueblo y quizá para excitar la impaciencia de los asistentes a la fiesta nupcial; aunque, naturalmente, todo esto ocurrió en mucho menos tiempo del que me ha llevado relatarlo, o incluso del que te llevará leerlo. Me quedé junto al carruaje y, como la ventanilla estaba abajo, vi cómo mi feliz amigo rodeaba cariñosamente el talle de su acompañante con su brazo, mientras ella apoyaba su encendida mejilla en el hombro de él: parecían la verdadera representación de la confiada felicidad del amor. Mientras el lacayo cerraba la portezuela y ocupaba su sitio detrás, ella alzó los ojos marrones y sonrientes y, mirándole, observó con alegría:

—Temo que vas a creerme muy insensible, Frederick: sé que es normal que las damas lloren en estas ocasiones, pero me siento incapaz de derramar una lágrima.

Él solo contestó con un beso y la estrechó más fuertemente contra su pecho.

—Pero ¿qué es esto? —murmuró—. Pero ¿cómo, Esther? ¡Estás llorando!

—Oh, no es nada... es solo el exceso de felicidad y el deseo —sollozó— de que nuestra querida Helen fuera tan feliz como nosotros.

"¡Dios te bendiga por ese deseo! —respondí interiormente mientras el carruaje se alejaba—. ¡Y que el cielo no permita que haya sido expresado del todo en vano!".

Me pareció que una nube había eclipsado repentinamente el rostro de su marido mientras hablaba. ¿Qué pensaba? ¿Podía ambicionar semejante felicidad para su hermana y su amigo tal como se sentía en ese momento? En semejante ocasión era imposible. El contraste entre su suerte y la de ella debía oscurecer su felicidad durante un tiempo. Quizá también pensó en mí: quizá lamentó el papel que había desempeñado al obstruir nuestra unión, negándose a ayudarnos, cuando no conspirando realmente contra nosotros. Ahora lo exoneré de esa acusación, y lamenté profundamente mis roñosas sospechas anteriores; pero incluso así nos había perjudicado, todavía esperaba, confiaba en que así fuera. No había intentado detener el curso de nuestro amor cerrando el paso a las corrientes, pero había contemplado, pasivo, cómo los dos torrentes corrían perdidos por el árido desierto de la vida, rehusándose a quitar los obstáculos que los alejaban, añorando en secreto a que fueran absorbidos por la arena antes de poder convertirse en uno solo. Y entre tanto, había seguido ocupándose de sus propios asuntos: quizá su cabeza y su corazón se habían entregado tan plenamente a su bella dama que apenas había tenido un pensamiento para los demás. Sin duda la había conocido —o al menos había iniciado su familiaridad— durante sus tres meses de estancia en F…, porque entonces recordé que una vez había hecho la ligera mención de que su tía y su hermana estaban con una joven amiga en esa época, y esto explicaba por lo menos la mitad de su silencio sobre todo lo que ocurría allí. Entonces también comprendí la razón de muchas pequeñas cosas que me habían dejado ligeramente extrañado antes: entre otras, las diversas salidas de Woodford y las ausencias más o menos demoradas, de las que nunca dio una explicación satisfactoria, y sobre las que se apreciaba visiblemente molesto al ser interrogado. Razón había tenido el criado al considerar a su amo "muy reservado". Pero ¿por qué esta extraña desconfianza conmigo? En parte, por esa notable particularidad que he mencionado antes; en parte, quizá, por consideración hacia mis sentimientos, o miedo a perturbar mi tranquilidad sacando a relucir el contagioso tema del amor.

CAPÍTULO LII
FLUCTUACIONES

El lento calesín me había dado alcance por fin. Monté en él y le pedí al hombre que lo conducía que se encaminara a Grassdale Manor. Estaba demasiado absorto en mis pensamientos para conducirlo yo mismo. Quería ver a la señora Huntingdon. No podía considerarse inapropiada mi visita ahora que hacía un año que había muerto su esposo.

Y por su alegría o su displicencia ante mi sorpresiva visita, podría detectar enseguida si su corazón era verdaderamente mío. Pero mi cochero, un tipo avispado y locuaz, no estaba dispuesto a permitir que me entregara a mis divagaciones.

—¡Allá van! —dijo, al ver el carruaje que iba delante de nosotros—. ¡Menudo alboroto se va armar hoy allá abajo! ¿Sabe algo de esa familia, señor? ¿O no conoce estas tierras?

—Me han hablado de ellos.

—¡Hum! De todas formas, se ha ido lo mejor de ellos. Y supongo que la vieja señora se marchará cuando todo este alboroto termine y se irá a vivir a algún lugar de su heredad, y la joven —bueno, en realidad no es nada joven— viene a vivir al Grove.

—¿Se ha casado acaso el señor Hargrave?

—Ay, señor, hace meses. Tenía que haberse casado con una viuda, pero no pudieron ponerse de acuerdo sobre el dinero: ella tenía un buen saco y el señor Hargrave lo quería todo para él, pero ella no quería perderlo, así que riñeron. Esta no es tan rica, ni tampoco tan guapa, pero no se ha casado antes. Dicen que es bastante corriente y está a punto de cumplir los cuarenta o más, y así, como ve, si no aprovechaba esta oportunidad, pensaba que nunca tendría otra mejor. Apuesto que pensó que un marido tan apuesto y joven valía todo lo que tenía, y él podría tomarla y todos contentos; pero al parecer no tardará mucho en arrepentirse del convenio que ha hecho. Dicen que ya empieza a notar que él no es en absoluto ese caballero generoso, agradable, esa perlita encantadora que creía antes del matrimonio; él empieza ya a ser descuidado y dominante. Ay, y ella lo encontrará más malo y dejado de lo que cree.

—Parece usted conocerle muy bien —observé.

—Lo conozco, sí, señor. Lo conozco desde que era un joven caballero: era soberbio y testarudo. Fui criado allí durante varios años, pero no podía soportar la mezquindad de aquella casa. Eran cada vez eran más extensas y prolongadas sus exigencias, su vigilancia y su desconfianza, así que decidí buscar otro lugar.

Entonces su monólogo se extendió sobre su trabajo actual como lacayo en el Rose & Crown y sobre cuánto mejor era este comparado con el anterior, en libertad y comodidad aunque aparentemente menos digno; y entró en detalles acerca de la economía en el Grove y los personajes que allí vivían, la señora Hargrave y su hijo, detalles a los que yo —estando tan inmerso en mis esperanzas, colmadas de nerviosismo y angustia— no presté ninguna atención; además, el aspecto del paisaje que estábamos atravesando revelaba de forma inequívoca, a pesar de los árboles deshojados y el suelo nevado, que nos aproximábamos a la finca de un caballero.

—¿No estamos cerca de la casa? —le pregunté, interrumpiéndole.

—Sí, señor, allí comienza el cercado.

Mi corazón desfalleció al contemplar aquella majestuosa mansión en medio de sus inmensas tierras. El cercado parecía tan bello ahora, con su vestido invernal, como podía serlo en su esplendor veraniego: el grandioso recorrido, la ondulación del terreno, que destacaba al máximo en aquel manto de deslumbrante pureza, impecable y sin huellas —salvo el largo y sinuoso rastro dejado por una manada de ciervos—, los magníficos árboles con sus pesadas ramas blancas brillando contra el cielo sombrío, gris; los frondosos bosques de los alrededores; la ancha extensión de agua dormida en helada quietud, y el fresno y el sauce llorón, cuyas ramas cubiertas de nieve pendían sobre ella... todo presentaba un aspecto realmente impresionante y agradable para un espíritu libre, pero de ninguna manera era estimulante para mí. Había un consuelo, sin embargo: todo aquello formaba parte de la herencia del pequeño Arthur y no podía, en ningún caso, estrictamente hablando, pertenecer a la de su madre. ¡Pero cuál era la situación de ella! Venciendo con un repentino esfuerzo mi repulsión a mencionar su nombre a mi locuaz acompañante, le pregunté si sabía si su marido había dejado testamento y qué había dispuesto de la propiedad. Oh, sí, él lo sabía todo: y fui rápidamente notificado de que ella había recibido todo el control y la administración de la herencia mientras su hijo fuera menor de edad, además de la absoluta e incondicional posesión de su propia fortuna —pero yo sabía que su padre no le había dejado mucho— y de la pequeña suma adicional que había sido puesta a su disposición antes de casarse.

Antes de que concluyera la explicación, nos detuvimos a las puertas del cercado. ¡Ahora, a pasar la prueba! Si la encontraba a ella dentro, pero ¡ay! quizá estuviera todavía en Staningley: su hermano no me había insinuado lo contrario. Pregunté en la casa de los guardas si la señora Huntingdon estaba en casa. No, estaba con su tía en el condado de..., pero esperaban que regresara antes de Navidad. Ella pasaba la mayor parte del año en Staningley y venía a Grassdale solo en determinadas ocasiones, cuando la administración de la finca o los intereses de sus arrendatarios o subordinados ameritaban su presencia.

—¿Cerca de qué ciudad está situada Staningley? —pregunté. La imprescindible información me fue facilitada inmediatamente—. Entonces, amigo, deme las riendas y volveremos a M... Debo desayunar algo en el Rose & Crown y luego iré a Staningley en la primera diligencia que vaya a...

—No llegará hoy, señor.

—No me importa, no me importa llegar hoy. Deseo llegar mañana y pasar la noche en el camino.

—¿En un hostal? Estaría mejor en nuestra casa, y mañana puede partir descansado y dispondría de todo el día para hacer el viaje.

—¿Qué? ¿Y perder doce horas? Ni hablar.

—¿Es usted acaso pariente de la señora Huntingdon? —dijo, buscando satisfacer su curiosidad, ya que no podía llevarme a su posada.

—No tengo ese honor.

—¡Ah, claro! —replicó, mirando de reojo con recelo mis pantalones grises llenos de manchas y mi encogido sobretodo de lana—. Pero —añadió como para darme ánimo—, yo creo que hay muchas señoras finas como esa que tienen parientes más pobres que usted.

—No lo dudo... y hay muchos caballeros que se sentirían muy honrados de declararse emparentados con la dama que usted menciona.

Entonces me miró con expresión astuta.

—¿Quiere acaso decir usted que...?

Adiviné lo que iba a decir, así que interrumpí su impertinente presunción con un:

—Sería usted tan amable de callarse un momento. Estoy ocupado.

—¿Ocupado, señor?

—Sí, con mis pensamientos, y no deseo que los perturbe.

—Faltaría más, señor.

Como verás, mi decepción no me había afectado totalmente, pues de lo contrario no hubiera podido soportar con tanta paciencia la imprudencia del individuo. El hecho es que me pareció muy bien, teniendo en cuenta las circunstancias, no verla ese mismo día y tener tiempo para ordenar mis ideas con perspectiva al encuentro y prepararme para una decepción aún mayor, después del intenso placer disfrutado ante la desaparición de mis antiguos miedos; por no mencionar que, después de viajar una noche y un día entero sin parar y correr desenfrenadamente diez kilómetros por un suelo recién nevado, mi estado no podía ser muy presentable.

En M... tuve tiempo, antes de que saliera la diligencia, de reponer fuerzas con un nutritivo desayuno, lavarme, mejorar un poco mi apariencia y también echar al correo una breve nota dirigida a mi madre —yo era un hijo admirable— dándole señales de vida y excusándome por no aparecer en la fecha indicada. Me esperaba un largo viaje antes de llegar a Staningley, porque los caminos no estaban en buenas condiciones, pero no me negué el necesario descanso, ni siquiera dormir por la noche en una posada del camino; prefería sufrir cierto retraso antes de presentarme agotado, como un salvaje, curtido por la intemperie, ante mi dueña y su tía, quienes ya se asombrarían bastante de verme sin necesidad de eso. A la mañana siguiente, por tanto, no solo me reanimé con un desayuno tan abundante como mi excitado estado de ánimo me permitió devorar, sino que me esmeré más de lo habitual en arreglarme; después de cambiarme la ropa interior por otra que llevaba en mi pequeña maleta, con el traje bien cepillado, las botas brillantes, y guantes nuevos, me subí a El Relámpago, y continué mi viaje. Todavía me quedaban dos etapas, pero la diligencia, me informaron, pasaba por los alrededores de Staningley y, como deseaba quedarme lo más cerca posible de la mansión, no tenía nada que hacer salvo sentarme con los brazos cruzados y hacer conjeturas durante la hora siguiente.

Era una mañana clara y helada. El mismo hecho de ir sentado en lo alto, alegre, detallando el paisaje nevado y el hermoso cielo soleado, aspirando el aire puro, reconfortante, y haciendo crujir con el coche la rizada y helada nieve, era de increíble regocijo; pero si a esto se le añade la idea de hacia qué lugar me dirigía y a quién esperaba encontrar, podrás tener una ligera idea de mi estado de ánimo en aquellos momentos... solo una ligera idea, sin embargo, porque mi corazón estaba henchido de un placer indescriptible y mi espíritu se elevaba casi hasta la locura, a pesar de mis prudentes esfuerzos por obligarlo a una ecuánime normalidad, pensando en la innegable diferencia de alcurnia entre Helen y yo; en todo lo que le había pasado desde nuestra despedida; en su largo silencio nunca roto; y, sobre todo, en su fría y cautelosa tía, cuyos consejos, sin duda, tendría mucho cuidado en no desatender de nuevo. Estas reflexiones estremecían mi corazón de ansiedad e hinchaban mi pecho de excitación por superar la crisis, pero no podían oscurecer su imagen en mi pensamiento, ni desfigurar el vívido recuerdo de lo que habíamos dicho y sentido, ni destruir con vehemente anticipación lo que iba a suceder; de hecho, no podía darme cuenta del miedo que implicaba. Sin embargo, hacia el final del trayecto, dos de mis compañeros de viaje vinieron generosamente en mi ayuda y me deprimieron bastante.

—Una magnífica tierra esta —dijo uno de ellos, señalando con su paraguas los extensos campos de la derecha, que destacaban por sus compactos setos de arbustos, sus zanjas profundas y bien cortadas, y sus extraordinarios árboles, que se alzaban unas veces en los bordes y otras en medio del coto—, realmente magnífica, cuando se ve en verano o primavera.

—Desde luego —respondió el otro, un ceñudo hombre de edad, con un gabán gris pardusco abotonado hasta el mentón y una sombrilla entre las rodillas—. Supongo que es del viejo Maxwell...

—Era suyo, señor, pero murió, ¿sabe usted?, y se lo dejó todo a su sobrina.

—¿Todo?

—¡Todos y cada uno de los acres, y la mansión, todos sus bienes terrenales! Salvo una nadería, a modo de recuerdo, que dejó a su sobrino, que vive en el condado de..., y una pensión para su esposa.

—Es extraño, señor.

—Lo es. Y ella tampoco era su sobrina en realidad; pero no tenía parientes cercanos, ninguno salvo un sobrino con el que estaba reñido, y él siempre tuvo predilección por esta. Dicen que su esposa lo aconsejó hacerlo de esta forma: ella había aportado la mayor parte de las propiedades y la fortuna al matrimonio y era su deseo que su sobrina las poseyera.

—¡Hum! Será una buena presa para cualquiera.

—Ya lo creo. Es viuda, aunque muy joven todavía, e increíblemente atractiva, dueña de una inmensa fortuna, además, y solo tiene un hijo. Y está administrando una excelente herencia para él en... ¡Habrá muchos suspirando por ella! Pero me temo que no tenemos ninguna posibilidad —dándome jocosamente con el codo, así como a su compañero—. ¡Ja!, ¡ja!, ¡ja! Espero no haberlo molestado, señor —a mí—. ¡Ejem! Yo creo que ella no se casaría más que con un noble. Mire allí, señor —continuó, dirigiéndose al otro vecino y señalando por delante de mí con su sombrilla—, esa es la mansión. Un gran cercado, como ve, y bosques llenos de árboles madereros, y buena caza... ¡Eh! ¿Qué ocurre?

Esta exclamación fue provocada por la repentina parada de la diligencia junto a las puertas del cercado.

—¿El caballero para Staningley Hall? —gritó el cochero. Me levanté y arrojé mi pequeña maleta al suelo, antes de saltar.

—¿Enfermo, señor? —me preguntó mi parlanchín vecino, mirándome fijamente. Podría asegurar que estaba bastante pálido.

—No. Aquí, cochero.

—Gracias, señor. ¡Vámonos!

El cochero guardó en su bolsillo el dinero del pasaje y la diligencia se puso en marcha. Cuando se alejó, no entré de inmediato en el cercado, sino que merodeé de un lado a otro delante de sus puertas con los brazos cruzados y los ojos fijos en el suelo. Un torrente abrumador de imágenes, pensamientos e impresiones se arremolinaban en mi cabeza, y no veía nada con claridad salvo esto: había estado acariciando un amor imposible, mi esperanza se había perdido para siempre, debía marcharme en contra de mi voluntad de una vez, y expulsar y reprimir todos los pensamientos referentes a ella como si fueran el recuerdo de un sueño insensato, frenético.

Me habría quedado muy a gusto dando vueltas por el lugar durante horas, con la esperanza de verla fugazmente desde lejos, al menos, antes de entrar, pero eso no era posible: no debía permitir que me viera, porque ¿qué me había conducido hasta allí sino la ilusión de revivir su afecto, y el sueño, después, de pedir su mano? ¿Y podía yo afrontar la idea de que ella me considerara idóneo de semejante acto? ¿O abusar de la intimidad —el amor, si quieres— fortuitamente surgida, o más bien impuesta en contra de su voluntad, cuando era una fugitiva desconocida, trabajando para su propio sustento, aparentemente sin fortuna, ni familia ni conocidos, y presentarme ante ella ahora, cuando está nuevamente instalada en su auténtico escenario, y pretender compartir su prosperidad, sin cuya privación lo más seguro es que yo nunca la hubiera conocido? ¿Y esto después de habernos separado hacía dieciséis meses, y habiéndome prohibido ella expresamente esperar un reencuentro en este mundo, y cuando nunca me había enviado ni unas líneas ni un mensaje desde entonces? ¡No! La sola idea era descabellada.

Y aun en el caso de que sintiera por mí algún afecto todavía, ¿debería yo perturbar su paz avivando aquellos sentimientos, obligándola a tener una lucha incompatible entre el deber y los afectos —cualquiera que fuera el grado de atracción de lo segundo o la fuerza con que sintiera la llamada del primero—, tanto como para considerar exponerse a los desaires y censuras del mundo, a la pena y el disgusto de sus seres queridos, por una idea romántica de verdad y fidelidad hacia mí, o sacrificar sus deseos personales a los sentimientos de sus amigos y a su propio sentido de la prudencia y la conveniencia de las personas? ¡No... y yo tampoco! Me iría de inmediato, y ella nunca sabría lo cerca que había estado del lugar de su residencia; pues aunque yo renunciara a mi deseo de aspirar a su mano, o incluso a solicitar un lugar entre sus amistades, su paz no debía ser estropeada con mi presencia, ni su corazón afligido por la demostración de mi fidelidad.

¡Adiós, entonces, querida Helen, para siempre! ¡Adiós para siempre!

Esas fueron mis palabras... y, sin embargo, no fui capaz de marcharme. Di algunos pasos en retirada, luego me volví, para mirar por última vez aquella espléndida mansión, y poder grabarla de forma indeleble en mi memoria junto a su imagen, la cual, ¡ay!, no debía volver a ver nunca más. Avancé considerando mis siguientes pasos, y, absorto en afligidos pensamientos, me detuve de nuevo y descansé mi espalda contra un vigoroso y viejo árbol que crecía junto al camino.

Capítulo LIII
Conclusión

Mientras me encontraba así, ensimismado en mi lúgubre ensueño, un carruaje emergió de la curva del camino. No lo miré, y si hubiera pasado tranquilamente a mi lado no lo hubiera recordado siquiera, pero una menuda voz infantil proveniente de su interior me despertó, exclamando:

—¡Madre, madre, ahí está el señor Markham!

No oí la respuesta, pero inmediatamente después la misma voz replicó:

—Sí, es él, sin duda. Compruébalo tú misma.

Yo no levanté la vista, pero supongo que su madre me miró, porque una voz clara y melodiosa, cuyo tono me estremeció los nervios, exclamó:

—¡Oh, tía! ¡Ahí está el señor Markham...! ¡El amigo de Arthur! ¡Detente, Richard!

Había tal demostración de alegría, aunque contenida, en la expresión de aquellas pocas palabras —especialmente en el tembloroso "¡oh tía!"— que casi me hizo perder el control. El carruaje se detuvo al instante, alcé los ojos y me encontré con la mirada de una mujer mayor, pálida y seria, que me inspeccionaba desde la ventanilla abierta. Me hizo una pequeña reverencia con la cabeza, que yo devolví, y luego se apartó, mientras Arthur gritaba al cochero que lo dejara salir; pero antes de que el empleado pudiera bajar de su cabina, una mano salió con sigilo por la ventanilla del carruaje. Yo conocía aquella mano, aunque un guante negro ocultaba su delicada blancura y en parte sus bellas proporciones y, cogiéndola rápidamente la estreché con vehemencia durante unos instantes. Luego, recuperando al momento la compostura, la solté, y en un instante desapareció.

—¿Venía usted a vernos o solo pasaba por aquí? —preguntó la voz apagada de su propietaria, quien, tenía la sensación, examinaba mi semblante detrás de su espeso velo negro, el cual, junto al visillo de las ventanillas, me ocultaba completamente el suyo.

—Vine... vine a conocer el lugar —tartamudeé.

—El lugar —repitió ella, en un tono que indicaba más disgusto y desilusión que sorpresa—. ¿No entrará entonces?

—Si usted lo desea...

—¿Cómo puede dudarlo?

—¡Sí, sí, tiene que entrar! —gritó Arthur, saliendo por la otra puerta y corriendo hacia mí. Cogió mi mano entre las suyas y la estrechó calurosamente.

—¿Se acuerda de mí, señor? —preguntó.

—Claro, muy bien, jovencito, aunque estás muy cambiado —respondí, observando la figura comparativamente alta, delgada, del muchacho con la imagen de su madre visiblemente reproducido en sus rasgos bellos e inteligentes, a pesar de los ojos azules brillantes de alegría y los refulgentes rizos que se apretaban bajo su gorra.

—¿No estoy alto? —dijo, alargándose lo más posible.

—¡Ocho centímetros más alto, por lo menos!

—He cumplido siete años —fue su orgullosa respuesta—. Dentro de siete años seré casi tan alto como usted.

—Arthur —dijo su madre—, invítalo a entrar. Siga, Richard.

Había un toque de desdicha y al mismo tiempo de frialdad en su voz, que yo no sabía a qué atribuir. El coche se puso en marcha de nuevo y entró en el cercado. Mi pequeño compañero me condujo por él, hablando alegremente todo el trayecto. Cuando llegué a la puerta de la mansión, me detuve ante las escaleras y miré a mi alrededor, deseando recuperar la calma, si era posible, o, en cualquier caso, recordar mis recientes reflexiones y el razonamiento en el que se basaban. Después de que Arthur estuviera un rato tirando de mi levita, repitiendo su invitación a entrar, consentí finalmente en acompañarlo a la residencia, en donde nos esperaban las damas.

Helen me miró al entrar examinándome afectuosa y seriamente, y luego me preguntó cortésmente por la señora Markham y Rose. Yo contesté respetuosamente sus preguntas. La señora Maxwell me invitó a sentarme, observando que hacía bastante frío, aunque ella suponía que no había hecho un largo viaje aquella mañana.

—No ha llegado a los cuarenta kilómetros —respondí.

—¿A pie?

—No, señora, en diligencia.

—Aquí está Rachel, señor —dijo Arthur, el único verdaderamente feliz entre nosotros, llamando mi atención sobre aquella buena persona que acababa de entrar para tomar las cosas de su señora. Me dedicó una sonrisa casi amistosa al reconocerme, una gentileza que requirió, al menos, un saludo cortés por mi parte, el cual fue apropiadamente pronunciado y respetuosamente devuelto. Había descubierto lo equivocada que había sido su anterior estimación de mi carácter.

Cuando Helen se despojó de su lúgubre sombrero y su velo, de su pesada capa de invierno, etc., me pareció tan igual que antes que no supe cómo reaccionar. Me gustó particularmente ver su hermosa cabellera negra, suelta todavía y luciendo su brillante lozanía.

—Mi madre se ha quitado la gorra de luto en honor a la boda del tío —observó Arthur, interpretando mis miradas con la sencillez y rapidez de observación de un niño. Su madre tenía una expresión grave y la señora Maxwell negó con la cabeza—. Y la tía Maxwell nunca se va a quitar el suyo —insistió el travieso jovencito; pero cuando se dio cuenta de que su impertinencia era desagradable y penosa para su tía, se acercó en silencio a ella, le rodeó el cuello con el brazo, la besó en la mejilla y se retiró a uno de los grandes ventanales, donde se entretuvo con su perro sin decir nada, mientras la señora Maxwell hablaba solemnemente conmigo de los interesantes temas del tiempo, la estación y los caminos. Estimé su presencia muy útil para frenar mis impulsos naturales, un antídoto para aquellas emociones de tumultuosa excitación que de otro modo me hubieran arrastrado en contra de mi razón y mi voluntad, pero justo en aquel momento aquella barrera me pareció casi intolerable, y tuve grandes dificultades para obligarme a atender a sus comentarios y contestarlos con amabilidad, porque era consciente de que Helen estaba de pie a pocos metros de mí, junto al fuego. No me atrevía a mirarla, pero sentía sus ojos sobre mí, y por una rápida y furtiva mirada de soslayo me pareció que sus mejillas estaban ligeramente ruborizadas y que sus dedos se agitaban mientras jugaban con la cadena del reloj con ese inquieto y tembloroso movimiento que delata gran agitación.

—Dígame —dijo, aprovechando la primera pausa en la conversación indecisa entre su tía y yo, y hablando rápidamente y en voz baja, con la vista puesta en la cadena de oro —porque me había aventurado a mirarla de reojo nuevamente—, dígame cómo están todos ustedes en Lindenhope. ¿No ha pasado nada desde que los dejé?

—Creo que no.

—¿No ha muerto nadie? ¿Nadie se ha casado?

—No.

—¿O… alguien va a casarse próximamente? ¿No se han deshecho antiguos lazos, o se han formado algunos nuevos? ¿No hay viejos amigos olvidados o reemplazados?

Bajó tanto la voz en la última frase que nadie salvo yo podía haber comprendido las últimas palabras, y al hablar fijó sus ojos en mí con una sonrisa apenas insinuada, dulcemente melancólica, con una expresión tímida aunque audazmente interrogante, que hizo estremecer mis mejillas con indescriptibles emociones.

—Creo que no —contesté—. Desde luego que no, si es que los demás han cambiado tan poco como yo.

Su rostro se encendió en solidaridad con el mío.

—¿Y realmente no tenía usted intención de visitarnos? —exclamó.

—Temía molestar.

—¡Molestar! —gritó ella con un gesto de impaciencia—. Qué... —Pero como si notara de pronto la presencia de su tía, se reprimió y, volviéndose hacia la dama, continuó—: ¿Qué le parece, tía? ¡Este hombre es íntimo amigo de mi hermano y fue también mi amigo —al menos durante unos meses—, y profesaba un gran cariño a mi hijo... y cuando pasa frente a nuestra casa, que está a muchos kilómetros de la suya, prefiere no entrar por miedo a molestar!

—El señor Markham es muy recatado —observó la señora Maxwell.

—Demasiado ceremonioso, diría yo —dijo su sobrina—, demasiado... bueno, no importa.

Y dándome la espalda, se sentó en una silla junto a la mesa, cogió un libro y comenzó a pasar las páginas en una enérgica especie de recogimiento.

—Si hubiera sabido —dije— que usted me honraba recordándome como a un cercano amigo, lo más probable es que no me hubiera negado el placer de visitarla, pero creí que se había olvidado de mí hacía tiempo.

—Juzga a los demás por cómo es usted —murmuró ella sin levantar la vista del libro, pero poniéndose más colorada mientras hablaba y pasando apresuradamente una docena de páginas a la vez.

Hubo un silencio, del cual Arthur se aprovechó para enseñarme su hermoso perro perdiguero y mostrarme lo maravillosamente crecido que estaba, y para preguntarme por el bienestar de su padre, Sancho. La señora Maxwell se retiró entonces para desprenderse de sus cosas. Helen dejó el libro inmediatamente y, después de examinar en silencio durante unos instantes a su hijo, a su amigo y a su perro, envió al primero fuera de la habitación con el pretexto de que fuera a buscar su nuevo libro para enseñármelo. El niño obedeció con rapidez, pero yo continué acariciando al perro. El silencio habría durado hasta el regreso de su dueño si hubiera dependido de mí romperlo, pero, antes del transcurrir de medio minuto, mi anfitriona se levantó impaciente y, volviendo a ocupar su anterior lugar en la alfombra, entre la esquina de la chimenea y yo, exclamó con inquietud:

—Gilbert, ¿qué te pasa? ¿Por qué has cambiado tanto? Es una pregunta muy indiscreta, lo sé —se apresuró a añadir—, quizá muy descortés. No la contestes si no quieres, pero detesto los misterios y los secretos.

—No he cambiado, Helen. Desgraciadamente sigo siendo tan vehemente como siempre. No soy yo, son las circunstancias las que han cambiado.

—¿Qué circunstancias? ¡Dime! —Sus mejillas palidecieron de angustia. ¿Se debía acaso, al temor de que me hubiera comprometido imprudentemente con otra?

—Te lo diré de una vez —dije—. Confieso que he venido hasta aquí solo con el propósito de verte —no sin cierta desconfianza y temor a ser recibido con tan poco entusiasmo como con seguridad imaginaba cuando llegué—, pero yo no sabía que esta hacienda era tuya, hasta que fui informado sobre tu herencia por una conversación entre dos compañeros de viaje cuando este estaba a punto de concluir. Entonces comprendí lo descabellado de las esperanzas que yo había acariciado y de la locura de seguirlas conservando un minuto más, y aunque me bajé delante de las puertas de tu propiedad, decidí no sobrepasarlas. Me entretuve unos minutos admirando el lugar, pero completamente decidido a regresar a M... sin ver a su dueña.

—¿Y si mi tía y yo no hubiéramos vuelto en ese momento de nuestro paseo, no habría sabido nunca de ti?

—Pensé que sería mejor para los dos no encontrarnos —respondí, tan serenamente como pude, pero sin atreverme a hablar muy alto, dándome cuenta de la dificultad para afianzar mi voz, y sin atreverme tampoco a mirarla a la cara por pánico a que se desplomara mi firmeza—. Pensé que un encuentro no serviría más que para alterar tu tranquilidad y terminar de enloquecerme. Pero ahora estoy contento por esta oportunidad de verte una vez más y estoy feliz de saber que no me has olvidado y poder asegurarte que ni un día he dejado de recordarte.

Hubo un momento de silencio. La señora Huntingdon dio unos pasos y se acercó a la ventana. ¿Consideraba aquello como una insinuación de que solo la modestia me impedía pedir su mano? ¿Estaba considerando la manera de rechazarme hiriendo lo menos posible mis sentimientos? Antes de que pudiera hablar para librarla de semejante desconcierto, ella rompió el silencio, volviéndose repentinamente hacia mí y observando:

—Podrías haber tenido una oportunidad igual antes, al menos, quiero decir, para asegurarme que me recordabas con afecto, y yo también, si me hubieras escrito.

—Lo habría hecho, pero no conocía tu dirección y no quería pedírsela a tu hermano, supuse que se oponía a nuestra comunicación, aunque esto no me habría detenido ni un momento si me hubiera arriesgado a creer que deseabas tener noticias mías, o que recordabas a tu infeliz amigo; pero tu silencio me hizo concluir, lógicamente, que me habías olvidado.

—¿Acaso esperabas que te escribiera?

—No, Helen... señora Huntingdon —dije, sonrojándome por la implícita acusación—, desde luego que no; pero si me hubieras enviado un mensaje a través de tu hermano, o si le hubieras preguntado por mí alguna vez...

—Pregunté por ti con frecuencia. No iba a hacerlo más —continuó, sonriendo—, mientras tú solo siguieras limitándote a interesarte cortésmente por mi salud.

—Tu hermano nunca me dijo que hubieras mencionado mi nombre.

—¿Se lo preguntaste alguna vez?

—No, porque me di cuenta de que a él no le gustaba que le preguntara por ti, ni fomentar en lo absoluto mi obstinado afecto —Helen no dijo nada—. Y tenía razón —agregué. Pero ella seguía callada, mirando el prado nevado. "Oh, la libraré de mi presencia", pensé. Me levanté con rapidez y di unos pasos para despedirme, heroicamente resuelto; pero el orgullo era la causa de mi decisión, pues de lo contrario no habría sido capaz de tomarla.

—¿Te vas ya? —dijo ella, cogiendo la mano que yo le ofrecía, sin soltarla de inmediato.

—¿Por qué iba a quedarme más tiempo?

—Espera a que regrese Arthur, al menos.

De sobra dispuesto a obedecer, me quedé apoyado contra la otra pared del mirador.

—Me dijiste que no habías cambiado —dijo ella—, pero has cambiado, y mucho.

—No, señora Huntingdon, aunque debería haber cambiado.

—¿Quieres decir que sientes el mismo afecto por mí que cuando nos vimos la última vez?

—Sí, pero sería un error hablar de ello ahora.

—Era incorrecto hablar de ello entonces, Gilbert. No lo sería ahora, a no ser que hacerlo fuera faltar a la verdad.

Estaba demasiado nervioso para hablar, pero, sin esperar una respuesta, ella volvió su radiante mirada y su mejilla carmesí, abrió la ventana y miró hacia fuera, no sé si para serenarse, para alejar su desconcierto o simplemente para coger aquella hermosa flor de navidad que crecía en el pequeño arbusto que sobresalía por encima de la nieve; la nieve la había defendido hasta entonces de congelarse y ahora estaba deshaciéndose con el calor del sol. La cogió y, después de quitarle el polvo blanco de las hojas, la acercó a sus labios y dijo:

—Esta flor no es tan perfumada como una flor del verano, pero ha soportado penalidades que ninguna de ellas podría soportar: la fría lluvia del invierno ha bastado para alimentarla y su débil sol para calentarla; los helados vientos no la han hecho perder el color, ni han roto su tallo, y la dura helada no la ha marchitado. Mira, Gilbert, sigue fresca y lozana como cualquier otra flor, aun con la fría nieve sobre sus pétalos. ¿La quieres?

Alargué la mano: no me atreví a hablar por miedo a ser dominado por la emoción. Ella puso la rosa sobre mi mano, pero yo apenas la rodeé con mis dedos, tan estupefacto pensando en cuál sería el significado de sus palabras y en lo que debía hacer o decir al respecto, si expresar libremente mis sentimientos o seguir conteniéndome. Interpretando equivocadamente esta indecisión como indiferencia —o incluso renuncia— a aceptar su regalo, Helen me la arrebató repentinamente de la mano y la arrojó de nuevo a la nieve, cerró la ventana con fuerza y se acercó a la chimenea.

—Helen, ¿qué significa esto? —grité, impresionado por este sorprendente cambio de actitud.

—No comprendiste mi regalo —dijo—, o, lo que es peor, lo despreciaste. Lamento habértelo ofrecido, pero puesto que cometí semejante equivocación, el único remedio que se me ocurrió fue tirarla.

—Me has entendido terriblemente mal —repuse, y en un minuto volví a abrir la ventana, salté fuera, recogí la flor, volví a entrar y se la ofrecí a ella, suplicándole que me la diera otra vez, para conservarla para siempre y estimarla más que a todo lo que poseía en el mundo.

—¿Y eso te complacerá? —dijo ella, al cogerla.

—Sí —respondí.

—Entonces, tómala.

La presioné solemnemente contra mis labios y la guardé celosamente, mientras la señora Huntingdon me miraba con una sonrisa medio sarcástica.

—¿Te marchas ya? —preguntó.

—Lo haré si debo hacerlo.

—Has cambiado —insistió ella—. O te has vuelto muy arrogante o muy indiferente.

—No soy ninguna de las dos cosas, Helen... señora Huntingdon. Si pudieras ver mi corazón...

—Debes ser una de las dos cosas o las dos. ¿Y por qué señora Huntingdon? ¿Por qué no Helen, como antes?

—Helen, entonces... ¡querida Helen! —murmuré. Yo estaba en una agonía en la que se mezclaban el amor, la esperanza, el placer y la incertidumbre.

—La flor que te he dado era un símbolo de mi corazón —dijo ella—. ¿Te la llevarías, y me dejarías aquí sola?

—¿Me concederías tu mano, si te la pidiera?

—¿No he dicho suficiente? —respondió con la más encantadora

de las sonrisas. Cogí su mano y estaba a punto de besarla apasionadamente cuando me contuve y dije:

—Pero ¿has pensado en las consecuencias?

—Detenidamente, creo, pues de lo contrario no me habría entregado a alguien demasiado arrogante para aceptarme, o demasiado indiferente para hacer que su amor sea superior a mis bienes mundanos.

¡Era un perfecto idiota! Deseaba estrecharla entre mis brazos, pero no me atrevía a creer en tanta alegría y aún me paré a preguntar:

—¿Y si te arrepintieras?

—Sería solo culpa tuya —respondió—. Nunca me arrepentiré, a no ser que me decepciones amargamente. Si no tienes la confianza suficiente en mi cariño para creer esto, déjame.

—¡Mi ángel querido, mi Helen! —grité, besando apasionadamente su mano, que todavía retenía, y rodeándola con mi brazo izquierdo—. Si depende de mí nunca te arrepentirás. Pero ¿has pensado en tu tía?

Esperaba ansiosamente la respuesta y la estreché aún más contra mí, por un temor instintivo a perder mi recién encontrado tesoro.

—Mi tía no debe saberlo todavía —dijo ella—. Lo consideraría un paso precipitado, una locura, porque no puede imaginarse lo bien que te conozco, sino que debe conocerte ella misma y aprender a quererte. Debes dejarnos ahora, después del almuerzo, y volver en primavera para quedarte más tiempo y estrechar su amistad. Sé que se agradarán el uno al otro.

—Y entonces serás mía —dije, besándola en los labios una y otra vez, porque ahora me mostraba tan osado e impetuoso como antes tímido y reprimido.

—No, al año siguiente —repuso ella, desprendiéndose con suavidad de mi abrazo, pero apretando todavía mi mano con ternura.

—¡Otro año más! ¡Oh, Helen, no voy a poder resistir tanto tiempo!

—¿Dónde está tu fidelidad?

—Quiero decir que no podré soportar la tristeza de una separación.

—No será una separación: nos escribiremos diariamente, mi espíritu estará siempre contigo y a veces nos veremos. No seré tan hipócrita para decir que realmente deseo esperar tanto, pero como mi matrimonio es para complacerme a mí, solo debo consultar a mis amigos sobre la fecha del mismo.

—Tus amigos lo desaprobarán.

—Ellos no se opondrán a él, querido Gilbert —dijo, besándome cariñosamente la mano—. No podrán, cuando te conozcan, y si lo hicieran no serían verdaderos amigos. No me importaría que se distanciaran. ¿Estás satisfecho ahora?

Me miró a los ojos con una sonrisa de innegable ternura.

—¿Podría acaso no estarlo con tu amor? ¿Me amas de verdad, Helen? —dije, sin dudarlo realmente, pero deseando confirmarlo con su propio reconocimiento.

—Si me amaras como yo te amo —respondió con expresión firme—, no habrías estado tan cerca de perderme. Esos escrúpulos de falsa delicadeza y orgullo jamás te habrían desorientado de esa manera; habrías visto que esas diferencias y distinciones de rango, nacimiento y fortuna tan importantes para el mundo son como polvo comparadas con la unidad de pensamientos y de sentimientos, de almas y corazones de los que se aman y se comprenden sinceramente.

—Sin embargo, es demasiada felicidad —dije, abrazándola otra vez—; no la he merecido, Helen. No me atrevo a creer en tanta dicha y cuanto más larga se haga la espera, más grande será mi temor a que ocurra algo que te separe de mí y pensaré: ¡miles de cosas pueden pasar en un año! Seré presa de una interminable fiebre de terror e impaciencia todo este tiempo. Además, el invierno es una estación tan triste...

—Yo también he pensado lo mismo —dijo con aire grave—: no me casaría en invierno, no en diciembre, por lo menos —añadió con un escalofrío, pues en ese mes había tenido lugar el infeliz matrimonio que la había esclavizado a su anterior marido y la terrible muerte que le había librado de él—. Por eso dije un año más, en primavera.

—¿La próxima primavera?

—No, no... el próximo otoño, quizá.

—En verano, entonces.

—Bueno, a finales del verano. ¡Vaya! ¿Estarás satisfecho, supongo?

Mientras hablaba, Arthur volvió a entrar en la habitación... buen muchacho, por haber estado fuera tanto tiempo.

—Madre, no pude encontrar el libro en ninguno de los sitios en los que me dijiste que buscara —había algo intencionado en la sonrisa de su madre, que parecía decir: "No, querido, ya sabía que no lo encontrarías"—, pero Rachel dio al fin con él. Mire, señor Markham, una historia natural con toda clase de pájaros y animales, ¡y el texto es tan bonito como los grabados!

De un humor excelente me senté a detallar el libro y puse a mi pequeño amigo sobre mis rodillas. Si hubiera venido un minuto antes, lo habría recibido con menos amabilidad, pero ahora acaricié sus ensortijados cabellos y hasta besé su marfileña frente: él era el hijo de mi Helen y, por tanto, mío; y desde entonces lo he considerado como tal. Este guapo niño es ahora un apuesto joven: ha hecho realidad las esperanzas más queridas de su madre y ahora reside en Grassdale Manor con su joven esposa, la alegre y pequeña Helen Hattersley de antaño.

No había hojeado la mitad del libro cuando apareció la señora Maxwell para invitarme a pasar al comedor para almorzar. Los modales fríos y distantes de aquella dama más bien me acobardaron al principio, pero hice todo lo posible para ganarme su estima, y no del todo sin éxito, creo, incluso en aquella primera y corta visita; porque cuando le hablé animadamente, se fue volviendo poco a poco más cordial y gentil, y cuando me dispuse a partir se despidió cortésmente de mí, esperando no tardar en tener de nuevo el placer de verme.

—Pero antes de marcharse debe usted ver el invernadero, el jardín de invierno de mi tía —dijo Helen, cuando me acerqué a despedirme de ella, con toda la serenidad y dominio del que fui capaz.

Aproveché complacido, la seguí y entré en un enorme y hermoso invernadero abarrotado de flores, teniendo en cuenta la estación en la que nos encontrábamos. Pero, como es de esperarse, les presté poca atención. No fue, sin embargo, para celebrar un tierno coloquio por lo que mi acompañante me había llevado allí.

—A mi tía le gustan extraordinariamente las flores —observó—, y también le gusta Staningley: te he traído aquí para pedirte que este sea su hogar mientras viva y, aunque no el nuestro, que yo pueda verla con mucha frecuencia y estar con ella, porque seguro le producirá una gran pena perderme; aunque lleva una vida retirada y contemplativa, puede deprimirse si se la deja demasiado tiempo sola.

—¡Pero por Dios, Helen, puedes hacer lo que desees! Nunca se me ocurriría proponer que tu tía abandonara este lugar, de ninguna manera; y nosotros viviremos aquí o en cualquier otro sitio, según lo que ella y tú decidan, y la verás tan a menudo como quieras. Me doy cuenta de que le entristecería separarse de ti, y estoy dispuesto a compensarla de la mejor manera posible. La quiero por ti y su felicidad será tan querida para mí como la de mi propia madre.

—¡Gracias, cariño! Te mereces un beso por ello. Adiós. Basta, Gilbert, vamos, déjame ir, ahí viene Arthur: no impresiones su mente infantil con tus locuras.

En fin, ya es hora de que concluya mi narración. Cualquiera, menos tú, diría que ya la he alargado demasiado; pero, para tu regocijo, añadiré algunas palabras más, porque supongo que sentirás simpatía por la vieja dama y te gustará saber la última parte de su historia. Volví en primavera y, felizmente para los requerimientos de Helen, hice todo lo posible por fomentar su amistad. Ella me recibió muy afectuosamente, ya preparada, sin duda, para tener un gran concepto de mi personalidad por las cosas demasiado favorables que su sobrina le había contado de mí. Yo mostré mi mejor disposición, naturalmente, y nos entendimos maravillosamente bien. Cuando conoció mis ambiciosas pretensiones, las aceptó con más sensatez de lo que yo me había aventurado a esperar. La única observación que hizo sobre el tema delante de mí fue:

—Así, señor Markham, va usted a robarme a mi sobrina, según parece. ¡Bueno! Espero que Dios bendiga su unión y haga feliz por fin a mi querida niña. Reconozco que si se hubiera contentado con permanecer viuda me habría sentido más complacida, pero, si debe casarse otra vez, no conozco a nadie de una edad apropiada a quien yo se la entregara más gustosamente que a usted, o que fuera más susceptible a apreciar su valía y hacerla verdaderamente feliz, por lo que yo sé.

Naturalmente me complació el cumplido, y confié en demostrarle que no se había equivocado en su favorable juicio.

—Tengo, sin embargo, una solicitud que hacerle —agregó—. Según parece, todavía podré considerar Staningley como mi hogar: deseo que lo consideren el suyo también, porque Helen siente afecto por este lugar y por mí, y yo la quiero mucho. Existen penosos recuerdos relacionados con Grassdale, que ella no puede olvidar fácilmente, y aquí yo no les incomodaré con mi compañía, ni seré un estorbo: soy una persona muy tranquila, me recluiré en mis dependencias privadas, me dedicaré a mis ocupaciones y solo los veré de vez en cuando.

Como era de esperarse, acepté de muy buen grado la proposición y vivimos en la mayor armonía con nuestra querida tía hasta el día de su muerte, un triste acontecimiento sucedido pocos años después; no para ella misma —pues le sobrevino apaciblemente, y ella se alegró de llegar al final de su viaje—, sino solo para los pocos amigos y los agradecidos subordinados que dejó detrás.

Volvamos, sin embargo, a mis propios asuntos: me casé en verano, una gloriosa mañana de agosto. Fueron necesarios los ocho meses, y toda la bondad y generosidad de Helen, para vencer los prejuicios de mi madre en contra de mi prometida, y reconciliarla con la idea de que yo dejara Linden Car y viviera tan lejos. No obstante, se sintió gratificada de la buena fortuna de su hijo, y con orgullo la atribuyó enteramente a sus propios méritos y dotes extraordinarios. Le transferí la granja a Fergus, con más esperanza sobre su prosperidad de la que hubiera tenido un año antes en circunstancias similares; se había enamorado de la hija mayor del vicario de L..., una dama cuyos maravillosos atributos habían hecho florecer sus virtudes ocultas, y lo había estimulado de manera sorprendente a luchar no solo para ganar su cariño y conseguir una fortuna suficiente para aspirar a su mano, sino para ser más digno de ella, ante sus ojos, así como ante los de los padres de ella; y finalmente lo consiguió, como ya sabes. En cuanto a mí, no necesito decirte lo felices que hemos sido Helen y yo, y los dichosos que seguimos siendo juntos y la ilusión de ver crecer a nuestros descendientes alegres y contentos a nuestro alrededor. Ahora estamos deseando con impaciencia que lleguen tú y Rose, pues se acerca el tiempo de su visita anual y de dejar aquella polvorienta, brumosa, ruidosa y ajetreada ciudad para pasar una temporada de reconstituyente retiro y esparcimiento social con nosotros.

Hasta entonces, adiós.

GILBERT MARKHAM

ÍNDICE